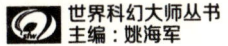世界科幻大师丛书
主编：姚海军

雪崩

SNOW CRASH

[美] 尼尔·斯蒂芬森 著

郭泽 译

四川科学技术出版社

SNOW CRASH by Neal Stephenson
Copyright: © 1992 by Neal Stephenson
Darhansoff & Verrill Literary Agents
Simplified Chinese translation copyright ©2018 by Science Fiction World
ALL RIGHTS RESERVED

图书在版编目（CIP）数据

雪　崩/[美]尼尔·斯蒂芬森　著；郭　泽　译.
－成都：四川科学技术出版社，　2017.8
（世界科幻大师丛书）
ISBN 978-7-5364-8754-3

Ⅰ.雪…　Ⅱ.①尼…　②郭…　Ⅲ.长篇小说－美国－现代
Ⅳ.I712.45

中国版本图书馆 CIP 数据核字（2017）第 183106 号
图进字 21-2015-21

世界科幻大师丛书

雪　崩

出 品 人　钱丹凝
著　　者　[美]尼尔·斯蒂芬森
译　　者　郭　泽
主　　编　姚海军
责任编辑　李大铺
封面设计　姚　佳
版面设计　姚　佳
责任出版　欧晓春
出版发行　四川科学技术出版社
　　　　　四川省成都市槐树街2号出版大厦　邮政编码：610031
成品尺寸　147mm×208mm
印　　张　18.625
字　　数　390千
插　　页　2
印　　刷　四川省南方印务有限公司
版　　次　2018年5月成都第一版
印　　次　2018年5月成都第一次印刷
定　　价　72.00元
ISBN 978-7-5364-8754-3

关于尼尔·斯蒂芬森

尼尔·斯蒂芬森与众不同。

他令同行妒忌。很少有人能像他那样涉猎如此众多的领域:既写科幻小说,也写历史小说,还写高科技惊险小说,而这些小说又包含历史学、考古学、语言学、地理学、哲学、宗教、金融、密码学、数学、计算机技术等诸方面的内容。

他令读者折服。他的小说想象丰富、富于创见与思考,语言传神、简洁、机智而富于妙趣,情节激情澎湃、悬念重重、紧张刺激。

他的小说是典型的好看小说。或许对评论家而言,"好看"已经沦为一个不屑使用的低级词汇,但要做到这一点却并非易事,需要学识,需要智慧。

在通俗小说领域,金庸的作品是好看小说的代表。有人说:科幻小说是美国的武侠小说。这当然很有争议,敞开了说或许会引发一场辩论。但最起码,斯蒂芬森的小说,特别是他的《雪崩》可以作为佐证:旧世界体系崩坏、新世界体系建立之际(武侠小说最常用的背景),侠客快意江湖("好看"的核心),救黎民于水火(武侠小说中侠客的理想与目标),这一切都是武侠小说的经典模式(当然,《雪崩》里的"侠客"周身都是高科技装备);而翻开金庸小说与翻开《雪崩》的后果也惊人一致:你注定欲罢不能。

斯蒂芬森出身书香门第,天资聪慧加之耳濡目染,学识博杂。不过在1992年之前,他并未引起人们足够的关注——尽管他已经出版了《大学》(*The U*, 1984)和《佐迪亚克》(*Zoidac*, 1988)两部长篇小说;但是随着《雪崩》的出版,一切彻底改变:正如这本书响亮的名字一样,《雪崩》以一种不可抵挡的气势征服了英语国家的读者,并迅速波及非英语国家与地区,成功地将科幻小说的重要流派"赛伯朋克"推进到了后赛伯朋克时代。斯蒂芬森也一跃成为备受瞩目的重要科幻作家。

《雪崩》到底是一本什么样的书? 几个尝试性的答案可供参考:

一、它是天下第一刀客的传奇。

二、它是史上最酷滑板女郎的生活写真。

三、它是最牛电脑黑客的伟大冒险史。

四、它是最凶悍杀手的宿命悲歌。

五、它既是侠客小说,也是惊险小说,还是高科技小说。

六、最终,它是有着坚硬技术内核及超凡想象力的一流科幻小说。它展现的"超元域"(虚拟实境技术)对后来的计算机技术,尤其在游戏领域产生了深远影响。今天，无数的专业网络技术人员正在一步步接近斯蒂芬森当年的神奇梦想，其中最具代表性的是美国一家游戏公司依据"超元域"构建的网络虚拟世界"第二人生"，其"公民"数目前已突破500万，瑞典、菲律宾等国甚至在其中设立了"大使馆"。

美国《时代周刊》评选1923年至今"100部最优秀英语小说"，《雪崩》位列其中。

在网络广为流行的"100本今生必看科幻与奇幻小说"书单中，《雪崩》榜上有名。

亚马逊网上书店评选"20世纪最好的20本科幻和奇幻小说"，《雪崩》高票入选。

《雪崩》的成功，也标志着斯蒂芬森作家生涯黄金时代的到来。尽管严谨的创作态度让他的出书速度无法与许多商业作家相提并论，但他的创作与出书计划却很有节奏，几乎每隔四年便会推出一部（或一个系列）脍炙人口的大作，其中包括描绘神奇的纳米技术和信息高度数字化的未来、荣获世界科幻大奖"雨果奖"的《钻石时代》（*The Diamond Age*，1995），以破译密码为主线、描写在东南亚建立"信息天堂"的史上最长科幻小说之一《编码宝典》（*Cryptonomicon*，1999），以及作为《编码宝典》前传、展现科学对世界造成不可逆转的改变的"巴洛克"历史小说系列：《怪人》（*Quicksilver*，2003）、《混淆》（*The Confusion*，2004）和《世界体系》（*The System of the World*，2004）。

2008年，斯蒂芬森如期推出新作《飞越修道院》（*Anathem*），这部超长篇巨著通过讲述低级文明与高等文明的神秘接触，深入探讨了数学、物理学和哲学等方面的问题，甫一出版便荣登《纽约时报》精装书畅销榜榜首。2009年,《飞越修道院》不仅提名雨果奖及英国科幻协会奖,更是一举夺得轨迹奖科幻长篇大奖。

2015年,斯蒂芬森再次推出获雨果奖提名的佳作《七夏娃》(*Seveneves*),该作延续了他一贯的高水准,讲述了人类为避免灭绝而艰难维持生存的故事。《七夏娃》被奥巴马和比尔·盖茨选入书单,据说还是盖茨近十年阅读的第一本科幻小说。此外,该作的电影改编权也很快被售出,将由著名导演朗·霍华德及《阿波罗13号》的原班人马共同打造。

雪　名词1. …… 2. 词义甲:与雪相像的物体;词义乙:因接收信号微弱而在电视屏幕上出现的白色斑点。

崩　动词……不及物动词…… 5. 突然溃败,如商业或经济的崩溃。

——《美国传统词典》

病毒……[拉丁语指黏液,毒物,令人不快的气味或味道]1. 毒液,例如有毒动物排出的分泌物。2. 致病途径。词义甲:一种致病原理,或因身体患上某种疾病而产生有毒物质,尤指通过注射或其他方式传染其他人或其他动物,并在其他生物身上引发同种疾病…… 3. 比喻义,在道德或精神方面的毒害,或有害的影响。

——《牛津英语词典》

1

速递员属于精英阶层，备受他人尊崇。他富于才智，才得以跻身这个阶层。此刻，他正准备完成今夜的第三个使命。他的制服如同活性炭一样漆黑，能滤掉空气中每一丝光线。这件衣服由蛛网纤维织成，子弹打在上面会弹飞，就像撞在大门上的鹧鸪一样；但过量的汗水却可以透过布料挥发出去，好似轻风吹过刚刚被凝固汽油弹轰炸过的森林。他身上各个骨节突出的部位都配有烧结凝胶护甲：摸上去像是坚韧粗粝的果冻，起到的保护作用则不亚于一摞电话簿。

得到这份工作的同时，他还得到了一把枪。尽管速递员从来不跟现金打交道，但仍然有人会尾随他——也许是想打劫他的汽车或是他运送的货物。这把枪模样小巧，流线型设计风格，重量极轻，是那种服装设计师中意的款式。枪口发射极小的飞镖，速度是SR-71黑鸟侦察机的五倍。每次用过之后，你得把枪插在点烟器上充电，因为它靠电能发挥功效。

速递员从来不曾因为愤怒或是恐惧而拔枪，只在吉拉高地上有过一次例外。那是因为，吉拉高地上的几个朋克，一帮异想

1

天开的郊区痞子,打算不花钱吃白食。他们本想用一根球棒把速递员吓跑,但速递员掏出枪,用激光瞄准器对准那个摆好姿势、挥舞着球棒、扮成路易斯维尔队强击手的阿飞,然后开火。枪的后坐力非常大,就像在他手里炸开似的。球棒中间三分之一的部分变成了一团燃烧的碎木屑,像爆炸的恒星一样向四外迸射开去。最后,那个朋克呆立在原地,脸上露出一副蠢相,手中握着球棒的手柄,球棒的断口处还冒着缕缕白烟。除了麻烦,他们从速递员那儿什么也没得到。

从此以后,速递员就把枪收在车子仪表板旁的储物箱里,只靠一套日本武士刀防身。在任何情况下,武士刀一直是他的首选武器。吉拉高地的阿飞不怕枪,所以他不得不开火,让那帮家伙见识一下厉害。然而,刀的功效并不需要示范。

速递员的汽车马力强劲,电池中储存的能量足以把一磅熏肉送到小行星带。与小型面包车和休闲越野车不同,速递员的车子通过张开大口、闪光锃亮、像括约肌一般的排气装置来释放能量。只要速递员踩下油门,就真有好瞧的了。想探讨一下这辆车轮胎与地面的接触面积吗?好吧,你的车胎同沥青路面的接触面微乎其微,那四小片地方只有舌头一般大小。可速递员的车子装着抓地性极强的大轮胎,接地面积有如胖婆娘的大腿。这样的轮胎才能将速递员和路面紧密相连,尽管启动有些费力,但刹车时精准有度。

为什么速递员的装备如此精良?因为人们全都仰仗他,人人以他为楷模。这就是美国:人们想他娘的干什么就干什么,你觉得有啥不妥?大家都有权为所欲为,而且人人有枪,没有谁能他娘的阻止人们胡作非为。结果美利坚成了全世界经济最糟糕的几个地方之一。说到底,这是个贸易平衡问题。结果就是,随着人才外流,我们将全部科技拱手送给其他国家,真正实现了世界大同。这以后,玻利维亚制造汽车,塔吉克斯坦制造微波炉,然后拿到美国这儿销售;用不着花几个小钱,中国香港造的巨轮和飞艇就能把整个北达科他州一路运到新西兰,于是我们在自然资源方面的优势也不复存在。经济规律,这只所谓的"无形之手"在历史上曾经制造了多少不公平,现在却将种种不公揉得粉碎,在地球表面均匀地涂了厚厚一层。在巴基斯坦砖窑的苦工眼里,涂了这么一层,日子大概还真算得上繁荣兴旺。现如今,我们只有四样东西比其他人强:

音乐

电影

微码(软件)

高速比萨外卖

这个速递员的任务就是派送外卖比萨。以前他是编软件的,如今只偶尔做做,至于原因嘛……如果人生是一所令人轻松惬意的小学,而办学者是一位心地善良的教育学博士,那么速递员的成绩单上可能会这样写道:"阿弘这孩子非常聪明,富于创造力,但需要多下功夫,提高自己的团队合作能力。"

所以他现在干起了这份工作。它跟聪明或创造力没关系,但也不需要与他人合作。这行当只有一个规矩:别看速递员一副自信无畏的模样,但无论谁叫了外卖,这份馅饼就必须在三十分钟之内送到,不然订餐的人就可以免费享用比萨、枪杀速递员、抢占汽车、提出集团诉讼。速递员做这份工作已经六个月,以他的标准,真是时间长、长见识,而他送达比萨的耗时从没超过二十一分钟。

唉,那些叫外卖的家伙总爱在送达时间这个问题上争执不休。想当年,送外卖的在这上头浪费了多少精力啊:想占便宜的户主被自己的谎言刺激得面红耳赤、汗流浃背,浑身散发着香水和臭汗的味道,站在灯色昏黄的门廊前,挥舞着腕上的精工牌手表,还冲着挂钟的方向指手画脚:妈的,你们这些人就不会看钟点吗?

如今再不会有这种事了。比萨速递成了支柱产业,管理相当完善。速递员在"我们的事业"①比萨大学花费四年时间来钻研速递这门学问。这些来自阿布哈兹、卢旺达、瓜纳华托和南泽西的学生入学时连整句的英文都不会写,但毕业时对比萨的了解甚至比贝都因人对沙子的了解还要多。

"我们的事业"深入研究了各种专业问题:将在客户门前为送达时间而争执的发生频率画成图表,为早期的速递员装备跟踪仪器,记录并分析郊郡中产阶级白人使用的辩论技巧、声音紧张度的矩形图以及独特的语法结构。那些有头有脸的郊郡居民完全不讲逻辑,把家门口当作拼死一搏的阵地,与他们陈腐乏味、死气沉沉的生活相对抗:为了得到免费的比萨,他们对别人撒谎,同时也自欺欺人,编造打电话定外卖的时间;不,应该这样说:既然他们拥有生活、拥有自由、拥有追求任何目标的权力,那么他们理所当然应当得到免费比萨,谁他娘的都不能剥夺这种权力。心理学家被派到这些人家里,白送他们一台电视机,哄他们接受匿名采访,给他们接上测谎器,给他们播放情节拙劣莫名其妙的色情影片、深夜车祸场面和小山米·戴维斯②的电影,录下他们的脑电波,然后进行研究;把他们领进甜香扑鼻、四壁涂成紫色的房间,提一些伦理学方面的问题——这些问题极其令人

---

①Cosa Nostra,我们的事业,意大利语,指黑手党。
②美国歌手、影星。

困窘，就连耶稣会的教士在这种情况下也会忍不住犯下骂脏话的小罪过。

"我们的事业"比萨大学的分析家最后得出了结论：为了免费馅饼而撒谎，这是人的天性，谁也无法改变。于是他们采取了快捷又便宜的技术解决方案：智能盒。现在装比萨的盒子由塑料制成，表面呈波状起伏以增加强度，一侧的小型发光二极管闪烁着读数，告诉速递员——自从那致命的订购电话打来之后，导致贸易失衡的送货耗时已经滴滴答答地过去了多少分钟。盒子里面还装有各种芯片和其他元器件。送货时，一盒盒比萨排成一小摞，安放在速递员脑袋后方的专用槽里。随着每一盒比萨轻轻滑入槽中，就像电路板插进电脑的卡槽，"咔嗒"一声，智能盒就连上了速递员座驾里的车载系统。由买主的来电号码可以推断出送货地址，这个地址先输入智能盒的内置存储器，再传送到汽车上，而汽车则计算出最佳路线，并将线路图投射到司机的平视显示器上。于是，一幅闪闪发光的彩色地图便出现在挡风玻璃上，速递员甚至不必低头就能掌握行程。

只要过了三十分钟的时限，噩耗马上会传到"我们的事业"比萨总部，继而转发给恩佐大叔本人——这位西西里的肯德基山德士上校，纽约本森赫斯特区的安迪·格里菲斯①，速递员的噩梦中挥舞着剃刀的虚幻魔影，"我们的事业"比萨公司的老大和首脑——将在五分钟内拨通顾客的电话，不厌其烦地一再致歉。第二天，恩佐大叔乘坐的喷气式直升机将在顾客的院子里降落，他会再次赔礼道歉，并为那个没有按时收到比萨的家伙奉上免费的意大利之旅。而幸运的顾客只有一件事要做——签署一份弃权协议书，从而成为公众人物、"我们的事业"比萨公司的

————————
①著名影星，擅演恐怖角色。

代言人——等那个幸运儿明白过来时，他的私人生活基本上就此结束了。等事情过后，不知怎的，他还会觉得自己欠了"我们的事业"一份人情。

这个速递员不太清楚，碰到这类情形，送货的司机会有什么下场，但他听过一些传言。大多数比萨都是在晚上送往客户家中，那正是恩佐大叔的私人时间。要是你在与家人共进晚餐时不得不半截停下来，为了一张送迟的倒霉比萨饼而给某个难伺候的郊郡傻屌打电话道歉，你会有何感想？恩佐大叔侍奉自己的家庭和国家已有五十年。以他这把年纪，大多数人都在打高尔夫或是抱孙子。可恩佐大叔却要从浴缸里爬出来，浑身滴水，然后趴在地上去亲吻某个十六岁滑板阿飞的双脚，就因为那小子叫的辣味香肠比萨用了三十一分钟才送到。老天爷，光是想想这场面就会让速递员倒吸一口凉气。

但正因为如此，他才给"我们的事业"比萨公司打工。知道为什么吗？因为让自己的生命面临危险，这种感觉不同寻常。这就像是神风特攻队的飞行员。你心无旁骛、头脑清醒。而其他人——商店店员、汉堡师傅、软件工程师以及所有构成美国人生活的毫无意义的工作者——全都依靠老一套的竞争谋生。若要生存，那些人只能在翻烤汉堡或是修正程序时力求更快更好，胜过两个街区之外、同样在烤汉堡或写软件的高中同学，因为大家都在互相竞争，看重的也都是这一类庸庸碌碌的事情。

狗屁竞争。"我们的事业"比萨公司就没有任何竞争，竞争有悖于黑手党的道德规范。你努力工作并不是要和街上的同行作对，而是因为自己的一切，名声、荣誉、家庭和人生，全都悬于一线。没错，汉堡师傅可能会活得更长久。但你该扪心自问，那究竟是种什么样的生活。正因为如此，任何人——甚至包括日本人在内——都无法以更快的送达速度胜过"我们的事业"比萨公司。速递员感到很自豪,他穿上制服,驾驶着派送车,最后堂而皇之地踏上无数郊郡家庭门前的走道。他身着令人生畏的忍者黑衣,肩扛比萨,智能盒上红色发光二极管显示的读数在夜色中骄傲地闪烁:12分32秒,或是15分15秒,偶尔才会显示出20分43秒。

速递员被分配到峡谷区"我们的事业"比萨公司3569号店。南加利福尼亚的这个地区挤得要命,拥挤成这样,它还不如干脆把自个儿勒死算了。对于此地的人口来讲,道路总是不够用。通途道路公司一直都在铺设新路,为此不得不将大量街区夷为平地,好在那些70、80年代开发的房子的存在目的就是等着给人拆掉。此地没有人行道,没有学校,什么也没有。更没有自己的警力——因而也没有移民管制机构——不受欢迎的来客未经盘查就可以任意进入,不会遇到任何麻烦。如今郊郡社区才是住人的地方。郊郡是自成一体的城邦,拥有自己的疆界、法律、警察,应有尽有。

速递员以前在麦瑞维尔州农场保安队里当过警士,因为对一名众所周知的坏坯子动了刀而被炒了鱿鱼。当时那家伙正要闯入一家住宅,不料被一把钢刀刺透了衬衫。刀背紧贴着脖根滑过,将歹徒钉在那幢房子扭曲起鼓的塑料墙板上。尽管这是一次完全正当的逮捕行为,可他还是被解雇了,因为犯事的痞子刚好是麦瑞维尔农场副长官的儿子。当权的那些卑鄙狡诈之徒找到了借口,说三十六英寸长的武士刀有违武器管制条例,他也违反了疑犯拘捕法案,那个恶棍则因精神创伤而饱尝痛苦,现在见了黄油刀都害怕,只敢用茶匙背面抹果酱。他们说,事已至此,他们不得不履行自己的法律义务。

为了赔付这一切,速递员只能借钱,只能向黑手党借钱。于是,他的资料进了他们的数据库——视网膜纹理、DNA、语音波形图、指纹、脚印、掌纹、腕纹——他身上每一处地方,只要长着他妈的纹路,几乎都让那些杂种滚过印油、留下印记、经过数字化处理之后输入电脑。话又说回来,钱是他们的,借出去当然要倍加小心。而且,当他申请速递员这个职位的时候,他们很乐意聘用他,因为他们认识他。借钱的时候,他不得不和峡谷区黑手党的副统领助理亲自打交道,就是那个助理后来推荐他应聘速递员。所以说,黑手党就像一个大家庭,一个可怕、变态、人人污言秽语的家庭。

"我们的事业"比萨公司3569号店位于维斯塔路,从国王公园购物中心出来走不远就是。维斯塔路以前是加利福尼亚的州属道路,现在则名叫"通途道路公司CSV5号路"。这条路以前的主要竞争对手是一段联邦公路,如今叫作"漫游大道公司加州12号路"。出了峡谷区再向前一点,两条相互竞争的公路交叉而过。那里曾发生过激烈的争斗,交叉路口还因为偶尔发生的狙击事件被关闭过。最后,一位大开发商买下了整个交叉路段,把它建成了一座驾车购物商场。现在两条公路都汇入同一停车系统——并不是普通的停车场,也不单单是通车坡道,而是一个真正的系统,让两条路失去了自己原有的特色,变成了同一副模样。如今要开车通过这个交叉路口,就得走停车系统中的一条条内部通道。众多车道犹如一束束编成辫子状的细丝,活像当年的胡志明小道。CSV5号路上的车流速度较快,但加州12号路的路面更出色一些。这就是二者的典型区别:通途公司注重的是结果,让你迅速到达目的地,适合A类驾驶者;而漫游大道公司则注重过程,让你尽享驾车的乐趣,适合B类驾驶者。

　　我们这位速递员属于狂暴的A类驾驶者。他正以一百二十公里的时速,在CSV5号路的左车道上飞驰,奔向自己的基地——"我们的事业"比萨公司3569号店。车子呈菱形,肉眼很难分辨出它的形状。汽车通体漆黑,车身反射出路边林立的特区标志牌,像是在招牌组成的隧道中穿行。车头前方,一排橙色车灯疯狂闪动,而护栅的模样让人觉得车子仿佛能够呼吸空气。橙色的灯光就像汽油燃烧时迸发出的烈焰,直接射入前方一辆辆车子的后窗,从后视镜上反射到驾驶者的脸上,在他们的双眼前罩上了一张火焰面具,让灯光直直探入他们的潜意识,发掘出骇人的恐惧,让他们在头脑完全清醒的状态下感到自己正被钉在即将爆炸的油罐上,逼得他们只想闪到一旁,让速递员那辆燃烧着意大利辣肠火焰的黑色战车赶超过去。

　　悬在左右车道上方的无数标志牌排成两列,用电光在夜色中勾画出了CSV5号路的身躯,像飞行器在空中留下的两道尾流。每一块标志牌都出自曼哈顿的图像设计师之手,他们设计一个标志的报酬比速递员一辈子赚的钱还要多。虽然他们尽力想使电子标志突出醒目,但那些牌子还是混在一起、模糊不清,尤其在时速一百二十公里的车上看去更是如此。不过,"我们的事业"比萨公司3569号店的招牌还是显而易见,因为它的广告牌即使以当前崇尚夸张的标准来看,仍算是又宽又高。实际上,模样敦实的连锁店看上去更像个低矮的基座,支撑着一根根巨大的纺纶纤维立柱,将广告牌推入满是招牌的苍穹。请注意,宝贝儿,意大利人的注册商标。

　　这块广告牌的制作堪称一流,样式也已沿用多年,并非应时的黑手党宣传标语。它就是一项宣言,如同纪念碑一样永存不朽。风格简约,高贵庄严。广告牌上是恩佐大叔,身穿漂亮的意大利式西装,细条纹布料像肌肉一样富有光泽和弹性,方形衣袋也光鲜平整。他的发型纹丝不乱:抹着某种永远不会失效的发胶,妥妥帖帖地梳向脑后,每一缕头发都修剪得整整齐齐——理发师巴伯是恩佐大叔的堂弟,经营着世界上第二大廉价理发连锁企业。恩佐大叔站在那儿,似笑非笑,眼中闪烁着真正的伯父般的光芒。他并不像模特一样故作姿态,而是真像你的大叔那样站在那里。广告牌上写道:

黑手党——
　　你在大家庭中找到了朋友!
　　　　"我们的事业基金会"敬立

这座广告牌就像为速递员指路的北极星。他知道,在CSV5号路上行驶时,一旦看到广告牌的下角被"韦恩牧师珍珠门"连锁店伪哥特式的彩绘玻璃拱门遮住,就该换到右侧车道了。右行车道上尽是些脑筋迟钝的家伙,开着面包车沿路漫无目的地探头探脑,犹豫不决,看着路边每一个专营店前的车道,像是摸不准里面是吉是凶,不敢贸然进入。

速递员超过一辆小型家用面包车,猛地急转弯,从一家"买了飞"①连锁店门前冲过,开进了隔壁的"我们的事业"比萨公司3569号店。宽大厚实的轮胎与地面摩擦,发出尖锐的抱怨声,但仍然稳稳咬住通途公司获得专利的高摩擦力路面,把他带上了坡道。店门前的车道上没有其他速递员在等着派货。很好,对他来说这意味着业务的高速周转,行事快捷,可以不停地递送比

_____
①Buy & Fly,不用下车就能购物的店铺。

萨。他嘎吱一声停下车，车身一侧的电动机械舱门已经打开，露出了空空的比萨槽。随着咔嗒声响，舱门像甲虫的翅膀一样自动折叠收起。比萨槽在等待，等着刚出炉的热馅饼。

可过了一会儿，还是没有动静。他还得等。速递员按了按喇叭。这种情况可是非同小可。

比萨店的窗口滑开。这种事情根本不应该发生。你可以看看"我们的事业"比萨大学的三孔活页簿，对照查询一下"窗口"、"车道"和"比萨外卖调度员"这三项，就会找到与这个窗口有关的所有程序规定。活页簿早已说明在先，这扇窗子绝不应该打开，除非出了什么差错。

但现在窗口打开了，而且——小心——烟冒了出来。速递车音响系统中重金属狂飙的旋律里突然冒出不和谐的节拍。他意识到这是从连锁店中传来的烟雾报警器声。

速递员按下音响的静音按钮，令人压抑的沉寂袭来，他的耳膜恢复正常之后才听到窗子被烟雾报警器的鸣声震得嗡嗡响。他的汽车处于怠速状态，仍在等待。舱门敞开的时间太久，空气中的污染物正在比萨槽后部的电子触点上凝结，看来他不得不在保养期之前提早清理了。现在发生的每一件事都与"我们的事业"比萨大学的三孔活页簿完全相左，比萨世界的和谐韵律全被打乱了。

店里，一个身材像只足球的阿布哈兹汉子正在跑来跑去，手里捏着一本打开的三孔活页簿。胖子用他备用轮胎般的肚皮顶住手册，免得本子合在一起，跑起来活像个正用汤匙端着鸡蛋的人。他正用阿布哈兹方言大声喊叫——峡谷区这一带"我们的事业"比萨店的经营者都是阿布哈兹移民。

看上去火势并不严重。速递员曾在麦瑞维尔农场见过真正的火灾,滚滚浓烟让你什么也看不见。到处都是烟,不知从哪里冒出来,浓烟底部偶尔闪出橘红色的火光,就像高空云层中无声的闪电。今天的火警跟那次不同,只是小火,冒出的烟刚够触发烟雾报警器。可他却在为这该死的意外事件浪费时间。

速递员按下喇叭不松手。阿布哈兹经理来到窗口前。他本该使用内部通信系统和司机通话,无论他想说什么都会直接传送到速递员的车里,可这个人偏不,非要面对面说话不可,好像速递员是个该死的牛车把式。经理满脸通红,大汗淋漓,滴溜溜转动着眼珠,竭尽全力想着如何用英语措辞。

"失火了,小火。"他说。

速递员没有答话,因为他知道视频监视器会录下一切过程。录像带会送到"我们的事业"比萨大学,在比萨管理科学实验室里进行分析。随后,录像资料将成为"如何砸掉自己的饭碗"的教材范例,播放给比萨大学的学生们看,或许正是其中的某个学生会在你被解雇之后来顶替你。

"一个新店员——把他的饭放进微波炉——里面有金属箔片——结果,砰!"经理说。

阿布哈兹曾是苏联的一部分。要新来的阿布哈兹移民操作微波炉,简直就像让深海蠕虫给人做脑外科手术。这些家伙究竟是怎么冒出来的?难道就没有美国人会烤该死的比萨了么?

"快把馅饼给我。"速递员说。

"馅饼"两个字终于把这个家伙拉回现实世界。他定了定神,"砰"的一声关上窗子,截断了烟雾报警器没完没了的哀号。一只日本造的机械手递出比萨,放进位于顶端的槽里。舱门随之关闭,把馅饼保护起来。

速递员驾车驶出坡道,提高速度,一面查看挡风玻璃上显示出的地址，一面盘算该右转还是左转。就在这时，事情发生了：他的音响再度被切断，这次是车载系统的命令使然。仪表板上的指示灯全都变成了红色。红色！蜂鸣器也开始反复鸣响。挡风玻璃上的发光二极管读数与智能比萨盒的时间显示完全同步，闪烁着一串数字：20分00秒。

　　接到订餐电话二十分钟之后，店里才把这盒比萨交给速递员！他查看了一下派送地址，目的地在十二英里之外。

2

速递员发出一声怒吼,猛踩油门加速。冲动之下,他真想回去宰掉那个经理——从行李箱里取出武士刀,像忍者那样飞身跃进小小的窗口,把那家伙从忙碌混乱、装备着微波炉的特许经营连锁店里揪出来,给他厚馅饼皮似的脑壳来一记终极兜头斩。每当有人在高速公路上超车挡路时,他就会冒出这样的念头,但从没真正做过,至少到现在还没做过。

他可以应付当前这种状况。能办到。速递员把橙色警示灯打到最亮,让顶灯自动闪烁。他强行关闭了蜂鸣警告器,把立体声系统调到出租车电台扫描位置,搜寻所有出租车司机的通信频道,收听有用的路况信息。一般人连他妈的一个词都听不懂,但你可以买盒录音带,边开车边学习,练习讲那套"出租车黑话"。要想在的士行当里找份工作,会讲专业黑话是最基本的条件。据说出租车黑话以英语为基础,可一百个词里没有一个能让你听明白。尽管如此,你还是能猜出大概意思。只要这条路上有什么麻烦,他们就会用出租车黑话叽里咕噜说个不停,那就是在提醒速递员走另一条路,这样他就不会——

14

紧握方向盘

困在车流里

瞪圆两只眼

感到压力正把眼珠子往脑壳里挤

或是被堵在一辆活动房车后面

憋着一泡尿

还得惦记着送比萨

哦,老天,亲亲老天

要迟到了

　　挡风玻璃上的数字已是22分06秒,可他眼前和脑子里却只有一个时间:30分01秒。

　　出租车司机在叽里咕噜地说着什么。出租车黑话是一种流畅动听的语言,夹杂着些刺耳的外来口音,就像拌了碎玻璃的黄油。他总是听见司机们提到"乘客"这个字眼。那些家伙总是急促而又含糊地说着他们那见鬼的乘客。有什么大不了的。就算你们送客迟到了又会怎样,不就是拿到的小费少一点么? 有什么大不了的。

　　跟往常一样,车流速度在CSV5号路和瓦胡岛路的交叉口慢了许多,绕过此地的唯一方法是抄近路穿过温莎高地住宅小区。

　　所有温莎高地小区的布局全都相同。每当建造新郊郡的时候,温莎小区开发公司就会把可能妨碍街道规划的山峰削平,让奔腾的大河改道,为了保证驾车的安全性而改造环境。从费尔班克斯到雅罗斯拉夫尔,甚至深圳经济特区,到处都建有温莎高地小区,速递员在其中总是轻车熟路。

　　不过,等到你为温莎高地小区的每幢房子都送过几次馅饼之后，你就会了解其中的小秘密。速递员就是这样一个人。他知道，标准的温莎高地小区中只有一个院子——就一个院子——挡住你的路，让你无法从一个入口进来，直穿这片郊郡，再从另一边出去。如果不忍心开车碾过那个院子的草坪，你可能要花上十分钟才能穿过温莎高地小区。但若是你有胆量在人家的地盘横冲直撞，就能从小区的正中直穿而过。

速递员知道那个院子。他曾经去那里送过比萨。他仔细观察过那儿，认真做了研究，还记下了凉棚和野餐桌的位置，就算在黑暗中也能认出那儿来。他早就知道会有这么一天，要把一盒出炉二十三分钟的比萨送到数英里之外，而且会在CSV5号和瓦胡岛路的交叉口碰上塞车——到那时，他必须开进温莎高地小区（速递员的电子签证将自动开启大门），顺着祖产大道呼啸而过，对遍布小区四处的"此路不通"、"限速"和"小心儿童"等交通标志丝毫不予理睬，急转弯开进稻草桥区，高效强劲的子午线轮胎从减速带上重重碾过，冲上稻草桥环线15号那户人家的车道，绕着房后的凉棚猛地左转，飙进八角莲大街84号那一家的后院，闪过院里的野餐桌，（很难！）开进这家的车道，再疾驰而出，驶上八角莲大街，前往贝尔伍德山谷大道，直达这片郊郡的出口。温莎高地小区的保安警察可能会在出口等着他，但他们的强力破胎装置只能刺破来自一个方向的车胎——可以把外来者拒之门外，却无法阻止他们逃出去。

这辆车跑得他娘的真叫快，速递员驶入祖产大道时，如果有个警察刚咬下一口炸面包圈，那么也许没等那条子来得及把点心吞下肚，速递员已经呼啸着开上了瓦胡岛路。

突然间"砰"的一声响。同时，挡风玻璃上又有几只红灯亮了起来，提示速递员：车子周边遭到了侵犯。

不,这不可能。

有人跟在车后,就在左侧。就在他转向祖产大道的时候,有个溜滑板的人追了上来,紧随他在公路上滑行。

速递员刚才略一分神,让自己被叉上了,就像被鱼叉叉住一样。袭来之物是个又大又圆的电磁吸盘,连着蛛网纤维制成的缆绳。这东西正好"砰"的一声附在速递员的车屁股上,就这样成功了。车后十英尺处,这该死玩意儿的主人正攀住缆绳"冲浪",踩着滑板搭上了顺风车,就像个牵在快艇后面的滑水者。

后视镜里闪动着橙色和蓝色。搭便车的家伙并不是出来找乐子的小阿飞,而是个借这一手挣钱的生意人。看那人橙蓝两色相间的连身工装,各处被烧结凝胶护甲塞得鼓鼓囊囊,显然是"信使"的制服。"激进快递系统"的信使。这些人就像骑自行车的信使,但更让人懊恼百倍,因为他们从来不靠自己的力气蹬车——他们就这样咬住你,拖慢你的速度。

再自然不过了。速递员正在匆忙赶路,车灯狂闪,轮胎尖叫。这条路上数他最快。再自然不过了,信使当然会选中他吸上去。

但不必慌张。只要能从温莎高地小区抄近路,他就会有足够的时间。速递员在中间车道超过一辆速度稍慢的车,然后直插到它的正前方。信使必须松开吸盘,否则就会斜刺里猛撞在后面那辆车上。

大功告成。速递员车后十英尺处,已经不见了信使的踪影——那家伙凑得更近了,正从后窗玻璃向车里窥视呢。信使早就料到他会使这一招,于是用带有动力线轴的手柄收起缆绳,攀住比萨车的车顶,脚下滑板的前轮伸到了车子后保险杠下面。

一只戴着橙蓝两色手套的手伸向前来,托着一张透明的塑料纸,一下子拍在司机一侧的车窗上。速递员被粘上了一张贴纸。这张纸有一英尺见方,上面印着大写的橙色印刷体大字。字母的印刷顺序与常规正相反,好让他从车里看清楚:

没劲儿的老把戏

速递员一走神,差点错过了通向温莎高地小区的岔路口。他只能踩下刹车,等路上的车流通过之后再切入边道,开进这片郊郡。边界上的岗哨灯火通明,海关人员会搜查所有的来访者——如果发现来客有问题,甚至会搜查他们全身的孔窍——但是,当安全系统探测到"我们的事业"比萨公司的这辆车时,大门居然不可思议地敞开了,而速递员只说了一句"长官,我来送个比萨"。他穿过大门的时候,他的跟屁虫——那个信使——居然向把守边界的警察挥手致意!真是个讨厌的杂种!好像他是这里的常客似的!

或许他真是这里的常客——从温莎高地小区的要人那里取走重要物品,送到其他的"特许经营组织准国家实体"(特许城邦)。携带物品出入关境,这本来就是信使的工作。

速递员的进展过于迟缓,没有了势如破竹的冲劲,就无法灵活掌握时机。那个信使哪儿去了?啊,原来他放长缆绳,又跟在了车子后面。速递员知道,这个蠢货非要有个大大的惊喜才肯罢休。等这家伙以上百英里的时速被拖着冲过一辆被压扁的塑料三轮童车时,他还能好端端地站在那该死的滑板上吗?咱们等着瞧。

速递员忍不住朝后视镜望去,看到那个信使正像个滑水运动员似的脚蹬滑板,身体后仰,晃来晃去,现在又荡到了车子一

18

侧,和他并驾齐驱驶上了祖产大道,然后一扬手,又拍上一张贴纸,这一次居然粘到了挡风玻璃上!上面写着:

滑溜麻利,通便灵老兄

速递员听说过这些贴纸。要从车上弄掉这玩意儿,得花好几个小时,甚至还要把车开到精细处理厂,花掉亿万钞票。现在速递员有两件要紧事要做:不惜任何代价甩掉这个街头烂仔,然后把车上该死的比萨及时送到,现在时间已经是:24分23秒。

这说明,剩下的时间还有五分三十七秒。

就这么办了——得多留神路上的车流——他没打转向灯就猛地拐上路旁的小街,盼着这一甩能让信使撞在街角的路牌上。没有用。精明的家伙会时刻注意车子的前轮。你刚打算转弯,他们就能看出来,没办法给他们来个出其不意。取道稻草桥区吧!这条路似乎变长了,比他记忆中更长——当你匆忙赶路时,自然会有这种感觉。他看到几辆车在前方闪现,都停在路边——说明已经到了内圈。然后就是那所房子了。有着浅蓝色乙烯墙板的两层小楼,旁边还有座车库。此时车道已经变成了速递员的宇宙中心,他把信使抛在脑后,也竭力不去想恩佐大叔,管那老头在做什么——可能在洗澡,或是大便,或是跟某个女演员做爱,或是在教他二十六个孙女里的一个唱西西里民谣。

突然,他的前轮在车道的斜坡上猛地一撞,让半个前悬挂系统撞进了发动机室,不过悬挂系统就是干这个用的。他躲过车道上停放的汽车——今晚这家肯定有客人,因为他记得这家人没有凌志车——随后速递员穿过树篱,驶入旁边的院子,同时寻找那个凉棚,他绝不能撞上那个凉棚。

可是并没有凉棚。它不在那儿,他们肯定把它拆掉了。

下面要解决的是隔壁院子里的野餐桌。

等等,前面有个篱笆,他们什么时候竖起了篱笆?

已经没有时间踩刹车了。他必须提高速度把篱笆撞倒,千万不能损失自己的动能。只不过是个四英尺高的木头玩意儿。篱笆很容易就倒下了,而他只减少了大约十分之一的速度。可奇怪的是,篱笆看上去很旧——他一下子明白过来,自己可能是在哪儿拐错了弯。但此时,他已经一头扎进了后院一个空空如也的游泳池。

如果池子里全是水的话,情况还不会这么糟,也许汽车还有救,他就不用欠下"我们的事业"比萨公司一辆新车了。可池子里没水,他就像一架"斯图卡"俯冲轰炸机,撞在游泳池另一边的池壁上。那动静不像撞击,更像是爆炸。安全气囊膨胀鼓起,一秒钟后又瘪了下去,就像幕布徐徐拉开,向他展示着自己人生的新阶段:他被困在一辆报废的汽车里,卡在温莎高地小区一个没水的游泳池中,郊郡保安警察的警笛越来越近,而他脑袋后面还躺着一盒比萨,像断头台的刀刃一样高踞在那里,计时器上已然显示出25分17秒。

"要送到哪儿去?"有人问道。是个女人的声音。

他朝车外看去——车窗的边框已经扭曲变形,镶着一圈形状不规则的安全玻璃晶体颗粒——是信使在和他说话。这个信使不是男的,是个年轻女人。一个他妈的十几岁的姑娘!她毫发未损,没有受伤,这时已经踩着滑板溜进了游泳池,正在两侧的池壁之间荡来荡去。先滑上一边的池岸,几乎跃过边缘,然后空中转身,滑下来溜过池底冲上另一边。信使的右手拿着飞抓,电磁吸盘已经收到手柄上,所以看上去像是某种奇怪的大射角星际死光枪。她的胸前闪闪发光，就像个戴着绶带和上百枚勋章的将军，不过那些灿烂夺目的小方块并非荣誉标志，而是条码的一部分。条码上带有身份识别数字，能让她自由进入不同的公司、公路或是特许城邦。

"喂!"她说，"比萨要往哪儿送?"

他就要完蛋了，可她还在乐呵呵地跳来跳去。

"白柱区，奥格尔索普环线5号。"他说。

"我能帮你送到，打开比萨槽。"

他的心脏一下子胀大了两倍，泪水涌上眼眶。他或许可以活命了。速递员按动按钮，比萨槽应声打开。

信使再次滑过池底，用力从槽里抽出比萨盒。一想到馅饼上盖浇的大蒜调料正被挤在盒子的后壁上，速递员不由得瑟缩了一下。紧接着，那姑娘还把盒子往身侧的胳膊底下一夹，更让速递员感到惨不忍睹。

但她会把比萨送到目的地。恩佐大叔不会因为馅饼变得难看、烂糟糟、凉冰冰而向客户道歉，他只为送迟的比萨道歉。

"嘿，"他说，"给你这个。"

速递员从破碎的车窗中伸出裹着黑衣袖的胳膊，手里一张白色的长方纸片在后院暗淡的灯光下闪着微光。这是一张名片。信使又一次荡过来，抓过名片看了看。上面写着：

弘·主角

最后的自由职业黑客

世界顶级刀客

中央情报公司特约记者

专业精通情报类软件

（音乐、电影和微码）

名片背面是一堆杂乱的联络方式：电话号码，全球语音电话定位码，邮政信箱号码，六个电子通信网络上的网址，还有一个"超元域"中的地址。

"你这名字可真傻气。"她一面说，一面把名片塞进一个口袋，她的制服上有成百个口袋。

"但你永远也不会忘记。"阿弘说。

"既然你是个黑客……"

"我怎么会来这里送比萨？"

"是啊。为什么？"

"因为我是个自由职业黑客。听着，不知你叫什么——我欠你个人情。"

"我叫Y.T.。"她说着，单脚在池底蹬了几下，积聚起更多的力量，然后像被弹弓弹出去一样飞出了泳池，转眼就不见了。她滑板的一只只智能轮上有好多好多辐条，可以随着地面形状的起伏伸缩变化，带她轻巧地穿越草坪，就像一块黄油滑过炙热的不粘锅底。

阿弘——三十秒钟之前已经不再是速递员了——钻出汽车，从后备厢取出武士刀，将双刀系在身上，准备越过温莎高地小区的疆界，来一次惊心动魄的午夜逃亡。此地距离橡树庄园区的边界只有几分钟路程，他还大致记得那里的布局，而且知道郊郡警察的行事方式，因为他自己就曾是一名警察，所以他成功的概率很大，但会不乏刺激。

在他头顶上方，拥有泳池的这家房子里亮起一盏灯，孩子们正从卧室的窗户里向下看他。他们全都裹着暖和的、毛茸茸的里尔·克瑞普斯牌和木排忍者牌的睡衣——这两种睡衣要么防火，要么不含致癌物质，但不能二者同时兼得。他们的父亲一面穿外套，一面走到后门口。真是个美满家庭，一家人安全地住在灯火通明的房子里，而速递员也曾是这样一个家庭的一员，就在三十秒钟之前。

3

弘·主角和室友维塔利·切尔诺贝利正在他们的家中放松休息。这是一个二十英尺乘三十英尺的大房间,位于加州英格尔伍德区的一座"随你存"仓库里。房间的地面是混凝土板,以波纹钢板墙与相邻的单元分开;另外还有个独特的奢侈品——面朝西北方向的钢质卷帘门,每天这个时候,当落日在洛杉矶国际机场上方斜斜西坠时,便会有几缕红色阳光射进来。不时有一架波音777客机或是苏霍伊川崎超音速运输机,在太阳前缓缓滑过,垂直尾翼挡住了落日的余晖,或是喷气尾流扫过红色的阳光,投射在房间墙上的平行光线就会编织出斑驳的花纹。

比这里更糟的地方多的是,这幢"随你存"货仓中就有。只有这种大单元房才有自己的门。其他大多数住户只能通过一个公用的装卸舱口进出,经由四通八达的波纹钢板走廊和货运电梯组成的迷宫才能回到自己的家。这就是贫民窟,很多房间只有五乘十或是十乘十大小。雅纳玛部落的人在里面点燃成堆的彩票,烹煮豆子或是熏烤一把把的古柯叶。

据说在以前,也就是"随你存"货仓还在名副其实地发挥自己本来的功用时(顾名思义,这座货仓是为有过多原材料需要存储的加州人提供便宜的额外存储空间），一些企业主会来到前台办公室，用伪造的身份证租下十英尺乘十英尺的仓房，在里面堆满盛着有毒化学废料的钢桶，然后一走了之，把麻烦留给"随你存"公司处理。据传言讲，"随你存"公司也只是干脆将这些货仓上锁注销了事。如今的移民们声称，这种生化鬼魅依然在一些房间里作祟。当然这只是讲给孩子听的故事，免得他们闯进那些上锁的仓房。

从没有人想要闯进阿弘和维塔利的房间，因为里边没有什么东西可偷。而且就他们二人目前的生活状况而言，也并不值得别人杀害、绑架或是审问。阿弘有两把不错的日本刀，可他总是带在身边；另外，若要偷窃此类极其危险的武器，这种想法本身就很危险，而且不合逻辑：当两个人为争抢一把刀而缠斗时，手握刀柄的人总是胜利者。阿弘还有一台相当不错的电脑，可他也总是走到哪儿就带到哪儿。维塔利有半条"幸运"牌香烟、一把电吉他，此外还有宿醉的恶习。

此刻，维塔利·切尔诺贝利正摊开手脚，一动不动地躺在地板的垫子上。弘·主角则盘腿坐在日式矮桌前，这张桌子其实只是一只用煤渣砖支起的货盘。

夕阳渐落，密布特许连锁店的区域内众多霓虹标志牌射出灿烂的灯光，取代了太阳的红色光芒，构成了"随你存"货仓区的自然景观。这种标志牌闪烁出的光芒，让房间中的各个阴暗角落充溢着令人不快的、过度饱和的色彩。

阿弘生着如同卡布奇诺咖啡一样颜色的皮肤，还有满头长钉一般、截短了的辫子。他的头发已经不像以前那么浓密，但人还年轻，既不秃顶也没有脱发，略微后退的发际让高高的颧骨更显突出。他戴着一副闪亮的目镜，包住了半个脑袋；目镜的镜架两端各有一只小耳机,分别塞在两只耳朵里。

耳机具有某种内置的噪音消除功能。在对付平稳持续的噪音时,这种东西的效果最好。当一架架巨型喷气机在街对面的跑道上开始起飞,阵阵轰鸣在阿弘的耳朵里被减弱成了低沉而杂乱的"嗡嗡"声。不过每当维塔利在吉他上疯狂地试弹一段独奏时,阿弘的耳朵还是会受不了。

目镜在他眼前涂上了一抹朦胧的淡色,映射着一幅扭曲的广角画面:一条灯火辉煌的大街,伸向无尽的黑暗。但这大街其实并不存在,它只是电脑绘出的一片虚幻的空间。

在这幅图像后面可以看到阿弘的眼睛,一对亚洲人的双眸,遗传自他的母亲,一位定居日本的韩国人。他其余的地方更像父亲:住在得克萨斯的非洲裔黑人,军人——那时军队还没像今天这样分裂成一个个相互竞争的组织,比如吉姆将军领导的"防卫体系"或海军上将鲍勃麾下的"环球安全"组织。

阿弘面前的货盘上摆着四样东西:一瓶产自普吉特海湾地区的啤酒,阿弘其实喝不起这种昂贵的玩意儿;一把长刀,在日语中称作"打刀";一把短刀,日语叫"胁差"——它们是阿弘的父亲从东洋夺来的战利品,当时日本刚在二战中挨了原子弹;此外还有一台电脑。

这台电脑是个模样平常的黑色楔形物,看不到电源线,但从后盖上伸出了一条细细的、半透明的塑料螺旋线管,拖过货盘和地板,插进墙上的光纤插孔——维塔利·切尔诺贝利这会儿正睡在这只草草装就的插座下面。塑料线管的中心是细如发丝的光纤电缆,正在阿弘的电脑和外部世界之间传输着大量信息。若要传输同样数量的纸质信息,就得派一架747货机,装满像电话簿和百科全书一样的大部头文本,每隔几分钟就在他们的房间里急速起降一次,永远也不能间断。

　　阿弘其实负担不起这台电脑,但他总得有一台,这是他谋生的工具。在全球黑客界,阿弘算是个极具天赋、浪迹天涯的漂泊者。不过五年前,他还认为眼下这种生活方式很浪漫。但完全成年后,在风雨凄凉中回想二十岁出头时的光景,简直就像周日早晨醒来回味周六晚上的轻狂。他很清楚自己真正过着什么样的生活:身无分文、没有工作。短短几周前,连送比萨的差事也告吹了——速递员这个职业毫无意义,而且没有出路,却是他唯一真正喜欢的工作。从那以后,他便格外重视自己那份应急的第二职业:中情公司的自由职业特约记者。中情公司指的是中央情报公司,总部设在弗吉尼亚州的兰利。

　　这工作很简单,阿弘要做的就是搜集信息。所谓信息,可以是流言蜚语,也可以是录像带、录音带、电脑磁盘上的片断资料,或是某份文件的影印本,甚至可能是个笑话,源自最近备受公众注意的某场灾难。

　　他把信息上传到中情公司的数据库“图书馆”里,那是以前的国会图书馆,不过眼下再也没有人这么叫它了。大多数人连“国会”是什么意思都不太清楚,即便是“图书馆”这个词也会让他们一头雾水。从前那里堆满了书籍,大部分都是旧书,后来开始有了录像带、唱片和杂志。再后来,所有的信息都被转换成机读格式,也就是由“0”和“1”构成的文件。随着媒体数量的增长,素材也越来越新,图书馆的检索方式也变得愈加复杂。到最后,国会图书馆变得和中央情报局没什么本质区别。可巧的是,当时政府刚好开始分崩离析,于是这两个部门干脆合二为一,还上市发行了获利颇丰的股票。

　　在阿弘上传信息的同时,另外数百万名中情公司的特约记者也在上传数百万份其他信息。中情公司的客户大多是大公司和国家首脑，这些人一直在数据库中搜寻有用的信息，如果他们发现阿弘提供的某些信息能派上用场，阿弘就能拿到报酬。

一年前，他从伯班克一家代理机构的废纸篓里偷到了一部完整的电影剧本初稿，然后上传到中情公司，结果有半打制片公司都要看，于是阿弘靠这笔生意吃喝玩乐了六个月。

但从那以后，时世变得艰难起来。四处碰壁之后他终于明白，图书馆中有百分之九十九的信息从来都不曾为人所用。

举例来讲：一个信使曾向阿弘透露，有维塔利·切尔诺贝利这么一个人，于是阿弘苦干了几个星期，研究音乐界的新动向——乌克兰"核子失真车库摇滚"团体在洛杉矶的兴起。他已经向图书馆上传了对此潮流所做的详尽注解，包括音频和视频资料，但没有一家唱片公司、代理商或是摇滚评论家愿意费神看上一眼。

阿弘这台电脑的顶部表面光滑而又平坦，只有一只广角鱼眼镜头凸出在外——这是一个抛光的玻璃半球体，覆盖着淡紫色的光学涂层。每当阿弘使用电脑时，镜头便会自动弹出，咔嗒一声就位，底座正好与电脑的上盖平齐，镜面上映射出本街区标志牌那经过弯曲和缩小的影像。阿弘觉得这镜头暗含色情意味。部分原因是几星期以来他一直都不曾纵欲，但还有更深层的缘故。阿弘的父亲曾在日本驻守多年，对相机十分迷恋。在远东服役期间，每逢休假，他总是把所有的相机都带回来。那些相机外面包裹着层层保护，当他拿出宝贝给阿弘看时，随着黑色皮套、尼龙包、拉链和系带——解开，相机逐渐现出本来面目，那种感觉就像在看一场繁复华丽的脱衣舞表演。一旦镜头最终全部暴露出来，纯粹的几何综合体便真实地呈现在眼前，显得如此强大而又如此脆弱。这一切只能让阿弘联想到，自己仿佛将鼻子探进了裙子和内衣……这让他感到自己赤身裸体，虚弱而又勇敢。

镜头可以看到整个宇宙的一半，也就是位于电脑上方的那一半，其中包括阿弘的大部分身体。这样，它基本上能知道阿弘身处何地，知道他正望向何方。

镜头下方的电脑内部有三束激光——分为红、绿、蓝三色。这些激光颇具强度，足以发出明亮的光芒，但不会强到灼穿你的眼球，烤焦你的大脑，烧透你的前额，摧毁你的脑叶。就像每个人在小学里学过的那样，这三种颜色的光能够以不同的强度组合在一起，制造出阿弘能看到的任何颜色。

这样一来，电脑内部就能发出一道细细的光束，可以是任何颜色，通过上方的广角鱼眼镜头射到任何方向。电脑中的电子镜面让这束光在阿弘的目镜上来回扫描，很像电视机中的电子束扫过显像管的内壁。由此形成的图像就悬在阿弘的双眼和他所看到的现实世界之间。

只要在人的两只眼睛前方各自绘出一幅稍有不同的图像，就能营造出三维效果。再将这幅立体图像以每秒七十二次的速率进行切换，它便活动起来。当这幅三维动态图像以两千乘两千的像素分辨率呈现出来时，它已经如同肉眼所能识别的任何画面一样清晰。而一旦小小的耳机中传出立体声数字音响，一连串活动的三维画面就拥有了完美的逼真配音。

所以说，阿弘并非真正身处此地。实际上，他在一个由电脑生成的世界里：电脑将这片天地描绘在他的目镜上，将声音送入他的耳机中。用行话讲，这个虚构的空间叫作"超元域"。阿弘在超元域里消磨了许多时光，让他可以把"随你存"中所有的烦心事统统忘掉。

现在,阿弘正朝"大街"走去。那是超元域的百老汇,超元域的香榭丽舍大道。它是一条灯火辉煌的主干道,反射在阿弘的目镜中,能够被眼睛看到,能够被缩小、被倒转。它并不真正存在;但此时,那里正有数百万人在街上往来穿行。

"计算机协会全球多媒体协议组织"的忍者级霸主们都是绘制电脑图形的高手,正是他们精心制定出协议,确定了大街的规模和长度。大街仿佛是一条通衢大道,环绕于一颗黑色球体的赤道之上,这颗球体的半径超过一万公里,而大街更是长达六万五千五百三十六公里,远比地球赤道长得多。

对许多人来讲,"六万五千五百三十六"是个难以捉摸的数字,但黑客除外。他们对这个数字可谓耳熟能详,比自己母亲的生日还熟悉:六万五千五百三十六是二的指数幂,确切地说是二的十六次方——就连这个指数十六也是二的幂,即二的四次方,而四又是二的二次方。如同二百五十六、三万二千七百六十八和二十一亿四千七百四十八万三千六百四十八一样,六万五千五百三十六是黑客世界的基石之一。在这个世界中,"二"是唯一真正重要的数字,因为电脑能识别的数字只有"二"个:一个是"零",另一个是"一"。任何一个由"二"相互连乘而形成的数字,黑客都能一眼就认出来。

和现实世界中的任何地方一样,大街也需要开发建设。在这里,开发者可以构建自己的小街巷,依附于主干道。他们还可以修造楼宇、公园、标志牌,以及现实中并不存在的东西,比如高悬在半空的巨型灯光展示,无视三维时空法则的特殊街区,还有一片片自由格斗地带,人们可以在那里互相猎杀。

这条大街与真实世界唯一的差别就是,它并不真正存在。

它只是一份电脑绘图协议，写在一张纸上，放在某个地方。大街，连同这些东西，没有一样被真正赋予物质形态。更确切地说，它们不过是一些软件，通过遍及全球的光纤网络供大众使用。当阿弘进入超元域，纵览大街，当他看着楼宇和电子标志牌延伸到黑暗之中，消失在星球弯曲的地平线之外，他实际上正盯着一幕幕电脑图形表象，即一个个用户界面，出自各大公司设计的无数各不相同的软件。若想把这些东西放置在大街上，各家大公司必须征得"全球多媒体协议组织"的批准，还要购买临街的门面土地，得到分区规划许可，获得相关执照，贿赂检查人员等等等等。这些公司为了在大街上营造设施而支付的钱全部流入由"全球多媒体协议组织"拥有和运营的一项信托基金，用于开发和扩充机器设备，维持大街继续存在。

阿弘在大街最繁忙地段附近的街区里有一所房子。以大街的标准来看，阿弘所在的街区简直老掉了牙。大约十年前，那时大街协议刚刚写成，阿弘就和几个哥们儿凑钱购买了一份首批开发许可证，创建了一个小小的黑客街区。那个时候，他们的乐土只是无边黑暗中的一小片灯火，而当时的大街也不过是一串街灯，环绕在虚空中的一颗黑色球体上。

自那时起，这片街区一直没有太大的变化，可大街却已面目全非。由于进入较早，阿弘的朋友们在这个行当里占尽先机，其中有几个甚至借此大发横财。

为什么阿弘在超元域里拥有一所漂亮的大房子，而在现实世界中却只得与别人合住一间二十英尺乘三十英尺的仓房？一个人在不动产投资方面敏锐的洞察力并非总能跨越不同的空间。

超元域的天空和大地都是漆黑一片，宛如一幅没有任何图像显示的电脑屏幕。这里永远都是夜晚,而大街上始终华丽耀眼,灿烂夺目,就像超脱了物理法则和金钱限制的拉斯维加斯。阿弘所在的街区中,人人都是编程高手,所以他们这片乐园显得颇具品位。一幢幢房子看上去非常逼真。其中有几座将弗兰克·劳埃德·赖特[①]的风格模仿得惟妙惟肖,还有几幢极富精致华丽的维多利亚风格。

如果有谁走出阿弘的街区,来到大街上,他准会大吃一惊:路边所有的建筑看上去都有一英里高。这里是闹市区,地处超元域中最发达的地段。如果从此地出发,顺着大街随便朝哪个方向走上几百公里,就会发现路边地带的开发程度逐渐下降,直到几乎等于零:只有一串稀疏的街灯,在黑天鹅绒般的地面上投下一圈圈白色的灯光。但闹市区则足有十二个曼哈顿那么繁华,被霓虹灯装点得旖旎多姿,而且高度也如同十二个曼哈顿层层叠起一般。

如今的真实世界里,也就是地球上,约有六十亿到一百亿人。无论什么时候,大多数人都在制造砖头或是拆装自己的AK-47冲锋枪。其中大概有十亿人有足够的钱能买得起电脑,这些人比其他所有人加起来更富有。在这十亿个买得起电脑的人当中,或许有四分之一的人当真会花点工夫去买一台电脑,而其中又有四分之一的人拥有足够强大的电脑,可以自如地运行"大街"协议。因此约有六千万人会在任何时候来到大街上。另外还要再加上大约六千万人,他们虽然财力不足,但还是能以其他方式进入超元域,比如通过公用电脑或是利用学校或雇主的机器。所以无论什么时候,大街上的人数都是纽约市人口的两倍。

---

①20世纪上半叶闻名世界的建筑大师。

　　正是由于这个原因,这个该死的地方才会过度发达。只要在大街上放置一块标志牌或是竖起一座建筑,上亿个地球上最富有、最聪明、最灵通的人就会在自己生命中的每一天都看到它。

　　大街宽一百米,正中贯穿着一条狭窄的单轨铁道。单轨列车是一个免费的公用软件,可以让大街上的用户快速平稳地变换自己的位置。许多人登上列车只是为了来来回回观赏沿途的风景。阿弘初来此地还是在十年之前,单轨列车的程序那时尚未开发出来。他和朋友们为了四处行走,只好自己编写汽车和摩托车软件。他们喜欢驾着软件快车在电子夜幕下的黑色荒漠中狂飙竞逐。

4

Y.T.多次有幸目睹年轻小伙子在未经准许的夜奔中把漂亮脸蛋戳进郊郡空荡荡的游泳池,但那些家伙出事时都踩在滑板上,还没见过开车飞进去的。所以说,只要你留心观察,总会发觉夜晚的郊区风景自有其怪异美丽之处。

现在Y.T.重新踏上了滑板。凭借"激进快递系统"马克四型智能轮,滑板从院子当中一路滚过。Y.T.当初之所以将自己的装备升级成如此神奇的链轮,是因为她看到了《逆风行者》杂志上登出的这样一则广告:

乱刀剁成的肉酱

——这就是你将在镜中看到的自己。如果你还踩着不堪一击的滑板,靠迟钝的固定转轮应付路面上的排气管、旧轮胎、脏雪堆、动物尸体、驱动轴、铁道枕木或是昏头昏脑的行人,那么你肯定就是这个下场。

如果你觉得自己未必会如此倒霉,那是因为你在不见人影的废弃商业街上滑得太多。最近在新泽西收费公路上,区区一英里的路段中,就连连出现上述所有这些障碍物,甚至更多。无论哪个陆上冲浪者，若想踩着寻常滑板在那段路上寻开心，肯定会把自己搞得脑浆四溅。

所谓的原教旨滑板论者宣称"一切障碍都能被越过"，千万别信这种鬼话。专业信使都知道：如果你搭上的是一辆速度飞快、足以令你享受乐趣并节省时间的车子，那么留给你的反应时间就只有零点几秒钟，如果攀附在车上的缆绳收得更紧，你的反应时间会更短。

买一套"激进快递系统"二代马克智能轮吧。它比全面翻新旧滑板更便宜，而且会为你带来更多乐趣。智能轮利用声呐、激光测距仪和毫米波雷达来识别排气管以及其他零碎废物，确保你不必在这些路面垃圾上磨炼身手。

别做守财奴——现在就升级吧！

这番至理名言让Y.T.买下了新式智能轮。它的每个轮子都由一只中轴和很多根结实的辐条组成。每根辐条分为五节，均可伸缩。辐条的末端是又宽又厚的短足，底部套有橡胶垫，每只短足都通过一个球形转向节与辐条相连，可自由转动。当智能轮滚动时，短足依次接触路面，看上去几乎就是一只完整的轮胎。每当滑板碾过障碍物，辐条便会随着地势凸起而回缩，确保冲浪者平稳通过；遇到路面坑洼时，辐条会相应伸长，自动弹簧推动短足一直探到沥青凹坑的底部。无论哪种情况都可以吸收震动，绝不会有任何磕碰、震颤或是撞击能传到滑板上，更不会让你穿着高帮匡威运动鞋的双脚感到任何不适。广告说得没错：没有智能轮，你就不可能成为一个专业的公路冲浪者。

把比萨准时送到，等闲小事一桩。Y.T.从车道旁挂着露水的草坪上一滑而过，没打半点儿磕绊，到了水泥路面便开始加快速度,然后冲下坡道来到街上。她将臀部轻轻一扭,调整了滑板的方向,随即沿着霍姆戴尔小街巡弋,寻找自己的猎物。对面车道上,一辆黑色轿车正气势汹汹地闪着刺眼的车灯,从她身边呼啸而过,朝倒霉的弘·主角那里驶去。她的激进快递骑士目镜及时变暗,挡住了害人的强光,让她能放心大胆地睁大眼睛,寻找路上的移动目标。游泳池位于这片郊郡的最高点,从现在开始全是下坡路,但坡度还不够陡,她需要搭车。

半个街区之外的一条小街上有辆面包车。那是一辆小型客货车,可怜的四缸发动机正在吱吱嘎嘎轰轰作响,车子马上就要启动。从Y.T.现在的位置正好能斜望到它。白色尾灯一闪,司机将变速杆由倒车挡、空挡挂到前进挡。Y.T.对准马路牙子迅速冲去。智能轮上的辐条探测到障碍接近,马上准确收缩,让她从马路顺利地滑上草坪,没有丝毫磕碰,能看到的只有智能轮的短足留下的一串六角形印迹,从草坪中横穿而过。地上正好有一堆流浪狗的粪便,因肉质食物中无法消化的色素而呈现红色,被辐条印有徽记的短足碾过,狗屎中于是也留下了激进快递的记号。

街对面,面包车正要驶离路边。轮胎侧壁蹭在马路牙子上,发出歇斯底里的摩擦噪音。要知道,这里是郊郡,人们宁可让自己的固特异轮胎在马路牙子上不停地蹭来蹭去,减少上千秒的使用寿命,也绝不敢冒激起民愤、遭到社会排斥的风险,把汽车再向外停几英寸更靠近路中央(别说什么"没关系,妈妈,我下车后可以自己走到路边上"),这样会对来往车辆构成威胁,对没什么准头的年轻自行车手来讲更是致命的障碍。Y.T.按下吸盘手柄上的放线按钮,放出一米长的线缆。她将线缆甩过头顶,转圈挥荡起来,像南方牛仔在舞动绳套。Y.T.打算同这辆破车跳一场贴身伦巴舞。线缆顶端的吸盘头和沙拉碗一般大小,旋转时发出阵阵哨音——这当然并无必要，但听上去很酷。

　　吸上一辆面包车需要的技巧多得超出常人想象，因为这种车其实算不上什么能够正儿八经上路行驶的交通工具，车身缺乏钢材或是其他能被磁力吸盘咬住的含铁物质。现在已经有几种超导吸盘面世，能在车体中生成涡电流，强行将车子变成一块电磁体，从而吸住铝质车身，但Y.T.没有那种装备。那是骨灰级郊郡滑板冲浪客的招牌用品，而她尽管今晚出来找找乐子，但还算不上那种发烧友。她的吸盘只能攀上钢和铁，有时碰巧还能吸住镍。眼前这款面包车唯一的钢制部分就是车架。

　　Y.T.采用的是"低抛"战术，吸盘的旋转平面几乎完全垂直于地面，每次飞旋都险些擦到快速向后退去的碎石郊区路面。她看准时机按动放线钮，吸盘从离地一厘米的高度飞出，飞行角度略微上扬，穿过马路之后钻到面包车的底盘下，吸住了钢制车架。这一击实实在在地命中了目标，牢牢吸住了这辆所谓的家用小型客货车——其实就是一团由空气、内部装潢、漆料和营销策略共同打造而成的混合物。

　　对方立时做出了反应，以郊郡的标准衡量已算得上相当机敏。这个人想要Y.T.滚开。面包车像一头荷尔蒙急速奔涌的公牛，屁股上又被斗牛骑手插上了带倒刺的花标，于是猛然向前冲去。开车的人可不是位老大妈，那是年轻的斯达德利，十几岁的毛头小子。和这片郊郡的所有男孩一样，他从十四岁起就每天下午在中学更衣室朝静脉里注射马睾丸激素了。如今他块头庞大，脑筋迟钝，让人一看就知道他心里在转什么念头。

　　他的车开得飘忽不定，靠人工手段隆起的肌肉显然不大听他使唤。铸模制造的栗色方向盘上压着皮革纹路，气味闻上去就像妈妈爱用的润手乳液，让他的情绪愈加狂暴。面包车时而猛冲,时而减速,因为他总是狠踩油门,可把油门踩到底看来也不起什么作用。他想让这辆车像自己的肌肉一样,力量强得让他不知道怎么使唤,但却徒劳无功,车子处处跟他作对。斯达德利只好妥协,他按下标有"动力"的按钮。另一个标有"节能"的按钮顿时砰然弹起,失去了效用。这就像教学示范,提醒他两个按钮互相排斥。车子小小的发动机调到了低速挡,让人感到马力更强劲了些。他牢牢踩住油门,沿着考蒂奇高地大街疾速狂奔,客货车的时速逼近了一百公里。

考蒂奇高地大街的终点是个丁字路口,与贝尔伍德谷地路相接。快到路口时,斯达德利突然看到了一只消防栓。出于安全考虑,温莎高地小区的消防栓不计其数,为了保证地产价值,它们全都经过精心设计。这些消防栓可不是平常那种矮墩墩的铁家伙——印有某个工业革命时代破落铸造厂的名字,身上涂着上百层廉价的市政油漆。眼前这种消防栓由黄铜制造,每个周四上午都被机器人擦得锃光瓦亮,模样尊贵的输水管昂然直立于郊郡通过化学方法种植的完美草坪之上,堂而皇之地展示着一组三个水龙带接口,供前来救火的消防员选用。在电脑屏幕上构思出此等精品的唯美主义大师还设计了"维多利亚王朝"住宅、品味宜人的邮筒和位于每个交叉路口、墓碑般的巨型大理石街牌。尽管这些作品的设计出自电脑屏幕,但其风格却着眼于往昔岁月和被遗忘之物的典雅风范。这种档次的消防栓让有品位的房主因其出现在自家门前的草坪上而备感骄傲,也让房地产商不再觉得有必要将它们从照片上隐去。

该死的信使马上就会送命,缠在消防栓上死翘翘。睾丸激素男孩斯达德利会好好收拾这家伙。只需要个小花招就行,他在电视上看过,电视可从不撒谎,他在脑海里也曾练习了许多次。在考蒂奇高地大街上把速度加到最大，随后突然转向，同时猛拉手刹。小客货车的屁股会甩向前方，强力牵引之下，牢不可破的线缆末端那个讨厌的信使会像鞭梢一样被横甩出去，飞向消防栓。毛头小子斯达德利将大获全胜，得意洋洋地放手驶上贝尔伍德谷地路，开进外面那个有许多最酷靓车的精彩世界，让他可以安闲自在地还掉已过租期的录像带：《漂流筏勇士第四部：最后一战》。

　　但这一切都不会变成现实，因为Y.T.虽然对驾车人的打算一无所知，但已经有所怀疑，于是对车中人的内心世界做了一番估量。她看到了一英里之外正在逼近的消防栓，看到了斯达德利伸出一只手放在手刹柄上。一切都显而易见。她不禁为斯达德利之流感到可惜。她放长线缆，让自己有更多的缓冲余地。果然，驾车人狠打方向盘，猛拉手刹，小车登时朝斜刺里冲去，但晃过了头，而且计划并未得逞，没能将她甩出去。Y.T.脱身了。在车尾打转的一瞬间，她将线缆用力一收，把天赐的角动量转化成前进的速度，以每分钟超过一英里的速度擦着面包车身疾飞而出。半空中，她发觉自己正朝一座标有"贝尔伍德谷地路"的墓碑状大理石街牌撞去，连忙斜身闪避，做了个凶险的空中转弯。智能轮的辐条紧扣住人行道，把她推离了石碑。由于身体过于倾斜，她几乎可以伸手触到地面。最后还是辐条再发神威，助她跃上了要走的那条街。与此同时，她关闭了吸住车子的电磁力。吸盘头松脱落地，弹跳着拖在她身后的路面上，随着线缆自动收到尽头而与手柄合为一体。Y.T.以惊人的高速直冲郊郡的出口，而在她身后，小客货车打着横撞上了石碑，爆炸般的撞击声轰然响起，在她五脏六腑间回荡。

　　她蹲身从安全门下滑过，冲进瓦胡岛路上的车流之中。她插到两辆宝马之间,二车连忙急打转向,高声鸣笛,同时发出刺耳的尖叫。两位宝马车手都在刹那间做出了规避动作,这是在仿效宝马广告中的那些驾车者,以此让自己相信他们买的车货真价实,并未被车厂敲竹杠。Y.T.一仰身,像个胎儿似的蜷起手脚,从一辆半挂拖车的底盘下钻过,一头撞向路中央隔离带上的泽西防护墩①,似乎马上就要丢掉性命。但对智能轮来讲,防护墩只是小菜一碟,因为墩体下方的突出部位带有坡度绝佳的斜面,仿佛专为公路冲浪者设计。Y.T.踏板滑上隔离墩的半腰,随即轻轻一转身,平稳顺畅地在车道上落地,重新在车流中疾行。一辆车刚好就在面前,她甚至不必再抛出线缆,一伸手就把吸盘粘在了后备厢盖上。

这个驾车者顺从地接受了自己的命运,既不在意,也不同她纠缠,一路把她带到了下个郊郡白柱区的入口。此地极富南方风格,而且相当注重传统,是实行种族隔离的郊郡之一。大门上方高挂着装饰华丽的大幅标牌:仅限白人入内。非白种人必须接受专门处理。

Y.T.有白柱区的通行证。她的通行证在任何地方都有效。法宝就在她胸前,是一片小小的条码。她向入口冲去时,一束激光扫过条码,供外来者出入的大门随即为她豁然开启。精心装饰的铸铁大门颇为华丽,但白柱区生活节奏紧张匆忙的居民可没时间闲等在郊郡入口,看着大门以南方佬那种庄重而又奸邪的方式慢吞吞地打开,于是他们把大门的开关机制搞得像电磁轨道炮一样生猛。

白柱区中的林荫小道洋溢着南北战争之前的旧式风情,路边是一片又一片小型种植园。最初起源于毛头小子斯达德利油

---

① 高速公路上的一种坚固的保护性路障,也是一种阻止进入禁区的方法。

箱的残余动能带着 Y.T.继续滑行。

　　世界上充满了动力和能量,只需从中略微揩点油,一个人就能走得很远。

　　比萨盒上,发光二极管显示出的时间已是29分32秒,而那个叫外卖的家伙,"胖球"先生,连同邻居"桃心"两口子和"圆腔"一家,全都聚在他家小种植园前的草坪上,开始提前庆祝,就好像他们买到了肯定能中大奖的彩票。从这家的前门可将整段瓦胡岛路一览无余,他们看不到路上有任何东西像是"我们的事业"比萨速递车。且慢,那个信使有些古怪,从她身上似乎能嗅到什么特别的味道。那姑娘胳膊底下夹着个四四方方的大玩意儿,可能是公文包,装着一份广告设计新方案,送到下片街区里,供某个满脑子白人至上信条的市场部头头过目,但是——

　　"胖球""桃心"和"圆腔"三家人全都死盯着她,张口结舌。剩下的能量刚好够她荡进这家的车道,动量顺势把她送到了坡道的顶端。Y.T.在"胖球"先生的本田阿库拉和他太太的面包车旁停住,走下滑板。辐条察觉到主人已经离开,于是自动平伸,稳稳立足于车道顶端,防止滑板后溜滚下坡去。

　　一道炫目的光芒突然从天而降,笼罩在众人身上。骑士目镜的保护让她免于瞬间失明,但苦等比萨的主顾们全都屈膝隆肩,似乎不堪这束光线的重负。几个男人抬起多毛的手臂挡在额头,来回扭动着水桶般的腰身,想找出光源究竟位于何方。他们彼此咕哝出只言片语,约略推测光线的来源,似乎对眼前的一切已经一目了然。而女人们则低声叽叽咕咕,显得急躁不安。全赖骑士目镜的神奇效果,Y.T.依然能够看到发光二极管的显示:29分54秒,正是在这个时刻,她把比萨扔到"胖球"先生的鞋尖前。

神秘的光线消失了。

其他人仍然没有恢复视力,但Y.T.的骑士目镜能够看穿夜幕,将一切景物转成近乎红外线影像的效果。她看到了光线的来源,那是一架双桨叶隐形直升机,正在邻家房子上空三十英尺处盘旋。它全身涂成极有品位的黑色,未加任何修饰,不是新闻报道小组的飞机。不过,空中还有另一架老式直升机正在隆隆作响,机身上抢眼地涂画着最时髦的标志,此刻正发出阵阵轰鸣,从白柱区空域飞过,用机上的探照灯扫荡着一片片种植园,满心希望能率先抢到独家大新闻:"晚十一点摄像报道:今夜一份比萨派送迟到。稍后,本台专访记者会做出推测——既然恩佐大叔不得不访问这个标准都市小区,那么他将在何处停留。"但那架黑色直升机已经关掉了强光,要不是双涡轮喷气发动机仍旧射出红外线尾迹,它几乎根本不露行藏。

那是黑手党的直升机。他们只想把事情的整个过程录下来,有了这样的录像资料,如果"胖球"先生决心向鲍勃法官的司法系统提起诉讼并索赔免费比萨,他在法庭上的无理取闹就根本站不住脚了。

另外又发生了一件事。今晚的夜空一片乌烟瘴气,大风从弗雷斯诺吹来了几百万吨浮土,所以激光束从中划过时显得十分清晰。一条细细的直线,像穿着百万颗红色闪光颗粒的光纤,骤然从直升机上射出,点中了Y.T.的前胸。随后激光束缓缓展开,变成一道狭窄的扇形,宛若一个由红光构成的锐角三角形,用底边罩住了Y.T.的躯体。

时间持续了半秒钟。他们在扫描Y.T.前胸佩戴的大量条形码。他们要弄清她究竟是何方神圣。黑手党现在知道了Y.T.的一切：她住在哪里，做什么工作，眼睛的颜色，信用记录，世系祖籍，还有血型。

扫描结束之后，直升机倾身转弯，消失在夜色中，就像一只冰球滑进了一碗印度墨水。"胖球"先生说了些什么，像是在拿刚从指缝间溜走的好运开玩笑，其他人勉强挤出一阵笑声，但Y.T.听不到，因为他们的动静全都湮没在新闻直升机的轰鸣之中，他们的人也仿佛在探照灯下瞬间速冻，变成晶体。夜空中满是飞虫，现在Y.T.看得清清楚楚，它们排成神秘的队形盘旋飞舞，攀在众人身上或是随着气流飞行。她的手腕上也落了一只，可她没有去打。

探照灯徘徊了一分钟之久。盛着比萨的大方盒子，带有"我们的事业"标志，无声地证明了一切。飞机盘旋着，拍下一小段图像，以备日后万一用到。

Y.T.已经觉得无聊了。她踏上滑板。轮子马上展开变成圆形。她拐了几道急弯，绕过一辆辆汽车，顺坡滑到了街上。探照灯跟了她片刻，大概是拍些备用资料。录像带很便宜，而且谁也不知道某些东西什么时候会有用，所以不如多拍一点吧。

人们就这样谋生——比方说，专门搞情报的人，像弘·主角那样的人。他们或是有本事掌握各种素材，或是四处乱转拍东西。他们把搞到的资料放进图书馆。如果有人想知道某件他们知道的事情，或是想看他们拍的带子，就会付给他们钱，然后到图书馆借阅，或是干脆买下来。这种行当很古怪，但Y.T.喜欢其中的理念。一般来说，中情公司对信使毫不在意，但显然阿弘同他们有交易。说不定她可以跟阿弘做笔交易，因为Y.T.知道很多有趣的小事情。

而现在，她又知道了一件小事情：黑手党欠她一个人情。

5

阿弘朝大街走去,看到了两对年轻男女,大概是用父母的电脑来超元域约会。他们正从零号入口下来,那里既是局部入口①,又是单轨列车的车站。

当然,他看到的并非真人,全都是电脑根据光纤传输的数据规格绘出的动态画面。超元域中的每个人其实都是软件,名为"化身",是人们在超元域里互相交流时使用的声像综合体。现在,大街上的阿弘同样是化身,如果那两对男女走下单轨列车时朝他这个方向看一眼,他们也能看到他,就像阿弘看到他们一样,大家还可以凑在一起聊聊。但阿弘本人此时位于洛杉矶的"随你存",而这四个姑娘小伙儿可能每人抱着自己的笔记本电脑,正坐在芝加哥市郊的沙发上。不过,他们大概不会同阿弘交谈,就像在现实世界里,这些好孩子绝不想跟一个身佩双刀、衣着华丽的独行混血仔搭话一样。

每个人的化身都可以做成自己喜欢的任何样子,这就要看你的电脑设备有多高的配置来支持了。即使你模样很丑,仍旧可以把自己的化身做得非常漂亮。哪怕你刚刚起床,可你的化

---

①见下文解释。

身仍然能够穿着得体、装扮考究。在超元域里,你能以任何面目出现:一头大猩猩,一条喷火龙,或是一根会说话的大阴茎。在街头走上五分钟,你就能见到所有这些千奇百怪的玩意儿。

阿弘的化身同他本人没什么两样,唯一的区别是,无论阿弘在现实世界中穿什么衣服,他的化身总是身披一件黑色的皮制和服。大多数黑客都不喜欢过于花哨的化身,因为他们知道,用电脑表现一张真人的面孔,要比描画会说话的阴茎复杂得多。这就像真正懂得衣着之道的人才会欣赏精致的细微之处,同是灰色的羊毛西装,行家靠察微辨细就能将廉价货和昂贵的手工裁剪制品区分开来。

人们不能在超元域中的任何地方随意现身,不能像《星际迷航》里的柯克船长那样凭借光束从天而降。这会引起混乱并激怒周围的人,也会破坏超元域的象征意味。大家认为,在超元域凭空出现,或是骤然消失返回现实,这些事应当私下做才对,最好在自己家里进行。到了今天,大多数化身从解剖学角度来讲都极为合乎真人标准,刚被造出来的时候跟婴儿一样赤身裸体,所以,你应当首先确保自己表现得体,然后才能在大街上露面,除非你本来就是个下流货色,而且你全不在乎。

如果你是个雇工,没有自己的房子,比方说,总是通过公用终端进入超元域,那么你就会在入口处现身。大街上共有二百五十六个高速入口,沿着环绕超元域星球的周长平均分布,各入口相隔二百五十六公里。每个高速入口之间又平均分布着二百五十六个局部入口,彼此相隔一公里(学过黑客符号学的人若是眼光敏锐,便会注意到"二百五十六"这个数字像着了魔似的被一再重复。它是二的八次方。其实就连"八"看上去也很有趣,因为它是"二"的二次方再乘上二)。入口的功能同机场有些相似：这里是你从别处进入超元域的地方。一旦你在入口现身，就可以到大街上走走，或是跳上单轨列车，去做任何事情。

刚从单轨列车下来的那两对儿买不起定做的化身，自己又不会编写程序，所以只能买普通成品。其中一个女孩的模样看起来很不错，在K级通信产品组合里应该算是相当时尚了。看样子她买的是"化身组合套件"，用各种部件为自己组装了一个量身定制的化身。或许这个化身真跟主人有些相像。她的男友看上去也不错。

另一个姑娘的化身是"布兰迪"，她的男友则是"克林特"。布兰迪和克林特都是当下正流行的现成型号。当那些囊中羞涩的中学女生想在超元域约会时，总是要跑到本地沃尔玛超市的电脑游戏专柜去买一个布兰迪化身。她们可以选择三种胸围尺寸："大得超常""大得骇人""大得可笑"。布兰迪只有几种有限的面部表情："娇嗔可爱""漂亮风骚""活泼好奇""笑靥宜人"和"精灵古怪"。她的眼睫毛足有半英寸长，而且由于这种软件卖得太便宜，所以设计者干脆敷衍了事，把睫毛画得像坚硬的黑檀木片。当布兰迪眨动双眼时，你几乎能感觉到睫毛扇起的微风。

克林特是同布兰迪半斤八两的男性角色。他粗犷而又英俊，面部表情更是少得可怜。

阿弘暗想，不知这两对儿是怎么凑到一起的。他们显然来自不同的社会阶层。或许是姑表堂亲的兄弟姐妹。他们很快就走下电动扶梯，消失在人群中，与大街融为一体，街上的布兰迪和克林特多得简直能形成一个新种族了。

大街上相当热闹，因为此时的欧洲正值清晨，现在来这儿的人大多是美洲人和亚洲人。美洲人占多数，所以人群看上去有一种超现实的浮华之感——亚洲现在正是午间，大家都穿着深蓝色的西装；而美洲已到了入夜欢会时分，来客的打扮极尽电脑之所能，千姿百态无奇不有。

阿弘刚一跨过他那个街区同大街的分界线，一个个彩色图形立刻从四面八方飞扑而来，好似兀鹰扑向公路上刚被碾毙的遗骸。阿弘所在的街区不允许出现动画广告，但大街上几乎没有任何禁忌。

一架战斗机从空中飞过，突然迸射出熊熊烈焰，脱离航线后以两倍音速朝阿弘直直地飞坠下来，一头扎在他面前五十英尺处，随即解体、爆炸，绽放成一朵混杂着残骸和火焰的云团，从人行道上漫卷而过，将他裹挟其中。一时之间，阿弘眼前只有乱窜的火舌。电脑的模拟再现极度完美，令人叫绝。

就在这时，画面突然凝滞不动，一个人出现在阿弘面前。此人是个典型的黑客，满脸胡须，面色苍白，瘦骨嶙峋。为了让自己看上去更强壮些，他身穿一件大号防风夹克衫，上面印有超元域一家大型游乐场的标志。阿弘认识这家伙，他们二人以前常在交易会所碰面。近两个月来，他一直在鼓动阿弘为他工作。

"阿弘，我就是搞不懂，你对我为啥总是敬而远之？我们在赚钱，大把的港币和日元。说到报酬，无论你要薪水还是猛药都好商量。我们打算做一个名叫'剑和魔法'的东西，正需要有你这身本事的黑客。你老兄还是屈尊和我谈谈吧，怎么样？"

阿弘理都不理，径直穿过那人的影像，它马上不见了踪影。超元域的游乐场还算很棒，有大量交互式的三维电影游戏可玩。但归根结底，那些只不过是视频游戏。阿弘还没有穷到去为这家公司写视频游戏的地步；另外，企业归日本人所有，这倒无关紧要，但倒霉的是公司还由日本人管理，这意味着所有程序员都得穿上白衬衫，早晨八点上班，坐在小隔间里，还得开那些烦人的会。

阿弘在十五年前就明白这行当是怎么回事了。当时的黑客还可以坐下来自己一个人写出整部软件，如今却不再可能。软件都是出自工厂的制成品，而黑客或多或少只算是流水线上的装配工。更糟糕的是，他们可能会变成管理人员，再不必自己去写任何程序代码了。

阿弘生怕自己有朝一日也会变成装配工，正是黯淡的前景激励他今晚出来游荡，寻找一些真正有价值的好情报。他尽量振作精神，努力打破因长期失业造成的萎靡不振。一旦跻身于圈子里，你会发现情报这个行当其实相当了不起。凭阿弘的关系，做这种事应该不成问题。他只需认真对待就行。认真点，认真点。问题是，让他对什么事情认真起来实在太困难了。

他欠黑手党一辆新车。这是个让他认真起来的好理由。

他从单轨铁道下面径直穿过大街，朝一幢低平的黑色大型建筑走去。在大街上，它显得格外阴郁，就像一处被人遗忘的未开发之地。这座楼宇既矮且宽，外形恰似被削去顶部的黑色金字塔，只有一道大门——既然超元域中的一切都出自虚构，所以没有条令规定必须建多少个紧急逃生出口。这里没有门卫，没有标志，没有任何设施阻止外人入内，然而却有数千个化身在门外徘徊，不时朝里面窥探，盼着能看到些什么。这些人全都无法通过那道门，因为他们没有受到邀请。

大门上方有一只黯淡无光的黑色半球体，直径约有一米，镶嵌在大楼正面的外墙上。它算是此地最近乎装饰物的东西。在半球下面，黑色墙体上刻着一串字母，那就是这座建筑的名字：黑日。

当然,这算不上建筑上的杰作。大五卫、阿弘和其他黑客编写黑日大厦的程序时,没有足够的钱去雇佣建筑师或设计师,于是干脆选用了简单的几何图形。不过,在门口打转的化身们似乎对此并不在意。

太拥挤了。如果这些化身是站在真实大街上的真人,那么阿弘根本无法走到门口。但负责大街运作的电脑系统还有更重要的事情需要料理,无暇一一监控数百万个化身,防止他们彼此撞在一起。电脑懒得费力去解决这个复杂得不可思议的难题。所以在大街上,化身们只需径直穿过对方的身体向前走就行。

因此,阿弘穿过人群走向大门时,他真是名副其实地"穿过"了人群。每当大家像这样挤在一起,电脑就会把所有化身简化得如同幽灵一般,人人都成了半透明的鬼影,让你可以看清自己要去的方向。阿弘自己的模样依然清晰实在,不过旁人全都形同鬼魅。他像穿越雾霭一样从人群中走过,清清楚楚地看到黑日就在眼前。

阿弘跨过地界标线走进大门入口。就在这一瞬间,在门外徜徉的所有化身眼前,他的身形真切地变成了实体。化身们异口同声地尖叫起来,这倒不是因为他们认识阿弘——他只不过是个快要饿死的中情公司情报记者,栖身于机场旁的"随你存"仓房。重要的是,全世界只有几千人可以跨过那条分界线,走进黑日。

阿弘转身朝近万名尖声狂喊的崇拜者望去。此时他一个人站在门口,不再湮没在化身的洪流之中,可以清清楚楚地看到人群前排的所有人。他们全都用最狂野、最华丽的化身装扮着自己,希望大五卫——黑日的老板和首席黑客——能邀请他们进去。他们个个急不可耐,汇成了一堵歇斯底里的人墙。其中有容貌卓绝的美女,由电脑精心描摹润饰,以每秒七十二帧的频率显示出来,就像一个个三维立体版的《花花公子》封面女郎。她们都是渴望被发掘的明日之星。其他一些化身将自己扮成模样狂野的抽象图形,好似由光线构成的一团团旋风。这些人是黑客,满心期待大五卫能注意到他们的才华,邀请他们进去,给他们一份工作。此外还有不少黑白两色的化身散布在人群中,他们通过廉价的公用终端进入超元域,呈现出的黑白图像颗粒粗大,时停时动,非常不稳定。其中好多人是身无长技的平庸之辈,但变态地狂追明星,一门心思幻想自己能把某个女演员一刀捅死。在现实世界中,他们根本无法接近自己的偶像,只好戴上目镜进入超元域来追寻猎物。人群中还有用激光打出来的未来摇滚明星,看上去好像刚刚走下演唱会的舞台。此外,这里还能看到日本商人的化身,被尖端设备描摹得精致绝伦,可依然身穿西装,显得拘谨保守,一副单调无趣的模样。

其中有个黑白人显得十分醒目,因为他的个头比旁人都高。大街协议中规定,化身的高度不得高于本人,这是为了防止有人使用一英里高的化身四处晃荡。此外,那个高个子看样子使用的是付费终端——从图像质量判断,肯定是的。那种终端不可能对化身加以虚饰,只会显示他的本来面目,就是图像质量不大好。在大街上跟一个黑白人聊天,就像同一个把脸贴在复印机上的人交谈——试想你站在机子的出纸口旁,把复印件一张接一张地抽出来,看着这些黑白面孔,感觉就是如此。

那人留着长发,头发从正中分开,像拉开的窗帘一样露出额头上的文身图案。由于分辨率太差,那片刺青根本看不清楚,但瞧上去似乎是一串文字。他还留着两撇八字胡。

这家伙察觉到了阿弘的目光,迎着他的目光回望过来,全身上下细细打量着阿弘，特别留意他的双刀。

黑白人咧嘴一笑，像是感到满意，像是表示认可，像是他知道某件阿弘不知道的事情。那家伙就那么站在那里，交叉双臂抱在胸前，似乎觉得很无聊，正在等待什么事情发生。随即，他垂下手臂，以肩膀为轴散漫地甩了甩，就像运动员在做热身活动。他举步尽量走近阿弘，向前探过身体——有这么一个大块头挡在前面，阿弘能看的只有他，以及他身后被动画商业广告的闪光尾迹撕得支离破碎的黑色天空。

"喂，阿弘。"黑白人说，"你想试试'雪崩'吗？"

很多在黑日门前闲荡的人都爱说些古里古怪的话，对此尽可以不加理睬。但这句话引起了阿弘的注意。

事情有许多离奇之处，其一：那家伙知道阿弘的名字。不过，人们可以通过各种渠道获取这一信息，或许没什么大不了的。

其二：刚才这话听上去像毒贩在兜售毒品。在现实世界的酒吧里，这是寻常之事，但此地是超元域，谁也没办法在超元域里卖毒品，因为你不可能只瞅一眼那些妙药就体验到飘飘欲仙的感觉。

其三：毒品的名字可疑。阿弘以前从未听说有哪种药名叫"雪崩"。这倒也很平常，每年都会有上千种新毒品问世，每种在出售时都会有半打名号。

问题在于，"雪崩"是个电脑术语，指一种系统故障。此类故障通常称为"臭虫"，但"雪崩"却和普通臭虫不同。这种故障出自电脑的底层结构，会对控制显示器电子束的部件造成破坏，令电子束在屏幕上到处乱扫，把完美的像素栅格变成一片飞旋的暴风雪。这种场面阿弘见过上百万次,但对于毒品来说,这个名字实在非同寻常。

真正引起阿弘注意的还是那人的自信。他全然一派镇定的神情,丝毫不动声色,让阿弘感到自己像是正在同一颗小行星打交道。如果那家伙说的话跟正经事哪怕有一丁点儿关系,这种做派倒也无可厚非,但可惜并非如此。阿弘想从他的脸上看出一些线索,但离得越近,那粗陋的黑白化身就越像是要分解成边缘粗糙、不停抖动的像素颗粒,就像一个人把鼻子贴在出了毛病的电视机屏幕上看到的那样,让阿弘直觉得牙疼。

"对不起,"阿弘问,"你刚才说什么?"

"你想试试'雪崩'吗?"

那家伙说话带着一种干脆利落的口音,阿弘无法确定他是哪里人。他的声音和图像一样差。阿弘能听到背景中汽车从那人身边驶过的声音。他一定是用某条高速公路旁的公用终端进入的超元域。"我不明白,"阿弘说,"'雪崩'是什么?"

"是毒品,蠢货。"那人说,"你以为是什么?"

"等等。我以前可没听说过这种新玩意儿。"阿弘说,"你当真以为,我会在这里付你钱?然后我该怎么办?等着你把货寄给我?"

"我刚才说让你试试,不是要你买。"那人说,"用不着付我钱,这是免费试用品。你也不用等什么邮件,这会儿就能拿到。"

说着,他伸手从口袋里掏出一张超卡。

超卡看上去就像一张名片,同样是某种化身。在超元域里,超卡代表着海量的数据,可以是文本、音频、视频、静止图像,或者任何可以用数字表达的信息。

试想一下一张普通棒球卡,上面通常都有一幅图片,几段文字,还有一些数据资料。但一张棒球超卡里能装下一段影片,播放这名球员参赛时的精彩场面,画面质量如同高清电视一样完美;还可以容纳一部完整的传记,由球员本人亲自朗读,转录为数字立体声;另有一个包含全套统计资料的数据库,随附专用软件供使用者查询所需数据。

超卡可以存储无限容量的信息。就阿弘所知,眼前这张超卡可能包含了国会图书馆中所有的图书,或是《夏威夷50特警》的全集①,或是吉米·亨德里克斯②的所有唱片,或是1950年的人口普查资料。

或者,更有可能是各式各样、凶险异常的电脑病毒。只要阿弘伸手接过这张超卡,卡片所代表的数据就会从那家伙的系统传入阿弘的电脑。当然,阿弘在任何情况下都不会碰它,就好像谁也不会在时代广场上从陌生人手里接过一支白送的注射器,再把针头戳进自己的脖子。

再说,这根本不合情理。"这是张超卡。可我记得你刚说过,'雪崩'是毒品。"阿弘说。他完全被搞糊涂了。

"它是毒品。"那人说,"你可以试试。"

"它会搞坏人的大脑吗?"阿弘问,"还是搞坏电脑?"

"都会搞坏,或者说,都搞不坏。这有什么区别呢?"

阿弘这才意识到,他刚刚浪费了生命中宝贵的六十秒,跟一个精神分裂的偏执狂进行了一场毫无意义的对话。他转过身,走进了黑日。

---

①Hawaii Five-O,美国热门电视连续剧。

②Jimi Hendrix,美国著名摇滚歌星、吉他大师及作曲家。

6

白柱区的出口处停着一辆黑色汽车,像一头蜷伏着的黑豹,锃亮的钢制车身映射出瓦胡岛路的标志牌。这是个警察小组,"超元警察无限公司"的机动小组。车门上凸饰着一枚银亮的徽章,是个盘子大小的镀铬警徽,标有这家私营保安维和组织的名字,上面还醒目地写道:

拨打1-800呼叫警察
各大信用卡均可接受

超元警察无限公司是白柱区的正式保安维和力量,同时也负责温莎高地、熊奔高地、肉桂林等小区和苜蓿地农场的安全。此外,他们还在"通途道路公司"经营的所有公路和支路上维持交通秩序。几个特许经营组织也雇佣他们,比如"正开曼"和"阿尔卑斯"。但很多特许城邦更愿意拥有自己的保安力量。可以打赌,"超元坦桑尼亚"和"新南非"肯定自行解决治安问题,而很多人之所以愿意成为这些城邦的公民,就是为了能被征选加入保安部队,从而谋到一份工作。不用说,"新西西里"也有自己的保安力量。但"昏醉哥伦比亚"根本不需要这类机构，因为就算人们临时开车路过那片凶蛮之地，只要时速低于一百公里，就会心惊胆战（所以每辆车都是一路高速狂奔，生怕惹上麻烦。在昏醉哥伦比亚领地分布较多的街区，Y.T.总是能搭上飞快的顺风车）。至于"李先生的大香港"，所有特许城邦的鼻祖，则以典型的香港方式解决安全问题，用机器人维持治安。

超元警察公司的主要竞争对手是"撼世保安公司"，这家机构负责监控"漫游大道公司"属下的所有道路；同时还在全球各地开展业务，服务客户有迪克希南部传统区、皮克特种植园、彩虹高地（请注意，这可是两个种族隔离郊郡和一个黑西装阶层聚居区），还有某某河畔草场谷地小区（至于某某河叫什么名字，大家彼此心照不宣）以及砖厂站。撼世公司的规模比超元警察公司小，但签约客户均属高消费阶层。据说它的间谍机构比超元警察公司更发达。其实，如果客户当真有情报方面的需要，撼世公司也不过就是找中央情报公司的业务代表聊聊，把事情交给中情公司去做。

超元警察公司的另一个竞争对手叫"强制执行者"，但他们的要价很高，而且不大服从监督。传说那帮人在制服下面穿着T恤衫，上面印着强制执行者自造的盾形徽章：一只紧握警棍的手，还醒目地写着几个字——"有种就去告我"。

此时，Y.T.顺着缓坡滑向白柱区沉重的铁门，等着它轰隆隆地打开。但她等了又等，铁门却没有半点要打开的迹象，警卫室里也没有射出激光束来核实Y.T.的身份。看来系统被人从自动运行状态转成了手动控制。如果Y.T.是个傻乎乎的过路者，肯定会上前向超元警察询问原因，而超元警察会说："事关城邦安全"，仅此而已。这些郊郡！这些城邦！全都这么小，这么不安全，以至于任何事情，哪怕是没有修剪草坪，或是音响开得太吵，都会成为影响国家安全的大问题。

绕过围墙是不可能的。机器人锻造的铁制栅栏高达八英尺，把整个白柱区围得严严实实。她滑到门前，抓住栏杆用力摇晃，可那扇门又大又结实，根本摇晃不动。

条例不准超元警察靠在他们的车上，那会让他们显得懒散疲弱。他们可以摆出那种姿势，看上去像靠在车上，甚至可以像Y.T.眼前这个警察一样，大大咧咧地装出一副快倒在车上的样子，但就是不能当真靠上去。再说，他们的"组合式个人装具背带"上耀武扬威地挂满了"便携式个人装备套件"，它们会蹭坏汽车的面漆。

"老兄，拜托把这个路障挪开，我还要去送货呢。"Y.T.向那个超元警察招呼道。

就在这时，机动警车里传来一声带着水音的爆响，赶不上爆炸声那么响亮，听上去就像一个撇跤子卷起舌头吐出一口浓痰，发出柔和的"吧嗒"声；又像是正在大便的婴孩进出遥远而又沉闷的"噗噜"声。Y.T.的手正抓着大门上的铁栏杆，突然感到一阵刺痛，随即觉得冰冷刺骨，同时又火烧火燎，几乎不能动弹。她闻到了乙烯的味道。

那个超元警察的搭档从警车后座钻了出来。后车门的窗户一直开着，但机动警车的各部分全都漆黑而又耀眼，只要车门不动，你根本看不清车子的细部状况。两个超元警察，戴着闪亮的黑色头盔和夜视镜，正咧开嘴巴狞笑。从车里钻出来的家伙手里举着一具短程化学约束投射器，称为痰液枪。他们的小花招得逞了。Y.T.刚才没想到用骑士目镜扫描一下后座，找找那里有没有发射黏液的狙击手。

枪口射出的痰液在半空中展开时约有橄榄球大小。它拉出的纤维纤细但极为坚韧,加起来长达数英里,样子很像意大利面。面条上的调味酱又黏又稠,只在刚射出的一瞬间呈液态,随后便开始迅速凝固。

超元警察必须携带这种装备,因为每个特许国的地盘都小得可怜,根本无法放开手脚追逐疑犯。而那些不法之徒,其实几乎总是无辜的滑板客,通常只需滑上三秒钟就能逃到相邻的特许城邦里去避难;而且,警察身上的"组合式个人装具背带"笨重得令人难以置信,简直像体积庞大的枝形吊灯,连同挂在上面的各种装备,严重拖慢了追击速度,以至于无论什么时候他们想迈步跑起来,总会遭到旁人的嘲笑。但超元警察并没有采取措施减轻累赘,反而又在背带上增添了更多东西,比如痰液枪。

鼻涕一样的纤维滴坠物把 Y.T. 的手和前臂裹了个严严实实,捆在大门的栏杆上。多余的黏液顺着栏杆向下流淌,没流多远就渐渐凝固,变成橡胶似的东西。几缕松垂的纤维向前甩过来,攀住了她的肩膀、前胸和下颌。她向后退去,黏液与纤维团分离开来,拉出极细的长丝,像经过加热的莫扎雷拉奶酪。细丝很快凝固、变硬,随即断裂,烟雾似的卷曲飞散。这玩意儿并不算十分怪诞可怖,现在她的脸已经从黏丝中挣脱开来,但那只手仍被死死粘住,丝毫动弹不得。

"我们在此向你提出警告,未经我方口头明确许可,你方的任何举动都有可能令你的身体遭受直接危害,并因此导致心理创伤。另外,取决于你个人的信仰体系,当你的身体遭受直接危害时,你方在精神方面也可能因此受到伤害。你方的任何举动,都被视同你已默认并不可逆转地接受此类伤害。"第一个超元警察说。他的腰带上有一只小小的扬声器,将这番话同时翻译成西班牙语和日语。

第二个超元警察补充道:"换成我们以前常用的说法,就是说:别动,蠢货!"

"蠢货"这个词不易翻译,小扬声器里分别冒出了"存货"和"出火"两个音。

"我们是超元警察无限公司的授权代表。根据白柱区法规第二十四章第五条第二款,我们有权在这个地区采取行动,行使警察权力。"

"比方说,跟无辜的滑板客找茬。"Y.T.说。

超元警察关掉翻译器。"鉴于你讲英语,即被视同你已默认并不可逆转地同意我们此后的对话用英语进行。"他说。

"可你连我Y.T.在说什么都没听明白。"Y.T.说。

"你被指认为一起记录在案的犯罪行为的调查对象。该案据称发生于另一地区,即温莎高地小区。"

"老兄,那是另一个城邦。这里是白柱区!"

"根据温莎高地小区法规的规定,我们有权在该地区执行法律、维护国家安全并保持社会和谐。根据温莎高地小区和白柱区之间的协约,我们有权将你暂时羁押,直到你作为调查对象的身份得以解除。"

"你落到我们手里了。"第二个超元警察说。

"由于你的行为不具攻击性,同时也未见携带武器,因此我们无权采取激进措施来确保你的合作。"第一个超元警察说。

"只要你老实一点,我们就不会贸然出手。"第二个超元警察说。

"尽管如此,我们佩有各种装备,其中包括但不限于可发射武器。一旦使用上述武器，可能会对你的健康和人身安全立即形成极端危害。"

"敢耍什么花招，我们会轰掉你的脑袋。"第二个超元警察说。

"快把我他妈这只手解开吧。"Y.T.说。这些话她都听过上百万次了。

　　和大多数郊郡一样，白柱区没有监狱，也没有警察局。因为这些设施过于不雅，有损地产价值，而且难免会出现责任风险。在这条路的不远处，超元警察公司设了一个特许机构，算是他们的总部。至于监狱，或是某种用来拘押偶尔误入歧途之人的地方，任何稍微像样一点的特许区都有一个。

　　他们坐在机动警车里，不急不忙地向前行驶。Y.T.的双手被铐在身前，一只手仍然半裹在橡胶状的黏液里。乙烯散发出的气味非常浓烈，所以两个超元警察都把车窗摇了下来。Y.T.手上挂着的一缕缕纤维丝足有六英尺长，松松地从她的膝头垂下，铺散在车子的地板上，有些被夹在车门外，拖到路面上。超元警察一副从容随意的样子，在中间车道上缓缓巡行。这帮家伙只要在自己的辖区里，总是不辞辛苦，随时开出一张张超速罚单。警车四周的驾车者都开得又慢又稳，生怕被这号人叫到路边，听他们花上半小时念叨那些弃权声明、忠告劝诫以及乱七八糟的理由和借口。偶尔会有"我们的事业"比萨速递员从左侧车道超车，闪着橙色灯光飞驰而过，他们却装作没看见。

　　"咱们去哪儿？看守所还是监狱？"第一个超元警察问。听他说话的语气，肯定是在问另一个警察。

　　"拜托，去拘留所吧。"Y.T.说。

"去牢房!"第二个超元警察说,同时转过头,隔着防弹玻璃朝她冷笑,自得其乐地享受玩弄权力的乐趣。

驶过一家"买了飞"店面时,警车内部被外面射来的灯光照得通亮。无论谁在"买了飞"的停车场无事闲荡,转眼间就会被强光晒得黝黑,然后撼世保安公司的警察便会过来抓人了。在那些安全感应灯的照耀下,警车里贴在司机一侧车窗上的维萨卡和万事达卡贴纸一时间全都光芒闪烁。

"Y.T.身上带着信用卡呢。"Y.T.说,"放我下车要多少钱?"

"你为什么一直自称'白人'①?"第二个超元警察问。像许多有色人种一样,他曲解了这个名字的意思。

"不是'白人'。是Y.T.。"第一个超元警察说。

"没错,是Y.T.。"Y.T.说。

"可我说得没错啊,"第二个超元警察说,"'白人'。"

"'Y.T.',"第一个超元警察说,他把重音放到了"T"上,但强调得有些过火,把一点唾沫星子喷到了挡风玻璃上,"让我猜猜,你叫约兰达·杜鲁门②?"

"不对。"

"伊冯·托马斯?"

"不对。"

"那到底是什么的字头缩写?"

"什么都不是。"

实际上,那是"真诚敬上"的缩写③,但既然两个笨蛋连这个都想不到,还是让他们见他妈的鬼去吧。

---

①原文为 whitey,意即"白人",与Y.T.的发音相同。

②这个名字的缩写就是Y.T.。

③英语为 Yours Truly,书信末尾常用的敬语。

"放你下车？你出不起这个钱。"第一个超元警察说，"我们代表的可是温莎高地小区。"

"我并不是要被正式释放。我可以逃跑。"

"这是辆高级警车，犯人根本不可能逃跑。"第一个超元警察说。

"我给你出个主意。"第二个说，"你给我们一万亿，我们就送你去看守所。到那儿以后，你再跟他们商量价钱。"

"我只能出五千亿。"Y.T.说。

"七千五百亿，"那个超元警察说，"不能再少了。见鬼，你正戴着手铐呢，没资格和我们讨价还价。"

Y.T.用干净的那只手拉开制服大腿部位的口袋拉链，拿出信用卡，在前座椅背上的插槽里划了一下，然后放回口袋。

这家看守所看上去相当不错，像是新建的。Y.T.曾见过一些旅馆，条件比这里更糟。看守所的标志牌崭新洁净，上面画着一棵仙人掌树，顶端得意洋洋地歪戴着一只黑色的牛仔帽。

看守所
提供优质优价的监禁和管制服务
欢迎巴士整车运送的批量业务！

停车场里有几辆超元警察的警车，后面还横着一辆强制执行者的运囚大巴，占据了十个车位。这玩意儿相当吸引超元警察的注意力。在大家看来，强制执行者就像三角洲部队①，相比之下，超元警察只能算和平队②。

①美军精锐特种部队。
②美国前总统肯尼迪下令组建的援外组织。

"有个新来的要登记。"第二个超元警察说。他们此刻正站在接待区。四壁上排满了亮闪闪的标牌,每张牌子上都绘有旧时西部亡命歹徒的画像。其中有一个是神枪手安妮·奥克利[1],正居高临下、面无表情地盯着 Y.T.,堪称这帮凶神恶煞的榜样。登记柜台模仿乡村风格,工作人员全都头戴牛仔帽,每个人的五角星徽章上都凸印着自己的名字。柜台后面有一扇样式做作的老式铁栅栏门。但进去之后,里面简直就像个手术室。小囚室足有一整排,曲线柔美,颜色洁白,好似一间间整体浴室。实际上,这些牢房当真兼作浴室使用,在囚室中央就可以洗澡。这里灯光明亮,每天十一点钟自动熄灭,另外还有投币电视和私人电话。Y.T.一心想进去,简直等不及了。

柜台后面的牛仔把扫描器对准 Y.T.,扫描她的条码。屏幕上立即显示出几百页有关 Y.T.个人生活的资料。

"哈,"他说,"是个女的。"

两个超元警察相互看了一眼,似乎在说:好一个天才——这家伙永远别想当上超元警察。

"抱歉,伙计们,我们客满了。今晚没有空房给女犯住。"

"噢,拜托。"

"看见后面那辆大巴么?'打盹巡游'城邦发生了暴乱。几个从昏醉哥伦比亚来的家伙在那儿出售劣质眩晕药,把那地方弄得乱了套。强制执行者出动六个小队,抓回来差不多三十个犯人。所以我们客满了。去监狱试试看吧,就在这条街,向前走不远就到。"

Y.T.可不喜欢这种情形。

他们把她带回车里,还打开了后座的噪音屏蔽器,这样一

---

[1] 19和20世纪之交的美国传奇人物,马戏明星,枪法精准。

来，除了自己空荡荡的肚子里叽里咕噜的肠鸣音和被黏住的手在移动时发出的噼啪声之外，她什么也听不到。她真的很想吃一顿看守所的大餐，篝火墨西哥辣味牛肉或是强盗汉堡都行。

前座上的两个超元警察在交谈。他们回到路上，重新加入车流。前方高处赫然现出一座正方形的发光标志牌，上面用黑白两色印着一组巨大的全球产品条码，底下是"买了飞"三个字。在同一根柱子上，"买了飞"的标志牌下方，有块小一些的牌子，外形呈窄条状，上面用普通印刷体写着："监狱"。

他们要带她去监狱。这些杂种。她举起铐在一起的双手捶打着玻璃，留下一道道黏糊糊的手印。让这些混蛋想办法去洗干净吧。他们转过头来，却是一副熟视无睹的样子。这两个做贼心虚的贱种，看上去就像听到了什么声音，却想不出是怎么回事。

他们来到"买了飞"门前，驶进放射性蓝色安全灯投射出的片片光晕之中。第二个超元警察下车走进去，同柜台后的家伙说话。店里有个肥胖的白人男孩正在买巨型卡车杂志，他头戴一顶绣着南方邦联旗帜的新南非棒球帽，无意间听到了那个超元警察和工作人员的谈话，于是从窗户里向外窥视，想看一眼Y.T.，看看真正的歹徒究竟是什么模样。又一个男人从后面走出来，他和柜台后的家伙同属一个种族，同样肤色黝黑、目光灼人、脖子细瘦。这人拿着一本三孔活页簿，上面带有"买了飞"的标志。如果想找"买了飞"特许连锁店的经理，通常不必费神去看员工胸前姓名牌上的头衔，找拿着三孔活页簿的人就好，准没错。

经理同超元警察说了几句话，然后点点头，从抽屉里取出一串钥匙。

那个超元警察走出店门,慢悠悠地来到车前,十分突然地一把拽开后门。

"进去以后不要乱说话,"他说,"不然我用痰液枪封住你的嘴巴。"

"看来你喜欢监狱,这倒是件好事。"Y.T.回嘴道,"因为明天晚上你自己就要住进去了,吐痰精。"

"明天晚上?"

"没错。罪名是信用卡欺诈。"

"我是警察,你是滑板客。你有什么本事让鲍勃法官的司法系统立案?"

"我为激进快递工作。我们公司会保护自己的员工。"

"不,今晚不会。今晚你从一桩车祸现场偷走了一盒比萨,然后溜走。激进快递指派你去送比萨了吗?"

Y.T.没有反驳。这个警察说得没错,激进快递没有派她送比萨。当时她那么做只是一时心血来潮。

"所以说,激进快递不会帮你的忙。所以说,进去以后你不要乱说话。"

他抓住她的胳膊用力一扯,把她整个人拉出车门。拿着三孔活页簿的经理飞快地瞟了她一眼,只是为了确认她真是个人,而不是面粉、发动机或树桩。随后,他领着他们拐弯抹角来到后面,这里是"买了飞"散发着恶臭的屁股,堆满肮脏垃圾的黑暗之地。经理走到后门旁,打开门锁,这是一扇死气沉沉的钢制牢门,边缘处遍布撬棍留下的痕迹,就像曾有长着钢爪的野兽费尽力气想冲进去似的。

Y.T.被押着走下楼梯,来到地下室。第一个超元警察跟在后面,拎着她的滑板,用那玩意儿在一扇扇牢门和污迹斑驳的聚碳酸脂瓶架上漫不经心地磕碰着。

"最好扒掉她的制服——全部扒掉。"第二个超元警察色迷迷地提议。

经理看了看Y.T.,尽量避免让自己的目光不道德地上下打量她的身体。几千年了,正是凭着警觉,他的种族才得以生存下来。他们曾满怀警觉,沉着地等待蒙古人从地平线上飞驰而来,冷静地面对惯犯在收银台前挥舞锯掉枪托的霰弹枪。此刻,他的警觉变得格外明显,而且令人痛苦——他现在就像一杯滚烫的硝化甘油,只需一点刺激便要爆炸。可眼前又冒出了性犯罪这个危险的问题,让他的感觉更糟了。对他来讲,超元警察这话绝不是玩笑。

Y.T.耸耸肩。现在这种情况下,她本该尖叫畏缩,挣扎哀鸣,昏厥求饶。他们扬言要扒掉她的衣服。太可怕了。但她并没有惊慌失措,因为她知道,那些家伙正希望她被吓破胆。

一名信使必须在路上开拓出自己的空间。装出一副规规矩矩的模样,的确能哄着驾车者对你放下心来。他们会在内心中把你划定在车道上某个小框框里,认定你一准儿会待在里面,只要你离开那个小框框,他们就手足无措了。

Y.T.不喜欢框框。她在路上开拓空间靠的是在车道之间疾速变道,随时随地采取行动,随时令人心惊胆战。还从未有人像她这样疯狂。她总是让别人时刻保持警觉,迫使别人对她的行动做出反应,而不是处处受制于人。现在这帮人想把她困在框框里,想逼她就范,照他们的规矩行事。

她拉开连身制服的拉链,一直拉到脐下。里面一丝不挂,只有饱满白皙的肉体。

两个超元警察扬起了眉毛。

经理向后跳去,抬起双手挡在眼前,保护自己免受破坏性场面的侵扰。"别,别,别这样!"他叫道。

Y.T.耸耸肩,拉好了拉链。

她没什么可担心的,因为她戴着守宫阴牙。

经理把她铐在一根冷水管上。第二个超元警察从Y.T.腕上解下他那副更新、自动化程度更高的手铐,随后"咔吧"一声锁在自己的装具背带上。第一个超元警察将她的滑板靠在墙边,让她刚好够不着。经理抬脚踢过来一只生锈的咖啡罐,让那玩意儿撞在她身上又巧妙地弹到一旁,这样她就能上厕所了。

"你是哪儿的人?"Y.T.问。

"塔吉克斯坦。"他答道。

一个吉克。她早该料到。

"拿屎罐子当球踢肯定是你们那儿的全民娱乐。"

经理没明白她的意思。两个警察发出窃笑。交接文件签署完毕之后,三个家伙都朝楼上走去。经理出门前关掉了灯。在塔吉克斯坦,电是相当宝贵的东西。

就这样,Y.T.进了监狱。

7

　　黑日有几个足球场并起来那么大。大厦里陈设着一张张黑色的四方桌面,悬在半空(让电脑绘出桌腿没有任何意义),呈网格状平均分布于地板之上,就像一个个像素。唯一的例外之物位于黑日正中央,那是一张圆形吧台,由四块九十度的扇面组成(四是二的平方),直径为十六米。这里的一切都是黑色,没有光泽,电脑系统在这样的背景上绘制物品容易得多,不必费尽周折在复杂的背景中添加东西;而且这样一来,所有的注意力都会集中在化身上。这里的人就喜欢这样。

　　在大街上不值得使用精致的化身,因为那里拥挤不堪,所有的化身都交叠在一起,彼此穿插流动。而黑日是个非常高级的软件。在黑日里,化身之间不能互相碰撞。在同一时刻只有这么多人能到这儿来,而且也不能穿过对方的身体。这里一切都是实心的,不透明的,相当逼真。此地的常客们也更具品位,没有会说话的阴茎。一个个化身看上去宛若真人。连守护邪灵[①]也大都如此。

　　"守护邪灵"是个古老的术语,源自 UNIX 操作系统,指一种

[①]Daemon,UNIX 系统中的守护程序。

低级实用软件,属于操作系统的基础部分。在黑日里,守护邪灵很像化身,但并不代表某个人。它是生活在超元域里的机器人,一个软件,居住在机器里的精灵,通常发挥着某种特定的作用。黑日里有许多守护邪灵,或是为顾客奉上虚拟饮料,或是帮人们跑跑腿。

这里甚至还有一种保镖邪灵,负责赶走不受欢迎的人。通过运用化身物理学中的某些基本原理,它可以一把抓住化身,将其丢到门外。为了给保镖邪灵的执法增添一点卡通色彩,大五卫甚至还提高了黑日的物理特性,于是那些特别可恶的家伙在被轰出去之前,会被奇大无比的木槌当头重击,或是被从天而降的保险柜压得粉身碎骨。这种办法一般用来对付破坏分子、骚扰或是纠缠名流的人,还有那些看上去像携带着病原的家伙。也就是说,如果你的个人电脑已经感染病毒,而且打算通过黑日把病毒传播出去,那你最好多留意一下天花板。

阿弘低声咕哝了一句"大板"。这是他编写的一个软件,对于中情公司记者来讲可谓相当强大的工具。它能深入黑日的操作系统内部肆意查阅信息,然后在阿弘面前投射出一张方形平面图,让他可以迅速了解都有谁在这儿、他们正在跟谁交谈。这些全是未经授权的资料,按说阿弘根本无权知道,但阿弘并不是什么愚蠢的戏子,来这儿只为上网交际。他是个黑客。想要什么信息,他就直接从系统内部偷出来,相当于窃听电脑之间的流言蜚语。

"大板"告诉他,大五卫正坐在老地方,黑客分区中靠近吧台的一张桌子旁。和往常一样,影星分区里零零散散地坐着几个圈中大腕儿和一心想取而代之的小角色。今晚的摇滚明星分区相当热闹。阿弘可以看到,一位名叫"寿司K"的日本说唱歌星今天顺路拜访此地。另外还有一大帮唱片界人士正在日本分区里闲荡：那儿和其他分区没什么两样，只是更安静些，而且桌面更贴近地板，到处都是艺妓邪灵，一面鞠躬一面奔忙。其中不少人可能是寿司K的随从，包括经纪人、宣传策划和律师。

阿弘穿过黑客分区，朝大五卫的桌子走去。这里的很多人他都认识，但像往常一样，他还是因为看到了那么多不认识的人而感到惊奇困惑。这里居然有那么多精明而又敏锐的面孔，看上去也就是二十岁出头的样子。搞软件开发就像当职业运动员，总让上了三十岁的人感到自己已经老朽无能。

阿弘顺着过道朝大五卫的桌子望去，看见大五卫正在跟一个黑白两色的女子说话。尽管那个化身缺乏多彩的颜色，分辨率也很低，但从她说话时抱着双臂的姿势，从她听大五卫讲话时甩动头发的样子，阿弘还是认出了她。阿弘的化身停住脚步，目不转睛地看着她，脸上的表情一如多年以前，那时他也常常这样凝望着她。现实世界中的阿弘伸出手，拿起啤酒瓶深深喝下一口，让酒液在嘴里环回流转，在口腔这小小的空间中激荡出滚滚波浪。

她名叫胡安妮塔·马奎兹。当年在伯克利大学读书时，阿弘就认识她，两人还在新生物理班中被分到了同一个实验小组。初次见到她，他脑子里就形成了一个多年不曾改变的印象：阴郁固执、迂腐乏味、令人生厌，穿着打扮就像准备去应聘殡仪馆的会计。同时，她还长着有如火焰喷射器般的舌头，总在最奇怪的时候朝人们开火。很多时候，只为了一点其他新生根本注意不到的小小冒犯或是无礼之举，她便会用刁钻之语施展足以烧焦大地的报复。

直到多年以后，两人在"黑日系统公司"共事时，阿弘才看到了她的另外一面。那时候，他们俩都在研究制作化身。他负责身体部分，她负责面孔。她一人便是面孔部的全班人马，因为当时没人认为面孔有多么重要，大家都觉得那玩意儿不过是化身顶部的一个骨肉综合体而已。可她的工作最后证明他们全都大错特错。但在那段时间，黑日系统公司的权力机构掌握在一帮纯雄性的数字呆子手里，他们说面孔问题纯属微不足道的小事。这种观点当然完全出于性别歧视，这种恶毒思想在男性技术人员中备受推崇，可他们还由衷地认为自己实在太聪明，不可能成为男性至上主义者。

阿弘十七岁时对胡安妮塔形成的第一印象其实出自同样的原因。对于一个从小在军中长大、刚刚独立生活了三个星期、正处在后青春期的毛头小子来讲，这完全是他的本能反应。他的头脑很好用，可在整个世界上，他只懂得两件事情：日本武士电影和麦金托什苹果机，而且他对这两样东西实在是懂得太多，简直过了头。在他的世界观里，没有给胡安妮塔这样的人留下任何空间。

全世界都有那么一种小镇，像疖子一样长在每个陆军基地的屁股上。在一连串这样的地方，弘·主角迅速成长起来，如同一株变异的温室兰花，在"买了飞"那上千盏保安强光灯的照耀下怒放。阿弘的父亲1944年入伍，当时只有十六岁，随即在太平洋地区待了一年，其中大部分时间的身份是战俘。阿弘出生时，他父亲已过中年。那时父亲早就可以退役领养老金了，但他不知道自己除了服役之外还会做什么事情，于是就在军队里一直待到80年代末，这才被人家踢出来。阿弘到伯克利念书之前在世界各地都生活过,其中包括新泽西州的赖茨敦、华盛顿州的塔科马、北卡罗来纳州的费耶特维尔、佐治亚州的盖恩斯维尔、得克萨斯州的基林、德国的格拉芬沃尔、韩国的首尔、堪萨斯州的奥格登和纽约州的沃特敦。所有这些地方基本上都一样,有着相同的特许连锁店密布的区域,相同的脱衣舞厅,甚至相同的人。他总是能碰到多年前认识的同校好友,以及其他碰巧在同一时间转到同一基地的陆军子弟。

他们有着不同的肤色,但都属于同一个种族:军人。黑人孩子不像黑小子那样说话,亚裔孩子也不会为了在学校拔尖而拼命读书。大体上讲,白人孩子在跟黑人和亚裔孩子相处时并没有什么问题。女孩子都很守规矩。他们都有同样的妈妈,妈妈们都有着同样的肥臀,穿着同样的弹力便裤,留着同样的灰白烫花发型。而女人们基本上都算可爱,讨人喜欢,相当本分。如果她们碰巧很聪明,便会想方设法掩饰这个缺陷。

因此,第一次看到胡安妮塔,或任何一个她这类女孩时,阿弘对异性的看法就被完全颠覆了。胡安妮塔有一头乌黑发亮的长发,除了日常使用的洗发水之外从未经过任何化学加工。她不在眼皮上抹蓝色眼影,衣服都是深色,裁剪得当,严谨沉静。另外,她不受任何人的气,甚至包括她的教授。在当时的阿弘看来,胡安妮塔这副模样简直像个泼妇,总是咄咄逼人。

再见到她已是几年之后——那段日子里他大部分时间待在日本,与真正的成年人一起工作,那些人属于比他更高的社会阶层,都很富有,身穿真正体面的衣服,为自己的生活做着实实在在的事情——阿弘这才吃惊地发现,胡安妮塔竟然如此优雅、时髦而又迷人。起初他还认为,自从大学一年级之后,她发生了某种根本性的变化。

　　但后来,他回到一个陆军小镇探望父亲,碰巧遇到了中学时的舞会皇后。短短几年间,她以惊人的速度变成了一个体重超常的胖女人,发式花哨,穿着俗丽,在军人服务社里一面排队等着结账,一面飞快地读着供顾客打发时间的小报,因为她没钱买报纸。她"噗噗啪啪"地吹着泡泡糖,身边是两个她根本没有能力也没有远见去管教的孩子。

　　看着军人服务社里的这个女人,阿弘终于经历了一次姗姗来迟、昏头昏脑的大彻大悟。这迟来的顿悟算不上一道从天堂射下的灿烂光芒,倒更像是梯子顶端一只电量不足的手电发出的黯淡微光:这些年来,胡安妮塔并没有改变多少,只是在成长之后焕发着自己的本色。变了的人是他,而且是彻底的变化。

　　有一次,他走进她的办公室,完全是为了工作。在那之前,他们已经在办公室多次见过对方,但都装作从未谋面的样子。可是,那天他来到她办公室的时候,她让他把门关上,自己关掉了电脑屏幕,开始在双手间捻弄一支铅笔,同时注视着他,仿佛在打量一碟放了一整天的寿司。她背后的墙上挂着一幅老妇的油画肖像,显然出自业余画家之手,镶在装饰华丽的古式画框里。那是胡安妮塔办公室里唯一的装饰品。其他黑客的桌旁不是挂满了航天飞机升空的彩照,便是张贴着"企业号"星舰的海报。

　　"那是我已故的祖母,愿上帝宽恕她的灵魂。"她注意到他在看那张画,"她是我的楷模。"

　　"为什么?她以前也是个程序员吗?"

　　她的目光越过旋转的铅笔投向他,似乎在想:一只依然保有喘气功能的哺乳动物到底能迟钝到何等程度?但她并没有出言惩戒,只是简单地答道:"不。"随即又给出了一个更复杂些的答案:"我十五岁那年,有一次月经没来。我和男朋友一直用子宫帽避孕,但我知道这种办法仍有可能出差错。我数学很好,背下了出错率,它就像是烙在我的潜意识里,或许是烙进了意识里。什么意识、潜意识,我永远也分不清楚。总之,我吓坏了。我们家的狗也开始对我一反常态——大概它们能嗅出怀孕的女人,或是怀孕的母狗——我当时的脾气跟母狗一个德行。"

听到这时,阿弘的面孔已经彻底僵化,提心吊胆而又震惊不已的神情仿佛冻结在他的脸上。后来,阿弘这副表情被胡安妮塔广泛应用在她的作品当中。她同他说话的时候一直在观察他的脸,揣摩他前额上细小的肌肉如何拉起眉毛,让他的眼睛改变了形状。

"我妈妈什么都不知道。我男朋友的表现比什么都不知道更差劲。实际上,我马上就把他甩了,因为这件事让我意识到,这家伙跟我简直格格不入,你们这种货色中的许多人都是一个德行。"她所说的"货色"指的是男人。

"但后来,我祖母来串门。"她回头瞟了一眼那张画,然后继续说道,"我一直躲着她,可最后大家都要坐下来一起吃饭。而她大概只花了十分钟,单凭隔着餐桌端详我的脸,就明白了整件事情。我那天说的话还不到十个字,也就是'把玉米面包递给我'之类。我不知道自己的面孔如何吐露了实情,也不知道我祖母的脑袋里有什么样的内部结构,让她具备了这么神奇的本能。琐碎得像一缕水汽的小事,她却能从中凝结出事实的露珠。"

从水汽中凝出露珠。阿弘永远也忘不了她说这句话时的语气,忘不了当时心中的感觉。那是他第一次意识到胡安妮塔是多么聪明。

她继续说:"我当时其实并没有认识到这件事的真正价值,直到十年之后才恍然大悟。那时我已经是研究生,正在开发一种能够迅速传递大量信息的用户界面,目的只是为了从那帮婴儿杀手那儿得到一笔助学金。"只要提到国防部,她都会这么说,"我想出了各种极其复杂的技术解决方案,比如把电极直接植入人脑。但我又想起了祖母,随即意识到,我的天,人脑能够吸收处理数量惊人的信息,只要信息以适当的形式出现就行,适当的界面。只要你赋予信息一张恰当的面孔就行。想来点咖啡吗?"

阿弘当时十分惶恐:自己在大学读书时是一副什么嘴脸?混蛋到了何种程度?有没有给胡安妮塔留下恶劣的印象?

换作另外一个年轻人,可能只会默不作声地暗自担心,但阿弘从不把自己禁闭在冥思苦想里,于是他请她出去吃饭,几杯酒下肚之后(她喝的是苏打水),他猝然发问:你觉得我是个混蛋吗?

她大笑,他微笑,觉得自己这句话挺妙,还有点调情的意味,肯定能讨人欢心。

几年后他才意识到,这个问题其实就是他们俩浪漫关系的基础。胡安妮塔当真认为阿弘是个混蛋吗?他总有理由认为答案为"是",但十次有九次她都坚持答案是"不"。这个问题在二人之间促成了一次次激烈的争论,出色的性事,戏剧性的翻脸,激情洋溢的和解。但到了最后,这种狂热终究让早已被工作折磨得筋疲力尽的两个人难以承受。于是他们只好分手,彼此远离。他总想知道她对他的真实看法,这让他在情感上疲惫不堪,而他又如此在意她的观点,因此难免心烦意乱。可她或许已经开始认为,既然阿弘自己这么确信他配不上她,那么,虽然她不知道原因,但他可能真的有什么让他觉得心虚的地方。

　　按说阿弘把这一切归咎于阶级差异,可她的双亲住在墨西卡利①一幢泥土铺地的房子里,而他父亲挣的钱比好些大学教授还多。不过,阶级观念仍然在他的头脑里挥之不去,因为阶级比收入更重要,它要你时时刻刻都得明白自己在社会关系网中所处的位置。胡安妮塔和她的家人对自己所处的位置怀有一种近乎疯狂的自信。阿弘却从来都没有。他父亲是一名军士长,母亲是位韩国妇女,祖辈在日本挖矿做苦役,阿弘不知道自己算是黑人还是亚裔,或者只是普普通通的军人子弟。他也不知道自己算富有还是算贫穷,有教养还是无知,有才华还是仅仅运气好。以前在这个国家,他甚至连一个可以称作家乡的地方都没有。后来他搬到了加利福尼亚,但这种说法的具体程度跟你自称住在北半球差不多。很可能正是他这种找不到归宿的感觉让他们最后分道扬镳。

　　分手之后,阿弘接二连三地与不少头脑简单、女人味十足的姑娘约会。她们没有一个同胡安妮塔相像,全都对他倾心不已,因为当时他在硅谷的高科技公司工作。凭他近期的处境,他只能寻觅更容易勾搭的女人了。

　　有一段时间,胡安妮塔保持着独身,后来才开始跟大五卫约会,最后同他结了婚。对于自己在这个世界上处于什么位置,大五卫不曾有一丝疑惑。他的家族是定居布鲁克林的俄裔犹太人,在同一幢褐砂石宅子里已经住了七十年。移民以前,他们在拉脱维亚的一座村庄里生活了五百年。只要把一本《希伯来圣经》捧在膝头,大五卫就能将自己的世系一直追溯到亚当和夏娃。他是家中唯一的孩子,在班上无论什么科目都总是独占鳌头。拿到斯坦福大学计算机专业的硕士文凭之后,他就急匆匆

————

①墨西哥北部城市。

出来开办了自己的公司,那股折腾劲儿就跟阿弘的父亲在搬家前忙着出租家里的新邮箱一样。后来,他变得很有钱,现在则是黑日的老板。大五卫一向对任何事情都充满自信。

就连完全错误的时候也一样自信。正是由于这个原因,阿弘才不顾日后大发横财的美好前景,辞掉了黑日系统公司的工作。也是因为这个缘故,胡安妮塔跟大五卫结婚两年后就离了婚。

阿弘没有参加胡安妮塔和大五卫的婚礼,那时他正蹲在监狱里受罪。婚礼彩排的几个小时之前,他被投进了大牢。当时他在金门公园里借酒浇愁,因失恋而悲痛欲绝,身上除了一块兜裆布之外什么也没穿,抱着一大瓶拿破仑白兰地连连痛饮,又亮出一把货真价实的武士刀练习剑道劈刺,甩开肌肉强劲的大腿在草坪上奔来跳去,把野餐客们玩耍时抛出的飞盘和棒球一剖两半。用刀锋劈中远距离投来的小球,把它像切葡萄柚一样干净利落地一分为二。这可不是等闲功夫,唯一的不足之处就是,棒球的主人会误解你的意图,他居然叫来了警察。

他掏钱赔偿了所有的棒球和飞盘,这才了结了事端。经过这段插曲之后,阿弘再也懒得追问胡安妮塔是否认为他是个混蛋,现在就连他自己也知道答案了。

从此以后,二人各自走上了截然不同的道路。在黑日项目的早期,黑客们赚薪水的唯一方法就是为自己配股。阿弘往往一拿到股票就卖个精光,但胡安妮塔没有那么做。现在她富了,而他仍旧一文不名。人们可以轻易认为,阿弘是个愚蠢的投资者,可胡安妮塔则十分精明,但事实却更复杂一点:胡安妮塔的做法可谓孤注一掷,把自己所有的钱都投在黑日的股票里,结果借此赚了不少钱,但她完全可能会因此而破产。而阿弘在某些方面没有太多的选择。他父亲生病时,陆军和退伍军人管理局负担了大部分医药费,尽管如此,家中仍然花费不少,而阿弘的母亲——她几乎不会说英语——根本没有能力挣钱或是理财。父亲去世时,阿弘把全部黑日股票都兑换成现金,把母亲安置在韩国一个相当不错的社区里。她喜欢在那儿生活,每天都去打高尔夫球。阿弘本可以把钱留在黑日,一年之后股票公开发行时挣上一千万,但如果那样的话,他的母亲就会流落街头。现在,每当母亲到超元域来看他,她的化身总是晒得黝黑、快活地身穿高尔夫球衣,而阿弘将这看作自己真正的财富。这种财富不能用来付房租,但没关系——就算你住在粪坑里,总还有超元域可去,而在超元域,弘·主角是一位王子武士。

8

阿弘感到舌头有些刺痛，这才意识到，现实世界里的他忘了咽下口中的啤酒。

胡安妮塔居然使用技术含量低下的黑白化身来到这个地方，实在富于讽刺意味。正是她想方设法才让化身能够表现出近乎真实的感情。阿弘永远也不会忘记这一点，因为她的大部分工作都是二人还在一起的时候完成的。每当超元域里的化身现出惊讶、恼怒或是激动的神情时，他都能从中看到自己或胡安妮塔的影子——超元域的亚当和夏娃。这令他难以忘怀。

胡安妮塔和大五卫离婚后没多久，黑日真正步入了辉煌。而当股东们数过钞票、完成了资产分派、尽享黑客圈子里的阿谀奉承之后，他们才全都意识到，令这个地方获得成功的要素既不是用来防止冲突的运算法则，也不是保镖邪灵或其他任何东西，而是胡安妮塔设计出的一张张面孔。

只需问问日本分区里的那些商人就能明白其中的奥妙。他们在这儿与来自世界各地的西装客正正经经地谈生意，觉得这种方式跟面对面交流一样好。其实或多或少，他们对彼此所说的话并不十分在意，毕竟有很多意思在翻译过程中已经丢失了，但他们总是专注于对方的面部表情和肢体语言，以此来了解一个人的脑袋里正在转什么念头。从水汽中凝出露珠。

胡安妮塔拒绝对其中的过程加以分析，总是坚称这种事只能意会不可言传。作为一个激进而又虔诚的天主教徒，她认为这种事并无不妥，但那些长着数字脑袋的家伙可不喜欢这个，说这是非理性神秘主义。于是她辞职去了一家日本公司。只要能赚钱，日本人才不在乎什么非理性神秘主义呢。

但胡安妮塔再也不曾来过黑日。部分原因是，大五卫和某些对她的工作从未表示欣赏的黑客让她十分恼火；此外，她还认为这里的一切都是虚假的。无论超元域多么出色，它一直在扭曲人们相互交流的方式。她不希望自己的人际关系中存在这样的扭曲。

大五卫注意到了阿弘，向他眨眨眼睛，示意自己现在不方便。这种细微的动作通常会淹没在系统的喧嚣中，但大五卫的个人电脑非常棒，他的化身又是胡安妮塔帮忙设计出来的，所以传达出的信息就像一枪射进天花板那样强劲清晰。

阿弘转身离去，绕着巨大的圆形吧台慢悠悠地兜圈子。六十四张吧凳上几乎全是娱乐工业界的低级混混，他们三三两两聚在一起，干着他们最拿手的事情：传播流言蜚语，耍弄阴谋诡计。

"于是我就和导演碰了碰头，讨论一下剧情。他买下了这座海滨别墅——"

"怎么样，非常棒吧？"

"别提了，我这一打开话匣子，你可就有得听了。"

"我早就听说过那房子，黛碧在那儿参加过派对。当时的房主还是弗兰克和米兹呢。"

"言归正传，有这么一场戏：早上，主角在垃圾箱里醒来。你知道，这是为了显出他有多沮丧——"

"而且要体现那种疯狂的活力——"

"没错。"

"太神了。"

"我也喜欢这个创意。可是，导演想把这场戏改成那家伙在沙漠里扛着火箭筒，朝废品站里的破汽车一通猛轰。"

"你开玩笑！"

"所以嘛，我们就坐在他妈的海景庭院里，听他嘴里'轰！轰！'地学着那该死的火箭筒。这个主意让他兴奋得浑身打哆嗦。懂吗，这个人居然想把火箭筒拍进电影里。我觉得我该劝他打消这种念头。"

"那场面想来应该很不错。但你是对的，火箭筒可起不到垃圾箱的作用。"

阿弘停下脚步等了片刻，直到把这番对话全部记下，这才接着向前走去。他又嘟哝了一声"大板"，唤出神奇地图，确定自己的位置，马上就查看到了身边这位编剧的名字。迟些时候，他可以搜索一下业内的出版物，看看这家伙正在写什么剧本，由此还能知道那个迷恋火箭筒的神秘导演叫什么名字。整段对话都是经由他的电脑传输过来的，所以他就有了包括全部经过的录音带。稍后他可以对带子进行处理，让别人听不出说话人是谁，再上传到图书馆，在导演的名下做交叉索引。到时候，会有上百个辛苦讨生活的剧作家调出这段对话，一遍又一遍聆听，直到能背下来为止，并向阿弘付钱购买使用权。几周之内，一部部火箭筒剧本就会在那导演的办公室里泛滥成灾。轰！

摇滚明星分区里明亮火暴，简直让人无法直视。一个个摇滚歌星的化身留着只有在梦中才会出现的发型。阿弘简单扫视了一圈,看那里有没有自己的朋友,但那儿的大多数都是些趋炎附势的寄生虫和辉煌不再的过气人物。阿弘认识的人大多是前途无量的明日之星或野心勃勃的潜在大腕。

影星分区的气氛要和缓得多。演员们都喜欢到这儿来,因为在黑日系统里,他们看上去永远都像在电影里一样绝妙出色。而且不像现实世界,若想去酒吧或俱乐部,他们只好亲身前往。来到超元域并不需要他们离开自己的居家寓所、饭店套房、滑雪小屋、私人专机,或者别的什么地方。他们可以放心施展自己的魅力,和朋友们一起来玩,不必担心会遇到绑匪、狗仔队、剧本贩子、刺客、前任配偶、签名贩子、传票送达员、疯子影迷、求婚者和八卦专栏作家。

阿弘离开吧凳,继续慢慢兜圈子,同时扫视着日本分区。和往常一样,那里有很多西装客。其中一些人正在和业界的外国佬聊天。而在后面的一角,这个分区有很大一部分被临时搭起的隔板挡住了。

阿弘再次唤出大板。他估算了一下隔板后有哪些桌子,随即开始读取正在那里密谈的人的姓名。其中只有一个人让他马上认了出来。那是个美国人,名叫L.鲍勃·莱夫,垄断了有线电视业的巨头。此人很少公开露面,但在圈子里赫赫有名。他似乎正在和一帮日本大亨谈事情。阿弘指示自己的电脑记下这些人的名字,以便迟些时候到中情公司数据库里查查他们的背景。看样子,这是个重要的大型会议。

"阿弘特工,近来可好?"

阿弘转过身,发现胡安妮塔就在身后。她的黑白化身十分扎眼,但看上去仍然很漂亮。"你好吗?"她问道。

"很好。你呢?"

"好极了。但愿你不介意和我这个丑陋的传真化身说话。"

"胡安妮塔,我宁愿看你的传真化身,也不愿意看其他那些活生生的女人。"

"谢了,你这个狡猾的杂种。我们已经好久没聊聊了。"她看了看四周,仿佛觉得这里有什么不同寻常似的。

肯定发生了什么事。

"我希望你不要招惹上'雪崩'之类的麻烦。"她说,"大五卫不听我劝。"

"我是什么人,自我克制的模范么? 我恰恰就是那种爱招惹麻烦的家伙。"

"我知道你没那么糟糕。你很冲动,但相当聪明。你生来就有那种刀客拼杀的本能反应。"

"你说的'雪崩'是某种妙药吧? 可我的本能反应跟滥用毒品有什么关系?"

"这意味着,你能预见到坏事迫近,而且有本事避开它。这是一种本能,学不来的。刚才你一转身看到我,脸上立时就现出那种表情,像是在问,出了什么事? 胡安妮塔这女人到底要搞什么鬼?"

"我没想到你会到超元域来找人说话。"

"如果我急着找谁,我会来的。"她说,"而且我总是乐意找你谈谈。"

"为什么是我?"

"你知道原因。因为我们俩。记得吗? 因为我们俩的关系——那时我正在编写这玩意儿的程序。在超元域里,只有你我两个人才能真正开诚布公地谈谈。"

"你还是老样子,像从前一样神秘又古怪。"说罢他微微一笑,想让这句话带点玩笑的意味。

"阿弘,你想象不出现在我有多神秘,多古怪。"

"说来听听?"

她小心翼翼地看着他,和多年前他走进她办公室时一模一样。

阿弘心想,为什么她总是一看到他就如此警觉?读大学时,他以为她是害怕他的聪明才智,但好多年前他就已经知道,她一点儿也不担心这个。在黑日系统公司的时候,他断定那只是典型的女性戒备心理:胡安妮塔害怕被他骗上床。但现在当然肯定不是这个原因。

今天二人见面,阿弘早已过了青涩而狂热的浪漫时期,现在他变得足够精明,能够得出新的结论:她之所以这么谨慎,是因为她喜欢他。她情不自禁地喜欢他。对胡安妮塔这么聪明的姑娘来讲,他正是她必须学会避开的那种充满诱惑但绝对错误的恋爱选择。

没错。有些事情要上了年纪才能想明白。

她避而不答:"我想让你见见我的一个同事。他是个绅士,也是位学者,名叫拉格斯。和他聊天很有意思。"

"他是你的男朋友?"

她思忖了一下,没有立即发难:"如今我再也不像在黑日时那样了,再不跟每个共事的男人上床。就算我要搞男同事,也绝不会是拉格斯。"

"不是你喜欢的那种类型?"

"相差十万八千里。"

"那么,你喜欢哪种类型?"

"上年纪,有钱,事业稳固,缺乏想象力,金色头发。"

他差点没有领会到这话的含意,但马上就明白过来,"嗯,我可以染头发,而且我终究会变老的。"

她大笑起来,缓解了紧张的气氛,"相信我吧,阿弘,如今你绝不会再想和我扯上半点关系了。"

"你要那位同事找我,是为了你的教会事务吗?"他问。阿弘知道,胡安妮塔想创立一支她自己的天主教派,为此她把剩下的钱全投进去了。她一直把自己看作拯救全世界无神论知识分子的传教士。

"别摆出一副屈尊俯就的臭架子。"她说,"我就是要和你这种态度做斗争。宗教不是为傻瓜预备的。"

"抱歉。你知道,这不公平,你能读懂我脸上所有的表情,可我想仔细端详你的时候,觉得就像隔着一片该死的暴风雪。"

"这件事绝对和宗教有关。"她说,"但问题过于复杂,而你这方面的底子又十分欠缺,真不知该从哪儿跟你说起。"

"得了,我上中学的时候每周都去教堂。我还在唱诗班里唱过歌呢。"

"我知道,这正是问题所在。在大多数基督教堂里,百分之九十九的东西都和真正的宗教毫无关系。聪明的人迟早会注意到这一点。就因为这个,大家才总把无神论和知识分子联系在一起。"

"这么说,我在教堂里学的东西跟你说的事情没有一点关系?"

胡安妮塔注视着他,沉思片刻,然后从口袋里掏出一张超卡,"来,给你这个。"

阿弘刚接过那张卡,它就从不断抖动的二维图形变成了一

张真实的、质地细腻的浅黄色硬纸,正面用光润的黑色墨水印着几个字:

巴 别

（信息启示录）

9

世界突然凝滞不动,而且一下子黯淡下来,持续了足有一秒钟。一瞬间,黑日平滑流畅的动态画面变得模糊不清、断断续续。显然,阿弘的电脑刚刚遭受了一记重击:所有电路都在忙于处理海量的数据资料——超卡里面的内容——没有时间重新绘制黑日尽善尽美、惊人逼真的图景。

"乖乖!"当黑日重新恢复了流畅自如的画面之后,他说,"卡里到底有什么? 你肯定把半个图书馆都塞进去了。"

"还有一个图书管理员,"胡安妮塔说,"这个管理程序起引导作用,帮你分检信息。另外还有好多L.鲍勃·莱夫的视频资料,占了大部分空间。"

"好的,我会尽量仔细看看。"他含糊其辞地说。

"你一定要看。你不像大五卫,你够聪明,肯定会从中受益;另外记住,别招惹乌鸦,还要离'雪崩'远点儿。好吗?"

"乌鸦是谁?"他问。但胡安妮塔已经朝门外走去。当她走过那些华丽精美的化身时,他们都转身看着她:一个个电影明星向她投来深恶痛绝的目光,而黑客们则抿起嘴巴,眼神中满是崇敬之情。

阿弘兜了个圈子，又回到黑客分区。大五卫正像洗牌似的摆弄着桌上的一堆超卡：黑日的业务统计数据、电影和录像剪辑、各种大型软件，还有潦草记下的电话号码。

"每次你一进门，操作系统就会'嘀'地轻响一声，直刺我的五脏六腑。"大五卫说，"总让我觉得那是黑日走向系统崩溃的前兆。"

"肯定是'大板'的缘故。"阿弘说，"它有个例行程序，专门用来修补低速存储器中出现的陷阱，只需片刻就好。"

"啊，就是它。拜托，请你把那玩意儿扔了吧。"大五卫说。

"什么，你是说'大板'？"

"没错。以前它的确非常出色，简直无与伦比。但现在你还在用它，就像用石斧操作热核反应堆一样嘛。"

"多谢夸奖。"

"只要你愿意对它做出更新，让它不像现在这么危险，我可以给你所需的一切优先便利。"大五卫说，"我并不是质疑你的能力，只是说你应该跟上时代的步伐。"

"跟上时代的步伐？"阿弘说，"那可他妈的太难了。如今再也没有自由职业黑客的容身之地，人人都得找个大公司当靠山。"

"我明白。我也知道你不会为大公司卖命，你才受不了呢，所以我才说，我可以给你所需的一切。阿弘，对我来说，你永远都是黑日的一部分。就算在我们分道扬镳之后，也依然如此。"

这是大五卫的典型做法。又在凭一时冲动说话了，完全不走大脑。如果大五卫不是个黑客，阿弘真会觉得这家伙没有半点头脑，什么事都别想做成。

"咱们聊点别的吧。"阿弘说,"我刚才是产生了幻觉,还是当真看见你和胡安妮塔又开始说话了?"

大五卫朝他宽容地一笑。自从几年前的那次"谈话"之后,大五卫对阿弘一直非常和善。那次谈话刚开始的时候,这对长期并肩战斗的伙伴只是喝着啤酒、吃着牡蛎,坐在一起友好地聊聊天。等到谈话进行了四分之三,阿弘这才明白过来,其实他就在那个时候被解雇了。从那以后,大五卫时常向阿弘提供一些有用的情报和小道消息。

"你正在踅摸什么有用的东西?"大五卫明知故问。像许多长着数字脑袋的家伙一样,大五卫从不拐弯抹角,但每到现在这种时候,他总以为自己是马基雅弗利①转世。

"伙计,有件事我要告诉你。"阿弘说,"你给我的绝大多数情报,我从来都没有放进图书馆。"

"为什么? 见鬼,我把所有最有价值的消息都告诉了你。我盼着你能靠这些玩意儿大捞一笔呢。"

"把自己的某些私人谈话像妓女出卖肉体一样卖出去,"阿弘说,"这种事我做不出来。你认为我已经破产了?"

还有一件事他没有提,那就是他一向认为自己和大五卫不相上下。他可受不了像只狗似的蜷在大五卫的桌子底下,靠零零碎碎的施舍过活。

"看到胡安妮塔到这儿来,我确实很高兴,就算她只是个黑白化身也没关系。"大五卫说,"之前她从来不肯使用黑日,就像亚历山大·格雷厄姆·贝尔不肯使用电话一样。"

"今晚她为什么来这儿?"

"因为她有烦心事。"大五卫说,"她想知道,我是否在大街上

---

①马基雅弗利,意大利政治理论家,《君主论》的作者,主张权谋治世。

看到过某个人。"

"某个特别的人?"

"一个大块头,留着黑色长发,让她很担心。"大五卫说,"那家伙四处兜售一种叫作'雪崩'的玩意儿。听好了,'雪崩'。"

"她去图书馆查过吗?"

"是的。我猜她肯定查过。"

"你见过那家伙么?"

"嗯,见过。他并不难找。"大五卫说,"就在门外。我从他那儿拿了这东西。"

大五卫在桌上扫视一番,拿起一张超卡让阿弘看。

卡片上写道:

雪　崩

撕开此卡即可获得免费样本

"大五卫,"阿弘说,"我真不敢相信,你居然会接受黑白化身送的超卡。"

大五卫大笑起来,"朋友,如今跟以往不同了。我现在给自己的系统喂了好多抗病毒的灵药,黑日早已是百毒不侵了——来来往往的黑客尽给我带来乌七八糟的狗屎,我简直就像在瘟疫横行的病房里工作。所以,无论这张超卡里有什么,我都不担心。"

"既然如此,我倒是很好奇,真想试试这份样品。"阿弘说。

"是啊,我也是。"大五卫笑道。

"说不定会让咱们大失所望。"

"可能只是一段动画广告。"大五卫赞同地说,"你觉得我该试试?"

"好啊,那就试试吧。新上市的毒品可不是每天都能尝到。"阿弘说。

"得了吧,只要你愿意,还真能每天尝到新货色。"大五卫说,"但并不是每天都能碰到不会伤害你的药。"说着,他拿起那张超卡,一撕两半。

过了一秒钟,什么事也没发生。"快点儿吧。"大五卫说。

就在这时,一个化身出现在大五卫面前的桌上,最初像鬼魅一般透明,随后逐渐变成三维实体。真是太没新意了,阿弘和大五卫已经笑出声来。

眼前的化身是个全裸的布兰迪,看上去甚至连普通的布兰迪都不如,很像台湾造的便宜冒牌货。她显然只是个邪灵,手里捧着一对筒状物,大小和卫生纸卷差不多。

大五卫仰身靠在椅背上,欣赏着这出好戏。这一幕俗不可耐,花里花哨,实在好笑。

布兰迪倾身向前,示意大五卫再靠近些。大五卫咧开嘴巴,笑着俯过身去,凑到她面前。她把粗糙的红唇贴在大五卫的耳边轻声说了些什么,但阿弘听不到。

布兰迪直起身,大五卫已是脸色大变。只见他目光茫然,面无表情。也许现实世界中的大五卫本人当真变成了这副模样,也许"雪崩"通过某种方式干扰了他的化身,使它再也无法反映大五卫真实的面部表情。总之,他就是这样直愣愣地瞪着前方,眼珠僵在眼眶里,一动不动。

布兰迪把并在一起的两只小圆筒举到大五卫僵硬的面孔前,然后双手一分,将它们拉开。这东西其实是一只卷轴。她正对着大五卫的脸展开卷轴,就像在他眼前立起了一幅平面二维显示屏。大五卫呆滞的面孔上映着卷轴发出的光芒,泛出淡淡的蓝色。

阿弘绕过桌子去看个究竟。但布兰迪猛地收起了卷轴,他只来得及飞快地扫了一眼。那是一道活动的光墙,像一台可卷曲的平面电视,但屏幕上没有任何图像。只有白花花的静电光斑。白噪音信号。一片片雪花。

然后,她消失了,没有留下一丝痕迹。黑客分区中的几张桌子旁,疏疏落落地响起满含讥讽的掌声。

大五卫恢复了常态,咧开嘴巴一笑,那副神情半是挖苦、半是尴尬。"刚才那是什么?"阿弘问,"我只在最后瞥见了满屏的雪花。"

"只有这个,你都看到了。"大五卫说,"由黑白像素组成的图案,一直没有变化,分辨率相当高。我只看到了数十万个'0'和'1'。"

"换句话说,有人在你的视神经前展示了或许十万比特的信息。"阿弘说。

"其实更像是干扰信号。"

"得了吧,只要没解码,所有信息看上去都像干扰信号。"阿弘说。

"可为什么有人会给我看全是二进制代码的信息呢?我又不是电脑,读不懂这个。"

"放松点吧,大五卫,我只是随便说说。"阿弘说。

"你知道刚才是怎么回事?你知道黑客们总是想方设法给我演示他们的样品吗?"

"知道。"

"有些黑客爱用这种方式向我展示他们的作品。这些样本全都很出色,除了刚才那个。那个布兰迪打开了卷轴——但作者的程序代码错误百出,而且在错误的时候出现了雪崩,所以我非但没有看到他想展示的东西,反而眼前全是雪花。"

"可他为什么要把这玩意儿叫'雪崩'呢?"

"肯定是想幽默一把,调侃自己犯下的大错误。他知道程序里全是漏洞。"

"那个布兰迪跟你小声嘀咕了些什么?"

"我听不懂她说的话,"大五卫说,"只是一连串乱七八糟的吧噗声。"

"吧噗"。和"巴别"有什么关系吗?

"事后你好像懵了。"

大五卫脸上立时现出愤愤之色,"我才没有懵呢,我只是觉得整个事情非常怪异。我猜,我只是一时没回过神来。"

阿弘用极度怀疑的眼光看着他。大五卫注意到了这一点,于是站起身来,"想看看你的日本对手在搞什么吗?"

"什么对手?"

"你过去常为摇滚歌星设计化身,对吧?"

"我如今还在做。"

"知道吗?今晚寿司K到这儿来了。"

"哦,我看到他了。他的发型有银河系那么大。"

"你在这儿就能看到他脑袋上发出的光芒。"大五卫朝隔壁的分区挥挥手,"但我还是想看看他整个发型是什么模样。"

那个发型看上去确实像灿烂的太阳,正从摇滚歌星分区正中的某个地方冉冉升起。在化身们攒动的人头之上,阿弘能看到它的橙色光芒,从人群中央呈扇形向外辐射而出。那片光亮不停地移动,扭转,四处晃来晃去,似乎整个宇宙都在随之摇撼。在大街上，寿司K的"旭日"发型会受到高度和宽度限制，无法放射出全部光彩；但大五卫允许任何人在黑日内自由表现，因此道道橙色光芒便一直射到了地界的尽头。

"不知道有没有人告诉过他，日本人的说唱乐在美国没有市场。"阿弘说道，二人信步朝那边走去。

"或许你应该去跟他说一声，"大五卫建议道，"还得向他收取咨询服务费。你知道，他本人此时正在洛杉矶。"

"很可能正待在一个满是马屁精的酒店里，听人们百般奉承，说他会成为一位多么伟大的天皇巨星。他应该多接触一些真正的'生物量'。"

他们加入人流，在人群狭窄的缝隙里蜿蜒前行。

"生物量?"大五卫问。

"单位环境面积中的生物体总量。这是个生态学术语。假如你选定一英亩的雨林、一立方英里的海水或是康普顿城中一个正方形的街区，再将其中无生命的物质，比方说泥土和水，全部滤掉，那么剩下的就是生物量了。"

脑子里永远只有数字的大五卫干巴巴地说："我听不明白。"他的声音听起来很滑稽，混杂着许多干扰杂音。

"也可以用产业界的表达方式来解释。"阿弘说，"产业界之所以能生存发展，其供给基础正是全美国的人类生物量，正因为有了这个基础，产业界这头鲸鱼才能滤食大海中的磷虾。"

阿弘不得不从两个日本商人中间挤过去。其中一个身穿蓝色套装；另一个则是新复古派，身披黑色和服。另外，这位古装打扮的商人和阿弘一样，也带着双刀：长长的打刀佩在左腰下，单手短刀"胁差"斜插在腰带里。他和阿弘都好奇地扫了一眼对方的武器。阿弘假装没有注意到什么，马上将视线转向别处，那个新复古派却站在原地一动不动，只是嘴角向下撇着。阿弘以前也碰到过这种事情。他知道，自己就要卷入一场战斗了。

人们忽然闪出一条路，某种身形巨大、势不可挡的东西冲进人群，把一个个化身推到两边。在黑日，只有一种东西能像这样推搡化身，那就是保镖邪灵。

来者更靠近些之后，阿弘发现这批保镖居然是一群身穿晚礼服的大猩猩，排成楔形攻击队列穿过人群。而且，它们似乎正朝阿弘赶来。

他想抽身而退，但一下子撞上了什么东西。看来"大板"终于给他惹上了麻烦。他连忙加快脚步，离开吧台。

"大五卫，"阿弘叫道，"快让它们住手，老兄。我再也不用'大板'了。"

但是，阿弘身边所有的人都盯着他的背后。他们的面孔被一道道色彩斑斓的光线映照得五颜六色。

阿弘转身去找大五卫，但大五卫已不见了踪影。

大五卫刚才站立的地方，一团邪气逼人的数字云雾正在不停地颤抖。它色彩明亮，瞬息万变，但却无以名状，看上去格外刺眼。这团云雾在黑白和彩色之间来回变换闪烁，变成彩色的时候，它打着旋疯狂地滚动，就像被迪斯科舞厅的高能灯扫过一样。而且，它并不局限于自己的形体之内，发丝般纤细的像素线不断从一侧飞射出来，径直划过整个黑日大厦，然后穿墙而出。与其说它是个完完整整的物体，倒不如说是一朵离心云团，由各种线条和中心点变化不定的多边形组成，不断将发亮的碎片抛向室内各处，撞到化身身上，摇曳着闪动片刻之后便无影无踪。

可大猩猩并不在乎。它们把长而多毛的手指探进不断分解的云团之中，不知怎的居然抓住了那东西，然后拎着它经过阿弘身边，朝门口走去。当那个厌物从眼前经过时，阿弘趁机低头观瞧。他瞥到了一张很像是隔着片片碎玻璃看到的大五卫的面孔。但这一瞥转瞬即逝，那个化身已经无影无踪，其实是被邪灵以一脚熟练的凌空抽射踢出了前门。只见它高高飞过大街，画出一道近乎平直的长弧线，消失在地平线之外。阿弘抬眼朝过道旁大五卫的桌子望去。大五卫不在那里，四周只有一群目瞪口呆的黑客。其中有些人一脸震惊，也有人正尽力忍住幸灾乐祸的笑容。

　　大五卫·迈耶，至高无上的黑客君主，超元域协议的创始先驱，闻名天下的黑日缔造者和业主，惨遭系统崩溃荼毒，被他手下的保镖邪灵从他自己的吧台边丢了出去。

10

信使在学艺时,需要掌握的第二或第三项本领就是如何撬开手铐。手铐并不是用于长时间拘押犯人的装置,但数百万座特许连锁监狱偏偏让它派上了这个用场;另外,长期以来,滑板客一直备受压迫,这意味着他们或多或少都必须是个逃生专家才行。

有些事必须优先办理。Y.T.的制服上挂满了数不清的东西。这件制服有上百个口袋,宽大扁平的用来装快件,细小狭长的用来装工具,另外还有很多缝在衣袖、大腿和小腿部位。这些五花八门的口袋里通常都装着些小巧轻便的物件:钢笔、记号笔、笔形手电、袖珍折刀、开锁器、条码扫描器、闪光信号灯、螺丝刀、防身喷液、防身电击棒和夜光棒。她的右腿口袋里还倒插着一个计算器,兼具出租车计价器和秒表功能。

另一侧大腿的口袋里是一部移动电话。经理上楼后刚一锁上牢门,手机就响了。Y.T.用没被铐住的那只手掏出电话接通。是妈妈打来的。

"嗨,妈妈。很好,你呢?我在特蕾西家。对,我们刚去了超元域。在大街上的游乐场逛了逛。相当刺激。对呀,我用的化身可漂亮呢。不用了,特雷西的妈妈说,过一会儿她送我回家。但我们可能会在维克多利街的'兜风乐园'停一下,行吗? 好的,好吧,睡个好觉,妈妈。我会的。我也爱你。待会儿见。"

她用力按下闪断键,结束了和妈妈的通话。大约半秒钟后,拨号音响起。"路尸。"她用的是语音拨号方式。

电话找到记忆存储中"路尸"的号码,拨通了电话。

电话那边传来阵阵轰响。是空气以惊人的速度掠过路尸手机麦克风的声音。另外还能听到竞相飞驰的汽车轮胎在路面上擦出的嗖嗖声。轮胎碾过凹坑时发出的撞击声也不断加入进来。听上去,路尸好像在濒临崩塌的文图拉公路上。

"嘿,Y.T.,"路尸说,"什么事?"

"你在干吗呢?"

"在图拉①上飙车。你呢?"

"在牢里蹲着呢。"

"哇呜! 你被谁逮住了?"

"超元警察。用痰液枪把我黏在了白柱区的大门上。"

"哇呜,真厉害! 你什么时候能脱身?"

"用不了多久。你能不能过来搭把手?"

"你什么意思?"

该死的男人,全是这副德行。"你知道我是什么意思,帮我一把。你是我男朋友。"她说得简单明了,"既然我被抓了,你就该过来帮忙把我弄出去。"这难道不是人人都该明白的事吗? 难道爹妈们都不再教孩子们道理了?

"唉,嗯——你在哪里?"

"买了飞501762号分店。"

---

①文图拉公路的简称。

"我正在去伯尼的路上,送一份超急件。"

他的意思是,他已经快到圣伯纳迪诺了,还带着一份超高优先派送的快件,还有,你自认倒霉吧。

"好吧,多谢你这么帮忙。"

"噢——"他开始道歉。

"得了,你还是自己'注意安全'吧。"Y.T.借圈子里惯用的讽刺语结束通话。

"你要挺住哦。"路尸说。轰响声戛然而止。

真是个混账东西。下次再见面,非让他趴在地上求饶不可;但此时,还有个人欠着她一份人情。唯一的问题是,他可能很蠢,但还是值得一试。

"喂?"那人在电话里说。他呼吸急促,背景里还能听到几声警笛在争相鸣叫。

"是弘·主角吗?"

"没错,你是哪位?"

"Y.T.,你在哪儿?"

"瓦胡岛路一家赛福威超市的停车场里。"他说。他说的是实话,她能听到背景声里一只购物推车的屁股碰撞时发出的刺耳噪音。

"我现在有点忙,白人——不过,有什么需要我帮忙的吗?"

"是Y.T.,"她说,"你可以帮忙把我从牢里弄出去。"她把事情经过告诉了他。

"你被关进去多久了?"

"十分钟。"

"好吧,特许连锁监狱的三孔活页簿上规定,犯人入监半小时之后,经理应该做一次巡视检查。"

"你怎么会知道这种事?"她责备似的问道。

"自己想去吧。等经理检查完毕,你要再等五分钟,然后开始行动。我会尽力帮忙。好吗?"

"好,知道了。"

整整半个小时之后,她听到后门准时打开。灯光骤然亮起。多亏了骑士目镜的保护,她的双眼才没被刺得生疼。随着沉闷而又空洞的脚步声,那个经理走下几级台阶,站在那里瞪着她,瞪了许久。显然,他已被Y.T.诱惑。半个小时以来,那一瞬间闪现的肉体始终在他的脑海里盘桓跳跃。他进退两难,心灵被这宇宙哲学一般的巨大难题折磨得不胜其苦。Y.T.希望他不要轻举妄动,守宫阴牙的威力具有相当大的不可知性。

"到底想干什么,快拿定主意,别他妈磨磨叽叽的!"Y.T.说。

这句话奏效了。突然袭来的文化冲击顿时让那个吉克从伦理难题中摆脱出来。他用谴责的目光朝Y.T.怒目而视——是她,说到底就是她,逼他受到诱惑,逼他色欲迷心,让他头脑发昏——她若不是坏种就不该让人家逮住,不对吗?——鉴于以上种种,他愤怒了,对她怒不可遏,就好像他有权这样做似的。

发明脊髓灰质炎疫苗的人居然也是这种性别的人类,真是难以置信!

他转身走上台阶,熄灯后锁上牢门。

Y.T.记下现在的时间,随即把手表的闹钟设置为五分钟后鸣响——整个北美只有她真正懂得如何设置自己的数字腕表——然后从袖子上一个狭长的口袋里掏出组合刀具,又摸出一支夜光棒,用力一折,这样就能看清如何下手。她从刀具中挑了一个狭窄扁平的弹簧钢片,插入手铐的钥匙孔内,压住承载弹簧的棘爪。这副手铐原本由单向棘轮控制，只会越铐越紧，现在终于从冷水管上松脱下来。

她本可以从腕子上解下手铐，但她认为这玩意儿的模样还不错，于是把松开的那只手铐又铐在腕子上的另一只手铐旁，凑成一副双环手镯。以前她妈妈还是个朋克的时候也这么干过。

铁门已被锁住，但买了飞的安全条例规定，地下室必须设有应急出口，以备火灾逃生之用。这座监牢的应急出口就是地下室的窗户，上面装着护栏，还用螺栓固定着一只大号的红色多语种火灾报警器。在夜光棒发出的绿光下，那片红色看起来有些发黑。Y.T.浏览了一遍报警器的英文说明，又在脑子里默记了一两回，然后便开始等待手表的闹钟鸣响。为了打发时间，她开始读其他语种的使用说明，猜测什么词是什么意思。对Y.T.来说，这些外文看上去全都像出租车黑话。

窗户非常脏，很难看清外面，但她还是看到一个黑黢黢的身影从窗前走过。那是阿弘。

大约十秒钟后，Y.T.的腕表开始鸣响。她挥拳猛击紧急出口。警铃尖叫起来。护栏比她想象的要难对付——幸好现在没有真的着火——但她最终还是撞开了栏杆。她先把滑板扔到外面的停车场上，接着自己往外爬。刚一爬出窗口，她就听到牢门那里传来开锁的声音。等拿三孔活页簿的家伙找到那只至关重要的电灯开关时，她已经踏上滑板，斜身一个急转弯便冲到了买了飞门前的停车场，没想到那里已经成了一大帮吉克的狂欢乐园。

南加州的每一个吉克好像都到这儿来了。他们开着身形巨大、破破烂烂的出租车，后座上是外国品种的家养畜牲，散发出浓烈的味道，把涎水甩得到处都是。吉克们在一辆出租车的后备箱上架起了巨大的八管水烟筒,稀里呼噜地吸着呛人的水烟,每一口都堪与高山居民的肺活量相比。

这些人全都死盯着弘·主角,他也瞪圆了眼睛怒目相向。停车场上的每个人都是一副大吃一惊的模样。

他肯定是从后面摸过来的,没想到前停车场上居然满是吉克。无论他先前如何计划,现在全都派不上用场。计划泡汤了。

经理从买了飞的后面飞奔而出,用出租车黑话高叫一声,发出令人毛骨悚然的警报。他像导弹锁定目标一样盯住了Y.T.的屁股。

但围在水烟筒四周的吉克对Y.T.并不在意。他们像导弹锁定目标一样盯住了阿弘。这几个人把华丽的银制烟嘴小心翼翼地挂回到大水烟筒颈部的架子上,然后开始朝阿弘逼近,同时把手伸进长袍的衣褶和防风夹克的内兜,掏摸着武器。

"刺啦"一声锐响,分散了Y.T.的注意力。她转眼望向阿弘,只见他已从她以前始终不曾注意的刀鞘中拔出了一把三英尺长、刀身微弯的长刀。阿弘摆出稳稳的骑马蹲裆式,刀刃在买了飞耀眼的保安灯下闪烁着寒光。

酷毙了!

说水烟筒小子们吓了一跳实在太轻描淡写了。但比起恐惧,他们心中更多的是困惑。几乎毫无疑问,他们大多数人都带着枪。那么,眼前这家伙为什么还要用一把刀来招惹他们?

Y.T.想起来了,阿弘的名片上列有多种职业,其中之一是"世界顶级刀客"。他真能打发掉这么一帮荷枪实弹的吉克吗?

经理伸手抓住她的上臂,好像这样就能让她停下来似的。她将另一手横过身前,任由他抓住,但这只手里的防身喷液猝然射出,把这家伙喷个正着。经理闷哼一声,脑袋猛地向后一仰,松开了她的手臂，跌跌撞撞地掉头就跑，最后瘫倒在一辆出租车上，手掌朝眼眶里拼命又挤又揉。

等等。那辆出租车里没有人，但Y.T.看到点火器上垂挂着一条两英尺长的流苏钥匙链。

她把滑板丢进车窗，自己也跟着一头扎了进去（她身材小巧，开不开车门都无所谓），随即从后座爬到驾驶位，深深陷进那个由木头珠子和空气清新剂组成的巢穴里。她发动车子，向前一冲，随后倒车，驶向后停车场。这辆车停放时原本车头朝外，完全是出租车的风格，为的是可以随时起程飞奔。如果只有她一个人，这样开溜倒是不错，但现在还得搭救阿弘。收音机不停地尖叫，爆发出一串串出租车黑话。她一路倒车绕到买了飞后面。真奇怪，后停车场倒是静悄悄、空荡荡的。

她换到前进挡，沿着来路风驰电掣般冲了回来。吉克们本以为她会从另一条路上冒出来，根本没来得及做出反应。随着尖锐刺耳的刹车声，车子紧贴着阿弘身边停下。此时的阿弘已经镇定自若地收刀入鞘，猛一闪身，从乘客一侧的车窗蹿进了车子。现在Y.T.不用再留意阿弘了，她有别的事情要操心，比如拐上大路时千万不要被其他车子拦腰撞上。

还好没有发生侧撞，但有辆车不得不尖叫着绕开她。Y.T.加大油门，一溜烟开上公路。车子的反应相当灵敏，也只有老式出租车才有这样的反应。

唯一的问题是，现在足有半打老式出租车正在他们后面穷追不舍。

有样东西顶在Y.T.的左大腿上。她低头一看，发现是一把特大号的左轮手枪，装在从车门嵌板处垂下来的网兜里。

必须找个地方开进去。要是能找到个新西西里的特许领地

就好了,黑手党欠她一个人情。也许该去新南非? 虽然她痛恨
那个地方,但新南非人更恨吉克。

不,这个办法行不通。阿弘是黑人,至少有部分黑人血统。
不能带他去新南非。超元坦桑尼亚也去不得,因为Y.T.是白人。

"去李先生的大香港。"阿弘说,"向前半英里右转。"

"想得美,他们才不会让你带着刀进去呢。"

"会的,"他说,"因为我是那儿的公民。"

很快她就看到了李先生的大香港。它的标志牌相当醒目。
这样的标志牌现在已经没有多少了:平静安详,耸立在灯火炫目
的特许聚居区之上,呈蓝绿两色。上面写着:

李先生的大香港

车后突然传来爆炸般的巨响。Y.T.的脑袋猛地撞在椅背的
颈部保护垫上。有辆出租车顶上了他们的车尾。

车轮发出阵阵尖叫,她以七十五英里的时速冲进李先生特
区的停车场。保安系统甚至没来得及识别她的签证并关闭"轮
胎破坏装置",结果路上的道道铁蒺藜彻底摧毁了车胎;光秃秃
的子午线轮胎全被留在车后,挂在一根根长钉上。随着刺耳的
刹车声,车子停在网格状草坪上,四个赤裸裸的轮圈进射出一连
串火花。此地具有双重功效:既是吸收二氧化碳的草皮,又是戒
备森严的停车场。

她和阿弘从车里钻了出来。

阿弘咧开嘴巴狂野地一笑,浑身被十二道激光束的交叉火
力包裹得严严实实,接受来自四面八方的识别扫描。大香港的
机器人保安系统正在核实他的身份。当然还有Y.T.。她低头看

到激光束正在自己的胸前乱扫。

"主角先生，欢迎来到李先生的大香港。"保安系统通过有线广播扬声器说道，"同样欢迎您的客人，Y.T.小姐。"

其他出租车停在路边，摆好了阵势。其中有几辆刚才开过了头，不得不从一两个街区外倒车回来。吉克们纷纷下车，只听一扇扇车门像连珠炮般地"砰砰"关上。有些人不在乎这些小事，让引擎继续运转，还大敞着车门。三个吉克慢慢悠悠地走上人行道，查看着钉在铁蒺藜上的轮胎碎片：长条状的氯丁橡胶上长出了钢铁毛发和玻璃纤维丝，活像被扯烂的男式假发。其中一个家伙手里拎着一把左轮手枪，枪口朝下指着人行道。

另外四个吉克跑来和他们凑在一处。Y.T.数了数，那帮人又多了两把左轮和一支泵动式霰弹枪。再多来几个这样的家伙，他们就能组织个政府了。

那些人小心翼翼地迈过长钉，踏进繁盛茂密的香港特许城邦的停车草坪。刚一落脚，激光束便再次出现。一瞬间，他们满身都是红点。

随后，不同寻常的事情发生了。灯光骤然亮起。保安系统要把这些人照得更亮一些。

香港特许城邦的各个领地因其停车草坪而赫赫有名——有谁听说过可以停车的草坪？——同时还有他们的天线，让领地看上去像航空航天局的研究机构。有些天线直指天空，与卫星交流传输讯号；还有些个头极小，指向地面，对着草坪。

这些东西Y.T.不是很懂，其实这些小天线是毫米波雷达收发器。同其他任何雷达一样，它们擅长探测金属物体。与空中交通管制中心的雷达不同的是，它们善于察微辨细。系统的识别能力取决于波长，由于这种雷达的波长约为一毫米，所以它能看到你牙齿里的金属填料,看到你匡威高帮运动鞋上的金属扣眼,看到你李维斯牛仔裤上的铆钉,还能算出你口袋里的硬币加起来有多少钱。

识别枪支更加不成问题。这种雷达能探测到枪里是否装了子弹,甚至能看出弹药的种类。这一功能至关重要,因为李先生的大香港的法律规定禁止携带枪支。

11

大五卫的电脑崩溃之后，围过来傻呆呆地袖手旁观似乎不大礼貌，但很多年轻黑客偏偏就是这么做的，以此向其他黑客显示自己是多么博学多才。阿弘没理他们，转身走向摇滚歌星分区。他还是想去瞧瞧寿司K的发型。

一个日本人挡住了他的去路。是那个新复古派，跟他一样佩着双刀的人。这家伙站在阿弘身前大约两个刀身处，看上去没打算让路。

阿弘以礼相待。他深鞠一躬，然后直起身来。

那商人很没礼貌：先仔细地把阿弘上下打量一番，这才鞠躬还礼，但只是敷衍了事。

"这些……"商人说，"非常漂亮。"

"谢谢，先生。如果您愿意，我们可以用日语交谈。"

"你的化身佩着刀。在现实世界，你不会带这样的武器吧。"商人用英语说。

"很抱歉，让您感到我这个人不太随和；但说实话，我在现实世界的确佩带这些武器。"阿弘说。

"跟现在一模一样?"

"没错。"

"这么说,这两把刀可是有些年头了。"商人说。

"是的,我相信是。"

"如此重要的传家之宝只能出自日本,怎么会归你所有?"商人说。

阿弘明白他的言下之意:你拿这两把刀有什么用,小子,切西瓜么?

"现在是我家的传家之宝了。"阿弘说,"它们是我父亲赢来的。"

"赢的? 靠赌博吗?"

"决斗。我父亲和一位日本军官之间曾有过一场肉搏,说来话长。"

"如果我误解了你的故事,请你原谅。"商人说,"但在我的印象里,那次大战中,你们这个种族的男人是不准参战的。"

"你的印象没错。"阿弘说,"我父亲当时是个卡车司机。"

"那他怎么会和日本军官格斗呢?"

"事情发生在一座战俘营外面。"阿弘说,"我父亲和另一个战俘试图逃跑,被一群日本士兵追捕,为首便是拥有这两把刀的军官。"

"你的故事让人难以置信,"商人说,"因为你父亲不可能在这样的逃亡中幸存下来,更不会把刀传给自己的儿子。日本是个岛国。他无处可逃。"

"当时已是战争末期,"阿弘说,"而那座战俘营位于长崎城外。"

商人顿时哑口无言,满脸通红,几乎无法自控。他抬起左手攥住刀鞘。阿弘环顾四周,发现人们已经围成了一个直径大约十码的圆圈,而他俩站在正中。

"你认为你这两把刀的来路很光彩吗?"商人说。

"如果我不这么认为,早就把它们物归原主了。"阿弘说。

"那么,你不会反对以同样的方式输掉它们吧?"商人说。

"那就要看你是否乐意输掉你自己的刀了。"阿弘说。

商人右手伸到左肋下,攥住刀柄紧挨护手的部分,随即拔刀出鞘,猛地向前挥出,刀尖直指阿弘,然后用左手握住右手下方的刀柄。

阿弘摆出了相同的架势。

两个人都屈膝蹲作马步,上身挺得笔直,然后再度起身,挪动脚步,站成独特的姿势:双脚平行,脚尖向前,右脚在前,左脚在后。

看样子,这个商人的"残心"①十分强大。要把这个概念翻译成英语,简直就像把"傻帽"翻译成日语一样难,或许可以把它译为橄榄球用语中的"情绪强度"。只见他径直冲向阿弘,双肺鼓气发出一声断喝。这一招由一连串快速挪移的脚部动作组成,发招者始终保持着平衡。在最后一刻,他把刀举过头顶,朝阿弘当头劈下。阿弘举刀相迎,刀身斜刺里一转,刀柄高挑,遮护在左脸上方,刀身斜斜垂下,指向右侧,像在自己身体上方搭起了一座屋顶。商人的攻击撞上这屋顶,马上像雨点一样被弹到一旁;随后阿弘横跨一步闪过对方,同时挥刀砍向敌人毫无防卫的肩膀。但商人的移动速度太快,阿弘没能把握住时机,一刀落空,劈在商人身后一侧。

二人迅速转身,再次举刀相向,然后各自后退,恢复成刚才的进攻姿势。

---

①空手道及剑道术语,详见后文。

当然，"情绪强度"这个说法连原词的一半意思都表达不了。这样的译法实在太粗糙了，会让死于刀战的日本武士被肢解的尸体在坟墓里辗转反侧不得安息。"残心"一词涉及诸多玄而又玄、没什么意义的内涵，只有真正的日本人才能完全理解。

坦白地讲，阿弘认为那些所谓的内涵大都是故作神秘的无聊废话，和他中学橄榄球教练倡导的体育精神属于同一个级别，那家伙总是告诫队员，要把自己的能力发挥到百分之一百一十。

商人再度进袭。这次攻击直截了当：他迅速挪步逼近，朝阿弘当胸砍来。阿弘闪身躲过。

到现在，阿弘已经摸清了对手的底细，也就是说，这个商人同绝大多数日本刀客一样，只懂得剑道。

将剑道用于武士刀实战，就像在不讲招式的械斗中耍弄击剑技巧，相当于试图把完全没有章法、混乱狂暴甚至残忍的搏斗变成一场矫揉造作的游戏。在击剑比赛中，你只能攻击对手的几个特定部位，也就是被盔甲保护起来的地方。击剑的时候，你不能用膝盖顶撞对手，更不能用椅子砸他的脑袋。还有，击剑裁判可以彻头彻尾地主观臆断。剑道比赛中有这样的事：你结结实实地击中了对手，但却不能得分，因为裁判觉得你还没有足够的"残心"。

阿弘没有半点"残心"，他只想尽快结束战斗。商人再次发出撕裂耳膜的号叫，倒着碎步冲上前来连劈带砍。阿弘挥刀挡开这一击，猛一转身，将对手的双腿从膝盖上方齐齐削了下来。

商人瘫倒在地。

想让你的化身在超元域里像真人一样自由活动，你得花大工夫练习。可一旦你的化身失去了双腿，所有技巧全都派不上用场。

"尝尝这一招!"阿弘叫道,"看刀!"他挥动利刃斜劈两刀,商人的两只前臂应声而落,武士刀"当啷"一声掉在地上。

"快点生火准备烤肉吧,杰迈玛①!"阿弘继续说道,同时横刀疾扫,将商人拦腰斩为两段。他俯身盯着商人的脸。"难道没人告诉你,"他不再拿腔作调,"我是个擅长砍人的黑客?"

接着,他砍掉了那家伙的脑袋。人头滚落在地,转了半圈便停下,直直地瞪着天花板。阿弘后退几步,口中咕哝道:"保险柜。"

一只很大的保险柜,约有一米见方,从天花板现出身形,笔直地坠落下来,正砸在商人的脑袋上。强劲的冲击力让保险柜和头颅贯穿了黑日的地板,只留下一个四四方方的窟窿,露出下面的管道系统。剩下的残肢仍然散落在地板上。

此时此刻,现实世界某地的一个日本商人,或许正待在伦敦的豪华饭店,或是东京的办公室,甚至是洛杉矶/东京航线超音速客机的头等舱里,他面红耳赤、大汗淋漓地坐在电脑前,看着屏幕上显示出的黑日名人堂。他与黑日的联系已被切断,电脑也已脱离超元域,只能显示二维画面。上面列出了十大顶级刀客的名字和照片。再往下则是一份滚动排名表,从第十一名开始排起。如果他想知道自己的名次,可以向下拉动名单仔细寻找,电脑会很乐于告诉他,到目前为止,共有八百九十名刀客曾在黑日决斗,而他排在第八百六十三位。

列出名字和照片的十大顶级刀客中,第一个就是弘明·主角②。

---

①童话人物。
②阿弘的日文全名。

110

12

　　吴氏保安产业的 A-367 号半自主警卫犬住在一片舒适的黑白超元域空间中。这里,树上长着一块块上等的腰肉牛排,挂在低垂的枝条上,一抬头就能吃到。浸透了鲜血的飞盘在清新凉爽的空气中平白无故地飞来飞去,等着你去抓住。

　　它有一座属于自己的院子,四周围着栅栏。它知道自己跳不出栅栏。实际上,它也从未试过,因为它知道跳不出去。除非万不得已,它不会到院子里去。那里实在是太热了。

　　它的工作非常重要:保护这座院子。院子里不时有人进进出出,绝大多数时候都是好人,它绝不会找他们的麻烦。它不知道他们为什么是好人,反正就是知道;但有时也会有坏人闯进来,那它就不得不做些坏事把他们赶出去。它的所作所为既恰当又正当。

　　在它这座院子之外的世界里,还有另外一些院子,还有另外一些像它这样的狗狗。那些狗狗并不讨厌,都是它的朋友。

　　离它最近的狗狗邻居也住得很远,远得根本看不到;但当某个坏人走近邻家院子时,它能听到那只狗狗的吠叫声。它还能听到其他狗狗的吠叫,它们有整整一大群,遍布在好大一片地方，四面八方都有。它就是这一大群好狗狗中的一个。

无论什么时候，只要有陌生人走进院子，哪怕只是靠近院子，它和其他好狗狗就会吠叫起来。陌生人听不到它的吠叫，但狗群中的其他狗狗都听得到。如果狗狗们住在附近，就会变得极为兴奋。只要那个陌生人打算走进院子，它们会马上从睡梦中醒来，时刻准备对陌生人做坏事。

每当邻居的狗狗朝陌生人吠叫的时候，那里的图像和声音以及味道都会随着吠叫声一起传入它的脑海。它马上就能知道那个陌生人的模样、味道，还有声音。于是，一旦那个陌生人靠近它的院子，立即会被它认出来。它还会把吠叫声传递给其他好狗狗，这样整个狗群就能做好准备，同那个陌生人作战。

今天晚上，A-367号半自主警卫犬在吠叫。它并不是在向狗群中转传递其他狗狗的吠叫。之所以吠叫，是因为它这座院子里发生的事情让它异常兴奋。

首先，有两个人进了院子。他们的速度相当快，所以让它非常兴奋。他们的心跳得好快，而且满身大汗，一闻就知道他们满怀恐惧。它打量着这两个人，看他们是不是带着什么坏东西。

那个小个子带的东西有点不合规矩，但还不至于真的很坏；那大个子带的东西却相当可怕。但不知何故它就是知道，那个大个子没问题。他属于这座院子。他不是陌生人，他住在这儿。那个小个子是他的客人。

尽管如此，它还是感觉到似乎发生了什么令人兴奋的事情。它开始吠叫。院子里的那两个人听不到，但狗群中所有的好狗狗，尽管相隔很远，都听到了它的吠叫声，而且立即看到、嗅到、听到了这两个心惊胆战的好人。

接着，又有一些人进了它的院子。他们也很兴奋。它能听到他们的心跳声。它嗅到了带咸味的热血在他们的动脉中奔涌，嘴里的口水于是开始泛滥四溢。这些人既兴奋又恼怒，还有那么一点点害怕。他们不住在这里，他们是陌生人。它非常讨厌陌生人。

它打量着他们，发现他们带着三把左轮手枪，其中一把是点三八口径，另外两把是点三五七口径的马格南左轮手枪。那把"点三八"装的是空尖弹；一把"点三五七"里装着特氟隆子弹，枪机已经打开；还有一支泵动式霰弹枪，装填着大号铅弹，一颗子弹已经上膛，另外四颗在弹夹里。

这些陌生人带来的东西坏极了。都是些吓人的东西。它变得兴奋起来，同时又感到愤怒。它还有一点害怕，但它喜欢害怕的感觉。对它来讲，害怕和兴奋没什么两样。说实话，它的精神状态只有两种：睡眠和肾上腺素爆发。

带着霰弹枪的坏人举起了他的武器！

这绝对是最可怕的事情。这么多凶狠而又兴奋的陌生人带着邪恶的东西闯进了它的院子，要伤害那两位善良的访客。

等不及用吠叫警告其他好狗狗，它心中那种纯粹而又充满野性的情感已经白热化，催动着它从狗窝里飞射而出。

Y.T.眼睛的余光瞥见一道短促的闪光，随即听到铿锵一声。她循声望去，发现那道光来自大门侧面的一扇狗门。就在瞬间之前，有什么东西从里面撞门而出，以炮弹般的速度和决心朝着停车草坪飞去。

Y.T.刚意识到这一切，就听到了吉克们的叫喊声。呼号中感觉不到愤怒，也没有恐惧。因为根本没人来得及恐惧。只有某个人被一桶冰水当头浇下，才会发出这样的惨叫。

叫声此起彼伏,她正扭头去看那几个吉克,狗门再次迸发出一道亮光。就在狗门由外至内被撞开的一瞬间,她眼前一闪,觉得自己似乎看见了什么东西:一个长而圆的身影飞回了狗窝。等她定睛注视时,除了像刚才一样摆来摆去的狗门之外,再看不到任何东西。她的脑海里只留下了这些印象,加上一个细节:刚才一秒钟内,一串火花飞出狗门穿过草坪,闪到几个吉克身边,随即又回头蹿进了狗门,像流星焰火似的从停车场上倏忽而过。

人们总爱把警卫犬称作"鼠辈",说它们都是用四条腿奔跑。或许是它那四条机器腿上的爪子刚才抠进草坪地面借以向前飞奔,这才擦出了串串火花。

那帮吉克乱作一团。有几个被撞倒在草坪上,身体还在弹动翻滚。其余的已失去平衡,但还没来得及倒下。他们都被解除了武装,捧着刚才握枪的手不停地号叫——直到现在,他们的声音里才显出了恐惧。一个家伙的裤子从腰部被一直扯到脚踝,撕开的碎布拖在地上,就好像有谁刚掏了他的口袋,但那位急性子过于匆忙,离开时没来得及放开裤兜。也许这家伙的口袋里有把刀。

四处都看不到血迹。鼠辈的出击非常精确。吉克们仍然捧着手连连哀号。或许人们说得没错,每当鼠辈想让你放手松开什么东西的时候,就会奉上一记电击。

"当心,"她听见自己说,"他们有枪。"

阿弘转过脸朝她咧嘴一笑。他的牙齿洁白整齐,笑容中锋芒毕露,透出食肉动物的狰狞。"不,他们没有。枪在香港是违禁品,记得吗?"

"可就在一秒钟前,他们还有枪。"Y.T.瞪圆了眼睛,摇摇头。

"现在枪已经归鼠辈了。"阿弘说。

几个吉克都觉得他们还是尽快开溜为好,于是纷纷逃出停车场,钻进出租车就跑,轮胎发出阵阵刺耳的尖叫。

Y.T.把只剩轮圈的出租车倒出来,吱吱嘎嘎地碾过铁蒺藜,贴着马路牙子停在街边,然后她走回香港特许城邦门前,在身后洒下一路芬芳,就像彗星的尾巴。她忽然冒出一个极其古怪的念头:如果现在和弘·主角钻到汽车后座厮混一会儿,那会怎么样?或许相当不错。她先得把守宫阴牙取出来,但这里可不是合适的地方。另外,任何一个好心救她出狱的正派男人,对于跟十五岁的女孩做爱,大概都会有些顾忌。

"你的心地还真不错。"阿弘说着,朝停好的出租车点点头,"你还会赔他的轮胎吗?"

"不。你呢?"

"我近来现金周转有些问题。"

她站在大香港停车草坪的中央。二人上上下下仔细打量着对方。

"我给男朋友打过电话,但他没理我。"

"他也是个滑板客?"

"对。"

"你犯了我以前犯过的一个错误。"他说。

"说来听听。"

"把工作和感情混在一起。和同事约会,最后事情会变得很麻烦。"

"是啊,我明白你的意思。"但她不太确定什么叫同事。

"我在想,我们应该成为搭档。"她说。

她以为他会嘲笑她,但他没有。他只是咧嘴一笑,轻轻点了点头,"我也有这个想法。不过我要先琢磨一下该怎么运作。"

她大吃一惊,没想到他居然会认真考虑这件事。但她马上就回过神来,意识到他只是随口敷衍。他大概在撒谎,最后的目的可能是要骗她上床。

"我得走了。"她说,"该回家了。"

让我们瞧瞧,这下子,他对合作还会有兴趣吗?她转过身,背对着他。

突然间,大香港特许城邦的自动聚光灯再次将二人牢牢套住。

Y.T.只觉得肋骨一阵剧痛,像是被人猛击了一拳,但动手的人不是阿弘。尽管这个佩刀怪客的行为举止往往出人意料,但绝不会打女人。那种懦夫的气味她一英里之外就闻得出来。

"噢!"她叫道,被这重重一击打得身体扭曲。她低头一看,发现一个沉重的小东西弹落到他们脚边。大街上,一辆老式出租车发出轮胎擦地的尖叫,飞也似的逃开。一个吉克从后窗探出身来,朝他俩挥舞着拳头。肯定是那家伙冲她扔了一块石头。

但那不是石头。Y.T.脚边那个沉重的小东西,撞在她肋骨上又弹落在地的玩意儿,竟是一颗手雷。她瞪着眼睛看了一秒钟,这才认出它来。这种在卡通片里已是众所周知的经典场面,如今居然变成了现实。

紧接着,她的双脚被撞得飞了起来。事情发生得太快,她一点都不觉得疼。刚一醒过神来,就听到停车场的另一边传来了可怕的爆炸声。

然后,一切都静止下来,让他们有足够的时间看清状况,弄明白刚才发生的事情。

鼠辈停在那里,一动不动。这可是前所未有的事情。它们总是飞速行动,神出鬼没,从来不会让你看见踪影。没人知道它们是什么样子。

直到现在,始终没有人见过鼠辈的庐山真面目,但Y.T.和阿弘除外。

它比Y.T.想象的要大。体型与罗特维尔牧羊犬相仿,像犀牛一样身披一块块相互交叠的硬甲。四条长腿很像猎豹,可以紧紧蜷起,爆发出无穷的力量。人们称其为鼠辈,一定是因为它的尾巴,那是它身上唯一像老鼠的部分——奇长无比而且柔韧灵活。只不过,它的尾巴仿佛是被酸液蚀掉血肉的鼠尾,上面全是骨节,数百段骨节整齐地接插在一起,像脊椎一般。

"我的上帝!"阿弘说。听他的口气,她知道他也从未见过这东西。

此刻,鼠辈的尾巴盘绕着堆在身上,像一团从树上掉下来的绳子。它身体的某些部分还在尝试着活动,但其他部分看上去毫无生气。它的腿一条接一条痉挛般地抽搐着,无法协调行动。这只警卫犬看上去一塌糊涂,那副模样就像一架被炸掉了尾巴的飞机,千方百计调整着身体想要降落。就算不是工程师也能看明白,它已经完全没希望了。

鼠辈的尾巴像蛇一样扭曲甩动,忽而伸展开来,从身体上竖立起来,似乎要摆脱四条腿的拖累。它的腿出了大毛病,它站不起来。

"Y.T.,"阿弘说,"别动。"

她还是动了。一步一步,慢慢接近鼠辈。

"它很危险,可能你没注意到。"阿弘跟在她身后几步之外,"有人说它是生物合成体。"

"生物合成体?"

"它拥有动物器官,所以它的行为和反应可能无法预料。"

她喜欢动物,于是继续向前走去。

现在她看得更清楚了。这东西并非完全由甲胄和肌肉构成。实际上,它有很多部位显得非常脆弱。它身体上有几处粗短的翼状突起物:双肩上各有一处大的,还有一些尺寸较小,顺着脊椎排成一行,像剑龙背上的骨片。她的骑士目镜探测到,这些翼状物烫得足以烤熟比萨。当她靠近时,它们似乎在伸展和生长。

它们像教学片里的花朵一样绽放,渐渐舒展开来,露出曾经堆叠在一起的、精细复杂的内部结构。每一只粗短的翼片都能分解成与自己一模一样的小翼片,而这些小翼片同样可以分解为更小的翼片,依此类推,无穷无尽。最小的翼片已是尺寸极其细微的金属箔,它们那么小,从一定距离之外看去,边缘处就像生出了一层茸毛。

它在持续升温。此时,小翼片已经变得火烫。Y.T.把目镜推到额头上,抬手拢在双眼四周挡住周围的光亮。不出所料,她看到这些翼片开始泛起暗淡的棕褐色光芒,好似刚刚接通电源的电炉丝。鼠辈身下的草也开始冒烟。

“小心!恐怕它们体内真有危险的同位素。”阿弘在她身后说。现在他又向前靠近了一点儿,但仍保持在一定距离之外。

“什么是同位素?”

“一种能够产生热量的放射性物质,是鼠辈的能量源。”

“怎么关掉它?”

“你关不掉。它会一直产生热量,直到熔化。”

现在Y.T.离鼠辈只有几步远,她感到热气扑面。鼠辈身上的翼片已经完全张开,它们的根部呈现出明亮的橙黄色。从翼根到精致脆弱的翼尖,颜色逐渐变深,由红色转为棕色,而翼片的边缘处还是黑色。被引燃的青草冒出刺鼻的浓烟,让某些细微之处显得模糊不清。

她觉得这些翼片的边缘看上去很眼熟。它们就像装在窗式空调机室外一端的金属散热片,细小纤薄。如果你用手指把它们拨拉平整,就可以在上面写出你的名字。

或是像汽车上的散热器,在风扇的带动下,空气流经散热器来冷却发动机。

"它身上装着散热器。"她说,"鼠辈在用散热器冷却身体。"时间已经不多了,她尽力把各种用得上的知识汇集在一起。

但鼠辈并没有冷却下来。它还在不断升温。

Y.T.的谋生之道就是在阻塞的车流中驾着滑板疾行。要想保证自己的经济来源,她必须战胜车流。她知道,汽车在顺畅的高速公路上飞驰时不会开锅,只有堵在车流里的时候才会。如果停住不动,就没有足够的冷空气流过汽车的散热器。

这正是鼠辈现在遇到的问题。它必须不停运动,迫使空气流过散热器,否则就会因为过热而熔化。

"太酷了。"她说,"不知道它会不会爆炸或是怎么样。"

鼠辈整个躯体的曲线向前逐渐收拢,最后汇聚成了它尖尖的鼻头。它的正面向下陡然弯曲,上面装有一只黑色的玻璃盖,斜度相当大,模样好似战斗机的挡风玻璃。如果鼠辈长着眼睛,肯定就位于那个黑舱盖后面。

眼睛下方,大部分已被手雷炸飞,原本该是下巴的部位现在只剩下残破的机械装置。

那块黑色的挡风玻璃,或者是面罩——随便你怎么叫——被炸穿了一个窟窿,大小足以让 Y.T.伸进手去。窟窿里黑黢黢一片,加上散热器发出的亮橙色光芒就在近旁闪耀,Y.T.什么也看不见。但她发现，一种红色的东西正从里面流出来。那可不是通用汽车公司的特世龙二代自动变速器油。鼠辈受了伤，它在流血。

"这东西是活的。"她说，"它的血管里流着血。"她在想：这是情报，价值宝贵的情报。我可以跟我的搭档，我的哥们儿，阿弘，从中大赚一笔。

她又想：这可怜的东西正在把自己活活烧死。

"别动。别碰它，Y.T.。"阿弘说。但她还是上前几步，拉下目镜遮在脸上挡住热力。鼠辈的腿不再痉挛般地抽搐，似乎在等她出手相救。

她弯腰抓住它的两只前腿。它马上做出反应，绷紧了推杆控制的肌肉，回应她的拉力。简直就像握住狗的前腿让它跳舞一样。这东西是活的。它对她有反应。现在她知道了。

她抬眼看看阿弘，只想确定他是否明白眼前这一切意味着什么。他明白。

"你这个笨蛋！"她说，"我腆着脸说想跟你合作，你却说还要琢磨琢磨？你有什么毛病？我不配跟你一起干吗？"

她再次弯下腰，拖起鼠辈倒退着穿过草坪。它轻得令人难以置信。难怪它跑得那么快。如果她不怕把自己活活烧死，甚至能把它举起来。

她倒退着把它拉向狗门，草地上留下了一道焦黑冒烟的痕迹。她发现自己的外套冒出了水蒸气，那是在高热的烤灼下，布料里的汗水和熔化的填料正在蒸发。她身材小巧，能够钻进狗门，这又是一件阿弘做不到的事情。这些门通常总是锁得死死的，她以前还曾经撬过，完全是白费力气。但现在，这扇门开着。

大香港特许城邦内铺着由机器人打磨上光的地板，一片洁白明亮。狗门旁几步远的地方,有一台模样像洗衣机的黑色机器。那是鼠辈的窝,它平常就潜伏在这片隐秘的黑暗之中,等待执行任务。一条穿墙而出的粗电缆把狗窝和特许城邦连接起来。此刻,小窝的门半开着——又是个她以前从未见过的景象。还有,蒸汽正从里面滚滚冒出。

不,不是蒸汽。是冰冷的气体,就像你在潮湿的天气里打开冰箱时看到的那样。

她把鼠辈推进窝里。某种冷却液立刻从四面墙上喷出,还没接触到鼠辈的身体就化为蒸汽。骤然爆发的气体从窝里直喷出来,劲道之强,把Y.T.顶了个跟头,一屁股坐在地上。

鼠辈的长尾还拖在狗窝外面,横搭在地板上。Y.T.抬起一段尾巴,由机床加工出的椎骨外缘异常锋利,挂住了她的手套。

这条尾巴突然绷紧,像是有了生命,震颤起来。她猛地缩回手。尾巴像橡皮筋一样啪的一下缩回窝里,她甚至没来得及看到它是怎么移动的。接着,狗窝的门砰然关闭。一个门房机器人,也就是加装了智能系统的吸尘器,从另一扇门里嗡嗡地驶出来,开始清理地板上长长的血痕。

面对主入口的前厅墙壁上,就在她的正上方,挂着一张镶在框中的海报,上面还装饰着一只已经变成深褐色的茉莉花环。海报上是李先生的照片,他正在开怀大笑,下面是常见的致辞:

欢迎光临!

能够欢迎诸位贵宾光临大香港,诚感荣幸之至。无论您意在处理要事,或是享受休闲,只要来到这块贫弱之地,请万勿见外。如有任何方面令您感到丝毫不妥,敬请通知敝人。敝人感激不尽,必倾尽全力,让您宾至如归。

大香港弹丸之地,但极度繁荣,令我辈深感自豪。本港一度被诸城邦歧视,但昔日强权皆瞠目结舌于我等之成就。大香港诸多方面均突飞猛进,积极进取,吾等致力于鼓励个人自由,成就高科技建树,并使全民生活获极大改善。所有种族的有生力量在下述三原则的旗帜下团结会聚,令吾等在经济竞争的历史舞台上傲视群雄,无可匹敌:

1. 信息,信息,信息!

2. 市场交易绝对公平!

3. 严格保护生态环境!

如此号召,深具感召力,试问有谁会拒绝加入大香港特许城邦?如果尊驾尚未获得大香港公民身份,请即刻申请护照!本月免收港币一百元之例行手续费。请即刻填写下附优惠券。如优惠券缺失,请即刻拨打1-800-HONGKONG,让我们不辞辛苦的工作人员帮助尊驾申请。

李先生的大香港为私营准国家实体,拥有完全治外法权和独立主权,未经其他任何国家承认,与前英国租借殖民地、现中华人民共和国的香港无任何关系。

请即刻加入!

您热诚的伙伴,

李先生敬启

A-367号半自主警卫犬已回到自己凉爽的小屋,它在嚎叫。

刚才在外面的院子里,那种酷热让它难以忍受,它感觉糟透了。只要在院子里,它就会浑身发烫,除非它一刻不停地奔跑。刚才它受了伤,不得不躺下了很长时间,结果便感到前所未有的炽热。

现在它不再觉得热了,但还是很疼。它号叫着,满含受伤的痛苦。它告诉附近的狗狗,它需要帮助。它们都感到难过不安,并且重复着它的嚎叫,一路传给其余所有的狗狗。

很快,它听到兽医的汽车正朝这里驶来。那个好心的兽医就要来了,会让它感觉舒服一点。

它又开始吠叫。它告诉其他所有狗狗,那些邪恶的陌生人是怎么进来伤害它的。还有,当它不得不趴在地上的时候,院子里是多么酷热难耐。还有,那个可爱的姑娘如何帮助它,把它送回了凉爽的小屋。

在香港特许城邦门前,Y.T.注意到一辆黑色的林肯“都市”车在那儿停了好一会儿。不用看车牌,她就知道那是黑手党的车。只有黑手党才开那种车。车窗漆黑一片,可她知道,里面有人正在监视她。他们是怎么办到的?你随处都可以看到这些“都市”车,但你从来看不到它们移动,也从来看不到它们开往什么地方。她甚至无法确定,这些车是否装了引擎。

“好吧。抱歉。”阿弘说,“我会接着做自己的事,但对你能发掘到的任何情报,我们都合作处理。五五分成。”

“成交。”说着,她踏上滑板。

“随时给我打电话。你有我的名片。”

“嘿,你这话倒是提醒了我。你的名片上说,你精通三类软件。”

“没错。音乐、电影和微码。”

“你听说过维塔利·切尔诺贝利和‘核融毁’吗?”

“没有。是个乐队吗?”

“对,很棒的乐队。你该查查看,老兄,下一件惊天大事就是它了。"

她顺坡而下滑到马路边，搭上一辆挂着"繁盛绿地"特许城邦牌照的奥迪。它应该可以带她回家。妈妈大概已经上床，假装睡着，其实正在为她担心呢。

离繁盛绿地的入口还有半个街区时，她放开奥迪，滑进一家麦当劳餐厅，走进女洗手间。里面装的是吊顶天花板。她站在第三个隔间的马桶上，托起一块天花板，挪到一旁。一只棉布袖子耷拉下来，上面染着精致的印花图案。她抓住袖子一拉，把所有东西一股脑儿拽出来：短衫、百褶裙、维姬内衣、皮鞋、项链和耳环，甚至还有一只蹩脚的手袋。她脱下激进快递的制服，卷成一团，塞进顶棚，又把那块天花板挪回原位。然后，她把这身行头穿戴起来。

现在的她看起来和早上跟妈妈一起吃早饭时没什么两样。

她提着滑板沿街走向繁盛绿地特许城邦。那里的法律规定人们可以携带滑板，但不能放在混凝土地面上。她朝边界哨岗亮了一下护照，然后沿着新修的人行道走了四分之一英里，来到一幢房子前。门廊的灯还亮着。

妈妈在书房里，像往常一样坐在电脑前。她为联邦工作。联邦职员挣不了多少钱，但必须努力做事，以此来显示忠诚。

Y.T.走进房，看着颓然坐在椅子里的妈妈。妈妈双手捧着脸，姿势很像时尚杂志的封面女郎。她没有穿鞋，跷起裹着长袜的双脚。她脚上这种极便宜的联邦长袜就像抹布一样，走路时大腿在裙子下面蹭来蹭去，总是发出刺耳的摩擦声。桌上有一只大容量的密保诺塑料密封袋，里面装满了水，几小时前袋里原本是冰。Y.T.看了看妈妈的左臂，卷起的衣袖下露出新的瘀痕。那片青紫位于手肘上方，是被血压计的箍带勒出的印记。联邦每周都会做一次测谎测试。

"是你吗?"妈妈喊道,她没发现Y.T.已经在房间里。

Y.T.退回厨房,免得吓妈妈一跳。"是我,妈妈。"她大声回答,"今天过得怎么样?"

"累极了。"妈妈答道。她总是这么说。

Y.T.从冰箱里偷偷拿了一瓶啤酒,然后开始洗热水澡。哗哗的水流声就像妈妈床头柜上的白噪音发生器一样,能让她放松下来。

13

被大卸八块的日本商人躺在黑日的地板上。令人惊讶的是,阿弘快刀斩过的断面上看不到肉,看不到血,也看不到内脏器官,可这个人还是一整块的时候却显得那么逼真。他只是个薄薄的躯壳,就像个复杂得令人难以置信的充气玩偶,即使被剁碎以后,它也没有漏气,并未塌陷。从刀口往里看,既没有骨骼也没有血肉,只能看到皮肤的内表面。

这一点破坏了超元域的象征原则。化身原来并不像真人。这提醒了黑日里所有的主顾,他们终究还是生活在一个梦幻世界里。而人们最讨厌别人提醒他们这一点。

当年阿弘编写的黑日刀剑格斗算法代码后来被采纳,并应用于整个超元域。他在编写程序时发现,对于白刃战的最后结局,没有十全十美的处理方法。化身不会死亡,也不会崩解。超元域的创造者们没有那么变态,预见不到系统会有这种需要。但刀剑格斗的全部意义就在于劈砍斩刺,把人杀掉。因此,为了让超元域不至于长时间堆满死气沉沉、无法分解的化身残躯,阿弘只好在程序中勉强凑合,聊作应付。

所以,只要有人在刀战中失利,首先,他的电脑会与全球网络,即超元域,断开连接。他被踢出系统。这是超元域所能提供的最接近真实的死亡,其实仅仅是让用户十分恼火而已。

接下来用户会发现,几分钟之内他无法再次进入超元域,无法登入系统。这是因为他那七零八落的化身还在超元域里,而这里的规则是,你的化身不能同时出现在两个地方。因此,在化身被清理完毕之前,他无法回到超元域。

墓地邪灵负责处理被砍碎的化身。这是阿弘不得不创造出来的超元域新角色。他们矮小而又敏捷,像忍者一样身裹黑衣,就连眼睛也不露出来。他们行动起来从容不迫,但效率颇高。阿弘刚从他前任对手的残躯旁退开,他们就在黑日地板上的隐形活板门里显出身形,从冥府中爬出来,围在商人四周。仅仅几秒钟,他们就已把尸体的碎块收进黑色口袋,顺着秘密的活门爬下去,消失在黑日地板下幽深的地道里。有几个好奇的主顾曾试图跟踪邪灵,设法撬开活门探个究竟,但除了光滑的黑色亚光地板之外,他们的手指摸不到任何东西。只有墓地邪灵才能进入地道系统。

顺便说一下,阿弘也能进去。可他很少使用地道。

墓地邪灵将把化身送到火葬场——位于黑日中心下方、永不熄灭的地下篝火——把化身尸体焚毁。一旦化身在火焰中化为乌有,它就从超元域消失了,它的主人于是又可以像平常一样登入系统,创造一个新的化身四处游逛。但愿下次他会变得更加谨慎,更有礼貌。

鼓掌声、口哨声和欢呼声四起,阿弘抬眼看了看四周围成一圈的化身,发现这些人的身形正在淡去。整个黑日系统看上去像一团投射在薄纱上的光影。薄纱的另一面,道道亮光照过来,让画面变得模糊不清,随后彻底消失。

他摘下目镜,发现自己正站在"随你存"的停车场上,手中握着一把出鞘的打刀。

太阳刚刚落山。有几十个人站得老远,都躲在汽车后面,等着看他接下来会有什么举动。其中大部分人惊恐万状,也有少数几个看上去相当兴奋。

维塔利·切尔诺贝利站在他们那间二十乘三十的仓房敞开的门口处。他的头发用蛋清和其他蛋白质发胶定型。这些护发物质将光线折射开去,在空中投射出一片片细小的五彩光点,就像被集束炸弹炸出的彩虹。这时,黑日的微缩影像正好被阿弘的电脑透镜投射在维塔利·切尔诺贝利的屁股上。维塔利正摇摇晃晃地双脚来回挪动着重心,似乎觉得大清早就同时用两只脚站立,实在难于应付似的,而且他好像还没打定主意该用哪只脚站着。

"你挡住我的电脑镜头了。"阿弘说。

"该走了。"维塔利说。

"这会儿你告诉我该走了? 我等你睡醒,已经等了一个小时。"

看到阿弘朝自己走过来,维塔利狐疑地看着他的刀。维塔利的眼睛干涩通红,下唇上炫耀般地长着一片橘子大小的溃疡。

"拼刀打赢了吗?"

"当然赢了。"阿弘说,"我是全世界最厉害的刀客。"

"而且是你编写了那个软件。"

"没错。那个软件同样举世无双。"阿弘说。

维塔利·切尔诺贝利和"核融毁"乐队是搭乘一架被劫持的

苏联难民运输机抵达长滩的。到了之后,他们四散到南加州各地,寻找钢筋混凝土构成的大面积空地,要和他们以前在基辅的那片场地一样空阔、荒芜。这倒不是因为他们想家,而是因为他们需要同样的环境来实践自己的艺术。

洛杉矶河就是天造地设的表演场地,而且建有许多非常棒的立交桥。他们只需跟在滑板客的屁股后头,就能到达后者早就发现的秘密地点。滑板客和"核子失真车库摇滚"团体总是在同样的环境里蓬勃发展。现在维塔利和阿弘就是要去那里。

维塔利有辆老掉牙的"大众"面包车,车顶可以开合,马马虎虎也能算作一辆野营车。遇到弘·主角之前,他常常住在车里,停在街边,或者打盹巡游城邦的各个特许领地。现在,面包车的归属问题有了一些争议,因为维塔利欠阿弘的钱早就超过了这辆车本身的价值。二人于是合用这辆车。

他们开着面包车来到"随你存"的另一侧。为了轰走装卸码头上的百十来个小孩子,他们又是按喇叭,又是闪车灯。小家伙们,这儿可不是游乐场。

两人择路而行,走进一条宽阔的走廊,每前行一步都要小心地赔不是——他们不得不迈过小小的玛雅人营地,迈过佛教徒的神龛,迈过吸毒成瘾的白人社会渣滓,那些家伙刚享用了"眩晕"、"苹果派"、"昏头昏脑"、"前廊"、"芥末"等猛药,正在飘飘欲仙呢。地板需要好好清扫一番,到处都是用过的注射器、快克小药瓶①、烧焦的勺子和一根根吸管。地上还有很多透明的小塑料管,约有拇指大小,一端带有红色的盖子。或许是用来装快克的容器,在毒品容器中,这种小管子相当于麦当劳的汉堡发泡包装

①快克是一种经过高度化学提纯的可卡因药丸,通过玻璃烟管吸取,极易成瘾。

盒。问题是它们的盖子还在,而瘾君子们没有那么讲究,不会费神为用过的空瓶重新盖好盖子。肯定是阿弘还没听说过的新鲜玩意儿。

他们推开一扇防火门,进入"随你存"的另一区域。这里看上去和刚才那个区没什么两样(现在的美国,所有东西看上去都一样)。从右边数第三间储物室归维塔利所有。这是一间狭小的五英尺乘十英尺仓房,他也确实让它物尽其用:储藏。

维塔利走到门前,开始尽力回忆挂锁上的密码。乱猜了许多次,锁头终于"啪嗒"一声打开。维塔利拔出门闩,把门拉开,门扇在满地毒品用具中扫出了一个干干净净的半圆。五乘十的仓房里,两辆巨大的四轮平板手推车占据了大部分空间,上面堆满了音箱和放大器。

阿弘和维塔利推着推车来到装卸码头,把东西装上面包车,再把空车推回五乘十的仓房。严格地说,推车是公共财产,但没人搭理这一套。

去音乐会现场要走很远的路,加上维塔利坚决抵制洛杉矶以技术为中心的宇宙观,最讨厌"速度就是上帝"这种说法,总是喜欢稳稳当当地趴在路面上,以三十五英里的时速行驶,所以这段路就变得更长。另外,今天的车流也并不顺畅,所以阿弘把电脑插在点烟器电源上,戴上目镜进入了超元域。

他不再使用光纤电缆联入网络,因此与外界的所有联系只能通过无线电波传输,这种方式缓慢得多,而且很不可靠。此时进入黑日并不现实,不但视听效果极差,而且在黑日其他主顾看来,他也是个黑白两色的低档货色。不过,去他的办公室绝对不成问题,因为办公室是在他的电脑内部生成,而电脑就放在他的膝头,他不需要为此与外界作任何交流。

他在自己的办公室里现出身形。这是大街边上老黑客区里一幢漂亮的小房子，一派日本风格。地板上铺着榻榻米垫子。他的办公桌是一块宽大厚实、做工粗糙的桃花心木板。云彩反射的银光透过一扇扇米纸隔墙映入室内。拉开他面前的一道屏风，眼前是一座花园，小溪流水潺潺，硬头虹鳟不时跃出水面，捕捉飞来飞去的飞虫。按严格的日本风格，池塘中应该满是鲤鱼才对，但阿弘已经相当美国化，认定鲤鱼这种东西只配潜在池底吃污泥。

办公室里有一样新东西：一颗葡萄柚大小的地球，细节表现得极为完美，悬浮在半空中，离他的双眼只有一臂之遥。阿弘听说过这种东西，但从未亲眼看见。它是中情公司开发的软件，名字很简单，就叫"地球"。这是一种用户界面，中情公司用它来跟踪自己所拥有的每一比特的空间信息：所有的地图、气象数据、建筑蓝图和卫星监视信息。

阿弘一直在想，几年之内，如果他在情报这一行干得当真不错，或许能挣到足够的钱定购一个"地球"放在办公室里。可现在它突然出现在眼前，居然完全免费。他能想到的唯一解释就是，这东西肯定是胡安妮塔送给他的。

要事居先。那张装有巴别/信息启示录的超卡还放在他化身的口袋里。他把它掏了出来。

办公室的一扇米纸隔墙轻轻滑开。在墙的另一边，阿弘看到了一个以前不曾有过的大房间，里面灯色朦胧。显然，胡安妮塔来这里扩建了阿弘的房子，而且改动颇大。这时，一个男子走进了办公室。

这个图书管理邪灵看上去很讨人喜欢，五十来岁，一头银发，留着胡须，湛蓝的眼睛目光明亮，工装衬衫的外面套着V字领的毛衣,还打着一条织工粗糙、像是粗花呢的羊毛领带。领带松松地拉开,两只衣袖也高高挽起。尽管他只是一个软件,但还是有理由兴高采烈:因为他能在数量近乎无限的图书馆信息堆里自由穿行,以蜘蛛般的敏捷灵动,在由无数交叉索引构成的巨大蛛网上轻盈起舞。图书管理员是中情公司唯一一款比"地球"还要昂贵的软件,他只有一件事做不到,那就是思考。

"您好,先生。"图书管理员问候道。他热情洋溢,但毫无令人生厌的饶舌之感,双手背在身后,稍稍踮起脚尖,身体微微前倾,期待般地把眉毛扬到双光眼镜的镜片上面。

"巴别是巴比伦的一座城市,对吗?"

"是一座传说中的城市。"图书管理员说,"'巴别'是《圣经》用语,指巴比伦。这个词源自闪米特语:'巴'的意思是'门',而'别'的意思是'上帝',所以'巴别'又有'上帝之门'的意思。不过'巴别'也可能是个象声词,模仿某种人们无法理解的语言。《圣经》里满是这种双关语。"

"他们造了一座通天塔,而上帝把它毁掉了。"

"这种说法是常见的误解。上帝并没有对那座塔做什么。《圣经》中是这样描述的:'耶和华说:"看哪,他们成为一样的人民,都是一样的语言;如今既做起这事来,以后他们所要做的事就没有不成就的了。我们下去,在那里乱他们的口音,使他们的言语彼此不通。"于是,神使他们从那里分散在全地球上,他们就停工不造那城了。因为神在那里变乱天下人的言语,使众人分散在地上,所以那城名叫巴别。'这段话出自《创世记》第十一章六至九节,修订标准版。"

"这么说,那座塔并没有被毁掉,只是停工了。"

"完全正确。它并没有被毁掉。"

"但这些事全是瞎扯。"

"瞎扯?"

"而且可以证伪。胡安妮塔相信,《圣经》中没有什么可以证实或证伪。因为如果某件事经证明是虚假的,那么《圣经》就是个谎言;而如果经证明是真实的,那么就证实了上帝的存在,这样便没有了虔诚忠信的余地。但巴别的故事应该是彻头彻尾的瞎扯,因为既然人们建造了通天塔,上帝又没有毁掉它,那它就应该还在什么地方,至少可以看见遗迹。"

"如果您认为那座塔很高,是因为您的依据来自过时的资料。根据文字记载,人们是这样描述巴别塔的:'它的塔顶直通天堂。'多少个世纪以来,这句话一直被解释成塔顶极高,甚至与天堂相接。可是在上个世纪,真正的古巴比伦金字形神塔被发掘出来,人们发现塔顶上刻有星相图,即古人所说的'天堂的图形'。"

"哦,好吧。如此说来,文献中真正的意思是,人们建造了一座顶上雕刻着天国图形的塔。这倒远比'直通天堂'的解释更合乎情理。"

"不只是更合乎情理。"图书管理员提醒他,"事实上,后人已经发现了这样的建筑。"

"总之,你的意思是说,当上帝发怒并降罪于人间时,塔本身并没有受到破坏。人们停止建造通天塔是因为一场信息灾难——他们相互之间无法交流。"

"'灾难'是星相术语,意思是'灾星'。"图书管理员指出,"抱歉,我跑题了,我的内部构造总让自己热衷于把风马牛不相及的推论搅在一起。"

"没关系,真的。"阿弘说,"你确实是一套非常出色的软件。

话说回来,你的程序是谁编的?"

"绝大部分是我自己编写的。"图书管理员说,"我具备自学能力,可以从经验中自我学习。但这种能力最初是由我的创造者为我编写的。"

"是哪位高人编写的？说不定我认识他。"阿弘说,"我认识不少黑客。"

"其实我并不是由职业黑客编写的,而是出自国会图书馆一位自学编程的研究员之手。"图书管理员说,"他投入全身心,致力于解决信息检索中的常见问题——从大量互不相关的细节中过滤出意义重大的宝贵信息。他就是伊曼纽尔·拉格斯博士。"

"我听说过这个名字。"阿弘说,"原来他是个超元图书管理员。有意思,我还以为他是中情公司里的一个中情局老间谍呢。"

"他从来没有和中情局合作过。"

"好了,咱们该干点事了。查找图书馆里每一条与L.鲍勃·莱夫有关的免费信息,按照时间顺序排列。关键是免费。"

"电视和报纸,遵命,先生。请稍候,先生。"图书管理员说道。他转过身,踩着胶底鞋退了出去。阿弘把注意力转到"地球"上。

它的精细程度令人惊叹。仅凭它的外观、分辨率和清晰度,阿弘和任何一个了解电脑的人就明白,这是一套重量级的软件。

这颗小小寰球上不单有陆地和海洋。从洛杉矶上空同步轨道上看到的地球也就是这般模样。它尽善尽美,包括天气系统——旋转的巨大云团笼罩在行星表面,在大洋上投射出灰色的暗影——还有极地冰盖,正在消融碎裂,没入海水之中。星球的一半在阳光下熠熠生辉,另一半则是漆黑一片。而明暗的界限,也就是昼夜分界线,刚刚扫过洛杉矶,此刻正缓缓爬过太平洋,向西荡去。

所有的东西都在慢慢移动。如果阿弘注视的时间足够长,甚至可以看到云朵改变形状。看样子,今晚的东海岸一定晴朗无云。

有个东西吸引了他的注意力,那玩意儿正贴着地球表面迅速移动。他还以为是一只小飞虫。但超元域里没有小飞虫。他定睛细看。正将低能量激光反射到他眼角膜上的电脑察觉到了视觉重点的变化,于是相应地调整了焦距,结果让阿弘倒抽一口冷气。他感到自己像是正朝着地球飞坠而下,恰似正在太空漫走的宇航员从轨道上掉了下来。当他最终稳住心神之后,发现自己已位于地球上空数百英里处,俯视着厚实的云层。现在他能清楚地看见那只小飞虫了,正在他身下飘然滑过。那是一颗中情公司的低轨道卫星,由北向南沿着极轨道飞行。

"先生,您的信息准备好了。"图书管理员说。

阿弘猛然一惊,连忙抬起头。地球摇晃着离他而去,消失在视野中。眼前是图书管理员,拿着一张超卡站在桌前。这个邪灵和现实中的任何一位图书管理员一样,走起路来无声无息。

"你走路的时候能不能弄出点儿动静? 我很容易受惊。"阿弘说。

"已经改过来了,先生。向您致歉。"

阿弘伸手去接超卡。图书管理员向前迈了半步,倾身把卡递给他。这一次,他的脚在榻榻米垫子上擦出了柔和的声响。阿弘还能听到他的裤子在腿上滑动时发出的声音。

阿弘接过超卡看了看。正面的标签上写着:

图书馆信息检索结果：
检索对象：莱夫，L·罗伯特[1]，1948~

他把卡翻过来。背面分列着数十个指甲盖大小的图标。其中有些是报纸头版的快照，多数是闪闪发光的彩色小方块，那是一个个正在播放视频的微型电视屏幕。

"这怎么可能？"阿弘说，"我现在正坐在一辆大众面包车里，对吧？我是通过蜂窝电话系统联入网络的，你不可能这么快就把这么多的视频资料传送到我的系统里。"

"我不需要传送任何东西。"图书管理员说，"与L.鲍勃·莱夫有关的一切视频都已由拉格斯博士搜集好，放在'巴别/信息启示录'堆栈数据库里。这个数据库已经在您的系统里了。"

"原来如此。"

---

①鲍勃的正式名。

14

阿弘凝视着卡片左上角的一幅微型电视画面。那幅画面随即朝他骤然拉近，在距他一臂远的地方放大成了一个十二英寸的低分辨率电视屏幕，开始播放视频图像。这是一段用可怜的八毫米胶片拍摄的60年代高中橄榄球赛，没有声音。

"这是哪场比赛？"

图书管理员说："1965年得克萨斯州奥德萨队的比赛。L.鲍勃·莱夫担任后卫，身穿黑色球衣，8号球员。"

"我不需要这么琐碎的细节。你能不能对这些东西做一个综述？"

"不能。但我可以简要地列出内容。这部分材料包括十一场高中橄榄球赛。莱夫升入高年级后曾在得克萨斯全州队当替补队员。之后他拿到学院奖学金进了赖斯大学，并加入了校橄榄球队，所以资料中还有十四盘大学校队比赛的带子。莱夫主修的是通讯专业。"

"想想他日后的作为，这倒是相当符合逻辑。"

"他后来成了休斯敦一家电视台的体育新闻记者，卡里有五十个小时的剪辑镜头，均出自这段时期。当然，大多数是未被采用的废弃版本。他在这一行里干了两年,之后跟随他的叔祖父,一位发迹于石油生意的金融家,进入了商界。资料中包含了几篇与此有关的新闻报道。我在阅读的时候注意到,这些报道的文笔都有相通之处,说明它们出自同一来源。"

"供媒体使用的新闻通稿。"

"接下来的五年是一片空白。"

"肯定在忙什么事情。"

"后来,我们开始看到更多的报道,大多来自休斯敦当地报纸的宗教版,详尽记述了莱夫对各种宗教组织的捐赠。"

"你做的这一切不就是综述吗?我还以为你不会干这个呢。"

"我确实不会。我只是在引述拉格斯博士最近对胡安妮塔·马奎兹所做的概述。他们审阅同样的数据时,我也在场。"

"接着说。"

"莱夫向烈火洗礼会的高地教堂捐赠了五百美元,韦恩·贝德伍德牧师是那里的主管;向海湾区的圣灵降临青年联合会捐赠了两千五百美元,韦恩·贝德伍德牧师任该组织的会长;向新三一会的圣灵降临教堂捐赠了十五万美元,韦恩·贝德伍德牧师是创办人和主教;向莱夫基督教圣经学院捐赠了二百三十万美元,韦恩·贝德伍德牧师任该校的校长兼神学系主任;向这所大学的考古系捐赠了两千万美元,另外还捐赠了四千五百万美元给天文系,一亿美元给电脑科学系。"

"这些捐赠是在超级通货膨胀之前吗?"

"是的,先生。换句话说,都是巨额捐赠。"

"这个叫韦恩·贝德伍德的家伙,和经营'韦恩牧师珍珠门'的韦恩牧师是同一个人吗?"

"是同一个。"

"你是说,莱夫才是'韦恩牧师珍珠门'的真正老板?"

"他拥有珍珠门联合股份有限公司的大多数股权。正是这家跨国机构经营着'韦恩牧师珍珠门'的连锁店。"

"好吧,我们就从这方面筛选资料。"阿弘说。

阿弘向目镜外瞄了一眼,确定维塔利离音乐会场还远,然后又一头扎回来,继续浏览拉格斯汇编的视频资料和新闻报道。

莱夫为韦恩牧师捐款的那几年里,他越来越频繁地在各家报纸的商业版上露面,刚开始只是本地报纸,后来则是《华尔街日报》和《纽约时报》。

当时媒体上爆发了一场巨大的风暴——显然是他耍弄的公关花招——日本人试图利用关系网将他排斥在东洋通信市场之外,于是他向美国公众大肆叫屈,自己花了一千万美元宣传,让美国人民深信日本人是两面三刀的阴谋家。最后日本人只好屈服,任由他垄断了日本的光纤市场,另外还拱手让出东亚的大部分地盘,而他则得意洋洋地上了《经济学人》周刊的封面。

在那以后,媒体上开始出现一些与他生活方式有关的报道。L.鲍勃·莱夫让他的宣传人员明白,他想展现自己更具人性的一面。资料里有一段人物专访节目,对莱夫极尽吹捧之能事,那时他刚买了一艘新游艇,是美国政府的剩余物资。

画面上,L.鲍勃·莱夫,最后一位洋溢着19世纪风范的垄断大亨,正在船长室请他的装修设计师出谋划策。这艘船看上去相当不错,毕竟它的原主人是美国海军。但对莱夫来说,船上的得州风格还嫌不够。他想掏空它的五脏六腑,来一次彻底的重建。接下来的镜头中,莱夫扭动着阉牛一般的庞大身躯,在船内狭窄的过道和陡直的舷梯上穿行。船体内部涂刷成海军典型的灰色,显得格外单调沉闷。他向记者保证,一定要作一番全面整饰。

"你知道吗,有个故事说,当洛克菲勒购置游艇的时候,他买了一条小得可怜的船,约有七十英尺长。照当时的标准来看很小。有人问他,为什么给自己买了这么一个小不点儿?他看了看那家伙,问道,'你以为我是什么人?范德比尔特①转世吗?'哈哈!好了,不管怎么样,欢迎登上我的游艇。"

L.鲍勃·莱夫一边说,一边领着记者和整个摄制组登上了一座巨型露天升降平台。平台徐徐升起,背景是浩瀚的太平洋。莱夫说到最后一段台词的时候,平台猛然升到了顶端。这时摄影机的镜头一转,俯拍"企业号"航空母舰的甲板。这艘巨轮原属美国海军,现在成了L.鲍勃·莱夫的私人游艇。竞标购买这艘航母的过程是一场恶战,最终,L.鲍勃·莱夫不但大败吉姆将军的"防卫体系"公司,也战胜了海军上将鲍勃的"环球安全"组织。L.鲍勃·莱夫进而对航母宽阔平坦的飞行甲板大加赞叹,把它比作得克萨斯州的某个地方。他出了个主意:如果把甲板铺上泥土来养牛,肯定会非常有趣。

接下来是另一篇专访,在商业网络上播出,拍摄时间显然晚于刚才那段报道。镜头中仍是"企业号",但船长室已经改头换面。L.鲍勃·莱夫,带宽世界的君主,正坐在办公桌后面,让人为他的胡须打蜡。女人在腿上涂抹蜡液是为了除去腿毛,而他是要让卷曲的胡须变得光滑平整,服服帖帖。打蜡师是个矮小的亚洲女子,手艺细致灵巧,甚至没有妨碍他滔滔不绝地讲话。L.鲍勃·莱夫主要是在展望自己的宏图霸业,让他的有线电视网络遍及韩国并进入中国,与他横跨西伯利亚和乌拉尔山的大型光

---

① 美国运输的促进者和投资者,从铁路运输和航运中积累了大量资金。

纤干线相连。

"没错,你知道,垄断者的工作永远没有止境。根本不存在完全彻底的垄断。就好像你永远无法占有百分之一份额里的最后十分之一。"

"韩国政府的态度依然十分强硬,不是吗? 要应付当地的法规,你肯定会遇到更多的麻烦。"

L.鲍勃·莱夫放声大笑,"你知道,我最喜欢的消遣就是看着那些政府调节机构费尽力气去跟上世界的脚步。还记得他们搞垮贝尔大妈①的事情吗?"

"勉强还记得。"记者是个二十多岁的姑娘。

"你知道他们为什么让贝尔破产,对吧?"

"语音通信垄断。"

"对。贝尔和我干的是同样的行当,信息产业。他们用细细的铜线传播语音,每次只能打一个电话。政府让他们关门倒闭。可与此同时,我已经开始在三十个州搞有线电视专营了。哈哈! 你能相信吗? 这就好比他们好不容易才琢磨出规范马匹的条例,而T型车②和飞机已经面市了。"

"但有线电视和电话系统并不完全一样。"

"在当时的确不一样,前者那时只是区域性的系统。可一旦你让一个区域系统遍布全世界,只要把它们连起来就是全球网络,和电话系统一样庞大。只不过这种网络传递信息的速度要比电话快上一万倍。它能传递图像、声音,还有数据。只有你想不到,没有它做不到。"

---

①美国贝尔电报电话公司的谑称。
②美国福特汽车公司生产的第一辆汽车。

这完全是赤裸裸的公关伎俩，简直等于一段长达半个小时的电视广告。除了让L.鲍勃·莱夫就某个话题宣扬自己的一面之词外，这玩意儿再没有别的用处。事情的起因似乎是，许多为莱夫工作的程序员，也就是那些让他的系统维持运行的人，联合起来组建了一个协会——对黑客来讲，这可是闻所未闻的事情——他们起诉了莱夫，控告他在他们的家里安装了窃听器和监视器，让他们一天二十四小时都处于监视之下，其中一些人还因为选择了莱夫所谓的"不可接受的生活方式"受到了骚扰和恐吓。例如，他手下的一名女程序员和丈夫某晚在自家的卧室里口交，第二天一早她就被叫到莱夫的办公室。他大骂她是个荡妇，性变态，勒令她收拾东西走人。这件事产生的恶劣影响让莱夫十分恼火，他觉得很有必要花上几百万，搞更多的宣传。

"我做的是信息买卖。"他对前来"采访"的那个马屁精假记者说。这时他坐在休斯敦的办公室里，看上去比平时更加衣冠楚楚，"向全球各地消费者播放的所有电视信号都要通过我来传送。中情公司数据库里往来的绝大部分信息也要在我的网络中传输。超元域，也就是整条大街，全凭我所拥有和控制的网络才得以存在。

"只要你按照我的逻辑想想就会明白，这就意味着，当我雇用程序员来处理那些信息的时候，他就是在行使极大的权力。信息将进入他的大脑，而且停留在那里，晚上跟着他一起回家。看在基督的分上，哪怕他做梦的时候，它们都会和他在一起。他还会和老婆谈论这些事情。最该死的是，他没有任何权力这样对待我的信息。如果我开了一家汽车工厂，我绝不会让工人把车开回家，或是借走工具箱。但是现在，每天下午五点钟，在世界的各个角落，我手下的黑客下班回家的时候，我只能听凭他们把信息也带回去。

"在过去,偷牛贼只要给逮住便会被吊死,他们做的最后一件事儿就是尿裤子。这是终极象征,你明白吗,他们对自己的身体都无法控制,说明他们马上就要完蛋了。要知道,任何机体的首要功能就是控制自己的括约肌。可我们现在连这一点都没有做到。因此,我们正在想方设法改善管理技巧,以便能够真正地控制信息,无论它储存在我们的硬盘上还是在程序员的大脑里。鉴于商业竞争方面的考虑,现在我不能多说,但我热切地希望,在未来五年或十年之内,对这种事将不会再有什么争议。"

接下来又是半小时的科学新闻节目,主题是引起广泛争论的新学科"信息天文学",具体内容是搜索来自其他恒星系的无线电讯号。L.鲍勃·莱夫对这个问题表现出了浓厚的个人兴趣:当各国政府拍卖财产时,他购买了许多的射电天文台,并用自己神话般的光纤网络将它们一一连接起来,组成了一架和地球一样庞大的巨型天线。他每天二十四小时搜索着天空,寻找具有某种意义的无线电波——承载着其他文明信息的电波。他的采访者,麻省理工学院的一位知名教授,贸然发问:一个普普通通的石油商为什么会对如此崇高而又抽象的研究感兴趣呢?

"我只是想找到更好的办法,好好打理这颗星球。"

莱夫有意用浓重的鼻音做出这番回答,那种夸张的语调中饱含令人难以置信的讥讽和蔑视,就好像一个牛仔怀疑某个细脖子北方佬正在小瞧自己似的。

下面是另一则新闻,显然摄于几年之后。这一次还是在"企业号"上,但气氛又与以前截然不同。航母的顶层甲板变成了一座露天难民营,挤满了L.鲍勃·莱夫从孟加拉湾救上来的难民。位于孟加拉上游的印度发起了一场水文战争,对森林乱砍滥伐,令一次次特大洪水接连爆发,最终把他们的国家变成了一片汪洋。镜头缓缓摇到飞行甲板的边缘,然后向下俯拍。我们看到了所谓的"莱夫方舟"是什么样子:数百条小船组成了一支小小的船队,用缆绳与"企业号"紧紧相连,盼着能搭顺风船穿洋过海前往美国。

莱夫在人群中走过,一面向小孩子分发《圣经》漫画,一面亲吻他们。小鬼们簇拥着他,都在灿烂地微笑,双手合十向他鞠躬致谢。莱夫也躬身答礼,动作显得很笨拙,但脸上却没有半点喜色。他看上去极为严肃。

"莱夫先生,有人说你这么做是在炒作,完全是为了抬高自己。对此你有何评论?"看来这次的采访者打算唱黑脸。

"见鬼!如果对每件事都要花时间发表评论,我什么也别想干成了。"L.鲍勃·莱夫说,"你该问问这些人,他们是怎么想的。"

"你是说,这项难民救助计划与你的公众形象毫无关系?"

"当然无关。你——"

画面播放到这里却被剪辑掉了一部分,镜头切向记者,那家伙开始自以为是地冲着摄影机鼓唇摇舌。阿弘觉得莱夫似乎想来一番长篇大论的说教,但那段画面被剪掉了。

不过,图书馆有一个真正值得引以为荣的优点,那就是它储存了许多未被采用的片子。这是因为,尽管某段图像未被剪辑成播出节目,但并不意味着它没有情报价值。很久以前,中情公司就已染指电视广播网络中的影像资料馆。所有这些被剪掉的镜头——长达百万小时的录像带——其实从未被数字化,并上传到图书馆。但你可以提出请求,而中情公司就会把那盘带子从架子上抽出来，为你播放。

显然，拉格斯已经提出过请求。带子就在这里。

"当然无关。你要明白，方舟确实是媒体的一件大事，但大家应该从更深远、更广泛的意义上看待这个问题。它完全超乎你的想象。"

"嗯？"

"方舟事件是媒体一手创造出来的。如果没有媒体，人们就不知道它在这里，难民也不会赶来，像现在这样拴在我的船上；反过来，方舟又给了媒体极大的机会。它创造了大量的信息流，比方说电影，还有新闻报道等等。"

"也就是说，你在自己制造新闻事件，并从它创造的信息流中赚钱？"记者绝望地试图回到刚才的话题。他的语调表明，现在这些话完全是在浪费录像带。而他不耐烦的态度也说明，这已经不是莱夫第一次跑到怪异的话题上了。

"你只说对了一半。而且这种说法也过于粗率。实际情况要比它深奥得多。你可能听过这么一句话：产业界依靠生物量生存，好比鲸鱼从大海中滤食磷虾。"

"是的。我听过。"

"这句话是我说的，我是原创。你知道，这类话就像一种病毒，也就是一条信息或是数据，由一个人传给另一个。言归正传，方舟的作用就是带来更多的生物量，从而让美国焕然一新。现在大多数国家都比较稳定，它们唯一要做的事情就是不断生儿育女。但美国就像咱们脚下这艘老朽的大机器船，叮当作响，冒着浓烟，慢吞吞地穿洋过海，一路搜寻和吸纳视线之内的任何人，身后还拖着一条足有一英里宽的垃圾尾巴。它总是需要更多的燃料。你读过迷宫和半人半牛怪弥诺陶洛斯的故事吗？"

"当然。是在克里特岛上,对吧?"记者之所以作答,完全是出于讥讽。他简直无法相信,自己居然还会待在这里听这些鬼话。他昨天就想飞回洛杉矶了。

"没错。每年希腊人都不得不送几个处女到克里特岛去作祭品。国王将这些女孩赶进迷宫,让弥诺陶洛斯把她们通通吃掉。我小时候常常读到这个故事,一直都很纳闷,克里特岛上的那些家伙到底是什么人? 为什么别人都那么惧怕他们,以至于每年都要乖乖奉上自己的孩子让他们吃掉? 他们肯定是些最凶狠不过的狗杂种。

"现在我对这个故事有了不同的看法。在下面小船上的那群可怜虫看来,美国肯定就像希腊人眼中的克里特岛。只是如今并不涉及'强迫'问题。下面那些人自愿献出自己的孩子,每次都把数百万亲骨肉送进迷宫,任人宰割。产业界以他们为食,然后吐出图像,制作成电影和电视节目,经由我的网络,把这些在他们最疯狂的梦想中都不曾出现过的财富幻象和异国风情送还给那些人,给他们某种可以梦想、可以追求的东西。这才是方舟的真正作用。它就是一艘又大又老的磷虾运输船,专门为鲸鱼准备食物。"

记者再也忍不下去了,他抛开自己的记者身份,开始直截了当地斥责L.鲍勃·莱夫。他再也不想和这家伙继续纠缠下去。"你的话简直令人作呕。我真不敢相信,你居然这样看待别人。"

"少说屁话,小子,别唱高调了。没人会真的被吃掉,我只是打个比方而已。他们来到这里之后,有了体面的工作,找到了基督,还能用上高级的韦伯烧烤架,从此快快活活地过日子。这有什么不好?"

莱夫生气了,他咆哮起来。他身后的孟加拉人感受到了他的情感波动,也变得焦躁不安。突然,其中一个极瘦的男人,留着垂到胸前的长髯,冲到镜头前开始大叫:"啊嘛拉葛戈赞巴达姆嘎尔努恩卡里亚苏苏纳安达……"周围的人马上随声附和,呼喊声像波浪一样传遍了整个飞行甲板。

"停。"记者转向摄像机说,"快停! 这帮胡言乱语党又开始闹腾了。"

画面音轨中足有上千人的声音,在这一切之上,是L.鲍勃·莱夫得意洋洋、尖声尖气的刺耳笑声。

"这是语言的奇迹!"莱夫在喧哗声中高喊道,"我能听懂这些人说的每一个字。你能吗,老弟?"

"喂! 打起精神来呀,哥们儿!"

阿弘从卡片上抬起目光。办公室里除了图书管理员之外再没有旁人。

眼前的图像骤然失真,而且向上翻起,消失在他的视线之外。阿弘回过神来,向面包车的挡风玻璃外面看去。刚才有人把他的目镜扯了下来,但不是维塔利。

"我在这儿呢,四眼佬!"

阿弘朝窗外一看。原来是Y.T.,一手扒着面包车的外帮,一手拿着他的目镜。

"你在虚拟世界里泡得太久了。"她说,"还是多留心一点真实的东西吧,老兄。"

"在我们要去的地方,"阿弘说,"就有好多真实的东西,多得让我没法应付。"

今夜的演唱会将在一座巨大的高速路立交桥下举行。当阿弘和维塔利驶近目的地时,大众面包车坚固的钢铁车身吸引了众多电磁吸盘,就像奶油点心吸引蟑螂一样。若是滑板客们知道维塔利·切尔诺贝利本人就在这辆车里,肯定会欣喜若狂,蜂拥而上,搞得发动机熄火。至于现在,他们只想搭上顺风车前往演唱会场,对任何交通工具都不挑剔。

二人更靠近立交桥时才发现,想驾车继续前进似乎是白费力气。聚在这里的滑板客人数众多,拥挤不堪。在人丛里开车简直像穿着登山钉鞋走过满是小狗仔的房间。他们只好不停地按喇叭,闪着大灯,一点一点朝前拱。

最后,他们好不容易蹭到充作演唱会舞台的一辆平板半挂拖车前。这辆车旁边是另一辆拖车,上面堆满了放大器和其他音响设备。两个卡车司机在今晚成了备受压迫的少数派,躲在装音响卡车的驾驶室里,一面抽烟一面恶狠狠地盯着蜂拥而至的滑板客——在公路食物链上,这双方是誓不两立的死对头。只有到了明天早上五点,这两个司机才会自愿钻出驾驶室,那时这条路才能恢复正常。

另外两名核融毁乐队的成员正站在一旁抽烟。他们用拇指和食指捏住香烟,跟拿飞镖一样,典型的斯拉夫风格。看到维塔利的车子驶来,他们把香烟扔在混凝土地面上,用廉价的塑料底鞋子碾灭,然后跳上面包车,动手卸下音响设备。维塔利戴上目镜,接入音响卡车上的电脑,开始调试音响系统。电脑的存储器中已有立交桥的三维模型。他需要计算一下,如何才能使不同位置的音箱组产生同步音效,让狂暴刺耳的回声达到最大值。

15

晚上九点左右，首发的暖场乐队"钝力创伤"开始摇滚。刚奏出第一组高音和弦，整整一架子廉价二手音箱就全部短路。电线进出的火花四处飞溅，在如潮的人群中掀起了一道混乱的波浪。趁着还没烧坏东西或弄伤什么人，音响卡车上的电气系统及时隔离并关闭了故障线路。钝力创伤乐队弹奏的是一种速度飞快的雷盖乐[①]，深受核融毁乐队反技术理念的影响。

这帮家伙大约要演一个钟头，接下来便轮到万众期待的维塔利·切尔诺贝利和核融毁乐队上场，他们的演出时间会有几个小时。如果寿司K能露面，大家肯定要欢迎他在麦克风前来一段嘉宾秀。

那个大腕要是真的来了，那可就麻烦大了。为了以防万一，阿弘抽身退出狂热的人群，绕着人群外圈来回闲荡。Y.T.就在观众里，但阿弘不想去找她。要是被别人看见和阿弘这样的老家伙待在一起，她准会很尴尬。

现在，演唱会已经按部就班，正常进行。阿弘没什么事了。

---

①源于牙买加的流行音乐，含有民间音乐、黑人布鲁斯音乐和摇滚乐的成分。

再说,人群中央部位永远是那个一成不变的老样子,有趣的事情总是发生在外围。人丛的边缘,过渡地带,灯光渐渐暗淡,与立交桥的阴影汇在一起。那种地方很可能会闹出点什么动静。

如果说洛杉矶的立交桥是技术发达的象征,站在人群外围的家伙看上去就完全是反面典型。此地有一片面积很大的贫民窝棚,居住着出身第三世界的无业游民,还有不少来自第一世界的精神分裂症患者,脑子早就被自己幻想出来的辐射热烧成了灰。其中很多人从翻倒的垃圾筒或冰箱包装箱里钻出来,踮起脚尖站在人丛外圈,朝发出噪音和光亮的舞台窥探。有的人睡眼惺忪、满脸敬畏,还有的人——都是身材矮壮的拉美汉子——似乎被眼前的场面逗得十分开心。他们前前后后地递着香烟,满腹狐疑地摇着脑袋。

这里是瘸子帮的地盘。本来瘸子帮想为演唱会提供保安服务,但阿弘吸取了阿尔塔蒙特的教训①,决定冒险不给他们面子,雇了强制执行者维持现场秩序。

结果就是,每隔几十英尺就笔直地站着一名彪形大汉,身穿古怪的绿色防风夹克,后背印着"强制执行者"五个大字,十分惹人注目——他们就喜欢这样。那层绿色完全由电子颜料染成,一旦出了麻烦,这帮家伙只要拨弄一下翻领上的开关,马上就会变得一身漆黑。而且只要把拉链拉到胸前,这身衣服还能防弹。此刻,夜色温暖宜人,大多数强制执行者都敞开衣襟,享受着凉爽的清风。有几个人在漫无目的地巡游,但大部分保安都十分警觉,目不转睛地注视着人群,而不是乐队。

查看了这支保安部队的所有士兵之后,阿弘开始寻找他们

---

① 20世纪60年代,滚石乐队在圣弗朗西斯科东部的阿尔塔蒙特举办免费演唱会,雇佣地狱天使摩托帮成员担任保安,结果一位歌迷被黑帮分子刺死。

的将军,很快就发现了那个家伙:一个矮小的黑人,体格像举重选手一般结实健壮。他穿着同其他人一样的夹克,但在夹克下还多穿了一件防弹背心,上面挂着一整套相当先进的通信设备,还有各种小巧灵便的伤人工具。他就像个在边线上指挥球员的橄榄球教练,前前后后来回跑动,时左时右地转动着脑袋,不时对着耳麦低声下达简短干脆的命令。

阿弘还注意到一个三十好几岁的高个子,留着显眼的山羊胡,身穿做工考究的炭灰色西装。隔着一百英尺就能看到那人领带夹上熠熠生辉的钻石。阿弘知道,如果再走近些,准能看到钻石中间用蓝宝石拼成的"瘸子帮"三个字。那个衣着华丽的家伙带着六七个保镖,都穿西装。尽管今天他们并不负责保安,但还是忍不住派来一支代表团,给旁人一点颜色瞧瞧。

激光的特性之一就是,它的纯度极高,达到了分子级别,能够直接反映出自己的源头。而且它的强度绝不同于自然光,你的眼睛在察觉到它的同时就能知道它不是普通的自然光。无论在什么地方它都非常醒目,在午夜肮脏的立交桥下更显突出。大概有十分钟了,一个无端冒出来的念头始终在轻轻啃噬着阿弘大脑的边缘:他眼角的余光一直能瞥到一点激光不停闪烁,于是他不断扫视人群,希望能追寻到它的源头。对他来说,这道光十分明显,但其他人似乎并没有注意到它的存在。

立交桥下,某个人正从某处把激光束投射到阿弘的脸上。

这很烦人。阿弘没有表现出已经察觉的样子,只是略微改变了行进路线。一只铁桶里正在焚烧垃圾,阿弘看似信步闲荡,其实故意走到了火堆的下风处。现在他已站在淡淡的烟气之中,这团烟气淡得只能让人闻到,却难以看清。

但是，当激光束再次射到他脸上的时候，它照亮了烟气中的百万个微小的灰白色颗粒，在空中形成了一条纯粹的直线，直指它的源头。

那是个"怪脸"，站在一座窝棚旁的阴影里。他好像生怕自己不够引人注目似的，居然还穿了一身西装。阿弘迈步朝他走去。

在中央情报公司雇佣的人群中，怪脸是最让这个机构尴尬的一撮人。他们从不使用笔记本电脑，而是把台式电脑拆分成一个个组件，然后穿在身上，挂在腰上，背在背上或是戴在头上。他们是活人监视器，记录周围发生的一切事情。这副样子再蠢没有了，这身行头简直就是腰带上的卷尺套或计算器的现代版，标志着此人所属的阶层既高于人类社会，同时又远比人类社会低贱。对阿弘来讲，这帮家伙是令他神清气爽的活宝，因为他们表现出了中情公司情报记者的最烂形象，总是把所有人的注意力都吸引到自己身上。当然，这种自我放逐对他们也有好处，那就是可以随时泡在超元域里，随时搜集情报。

中情公司的高官无法忍受这些家伙，因为他们总是把数量惊人的无用信息上传到数据库里，还满心希望这些垃圾哪一天能派上用场。这就像你费尽力气，记下每天早晨上班路上看到的每辆车的车牌，就为了其中某辆车可能会卷入一起肇事逃逸案。即便是中情公司的数据库也无法容纳这么多垃圾。因此，一旦怪脸养成这种恶劣的习惯，没多久便会被中情公司踢出门外。

眼前这家伙还没被解雇，而且从他身上那套昂贵的装备来看，他干这一行已经有好一阵子了。如此说来，他一定是个高手。

真要是这样,他为什么要在这里闲逛?

"弘·主角,"阿弘最终在窝棚边的黑影里追到目标的时候,怪脸开口说道,"担任中情公司记者已有十一个月。行内的专业人士。前黑客、保安、速递员、演唱会承办人。"他飞快地咕哝出这一大段话,目的是不让阿弘浪费时间,叙述这一串已知事实。

刚才那束不断刺入阿弘眼睛的激光就是从这家伙的电脑里射出来的,源自他目镜上方、额头中央的一具外围设备。那是一台远程视网膜扫描仪。只要你睁开眼睛面对着他,激光束就会射穿你最娇弱的括约肌——虹膜,扫描你的视网膜。扫描结果将被回传到中情公司的视网膜数据库,那里存储了数千万条视网膜记录。如果你的资料已经在数据库里,那么几秒钟之内,他就能知道你是谁。而如果数据库原先没有你的资料,好吧,现在就有了。

当然,数据库的使用者必须拥有访问权限。一旦他获知你的身份之后,必须拥有更高的权限才能查阅你的个人资料。这家伙显然有很多权限。比阿弘多得多。

"我叫拉格斯。"怪脸说。

原来就是这家伙。阿弘暗自琢磨,是否该问问他来这儿做什么。他本来很想请拉格斯出去喝一杯,跟他聊聊图书管理员的程序是怎么编制出来的。但阿弘现在相当恼火。拉格斯刚才的行为很没有教养(话又说回来,怪脸都没有什么教养)。

"你到这儿来是为了乌鸦的事情?还是为了你最近,嗯,大约三十六天以来一直忙着收集的核子失真车库摇滚情报?"拉格斯问。

跟怪脸说话简直没有任何乐趣。他们说话向来没头没脑。他们在激光描画出的世界里飘来荡去,扫描四面八方的视网膜,查阅方圆一千码内所有人的背景资料,同时还关注着可见光、红外线、毫米波雷达和超声波扫到的一切东西。你以为他们在和你说话,其实他们正在凝神审视房间另一头某个陌生人的信用卡记录,或者辨别从头上飞过的飞机构造和型号。据阿弘所知,尽管他们俩像是在交谈,可拉格斯很可能正站在那儿隔着阿弘的裤子测量他阴茎的长度。

"你就是那个正和胡安妮塔一起工作的家伙,对吧?"阿弘说。

"也可以说她正和我一起工作,还可以换成其他类似的说法。"

"她说,她想让我见见你。"

有好几秒钟,拉格斯一动不动。他正在搜掠更多的数据。阿弘真想给他兜头浇上一桶冷水。

"有道理,"他说,"你熟悉超元域。自由职业黑客,再合适不过了。"

"对什么再合适不过? 如今再也没有人需要自由职业黑客了。"

"面对感染,公司流水线上的黑客全都是菜鸟。他们只会成千上万地完蛋大吉,就像耶路撒冷城下西拿基立的军队一样①。"拉格斯说。

"感染? 西拿基立?"

"在现实世界中,你也能保护自己。如果你去对抗乌鸦,那就太好了。记住,他的尖刀像分子束一样锋利,能像刺穿女人的内衣一样穿透防弹衣。"

"乌鸦?"

---

①《圣经》中的亚述国王,曾攻打耶路撒冷,损失惨重。

“今晚你或许就会见到他。别招惹他。”

“好吧。”阿弘说，“我会留心他的。”

“我的意思不是这个。”拉格斯说，“我说的是，别招惹他。”

“为什么？”

“这是个危险的世界，”拉格斯说，“而且每时每刻都变得更加危险，因此我们不想打破恐怖平衡。想想冷战就明白了。”

“好的。”现在阿弘只想从这家伙面前走开，再也不要看到他，可对方还不想结束谈话。

“你是个黑客。这意味着，你也要小心自己的深层结构。”

“深层结构？”

“你脑子里的神经语言通路。还记得你刚开始学二进制编码时的情形吗？”

“当然。”

“你学习时，便在自己的脑子里建立起了通路。那就是深层结构。当你使用神经的时候，它们会生长出新的连接，那是神经轴突开始分裂并在神经胶质细胞之间开辟道路，而你的生物机能也会做出相应的自我调整，就这样，软件终于成了硬件的一部分。因此，现在的你不堪一击。所有黑客都不堪一击，无法抵御‘喃刹怖’。我们必须提高警惕，彼此照应。”

“喃刹怖是什么？为什么我在它面前不堪一击？”

“只要别盯着任何位图看就行了。最近有人给你看过一幅粗陋的位图吗？比如说，在超元域？”

真有趣。“没有人给我看，不过既然你这会儿提起，有个布兰迪曾找过我的朋友——”

“那是阿舍拉女神的教妓，总是四处传播疾病。也就是邪恶。觉得有点危言耸听？其实不然。你知道，美索布达米亚语中没有邪恶这一独立的概念,只有疾病和不健康。邪恶是疾病的同义词。那么这说明了什么?"

阿弘掉头走开,像甩开在马路上跟着他的街头疯子一样。

"这说明邪恶就是病毒!"拉格斯在他身后喊道,"别让嗝刹怖进入你的操作系统!"

胡安妮塔居然会和这种怪物一起工作?

钝力创伤表演了整整一个小时,一曲接一曲地连奏下来,让噪音形成一堵连绵不绝的高墙,始终不曾出现过裂缝或是缺口。这就是摇滚的音乐美学。音乐一停,他们的表演也随之结束。人群第一次爆发出欢呼声。阿弘只觉得仿佛有一种高频噪音在脑子里轰然炸开,震得耳朵嗡嗡作响。

其中还夹杂着低沉的隆隆声,像是有人在敲低音鼓。有那么一分钟时间,他还以为是卡车从头顶的立交桥上驶过。不是,那种声音十分平稳,并没有远去消失的迹象。

声音就在他身后。其他人也觉察到了,纷纷回身循声望去,然后急忙让出路来。阿弘也侧跨一步闪开,转头看个究竟。

乍一看,来者又黑又大。身躯如此庞大的家伙似乎绝无可能骑坐在摩托车上,即使是眼前这辆轰隆作响的巨型哈雷也不行。

更正一下,这是一辆带跨斗的哈雷摩托。光滑乌黑的流线型跨斗挂在车身右侧,靠自身的轮子支撑,但里面没有人。

如此一个大块头似乎不可能不显得肥胖。但此人偏偏正是一点不胖,他身穿弹力紧身衣,质料像皮革,但又不尽然,这身衣服让他筋骨尽显,肌肉毕露。除了筋骨和肌肉之外,他身上没有半点脂肪。

他将哈雷开得非常缓慢，要不是装了跨斗，准会连人带车翻倒在地。捏住离合柄的那只手只是偶尔轻轻一松，给车子加点油，继续缓缓前进。

他看上去完全没有脖子，也许正是这个原因让他显得非常魁梧，并不是因为他确实很魁梧。他的脑袋本来就生得很宽，而且一路向下变得更宽，最后和肩膀直接连在一起。一开始，阿弘还以为他戴着一顶样式前卫的头盔，但当这家伙从身边经过的时候，那顶大帽子居然飘动起来。阿弘这才看清那原来是他的头发。一头浓密的黑发拖过那人的肩头，披散在背上，几乎垂到腰际。

就在阿弘暗自惊奇的时候，他意识到那个人也在回头看他。或者说，朝他这个方向看。你不可能明确知道他在看什么，因为他戴着风镜。一只光滑的凸面目镜遮住了他的双眼，镜面上有一条水平的细缝。

他确实在看阿弘，还朝阿弘露出一副"操你妈"式的微笑，就跟他今晚早些时候露出的笑容一模一样。当时阿弘正站在黑日的入口，而他则在某地的公共终端上，向阿弘兜售"雪崩"。

就是这家伙。乌鸦。他就是胡安妮塔正在找的人，也是拉格斯提醒阿弘不要招惹的人。阿弘以前在黑日入口的外面也见过他。就是这家伙把雪崩超卡给了大五卫。

他的前额上用印刷体刺了几个大字：无法控制冲动。

阿弘吃了一惊，正好这一刻，维塔利·切尔诺贝利和核融毁乐队奏出了他们的开场曲《辐射灼伤》，把他吓得跳了起来。这段曲子就像一团由高频噪声和失真音汇成的龙卷风，让你感到似乎被人狠狠抛出去，撞穿了一面由鱼钩组成的墙壁。

现在这个时代，大多数城邦都由一个个特许领地或郊郡组成,小得连监狱都没有,甚至没有司法系统。因此,一旦有人做了坏事,当局会尽量找些迅速而又恶毒的方法予以惩罚,比如鞭笞、没收财产、当众羞辱等等;如果这个人非常可能继续伤害他人,还会在其身体的显著部位文上警告:无法控制冲动。这家伙显然就是这种情形:曾经大发脾气,失去了控制。

一瞬间,一道闪着红光的激光网格投射在乌鸦一侧的脸颊上。接着,它的四边迅速收敛,缩进了他右眼的瞳孔里。乌鸦一甩头,转身寻找激光的来源,但光束已然不见踪影。拉格斯已经得到了乌鸦的视网膜扫描图。

估计拉格斯正是为了这个才来这里。他对阿弘或是维塔利·切尔诺贝利都没有兴趣。他真正感兴趣的是乌鸦。而且,出于某种原因,拉格斯知道他会来。此时,拉格斯就藏在附近的某个地方,正在偷拍这个家伙,用雷达探测他口袋里的东西,同时记录下他的脉搏和呼吸。

阿弘拿起手机,念道:"Y.T."。手机自动拨通了Y.T.的电话。

铃声响了许久她才接听。演唱会现场的轰响声中,几乎不可能听到其他任何声音。

"你他妈有什么事?"

"Y.T.,抱歉打扰。不过出事了。出大事了。我正盯着一个名叫乌鸦的骑摩托车的大块头。"

"你们这帮黑客的毛病就是永远放不下工作。"

"这才是黑客嘛。"阿弘说。

"我会留意这个叫乌鸦的家伙,"她说,"但要等我工作的时候才行。"

说完,她挂掉了电话。

16

　　乌鸦懒洋洋地抬起目光,朝人群边缘扫了几眼。他的动作极慢,观察着四面八方。那种冷静和从容简直令人恼火。

　　然后,他将视线从人群中挪开,投进漆黑的夜色中。他四下观望了一番,审视着棚户区的周边地带。最后,他驾着庞大的哈雷绕了个圈,来到瘸子帮的那个大人物面前。就是那个戴着蓝宝石领带夹、领着私人保镖的家伙。

　　阿弘开始穿过人群,朝那个方向迂回前进,尽量让自己的意图不那么明显。事情看来很有趣。

　　随着乌鸦慢慢靠近,保镖们开始朝瘸子帮的头领围拢过来,形成一个松散的保护圈。当乌鸦愈加逼近时,所有的保镖都不由得后退一两步,似乎这个汉子的身体包裹着无形的力场。乌鸦终于停住车子,屈尊将双脚踩到地上。离开哈雷之前,他还轻轻按动了车把上的几个开关。他知道接下来该做什么,于是叉开双脚,高举双手站着不动。

　　瘸子帮的两个保镖分别从两侧包抄上去。看样子,他们并不十分乐意对付这个人,眼角的余光不断朝那辆摩托车瞄来瞄去。瘸子帮的首领不停吆喝,逼着他们继续向前,同时还扬起两只手，将他们赶到乌鸦身边。两个保镖每人都拿着一根手持式金属探测棒，在乌鸦的身体四周着实舞动了一番，没有发现任何可疑之物。乌鸦身上连一丁点儿金属都没有，口袋里也没有硬币。此人是百分之百的有机体。其他事情先不提，至少拉格斯有关乌鸦身藏利刃的警告肯定是一派胡言。

两个瘸子帮保镖快步回到自己人那里。乌鸦抬脚跟着他们，但瘸子帮的首领后退一步，举起双手做了个"停"的手势。乌鸦停住脚步，立在原地，又一次咧开嘴巴笑了。

瘸子帮首领回身朝他那辆黑色宝马车打了个手势。宝马车的后门打开，钻出一个年轻矮小的黑人。他一身典型的学生装束，戴着圆圆的金属框眼镜，穿着牛仔裤和白色的大运动鞋。

那个学生慢慢走向乌鸦，同时从衣袋里掏出一样东西。是一具手持式仪器，体积比计算器大得多，正面有一组键盘，一端有个探测窗。学生始终用它对准乌鸦。键盘上方是一个发光二极管构成的读数器，下面有一只闪烁的红灯。学生戴着一副耳机，连在仪器底端的插孔上。

一开始，学生将仪器的探测窗对准地面，随即朝向天空，然后再瞄准乌鸦，但眼睛始终紧盯着闪烁的红灯和发光二极管读数器。这一套动作看上去活像某种宗教仪式，接收来自天神、地神，然后是黑色摩托天使的数字信息。

随后，他缓缓走向乌鸦，一步一停。阿弘能看到那只红灯在间歇闪烁，但没发现什么特别的模式或节奏。

学生走到离乌鸦一码远的地方，围着他绕了几圈，手中的仪器一直对准站在当中的乌鸦。做完这些事情之后，他迅速向后退去，又把仪器转向摩托。仪器对准摩托车时，红灯开始急速闪动。

学生走到瘸子帮首领面前,摘掉耳机,跟他简短地说了几句。瘸子帮首领听着学生说话,眼睛却始终死死盯着乌鸦。

他点了几下头,最后拍拍学生的肩膀,打发他回到了宝马车上。

那个仪器是一只盖革计数器①。

乌鸦慢悠悠地走到瘸子帮首领跟前。二人握了握手,标准而又平常的旧式欧洲握手礼,没有什么华丽的花样。但这次会面并非友好的相聚。瘸子帮首领的双眼瞪得太圆,阿弘能看到他额头上泛起了青筋。看他的姿势和表情,似乎在尖声狂叫:快让我离这个火星人远点儿!

乌鸦回到他那辆满含放射性的大摩托车旁,解开几根松紧绳,拎起一只金属手提箱,交给瘸子帮首领。两人再次握手。然后,乌鸦转过身,缓慢镇定地走回摩托车边,跨上车,突突突地扬长而去。

阿弘很想待在这里继续看下去,不过他觉得拉格斯肯定已将整个事件全部记录下来。此外,又有另一件事情需要他处理:两辆豪华轿车正奋力在人群中挤出一条路,朝舞台驶来。

豪华轿车停了下来,几名日本人鱼贯而出。全都是一身黑西装,看上去呆板无趣,一个个别别扭扭地站在这场派对兼骚乱的中央,就像五彩缤纷的果冻里悬着一把碎钉子。阿弘决定冒昧上前,朝车窗里窥探,看看里面是不是坐着他料想的那个人。

车窗上的茶色玻璃让他什么也看不见,他弯下腰,把脸凑到窗前,想看得更真切些。

①用来测量放射能的仪器,由德国物理学家盖革发明。

还是没反应。最后,他敲了敲车窗。

车里悄无声息。阿弘抬头看看那帮随从。他们一直在看他,可他一抬头,这些家伙立即转头望向别处,好像突然想起要抽一根香烟或是揉揉眉毛。

轿车里只有一个光源,明亮得足以让茶色车窗外的人看见。那是一面电视屏幕,大号的长方形轮廓显得格外与众不同。

见鬼。这里是美国,而阿弘是半个美国人,没有理由把礼仪推行到病态的极端。他用力拉开车门,朝后座看去。

寿司K坐在那里,夹在两个日本小伙子中间,这两位是他形象设计小组的程序员。他的发型还没打开,所以看上去就像个橙色的埃弗罗黑人头①。他身穿一件拼凑式舞台装,显然已准备好今晚登台演出。看来他接受了阿弘的邀请。

他在看的是一个著名的电视节目,名叫《间谍眼》,由中情公司制作,通过一家大制片公司授权,供多家电视台播出。这个节目中全是真人真事:中情公司挑选出了一名正在参与渗透行动、执行真正的间谍任务的特工,给他装备了怪脸的监听设备。这样一来,他的所见所闻都被传送回位于兰利的中情总部。随后,这些素材被编辑成一小时长的节目,每周播出一集。

阿弘从来不看这玩意儿。现在他为中情公司工作,更觉得这个节目让人讨厌。不过他听到过不少有关的闲言碎语,因此知道今晚播放的是一个五集单元中的倒数第二集。中情公司把一个家伙偷偷安插到了方舟上。在那里,他要设法打入众多残暴的海盗帮派之一:李小龙帮。

阿弘钻进轿车,瞥了一眼电视,刚好看到李小龙本人。从那个倒霉怪脸间谍的视角看去,李小龙正在方舟的一条看不到人

---

①非洲黑人一种圆形的、非常浓密且紧凑卷曲的发型。

迹的船上沿着阴冷的走廊前行。潮气在这个黑帮头子的武士刀上凝结成水珠,顺着刀锋不停滴落。

"李小龙的手下把这个间谍困在了方舟核心部位的一艘旧韩国渔业加工船上。"寿司 K 的一个随从飞快地解释道,口齿之间嘶嘶作响,"他们现在正在找他。"

突然间,李小龙被一盏明亮的聚光灯罩住,让他招牌式的钻石笑容愈发耀眼,就像星系旋臂一样闪闪发光。在电视屏幕的正中,十字准星移动就位,瞄准了李小龙的额头。显然,那个间谍已经下定决心,要在混乱中杀出一条血路,用中情公司的强大武器轰掉李小龙的脑袋。正在这时,一个模糊的影子从斜刺里扑过来。这神秘的黑色轮廓挡住了镜头中的李小龙。十字准星现在瞄准的是什么?

只有等到下个星期才能知道答案。

阿弘紧挨着电视机,坐到寿司 K 和程序员的对面,这样他就能从电视观众的视角观察这个人。

"我是弘·主角。我想,您收到了我发送的讯息。"

"真棒极!"寿司 K 叫道,这是日本式的缩略语,指好莱坞用得很多的那个形容句子"真是棒极了"。

他接着说:"阿弘君,是您让我拥有这个一生只有一次的机会,在如此众多的听众面前表演自己的拙作,对此我深表感谢。"除了"一生只有一次的机会"这句话之外,他讲的全是日语。

"这次活动安排得非常草率仓促,对此我必须谦恭地向您致歉。"阿弘说。

"如果您在给了我这个宝贵的机会之后还觉得有必要致歉,那就令我太难过了。能够在来自洛杉矶聚居区的父老兄弟前表演自己的拙劣作品,每个日本说唱乐手都愿意为此放弃一切。"

"我深感愧疚,因为我肯定是无心之下误导了您。这些歌迷并非真正的聚居区兄弟。他们是街头的滑板玩家,一群喜欢说唱乐和重金属的滑板客。"

"啊,这样也很好。"寿司K说。可他的语调表明这根本没那么好。

"不过瘾子帮的代表也来了。"阿弘灵机一动,连忙补充。即便以他自己的标准来看,他这番反应也算是非常非常快了。"如果您的表演大受欢迎——我对此深信不疑——他们会把消息传遍他们的圈子。"

寿司K摇下车窗。分贝级数一瞬间增大了五倍。他盯着人群,那可是五千个潜在的市场份额,满脑子都是时髦念头的年轻人。他们听过的都是最完美的音乐,不是CD播放器播出的录音棚完美数字声效,便是行内顶级歌手的摇滚绝妙表演——而来到洛杉矶的演唱团体都是在各俱乐部你死我活的争斗中生存下来的强者,为了一举成名才来到这里。一想到这个,欢喜和畏惧让寿司K容光焕发。现在,他一定要上台去拼一下,要在这群沸腾的生物量面前表演。

阿弘下车为他开路。这个活儿倒是轻而易举。完事后他溜到一旁。他已经尽力做了分内的事。乌鸦还在外面,他代表数目更为可观的收入,阿弘不愿把时间浪费在寿司K这件微不足道的事情上,于是他转身走向人群边缘。

"喂!带刀的伙计。"有人叫道。

阿弘转过身,看到一个穿绿夹克的强制执法者正朝他打手势。这人矮小强悍,戴着耳麦,是强制执法者的负责人。

"我叫斯奎基。"他伸出手来说。

"我叫阿弘。"阿弘答道,握了握他的手,递上自己的名片。

跟这帮家伙用不着太客套。"我能为你做点什么,斯奎基?"

斯奎基仔细看了看名片。他有着某种军人式的、夸张的礼貌。他冷静、成熟,就像中学的橄榄球教练,值得众人效仿,"你负责这场演唱会?"

"差不多,算是吧。"

"主角先生,几分钟前我们接到了一个电话,是你一位叫Y.T.的朋友打来的。"

"出什么事了? 她没事吧?"

"哦,没事,先生,她很好。不过,你认识早些时候跟你交谈的那只虫子吗?"

阿弘从来没听过有人这样使用"虫子"这个词,他估计斯奎基指的是那个怪脸,拉格斯。

"认识。"

"是这样,Y.T.向我们透露的情况牵扯到了那位先生。我们认为你可能想看一看。"

"出什么事了?"

"嗯,要不,你跟我来一趟吧。你知道,有些事情怎么说都比不上亲眼看看。"

斯奎基刚一转身,寿司K的第一首说唱曲便开始了。他的声音听上去既压抑又紧张。

我是寿司K在这儿有话讲

我说唱的方式可是不同凡响

每个城市的大腕儿都要留神

寿司K的说唱最最吸引人

我语出惊人非同一般

> 绝非老一套的龅牙傻蛋
> 我的发型大得像星系
> 因为我有更绝的高科技

阿弘跟着斯奎基离开人群,走进贫民区边缘处灯火昏暗的地带。在头顶上方立交桥的路基上,他能模糊地分辨出几个闪烁着荧光的身影,那是身穿绿夹克的强制执行者,他们正围着什么东西。

"小心脚下。"开始爬上路基时,斯奎基提醒道,"有的地方很滑。"

> 我说唱时爱聊甜蜜浪漫史
> 我的野心全在你的下半身
> 在下只要一开口就是这么脆
> 说唱小子的大名叫作寿司K
> 日本风格说唱品位高
> 伶牙俐齿好似武士刀
> 东亚还有太平洋早被我唱个遍
> 要说繁华和热闹当属地球这一半

眼前是一片质地松散的斜坡,泥土中夹杂着石块,似乎只要下一场雨就能冲垮。四处长着鼠尾草、仙人掌和风滚草,由于空气污染的缘故,看上去参差蓬乱、半死不活。

很难看清身边的情形,因为寿司K正在下面的舞台上蹿来跳去。他的旭日发型闪耀出明亮的橙色光芒,似乎正以超音速在路基上来回扫动。沙砾般的强光倾泻而至,拂过杂草和石块,让一切景物都变成了一幅幅怪异、褪色、高对比度的静止画面。

> 地铁里的上班族听了别打战
> 因为寿司K最喜欢核子裂变
> 有个喷火大蜥蜴名叫哥斯拉
> 我心里的盖世英雄永远都是它
> 它的突变说唱烧光了整片街区
> 快买寿司K的股票谁也别心虚
> 日经交易所里寿司K在暴涨
> 其他说唱歌手都亏得直骂娘
> 投资赚大钱,让我心里乐
> 红红火火寿司K株式会社

松软的黄土中现出摩托车留下的车辙。印痕刚留下不久,深深碾进泥土之中。斯奎基循迹径直朝坡上走去。轮胎印又深又宽,在它右侧两三英尺外,另有一道略窄些的印迹与之平行。

越往上走,车辙就越深,颜色也越来越暗。看上去渐渐不像松软泥土上的摩托车轮胎印,倒像一条排水沟,流淌着某种不祥的黑色液体。

> 现在我已来到美利坚
> 这儿的歌手开始找麻烦
> 都说:"留在日本吧,求求你!
> 我们的本事可没法跟你比!"
> 美国说唱界嘘声四起
> 要求对自己实行保护主义

寿司 K 让他们心里发慌

生怕自己的听众全跑光

他还让萧条的经济重新崛起

给了美国说唱歌手有力一击

寿司 K 是一部演唱会机器

速度快效率高洁净无比

运转起来飞快就像钟表滴答跑

让老说唱乐手捂着裤裆四处逃

　　土坡上有个强制执行者拿着一只手电筒。当他走动时,电光平平地扫过地面,像探照灯一样不时地照亮一处处地面。有那么一瞬间,灯光扫进了摩托车的轮胎印里。阿弘立即看到,那道车辙已经变成一条鲜红的河流,流淌着氧化的血液。

他学习英文舍得下苦功

英语和日语已融会贯通

两种语言形成超级组合

这才能让粉丝遍布各国

香港人的英语说得也很棒

渴望听到说唱曲就像你一样

南半球的英语族照样有福

没多久就开始自给自足

他们自己的说唱明星一旦出现

远道来的歌手就会招人讨厌

　　拉格斯躺在地上,摊开手脚横在摩托车的轮胎印辙上。这个人被开膛破肚,就像一条大马哈鱼,一道边缘整齐的刀口从肛门开始,顺着腹部一直向上延伸,穿过胸骨正中,直达他的下巴。这道创伤不是浅浅的切口,有些地方已经深达脊椎。他用来把电脑部件绑在身上的黑色尼龙带也在与刀口相交的地方被整齐地切断,一半设备散落在地下。

> 只要看看电台的统计记录
> 就会知道我的听众无数
> 再瞧瞧寿司K的研究报告
> 展望大好未来直冲云霄
> 寿司K股票的升值速度
> 吓得美国歌手汗毛倒竖

17

詹森·布雷肯里奇穿了件红褐色的运动夹克。这是西西里的颜色。詹森·布雷肯里奇从未去过西西里。也许有一天,等他得到了奖赏,就会去那儿玩玩。要想获得去西西里的免费船票,詹森必须攒够一万点古巴塔点数。

这个追求不难实现,因为他的起点相当高。他开设了属于自己的新西西里特许经营连锁店,古巴塔点数银行自动为他从三千三百三十三点开始记数,再加上公民资格一次性附送的五百点奖励,他的点数余额看上去相当不错。他的数据资料存储在布鲁克林的一台大电脑里。

詹森在芝加哥西郊长大,那里是全美特许连锁化经营程度最高的地区之一。在伊利诺斯大学的商学院读书时,他的平均成绩达到了二点九五六七分,毕业论文的题目是《论某些市场竞争中种族、金融和准军事组织的三方互动》。在这篇论文中,他以老家奥罗拉的居住区内新西西里和昏醉哥伦比亚两大特许城邦之间的地盘争夺战为例,进行了专题研究。

在詹森的论据中,恩里克·科塔扎尔经营失败的昏醉哥伦比亚特许连锁店是个关键例证。詹森曾在电话中简要地采访过他几次,不过二人从来没有见过面。

为了庆祝詹森毕业,科塔扎尔先生用燃烧弹炸毁了布雷肯里奇家停在车位上的奥姆尼地平线面包车,然后用自动步枪朝他家房子的正墙打光了十一只弹夹。

幸运的是,当地新西西里特许城邦连锁机构的经营者卡鲁索先生当时正在大力打击恩里克·科塔扎尔,他在布雷肯里奇家遭袭之前就得到了风声。卡鲁索先生可能截取了科塔扎尔手下安全性极差的移动电话和民用无线电的讯号,得以及时向詹森的家人发出警告。所以,当疾飞的弹雨在半夜射进詹森家的房子时,他们一家正在96号公路以南五英里处的一家老式西西里旅馆里享用免费赠送的香槟。

很自然地,当商学院举办年末就业招聘会的时候,詹森特地来到新西西里的摊位,感谢卡鲁索先生救了他们全家人的性命。

"嘿,你知道,邻里之间的相互照应嘛,你明白吧,小詹?"卡鲁索先生一边说,一边在詹森的背上拍了一掌,接着捏了捏他足有甜瓜大小的三角肌。詹森已经不像十五岁时那样大量服用类固醇了,可体形还是很棒。

卡鲁索先生来自纽约。他的摊位在会场里最受欢迎。招聘会在学生会一座展览大厅里举办。大厅内被布置成了一片虚拟的街区,被两条交叉的"公路"划分为四个展区,所有特许公司和城邦都将摊位设在公路两边。郊郡和其他公司的摊位则隐藏在展区内部的"偏远街道"。卡鲁索先生的新西西里摊位赫然位于两条公路的交叉口上,几十个矮小的商学院毕业生排起长队等待面试。当卡鲁索先生注意到詹森站在队伍里,于是径直走上前去,抓着他的三角肌,把他从队伍里拉了出来。其他所有的商学院学生都用嫉妒的眼神瞪着詹森。这让詹森感觉好极了,让他觉得自己很特别。这就是他对新西西里的感受:针对个人的亲切关怀。

"是的,我确实准备参加您这里的面试,还要到李先生的大香港看看,因为我对高科技很感兴趣。"詹森回答着卡鲁索先生父亲般的询问。

卡鲁索先生特别用力地捏了捏詹森。他的声音听上去显得既痛苦又讶异,但他并未因此看轻詹森,至少现在还没有。"香港? 你这么一个聪明的白人小伙子到他妈的小日本儿那里做什么?"

"哦,实际上,他们不是小日本儿,不是日本人,"詹森说,"香港主要是广东人——"

"那又怎么样?"卡鲁索先生说,"知道我为什么这么说吗? 不是因为我是个该死的种族主义者,我根本不是。而是因为对他们来说——对所有这些人来说,你知道,对这些小日本儿来说——我们都是洋鬼子。他们就是这样叫我们的。洋鬼子。你喜欢这称呼吗?"

詹森只是会意地一笑。

"我们为他们做尽了好事。但是在这儿,在美国,小詹,我们全被他们当作洋鬼子,不是吗? 其实我们大家全都来自别处的某个地方,只有该死的印第安人除外。你不会到拉科塔城邦①面试,对吧?"

"不会,卡鲁索先生。"詹森说。

"这才像话。对,我有点跑题了,我的意思是说,我们都有自己独特的种族与文化特征,所以我们必须为一个这样的组织工作——它特别尊重这些与众不同的特性,并将其融合成为一个

———————
① 拉科塔,南达科他州的土著聚居区。

积极进取的整体,你明白吗?”

“是的,我明白您的意思,卡鲁索先生。”詹森说。

这时,卡鲁索先生已经领着他走了一段路,沿着一条象征性的“机遇公路”漫步徐行。“现在,你能想出什么样的商业组织才能满足这个该死的条件吗,小詹?”

“这个……”

“你知道我听说什么了?”卡鲁索先生放开詹森,转过身,站到他跟前。二人前胸对着前胸。他打手势的时候,手中的雪茄就像具火箭似的呼啸着在詹森耳边擦过,“在日本,要是你把事情搞砸了,就会被切掉一根手指。咔嚓。就像这样。千真万确,向上帝保证。你不相信?”

“我相信,但并不是日本人全都这样。只是山口组才会这么做,那是日本的黑手党。”

卡鲁索先生仰头大笑起来,再次把手拢在詹森的肩膀上。“你知道吗,我喜欢你,詹森,我确实喜欢你。”他说,“日本的黑手党,哈哈。詹森,告诉我,你听说过有人管我们叫‘西西里的山口组’吗?”

詹森笑了,“没有,先生。”

“你知道这是为什么? 你知道吗?”卡鲁索先生的演说进行到了意味深长的严肃部分。

“这是为什么,先生?”

卡鲁索先生扳着詹森转过身,二人一起顺着公路望向前方。恩佐大叔的肖像伫立在那里,像自由女神一样站在路口处。

“因为黑手党只有一个,孩子。独一无二,而你可以成为这个组织的一员。”

“但竞争太激烈了——”

"什么？听着！你平均成绩是三分！你将大有作为，孩子！"

和其他特许城邦的老板一样，卡鲁索先生能够登入地盘网。该网络提供多重信息列表服务，新西西里用它来跟踪掌握他们称之为"机遇地带"的动态。他带着詹森回到摊位，再次从那些排队等候的小矮子面前经过。詹森的确很喜欢这种感觉。卡鲁索先生登入网络，现在詹森只需做一件事，为自己挑选一块地盘。

"我有个叔叔。他在南加州开了一家汽车特许连锁店。"詹森说，"我知道那个地区正在迅速扩张，而且——"

"而且蕴藏着无数机遇！"卡鲁索先生说，他飞快地舞动手指，在键盘上敲打了一番，然后把显示器转过来，让詹森看看屏幕上的洛杉矶地图。上面的红色光点在闪闪发光，代表着一块块还没有主人的地盘。"为自己挑一块儿吧，小詹！"

现在詹森·布雷肯里奇是新西西里山谷区5328号特许连锁店的经理。每天早晨他都穿上时髦的红褐色运动夹克，开着奥兹莫比尔汽车去上班。很多年轻企业家开宝马或本田讴歌，但詹森现在所属的这个组织非常珍视传统和家族观念，从不追求花哨的进口货。"连恩佐大叔开的都是美国车……"

詹森夹克胸前的口袋上绣着黑手党的徽标。徽标当中有个大写的字母"G"被设计成了图形，代表"甘比诺"——负责洛杉矶盆地的分支机构。他自己的名字印在下面："詹森（举重手）·布雷肯里奇"。这个诨号是他和卡鲁索先生一年前在伊利诺斯州的招聘会上想出来的。每个人都要有个诨号，这既是传统，又代表着自豪；另外，组织也希望你选一个能够对自己做一点说明的名号。

作为地方办公室的经理,詹森的职责就是把工作分派给本地区的承包人。每天早晨,他把奥兹莫比尔汽车停在连锁店门前,然后进入办公室。他总是迅速弯下身体,冲进衬有装甲的门廊,避开昏醉哥伦比亚狙击手的攻击。这种做法不能阻止那些枪手偶尔朝高耸在特许城邦之上的恩佐大叔肖像牌胡乱开上几枪,但这些广告牌经受得住数量惊人的子弹,只有到了最后才会被打得破破烂烂。

店内倒是非常安全。詹森登入地盘网,工作列表自动滚上屏幕。詹森要做的就是在晚上回家之前找到承包人来干完所有这些活儿,不然就得由他亲自出马了。这些工作必须干完。其中绝大部分只是简单的递送业务,他把这些工作分配给信使去做。然后是向拖欠债务的借款人和依靠新西西里负责保安的特许城邦收账。如果要催讨的款项属于一级警告,詹森喜欢亲自上门,只是打出组织的旗号并向对方强调,他的组织对于债务方面的问题实行的是个人化、一对一的微观管理。如果是二级或三级警告,他通常会和"国际死亡打手公司"签一份合同,让他们去处理。那是一家深具影响力的讨债代理公司,詹森对他们的工作一直非常满意。接下来是偶尔才会出现的紧急指令。詹森最讨厌处理紧急指令,他认为,这种指令的出现,象征着让社会得以运转的互信体系正在逐渐崩溃。好在一般情况下,这类问题在区域一级就被直接解决掉了,詹森要做的只是处理善后事宜,并对媒体进行控制。

今天早晨,詹森整个人显得格外利落,他的奥兹莫比尔车也刚刚打蜡上光。进门之前,他从停车场上捡起几张汉堡包的包装纸,狠狠扔了出去。这些该死的狙击手,总是乱丢垃圾。他听说恩佐大叔正在本地,你永远也不知道他什么时候会突然露面,把豪华轿车和战车组成的车队停在特许连锁店,跑进去和普通职员握手。是的,詹森今晚要工作到深夜,一直熬到有确切消息表明恩佐大叔的飞机已安全离开此地为止。

他登入了地盘网,一份工作表单像往常一样滚上屏幕,并不是很长。特许城邦间的业务活动今天减少了很多,因为所有地区经理都在积极准备,以防恩佐大叔突然造访。就在这时,一项用红字标出的工作任务滚动上来。是个需要优先处理的活计。

需要优先处理的活计都有点不同寻常,是士气低落和马马虎虎的征兆。其实每一项活计都应该优先处理,但每隔一段时间,就会有些绝对不容耽搁或是办砸的事情出现。这种优先处理的活计,像詹森这样的地区经理是没有权力指定的,只有高层才有资格下令。

通常情况下,优先处理的活计就是紧急指令,但詹森备感宽慰地发现,这个活儿只是简单的派送:某些文件要从他的办公室由专人投递到闹市区以南的新西西里4649号店。

目的地在南面。康普顿。那是个战区,长期以来就是昏醉哥伦比亚人和塔法理教①枪手的盘踞之地。

康普顿。位于康普顿的办公室为什么需要他亲笔签署的财务记录?那个地区竞争激烈,他们该把全部时间都花在处理相关的紧急指令上面才对。

是这么回事:康普顿的某一街区里有个非常活跃的青年黑手党组织。他们成功地赶走了那里所有的昏醉哥伦比亚人,把整个地区变成了黑手党管区。老太太们又能重新走上街头散步,孩子们在不久前还满是鲜血的人行道上等候校车、玩跳房子。这是个绝好的范例。如果这个街区能做得到,那么其他任

———————
①牙买加宗教派别之一。

何地方也行。

恩佐大叔要亲自向他们表示祝贺。

就在今天下午。

4649号店将成为他的临时总部。

其中的含义更是惊人。

詹森接到了一份需要优先处理的活计，要把他的记录送到那家连锁店，而恩佐大叔今天下午恰好要在那里喝咖啡！

恩佐大叔对他感兴趣。

卡鲁索先生曾声称自己和高层有关系，但所谓的高层会有这么高？

詹森靠在他那张色彩协调的土色转椅中，仔细思量着这件真有可能发生的事情：几天后，他将管理整整一个区——甚至更棒。

有一点可以肯定，这份快递不能交给任何信使投递，那帮踩滑板的朋克都不可靠。詹森下定决心，要开着奥兹莫比尔亲自前往康普顿，自己去完成这项任务。

18

他比既定行程提前了一个小时。他原本打算只提早半小时到达，但仔细估量了一下康普顿的形势之后——当然，他早就听说过关于此地的种种传闻。老天！——他开始发疯一般驾车狂奔。廉价的低等特许城邦似乎都喜欢在标志牌中使用一大堆又亮又丑的黄颜色，也正因为如此，阿拉曼达大街就像从洛杉矶正中心向南喷出的一摊放射性尿液，清晰醒目地出现在他面前。詹森将座驾笔直地对准车道正中央，毫不理会分道线和红灯，一路把油门踩到底。

大多数特许城邦都树立着黄颜色的标志牌，其中包括很多贫民窟似的地区，比如说上城、昏醉哥伦比亚、正开曼、超元坦桑尼亚，还有监狱特许区。但新西西里截然不同，它像岩石岛屿一样耸立在沼泽区之上，这是黑手党为了对抗势力强大的昏醉哥伦比亚而建立起来的滩头堡。

满脑子想着省钱的三孔活页簿经理们总是挑选连监狱特许区都不屑购买的劣等地盘。他们需要不动产，任何不动产都可以。这帮家伙拍出上百万日元，买下昏醉哥伦比亚的许可证，然后把土地用栅栏一围，开始享受治外法权。到头来，这些特许领地的大部分毛利润都送到了麦德林①,交付特许经营费,剩下的钱只够勉强支付营业开销。

其中有些人想搞些见不得人的勾当,在自以为不会被保安摄像机拍到的时候,他们会偷偷把几张钞票藏进自己的口袋,然后跑到街上,钻进最近的一家正开曼或阿尔卑斯特许领地②——这些地方尽是这种被肮脏的黑钱吸引来的特许区,多得像绕着马路上碾毙的死尸盘旋飞舞的苍蝇。但是,暗中揩油的家伙很快就会发现,在昏醉哥伦比亚的管辖之下,几乎干任何事情都是死罪。毒品区没有所谓的司法系统,只有四处巡行的正义执法队,无论白天黑夜,他们有权随时闯进你的特许连锁店,把你的记录用传真发给麦德林那台最喜欢吹毛求疵的电脑。然后,你会被拖到行刑队面前,背靠着自己用双手建起的事业之墙——再没有比这个恶心的事情了。

恩佐大叔认为,鉴于黑手党对忠诚观念和传统的家庭价值始终极为重视,他们完全可以抢在这类企业家成为昏醉哥伦比亚的公民之前拉他们入伙。

正因为如此,詹森驶进康普顿之后发现告示牌出现得越来越频繁。恩佐大叔的笑脸出现在这里的每一个角落。他摆出最典型的姿势,手臂揽住一个阳光黑人男孩的双肩,头顶的空白处是一段标语:黑手党——在这个大家庭里,你将找到朋友!或者:放松些吧,你正在进入一片由黑手党担任警戒的街区!还有:恩佐大叔不仅会宽恕罪过,也会忘却恶行。

最后这类广告牌通常还会配有一张照片,画面中的恩佐大叔将手臂搭在一个少年的肩头,正向他致以伯父般严厉的训

①哥伦比亚城市,毒品中心。
②正开曼和阿尔卑斯特许区经营瑞士银行业务。

诚。这暗示着,哥伦比亚人和牙买加人可没有如此慈悲心肠,他们会杀掉每一个犯错误的人。

"绝对不行!"另一张牌子上的恩佐大叔抬起一只手,制止了一名挎着乌兹冲锋枪的西班牙流氓。在恩佐大叔身后,站着由各色人种汇成的人墙,都是孩子和老奶奶,手中紧握着球棒和平底煎锅。

哦,没错,昏醉哥伦比亚人仍然控制着古柯叶。但现在,"日本制药"在墨西哥特许区的古柯碱合成设备马上就要完工,哥伦比亚人一统毒品天下的局面很快将被扭转。黑手党相当肯定,这些日子里,想入行的机灵小伙子会注意到这些告示牌,而且会细细思量一番:既然你有望穿上一件利落的红褐色运动夹克,成为快乐大家庭的一员,为什么还要让自己落到最凄惨的地步,在某家"买了飞"的后院被自己的内脏闷死呢?尤其是现在,黑手党中已有黑人、拉丁美洲人和亚洲人当上帮派的头目,他们都会对你的文化特性表示尊重。很长时期以来,詹森一直对帮派十分看好。

他的黑色奥兹莫比尔车在这种地方是个引人注目的靶子。康普顿是他见过的最烂的地方。麻风病人把死狗架在烈焰熊熊的煤油桶上烧烤;街头流浪汉的手推车上堆满了他们从排水沟里捞出来的钞票,上面还沾着血迹,面额都是百万和十亿;马路上的一具具尸骸个头很大,这么大的骸骨只可能是人尸,全都堆在地上,足足能排满一个街区。各条主要街道上都放置着燃烧的路障。哪里都看不到特许区的踪影。詹森的奥兹莫比尔一路上都在噼啪作响,可他猜不出究竟是怎么回事。直到最后他才明白,有人在向他开枪。幸亏他当初听从叔叔的劝告,花了不少钱为车子加装了全套防弹设备。回过味来的时候,他吓得魂飞胆丧。伙计,现在可是来真格的了!他好端端地开着自己的奥兹莫比尔,外面那帮杂种却朝他射击,对这种事好像根本无所谓!

　　新西西里特许城邦周围的三个街区里,每条街都被黑手党的战车牢牢封锁。烧焦的出租公寓顶上埋伏了许多人,全都扛着六英尺长的来复枪,身穿黑色防风夹克,背上用五英寸的荧光字母写着"黑手党"字样。

　　就是这儿了,天哪,好一堆臭狗屎。

　　他把奥兹莫比尔开进检查站,突然发现自己的爱车正横跨在一只便携式定向霰弹雷上。如果他是敌人,这辆车早就被炸成一堆废铁了。但他不是敌人,他正在执行一项需要优先处理的任务,一沓文件就放在他身边的车座上,捆扎得整齐服帖。

　　他摇下车窗。一个最高等级的黑手党警卫走上前来,用视网膜扫描仪对准了他。在这里,身份证之类的东西全不管用。不到一微秒的时间,他们已经知道了他的身份。他仰身靠在座椅的颈部保护垫上,扳过后视镜对着自己的面孔,检查了一下发型。看起来还不算太糟。

　　"老兄,"警卫说,"你不在访客的名单里面。"

　　"不,我在。"詹森说,"我来送一份优先急件。文件就在这儿。"

　　他把一份地盘网的任务指令抄件递给警卫。那家伙看过之后哼了一声,钻进了满是天线的战车。

　　詹森又等了很久、很久。

　　一个人朝这边走来,正在穿过黑手党特许区和周边防御工事之间的空地。空地上一片荒芜,布满焦黑的砖块和扭曲的电缆,但眼前这位先生迈步走来的样子就像基督在加利利海上漫步一般。他身穿纯黑色的西装,头发也同样乌黑,身边没有警卫。这说明周边防御保安工作做得非常出色。

詹森注意到,检查站上的所有警卫马上把身子挺得笔直,纷纷整理自己的领带,把衬衫袖口拉出外套。詹森想钻出弹痕累累的奥兹莫比尔,向这位不知名的来人表示适当的敬意,但他打不开车门,因为一名身材魁梧的警卫正堵在车门外,用车顶当镜子,忙着整理仪容。

事情发生得太快。那人已经来到近前。

"是他么?"他向一名警卫问道。

那个警卫朝詹森端详了几秒钟,好像不相信此人的出现似的,然后转向黑衣要人,点了点头。

黑衣人回应似的点点头,拉了拉袖口,眯起眼睛朝四周审视片刻。他看了屋顶上的狙击手,看了这里的一切,但就是没朝詹森看一眼。随后,他上前一步。这个人有一只眼睛是假的,用玻璃制成,无法与另一只眼睛望向同一个方向。詹森以为他正瞧着别处,但他其实正用那只正常的眼睛盯着詹森。不过也可能并非如此,因为詹森分辨不清这人的哪只眼睛是真的。他就像一只被冻僵的狗仔,浑身打战,身体僵直。

"詹森·布雷肯里奇。"那人说道。

"举重手。"詹森连忙提醒。

"闭嘴。在接下来的对话里,你不准说一个字。当我告诉你做错了什么事情时,你也不准说抱歉,因为我知道你很抱歉。当你能活着开车离开这里的时候,不准感谢我饶你一命。还有,不准向我说再见。"

詹森点点头。

"我甚至不想让你点头,这说明你让我感到多么恼火。老实待着别动,闭上嘴巴。好吧,我们开始。今天早上我们给你安排了一份优先处理的任务。这活计很简单,你他妈只需要看一看那份该死的任务清单就行了。结果你根本没有看。你他妈亲自跑过来,自己来送这份该死的快递。可任务清单上明明白白地告诉你,你不能这么做。"

詹森朝旁边座位上的那沓文件瞟了一眼。

"那玩意儿是狗屁!"那人说,"我们要的根本不是你那份该死的文件。我们才不在乎你和你那家八竿子打不着的倒霉连锁店呢。我们要的是信使。任务清单上写得很明白,这份快件要指定分派给一个名叫Y.T.的信使递送,她在你的地盘工作。恩佐大叔碰巧很喜欢Y.T.,想同她见一面。可现在,事情被你搞砸了,恩佐大叔的希望落空。呸,居然搞成这种结果。真丢脸。简直是令人难以置信的大失败。情况就是这样。举重手詹森,想保住你的特许店已经太迟了,但如果你不想让下水道的老鼠拿你的奶头当晚餐,现在滚蛋还来得及。"

19

"这不是刀剑伤。"阿弘说。他端详着拉格斯的尸体,震惊到了面无表情的地步。或许要等他回到家打算睡觉时,所有的情感才会爆发出来;而现在,他大脑中负责思考的部分似乎已同他的身体分离开来,就像嗑了药似的。单从外表来看,他和斯奎基一样冷静。

"哦,是吗? 你是怎么知道的?"斯奎基问。

"刀剑劈砍的速度很快,一划而过,一刀能斩下对方的脑袋或是手臂。死于刀剑之下的人不会是这种样子。"

"真的吗? 你用刀杀过很多人吗,主角先生?"

"是的,可那是在超元域。"

二人又站了一会儿,看着那具尸体。

"从伤口看,切开身体的速度并不是很快。动作的力量倒是相当大。"斯奎基说。

"乌鸦看起来很结实,足以完成这一击。"

"没错。"

"可他身上并没有武器呀。之前瘸子帮搜过他的身,他身上什么也没有。"

　　"那他肯定是借用了某种武器。"斯奎基说,"你知道,拉格斯那只虫子总是到处乱跑。我们一直盯着他,就是怕他把乌鸦给惹火了。他一直转来转去,想找个有利的观察点。"

　　"他身上带满了监视设备。"阿弘说,"他所处的位置越高,效果就越好。"

　　"所以他最后爬上路基,来到这里。很明显,凶手知道他在这儿。"

　　"灰尘让他暴露了,"阿弘说,"看那些激光就明白。"

　　斜坡下面,寿司K被一只啤酒瓶砸中了额头,痉挛般地用脚尖打了个转。一丛激光扫过路基,在被风扬起的细尘中清晰可见。

　　"拉格斯这家伙,这只虫子,正在用激光扫描探测。他刚爬上来——"

　　"激光暴露了他的位置。"斯奎基说。

　　"于是乌鸦跟了过来。"

　　"等等,我们现在还不能说凶手就是他。"斯奎基说,"但我得了解一下,这个怪物——"他朝尸体点点头——"是不是做了什么让乌鸦觉得受到威胁的事情。"

　　"这算什么,咱们是打算研究精神病还是怎么?谁在乎乌鸦是不是觉得受到了威胁?"

　　"我在乎。"斯奎基斩钉截铁地说。

　　"拉格斯只是个怪脸,四处搜寻情报的大吸尘器。他不是干湿活儿的,就算他是,也不会穿着这身行头干活儿。"

　　"那你觉得乌鸦为什么会如此神经过敏?"

　　"我猜他不喜欢被监视。"阿弘说。

　　"有道理。"斯奎基说,"你也该记住这一点。"

斯奎基抬手捂住自己的一只耳朵，为的是能听清耳机里的声音。

"Y.T.看到事情的经过了?"阿弘问道。

"没有。"斯奎基在几秒钟之后咕哝道，"但她看到他离开现场，现在她正跟着他。"

"她干吗要这么做?!"

"不是你要她这么做的吗?"

"我没想到她会跟踪他。"

"她不知道他杀了这家伙。"斯奎基说，"她刚才来电话报告乌鸦的行踪。他正骑着哈雷驶进唐人街。"说着，他开始顺着路基向上跑去。几辆强制执行者的汽车正等在上面公路的路肩上。

阿弘跟在后面。他的双腿在刀战中锻炼得结实强健，斯奎基刚刚赶到汽车旁，他便追上了他。司机打开车门的电动锁，阿弘钻进后座。斯奎基坐到前排，转过脸来，厌烦地看了他一眼。

"我会守规矩。"阿弘说。

"你只要记住一件事——"

"我知道。不要招惹乌鸦。"

"没错。"

斯奎基又死死盯了他足有一秒钟，这才回头示意司机开车。他不耐烦地从仪表板的打印机上扯下一段十英尺长的资料，开始细细查看。

从这张长条纸上，阿弘瞥到了有关那个瘸子帮要人的多种图片资料，这个留山羊胡的家伙早些时候才同乌鸦做过交易。在打印纸上，此人被标记为"丁骨墨菲"。

上面还有一张乌鸦的照片。不是静态特写，而是行动中的抢拍照片。画面的质量非常糟糕。照片在拍摄时采用了光线强化模式，所以颜色尽褪，图像全是粗大的颗粒，而且对比度很低。它似乎经过特殊的影像处理，对图像进行了锐化，力图使边缘变得清晰，但这么一来，画面的颗粒感反而愈发明显。哈雷的车牌成了一片模糊的扁圆痕迹，被尾灯的光芒完全吞没。车子转弯时倾角很大，跨斗高高翘起，离地足有好几英寸。车上的骑手看上去像没有脖子，而他的脑袋，或者说照片上的那个黑点，向下变得越来越宽，直到没入双肩。这是乌鸦，确切无疑。

"你怎么会有丁骨墨菲的照片？"阿弘问。

"他在追他。"斯奎基说。

"谁在追谁？"

"唉，你的朋友Y.T.虽说不是爱德华·R·莫罗[1]，但非常出色。根据她的报告，那两个家伙出现在同一地区，彼此正想干掉对方。"斯奎基说，声调缓慢冷漠，一边说一边听着耳机中最新播报的消息。

"他们两个不久前还在做什么交易呢。"阿弘说。

"那么现在说他们都想干掉对方，我就更不感到吃惊了。"

他们一进入这片城区便发现，丁骨和乌鸦的表演秀一路演下去，变成了救护车大串场。每隔几个街区，便会出现一群警察和医护人员，灯光闪烁不停，无线电呼叫不断。斯奎基一行人没干别的，只是从一处凶杀现场赶到下一处。

第一辆救护车旁，一名瘸子帮党羽倒毙在人行道上。一道六英尺宽的血迹从他身上淌出，斜穿整道街，流进了对面的排水沟。救护人员站在尸体四周，一面抽烟一面用纸杯喝着咖啡，等

---

[1]美国著名记者。

待强制执行者完成测量和拍照程序,这样他们就能直接把尸体送进停尸间了。没有人准备静脉注射器,现场四周也没有废弃的医用品包装,看不到打开的医疗箱。一看现场的惨状,他们根本没有尝试抢救被害人。

转过几个街角之后,阿弘他们来到下一个灯光闪烁不停的地点。这里的救护车驾驶员正在为一名超元警察在腿上打石膏。

"被摩托车轧断了腿。"斯奎基说着,摇了摇头,一脸不屑。强制执行者一贯瞧不起他们可怜的晚辈亲戚,超元警察。

最后,他把无线电接上了仪表板,让大家都能听到里面传出的声音。

摩托车留下的尾迹现在已经冷却,听上去似乎大多数本地警察都在忙着处理善后事务;但一位女公民打来电话,投诉一名骑摩托车的汉子,还有另外几个人,正在她那片街区的啤酒花田里搞破坏。

"三个街区之外。"斯奎基对司机说。

"啤酒花?"阿弘问。

"我认得那个地方。一家本地的小酿造厂。"斯奎基说,"他们自己种植啤酒花,把田地承包给了城里的园丁,由那些中国农民为他们干这种又苦又累的活儿。"

他们是最先到达现场的执法人员。看得出来为什么乌鸦要把追击者引到啤酒花田:这里是一片绝佳的隐藏地。啤酒花长得十分茂密,满是花朵的藤蔓顺着格子架向上攀爬,纠结缠绕在长长的竹竿上。格子架有八英尺高,置身其中,你什么也别想看见。

大家全都下了车。

"丁骨?"斯奎基叫道。

有人在田地中央用英语大喊了一声"在这儿!"但似乎并不是在回应斯奎基。

他们走进啤酒花田,步步小心翼翼。空气中弥漫着一种气味,是一种与大麻很相似的树脂香味,只有最昂贵的啤酒才会散发出这种浓香。斯奎基示意阿弘待在自己身后。

换作别的地方,阿弘很乐意听从命令。他有一半日本血统,在特定情况下,他完全尊重权力机构。

但今天却不宜乖乖听命。不管乌鸦从任何地方冒出来接近阿弘,阿弘都会用自己的武士刀招呼他。但如果发生这种事情,阿弘绝不希望斯奎基待在自己身旁,因为他很可能会在回扫的利刃之下缺胳膊少腿。

"喂,丁骨!"斯奎基喊道,"我们是强制执行者,而且已经被惹火了!快他妈的出来吧,伙计。咱们该回家了!"

丁骨,至少阿弘以为是丁骨,只做了一个回应:那人的手枪发出一声短促的爆响。枪口的火光像闪光灯一样,刹那间照亮了啤酒花田。阿弘侧身扑倒在地,身体一下子陷进了松软的泥土和枝叶之中,挣扎了几秒钟才脱身。

"操!"丁骨骂道。这是对一击不中倍感失望的咒骂,满含沮丧,但没有一丝恐惧。

阿弘起身,摆出蹲伏的守势,打量着四周。斯奎基和另外几个强制执行者全都不见了踪影。

阿弘用力挤过一只格子架,更加接近刚才射手开枪的地方。

另一名强制执行者出现在同一排架子下,是那个司机,大概在十米之外,正背对着阿弘。他回头朝阿弘的方向看了一眼,随后又转开目光盯着另一个方向。他正看着某个人,但阿弘不知道是谁,他的视线被这个强制执行者挡住了。

"怎么回事?"强制执行者说。

随后,他的身体轻轻一震,像被吓了一跳。他的夹克背部显得有些异样。

"那是谁?"阿弘问。

强制执行者没有回答。他想转回身,但不知什么东西妨碍着他。在他身边,有样东西正搅得藤蔓簌簌抖动。

强制执行者浑身打战,斜着身子一步步向前走去。"要拔掉才行。"他说,但不像在对某个特定的人讲话。他迈开双腿开始小跑,离阿弘越来越远。他刚才注视的那个人已经不见了。强制执行者的奔跑姿势非常古怪,十分僵硬,双臂还直直地垂在身体两侧。他那件亮绿色的防风夹克看上去也不大对头。

阿弘跟着他奔跑起来。强制执行者正朝这排架子的一头冲去,那里能看到街头的灯光。

强制执行者比阿弘早几秒钟跑出了田地,阿弘来到路边时,他已经在路中央了,几乎全身都被头顶上方一面大屏幕的蓝色光芒照得通亮。他踩着古怪的小碎步,慢慢转动身躯,似乎无法保持平衡。他用一种低沉而平静的声音呻吟道:"啊,啊。"喉间咯咯作响,听上去,这个人真该好好清清嗓子。

强制执行者转过身来,阿弘这才发现,他被一根八英尺长的竹竿长矛刺了个对穿。那根竹竿一半露在身前,一半已透出他的后背。身后的半截竹竿已被血污和粪便染成黑色,而身前的半截还是黄绿色,上面干干净净。强制执行者只能看到前半截,正用手上下拨弄,像要证实一下自己的眼睛是否看错了情形。这时,他身后的那半截竹竿撞到了停在路边的汽车上,一团碎肉呈狭窄的扇形从他体内喷出,溅到了汽车打过蜡的、锃亮的后备厢盖上。车子的报警器骤然尖叫起来。强制执行者听到声音,转过身看看出了什么事情。

阿弘最后看到他时,他正顺着闪烁着霓虹灯光的马路中央朝唐人街的中心方向跑去,不时发出几声可怖的哀号,与汽车报警器的鸣响声混成了一支不合拍的小调。就在这一刻,阿弘突然感到,这个世界被撕成两半,而他正在裂缝上方摇摆不定,盯着身下那道他避之唯恐不及的深渊。

阿弘拔出了打刀。

"斯奎基!"阿弘叫道,"小心! 他会投掷长矛! 技术很高! 你的司机被刺中了!"

"明白!"斯奎基喊道。

阿弘回到最近的那排架子下。他听到右侧有动静,于是挥起打刀连劈带砍,一路冲过那排架子。此刻,这里可不是什么好地方,但起码要比站在大街上安全得多,那里已被大屏幕的地狱之光照得通亮。

这排架子另一头站着一个人。一看他脑袋的奇怪形状,阿弘就认出了他。那颗硕大的头颅越来越宽,一直连到肩膀。他单手握着一根刚从架子上扯出来的竹竿。

乌鸦的另一只手拂过竹竿的一端,一截断片应声而落。他那只手里有个闪闪发光的东西,显然是一把刀子的锋刃。他刚把竹竿顶端削出尖头,将它做成了一根长矛。

只见他挥手一掷,平静的动作流畅优美。那根长矛从他手中不见了,因为它正朝阿弘直飞而来。

阿弘来不及摆出适当的姿势,但无所谓,因为他现在的站位已经十分恰当。无论何时,只要他长刀在手,便会自动调整成最佳姿势,唯恐丧失平衡,失手斩断自己的手脚。他的双脚平行而立,右前左后正对前方,打刀被他低低地握在腹股沟一侧,刀尖上挑,看上去像阴茎的延伸物。阿弘的刀尖猛地挥起,刀刃的一侧在矛身一磕,让它改变了飞行方向。长矛缓缓地在空中打着转,尖头刚好从阿弘身前擦过,缠在他右侧的藤蔓里。矛尾横着一甩,击打在左边的架子上,扯断了几根藤蔓,这才停住不动。尽管这根长矛相当沉重,但袭来的速度非常快。

乌鸦不见了。

阿弘在心中暗想,不知今晚乌鸦是不是打算单枪匹马对付瘸子帮和强制执行者,就算是,他也完全没有必要带枪。

几排架子外又传来一声枪响。

阿弘站在这里已经有好一会儿,一直在琢磨刚刚发生的事情。他穿过下一排爬满藤蔓的架子,朝刚才枪口迸出火光的方向突进,同时开口喊道:“不要朝这里开枪,丁骨。我是你这边的,伙计!”

“操他妈的那个混蛋刺中了我的胸口!”丁骨痛呼道。

只要身上有护甲,就算被长矛刺中也没什么大不了的。

“也许你该把这件事忘了。”阿弘说。他还要挥刀穿过好几排架子才能赶到丁骨身边,但只要丁骨不停地讲话,阿弘就能找到他。

“我是瘸子帮的人。我们不会忘掉任何事情。”丁骨说,“是你吗?”

“不是。”阿弘说,“我还没走到你那儿呢。”

一阵短促的枪声骤然响起,很快停止。再也听不到人声了。阿弘挥刀劈砍,冲到下一排,发现自己差点踩上丁骨的手。这只手已被人齐腕砍下,手指还扣在乌兹冲锋枪的扳机护圈里。

这只手的主人尚在两排架子之外。阿弘停下脚步,透过藤蔓朝那里望去。

　　乌鸦是阿弘在职业体育赛场外见过的最魁梧的人。这时，丁骨正在他前方步步后退。乌鸦则迈开自信的大步，奋力追上丁骨，挥起一只手击中丁骨的身体。阿弘用不着亲眼看见也知道那把刀子在哪里。

　　看样子丁骨似乎不会有什么大问题。最糟糕的情形也就是把那只手重新缝上，然后多做些机能康复锻炼而已。他穿着防弹背心，乌鸦这样一刺不可能致死。

　　但丁骨尖叫起来。

　　他在乌鸦的手上顿挫跳荡。那柄尖刀已经刺透了防弹背心的织物，现在乌鸦要像剖开拉格斯一样给丁骨来个大开膛。但他的刀子，或是其他什么鬼东西，无法划开防弹纤维。它确实非常锋利，足以刺穿结实的质料——本来防弹背心是不可能被刀子刺透的——但还不足以切割防弹纤维。

　　乌鸦把刀从丁骨身上拔出来，随后单腿跪地，挥刀在丁骨的两条大腿间划出了一道长长的椭圆形，然后从瘫倒在地的丁骨身旁一跃而起，撒腿就跑。

　　阿弘预感到，此时的丁骨已是一个死人，于是他跟上了乌鸦。他并不想抓住这家伙，只想搞清他的藏身之地。

　　他不得不冲过好几排架子，很快就失去了乌鸦的踪迹。他暗想，自己应该尽快换个方向继续追赶。

　　正在这时，阿弘听到了摩托车发动机深沉而又撕心裂肺的轰鸣声。他朝最近的那个通向大街的出口跑去，期望能瞥到乌鸦最后一眼。

　　他看见了，不过也只是匆匆一眼，比刚才在警车里看到的照片强不到哪儿去。乌鸦在疾驶而去的同时也转头盯了阿弘一眼。一盏街灯刚好照在他身上,让阿弘第一次清楚地看到了那张面孔。他是亚洲人,留着一小绺垂过下巴的胡须。

乌鸦正在加速离去,另一个瘸子帮成员疾步冲到大街上,他只比阿弘晚了半秒钟。那人一时之间放慢脚步,估量了一下情况,然后像个球场上的后卫似的朝摩托车追去,同时发出一声充满杀气的呐喊。

斯奎基几乎与那个瘸子帮成员同时出现,随即开始跟在那人身后顺着大街追赶。

乌鸦像是没注意到正在身后奔跑的瘸子帮成员,但事后回想,其实他显然一直在后视镜里看着那人越追越近。瘸子帮成员刚刚来到近旁,乌鸦的手在一瞬间松开了手把,向后猛地一挥,就像在抛开一团废纸。他的拳头好似加农炮射出的一块冻火腿,狠狠击打在瘸子帮成员的面孔正中。那人的脑袋向后一甩,双脚离地,身体几乎完成了一个后空翻,撞在人行道上,先是后颈着地,然后双臂也猛拍在路面上。落地的动作简直像是有意控制,不过如果真是这样,那可需要具有非同寻常的反应能力。

斯奎基减缓速度,回转身,跪在倒地的瘸子帮成员身旁,不再理睬乌鸦。

阿弘看着那个身形巨大、散发着放射能、掷矛杀人的毒品贩子驾车驶进了唐人街。如果继续追下去,就等于一路追到中国。

他跑到瘸子帮成员身旁,看到那人正躺在大街中央,下半边脸的轮廓已经很难辨认,眼睛半睁半闭,一副十分放松的模样,只是嘴里轻轻地咕哝:"他是个该死的印第安人吧。"

这想法挺有意思,但阿弘还是认为乌鸦是亚洲人。

"可恶的杂种,你们这是他妈的在干什么?"斯奎基吼道。他听上去怒不可遏,阿弘不禁退后几步。

"那个王八蛋骗了我们,手提箱被烧掉了。"瘸子帮成员张开被打碎的下巴,含混地说。

"为什么不就此罢手? 你们疯了吗? 居然跟乌鸦打起了硬仗。"

"他骗了我们。谁也不能骗了我们之后还活着。"

"哼,可乌鸦还活着。"斯奎基说。最后,他终于稍稍平静下来,摇摇晃晃地站起身,抬头看着阿弘。

"丁骨和你的司机可能都完了。"阿弘说,"这家伙最好别乱动,他的脖子可能断了。"

"我没拧断他该死的脖子就算他走运。"斯奎基说。

救护人员很快赶到现场,看到那个瘸子帮成员还想站起身,赶紧为他的脖子包上充气颈套。几分钟后,他们把他拉走了。

阿弘回到啤酒花田,找到了丁骨。他已经死了,瘫软地跪倒在一只架子旁。刺穿防弹背心的那一刀很可能已经足以致命,但乌鸦还嫌不够。他把尖刀深深刺进丁骨的大腿之间,上下来回搅动,割出的伤口露出了骨头。同时,他在丁骨的两条股动脉上划出了又长又深的切口,因此丁骨全身的血液都流了个精光。跟切掉纸杯的杯底一样。

20

强制执行者把整片街区变成了移动警察总部,四处停放着各式轿车、囚车和装有卫星通信设施的平板卡车。身穿白大褂的家伙拿着盖革计数器在啤酒花田里往返穿梭。斯奎基戴着耳麦走来走去,两眼望天,与不在现场的人通话联络。一辆拖车出现在众人面前,后面拖着丁骨那辆黑色的宝马车。

"喂,伙计。"听到这声招呼,阿弘连忙回头。原来是Y.T.,刚从街对面的一家湖南餐馆里出来。她递给阿弘一只白色餐盒和一双筷子。"豆豉辣味鸡,不加味精。你会用筷子吗?"

阿弘耸耸肩,没理会这番侮辱。

"我叫了个大份。"Y.T.接着说,"反正我们今晚搞到了相当不错的情报,花得起。"

"你知道这里发生了什么事吗?"

"不知道。不过很明显,有人受了伤。"

"但你没有亲眼看见。"

"没错,当时我跟不上他们两个。"

"谢天谢地。"阿弘说。

"出了什么事?"

　　阿弘摇摇头。辣味鸡在灯光下闪耀着深色光芒,但他这辈子从来没有像现在这样,没有半点食欲。"如果我早知道的话,绝不会把你卷进来。我还以为只是简单的跟踪监视呢。"

　　"怎么回事?"

　　"我不想再搅和进去了。听我说,离乌鸦远一点,好吗?"

　　"当然。"她说。她的语调轻松快活,每当她撒了谎还想让你知道的时候,都会用这种口气说话。

　　斯奎基拉开宝马车的后门,仔细检查后座。阿弘迈步靠近些,闻到了一种令人作呕的烟气。塑料烧焦的气味。

　　乌鸦早些时候交给丁骨的那只铝制手提箱躺在座椅上。看上去像被丢在火里烧过,锁扣四周布满黑色的烟垢,塑料把手已经熔化了一部分。宝马座椅柔软的皮革也有一片片灼痕。怪不得丁骨会怒火中烧。

　　斯奎基戴上一双乳胶手套。他把手提箱拖到车外,放在后备厢盖上,用一根小巧的撬棍撬开锁扣。

　　无论箱子里的东西是什么,它都十分复杂,而且经过精心设计。手提箱的上半层装有几排带红色帽盖的小管子,阿弘曾在"随你存"见过这种东西。共有五排,每排大概有二十支。

　　箱子的下半层像是某种微型的老式电脑,机身的大部分被一个键盘所占据,另外还有一幅小小的液晶显示屏,一次大概能显示五行文字。一个笔状物通过缆线与手提箱相连,盘卷的缆线在拉开后或许有三英尺长。一眼看去,像是一支光笔或是条码扫描器。键盘上方有一只透镜,呈一定角度安装,刚好可以对准在键盘上打字的使用者。另外还有一些组件,其用途不太明显:一个插槽,可能用来插入信用卡或是身份证;一只圆柱形插座,大小与那些小管子正好相符。

这一切只是阿弘在脑子里对自己看到的东西所做的还原，眼前只有一团融化的残骸。从箱子外面的烟痕形状来看，燃烧产生的烟从上下箱盖之间的缝隙向外喷出，说明火源在箱内，而不是外面。

斯奎基伸手取下一支管子，将它举到唐人街明亮的灯光前。原本透明的管子现在已被热气和浓烟熏黑。从一段距离之外看去，它很像一只外形简单的小药瓶，但靠近端详，阿弘可以看见管子里面至少有半打极小的隔层，相互之间以毛细管相通。管子的一端是红色的塑料帽盖，盖子上开有一个黑色的长方形小窗口，当斯奎基转动管子的时候，阿弘看到窗口内有一个小小的发光二极管显示屏，颜色暗红，现在上面没有任何显示，就像被关掉的计算器的显示屏一样。窗口下方有一个小孔。并不只是个被钻出来的小孔：在瓶盖的表面处，孔的直径较大，向下骤然缩小成一个几乎看不见的小针眼，样子很像喇叭口。

管子里的小隔层全都装着一些液体，其中有些透明，有些是黑褐色。这些褐色液体应该是某种有机物，现在却被高热煮成了鸡汤。而透明的液体则可以是任何东西。

"他下车进了一家酒吧去灌黄汤。"斯奎基咕哝道，"真是个混账东西。"

"你说的是谁？"

"丁骨。你知道，丁骨是——这么说吧——这套装置的正式拥有者。这只手提箱确实已经属于他了，而他只要离开箱子超过十英尺，箱子就会'轰'，自毁。"

"为什么？"

斯奎基盯着阿弘，好像在看一个傻瓜，"唉，尽管我没在中情公司或者别的什么鬼地方干过，可还是能猜到：不管是谁做出来这种药，无论制造者给它起名叫'倒计时'、'小红帽'还是'雪崩'，反正这些人对商业机密非常重视。所以一旦毒贩扔掉了箱子，或是不慎遗失，或是企图把所有权转让给别人，那么就会——'轰'。"

"你觉得瘸子帮能追到乌鸦吗？"

"在唐人街没戏。见鬼。"斯奎基一想起这些烦心事便又火冒三丈，"那家伙真让我无法相信，我早该宰了他才对。"

"你是说乌鸦？"

"不，我说的是那个追乌鸦的瘸子帮混蛋。算他运气好，乌鸦先给了他一拳，换了我他更倒霉。"

"你当时是在追那个瘸子帮的家伙？"

"我当然是在追他。怎么，你以为我那时在追乌鸦？"

"似乎是的。我是说，乌鸦是坏人，没错吧？"

"完全没错。如果我是警察，我肯定要去追乌鸦，抓坏人是警察的职责嘛；但我是个强制执行者，我的职责是维持秩序，所以我会尽一切努力，而城里的每个强制执行者也会尽一切努力——去保护乌鸦。如果你打算去找乌鸦，为你那位被他做掉的同事报仇，我看你还是趁早打消这个念头吧。"

"做掉？哪个同事？"Y.T.插进来问。她还不知道拉格斯的事情。

阿弘觉得自己受了羞辱，"每个人都告诉我：不要招惹乌鸦。难道就是为了这个？怕我干掉乌鸦？"

斯奎基看看阿弘的佩刀，"你有这个本事。"

"为什么每个人都要保护乌鸦？"

斯奎基微微一笑，似乎觉得他和阿弘之间的谈话变成了玩笑，"他简直就是个主权国家。"

"那就向他宣战。"

"向核武器宣战？不是个好主意。"

"啊？"

"老天，"斯奎基摇摇头，"如果我早知道你对这件狗屎事一无所知，当初才不会让你上我的车呢。我还以为你是中情公司里的厉害角色，正在执行任务呢。你是想告诉我，你当真不知道乌鸦的事？"

"是的，我是想这样告诉你。"

"好吧，我这就给你讲清楚，免得你出去找麻烦。乌鸦有一枚鱼雷弹头，是他从一艘原苏联核潜艇上偷来的。这种鱼雷只需一发就能摧毁整个航母战斗群。它是核鱼雷。你知道乌鸦的哈雷摩托车旁挂着个模样可笑的跨斗吧？伙计，那可是一颗氢弹，保险已经打开，随时可以引爆。而引信与植入他颅骨的脑电波探测极片相连。如果乌鸦死掉，氢弹就会爆炸。所以说，只要乌鸦到城里来，我们都会尽最大的努力让他感到宾至如归。"

阿弘张大了嘴巴，一句话也说不出。Y.T.代他答道："好吧，现在我谨代表我的合伙人和我本人表态，我们绝对会离他远远的。"

21

    Y.T.心想,今天整个下午都要耗进去了,像一坨屎似的在坡道上熬时间。海港高速路倒没什么,那儿的交通总是挺顺畅,可以让她从中心区一路飞到康普顿;但从高速路下道后,进入社区的坡道上肯定没几辆车。她知道,这些路段绝少使用,路面的凹坑长出了三英尺高的风滚草。她绝不想花费自己的力气滑进康普顿,所以非得吸上什么又大又快的家伙才行。

    她无法耍弄惯用的花招——订个比萨送往要去的目的地,然后等速递小子的送货车呼啸而过时搭上顺风车——因为没有一家比萨连锁店愿意给这片地区送外卖,所以,到时候她只能停在坡道上,为了搭车等上好几个小时。就像坡道上的一坨屎。

    她不想送这份快递,但特许连锁店的老板偏偏非让她来干这件倒霉差事不可。真倒霉。老板为此出了个高价,简直蠢透了。要送的包裹里肯定装满了某种劲头特大的新药。

    但同接下来发生的事情相比,这些都不算稀奇了。她正吸在一辆南行的半挂车后面,顺着海港高速路悠然滑行,离要去的那个坡道越来越近。离坡道路口还有四分之一英里的时候,一辆弹痕累累的黑色奥兹莫比尔从她身边驶过,闪动着右转向灯。这辆车也要下道，驶出高速路。这等好事怎么可能是真的？她连忙吸上了奥兹莫比尔。

跟着这辆浮华的轿车滑下坡道时，她顺便朝车内的后视镜里瞄了一眼，看看驾车者是何等样人。她发现，这家伙居然正是那个特许店老板，付了一大笔钱要她送这份快递的人。

此时，这个人比康普顿更让她害怕。他准是个疯子，准是迷上了她。这完全是个阴谋，色情狂布下的圈套。

但现在已经有点迟了。她只能继续跟在他后面，脑子里想着怎么才能逃出这个烈火熊熊、腐烂发臭的地方。

前方出现了一座巨大而又丑恶的黑手党路障。他猛踩油门，朝死神照直冲去。她能看到自己要去的特许城邦就在前面。在最后一刹那，他一打方向，横过车身，在轮胎的尖叫声中把车子停了下来。

真是帮了她个大忙。她松开吸盘，借着他奉送的这最后一点冲力向前滑去，以安全而又稳定的速度通过了检查站。警卫们的枪口朝上，她从面前经过时都转头盯着她的屁股。

康普顿新西西里特许城邦是个可怕的地方。这里是"青年黑手党"的狂欢会场。这些年轻人甚至比"全摩门荒漠郊郡"的家伙还要蠢笨三分。小伙子们都穿着令人生厌的黑西装，姑娘们则打扮成毫无意义的娇柔模样。照规矩，女孩子不能加入青年黑手党，她们只能参加"少女志愿服务团"，负责用银盘为大家端上杏仁饼干。对于这些生物来讲，叫她们"女孩"真有些言过其实，她们还没有进化到这种程度。她们甚至连小丫头片子都算不上。

Y.T.的速度还是太快，于是她用脚一磕滑板，将它横了过来,定住智能轮的足垫,然后倾斜身体,刹车急停,掀起了一团尘土和沙砾。几个青年黑手党的成员正在门前闲荡,小口啃着精致的意大利点心,摆出一副老成持重的模样。滑板扬起的沙尘不仅弄脏了小伙儿们闪亮的皮鞋,还落到了姑娘们雪白的蕾丝长袜上。Y.T.跳下滑板,在落地的最后一刻保持住了身体平衡。她单脚朝滑板的侧边一踩,板子四轮一弹,跳到半空,绕着纵向轴飞快地翻滚着,飞到了她的腋下。Y.T.伸出胳膊,将滑板紧紧夹住。智能轮的辐条已全部收缩,所以现在这四只小轱辘并不比它们的轮轴大多少。她利落地把磁力吸盘卡进滑板底部的一道方便插槽里,于是她的全套装备变成了一只便携包。

"我是Y.T.,"她说,"年轻,敏捷,女性。这儿有个叫恩佐的家伙吗? 他在哪里?"

小伙子们打定主意,要对Y.T.展示一下"成熟"的魅力。这个年纪的男孩整天想的事情无非是互相扯下内裤取乐,或是喝酒喝到昏迷;但一碰到女性,他们却总爱故作深沉。真能把人笑死。其中的一个迈步稍稍上前,插到Y.T.和旁边的一个小姑娘之间。"欢迎来到新西西里。"他说,"有什么可以为您效劳的吗?"

Y.T.深深叹了口气。她可是个完全独立自主的生意人,而这帮小屁孩居然要像对待同龄人那样对待她。

"有没有一个叫恩佐的在等快递? 拜托,我得快点离开这里,等不及了。"

"如今这里可是个好地方。"那个青年黑手党徒说,"你真该在这儿多待一会儿。说不定能学得有点礼貌。"

"你真该在高峰时间飙一下文图拉公路。说不定能明白自己有多么无能。"

小黑手党笑了起来,像是说:好吧,随你便。他朝一扇门挥挥手，"你要见的人就在里面。但他是不是想见你，我可不知道。"

"妈的，是他自己要我来的。"Y.T.说。

"他穿越了整个国家来与我们相聚，"那家伙咬文嚼字般地说，"而且同我们在一起，似乎让他很快乐。"

其他党徒全都开始咕哝起来，赞同地点着头。

"那你们为什么还站在外面？"Y.T.边问边走进门里。

特许城邦内部的气氛轻松得让人吃惊。恩佐大叔就在那儿，看上去和照片里一样，只是要比Y.T.想象的更高大。他坐在桌旁，正和几个身穿黑色丧服的家伙玩扑克牌。他吸着雪茄，手边还有一杯意大利浓咖啡。他用来提神的东西真不少。

这里有恩佐大叔出行的全套支持系统：另一张桌子上装着一台旅行用蒸汽咖啡机，旁边是一只柜子，柜门敞开，里面有一大铝箔袋的意大利烘焙式水处理无咖啡因咖啡，还有一盒哈瓦那雪茄。房间一角还站着一名怪脸，身体与一台比寻常型号大了许多的笔记本电脑相连，正在那儿喃喃自语。

Y.T.微抬手臂，让滑板落到手里。她把滑板丢到一张空桌上，然后走向恩佐大叔，从肩膀上取下速递包裹。

"基诺，劳驾。"恩佐大叔说着，朝包裹点点头。名叫基诺的人上前从她手中接过了东西。

"需要你在上面签字。"Y.T.说。不知为什么，她没有称他"伙计"或是"老兄"。

基诺让她一时分了神。忽然间，恩佐大叔已来到近前，用左手握住了她的右手。她的信使专用手套在手背处有个开口，大小正和他的嘴唇相仿。他低头在Y.T.手上一吻，动作毫不粗俗。他的嘴唇温暖湿润，既没有沾满口水，也不像用消毒剂洗过似的寡净干涩。有意思。这家伙充满了发自内心的自信。老天,他是那么圆滑老道。他的双唇给人的感觉棒极了,肌肉结实有力,绝不像五十岁老头那种黏糊糊、肥嘟嘟的嘴巴。恩佐大叔身上有一种柑橘和陈年烟草混在一起的淡淡味道,站在近旁就能闻到。他高高地屹立在Y.T.面前,同她保持一段距离以示尊重,眼角布满皱纹的双眸炯炯有神地看着她。

看上去十分和善。

"我无法表达自己的热切之情,真是满怀希望能见到你,Y.T.。"他说。

"嗨。"她说。声音听上去显得有点做作,于是她又加了一句:"那只袋子里到底装了什么值钱玩意儿?"

"什么也没装。"恩佐大叔说。他露出微笑,并不是因为得意,更多是难堪,似乎觉得这种约人见面的方式很蹩脚。"一切都要考虑形象问题。"他摊开一只手,无奈地说,"像我这样一个人,要想跟年轻姑娘见面,又不能让媒体产生错误印象,实在没有多少好办法。这很蠢,但我们必须注意这些事。"

"你为什么想同我见面?有货要我替你去送吗?"

房间里的人全都大笑起来。

笑声让Y.T.微微一惊,提醒她自己正站在一群人面前。她连忙将目光从恩佐大叔身上挪开。

恩佐大叔注意到了这一点。他的笑容稍稍收敛了些,略微一顿。房间里的其他人都站起身来,向外走去。

"或许你不相信,"他说,"但我只想向你表示感谢,感谢你在几个星期前帮我们送了那份比萨。"

"我怎么会不相信呢?"她说。听到这句怡人甜美的话语从自己口中说出,她不禁暗自吃惊。

恩佐大叔看来也有同样的感觉，"别人不好说，至少你肯定能想出个理由来。"

"呃，"她说，"你今天和这些青年黑手党的小伙子玩得开心吗？"

恩佐大叔瞪了她一眼，像是在说：别乱说话，小家伙。她先吓了一跳，可一秒钟之后却大笑起来，意识到他只是在逗她，想吓吓她。他微笑起来，表明她尽可以大笑，没关系。

Y.T.不记得自己还有什么时候跟人聊得这么高兴。要是大家都能像恩佐大叔这样就好了。

"让我看看，"恩佐大叔说着，抬眼望着天花板，搜索着自己的记忆库，"我对你还是略有所知的。你今年十五岁，和母亲一起住在山谷区的一个郊郡里。"

"我对你也略有所知。"Y.T.壮起胆子说。

恩佐大叔笑道："但我保证，不像你想象的那么多。告诉我，你母亲对你的事业有什么看法？"

他用的词是"事业"，真是个好人。"她不是很清楚，或者说，她不想知道得太多。"

"你大概错了。"恩佐大叔说，语气和善愉快，并无贬低指责之意，"说不定她消息灵通得会让你大吃一惊，当然，这只是我自己的经验。你母亲做什么工作？"

"她为联邦工作。"

恩佐大叔觉得很有意思，"而她的女儿却在为新西西里送比萨。她在联邦做什么工作？"

"一些不能对我照实说的事，免得我泄露机密。她随时都要做测谎测试。"

恩佐大叔似乎对此非常了解，"没错，很多联邦的工作都需要这样。"

二人沉默片刻。

"但我还是觉得有些古怪。"Y.T.说。

"因为她为联邦工作?"

"是测谎测试。那些人在她胳膊上缠上一样东西,测量血压。"

"那是血压计。"恩佐大叔说得很干脆。

"那玩意儿每次都在她的胳膊上留下瘀痕。不知为什么,反正我觉得很讨厌。"

"你是该觉得讨厌。"

"我们家还装了窃听器。在家时,无论我在干什么,都可能有人偷听。"

"是啊,我能想象那种感觉。"恩佐大叔说。

两个人都笑了。

"我想问你一个问题,我一直想问信使这个问题。"恩佐大叔说,"我总是隔着车窗看着你们。每次信使吸上我的车,我都要告诉彼得,我的司机,不要为难你们。我是想问,你们从头到脚都衬着护垫,但为什么不戴头盔呢?"

"我们的制服上有颈部保护气囊。只要信使从滑板上摔下来,气囊就会自动撑起,所以就算脑袋在地上撞来撞去也没关系。另外,戴上头盔的感觉很古怪。他们说它不会影响听力,其实还是会让你听不清。"

"你们在工作时也要用到听力吗?"

"一定要用的。"

恩佐大叔点点头,"我猜也是这样。在越南,我小队里的那些小伙子和我都是这么想的。"

"我听说过,你去过越南,但还以为——"她突然意识到危险,连忙打住。

"你以为那是宣传资料里骗人的东西。不,我去过那儿。本来只要我愿意,就可以不用去。我是自愿去的。"

"你自愿去越南?"

恩佐大叔笑了,"没错,是的。我是家里唯一一个去越南的孩子。"

"为什么?"

"我觉得,那儿比布鲁克林更安全。"

Y.T.笑了。

"这个笑话不高明。"他说,"我之所以自愿参军,是因为我父亲不想让我去,而我就是要惹他生气。"

"真的?"

"一点不假。为了惹他生气,我花了好多年时间想办法。我和黑人女孩约会,留长发,抽大麻。最大的成功,我的最终成就——甚至比扎耳朵眼还有效——就是志愿从军,到越南服役。但即便下定了决心,我还是不得不采取极端手段,这才达到目的。"

Y.T.的目光在恩佐大叔两只满是皱褶、坚韧似革的耳垂之间扫来扫去,好不容易才在左耳垂上发现了一粒小小的钻石耳钉。

"极端手段,这是什么意思?"

"人人都知道我是谁。你知道,消息会传开。如果我自愿参加正规军,最后肯定会被留在美国本土,每天填填表格,甚至可能就在本森赫斯特的汉密尔顿堡服役①。为了避免出现这种情况,我报名参加特种兵,费尽心机要进入前线作战部队。"他笑起

---

① 美军驻防区,位于纽约附近。

来,"最后,极端手段达到了目的。好了,我说起话来像个老头子似的不着边际,离题千里。本想说说头盔的事来着。"

"哦,对。"

"我们的任务是穿越丛林,给某些狡猾的先生制造麻烦,那些人的个头还没有他们手里的枪高。我们完全是秘密行动,而且也要靠听力,就像你们一样。你知道吗? 我们也从来不戴头盔。"

"出于同样的原因?"

"没错。尽管头盔不会堵住耳朵,但它确实会对你的听力造成影响。我到现在还是认为,正因为我光着脑袋,这才保住了性命。"

"听起来真酷。太有意思了。"

"我还以为如今这种问题已经解决了。"

"是啊,"Y.T.主动接口道,"但我猜,有些事情永远也改变不了。"

恩佐大叔笑得前仰后合。通常这会让Y.T.觉得很恼火,但恩佐大叔看上去很开心,并不是嘲笑她。

Y.T.想问他,他怎么会从极端叛逆的不肖子变成了经营家族事业的中流砥柱。她没问,但恩佐大叔已经感觉到了谈话中下一个理所当然的话题该是什么。

"有时候我真想知道,还有谁会走上我那条老路。"他说,"没错,我们的下一代有很多人都非常出色,但从那以后——唉,我不知道。我猜,老家伙们都有同样的感觉,这个世界已经末日临头了。"

"你当然后继有人,青年黑手党员有好几百万。"Y.T.说。

"全都注定要穿着运动夹克,在郊区摆弄公文。你不大看得起这些人，Y.T.，因为你年轻，而且自大；但我也不大看得起他们，因为我年老，而且明智。"

恩佐大叔这番话肯定会让人大吃一惊，但Y.T.并不觉得意外。话从这位通情达理的老伙计恩佐大叔嘴里说出来，听上去就是那么合乎情理。

"他们当中没有谁会为了惹老爹生气而自愿到丛林里去，被别人炸掉双腿。他们天生缺乏这种特质，一个个死气沉沉，垂头丧气。"

"很可悲。"Y.T.说。说这样的话总比对他们百般贬损好一些，她原本是想把他们数落得一文不值的。

"好吧。"恩佐大叔说。这句"好吧"意味着谈话进入了尾声。"我本打算送你玫瑰花呢，但你对这玩意儿不大感兴趣吧，嗯？"

"哦，我其实无所谓的。"她说道，自己听上去都觉得娇滴滴的。

"那我还是送一份更好些的礼物吧，因为我们已经是战友了。"他说着，解开领带和领口，把手伸进衬衫，取出一条钢链。一看就知道，那东西是极便宜的货色，上面挂着两块带印痕的银色小牌子。"这是我以前的狗牌。"他说，"已经戴了多年，只是为了好玩而已。如果你愿意戴上，我会非常高兴。"

她努力让自己的膝盖别打哆嗦，同时戴上了狗牌。两只小牌子垂挂在她的制服上。

"最好还是放进衣服里。"恩佐大叔说。

她把牌子放进双乳之间的隐秘处。那东西还带着恩佐大叔的体温。

"谢谢。"

"戴着解闷儿吧。"他说,"如果你遇到什么麻烦,把这副牌子给找麻烦的人看看,说不定会很快扭转局面。"

"谢了,恩佐大叔。"

"自己多保重。对你母亲好些,她很爱你。"

22

走出新西西里领地,Y.T.发现有人正在等她。他的笑容中不乏嘲讽之色,微微一欠身算是鞠躬,那副样子十分荒唐,看上去不像鞠躬,更像是要引起她的注意。同恩佐大叔相处一段时间后,她对这个已经无所谓了,所以没有当面嘲笑,只是把目光转向别处,对他不加理睬。

"Y.T.,有个活儿给你。"他说。

"我正忙着呢,"她说,"还有别的货要送。"

"面不改色地撒谎。"他赞赏般地说,"你知道屋里那个怪脸吧? 刚才我们说话时,他接入了激进快递的电脑。所以我们知道,你没有工作可忙。"

"不行,我不能直接从客户这里揽活儿。"Y.T.说,"我们的任务都是由中心指派。你得打1-800安排派送。"

"哦? 你以为我是个他妈的白痴吗?"那家伙说。

Y.T.停下脚步,转过身,看着那人。他又瘦又高。一身黑西装,满头黑发。他装着一只模样古怪的玻璃假眼。

"你的眼睛怎么了?"她问道。

"1985年,在巴约纳,被冰锥扎伤的。"他答道,"还有别的问题吗?"

"抱歉,老兄,我只是随便问问。"

"现在谈正经事吧。你似乎也能看出来,我的脑袋还没有完全长在屁眼儿上,我知道所有信使的派送任务都要通过1-800由中心安排。可现在我告诉你,我们不喜欢1-800,也不喜欢什么中心指派。这是我们的事。我们喜欢面对面的传统方式。打个比方,在我妈妈生日那天,我才不会拿起电话拨什么1-800找妈妈热线呢。我会亲自上门,在她脸蛋上亲一口,懂吗? 说到现在这件事,我们就是指名要你来干。"

"为什么?"

"因为你是个爱提好多混蛋问题又难对付的丫头片子。我们就喜欢跟你这样的小妞儿打交道。所以我们的怪脸接入了激进快递的电脑。激进快递就用那玩意儿给信使派活儿。"

装着玻璃眼珠的男人转过身,像猫头鹰那样扭动着脑袋,朝怪脸那个方向点了点头。一秒钟之后,Y.T.的手机响了起来。

"快他妈的接电话。"他说。

"什么事?"她向电话里问道。

一个电脑合成的声音告诉她,去格里菲斯公园取货,然后送到凡奈斯的韦恩牧师珍珠门特许城邦。

"如果你们想把某样东西从甲地送到乙地,为什么不自己开车送去?"Y.T.问,"只要派一辆你们那种黑色林肯都市车过去,问题就全解决了。"

"因为这一次,那样东西并不属于我们。还有,甲地和乙地的人之间,嗯,用官话讲,关系并不融洽。"

"你想让我去偷东西?"

玻璃眼男人露出一副被伤害的神情,"不不不,听着,小家伙。我们是他妈的黑手党。要是想偷什么东西,我们知道怎么去把它搞到手。明白吗? 我们不需要十五岁的丫头帮我们偷东西。我们现在要干的事情更像是一次秘密行动。"

"间谍任务?"那就是情报啰。

"没错。间谍任务。"那人说着,语气听上去像是要取悦什么人,"要完成这项任务只有一个办法,那就是找个能为我们帮一点小忙的信使。"

"这么说,恩佐大叔刚才那套把戏都是假的。"Y.T.说,"你们只是想对一个信使表示一下友好。"

"哦,不,听听你都说了些什么呀。"玻璃眼男人说道,看来他当真觉得很有趣,"想想吧,我们居然要惊动最上层,让他老人家来打动一个十五岁的孩子。怎么可能! 好好听着,小家伙,外面有上百万个信使,我们可以随便挑一个,给点好处就能办成这件事。我再说一遍,我们之所以找你,是因为你跟我们有私人交情。"

"好吧,你要我做什么?"

"平常情况下怎么做,现在就怎么做。"那人说,"去格里菲斯公园取货。"

"就这些?"

"对,然后去送货。但拜托你帮我们一个忙,走I5号路,怎么样?"

"可那不是最佳路线——"

"你照做就是了。"

"好吧。"

"现在就出发吧,我们护送你离开这个大粪坑。"

有时候在路上，如果风向合适，你会被一辆高速行驶的十八轮拖车带进它身后的气流负压区里，根本用不着你花力气用磁盘吸住这辆车。负压区中的真空会像功率强大的吸尘器一样，把你牢牢吸住，你可以在里面待上一整天。但如果你搞砸了、被甩出来，就会蓦地发现自己孤零零地置身于左车道，丧失了一切动力，而身后则是长长的车流。同样糟糕的情形是，如果你任由负压区随意摆布，你会被直接吸进挡泥板下，变成肉酱糊在车轴上，其他人甚至不会知道这回事。这就是所谓的真空魔力吸盘。Y.T.不禁想起，自从弘·主角开始比萨冒险之旅的那个宿命之夜以后，她的生活也像被吸入负压区似的。

她上了圣迭戈高速路，一路上频频射出吸盘，搭车疾行，不曾错过一个目标。就算是一辆最轻、最烂的中国造铝塑合成车，也会被她牢牢攀住。没有人跟她作对，她已在条条道路上开拓出了自己的天地。

现在她已是时来运转，马上就会生意兴隆。到时候，她需要把不少工作转包给路尸。今后，为了对重要的生意做出安排，他俩得找一家汽车旅馆，住下以后细细商量。真正的生意人都这么做。近来，Y.T.一直在教路尸为她按摩。但还没等按摩到她的肩胛骨，路尸就控制不住自己，欲火中烧地扮演起"雄赳赳先生"。总是这样。不过，这样子也还算讨人喜欢，所以还是将就一点吧，别要求完美了。

现在这条路并不是前往格里菲斯公园的最佳捷径，但黑手党偏偏要她绕道405号公路进入山谷区，再从那里朝她通常会走的正常方向靠拢。这些人，太爱疑神疑鬼了，但倒是挺专业的。

洛杉矶机场从她的左侧向后退去，而在右手方向，她能瞥见随你存仓储区。在那里，她的白痴搭档大概又戴上了目镜，正在电脑世界里游荡呢。她迂回穿过休斯机场外围杂乱的车流——休斯机场如今已经变成了李先生大香港的私营前哨站。接着，圣莫妮卡机场出现在她身旁，那里刚刚被海军上将鲍勃的环球安全组织买下。随后，她从联邦属地正中直穿而过，那是她母亲每天工作的地方。

联邦属地过去建有退伍军人医院和其他一些联邦建筑，现在已经缩减成了一片腰子形的区域，横跨405号公路两侧。联邦属地四周建有一圈路障，由网格状铁丝网、蛇腹式铁丝网、碎石堆和泽西防护墩组成，堵在一座座建筑物之间。联邦属地上的所有建筑都又大又丑。有些人正在大厦四周转来转去，身上毛料外套的颜色就像湿淋淋的花岗岩。在高大的白色建筑物的映衬下，他们显得瘦小黝黑，猥琐不堪。

越过联邦属地另一边的路障，右侧方向，她能看到加州大学洛杉矶分校，如今这座学府归日本人、李先生的大香港和几家美国大公司共同经营。

据说从那里向左转，在太平洋壁垒市，有一座巨大的建筑高踞在海边的山崖上，那是中央情报公司的西海岸总部。过不了多久，说不定就在明天，她就会去那个地方，前往那座大楼，也可能只是从旁边经过，朝它招手致意。现在，她有很棒的情报可以告诉阿弘。有关恩佐大叔的重要情报。有人会为了这些情报掏出几百万。

但在内心深处，她感受到了良心的谴责。她知道，自己不应该跟黑手党亲吻之后又出卖他们。倒不是因为她怕他们，而是因为他们信任她。他们对她很好。而且说不定事情会变成另外一种样子，或许她能得到一份比中情公司更好的工作。

没有多少汽车驶离高速公路开上通向联邦属地的坡道。她的母亲每天早晨都要走这条路,其他许多联邦雇员也一样。所有联邦雇员都早早上班,很晚回家。这叫忠诚。联邦雇员全都死抱着忠诚这个概念不放,因为他们挣不了多少钱,也不大受人尊敬,所以只能说自己是献身事业,不在乎身外之物。

举个例子吧:从洛杉矶机场来这里的路上,Y.T.一直吸在一辆出租车后面。车后座上是个阿拉伯人。车窗敞开着,他的头巾在风中不停地飘动。车里没开空调,因为出租车司机没钱买黑市氟利昂。这是个非常典型的例子:只有联邦人员才会让访客乘坐肮脏的、没有空调的出租车。果不其然,那辆车开上了标有“合众国”路牌的坡道。Y.T.松开吸盘,又搭上了一辆驶向山谷区的送货卡车。

联邦大厦的顶上埋伏着一帮联邦雇员。他们手持对讲机,戴着墨镜,身穿联邦防风夹克,正用望远镜窥视从威尔夏大道驶来的车子。如果这是夜间,Y.T.或许还能看到一束激光在出租车转进合众国入口时扫描它的车牌条码。

Y.T.的妈妈曾对她说起过这帮家伙。他们来自“行动总部执行分处”,简称“执行处”。尽管像以前的海、陆、空军一样,联邦调查局、联邦警察和特种部队仍然各自独立,但他们全都听命于执行处,做相同的工作,或多或少还可以互相替换。出了联邦属地的大门,他们在大家眼里都是联邦人员。执行处有权在任何时间前往任何地点,只要不出美利坚合众国的原有疆界就行,而且无须任何正当的理由,甚至不必寻找什么合适的借口。但他们只有在联邦属地才真正感觉像是到了家里,他们喜欢在这里用望远镜、枪式窃听麦克风或狙击步枪盯着周围的一切,越久越好。

在他们下面,后座载着阿拉伯人的出租车减缓速度,像障碍滑雪赛中的选手一样，顺着泽西防护墩组成的弯道蜿蜒前行，这些路障的各个关键位置上都架着零点五口径的机关枪。最后，它在一道轮胎破坏装置前停了下来，身下是一个敞口的地坑，执行处的小伙子们站在里面，带着警犬和高能聚光灯，仔细审视车子的底盘，以防车架中藏着炸弹或是核生化物质。同时，司机也下车打开引擎盖和后备厢，让另外几名联邦人员检查。还有一个工作人员靠在阿拉伯人那一边的车窗外，正对他严加盘问。

有人说，在华盛顿特区，所有博物馆和纪念设施都已被出让，变成了旅游公园，赚到的钱几乎占政府收入的百分之十。联邦本来可以自己经营，这样或许赚头更大，但问题的关键并不是这个。这是个观念问题。说到底，政府的职责是治理国家。政府不是娱乐机构，没错吧？还是把娱乐事业让给产业界的怪物们去做吧，那些家伙都是跳踢踏舞出身的。联邦人可不是那类货色。联邦人员都是严肃的人，大学主修的专业是政治学，当过学生会和辩论会的主席。即便因为温室效应，气温达到华氏一百一十度，湿度大得能让巨型喷气机的引擎停转，他们还是会穿上深色毛料西装，把领口系得严严实实。只有站在单面镜子后的暗处，他们才觉得最安心自在。

23

　　有时候，跟Y.T.一样年纪的男孩子为了证明自己的男子气概，会驾车来到好莱坞山的东端，驶进格里菲斯公园，随便选一条路就照直开过去。从格里菲斯公园的另一头出来时人车完好的概率很低，相当于在以前的印第安高原激战中纯粹靠运气脱身。这完全是"越接近危险越锻炼男人"那套把戏。

　　按理，他们看到的路全都能穿过这片危险地区；但如果你驾车驶入格里菲斯公园去狂欢作乐，却看到了一个标着"此路不通"的警告牌，你就应该知道，现在应当马上把老爹这辆本田雅阁挂上倒车挡，让发动机的转速冲破转速表的极限，一路倒车回家。

　　再自然不过了：Y.T.刚一进入公园，走上那条黑手党要求她走的路，马上就看到了一个标着"此路不通"的警告牌。

　　Y.T.不是头一个接这类危险工作的信使，她很清楚要去的地方的底细。她的目的地是一道狭窄的山谷，只有现在走的这一条路可以到达，但谷底地区盘踞着一个新帮派。大家管他们叫"法拉巴拉"帮，因为这些家伙相互交谈的时候就这么"法拉巴拉"地说话。他们有自己的语言，听上去就像在含糊不清地胡言乱语。

现在，重要的事情不是去想这一切是多么愚蠢多么没意义，而是要做出正确的决定。明智的做法是按事件的优先级别依次处理问题：先下去，走到谷底，把这件事办完，然后才是吃点烟酸药片，给奶奶写封信谢谢她送的漂亮珍珠耳环。唯一重要的事情就是，不能放弃。

一排机枪掩体标志着法拉巴拉帮的地界。Y.T.只有孤零零的一个人，这种阵势似乎过于夸张了；但话说回来，她和黑手党也从没发生过冲突，没见过真正刀枪相见的场面。不管怎样，她冷静处之，以大约每小时十英里的速度朝前方的路障慢慢滑去。要说有什么时候她会真的心惊胆战，那就是现在了。她把一份激进快递的彩色传真文件高高举过头顶，亮出上面那颗闪动的小萝卜标志，表明她确实是来取一份重要的邮件，没有骗人。但这种方式对这帮家伙绝不会管用。

可这种方式偏偏奏效了。一大卷盘根错节的铁丝网从她面前挪开，让出一条路，她没有减速就滑了过去。这时她才意识到，接下来也不会有什么问题。这些人在这儿只是做生意，跟其他人一样。

她不需要在山谷里走得太远。谢天谢地。转了几个弯之后，她滑进一片空旷的平地，四周绿树环抱。这里看上去就像一座露天精神病院。

或是邪教徒狂欢现场之类的地方。

这里有几十个人，没有一个好好收拾过自己。他们身上的衣服原本非常体面，现在只剩下些破布，其中六七个正跪在地上，双手紧握在一起，朝着某些看不见的东西喃喃而语。

一辆废旧汽车的后备厢上摆放着一台破烂的电脑终端，漆黑的显示器上有一大片蛛网形状的裂痕,就像有人用咖啡杯砸烂了屏幕。一个肥胖的男人,红色的背带裤松松垮垮地耷拉到双膝,正双手上下翻飞,胡乱地敲打着键盘,嘴里还大声嘟囔着一大堆毫无意义的昏话。另外几个人站在他身后,从他的肩头向前窥探,有时还想伸手摸摸键盘,但都被他推到一边。

另外还有一群人,正拍着手,身体摇来摇去,唱着"快乐的流浪汉"。他们也十分投入。自从第一次让路尸脱掉她的衣服之后,Y.T.再也没见过谁的脸上流露出如此孩童般的喜悦。但这种孩童般的喜悦挂在一帮三十多岁、满头污垢的成年人脸上,看上去很不对劲,与路尸当时孩子气的表情更是截然不同。

终于,一个家伙冒了出来。一看到此人,Y.T.便暗地里给他取了个绰号,"主教"。他身穿一件破旧的白大褂,上面带着湾区某家公司的徽号。这个人原本正在一辆报废的旅行车里打盹,可Y.T.刚一露面,他就跳起身,朝她跑了过来,那副模样让她不禁有点害怕。同其他人相比,这家伙看上去还算正常一点,也就是个平平常常、身体健康、衣着合身、疯疯癫癫、住在灌木丛里的精神病患者。

"你到这儿来取一只手提箱,对吗?"

"我是到这儿来取东西,但不知道是什么东西。"她说。

他朝一辆趴窝的汽车走去,打开引擎盖,拎出一只铝制手提箱。那东西看上去就和昨天晚上斯奎基从宝马车里拿出来的箱子一模一样。"这就是你要送的货。"他说着,朝Y.T.大步走过来。她本能地后退几步,从他面前躲开。

"我能理解,能理解。"他说,"我是个可怕的怪物。"

他把手提箱放在地上,抬脚踩住,然后朝前一蹬。箱子滑过路面,朝Y.T.溜过来,弹飞了几颗小石子。

"这次派送不急。"他说,"你愿意留下来喝点饮料吗? 我们这里有酷爱果汁。"

"我很想尝尝,"Y.T.说,"但近来我的糖尿病发作得很厉害。"

"那么你可以留下来,在我们的社区做客。我们有好多奇妙的事情要跟你讲。这些事情会真正改变你的人生。"

"你们有没有书面材料? 能让我随身带着的?"

"唉,恐怕没有。你还是留下吧。你看上去人很好。"

"抱歉,伙计,但你肯定错把我当成爱跟别人乱搞的女人了。"Y.T.说,"谢谢你的箱子。我要走了。"

Y.T.开始用一只脚连连蹬地,竭尽全力加速前进。她从一个年轻女人身边经过。那姑娘剃着光头,身穿一件肮脏不堪、破破烂烂的冒牌香奈儿套装。Y.T.经过时,她茫然地微笑起来,伸出手挥了挥。"嗨,"她说,"吧吗祖呐啦啊姆帕咯鲁呢么啊吧嘟。"

"嗨。"Y.T.说。

几分钟后,她吸在一辆车后上了I5号公路,朝山谷区前进。她有些心神不安,有点把握不好时机,只得跟着这辆慢车。有个旋律一直在她的脑子里萦回不止:"快乐的流浪汉",简直要把她逼疯了。

一团巨大模糊的黑色车影慢慢跟到她身边。这是个很有吸引力的目标,身形庞大,钢铁构造,可惜速度不够快。但再慢总比她这辆强,再说这次递送也不是什么急活儿。

这辆黑色轿车的驾驶座车窗摇了下来。原来是那家伙,詹森。他把整个脑袋探出窗外,向后看着她,根本不看前面的路。时速五十英里的疾风并没有吹乱他用发胶牢牢固定的刀削发型。

他在微笑，用恳求的眼神看着她，那德行简直跟路尸一模一样。他挑逗般地指了指自己的车尾。

搞什么鬼。但上次Y.T.吸上了这家伙的车子，他还真的把她送到了目的地。Y.T.从现在这辆她已搭了半英里路的本田讴歌上松开吸盘，朝詹森那辆老奥斯莫比尔甩过去。詹森带着她驶出高速公路，开上胜利大道，朝凡奈斯进发。路线一点不错。

但走了几英里后，他猛地向右急打方向，车子尖叫着冲进了一座废弃商城的停车场。这可不对头。此时，停车场里没有别的车，只有一辆十八轮厢式拖车，发动机正在运转，车厢两侧漆着"萨尔度西兄弟搬家仓储公司"的字样。

"快点，"詹森说着，钻出了他的奥斯莫比尔，"你不想浪费时间吧？"

"操你妈。"Y.T.说。她收起吸盘，回头朝大道上望去，盼着那里能有西行的车辆经过。不管眼前这家伙的脑子里转些什么念头，肯定都有损职业道德。

"年轻的小姐，"另外一个人说道，他的声音更老成，也更吸引人，"如果你不喜欢詹森，那没关系，但你的朋友恩佐大叔需要你的帮助。"

那辆半挂拖车的车厢后门大开着。一个身穿黑色西装的男人站在里面，他身后的车厢里闪耀着明亮的灯光。在卤素灯的照射下，他光滑的发型闪闪发亮。即便是逆光，Y.T.也认出了这个人，装着玻璃眼珠的家伙。

"你想要怎么样？"她问。

"我想要什么，"他一边说，一边上下打量着她，"跟我需要什么，完全是两码事。现在我正在工作，明白吗？这意味着，我想要什么并不重要。而我所需要的，就是你带上你的滑板，还有那只手提箱,爬上这辆卡车。"

接着他又说:"我这么说,你能听明白吗?"语气几乎是在反问,似乎他已认定Y.T.会拒绝。

"他可没开玩笑。"詹森说,好像Y.T.正盼着听他的意见似的。

"哈,一点不错。"玻璃眼珠男人说。

Y.T.此时本该在前往"韦恩牧师珍珠门"的路上。如果她把这次快递搞砸,那就等于欺骗了上帝。问题是,那位神祇是否存在还有疑问;就算真的有那么一个上帝,它在任何情况下都会宽恕凡人的过错。黑手党则确确实实存在着,而且,它在绝对服从这方面的要求比上帝严格多了。

她把滑板和铝箱递给玻璃眼珠男人,然后手脚并用爬上半挂车,没理会那家伙伸过来帮忙的手。他向后退去,把那只手举到面前,看看它到底有什么不妥之处。Y.T.的双脚刚一离开地面,卡车就向前冲去。车门在她身后关好时,他们已经驶上了胜利大道。

"我只是要对你送来的货做几项测试。"玻璃眼珠男人说。

"你就不想自我介绍一下吗?"Y.T.说。

"不想,"他答道,"名字这类东西,大家总是记不住。对你来说,我是'那个家伙',这样就行了,明白吗?"

Y.T.没有认真听他说话。她在审视卡车内部。

这辆拖车的车厢是个狭长空间。Y.T.刚进来的地方是它唯一的出口。在车厢这一头,几个黑手党徒正在走来走去。他们总是这样。

各种电子设备占据了车厢内的大部分空间。都是大型仪器。

"电脑测试,你知道。"他说着,把手提箱递给一个电脑专家。Y.T.知道那人是电脑专家,因为他把长发扎成了马尾辫,还穿着牛仔裤,而且人看上去很温和。

"唔,如果那箱子出了什么问题,我就死定了,对不对?"Y.T.说。她尽量让自己的语气听上去粗鲁而又勇敢,但在目前的情况下,语气似乎没什么用处。

玻璃眼珠男人像是吃了一惊。"你以为我是谁?蠢到家的傻瓜吗?"他说,"妈的,我才不会自讨苦吃,去向恩佐大叔解释他的小兔宝宝为什么会被我射穿了膝盖。"

"测试过程没有攻击性。"电脑专家用平静柔和的声音说。

电脑专家把箱子在手中翻来覆去转了几个来回,似乎只是为了找找感觉。然后,他把手提箱缓缓推进横卧在桌面上的一只敞口大圆筒里。筒壁足有数英寸厚。那玩意儿的表面开始结霜,筒口不断溢出神秘的气体,就像把几勺牛奶倒进沸水一样。气体漫过桌面,流泻到地板上,形成了一小片雾状地毯,围绕着大家旋转流动,翻卷飘扬。箱子放置就位后,电脑专家迅速把手从冰冷的筒口里抽了回来。

随后,他戴上了一副电脑目镜。

箱子没有发生什么变化。他只是坐在那里,等了几分钟。Y.T.对电脑并不精通,但她知道,此时,在这辆卡车的后厢,一台大型电脑正在做着很多事情。

"这机器就像一台计算机断层扫描仪。"玻璃眼珠男人说道。他压低了语调,就像现场播音员正为高尔夫巡回赛做解说,"但你知道,它能读出所有的东西。"他一边说,一边不耐烦地用双手划着一个个圈子。

"这玩意儿值多少钱?"

"不知道。"

"它叫什么名字?"

"还没正式给它起名呢。"

"那么,它是什么人造的?"

"是我们自己造了这台该死的机器。"玻璃眼珠男人说,"几个星期前刚完工。"

"它有什么用处?"

"你的问题也太多了。听着,你是个机灵孩子。我是说,你是个不错的小妞。确实很迷人,但眼下别把自己看得太重要。"

眼下? 哼!

24

阿弘正待在他那间二十乘三十的随你存仓房里,听从搭档的建议,花上少许时间留心一下真实世界。房门敞开着,这样大洋上的微风和喷气机的尾气才能吹进室内。所有的家具、蒲团、货盘、富于实验主义风格的煤渣砖,都被他推到了四周的墙边。他正握着一根一米长的钢筋。这根沉甸甸的玩意儿一头用胶带缠起来,变成了手柄。钢筋棍很像打刀,但沉得多。他管它叫乡巴佬打刀。

他赤着双脚,摆出剑道的标准姿势。按说他应该穿上长及脚踝的裙裤和厚重的靛青色上衣,这才是传统打扮,但他只穿了一条运动短裤。汗水顺着他肌肉线条分明的咖啡色后背涔涔滚下,流向后臀沟。他左脚的前脚掌上磨出了几个青葡萄大小的水泡。阿弘的心肺功能都很发达,而且天生具有异乎寻常的快速本能反应,但他其实算不上很壮实,没他父亲那么壮实。就算他真的很强壮,舞动这把乡巴佬打刀也不是件易事。

他浑身奔涌着肾上腺素,神经紧绷,满心焦虑,这种焦虑感飘忽不定,就像在一片恐惧的海洋中漂转沉浮。

他正顺着房间三十英尺长的纵轴来回滑步练功。他时常加快移动速度,将乡巴佬打刀举过头顶,刀尖指向脑后,随即迅速劈下,最后一刻双腕猛地一收,让钢筋棍急停在半空。然后大喝一声:"下一个!"

说时容易做时难。乡巴佬打刀挥下之后,很难猛然停住。但这种训练非常有效,阿弘的前臂看上去几乎像两束钢缆。几乎,过不了多久就会完全一样。

在厮杀中,日本人不喜欢达到目的之后还接着耍花架子。如果你用武士刀当头砍中一个人,又不用力收刀,锋刃就会顺势把他的颅骨一劈两半,很可能被他的锁骨或是骨盆卡住。到那个时候,你就会像个中世纪战场上的武士,不得不抬脚踩住对手的脸,费尽力气想要拔出战刀,而他的朋友已经朝你直冲过来,眼睛里闪动着复仇的火焰。只有一种解决办法,那就是击中敌人之后立即遏止刀刃的走势,或许只会砍进头盖骨一两寸深,然后迅速收刀,接着对付另一个武士,所以才有这句断喝:下一个!

今晚早些时候同乌鸦较量的情景一直在他的脑海里盘旋,让他难以入睡,正是由于这个原因,他才会在凌晨三点钟挥舞着乡巴佬打刀苦练功夫。

他知道,当时他毫无准备。长矛照直向他飞来。他挥刀挡开。但他只是碰巧在最恰当的时候挡开了长矛,而他在做这个动作时,几乎完全心不在焉。

或许了不起的武士都是这样做的。漫不经心,不去刻意思量事情的种种后果,以免扰乱心神。

但也可能是他过高估计了自己。

几分钟里,一架直升机的轰鸣声变得越来越大。尽管阿弘住在喧嚣的机场旁边,但他还是觉得这种事不同寻常。直升机不该在洛杉矶机场附近飞行,这样做明摆着会引发安全问题。

隆隆的机声愈发吵人,现在已是震耳欲聋。此刻,飞机悬停在停车场几英尺上方的空中,正对着阿弘和维塔利的二十乘三十仓房。这架属于某家公司的喷气式直升机漆成深绿色,看上去相当漂亮。机身上的标志看不清楚,阿弘猜测,如果光线更明亮一些,他大概会辨认出那是一家国防承包商的徽记,很可能是吉姆将军的防卫体系公司。

一个脸色苍白的白人男子跳下直升机,穿过停车场,径直朝阿弘小跑过来。那人额头很高,已经谢了顶,乍看上去似乎弱不禁风,其实体格非常健壮。父亲在陆军服役时,阿弘见过不少这类人。他们并非传说中和电影里的懒散兵油子,而是那种三十五岁年纪、穿着肥大的军装跑来跑去的军人。来人是个少校,缝在作战服胸口处的姓名牌上写着他的名字:克莱姆。

"弘·主角?"

"正是。"

"胡安妮塔派我来接你。她说你认得她。"

"我认得胡安妮塔,但我不是她的手下。"

"她说你现在已经是了。"

"哦,那好吧。"阿弘说,"我猜,出了什么紧急情况?"

"你猜得没错。"克莱姆少校说。

"能给我几分钟时间吗? 我刚才在锻炼身体,得去隔壁一趟。"

克莱姆少校看了看隔壁的建筑物。那儿的标志牌上写着:休息站。

"目前事态还算稳定。你可以有五分钟时间。"克莱姆上校说。

阿弘在休息站有个账户。要想在随你存住得方便，还真得有个账户才行。这样他就不必总要跑到前面的办公室，去和等在现金出纳机旁的服务员打交道。他把自己的会员卡插进插槽，电脑触摸屏马上亮了起来，显示出三个选项：

> 男
>
> 女
>
> 儿童(男女通用)

阿弘点了一下标有"男"字的按钮，屏幕上出现一个菜单，里面有三个选项：

> 特限设备——经济卫生
>
> 标准设备——舒适如家，甚至更佳
>
> 顶级设备——优雅之地，专供贵客，豪华卫浴

"特限设备"是阿弘和随你存的其他住客通常使用的选择，那种地方总免不了要接触到旁人的体液，实在太不雅观了。他克制住久而久之形成的本能反应，不让自己习惯性地点选那个按钮。这一次，阿弘用力拍了一下"豪华卫浴"按钮——管他呢，反正胡安妮塔就要雇用他了，不是吗？

阿弘以前从未来过"豪华卫浴"。这个地方看起来就像大西洋城豪华赌场的顶层公寓——来自南费城的弱智赌客误打误撞中了百万大奖之后，都会被领到那儿去逍遥一番。傻头傻脑的滥赌凯子所认为的豪华设施，休息站的顶级服务区里应有尽有：

镀金器具、铸模成型的仿大理石、天鹅绒窗帘,还有一名管家。

随你存的任何一个住客都没用过"豪华卫浴"。它之所以在此出现,唯一的原因就是这个地方恰好与洛杉矶机场隔街相望。碰上有些来自新加坡的执行总裁想冲个淋浴,顺便在全效音响的伴奏下悠闲地屙一泡屎,又不愿听到或是闻到其他旅客也在从事同样的消遣,就会来到这里享受一番,把全部开销记在公司差旅卡的账上。

管家是个三十来岁的中美洲人,两只眼睛看上去有点怪,就像最近这几个小时里一直没有闭上过似的。一见阿弘冲进门,他就伸出胳膊,上面搭着几条厚得令人难以置信的毛巾。

"我只待五分钟。"阿弘说。

"您需要刮脸吗?"管家猜不出阿弘是什么种族,只是提示般地摸了摸自己的双颊。

"很乐意,可惜时间不够。"

阿弘脱下运动短裤,把双刀扔到皱花天鹅绒的沙发上,然后走进像大理石圆形剧场一样的淋浴间。热水马上从四面八方冲到他身上。墙上装有一只球形把手,可以让你把水温调到自己喜欢的温度。

洗完之后,他还想解个大便,同时浏览一下高科技马桶旁那几本电话簿一般大小的光面杂志,但时间太紧了,阿弘用像马戏团帐篷一样大的新浴巾擦干身体,穿上宽松的系绳休闲裤和T恤,丢给管家几张港币钞票,然后一面把双刀系在腰间一面跑了出去。

飞行路程很短,主要是因为军机飞行员喜欢牺牲舒适性来换取速度。直升机始终在低空飞行,以免被巨型喷气机吸进发动机。刚刚有了足够的空间作机动飞行,飞行员便将机尾一横,垂下机头,让螺旋桨加速转动,带着他们扶摇而上,向前迅飞,掠过盆地,扑向灯火稀疏的好莱坞山。

但他们只在山丘上方稍作停留,很快便降落在一家医院的屋顶上。这个地方是"慈悲连锁集团"的一部分,严格地讲属于梵蒂冈空域。到现在为止的一切活动都再明显不过地显示出胡安妮塔的印记。

"神经病院到了。"克莱姆少校说,随后口中迸出一连串名词,就像下达命令,"东翼楼,五层,564号病房。"

躺在病床上的人是大五卫。

两条又厚又宽的皮带从床头一直拉到床脚。皮带上固定着四只皮制镣铐,衬有毛茸茸的羊皮,牢牢地套着大五卫的手腕和脚踝。一件病员长袍勉强遮住他的身体。

更糟的是,他的眼睛无法始终看着同一个方向。一台心电监控仪与他的身体相连,显示出他的心跳。即便阿弘不是医生,也能看出他的心跳不规律。大五卫的心脏忽而急速搏动,忽而骤停,随着报警音响起,又开始再次跳动。

他的脸上没有任何表情,双眼茫然呆视。一开始,阿弘还以为大五卫正虚弱无力地瘫软在病床上,靠近些后才发现他绷紧了全身,大汗淋漓,不停地颤抖。

"我们为他植入了一只临时性的心脏起搏器。"一个女人说。

阿弘转过身。说话的人是个修女,也是位外科医生。

"他这样痉挛已经多久了?"

"他前妻打电话找到我们,说她很担心。"

"胡安妮塔。"

　　"是的。救护人员赶到时,发现他从家里的椅子上跌了下来,正倒在地板上抽搐。你能看到,他这里有一块瘀伤。我们估计是他的电脑从桌上滚落下来,砸中了肋骨。为了防止他再次伤害自己,我们只好把他的四肢固定起来。最近这半个小时里,他一直是这副样子,似乎全身都处于纤维性颤动的状态。如果他的症状没有进一步恶化,我们会把束缚物去掉。"

　　"当时他戴着目镜吗?"

　　"我不清楚。我可以帮你问问。"

　　"照你估计,他发病时是不是正戴着目镜进入电脑?"

　　"先生,我真是无从判断。我只知道他有严重的心律不齐,我们当时不得不在他办公室的地板上为他做了临时起搏器的植入术。注射镇静剂之后,效果并不明显。为了找到病因,我们用各种成像仪器对他的头部进行了检查,但一直无法确诊。"

　　"好吧,我去他家看看。"阿弘说。

　　医生耸了耸肩。

　　"等他醒了,请通知我一下。"阿弘说。

　　医生对他的话未做任何反应。阿弘这才回过味来,意识到大五卫的病情也许并不是临时性的。

　　阿弘正要走出病房,大五卫开口了:"厄呢嗯吗离伊呀加几尼姆嘛嘛嗒门诶呢嘛蛮机嘎啊加唧……"

　　阿弘转身望去。束带中的大五卫的身体无力地松弛下来,他似乎很轻松,进入了半睡眠状态。他的眼睛半睁半闭,看着阿弘,"厄呢安当噶尔努嗯纳啊唧啊叽厄呢嗯乌姆乌纳组卡阿加啊叽……"

　　大五卫的声音低沉平静,毫无抑扬顿挫。一个个音节像口水似的从他的舌尖流淌而出。阿弘沿着走廊向前走去,还能听到大五卫在后面念念叨叨。

"伊戈恩伊格恩努格恩努戈恩乌萨涂儿鲁拉咋嗯么……"

阿弘回到直升机上。他们在滩林谷地豪宅区的中央盘旋上升,朝山坡上的"好莱坞"标志径直飞去。

大卫五的宅子在灯光中美轮美奂。它坐落在小山顶上,位于一条小路的尽头。吉姆将军部队的一辆青蛙模样的吉普车已将小路封锁,车身闪动着红蓝两色的光芒。另一架直升机正在房子上空盘旋,机上的探照灯将不停打转的光柱射向地面。士兵们拿着手电筒,正在宅院各处爬上爬下。

"我们已经采取了防范措施,确保这个地区安全可靠。"克莱姆少校说。

在这片灯光四周的边缘处,阿弘可以看到山坡上凋枯的树木现出斑驳纷杂的颜色。士兵们的手电正在那里扫来扫去,光柱所到之处,枯槁之色变得灼灼发亮。他要去的就是那儿,置身于萧瑟惨淡之地,与浑浊晦暗的颜色融为一体。如果飞机上的某个乘客凭窗而望,肯定会以为他只是个小泥点。直升机带着他坠入下面的生物量中。

大五卫的笔记本电脑躺在地上,旁边是他工作时常用的书桌。满地都是医疗垃圾。阿弘在当中找到了大五卫的目镜,或许是他摔倒时掉在了地上,也可能是被急救人员摘下来放到了那里。

阿弘捡起目镜,放到自己眼前。他看到了里面残存的图像:整幅黑色屏幕上布满了白色的静电雪花。大五卫的电脑感染了"雪崩"。

人们不可能只因为看了一幅位图就受到伤害。或许,真有这个可能？

　　这幢宅子是一座现代主义风格的城堡，一端建有高高的塔楼。大五卫和阿弘曾与其他黑客爬到塔楼上，还搬上去一箱啤酒和一只烧烤炉，在那里消磨整晚的时光。他们烤好大虾、蟹足和牡蛎，用啤酒送下肚。当然，现在塔楼上已是寂寥无人，只剩下那只烤炉，锈迹斑斑，几乎被灰色的炭烬完全埋住，好似一件出土文物。阿弘从大五卫的冰箱里拿出一瓶啤酒，在塔楼上小坐片刻。他仍旧坐在以前自己最喜欢的那个位置，慢慢地啜饮啤酒，就像过去一样，品读着灯光中的故事。

　　这片古老的中心城区被紧紧围裹在一片恒久不散的有机雾霭之中。在别的城市里，你呼吸时会吸进工业污染物；但在洛杉矶，你吸进的是氨基酸。一道道明亮的线条像烤箱里白炽的电热丝，将弥漫的雾气层层环绕，罗织在自己的怀抱中。这团光网一直延伸到山谷的出口近旁，变得更加真切，发亮的线条和轮廓显得愈加清晰，变成了星星、拱门和闪光的字母。高速公路上，点点红色和白色的车灯川流不息，频频闪动，奔向模糊控制的智能信号灯。更远些的地方，散布在盆地各处的上百万个标志牌会聚成一片片弧形光斑，就像几何学中的小点，连起来构成了一条条曲线。在这个特许经营店扎堆区域的四周，随着闹市区向外过渡到开发区，标志牌的灯光逐渐变得稀疏黯淡，最外面则是昏黑一片，偶尔冒出星星点点的闪光，那是不知谁家的后院里亮起了保安聚光灯。

　　特许经营店和病毒的运作机理完全一样：只要能在一个地方茁壮成长，到了别处也会繁荣兴旺。你只需搞到一份够劲儿的商业计划，就像毒性足以致命的病原体，将它浓缩在一本三孔活页簿里——那就是病毒的DNA——然后复印（病毒的复制），最后找一条车流频繁的公路加以实施，公路上最好还有一条左转车道，这就等于把病毒植入了再理想不过的繁殖环境。接下去，特许店会像病毒一样成长起来，逐步扩张势力，直达极限。

在往昔的岁月里，当你漫步来到老妈咖啡馆，吃点儿东西，再喝上一杯咖啡，舒服自在的感觉便会油然而生。如果你从来没有离开过家乡，那么这种享受还是蛮惬意的；但只要你来到邻近的镇上，情况就全然不同了。一进店门，你会发现所有人都在盯着自己，这里的特色套餐也变成了你不认得的菜式。如果你四处旅行的时间足够长，就会觉得无论什么地方都让人别别扭扭。

如今却已不同以往。当一个新泽西商人来到迪比克城，他知道，随便自己走进哪一家麦当劳，都不会有人盯着他看。他无须看菜单就能熟练地叫东西吃，而食物的味道也总是与其他地方别无二致。麦当劳就是让人轻松自在的家，先是浓缩在一本三孔活页簿里，然后被复制出来。"一切尽如所料"是特许经营连锁店的座右铭，是它的常规事务准则，深深地蕴藏在每一块字号和标志牌上矫饰的文字中，正是这些字号和标志牌构成了一道道发光的曲线和网格，勾勒出洛杉矶盆地的轮廓。

美国人生活在世界上最吓人、最恐怖的国家里，当然会对这段座右铭备感宽慰。顺着标志牌的光亮向外走，特许城邦的触手伸进一条条河谷地区，在那里你会发现难民群集的一个个城邦。这些难民逃离了真正的美国，那个真正的美国充斥着形形色色的可怕玩意儿：原子炸弹、尔虞我诈、嘻哈音乐、混沌理论、黑帮残杀、宗教狂热、变态杀手、太空行走、狩猎杀生、驾车枪击、巡航导弹、谢尔曼远征、政治僵局、摩托团伙和蹦极跳跃。难民们把面包车并排停放在电脑设计的、如出一辙的郊郡街道旁,自己则藏身于形状对称、石膏板搭成的龌龊宅子里,室内铺着塑料地板,摆满了不搭调的木头家具。在这些化外之地,难民们建起了一座座庄园农场,面积广阔,连人行道也没有,也算是这个平庸时代平庸文化中的文明象征。

城里只剩下街头的流浪者,在残骸和废墟中谋生度日。那些人中有外来移民,当其他地方的强权国家垮台后像霰弹片一样飞散到世界各地;有年轻的颓废派文人,放荡不羁;还有来自李先生的大香港的科技媒体的祭司。像大五卫和阿弘这样聪明的年轻人也冒险住在城里,因为他们喜欢刺激,而且知道自己能应付一切难题。

25

Y.T.不知道自己的确切位置。他们被困在堵塞的车流中,这种事情显然是无法预测的。

"Y.T.现在必须走了。"她宣布。

等了一秒钟,不见这些人有什么反应。随后,那个黑客仰身靠在椅背上,透过目镜向外张望,并不理会目镜中显示的三维电脑影像,只是仔细地对着车厢的内壁审视了一番。"好吧。"他说。

玻璃眼珠男人的动作像猫鼬一样迅速。他飞快地站起身,把手提箱从低温圆筒中拎出来,抛给了Y.T.。与此同时,一个黑手党徒打开车厢后门,大道上拥堵的车辆出现在大家面前。

"还有一件事。"玻璃眼珠男人说着,把一只信封塞进Y.T.身上的一个口袋里。

"这是什么?"Y.T.问。

他自卫似的举起双手,"别担心。只是个小玩意儿。快走吧。"

说罢,他朝一个家伙打了个手势,那人正拿着Y.T.的滑板。那家伙很机灵,马上把滑板丢了过来。滑板以古怪的角度落在Y.T.面前的地板上,智能辐条早已感觉到扑面而来的地面,将各种着陆角度计算妥当,随即伸展开来,自我调节完毕,就像一个完成了剧烈灌篮动作的篮球运动员,舒展着腿脚飘然落地。滑板四轮着地后将身体轻轻一斜,保持住了平衡,随后径直滑向Y.T.,在她脚边停了下来。

她站到板上,连蹬几下地面,从单挂货车的后门一跃而出,飞到紧跟在他们身后的一辆庞蒂亚克的车顶上。轿车的风挡玻璃简直是个角度绝佳的落脚点,让Y.T.得以利落地借力转身,随后稳稳落在路面。庞蒂亚克的车主自以为是地按响喇叭,却根本不可能追上她,因为车流已经完全陷入瘫痪,Y.T.是方圆几英里内唯一能自由活动的物体。身为信使的第一要诀就是这个。

"韦恩牧师珍珠门"第1106号店的规模相当大。1106,这家连锁店的编号数值很小,说明它建立已经颇有些年头了。多年前建店时,地价还很便宜,停车场的面积于是很大。此时,停车场上有一半空位。通常在韦恩牧师的店面门前,你只会看到又老又破的车子,后保险杠上用指甲油涂写着傻里傻气的西班牙语词句。想当年,中美洲的福音派新教信徒就是坐着这样的车子到北方,寻找体面的工作,摆脱家乡残酷的生活方式。停车场里还停放着不少陈旧的普通面包车,看车牌便知道它们来自各个不同的郊郡。

这段路上的交通情况稍稍有些好转,所以Y.T.才能以相当快的速度滑进停车场,然后绕着特许店转了一两圈,减缓前冲的惯性。当你飞也似的滑行时,平坦的停车场总是具有令人难以抗拒的吸引力。而且四处巡视一番,熟悉一下周围的环境,也是个不错的主意。Y.T.发现这座停车场与隔壁一个销赃卸货的特许店相连(那片建筑的广告牌上赫然写着"只需几分钟,汽车变现金！"），随后继续向前伸展，变成了一排购物店门前的停车区。顺着这些连成一片的停车场，做事用心的滑板客真能从洛杉矶一路滑到纽约。

眼下这座停车场里的某些区域不断发出噼噼啪啪的声响。她循声望去，发现特许店后面靠近垃圾桶的地方，沥青路面上散落着许多小药瓶，很像斯奎基昨天晚上研究的那种东西。小瓶子遍地都是，就像酒吧后巷里的烟蒂。智能轮上的足垫碾过这些小玩意儿时，小瓶子纷纷弹起，在路面上乱蹦乱跳。

特许连锁店的门外排起了长队，人们正在鱼贯而入。Y.T.插到队伍里，走了进去。

当然，这家"韦恩牧师珍珠门"连锁店的前厅与其他家没什么两样。里面有一排带衬垫的塑料椅子，供前来膜拜的人稍事休息，等待叫号。椅子两头各有一株盆栽植物，还摆着一张桌子，上面散落着几本早年间的旧杂志。这里还有一片游乐区，小孩可以在这里打发时间，扮演假想的角色，用注塑玩具展开宇宙大战。大厅中的仿木柜台看上去还真像一件来自老教堂里的东西。一个矮胖的中学女生站在柜台后面，浅金色的头发经过卷发钳精心侍弄，眼皮上涂着蓝色的金属亮粉眼影，凝胶般的大脸蛋上均匀地涂抹着一层腮红，她的T恤外面罩着一件薄薄的唱诗班长袍。

Y.T.进来时，那姑娘正忙着处理业务。她一眼就看到了Y.T.，但世上任何一本三孔活页簿都不允许员工在处理交易时招呼顾客或是停下手头的工作。

Y.T.觉得很没面子，但只能叹口气，双臂抱在胸前，以此表达自己的不耐烦。若是在别的商业机构里，她早就火冒三丈地绕到柜台后面大闹一番了,好像她是此地的老板似的。但这里是教堂事业,该死。

柜台前摆着一只小架子,摆了些宗教小册子,来宾可以免费索取,但要在捐赠之后才行。架子上的几层插槽里放着韦恩牧师最著名的畅销书——《猫王枪杀约翰·菲茨杰拉德·肯尼迪:从共产主义手中解救美国》。

她从口袋里取出玻璃眼珠男人塞进去的那只信封。真可惜,信封里的东西不够厚,也不够软,不可能是一大笔现金。

里面原来是六张恩佐大叔的照片。他正在一条又宽又平的马蹄形车道上,身后是一所大房子,比Y.T.见过的所有房子都要大。照片里,恩佐大叔或是站在滑板上,或是正要摔倒在地,或是直直伸开双臂,向前缓缓滑行,几个神情紧张的保安人员在后面穷追不舍。

照片外面包着一张纸,上面写道:

Y.T.,感谢你的帮助。看看照片就知道,我已经在刻苦训练了,但还要多加练习才行。

你的朋友,恩佐大叔

Y.T.把照片原封包好,放回口袋,尽力忍住笑意,让心思回到正经事上。

穿长袍的女孩还在柜台后面处理交易。她面前的顾客是个身材短粗的女人,身穿橘红色外套,讲一口西班牙语。

女孩向电脑里输入了一些东西。女主顾"啪"的一声把她的维萨卡放在仿木圣坛的台面上,听上去活像来复枪在开火。女孩用她足有一英寸长的手指甲撬起信用卡,那种碰运气似的复杂动作让 Y.T. 不禁想起昆虫爬出卵囊的样子。随即,她开始了"韦恩牧师珍珠门"特殊的圣餐礼——先是小心翼翼地调整好手臂的姿势,轻轻一挥,将卡片扫过电磁槽,就像在轻揭一幅面纱,然后向顾客递过账单,含混地咕哝了一句:她需要客户的签字和白天的联络电话。含混不含混的没什么,就算她说的是拉丁语也没关系,因为这位顾客早就十分熟悉这套神圣的程序,没等她把话说完就已经签好字,留下了电话号码。

剩下的便是等待"上界的福音"了。如今电脑和通信手段已经相当发达,通常不需要几秒钟就能完成信用卡确认。小小的刷卡机发出一串"嘟嘟"声,表明交易核准完毕。小小的扬声器中,这段美妙的曲调像天籁一般美妙。大厅后部,两扇珍珠色的大门庄严地缓缓打开。

"多谢您的捐赠。"女孩说。她含糊而又飞快地把这几个字一起吐出来,听上去就像只是一个词。

催眠曲般的管风琴乐声令人神志迷离,女主顾拖着沉重的脚步走向那两扇门。小礼拜堂的内部涂饰着诡异的颜色,照明的光线部分来自天花板上的荧光灯,部分来自仿造成毛玻璃窗子样式的巨大彩色灯箱。其中体积最大的灯箱,形状就像一座模样夸张的哥特式拱门,被螺栓固定在后墙上,向下俯视着祭坛,箱体上用绚丽的色调绘出了一幅三位一体图:耶稣、猫王,还有韦恩牧师。耶稣高居在首位。虔诚的膜拜者没等走上五六步,便"砰"的一声双膝跪地,趴在走道的正中,开始念道:"啊咿呀啊伊斯耶纳阿米利亚萨,维纳阿米利亚阿萨利亚……"

大门再度关闭。

"请稍等。"女孩看着 Y.T.,似乎有点紧张。她绕过拐角,来到游乐区中央,不小心把长袍的下摆挂在了漂流筏勇士的玩具模型上。她敲了敲厕所的门。

"忙着呢!"里面一个男声说。

"信使来了。"女孩说。

"我马上出来。"那个男人说,口气和缓了许多。

他真的马上就出来了。Y.T.感到他一秒钟都没有等,似乎根本不曾拉上裤口的拉链,更没有洗手。这人身穿黑色套装,戴着牧师的白色硬领,外罩一件薄薄的黑袍,站在游乐区满地的玩具中,黑皮鞋把小玩具兵和战斗机踩得七零八落。他的一头黑发上精心地涂抹了发油,其中夹杂着几根灰色的发丝;还戴着一副金属边框的双光眼镜,镜片微微泛出些许棕色。他身上的毛孔十分粗大。

这位牧师走上近前,Y.T.不仅把他周身这一切看得清清楚楚,还能闻到他的气味。她闻到了帆船牌香水的芬芳,不过他呼气时仍旧散发出一股浓烈的呕吐物味道,但不是酒醉后呕吐物的气味。

"把东西给我。"他说着,把铝制手提箱从她手中一把夺过。

Y.T.可绝不允许别人这样做。

"你得签字才行。"她说。但她知道现在已经太迟了。如果不让收货人先签字,你肯定会倒大霉。你无权无势,微不足道,只是个蹬滑板的小鬼而已。

就因为这个,Y.T.才不允许别人把货从她手里夺走。但老天在上,眼前这家伙是个牧师呀。她根本没料到会发生这种事情。他居然从她手中夺下了箱子,现在已经带着那玩意儿跑进了后面的办公室。

"我可以代为签收。"那个女孩说。她看上去像吓了一跳。不仅如此,她那副模样就像生了一场大病。

"必须由他本人签字。"Y.T.说,"戴尔·T·索普牧师。"

现在她惊魂已定,开始感到怒火上撞,于是跟在牧师后面朝他的办公室走去。

"您不能进去。"女孩阻拦道,但她说话的口气就像在做梦,声调可怜巴巴,似乎已经记不清楚刚刚发生了什么事。Y.T.打开了房门。

戴尔·T·索普牧师坐在办公桌前,面前是那只铝制手提箱,敞开着盖子。里面装满了复杂的物事,跟她在前一晚乌鸦那件事发生之后看到的东西一模一样。而戴尔·T·索普牧师的脖子像是被拴在了那个装置上。

不,其实牧师的脖子上挂着一样拴在链子上的东西。他一直贴身佩戴着那玩意儿,用衣服盖住,就像Y.T.戴着恩佐大叔的狗牌一样。现在,链子上的东西被他从衣服里拉了出来,插在铝手提箱中的一个插槽里。那东西像是一张薄薄的身份识别卡,上面印有条码。

他从插槽中抽出卡片,任由它在自己胸前晃来晃去。Y.T.不知道牧师是否注意到了她。他正在键盘上打字,用两根手指用力地敲打着按键,发现自己漏掉了几个字母,只好重新输入。

手提箱里的马达和伺服机构突然嗡嗡地转动起来,发出一阵阵颤抖。戴尔·T·索普牧师从箱盖上取下一只小药瓶,将它插进键盘旁的一道插槽中。小瓶被慢慢吸进了机器里。

片刻之后,小瓶又被弹了出来。红色塑料帽盖闪烁着点点红光,内建的发光二极管小屏幕上依次显示出数字,一秒一秒地倒计时:5、4、3、2、1……

戴尔·T·索普牧师拿起小瓶,凑到左鼻孔前。当倒数到"0"的时候,小瓶开始嘶嘶作响,像轮胎气门漏气。与此同时,牧师深吸一口气,把瓶中冒出来的气体尽数吸进肺里。随后他一甩手,熟练地把空瓶扔进废纸篓。

"牧师?"是那个女孩在问。Y.T.猛地转过身,看到她正神情恍惚地朝办公室走来。"麻烦您把我那一份也弄好吧,拜托了。"

戴尔·T·索普牧师没有答话。他已瘫坐在皮转椅上,盯着一张镶在霓虹相框里的照片。那是猫王在军中服役时的放大照,手中握着一支步枪。

26

阿弘醒来时已是正午,他被太阳晒得像是脱了水。鸟儿们在头顶盘旋飞动,正在试探他是死是活。他从塔楼的屋顶爬下来,把平日里的小心谨慎全丢在了脑后,居然喝了整整三杯洛杉矶的自来水。他又从大五卫的冰箱里拿出几块熏肉,丢进微波炉里。大部分吉姆将军的人马已经撤走,下面的路上只留下了几名士兵,象征性地执行警戒任务。阿弘把所有面对山坡的门全部锁上,因为他无法让自己不想起乌鸦,以及那个人的投掷技术。然后,他坐在厨房里,戴上目镜,进入了网络。

黑日里目前大多是亚洲人,很多是来自孟买电影圈的业内人士,相互瞪着眼睛,捋着黑色的髭须,正在琢磨明年的波斯波利斯①会上映什么样的超暴力动作片。此时正值印度的夜晚。阿弘是这里为数不多的几个美国人之一。

顺着吧台的后墙有一排私人房间,从小型的双人房到轩敞的会议厅一应俱全,供化身们碰头聚会。胡安妮塔正在一个小房间里等候阿弘。她的化身与本人非常相像,简直是真实的再现,那双大黑眸子的眼角处甚至还保留了预示着鱼尾纹的细小

---

①古波斯帝国都城之一,位于如今的伊朗境内。

皱痕。她富于光泽的头发被描摹得惟妙惟肖,阿弘能分辨出每一根发丝,它们正将光线折射成一道道细小的彩虹。

"我在大五卫的家里。你在哪儿?"阿弘问。

"飞机上,所以随时可能断线。"胡安妮塔答道。

"你在来这里的路上?"

"不,其实是去俄勒冈。"

"波特兰①?

"阿斯托里亚②。"

"现在这种情况下,你去俄勒冈的阿斯托里亚做什么?"

胡安妮塔深深吸进一口气,然后发着颤音吐了出来,"如果我告诉你,咱们一定会吵起来。"

"大五卫的近况如何?"阿弘问。

"没有变化。"

"有诊断结果了么?"

胡安妮塔叹口气,一脸疲惫之色。"不会有诊断结果了。"她说,"问题出在他的软件方面,不是硬件。"

"什么意思?"

"医生对常见的疑点进行了排查。计算机断层扫描,核磁共振扫描,正电子X射线扫描,脑电图扫描。每一项检查结果都很正常。他的大脑本身没有任何毛病,也就是说,硬件没问题。"

"难道是他运行了错误的程序?"

"大五卫的软件中了毒。昨天晚上,他的脑子死机了。"

"你是说,心理方面的问题?"

"他的症状超出了已有的科学范畴,"胡安妮塔说,"是一种

①美国俄勒冈州最大城市。
②美国俄勒冈州西北部城市。

新现象;但话又说回来,应该说是非常古老的现象。"

"这种情况是自发产生的? 还是有别的什么原因?"

"该由你告诉我才对。"她说,"那天晚上你和他在一起。我离开后发生了什么事情吗?"

"他在黑日外面从乌鸦那里拿了一张雪崩超卡。"

"可恶,这个杂种。"

"你说的杂种是谁,乌鸦还是大五卫?"

"大五卫。我早就警告过他。"

"他使用了那张超卡。"阿弘开始讲述那个布兰迪和魔法卷轴的事,"随后他的电脑出现故障,而他被踢出了黑日。"

"我听说过这件事。"她说,"所以我才打电话叫来了急救人员。"

"大五卫的电脑死机,你却叫来了救护车。我看不出这两件事之间有什么联系。"

"那个布兰迪的卷轴上并非只是随便显示了一些静电雪花而已。在短时间内,它快速传送出大量二进制形式的数字信息。这些数字信息直接进入了大五卫的视神经。顺便说一下,视神经是大脑的一部分。如果你盯着一个人的瞳孔看,看得够仔细的话,就能看到他的脑神经末端。"

"大五卫不是电脑,他可读不出二进制代码。"

"但他是个黑客,靠摆弄二进制代码谋生。这种本领已经牢牢根植于他大脑的深层结构之中,所以他对这种形式的信息非常敏感。老兄,你也一样。"

"你说的这种信息到底是什么东西?"

"可怕的东西,一种超级病毒。"胡安妮塔说,"是信息战中的原子弹。任何系统,只要被它感染,就会连续染上新的病毒。"

"就是这玩意儿让大五卫病倒了吗?"

"是的。"

"为什么我没有生病?"

"你当时离卷轴太远,你的眼睛无法解读那幅位图。只有正对着你的面孔时,它才会起作用。"

"我要好好想想。"阿弘说,"但我还有一个问题:乌鸦在现实世界里也在分发一种毒品,名字也叫'雪崩'。那是什么东西?"

"那不是毒品。"胡安妮塔说,"他们只是把它做成毒品的样子,而且服用时产生的感觉也像毒品,所以大家才会对它趋之若鹜。它里面添加了可卡因以及其他成分。"

"既然不是毒品,那它是什么?"

"是一种经过化学处理的血清,来自超级病毒感染者的血液。"胡安妮塔说,"而这又是另一种把感染扩展开去的方式。"

"谁在传播这种东西?"

"L.鲍勃·莱夫的私人教会。入教的人全被感染了。"

阿弘垂下头,双手撑住前额。其实他并没有真的思考这件事,只是任由它在他的脑壳里飞旋弹跳,等着它安静下来。"胡安妮塔,等等,咱们来整理一下思路。这种叫作'雪崩'的玩意儿,它究竟是病毒、毒品,还是宗教?"

胡安妮塔耸了耸肩,"它们有什么分别吗?"

她这种说话方式让阿弘更难以理顺谈话的要旨,"你怎么能这么说呢? 你自己就是信仰宗教的人。"

"不要把所有的宗教都混为一谈。"

"抱歉。"

"我们每个人都有自己的信仰。每个人的脑细胞里似乎都有感受宗教或类似事物的神经末梢,所以每个人都会牢牢抓住任何能够填补我们精神裂隙的东西。从本质上说，宗教其实和病毒没什么区别，就是一段信息，在人脑中复制，在众人之间传播。过去的宗教就是这个样子，很不幸，它现在的发展趋势依然如此。但也有人做过几次努力，试图带领人类脱离毫无理性的原始宗教。第一次是在大约四千年前，始作俑者是苏美尔文明中一个叫恩奇的神人。第二次是公元前8世纪的希伯来学者，他们被入侵的亚述国王萨尔贡二世赶出了家园。但最终，宗教还是退化成了空洞的教条主义。另一个尝试者便是耶稣。而这次，在他死后还不到五十天，他所做的努力便被其他的强大势力所挟持。后来，四处扩散的邪教被天主教会压制下来，但1900年，堪萨斯又来了一次邪教大爆发。从那以后，邪教一直在积蓄着动能。我们现在就处于那次爆发之后的中期。"

"你信仰上帝吗？"阿弘问。先得弄清这个问题。

"当然。"

"你相信耶稣吗？"

"是的，但并不相信耶稣的肉体能够复活。"

"身为基督徒，你怎么会不信呢？"

"我却会说，"胡安妮塔说，"身为基督徒，你怎么会相信这种事情？无论是谁，只要仔细研读福音书，便会明白肉体复活纯属虚构。是有人在真实的历史被记载下来几年之后，以真实的故事为基础，拼凑出了这段神话。这就跟八卦杂志上的小道消息没什么两样，你不觉得吗？"

除此之外，胡安妮塔再没更多的话好说。她说，她现在还不想深谈这个问题。她不想误导阿弘，让他对"这个方面"产生先入之见。

"你的意思是,以后还会有其他方面？它们之间有一种延续性的关系？"阿弘问。

"你想找到让大五卫受到感染的人吗？"

"当然。见鬼,胡安妮塔,就算他不是我的朋友,我也要赶在自己被感染之前找到那帮人。"

"你先看看巴别资料库,阿弘。如果我从阿斯托里亚回来,就来找我。"

"如果你回来？你去那儿做什么？"

"调查。"

整个谈话过程中,她始终一本正经,向阿弘介绍情况,一一讲述原委,但她显得疲倦而又焦虑。阿弘能看出来,她非常害怕。

"祝你好运。"他说。他原打算这次会面时跟她调调情,趁昨晚他们二人留下的余温未退,抓住时机再续情缘;但与昨晚相比,现在的胡安妮塔心境大变。她现在的脑子里绝不会有风情二字。

胡安妮塔打算在俄勒冈做某种危险的事情。看样子她并不希望阿弘知道,免得他担心。

"巴别资料库里有些好东西,是关于伊南娜的资料。"她说。

"伊南娜是谁？"

"苏美尔神话中的一位女神。我真的迷上她了。不管怎么说,只有当你真正了解伊南娜之后,才能明白我打算做什么事情。"

"好吧,祝你好运。"阿弘说。

"谢了。"

"等你回来以后,我想和你聚一聚。"

"我也这么想。"她说,"但咱们先得把眼前的麻烦应付过去。"

"哦？我倒是没发现自己有什么麻烦。"

"得了，傻瓜。咱们全都有麻烦。"

阿弘离开小房间，回到了黑日大厅。

有个家伙正在黑客分区里闲逛，显得格外与众不同。倒不是他的化身有多么抢眼，而是因为他无法自如地控制自己的身体。他看上去就像个初次进入超元域的菜鸟，还不懂得如何举步移动。他总是不断撞上桌子，每当转身时，他都会把身子转上好几圈，不知道怎样稳住身形。

那家伙有些眼熟，阿弘朝他走去。那人好不容易安生下来以后，阿弘这才看清楚。他认得那种化身。是个克林特，大多数时候总是和布兰迪待在一起。

这个克林特也认得阿弘，他的脸上一瞬间现出惊讶之色，随即又换上了平常那副冷峻严肃、紧闭双唇的粗犷神情。他并拢双手举到胸前，阿弘看到他正捧着一只卷轴，和上次那个布兰迪一样。

阿弘伸手拔刀，但卷轴已被举到他面前，正在徐徐展开，露出里面闪耀着蓝光的位图。他侧身闪到克林特一侧，将打刀举过头顶，随即直直劈下，砍掉了克林特的双臂。

卷轴落在地上，但还在继续展开。阿弘可不敢看那玩意儿。克林特转身便跑，笨拙地扭动着身体，像个弹球似的在一张张桌子之间撞来撞去，想要逃出黑日。

如果阿弘宰了这家伙，把他的脑袋削掉，他的化身便会留在黑日里，被墓地邪灵收拾起来。这样，阿弘就能施展黑客手段进行追查，说不定可以搞清此人的身份，知道他从哪里来。

但那几十个正在酒吧闲荡的黑客目睹了事情的经过。如果他们走过来朝卷轴看上一眼，那就全都会落得与大五卫同样的下场。

阿弘蹲下身子,目光避开卷轴,拉开一道通向地下隧道系统的暗门。正是他当初为黑日编写了地道的程序,现在整个酒吧里也只有他能够使用这个系统。他伸手把卷轴扫进地道,然后关上活门。

阿弘看到那个克林特已经挣扎到了出口近旁,正费力地对着大门乱撞,想破门而出。阿弘拔腿向他追去。如果那家伙跑到大街上,就再也追不到了。因为到时候他会变成一个浑身透明的幽灵。克林特已经领先五十英尺,若是再与上百万个透明的幽灵融为一体,要想抓住他更是绝无可能。像平常一样,黑日门前的大街上聚集着一大帮梦想出名的化身。阿弘已经隔着大门看到了外面那群乌合之众,其中还有几个黑白两色的化身。

那些黑白化身里居然有Y.T.。她正在外面转来转去,等着阿弘出来。

"Y.T.!"阿弘大喊一声,"快追那个没有胳膊的家伙!"

阿弘冲出大门只比克林特晚了几秒钟,但那个克林特和Y.T.已经不见了踪影。

他转身回到黑日,拉起活门纵身一跳,进入了地道系统,墓地邪灵的领地。一个邪灵已经拾起卷轴,吃力地走向地下国度的中心部位,要把它投入熊熊烈焰。

"喂,伙计,"阿弘说,"走到下一条隧道时向右转,把你手里那玩意儿放到我的办公室,好吗?拜托你帮我一个忙,一定要先把卷轴卷起来!"

他跟在墓地邪灵身后,在大街下方的隧道里行进,最后来到一片街区的地下。阿弘和其他黑客的房子就位于这片街区。阿弘让墓地邪灵把卷起的卷轴送到他位于地下的工作间,然后爬上楼梯,朝他的办公室走去。

27

阿弘的手机突然响起铃声,他接通了电话。

"哥们儿,"Y.T.说,"我正在想,你是不是永远都不打算出来了。"

"你在哪里?"阿弘问。

"你说的是现实世界,还是超元域?"

"把两个位置都告诉我。"

"先说超元域,我正在一辆加开的单轨列车上。刚刚经过35号入口。"

"已经到那儿了? 你坐的肯定是快车。"

"猜得没错。被你砍掉胳膊的那个克林特正在我前面第二节车厢里。我想他不知道我在跟踪他。"

"现实世界里呢? 你在哪儿?"

"一家'韦恩牧师'连锁店街对面的公用终端上。"她说。

"哦,是吗? 真有意思。"

"我刚去那儿送过货。"

"送的什么东西?"

"一只铝制手提箱。"

他从Y.T.那里得知了事情经过,也不知是不是完整经过,这两者实在很难分清,反正他觉得没有遗漏。

“你能确定吗?公园里那帮人念叨的那些话同‘韦恩牧师’连锁店里那个女人的祈祷词完全一样?”

“当然。”她说,“很多我认识的人都到那儿去。你知道,有些人的父母先去了那儿,接着又把自己的孩子也拖了去。”

“去哪儿?‘韦恩牧师珍珠门’吗?”

“是的,他们全都像那样胡言乱语。反正我是这么听说的。”

“晚些时候再跟你细说,伙计。”阿弘说,“现在我要去下功夫调查一些事情。”

“再见。”

巴别/信息启示录超卡就放在阿弘面前的桌子中央。他拿起卡片。图书管理员走了进来。

阿弘想问问图书管理员,他是否知道拉格斯已不在人世,但这个问题毫无意义。图书管理员已经知道,但也可以说,他不知道。如果管理员想在图书馆里检索这个信息,那他很快就能查到;但他并不能真正记住这件事情,因为他没有独立的记忆体。图书馆才是他的记忆体,而他每次只能使用其中非常小的几个部分。

“你能帮我查到同那些含混的胡言乱语有关的事情吗?”阿弘问。

“您所谓的‘含混的胡言乱语’,专业术语应该叫作‘无意义的言语’。”图书管理员说。

“专业术语?宗教仪式怎么会有专业术语?”

图书管理员扬起眉毛,“哦,有大量专业文献阐述了这一主题。这其实是一种神经学现象,被宗教仪式利用了而已。”

“是基督教搞出来的东西,对吧?”

"圣灵降临派的基督徒确实这样认为,但他们是在自我欺骗。希腊人不信基督教,可他们同样搞胡言乱语这一套,柏拉图将他们称作'自命为神的宗教狂';另外,将'无意义的言语'用于宗教的范例还包括罗马帝国的东方各教派、哈得孙湾的爱斯摩人、楚克奇人的萨满教巫师、北欧的拉普兰人、东西伯利亚的雅库特人、马来半岛的塞芒矮人、北婆罗洲的邪教派、加纳讲'特里'语的祭司、祖鲁的阿曼迪奇祭祖教派、中国太平天国时期的'拜上帝会'、汤加的灵媒和巴西的巫班达信徒。西伯利亚的通古斯部落成员也曾说过,他们的巫师入定之后,便会语无伦次地说出一大堆毫无意义的音节,这说明他学会了全部大自然的语言。"

"大自然的语言。"

"是的,先生。非洲的苏库马人将这种语言称作'钦那图鲁',即一切魔法师的祖先使用的语言。他们认为,魔法师都是同一个特殊部族的子孙。"

"为什么人们会发出这种胡言乱语呢?"

"如果把神秘主义的解释排除在外,似乎可以得出这样的结论:'无意义的言语'源自大脑内部的深层结构,每个人都一样。"

"你说的这种神经学现象有什么具体表现? 人们在发作时是什么样子?"

"C·W·沙穆威观察过1906年的洛杉矶振兴布道会,记录下了六条基本症状:理智的控制能力完全丧失;冲动支配头脑,达到歇斯底里的程度;无思想,无意志;言语器官自发活动;记忆缺失;偶发性身体症状,例如痉挛或颤抖。公元300年左右,教会历史学家优西比乌也观察到了类似的现象。他指出,假冒的先知在刚开始蛊惑人心的时候会刻意压制有意识的思想,最后则会陷入连他自己都无法控制的精神错乱状态。"

"基督教徒对此做过什么辩解吗?《圣经》里有什么典故可以作为依据吗?"

"圣灵降临。"

"你提到过这个词。它是什么意思?"

"这个词源自希腊语的'五旬',意思是'第五十'。在基督教的教义中,指耶稣被钉死在十字架上之后的第五十天。"

"胡安妮塔告诉我,基督教刚诞生五十天便被其他的强大势力所挟持。她说的肯定与此有关。这到底是怎么回事?"

"《圣经》中有这样的内容:他们就都被圣灵充满,按着圣灵所赐的口才说起别国的话来。那时,有虔诚的犹太人从天下各国来,住在耶路撒冷。这声音一响,众人都来聚集。各人听见门徒都用众人的乡谈说话,就甚纳闷,都惊讶希奇说:'看哪,这说话的不都是加利利人吗? 我们各人怎么听见他们说我们生来所用的乡谈呢? 我们是帕提亚人、玛代人、以拦人,和住在美索不达米亚、犹太、加帕多家、本都、亚细亚、弗吕家、旁非利亚和埃及的人,并靠近古利奈的利比亚一带地方的人,从罗马来的客旅中,或是犹太人,或是进犹太教的人,克里特和阿拉伯人,都听见他们用我们的乡谈,讲说神的大作为。'众人都惊讶疑猜,彼此说:'这是什么意思呢?'出自《使徒行传》第二章,四至十二节。"

"见鬼,我要知道这是什么意思就好了。"阿弘说,"听上去像是巴别的故事掉了个个儿。"

"是,先生。许多圣灵降临派的基督徒相信,他们拥有了天赐的语言,所以不需要真正学习别人的语言就能向语言不通的人传播信仰。有个词叫作'特异外语能力",指的就是这种事情。"

"没错。在那盘录像带里，莱夫在'企业号'的甲板上宣称，他听得懂那帮孟加拉人在说什么。"

"是的，先生。"

"难道这种胡言乱语真的管用？"

"在公元6世纪，据说圣徒路易·贝特朗曾使用这种天赐的语言，让三万到三十万名南美印第安人皈依了基督教。"图书管理员说。

"哇呜。这玩意儿在人群里的传播速度比天花还快。"

"犹太人对圣灵降临派搞的这玩意儿有什么看法？"阿弘问，"当时是他们在统治国家，对吧？"

"当时的统治者是罗马人。"图书管理员说，"但仍然存在不少犹太宗教权力机构。当时有三大犹太团体：法利赛教派、撒都该教派和艾赛尼教派。"

"我在电影《万世巨星》里看到过法利赛人呢。就是那些声音低沉，总是找基督麻烦的家伙。"

"是的，他们一直在找他的麻烦。"图书管理员说，"因为他们在信仰方面非常严格。对这些人来说，教法就是一切。显然，耶稣是他们的一大威胁，因为从实质上讲，他提倡的是废除教法。"

"他想跟上帝重新商定一份契约。"

"您的话听上去像是在打比方，对此我不太擅长，但从字面的意思来看，您说得没错。"

"另外那两个教派都是些什么样的人？"

"撒都该教派属于唯物主义。"

"什么意思？他们都开宝马车吗？"

"不，我指的是哲学意义上的唯物主义。所有的哲学不是一元论就是二元论。一元论者相信,物质世界是唯一的世界,所以他们就是唯物主义者;而二元论者相信二元宇宙的存在,也就是说,在物质世界之外还有一个精神世界。"

"哈,这么说,作为电脑怪物,我该相信二元宇宙才对。"

图书管理员扬了扬眉毛,"您这话是什么意思?"

"抱歉,我在开玩笑,但我这个双关语用得实在蹩脚。你瞧,电脑使用二进制代码来表现所有信息,二进制代码就是二元物。所以我开玩笑说,我该相信二元宇宙的存在,因为我就是个成天摆弄二元物的二元论者。"

"很好笑。"图书管理员说,但听上去他并未感到这多么有趣,"但您开的玩笑仍有一定的理论价值。"

"此话怎讲? 我只是在开玩笑,真的。"

"电脑靠'1'和'0'来表现所有事物。而'有'与'无'之间的这种差别,即对'存在'和'虚无'进行的关键性区分,正是许多创世神话的本源和基础。"

阿弘觉得双颊微微有些发烧,不由恼火起来,疑心图书管理员或许在取笑他,把他当成傻瓜耍弄;但他知道,不管这个图书管理员看上去多么像真人,实际上也只是一套软件,不可能做这种事情。

"就连'科学'这个词都来自印欧语系中的一个词根,本意是'切割'或是'分离'。同一词根又衍生出了'排便'一词,意思当然就是把有生命的肉体和无生命的废物分开。这个词根还衍生出'镰刀'、'剪刀'和'分裂'等词,意思都与'分离'的概念有关。"

"那'刀'这个词呢?"

"它所承袭的词根有多个意思,其中之一是'削砍或穿刺',另一个是'柱子'或'棍棒'。另外还有一个意思,很简单,就是

'说话'。"

"咱们还是回到正题上吧。"阿弘说。

"好的。如果您愿意,我们可以迟些时候就这个分支话题再做探讨。"

"现在我可不想为枝节问题分散精力。给我讲讲第三个团体,艾赛尼教派。"

"他们过着公有化的生活,相信肉体的清洁与精神的纯净紧密相关。他们经常沐浴,裸体躺在阳光下,用灌肠法为自己洗涤,不遗余力地确保食物纯净完美,不受污染。他们甚至还自己撰写了另一个版本的福音书:在书里,耶稣用驱除绦虫等寄生虫的方法治愈了患疯病的人,而不是通过奇迹。他们将寄生虫视为魔鬼的同义词。"

"听上去这些人很像嬉皮士。"

"您这种联想以前也有人提出过,但在很多方面并不切合实际。艾赛尼教派极为虔诚,而且从不吸食毒品。"

"那么对他们来讲,感染绦虫之类的寄生虫就和恶魔附身没什么两样。"

"没错。"

"真有趣。我真想知道他们对电脑病毒有什么看法?"

"我的程序设计不允许我做出推测。"

"我忽然想起,拉格斯曾对我念叨过病毒、感染和一种叫作'喃刹怖'的玩意儿。那是什么意思?"

"喃刹怖是苏美尔语中的词汇。"

"苏美尔语?"

"是的,先生。大约在公元前2000年之前,这种语言一直在美索不达米亚地区通用。它还是最古老的文字语言。"

"原来如此。这么说,其他所有语言都是由它演化而来的?"

有片刻工夫,图书管理员两眼望天,像在思考什么事情。阿弘一看便知,这个程序正在飞速检索图书馆中的资料。

"并不是这样。"图书管理员说,"苏美尔语没有演化出任何语言。这种语言中的单词是由粘着法构成的。也就是说,各种词素或是音节组合在一起,构成了苏美尔语的单词。这很罕见。"

"你的意思是,"阿弘突然想起了医院里的大五卫,"如果我听什么人讲苏美尔语,感觉就像是听到了一长串联在一起的短音节?"

"是的,先生。"

"这种语言听起来像是'无意义的言语'吗?"

"您这是要我做出判断。还是请您去问真正的人类吧。"图书管理员说。

"它听上去像不像某种现代语言?"

"目前尚无证据表明苏美尔语和任何一种后来出现的语言之间存在语系关系。"

"这太古怪了。我对美索不达米亚的历史不是很熟。"阿弘说,"苏美尔人后来怎么样了? 种族灭绝?"

"不,先生。他们被异族征服了,但没有证据表明他们的种族被屠杀净尽。"

"或迟或早,每个种族都曾被别人征服。"阿弘说,"但他们的语言并没有灭绝。为什么苏美尔语却销声匿迹了呢?"

"鉴于我只是一段程序代码,我无法做出推测。"图书管理员说。

"好吧。现在还有人懂苏美尔语吗?"

"是的,目前世界上大约还有十个人懂苏美尔语。"

"他们都在哪里工作?"

"一个在以色列,一个在大英博物馆,一个在伊拉克,一个在芝加哥大学,一个在宾夕法尼亚大学。另外五个在得克萨斯州休斯敦的莱夫基督教圣经学院。"

"分配得不错。这些人里有谁知道'喃刹怖'在苏美尔语里的意思吗?"

"是的。喃刹怖是一种具有魔力的话语。在英语中,意思最接近的词应当是'咒语',但这样翻译会造成很多含义上的误解。"

"苏美尔人相信魔法吗?"

图书管理员微微摇头,"您这个问题看似简单明了,其实非常深奥。众所周知,要我这样的软件回答这类问题,实在是勉为其难。请允许我引用塞缪尔·诺亚·克雷默和约翰·R·梅耶所著《狡诈的神祇,恩奇的神话》(纽约、牛津:牛津大学出版社1989年版)一书中的一段话:'宗教、魔法和医学在美索不达米亚完全纠缠铰接在一起,若要将三者一一区分开来,肯定举步维艰,而且徒劳无功……[苏美尔人的咒语]将宗教、巫术和美学紧密结合在一起,其结合程度如此彻底,以至于一旦试图将三者之一从中剥离出来,便会导致这个整体扭曲变形。'这里还有另外一些资料,或许有助于解释您提出的问题。"

"在哪里?"

"隔壁房间。"图书管理员说着,指了指墙壁。他走过去,拉开了米纸隔扇。

具有魔力的话语。如今人们已经不再相信这种事情了,但超元域除外,没错,因为在那里才可能有魔法之类的东西。超元域是由代码创造出来的虚拟结构，而代码就是话语的一种形式，电脑能够懂得这种形式的话语。因此，整个超元域可以被看作一个巨大的喃刹怖，通过L.鲍勃·莱夫的光缆网络发出诅咒。

电话铃声响起。"等一等。"阿弘对图书管理员说。

"不必着急。"图书管理员答道。他并未进一步做出显而易见的解释：如果有必要，他可以等上一百万年。

"又是我。"Y.T.在电话里说，"我还在火车上。缺胳膊的家伙在127号高速入口下了车。"

"嗯。那里位于中心区的对映点上。我的意思是，如果你从中心区出发，能到达的最远地点就是那里。"

"是吗？"

"当然。一百二十七是二的七次方再减一——"

"饶了我吧，我相信你的话就是了。反正外面是一片他妈的荒野地。"她说。

"你没有下车跟踪他？"

"你在开玩笑？去那种地方跟踪他？那里离最近的建筑物也有一万英里远呢，阿弘。"

她说得没错。超元域还有相当大的空间有待开发。几乎全部繁华地带都集中在中心区范围内的两三个高速入口之间，延展长度只有五百公里。127号入口远在两万英里之外。

"你那里能看到什么东西吗？"

"一个黑色的立方体，边长足有二十英里。"

"通体漆黑？"

"是啊。"

"那么大的一个黑方块，你是怎么计算出边长的？"

"我乘车时一直在看星星，知道吗？突然在火车右侧，我看不到任何东西了。于是我就开始数局部入口的数目。数到十六个的时候，火车停在了127号高速入口，而缺胳膊的残废爬下车朝那个大黑玩意儿跑了过去。火车开动后，我又数了十六个局部入口，这时星星才重新出现。局部入口之间的距离是一公里，三十二公里乘以零点六就是二十英里了，你这个笨蛋。"

"太好了，"阿弘说，"非常有用的情报。"

"你觉得，这个边长二十英里的大黑方块是谁的财产？"

"纯粹根据荒谬的偏见来推断，我猜是L.鲍勃·莱夫。据推测，他在某个不为人知的地方拥有一大片地产，用来存放超元域的所有内部组件。当初我们在外面骑着摩托车飙车时，有人还偶尔撞上过那东西。"

"好的，我得走了，老兄。"

28

　　阿弘挂上电话，走进隔壁的新房间。图书管理员跟在他后面。

　　房间约有五十英尺见方，正中央摆放着三件巨大的古代文物，其实是三件古代文物的立体影像。居中者是一块厚厚的黏土板，由焙烧过的黏土制成，悬在半空，尺寸有一张咖啡桌大小，厚度约为一英尺。阿弘怀疑这是一件小型器物的放大影像。黏土板的正面布满文字，笔画中尽是小小的尖角。阿弘认出那是楔形文字。板块四周的边缘被压上了成行的圆形印痕，显然是一根根手指在黏土板成形时留下的痕迹。

　　黏土板右侧是一根木柱，顶端分出枝杈，看样子是一棵艺术化的树。黏土板左侧立着一尊八英尺高的方尖碑，同样写满了楔形文字，顶部是一幅凿刻出的浅浮雕图案。

房间里满是超卡,组成了一幅三维星相图,失重般地悬在空中,就像高速摄影机拍下的暴风雪成形过程。有些地方的超卡被布置成精确的几何图案,宛如晶体中排列有序的原子;而在另外一些地方,成堆的超卡被归拢在一起。墙角处也摆满了超卡,看来是拉格斯在完成工作之后把它们丢在了那里。阿弘发现,他的化身可以直接走过这些超卡,并不会打乱排列好的阵形。实际上,这个房间就像一张杂物横陈的书桌台面,一直保持着拉格斯离开时的样子。这片五十英尺乘五十英尺的空间里,超卡构成的烟云弥漫在每一个角落,而且从地面一直向上排列到八英尺高的地方,那正是拉格斯的化身能伸手够到的高度。

"这里有多少张超卡?"

"一万零四百六十三张。"图书管理员答道。

"我可没有时间把它们全看遍。"阿弘说,"你能不能告诉我,拉格斯在这儿都研究些什么?"

"嗯,如果您愿意,我可以为您复述一下所有超卡的名字。拉格斯把它们分为四大类:《圣经》研究、苏美尔文化研究、神经语言学研究以及有关L.鲍勃·莱夫的资料。"

"细节就不必深究了。你知道拉格斯研究这些东西有什么用意? 他在探寻什么?"

"您认为我看起来像个心理学家吗?"图书管理员说,"我无法回答这些问题。"

"那让我换一种问法:这些资料怎么会和病毒有关呢?"

"其中的关联非常微妙。若想对其归纳总结,需要同时具备创造力和判断力,而作为机械产物,我并不具备这两种能力。"

"这些玩意儿的历史有多久了?"阿弘指了指三件文物。

"黏土信封来自苏美尔文明,是公元前3000年的产物,在伊拉克南部的埃利都城发掘出土。黑色的石柱或称方尖碑,镌刻着《汉谟拉比法典》,其年代可以追溯到公元前1750年左右。树状物是崇拜耶和华教派的图腾柱,来自巴勒斯坦。它被称作'阿舍拉',是公元前9世纪的古物。"

"你说这块黏土板是个信封?"

"是的,它的内部还包裹着一块更小的黏土板。苏美尔人通过这种方式防止文件被篡改。"

"我想,所有这些东西都被收藏在某个地方的博物馆里吧?"

"阿舍拉和汉谟拉比法典柱在博物馆里,但黏土信封是L.鲍勃·莱夫的私人藏品。"

"L.鲍勃·莱夫对这东西显然很感兴趣。"

"莱夫基督教圣经学院就是由他创建的,这所学院的考古学系在全世界最富实力。他们已经在埃利都展开挖掘工作,那里是古代的宗教中心,教徒们信奉的是一位名叫'恩奇'的苏美尔神祇。"

"这些事情相互之间有什么关联?"

图书管理员扬起了眉毛,"抱歉,您的意思是?"

"好吧,咱们用排除法理一理思路吧。拉格斯为什么会觉得苏美尔人的文字要比……比方说,希腊或是埃及的文字更有趣呢?"

"埃及文明是石头文明。他们的艺术和建筑都是以石头为表现形式,所以文明才得以永存,但谁也无法在石头上写字,所以他们发明了纸莎草纸,在上面写字。纸莎草纸很容易腐烂,因此,尽管他们的艺术和建筑留存至今,但文字记录,也就是他们的数据信息,绝大多数已不复存在。"

"那些用象形文字刻下的碑铭呢?"

"拉格斯称之为'保险杠贴纸'。都是些陈腐的政治演说。埃及人有一种很不好的习惯,总爱在战争爆发之前就事先写好歌功颂德的铭文,对自己尚未取得的军事胜利大加称赞。"

"苏美尔人不一样吗?"

"苏美尔文明是黏土文明。他们用黏土营造建筑物,也在黏土板上写字。他们的雕塑以石膏为材质,这种东西会在水中溶解,所以他们的建筑和雕塑都已在风雨中分崩离析,但黏土书写板不是经过焙烤便是埋在罐子里,因此所有的苏美尔文献资料都被保存下来。埃及人的历史遗产是艺术和建筑,而苏美尔人则留下了成百万字节的浩瀚文字。"

"成百万字节?那有多少?"

"只要考古学家不嫌费力气,挖出多少就有多少。苏美尔人把所有的事情都用文字记录下来。他们盖房子的时候,会在每一块砖上写下楔形文字。房子倒塌后,砖块并未毁坏,散落在沙漠中,到处都是。古经书中记载,奉命摧毁所多玛和蛾摩拉的天使曾说过:'我们受命出征,惩戒邪恶的族类,让黏土聚成的砖块如雨点般当头坠下,而砖块上已留下神谕,必将罪恶之地彻底毁灭。'拉格斯觉得这很有趣——写在能够永久保存的媒介上的信息,居然以这种方式传播开去。他当时还提到了在风中飘散的花粉,我估计他是在打比方。"

"没错。告诉我,黏土信封上的铭文已经被翻译出来了吗?"

"是的。那是一则警告,意思是:'信封中装有恩奇的喃刹怖。'"

"我已经知道喃刹怖是什么意思了。那么,恩奇的喃刹怖是什么?"

图书管理员抬眼望向远方,煞有介事地清了清嗓子。

"'曾几何时,天下无蛇,无蝎,

无鬣狗,无狮子,

无野狗,无饿狼,

无惊,无怖,

世人无可匹敌。

往昔岁月,舒布尔和哈马兹大地,

言语调和之苏美尔,谟王治下之伟大国度,

尽归正道之净土乌利,

安然休憩之马尔图属地,

百姓尽享关爱之寰宇,

悉听恩利尔神尊一言妙谛。

其后,王者桀骜,王子忤逆,王君不逊,

即有丰饶之神恩奇,令出禁止,威严有度,

智慧圣主,扫视大地,

众神之王,

埃利都之帝,贤明无比,

尽改凡人口中言语,令无穷争辩,殃及俗世,

自此普天之下,再不复昔日一统之言语。'

这是苏美尔文明权威学者克雷默的译文。"

"这明明是个故事啊,"阿弘说,"我本以为喃刹怖是一种咒语。"

"恩奇的喃刹怖既是故事,也是咒语。"图书管理员说,"它是杜撰出的预言,但却是可以验证的。拉格斯相信,这段译文只是略作暗示;它的原文肯定已经言明,恩奇的喃刹怖确实变成了现实。"

"你是说,人们口中的言语当真被改变了。"

"是的。"图书管理员说。

"这简直就是巴别塔的故事，不是吗？"阿弘说，"过去人人都讲同一种语言，后来恩奇改变了他们的言语，所以他们再也无法相互了解。《圣经》中巴别塔的故事肯定出自这个典故。"

"这个房间里有很多超卡上的资料都在追溯您说的这种关联。"图书管理员说。

"你此前提到过，曾有一段时间，人人都讲苏美尔语，但后来完全没有人再说这种语言了。苏美尔语已经不复存在，跟恐龙一样，而且没有种族灭绝之类的事可以解释其中的原因。这种情形就跟巴别塔的故事一样，恩奇的喃刹怖也是如出一辙。拉格斯认为巴别塔这件事真的发生过吗？"

"他确信无疑。他感到很不安，人类居然有如此众多的语言，在他看来，语言的数量真是太多了。"

"有多少？"

"数万种。在世界的许多地方，你会发现，常有同一种族的人，分别住在相隔仅有几英里的两条山谷里，生活条件也极为相似，却说着彼此完全没有共同之处的语言。这种事情并不奇怪，而且普遍存在。许多语言学家都曾想方设法探究巴别塔现象：为什么人类的语言倾向于分裂，而不是合而为一？"

"有人找到答案了吗？"

"这个问题既困难又深奥。"图书管理员说道，"但拉格斯提出了一套理论。"

"是什么？"

"他相信，巴别塔的故事是一个真实的历史事件，确实在某一确切的时间和地点发生过，而且与苏美尔语言的消失相吻合。在'巴别/信息启示录事件'之前，人类的各种语言正趋于融合统一,但在那之后,语言的变化始终体现出一种本质上的趋势:产生诸多分歧,而且无法相互理解。按照他的说法,这种趋势像毒蛇一样盘绕在人类的脑干上。"

"只有一件事可以对此做出解释——"阿弘停了下来,不想说出口。

"请讲。"图书管理员说。

"可以假定,有某种现象在人类之中蔓延,以某种方式改变了人们的头脑,比如说,让人们无法再讲苏美尔语。这就跟电脑病毒一样。病毒也是以相同的方式在电脑之间蔓延,以相同的方式破坏每一台电脑。盘绕在脑干上,这个比喻一点不错。"

"拉格斯花费了许多时间和精力论证这个想法。"图书管理员说,"他觉得,恩奇的喃刹怖是一种神经语言病毒。"

"这位恩奇真的确有其人吗?"

"有可能。"

"恩奇创造出了病毒,又借助像这样的书写板把病毒传遍了苏美尔?"

"是的。人们曾发现过一块书写板,上面是一封写给恩奇的信。作者在信中对病毒扩散大为抱怨。"

"写给神的信?"

"是的。信的作者是文牍人员辛-萨姆。他在开头部分对恩奇百般颂扬,并强调了自己对他的虔诚,随后便开始抱怨:

　　　　就像一个年轻的……(此处缺损)
　　　　我的手腕麻木僵直。

　　　　就像正在疾奔的马车,车辀突然断裂,

271

我一动不动地站在路边。

我躺在床上,大叫'哦! 哦,不!'
放声哀号。

我优雅的身体挺得笔直,
一只脚毫无知觉。

我的……被带入泥土中,
体格已被改变。

在夜里,我无法入睡,
活力尽失,
生命日渐衰微。

明亮的白昼暗淡无光。
我正滑进自己的坟墓。

我是个博闻的作家,却变成了蠢材,
我的手已无法书写,
口中说不出话。

"下面他对自己的悲惨境遇又作了一番描述,最后写道:

我的神明,你令我惧怕。

在此奉上一封书简。
请赐予我怜悯。

将吾神之心，归还于我。"

29

Y.T.正在405号公路上的一家"老妈卡车站"里等待前来接她的人,焦躁得再也无法忍受了。她就是死,也绝不要死在老妈卡车站这种地方。即便出了什么事情,比方说,在老妈卡车站门前,一辆半挂拖车的十八个大轮子从她身上——碾过,那么就算她已经七零八落,也要用眼皮上的肌肉拖着身体爬上路肩,挣扎到最近的一家打盹巡游特许城邦。哪怕那里满是好色的流浪汉,她也绝不会爬进老妈卡车站。不过,既然你是个专业人员,免不了会接到自己不喜欢的差事。这种情况下,你只能冷静应对,委曲求全。

为了完成今晚的任务,玻璃眼珠男人为她配备了一名"司机兼保镖",这是他的原话。这可是个完全没法估计的大变量。Y.T.不知道她是不是让自己委屈到这种程度,同某个神秘家伙一起合作。她暗自猜测,即将出现的这个"司机兼保镖"应该像个中学的摔跤教练。真要那样就太恶心了。总而言之,老妈卡车站是他们约好见面的地方。

Y.T.点了咖啡和一片时鲜樱桃馅饼,端着这些东西来到店堂后面角落里的公用大街终端旁。这是个封闭式的不锈钢隔间,左边是一座电话亭,一个思乡心切的卡车司机刚刚冲进去;右边是一台弹球机,机器的外形做成大胸小姐的模样。如果你打出的弹球击中了神奇的输卵管,她的双乳便会闪闪发亮。

Y.T.对超元域不是很熟悉,但她知道那里的路该怎么走,而且她还有目的地的地址。在超元域里找到地址并不比现实世界中更难,只要你不是个彻头彻尾的笨蛋就行。

她刚走上大街,人们就开始向她投来鄙夷的目光。在现实世界中,当她穿着充满活力的蓝橙两色信使制服,穿过"西湖社团公园"里那片尽是精纺毛呢套装的荒漠时,那些人也是这么看她的。她知道大街上众人的眼神为何如此不屑,因为她通过劣等的公用终端上线,是个一文不值的黑白货色。

在她的右方,零号入口附近,大街的建筑群上空,一团闪耀着冷光的雷暴云正在缓缓聚集成形。她转身爬上了单轨列车。其实她很想走进大街的这片闹市区好好逛一逛,但造访此地需要大笔开销,每隔不到十分之一毫秒,她就得向公用终端的投币槽里塞进一枚硬币。

她要见的那家伙名叫吴。现实世界中,他正在南加州的某个地方。Y.T.并不确定他开的是什么车,或许是一辆厢式货车,里面装满了玻璃眼珠男人所说的"令人难以置信的东西,但你没必要知道"。在超元域,此人住在城外,二号入口附近,那里的地产开发刚刚进入扩张期。

吴在超元域的家是一幢富于法国殖民风格的别墅,位于战前湄公河三角洲上一个叫作"美托"的村庄里。去拜访他就像是在游历1955年的越南,只是你不必把自己搞得汗流浃背。为了给自己创造出的世外桃源留出足够的空间,吴申购了一块距大街有数英里远的超元土地。这片租金低廉的开发区不通单轨列车,所以Y.T.的化身只能一路步行。

他有一间轩敞的办公室,配以法式落地玻璃门,门外的阳台面朝一望无际的稻田,许多身材矮小的越南人正在田间劳作。这家伙显然是个十足的科技狂,因为Y.T.数了数,发现他的稻田里居然有数百名农夫,另外还有几十个正在村庄四周往来奔忙。这些人全都被电脑描摹得惟妙惟肖,各自做着不同的事情。Y.T.并不是电脑专家,但她明白,这家伙肯定在电脑上花了不少工夫,才能把办公室窗外的风景制作得如此逼真;而且,正因为这里是越南,更让眼前的一切显得疯狂而又怪异。Y.T.简直等不及要把这个地方告诉路尸。她暗想,如果这里再加上些炸弹横飞、飞机扫射和燃烧弹狂轰的场面,那就再妙不过了。

吴本人,或者,至少他的化身,是个短小精悍、五十来岁的越南人,头发紧贴在脑袋上,穿着一件军装式样的卡其布制服。Y.T.走进办公室的时候,他正坐在椅子上,倾身向前,让一个日本艺妓为他按摩肩膀。

越南居然会有日本艺妓?

Y.T.的祖父在越南待过一阵子,他曾告诉她,日本人在战争时期占领了这个国家,并采取他们招牌式的残酷手段实行统治,直到我们用原子弹收拾了他们之后,那帮东洋鬼子才发现自己原来是和平主义者。和其他大多数亚洲人一样,越南人对日本人恨之入骨。显然,这位吴先生一想到正有个日本艺妓在为自己按摩脊背,便会感到十分畅快。

但细想一下就会觉得这件事很奇怪,因为日本艺妓是一幅立体图像,只存在于吴和Y.T.的目镜上。谁也无法让一幅图像为自己按摩。那么,为什么吴还要多此一举呢?

看到Y.T.进来,吴起身鞠躬施礼。超元域大街的铁杆分子都用这种方式相互打招呼。他们不喜欢握手,因为谁也无法真正感觉到肢体的接触,反而会提醒自己:其实你根本不在那里。

"嗯,你好。"Y.T.说。

吴回身坐下,艺妓继续为他按摩。吴的办公桌是一件非常漂亮的法国古董,桌边正对他的地方竖立着一排小小的电视屏幕。大部分时间里,他一直在盯着屏幕,就连说话时也一样。

"他们向我讲了一点你的事情。"吴说。

"你不该听信那些讨厌的流言蜚语。"Y.T.说。

吴从桌上端起一杯饮料,喝了一口。那东西看上去像是冰镇薄荷酒。一缕缕冷凝气从液面上袅袅升起,凝成水珠之后又顺着杯沿缓缓滴下。电脑将这些细节演绎得极为完美。Y.T.甚至可以看见,每一滴水珠都反射出办公室窗子缩小了的倒影。这简直是在故意炫耀。真是个电脑狂人。

他看着她,脸上没有任何表情;但Y.T.猜想,那张面孔暗含着痛恨和厌恶。吴在这座超元域最漂亮的房子上面花了大笔钱财,现在却有个黑白化身的寒酸滑板客溜了进来。这准把这个在虚拟世界追求绝对真实的疯子气得要死。

房子里的某个地方,一台收音机正在播放乐曲,美国轮椅摇滚的旋律中掺和着慵懒闲适的越南风情。

"你是新西西里的公民吗?"吴问。

"不,只是偶尔跟恩佐大叔和其他黑帮伙计们打打交道。"

"哦,这倒是不同寻常。"

吴不是个风风火火的人。他完全沉浸在湄公河三角洲倦怠的生活节奏中,只满足于坐在那儿,看着眼前的电视屏幕,每隔几分钟才说上一句话。

还有一件事:很明显,吴患有妥瑞氏综合征或是其他脑部疾病,因为他嘴里时常无缘无故地发出奇怪的声音。这些怪声带着浓重的鼻音。越南人在商场或是餐馆的后堂用母语争论家庭琐事时总是这样讲话,但就Y.T.所知,吴发出的声音并不是话语,只是简单的声音而已。

"你常为这些家伙工作吗?"Y.T.问。

"偶尔干一些保安工作,没什么大活儿。黑手党与很多大公司不同,他们有一套严格的传统做法,习惯于自己处理保安问题。但如果碰上某种技术性特别强的情况,就需要——"

说到一半,他停了下来,鼻子里发出一声尖音,怪得让人难以置信。

"你的工作就是保安?"

吴把面前的电视屏幕扫视了一遍,然后打了个响指,艺妓立即踩着碎步走出房间。他交叠双手,按在桌面上,倾身向前,盯着Y.T.。"是的。"他说。

Y.T.同他对视一眼,等着他继续说下去,但几秒钟之后,他的注意力又回到了电视屏幕上。

"我的大部分工作,来自同李先生签下的一单大合同。"他说。

Y.T.等他再作补充——不是随便哪个"李先生",而是"李先生的大香港"。既然Y.T.亮出了恩佐大叔的名号,吴当然也能搬出李先生的名头。

"从根本上说,任何城邦的社会结构都取决于它自身的保安系统。"吴说,"李先生非常清楚这一点。"

哇呜,现在我们的谈话越来越有深度了。吴说话的口气突然变得像个白人老头子,就是常在电视访谈节目里露面的那种老学究。Y.T.的母亲对这类节目非常着迷。

"由大量人类组成的保安力量会对社会环境造成影响。你想想就知道,一大帮挣底薪的家伙扛着机关枪四处站岗,那会是一副什么样子。李先生深谙其中的道理,所以更愿意使用非人类的保安系统。"

非人类的保安系统。Y.T.很想问他对鼠辈知道多少,但这样做没有意义:他是不会说的。他们二人的关系会因此陷入僵局。这就相当于Y.T.在向吴套取一份他绝不会透露的情报,那样的话,整个事情会比现在还要怪异,怪到Y.T.无法想象的程度。

吴的口中突然发出一长串带着鼻音的噗噗声。

"该死的婊子。"他咕哝道。

"你说什么?"

"没什么。"他说,"一辆面包车钻到了我前面。这些人根本不明白,我这辆车能把他们轧得稀烂,就像装甲运兵车碾死一头肥猪一样。"

"面包车? 你在开车吗?"

"当然。我正要来接你,还记得吗?"

"这没给你添什么麻烦吧?"

"没有。"他叹了口气,听上去他确实觉得很麻烦。

Y.T.站起身,走到他的桌子后面看个究竟。

每一台小电视屏幕上的画面都是从厢式货车里向外看到的景象,分为不同的视角:风挡玻璃、左窗、右窗、后视镜。另一台屏幕上的电子地图显示出吴所在的位置:正朝圣伯纳迪诺驶来,不远了。

"这辆货车由声音控制。"吴解释说,"我拆掉了'方向盘和脚踏板'操作界面,因为我发现声控系统用起来更方便。我时常会发出一些不寻常的声响,那是我在对车子的系统进行控制。"

Y.T.暂时退出超元域,为的是清醒一下头脑,顺便上个厕所。她摘下目镜,发现自己已经吸引了不少观众———一帮卡车司机和机械技师正站在终端隔间四周,围成半圆形,听她和吴聊天。当她站起身之后,大家的注意力自然而然转移到了她的屁股上。

Y.T.上完厕所,吃掉了那份馅饼,随后缓步走出老妈卡车站,在落日炫目的阳光下等着吴。

那辆厢式货车一眼就能认出来。它是个庞然大物,高八英尺,车身还要更宽些。在以前还有法律的时候,这种尺寸会因为超宽而被视为违规。车子的结构四四方方,棱角分明,用平整的钢板焊接而成。钢板表面布满细小的凹痕,这种板材通常只用来制造地井盖子或是阶梯踏板。卡车的轮胎十分庞大,很像牵引车的轱辘,只是胎面上的花纹更为精细。轮子共有六只:两根轮轴在后,一根在前。车子的发动机也奇大无比,好似电影中邪恶的太空船,隆隆的轰鸣声让 Y.T.感到自己的肋骨一阵阵打战。车顶上直竖着一对粗短的红色烟囱,接连喷出一团团柴油废气,朝车后飞去。风挡玻璃平滑如镜,呈长方形,约三英尺高、八英尺宽,被熏染成深黑色,Y.T.完全看不清车内任何一样东西的轮廓。厢式货车的车头装饰着各式各样的大功率车灯。只要是科学界已知的灯具,这里应有尽有。就好像车主在某个周六晚上袭击了一家新南非特许区,偷走了每辆车上的每一盏车灯。车头的前脸上还横装着一副护栅,用某段废弃铁路上拆下的钢轨焊接而成。单是这副护栅就比一辆小轿车更重。

乘客座位那一侧的车门自动打开。Y.T.走过去,爬上前座。"嗨,"她说,"你想去尿尿或是解决别的什么问题吗?"

吴不在车里。

但是,或许他就在里面。

车内本该是驾驶座的地方,垃圾桶大小的一只氯丁橡胶袋赫然从车顶垂下,裹在一张由皮带、减震绳、导管、电线、光缆和液压管交织而成的网里。这只袋子绞缠着过多的东西,让人很难分辨出它真正的模样。

在袋子的顶端,Y.T.看到了一片头皮,四周围着一圈黑发,分明是一个谢顶男人的脑瓜顶。除此以外,自他的太阳穴以下,整个头部都包裹在一套巨大的"目镜/面具/耳机/饲喂管"单元组件里。一根根智能束带将这套组件固定在他的头颅上,不停地绷紧或是放松,让装置令人舒服、位置妥帖。

头部下方的两侧,也就是通常会看到双臂的地方,是两大捆电线、光缆和导管,从地板延伸而上,似乎插进了吴双肩上的插槽。在他双腿的根部也是类似的情形:更多的东西插进他的腹股沟,并与躯干上的不同位置相连。整个人形都被裹在一件整体式的连身衣中,形成一只口袋,比躯体应有的尺寸还要大,不停地鼓动抽搐,就像有生命一般。

"谢谢你,我的问题全都解决得不错。"吴说。

车门在她身后砰的一声关上。吴发出一声怪叫,厢式货车驶上老妈卡车站前的车道,回头朝405公路奔去。

"请原谅我这副模样。"尴尬地沉默了几分钟之后,他说,"1974年西贡大撤退的时候,我的直升机着了火,被地面部队乱射的曳光弹击中了。"

"哇呜,真倒霉。"

"我挣扎着游到一艘停在近海的美国航空母舰旁,但你知道,着火时燃料喷溅得到处都是,我没能躲过。"

"是的,我能想象到,嗯哼。"

"有段时间我也试过使用假肢,有些还真不错。但哪一种也不如电动轮椅方便。于是我就想,为什么电动轮椅非得是又小又可怜的玩意儿,就连爬一段缓坡也要费尽力气?所以我买了这辆车,德国造的机场救火车,把它改装成了我的新式机械化轮椅。"

"它相当不错。"

"美国这个国家简直妙极了,你可以通过免下车的'得来速'方式得到任何东西。换机油、买酒、去银行、洗车、参加葬礼、随便你想干什么,得来速全办得到!所以说,这辆车比又小又可怜的电动轮椅强多了。它已经成了我身体的延伸部分。"

"艺妓为你按摩脊背的时候,你也觉得车是身体的一部分?"

吴咕哝了些什么,身体袋囊的四处开始蠕动起伏,"当然,她只是个邪灵。说到按摩,我的身体悬在一种电子收缩凝胶之中。我需要按摩的时候,智能凝胶就会代劳。我还有个瑞典姑娘和一个非洲女人,但那两个邪灵的模样不太精致。"

"那么,冰镇薄荷酒呢?"

"我能从一根饲喂管里喝到,不含酒精。哈哈。"

"好吧。"驶过洛杉矶机场很久之后,Y.T.这才意识到,现在若想临阵脱逃已经为时太晚,"这次行动的计划是什么?咱们有计划吗?"

"咱们要去长滩,到终结岛的献祭区,在那儿买点儿毒品。"吴说,"其实是由你执行任务,毕竟我行动不便。"

"这就是我的任务?买点儿毒品?"

"是的,买了之后朝天上一扔就行了。"

"在献祭区?"

"没错,后面的事情由我们负责料理。"

"伙计,你说的'我们'指的是谁?"

"还有几个……呃……家伙,他们会帮助咱们。"

"什么?车后厢里还有好多像你这样的人吗?"

"差不多吧。"吴说,"你越猜越靠谱了。"

"他们都跟……嗯……非人类保安系统差不多吗?"

"我想,这个词确实能把他们全都包括在内。"

Y.T.猜测,吴这话的意思就是个斩钉截铁的"是"。

"你累不累?需要我替你开会儿车或是做点别的什么?"

吴放声大笑,声音就像高射炮在远处开火,厢式货车差点偏离了车道。Y.T.不觉得这是自己那句俏皮话的效果。吴是在把她当成一个傻瓜来嘲笑。

30

"好,上次我们谈到了黏土信封,那么这件看起来像棵树的东西是什么?"阿弘指了指其中的一件文物。

"这是阿舍拉女神的图腾柱。"图书管理员干脆地答道。

"现在咱们总算有点进展了。"阿弘说,"拉格斯告诉我,黑日里的那个布兰迪是阿舍拉的教妓。那么,阿舍拉是谁?"

"她是埃尔神的妻子,而埃尔神的另一个名字就是'耶和华'。"图书管理员说,"阿舍拉还有很多其他名字,'埃拉特'是她最常见的称号。希腊人将她称作'狄俄涅'或是'雷亚'。迦南人则把她称作'丹妮特'或是'哈娃',也就是'夏娃'。"

"夏娃?"

"专家克罗斯曾对'丹妮特'的语源做过分析:这个词是'丹宁'的阴性形式,意思是'毒蛇一样的人'。另外在青铜时代,阿舍拉还有另一个名字,'姐特·巴特尼',意思也是'毒蛇一样的人'。苏美尔人叫她'宁图'或'宁赫萨格'。她的象征物便是一条盘在树上或是权杖上的蛇,赫耳墨斯就有一根蛇杖。"

"崇拜阿舍拉的都是什么人? 我猜她肯定有很多信徒。"

"从公元前2000年直到基督元年,居住在印度和西班牙之间的所有人都信奉她。但希伯来人除外,西希家和后来约西亚的宗教改革之后,他们就不再信奉她了。"

"我记得希伯来人都是一神论者。他们怎么会信奉阿舍拉神呢?"

"没错,他们是一神论者,但他们并未否认其他神祇的存在,只不过他们仅仅信仰耶和华而已。阿舍拉是作为耶和华的妻子而受到崇拜的。"

"我可不记得《圣经》里提过上帝有个妻子。"

"当时,《圣经》并不存在,而犹太教只是几个崇拜耶和华的教派松散地结合在一起,各教派的圣地和惯例都不相同。出埃及记的故事那时还没有正式定为经文,《圣经》后半部分讲述的故事还尚未发生。"

"是谁决定把阿舍拉从犹太教中剔除出去的?"

"申命记学派。他们召开会议之后做出了明确的规定。撰写《申命记》、《约书亚书》、《士师记》、《撒母耳记》和《列王纪》的正是这些人。"

"他们是些什么样的人?"

"民族主义者、君主制拥护者和中央集权主义者,也就是法利赛教派的前身。当时,亚述国王萨尔贡二世刚刚征服了撒马利亚,即北以色列,迫使希伯来人南迁至耶路撒冷。随后,耶路撒冷极度扩张,希伯来人开始向西、向东、向南开疆拓土。那是个民族主义和爱国热情大泛滥的时代。申命记学派重写、改写了古老的故事,让当时的时代精神在经文中得到了具体体现。"

"他们是怎么重写故事的?"

"莫希和其他人相信,约旦河是以色列的国界,但申命记学派认为以色列的疆域还包括外约旦,这也为东侵扩张提供了正当的借口。另外还有很多例子：前申命记学派的法律从未提到过君主制，但申命记学派制定的法律却反映出了君主政体。前申命记学派的法律对圣物极为看重，但申命记学派的法律更关心国王及子民的教育，换句话说，就是尘俗事物。申命记学派坚决主张将宗教权力集中在耶路撒冷的神殿，捣毁偏远地区的宗教中心。另外，拉格斯还发现了另外一个意义重大的特点。"

"是什么？"

"在摩西五经里，只有《申命记》提到了写成文字的神学律法，并将其赋予了神的意志：'他登了国位，就要将祭司利未人面前的这律法书，为自己抄录一本，存在他那里；要平生诵读，好学习敬畏耶和华他的神，谨守遵行这律法书上的一切言语和这些律例，免得他向弟兄心高气傲，偏左偏右，离了这诫命。这样，他和他的子孙，便可以在以色列中、在国位上年长日久。'《申命记》，第十七章，第十八至二十节。"

"就是说，申命记学派把宗教编成了法典，让它变成了一个有组织的、能够自我繁殖扩张的机体。"阿弘说，"我不想提到病毒。但照你刚刚引述的话来看，这种律法确实像病毒。它利用人类的大脑，将其当作自己的宿主。而宿主，也就是人类，则将律法不停地复制下去，因为不断有人前往教堂来研读经书。"

"我无法做出类推，但您说的话有其正确之处：申命记学派改革犹太教之后，犹太人都前往教堂诵读经书，不再供奉牺牲。如果没有申命记学派，世界上的一神论者可能仍在燔祭动物，通过传统方式口头传播信仰。"

"这就像吸毒者共用针头，导致病毒广泛繁殖扩散。"阿弘说，"你和拉格斯查阅这段资料时，他有没有说过，《圣经》就是病毒？"

"他说《圣经》在某些方面确实与病毒有共同之处,但在本质上仍然大不相同。他将《圣经》视为良性病毒,就像被用来制作疫苗的病毒。他认为阿舍拉病毒的性质更为险恶,它可以通过体液交换来四处传播。"

"这么说,申命记学派用严格的、记录成书的宗教为希伯来人接种了疫苗,以此抵御阿舍拉病毒的侵袭。"

"他们将严格的一夫一妻制与犹太教的其他卫生习俗相结合,从这一点上讲,是这样。"图书管理员说,"以前的宗教,从苏美尔时代到申命记学派,都被认定为前理性宗教。犹太教是最早的理性宗教。因此,在拉格斯看来,这种宗教更不易受到'病毒'的感染,因为它以固定的文字形式为基础。正因为如此,希伯来《圣经》才备受尊崇,人们在制作经书的新副本时也都极其小心,确保信息的卫生健康。"

"我们如今生活在什么年代?后理性时代吗?"

"胡安妮塔曾对此发表过意见。"

"我敢打赌,她肯定发表过意见。对我来说,她的意见开始变得越来越有道理了。"

"哦。"

"从前,她的意见并没有多少道理。"

"我明白。"

"我想,如果我能花足够的时间和你一起琢磨琢磨胡安妮塔的真正想法,那么,哈哈,可能会发生什么妙不可言的事情。"

"我会尽力相助。"

"咱们还是回到正题上吧,现在还不是兴奋的时候。看来阿舍拉似乎是一种病毒的感染载体。申命记学派通过某种方式明白了这一点,于是将阿舍拉用以感染新受害者的带菌媒介全部阻断,从而将其彻底消灭。"

"关于病毒感染,"图书管理员说,"我刚刚用一种相当生硬的自发式交叉引用方法做了一点查询——我只在必要的时候才会这样做,我建议您研究一下单纯疱疹病毒。这种病毒驻留在神经系统中,一旦进驻便绝不肯离去。它能把新的基因引入现有的神经元里,并对神经元进行基因改造。正是考虑到这一特性,现代基因治疗专家才开始利用疱疹病毒。拉格斯认为,单纯疱疹病毒可能是阿舍拉延续到现代的良性后裔。"

"并不总是良性的。"阿弘说,他想起了一个死于艾滋病并发症的朋友。临终前的最后几天里,那人从嘴唇到喉咙深处长满了疱疹痘疮。"说它是良性,只因为我们具有免疫力。"

"是的,先生。"

"那么,拉格斯是否认为,阿舍拉病毒当真能改变一个人大脑细胞的DNA?"

"是的。这正是他提出的假设的主旨:病毒能够自我转化,由生物学上的一条DNA遗传链转化成为具体的行为举止。"

"什么样的行为举止? 对阿舍拉的崇拜是什么样子? 他们供奉祭品吗?"

"不。但有证据表明教妓确实存在,有男有女。"

"你说的教妓同我想的一样吗? 这类宗教角色整天在神庙周围闲荡,随便跟人乱搞?"

"差不多是这样。"

"瞧! 这真是传播病毒的绝好方式。现在,我想回到之前提到过的一个分支话题上。"

"悉听尊便。我能自如地回溯并处理层层分叉的话题,可以达到无限的深度。"

"你刚才谈到了阿舍拉和夏娃之间的关联。"

"夏娃在《圣经》里的名字叫作哈娃,这位神祇显然出于希伯来人对一个古老神话所做的诠释。哈娃是一位蛇母女神。"

"蛇母?"

"是的,与蛇有关。阿舍拉同样是一位蛇母女神,而且这两位女神也同样与树有关联。"

"据我所知,人们都认为是夏娃引诱亚当从善恶树上偷食了禁果。也就是说,禁果并非只是水果,而是数据。"

"既然您这样说,姑且就算是这样吧,先生。"

"我想知道,病毒是否一直存在于我们身边。大家似乎都不约而同地做出了一个假设,认为病毒始终陪伴在我们的左右,但或许这种设想并不正确。也可能在某一段历史时期,病毒根本不存在,至少是很罕见;而在特定的某个时刻,随着超级病毒的出现,现实世界中不同病毒的数量骤然增多,这时人们才开始大量生病。这倒为一种现象提供了解释——关于天堂和失乐园的神话普遍存在于各类文化之中。"

"或许吧。"

"你告诉过我,艾赛尼教派认为绦虫就是恶魔。如果他们知道病毒是什么,或许会将它们归于同一类东西;而拉格斯有一天晚上告诉我,在苏美尔人看来,世上根本没有善恶之分。"

"没错。根据克雷默和梅耶的说法,世上有善魔和恶魔。'善魔令人身心健康,恶魔让人理智混乱,并导致身体和精神上的疾病……它们是疾病的化身,与疾病是一而二、二而一的关系……从现代医学的观点来看,他们描述的很多疾病很像身心失调症。'"

"医生对大五卫的判断就是这样,他们认为他的病肯定是身心失调症。"

"我对大五卫并不了解,只知道一些他的普通资料。"

"似乎是这样:撰写亚当和夏娃传说的作者发明了'善'与'恶'的概念,以此解释人们为什么会生病,为什么他们的肉体和精神会被病毒感染,所以,当夏娃,或是阿舍拉,引诱亚当吃下善恶树上的果子时,善恶概念——也就是超级病毒——便被引入了这个世界,从而创造出其他病毒。"

"可能是这样。"

"所以我还要问个问题:亚当和夏娃的传说是谁写的?"

"这个问题曾引起过许多学术争议。"

"拉格斯的意见呢? 更重要的是,胡安妮塔怎么看?"

"尼古拉斯·怀亚特为亚当和夏娃的故事作了一反常规的解释。他推测,这个故事实际上是个由申命记学派撰写的政治寓言。"

"我还以为他们只写了《圣经》的较后部分,《创世纪》不是他们写的。"

"是这样,但他们同样参与了前面章节的编辑、修订工作。多年来,人们都认为《创世纪》成书于公元前9世纪,或是更早,而很久之后才出现了申命记学派;但最近更多对词汇和内容的分析表明,大量的编辑工作,甚至可能包括撰写工作,都发生在犹太人大流亡时期,那时已经是申命记学派掌权了。"

"所以他们很可能重新撰写了早期的亚当和夏娃神话。"

"他们有足够多的机会这样做。根据希伯格和后来怀亚特的解释,伊甸园中的亚当比喻的是禁城之中的国王,很明显就是何西阿王。他一直统治着北方王国,直到自己的故土在公元前722年被萨尔贡二世征服。"

"就是你以前提到过的那次征服,把申命记学派向南赶到耶路撒冷的那一次?"

"一点不错。现在,'伊甸园'这个词可以被简单地理解为希伯来语中的'欢乐',代表着征服者到来之前、国王还在统治国家时的幸福情景。亚当被赶出伊甸园,前往东方的苦难之地,比喻的是萨尔贡二世胜利之后,大批以色列人被驱逐到了亚述。根据这种解释,我们可以推测,国王被引诱,偏离了正道,引诱者则是信奉埃尔神的教派,而他们也崇拜阿舍拉——这位女神与毒蛇有着极大的关联,她的象征物是一棵树。"

"正因为国王与阿舍拉有了关联,所以才导致自己的国家被征服。于是,当申命记学派到达耶路撒冷后,他们重写了亚当和夏娃的故事,以此警告南方王国的君主。"

"是的。"

"那么,或许是因为没有哪位国王听从劝告,所以他们才在编纂《圣经》的过程中创造了善与恶的概念。后来怎么样了?萨尔贡二世还打算征服南方的王国吗?"

"他的继承者西拿基立王确实这样做了。南方王国的统治者西希家王积极准备应战,抵御来犯之敌,对耶路撒冷的防御工事大加改进,并改善了饮用水的供给系统。他还在申命记学派的指导之下,实施了一系列影响深远的宗教改革。"

"结果怎样?"

"西拿基立王的军队包围了耶路撒冷。'当夜耶和华的使者出去,在亚述营中杀了十八万五千人。清早有人起来一看,都是死尸了。亚述王西拿基立就拔营回去……'《圣经·列王记(下)》,第十九章,第三十五至三十六节。"

"他当然只能打道回府了。我再来把上面那段话说得直白些:通过西希家王,申命记学派强制实行了一项政策,在耶路撒冷发起信息卫生运动,同时大兴土木——你刚才说,他们对供水系统做了改进?"

"他们'塞了一切泉源,并通流国中的小河,说:"亚述王来,为何让他得着许多水呢?"'《圣经·历代志(下)》,第三十二章,第四节。于是希伯来人在坚硬的岩石中开凿出了一条一千七百英尺长的隧道,将水引入城墙之内。"

"后来,西拿基立王的部队刚刚兵临城下便纷纷倒毙,唯一合理的解释恐怕就是死于极度险恶的疾病;但很显然,耶路撒冷人对这种病具有免疫力。嗯,很有趣。我真想知道,他们在水里放了什么东西?"

31

　　Y.T.并不常去长滩,就算真的去了那儿,她也会想尽一切办法躲开献祭区。那片地区是一处废弃的船坞,面积有一座小镇那么大。它伸入圣派德罗湾之中,四周是一片片年代久远、肮脏龌龊的盆地郊郡。这些未经规划的郊郡向海边延伸,渐渐与水沫荡漾的沙滩融为一体,里面满是石棉瓦小屋,眉脊高耸的柬埔寨汉子拿着气泵霰弹枪四处巡逻。大部分献祭区位于地如其名的终结岛上,Y.T.的滑板无法在水上滑行,这就意味着她只能沿着唯一的陆路进出此地。

　　和所有献祭区一样,这里也围绕着一圈栅栏,每隔几码就用铁丝绑着一块黄色的金属标牌。上面写着:

献祭区

　　警告:国家公园管理处已宣布本地区为国家献祭区。献祭区计划旨在对清污成本超过全部未来经济价值的地块进行统一管理。

　　和所有献祭区一样,这里的栅栏也是千疮百孔,有些地方的已被掀翻在地。被天然荷尔蒙和人造性激素冲昏了头脑的小伙子肯定需要在某个地方举行自己愚蠢的成人礼,于是他们驾着四轮驱动的卡车,从四外的各个郊郡冲到这里,撞破栅栏,驶过开阔地,在献祭区的黏土层上碾出一道道长长的、弯曲的车辙。这些黏土层本来撒在地表受损最严重的地方,防止大风吹起下面的石棉,为这片迪士尼乐园降下一场暴雪。

Y.T.有一种奇怪的满足感,因为她知道,这些男孩子做梦也想象不到,世上会有哪辆全地形越野车能像吴的这台机械化巨型轮椅一样凶悍。它冲出路面时,速度丝毫不曾减慢,只是有点颠簸,然后从铁丝网栅栏中间撞了进去,轻松得像穿过一团雾气,把上百英尺长的一段围栏碾进了泥土中。

这天晚上晴朗无云,能够清楚地看到献祭区正在闪闪发光,好似一张巨大的地毯,缀满了破碎的玻璃和石棉。一百英尺之外,几只海鸥落在一条四脚朝天的德国牧羊犬尸体上,正撕扯着它的肚腹。远处有一块地面不停地起伏波动,让满地的碎玻璃烁烁闪亮,原来那是一大群正在搬家的老鼠,稀稀落落地散布在四处。城郊男孩们的卡车都装有宽厚的轮胎,胎面上电脑设计出的深深纹路在黏土上留下了巨大的神秘印迹,就像曾在秘鲁出现的神秘符号——Y.T.的母亲从电视里的"新宝瓶座神庙"节目中学到过不少这方面的知识。隔着车窗,Y.T.偶尔还能听到几声爆响,可能是有人在放鞭炮,或是开枪。

她听到吴的口中又发出了新的稀奇古怪的声音。

厢式货车里有内建的扬声器系统,是一套立体声音响,安装位置离吴很远,同时也是用来监听所有通讯频道的设备。随着吴的奇怪口令,监听系统自动开启。Y.T.能察觉到,扬声器里传出了几乎难以听见的嘶嘶声。

厢式货车开始放缓速度,慢慢穿过献祭区。

极其微弱的嘶嘶声逐渐增强,变成了只有电器才会发出的那种低沉的嗡嗡声。它的音调并不稳定,时高时低,但始终十分低沉,就像路尸在胡乱摆弄着他的电贝斯。吴不断变换着厢式货车的方向,像在寻找什么东西,而Y.T.感到嗡嗡声的音调正在逐渐升高。

嗡嗡声确实在升高,渐渐聚积成了一种尖啸。

吴号叫一声,发出指令,啸声的音量骤然降低。现在车速已变得非常缓慢。

"可能你用不着去买'雪崩'了。"他咕哝道,"看来咱们已经找到了一个不设防的秘密存货点。"

"这种讨厌的噪音是怎么回事?"

"生物电子传感器。用人类的细胞膜制成,在玻璃试管里培养成形。它的一侧暴露在车外的空气里,另一侧非常干净。当某种外来物质穿透细胞膜来到它干净的那一侧,便会立刻被探测到。穿透细胞膜的外来分子数量越多,报警声的音调就越响亮。"

"就像盖革计数器?"

"很像一种用来探测细胞壁穿透合成物的盖革计数器。"吴说。

很像什么？Y.T.想接着追问,但没有开口。

吴停住厢式货车。他打开几盏灯,灯光十分黯淡。由此可见,这家伙当真是个怪物——尽管车上已有很多明亮的车灯,他还不嫌麻烦,特地又加装了几盏暗光灯。

他们面前是一片凹地,位于一座由汽油桶堆成的小山脚下,地上满是垃圾。大部分垃圾都是空的啤酒罐。凹地正中有一个烈焰熊熊的大坑,许多轮胎印都汇集到了这里。

"哼,"吴说,"小伙子们聚在一起吸毒的地方!"

听到这话,Y.T.翻了个白眼。学校里散发的那些反毒品小册子肯定就是这家伙写的。

可他身上的这一大堆管子每秒钟都在向他输送上百万加仑的烈药。

"没有陷阱的迹象。"吴说,"你下车看看外面有哪些种类的吸毒用具。"

她看着他,就像在问,你说什么?

"你的座椅后面挂着一副防毒面具。"他说。

"说到防毒,外面究竟有什么东西?"

"造船厂丢弃的废石棉。还有富含重金属的防船体附生物油漆。过去制造许多东西都要用到聚氯联二苯化合物。"

"太好了。"

"我知道你不愿去那儿;但如果我们能从这个吸毒点上搞到'雪崩'的样品,后面的任务就能全部省掉。"

"好吧,既然你这么说,那我就走一趟。"Y.T.抓起防毒面具。这个硕大的玩意儿用橡胶和帆布制成,能将她的脑袋和脖子全部罩住。尽管面具在刚戴上的时候显得既沉重又笨拙,但设计者的思路还当真很巧妙,让这东西的全部重量分担在人体各个合适的位置上。面具还配有一副分量不轻的手套。Y.T又拉又拽,总算戴到了手上。但它们真是太大了。制造厂的那帮家伙似乎做梦也没想过有哪个女人会戴这种手套。

她费力地爬下卡车,站到了献祭区布满玻璃和石棉的土地上,生怕吴会砰的一声关上车门,驾车扬长而去,把她独自一人留在这里。

不过,其实她还真有点盼着他这么做。那样一来,这次的任务便将是一场绝妙的冒险。

不管怎样,她还是迈步上前,走到了"吸毒点"中央。丢在地上的皮下注射针头堆成了一座小巢。看到这个,她并没有过于吃惊。四周还散落着一些细小的空药瓶。她捡起几只,看了看上面的标签。

"有什么发现?"她回到车上、摘下面具之后,吴问道。

"针头。大多数是'海博针',但也有几支'超级拉尼纳'和'蚊子二五'。"

"你说的这些东西都是什么玩意儿?"

"'海博针'随便哪家'买了飞'都能买到,大家管它叫'锈钉子',价钱不贵,针头很钝。估计只有没钱的黑人糖尿病患者和吸毒客才用这种针。'超级拉尼纳'和'蚊子二五'比较时髦,可以在豪华郊郡搞到。这两种针头刺入身体时没有多少痛感,样式也更先进。你知道,它们的柱塞采取了人体工程学设计,颜色搭配很新潮。"

"那些吸毒者注射的是什么药?"

"你看看吧。"Y.T.说着,拿起一只小药瓶向吴递了过去。

这时她才突然想起,他没办法转头看她手里的东西。

"我放到哪儿才能让你看见?"她问。

吴哼起一支小曲。一只机械手臂从车顶伸下,利落地把药瓶从Y.T.手里抽了出来,随后轻轻一转,将它放到仪表板上的摄像机跟前。

小药瓶的标签上写着"睾丸激素"。

"唉,判断错误。"吴说。厢式货车猛地向前一窜,朝献祭区的中心地带驶去。

"你能不能告诉我这到底是怎么回事?"Y.T.问,"终究还是要靠我穿上这身行头去干活啊。"

"细胞壁的问题。"吴说,"探测器能发现任何穿透细胞壁的化学物质,所以很自然,我们被引到了睾丸激素的源头。有人在耍弄障眼法。有意思。你知道,我们的生化学家都是些两耳不闻窗外事的呆子,怎么也想不到有人会如此精神变态,居然把激素当作毒品来用。真是古怪到家了。"

Y.T.暗自一笑。吴这般模样,却还说别人古怪。"那么,你究竟想找什么?"

"'雪崩'。"吴说,"可我们却找到了'十七环'。"

"'雪崩'是一种装在小管子里的毒品。"Y.T.说,"这我知道。但'十七环'是什么? 是如今小孩子们喜欢听的新式疯狂摇滚乐队吗?"

"'雪崩'能够穿透脑细胞的壁膜,直达存储DNA的细胞核。因此,为了完成这次任务,我们开发了一种探测装置,帮我们从空气中找到能够穿透细胞壁的合成物。但我们没料到这里到处都是装睾丸激素的空瓶子。所有的类固醇物质,也就是人造激素,都拥有相同的基本构造,即一个由十七颗原子构成的圆环。这种构造就像一把魔法钥匙,让激素能够穿透细胞壁。正因为如此,当类固醇在人体内释放出来时,它的药性才显得格外强大。它能深入细胞内部,改变细胞行使功能的方式。

"归根结底一句话,探测器没用。看来秘密行动的方式行不通。所以我们还是执行最初的计划吧:你去买些'雪崩',然后朝天上一扔了事。"

Y.T.并不十分明白这后半部分任务究竟是什么意思。但她没有开口,因为在她看来,吴应该多用心开车才对。

他们开出了这片真正令人毛骨悚然的地段,接下来,献祭区的大部分地域变成了一片荒野,长满干枯的棕色野草,散落着巨大的废弃金属物件。车外时常能看到大堆的煤炭、炉渣、焦炭、熔渣,还有别的东西。

每当转过一个拐弯,便会见到小小的菜园,有亚洲人或是南美人在田里工作。Y.T.觉得吴似乎想从菜园上直接碾过去,却总是在最后一刻改变了主意,突然转向,从它们旁边绕过。

一些讲西班牙语的黑人正在一片宽敞的平地上打棒球。他们用五十五加仑油桶的盖子当作垒包,还开来了六七辆破旧的汽车,停在球场四周,打开车灯提供照明。旁边是一家酒吧,设在一辆蹩脚的活动房车里,招牌上歪七扭八地写着"献祭区"。一座院子里有几截锈迹斑斑的铁道,上面停放着一节节铁路货车,枕木之间已经长满了仙人掌。一节铁路货车如今已变成"韦恩牧师珍珠门"的特许连锁店,信奉新教的中美洲人正排队等候做苦修忏悔,在猫王的霓虹标志下说那些含混不清的昏话。献祭区没有新宝瓶座神庙的特许店。

"这里是仓库区,不像咱们刚去过的地方那么肮脏。"吴的语气显得安心了许多,"所以你就是不戴防毒面具也不会有太大的危险。大概你已经闻到冷媒的气味了。"

Y.T.愣了一下才恍然大悟,原来吴所说的"冷媒"是街头行话,指的是一种控制使用的化学物质。"你是说氟利昂?"

"对。我们的调查目标很喜欢搞横向多元发展。我的意思是,他经营大量不同种类的化学物质,但最早是靠氟利昂起家。他是西海岸地区最大的冷媒批发和零售商。"

Y.T.总算明白了。吴的厢式货车装有空调,但他的空调系统并非那种号称不会破坏臭氧层的劣质货色,而是一台沉重的、用金属制成的、高效能的、可以让人骨头发冷的"飞极致"牌暴雪发生器。这种空调使用的氟利昂肯定多得令人难以置信。

为了实用起见,这台空调机也成了吴身体的一部分。Y.T.此刻正和世界上唯一的氟利昂瘾君子一同驾车飞驰。

"你的冷媒也是从这家伙手里买来的吗?"

"到目前为止,是的。但以后就不同了,我已经跟别人谈妥了买卖。"

别人。黑手党。

他们正在接近码头区。这里平行排列着几十座狭长单薄的单层货仓,朝水边延伸而去。要想进入货仓,只有现在这一条大路可走。仓房之间是条条小路,一直通向以前的码头。车外随处可见废弃的集装箱拖车。

吴驾车驶下大路,在一个小小的隐蔽处停下车子。这个地方深藏在一座破旧的红砖发电厂和一垛满是锈痕的海运集装箱之间。他停车时有意车头朝外,似乎随时准备迅速开溜。

"你面前的器材箱里有钱。"吴说。

Y.T.打开储物箱,大家都把这种装置叫作储物箱,没人叫它器材箱。她在里面发现了厚厚的一捆又脏又破、面值为一万亿美元的钞票,上面印着埃德·米斯①的头像。

"哎呀,你没有'吉珀'②吗?这么一大捆票子有点太笨重了。"

"这样才真实可信。信使总爱用这样的钞票买东西。"

"因为我们这些信使全都是一钱不值的社会渣滓,对吗?"

"我才不会发表意见呢。"

---

①全名为埃德温·米斯,里根时代的美国政府官员,通货膨胀的代名词。
②美国前总统里根的昵称,此处指印有里根头像的钞票。

"这里总共有多少钱？一千万亿？"

"一千五百万亿。通货膨胀，你知道。"

"我该怎么做？"

"从左边数第四座仓库。"吴说，"你一拿到药瓶子，就朝天上扔。"

"然后呢？"

"其他一切都有人料理。"

Y.T.心存怀疑。但就算惹上什么麻烦，总可以把胸前的狗牌亮出来抵挡一阵子。

Y.T.带着滑板爬下厢式货车，吴的嘴里发出了新的声音。她听到货车的框架中传出一阵滑动和金属碰撞声，那是机械装置被激活的声音。她回头一看，发现货车顶上冒出了一只钢铁茧囊。茧囊打开，里面是一架微型直升机，机身依然折叠在一起。这时，直升机的旋翼开始一片片展开，就像蝴蝶在伸展翅膀。机身一侧涂刷着它的名字："恶报"。

32

　　他们要找的这座货仓十分显眼。从左边数第四座，门前通向码头的道路被好几只海运集装箱堵住——所谓海运集装箱，就是十八轮拖车背上驮的那种大铁盒子。这些集装箱排列成"人"字形，所以要想从中通过，你得左左右右绕上六七次，在铜墙铁壁之间迷宫般的缝隙里穿行。集装箱顶上站着几个持枪的家伙，居高临下看着Y.T.踏滑板穿过障碍滑雪赛道般的窄缝。当她终于来到仓库前的空地上时，已经被仔细审视了许多次。

　　仓房四周挂着一串临时照明灯，其实只是一根电线串起几只灯泡，另外还有几串圣诞树装饰彩灯。这些灯全都亮着，让她感到自己似乎正受到欢迎。她看不到任何东西，只有灯光在尘土和雾气构成的云霭中投射出一团团彩色光晕。在她面前，通向码头的道路被另一片集装箱迷宫堵住。一只集装箱上胡乱涂抹着几个大字："无臭破王说：今天别忘了倒计时！"

　　"'无臭破王'是什么？"她问道，只是想打破尴尬的沉默。

　　"无可争辩的臭氧层破坏之王。"一个男人答道。说着，他从Y.T.左边、仓库的装卸平台上跳了下来。他身后的仓库里，Y.T.能看到电灯的光芒和闪亮的烟头。"我们都这么称呼埃米利奥。"

"哦，对了。"Y.T.说，"那个经营氟利昂的家伙。但我不是来买冷媒的。"

"好吧。"那人说。他有四十来岁，四肢修长，身材瘦高，对于一个四十岁的人来讲未免显得过于单薄。他从嘴上取下香烟屁股，像投飞镖似的丢到一旁，"那么你想买什么？"

"'雪崩'多少钱？"

"一点七五吉珀。"那家伙答道。

"我以为只要一点五呢。"Y.T.说。

那家伙摇摇头，"通货膨胀，你知道。这个价钱已经够便宜了。见鬼，你脚底下的那只滑板就值一百吉珀。"

"你就是花钱也买不到。"Y.T.为自己壮了壮声势，"瞧，我身上只有一千五百万亿美元。"

她从口袋里抽出那捆钞票。

那家伙大笑起来，连连摇头，回身朝货仓里的同伴大喊道："伙计们，这儿有个小妞儿要用米斯付钱。"

"宝贝儿，你最好快点儿把那些票子脱手，"一个更尖厉、更凶恶的声音应道，"不然你就得为自己准备一辆手推车了。"

说话的人是个岁数更大些的家伙，秃顶四周生着一圈鬈发，还挺着个大肚子。这时，他已经站到了装卸平台上。

"如果你们不想做生意，直说好了。"Y.T.说。所有这些废话都跟买卖无关。

"我们这儿可不常有小妞儿来访。"又肥又秃的老家伙说。Y.T.知道，这个老头肯定就是无臭破王本人。"所以我们可以为你打个折扣，就因为你有胆量。转个身让大爷瞧瞧。"

"去你妈的。"Y.T.说。她才不会转身让这家伙瞧呢。

听到这话的所有人都哄笑起来。"好吧，成交。"无臭破王说。

又高又瘦的家伙回到装卸平台上，费力地拎着一只铝制手提箱跳了下来。他把箱子放在路中央一只约莫齐腰高的铁皮汽油桶上。"先付钱。"他说。

Y.T.把那捆米斯递给他。他仔细检查过钞票，然后冷笑一声，猛地向后一扬手，把钱抛到了货仓里。里面的人笑得更厉害了。

他打开手提箱的盖子，露出里面的小电脑键盘，接着把自己的识别卡划过刷槽，然后花了几秒钟的时间用键盘输入字符。

他从箱盖上取下一只小药瓶，将它放入箱底的插座中。机器将药瓶吸入，做了某种操作后又把它吐了出来。

他把药瓶递给Y.T.。瓶盖上的红色数字正从"10"开始倒计时。"等数字变成'1'的时候，把它放到鼻子下面，使劲儿吸就是了。"那家伙说。

可她从他面前向后退去。

"小姑娘，你有什么问题？"他问道。

"现在还没有。"她答道，然后用尽全身力气把药瓶向空中抛去。

不知从哪里突然传来直升机旋翼的飞转声。"恶报"从众人头上倏忽掠过，突如其来的惊吓让每个人都膝盖发软，纷纷蹲身闪避。药瓶并未落回到地上。

"你这个该死的婊子！"瘦高的家伙喊道。

"这个计划还真算一流，"无臭破王说，"只是我想不通，像你这么一个聪明漂亮的姑娘为什么要参加这种自杀任务？"

太阳出来了。实际上，足有五六个太阳高悬在他们四周的空中，所以地上看不到影子。在炫目的光芒中，瘦高个和无臭破王目光呆滞，面无表情。所有人里只有Y.T.还能看清眼前的一切,因为她的骑士目镜及时做出了调整,其他人则全都瑟缩着瘫倒在强光下。

　　Y.T.转头向身后看去。一颗微型太阳高悬在集装箱迷宫上方,将光亮射进每一道窄缝,让站在上面担任警戒的枪手目力全失。Y.T.目镜中的电子设备忙于应付强光,结果令她眼前的场景不停闪动,忽而过明,忽而过暗。但在这一片混乱中,一幅画面在她的视网膜上留下了不可磨灭的影像:枪手们像飓风中的树木一样纷纷倒下,一串有棱有角的黑色物体在迷宫上方现出身影,像一波自动机械的海啸般从高处席卷而过。是鼠辈。

　　它们从整片迷宫上方一跃而过,在半空中划出长长的、平缓的抛物线。飞跃的过程中,几个鼠辈径直从持枪的人群中冲过,就像橄榄球联赛中的后卫全速奔跑,撞翻了边线外面呆头呆脑的摄影师。随后,它们落在迷宫前的路上,骤然掀起一团尘土,腾起的烟雾底部还有一团团白色的火花。这一切发生时,Y.T.听不见任何声音,但她却能感到,一只鼠辈扑到瘦高家伙的身上,压得他的肋骨像一团玻璃纸似的嘎吱作响。货仓里同样变成了地狱。Y.T.的眼睛尽力想跟上那些飞快的动作,只见更多的鼠辈落在路上,瞬间掀起团团火花和烟尘,然后纵身跃向空中,朝下一个障碍物飞去。

　　自她把药瓶抛向空中,时间已过去了三秒钟。她转身想朝货仓里看,但有人站在仓房顶上,一时间吸引了她的注意力。那是个枪手——狙击手,从一台空调机后面钻出来,刚刚适应了光线,正举起武器抵在肩头。Y.T.不禁畏缩起来,因为她看到那人的步枪射出一道红色激光,扫过她的眼睛,一次,两次,最后终于锁定了她的额头。就在这时,她突然看到“恶报”出现在狙击手身后,它的旋翼在灿烂的光芒中飞转,就像一只圆盘。随着直升机改变飞行角度,那只圆盘收缩成扁扁的椭圆形,随即变成一条银亮的横线。然后,它从狙击手身上直飞而过。

直升机拉高机身,猛地转了个弯,去搜寻下一个猎物。与此同时,机身下方突然掉落出一样东西,在空中拖着一道疲软无力的轨迹。Y.T.还以为那是飞机投下的一颗炸弹。但那是狙击手的脑袋,飞快地旋转着,在明亮的光芒中划出了一条粉红色的螺旋线。刚才,小直升机的旋翼叶片从后颈处削掉了那家伙的头颅。Y.T.只觉得自己仿佛分成了两半:半个人冷静地看着那颗人头在地上弹跳打转,另外半个人却吓得拼命尖叫起来。

她听到了一声爆响,是枪声。到目前为止,这是第一个响亮的声音。她转身循声望去,看到了一座水塔,居高临下俯瞰这片区域。对于狙击手来说,那个地方可是个绝佳位置。

但她的注意力马上被吴的厢式货车吸引过去。从那里射出了一枚微型火箭,拖着铅笔粗细的蓝白色尾迹直上天空。那个小东西并没有做什么,只是飞到一定的高度,然后喷射着火焰在半空盘旋。此时Y.T.已经管不了许多,只顾踩着滑板猛蹬地面,想在自己和水塔之间找个隐蔽物藏身。

又传来了第二声枪响。可没等这声音传入她的双耳,只见那枚火箭像小鱼一样飞快地横着一扭身,随即稍稍调整了一两次飞行路线,然后锁定了狙击手的位置——水塔的爬梯。紧接着,巨大可怕的爆炸声骤然响起,但看不到火焰和闪光,就像观看焰火表演时不知什么地方发出的那种没头没脑的巨响。一瞬间,弹片击穿水塔铁皮的声音让世界一片嘈杂。

没等蹬着滑板撤入迷宫,她感到一缕烟尘从身边呼啸而过,激起的石子和碎玻璃片飞溅到了脸上。那东西飞快地射进迷宫。她能听到它一路乒乒乓乓穿过集装箱之间的缝隙,为了改变前进方向不断蹬踹着钢铁箱壁。是一只鼠辈在为她开路。

妙极了！

"车开得畅快利落点儿吧，通便灵老兄。"她边说边爬上吴的货车。喉咙又肿又胀，或许是因为刚才的尖叫，或许是因为空气中的有毒废物，也可能是因为她马上就要呕吐出来了。"你不知道有狙击手吗？"她问道。似乎不停地谈论任务的细节，可以让她的脑子不去想刚才"恶报"的所作所为。

"我不知道水塔上还有一个。"吴说，"但他刚打出一两发子弹，我们就用毫米波探测器确定了弹道，并且反向追踪到了射击位置。"他对货车下达指令，车子开出隐藏地，朝405号公路驶去。

"水塔可是狙击手理所当然的埋伏点。"

"但那个地方完全没有防护，暴露在各个方向之下。"吴说，"那家伙选了个自杀位置采取行动。这可不像毒贩的典型做法，他们通常更实际些。现在，你对我的表现还有什么别的意见？"

"算了，计划成功了吗？"

"是的。药瓶在释放出内容物之前已被放入了直升机中的密封容器。没等它采用化学方式执行自毁程序，液氮就把它速冻起来了。现在我们有了'雪崩'的样品，在此之前从未有人成功。我之所以有名，全是因为这样的成功。"

"那些鼠辈怎么样了？"

"什么怎么样？"

"现在它们回到车里了吗？就在后面？"Y.T.向后扬了扬头。

吴沉默片刻。Y.T.提醒自己，这个人正坐在1955年的越南的一间办公室里，在电视屏幕上观察着事情的经过。"有三只已经回来了。"吴说，"三只正在回来的路上。还有三只被我留在后面,执行额外的保安任务。"

"你把它们抛在后面了?"

"它们能赶上来。"吴说,"如果跑直线,它们的速度可达每小时七百英里。"

"它们的体内真有核物质吗?"

"是辐射热同位素。"

"要是有一只炸开,那会发生什么事? 大家的身体今后都会变异吗?"

"那种爆炸力强得足以分解同位素,"吴说,"要是你正好在它的爆炸范围里,完全用不着操心辐射病的问题。"

"它们能找到路回来吗?"

"你小时候看过《灵犬莱西》吗?"他问道,"或是长大一些的时候?"

果然如此。她没猜错。鼠辈是用狗的器官合成的。

"这可真是太残忍了。"她说。

"我就知道你会有这种感情用事的想法。"吴说。

"让一只狗脱离它的身体,然后把它一直关在狗窝里。"

"当鼠辈——你是这么叫它的吧——待在狗窝里的时候,你知道它在做什么吗?"

"舔自己的电子蛋蛋?"

"它置身于神奇世界,在浪花中追逐飞盘,大嚼树上长出的牛排,或是躺在猎屋里的壁炉旁打盹。永远都是这样。我还没有为它们输入舔睾丸的程序,但既然你现在提出来了,我会好好考虑。"

"那么它跑出狗窝之后呢? 还不是得为你跑腿,执行任务。"

"你能想象得到吗? 一只比特斗牛犬,奔跑时的速度可达每小时七百英里,那是一种多么自由的感觉?"

Y.T.没有回答。她正忙着琢磨那种感觉。

"你犯了个错误。"吴说,"你认为所有使用机械辅助器官的生物,就像我,都是可怜的残废;但实际上,我们的感觉要比以前好得多。"

"这些斗牛犬你是从哪里搞来的?"

"每天都有大量的狗被遗弃,数量多得令人难以置信。各个城市都有。"

"然后你就把那些可怜的小狗大卸八块?"

"是我们救了这些被遗弃的畜生,让它们免于灭绝,还把它们送到了更好的地方,那儿简直等于是狗的天堂。"

"我和朋友路尸养过一只比特斗牛犬。它叫'菲豆'。我们是在一条巷子里捡到它的,有个混蛋开枪打断了它的一条腿。我们找兽医为它治好伤,又在路尸住的公寓楼里找了套空房,养了它几个月,每天都和它一起玩儿,还给它买狗食。后来有一天,我们去找菲豆玩儿的时候,发现它已经不见了。有人闯进那套公寓带走了它,可能把它卖给了某个实验室。"

"或许如此,"吴说,"但你们不能那样养狗。"

"可总比它以前过的日子要好些。"

二人的交谈中断了片刻,吴忙着向货车下达指令,转弯驶上长滩高速路,返回城里。

"它们有记忆吗?"Y.T.问。

"一般来讲,狗能记住所有的事情。"吴说,"我们没办法消除它们的记忆。"

"如此说来,菲豆现在很可能已经变成了某个地方的一只鼠辈。"

"但愿如此吧,那它可就有福了。"吴说。

亚利桑那州的凤凰城,一家李先生大香港的特许城邦中,吴氏保安产业的乙782号半自主警卫犬刚刚醒来。

将它组装为一体的工厂为它起了个机器人的名字:乙782号。但它依然认为自己是一只名叫"菲豆"的比特斗牛犬。

以前有段日子,菲豆曾是一只脾气很坏的小狗;但现在,它住在一幢漂亮的小房子里,四周是漂亮的小院。它已经变成了一只听话的小狗。它喜欢躺在自己的房子里,听别的好狗狗吠叫。菲豆是一个大家庭中的一员了。

今晚,一个遥远的地方传来好多吠叫声。菲豆听狗狗伙伴吠叫时,它知道一大群好狗狗正因为某件事情而感到非常兴奋。有很多坏人想伤害一个好女孩,这让狗狗伙伴们既生气又激动。为了保护那个好女孩,它们正在攻击那些坏人。

它们就应当这样做。

菲豆并没有跑出自己的房子。刚听到伙伴们的吠叫声时,它也变得非常兴奋。它喜欢好女孩,只要得知坏人想伤害她们的时候,它就会感到特别难过。因为在以前,它住在一个可怕的地方,总是挨饿,正是一个好女孩真心疼爱它,好心照顾它。菲豆深深爱着那个好女孩。

现在,它从狗狗伙伴们的吠叫声中知道,那个好女孩已经安全脱险。所以它又安心地睡了。

33

"抱歉打扰,哥们儿。"Y.T.说着,走进储存着巴别/信息启示录的房间,"哎哟! 这个地方看起来真像那种摇一摇就飘满雪花的玩意儿。"

"嗨,Y.T.。"

"哥们儿,我又给你带来了一些情报。"

"请讲。"

"'雪崩'是一种类固醇,或者说,它很像类固醇。对,就是这么回事。它能穿透你的细胞壁,就像类固醇一样,然后对细胞核产生作用。"

"瞧,你刚才说得一点不错,"阿弘对图书管理员说,"就像疱疹病毒。"

"我刚和一个家伙谈论过,他说那玩意儿会搞乱你的DNA。那些屁话我连一半都听不懂,但他就是这样说的。"

"你刚才和哪个家伙谈过?"

"他叫吴,是吴氏保安产业的老板。你别费神去和他谈,他不会向你透露任何情报。"她不屑地说。

"你怎么会和吴那样的家伙混在一起?"

"为了一桩黑帮事务。黑手党头一回搞到了一种毒品的样品。在此之前,总是没等他们得手,毒品就已经自毁了。所以,我猜他们正在分析那玩意儿,或许想造出一种解药。"

"也可能是想生产那种东西。"

"黑手党才不会这么干呢。"

"别傻了,"阿弘说,"他们当然会这么干。"

Y.T.像是对阿弘有些恼火。

"瞧,"他说,"很抱歉提醒你,但你要知道,如果现在仍有法律,黑手党肯定依然是犯罪组织。"

"但现在已经没有法律了,"她说,"所以他们只算一家连锁企业。"

"很好,我只能说,他们干这件事大概不是为了造福人类。"

"那么你同这个讨厌的邪灵躲在这儿干什么?"她说着,指了指图书管理员,"为了造福人类?还是为了勾搭女人?不管她叫什么名字。"

"好了,好了,咱们不谈黑手党了。"阿弘说,"我还有工作要做呢。"

"我也要去忙了。"Y.T.说罢,一下子消失得无影无踪,在超元域的空间中留下一个大洞,阿弘的电脑马上做了填补。

"我想她是爱上我了。"阿弘解释道。

"她看上去十分温柔可亲。"图书管理员说。

"好吧,"阿弘说,"咱们接着说。阿舍拉从何而来?"

"最早来自苏美尔人的神话。从那以后,她在巴比伦人、亚述人、迦南人、希伯来人和乌加里特人的神话中也开始占据重要的地位,而这些神话都源自苏美尔文化。"

"很有趣。这么说,虽然苏美尔语已经消亡,但苏美尔神话仍以某种方式在各种新语言里传承了下来?"

"对。在后世的文明中,苏美尔语一直作为宗教和学术语言沿用下来,就像中世纪的欧洲使用拉丁文一样。没有人把它当成母语来讲,但受过教育的人能够读懂这种文字。以这种方式,苏美尔宗教得以延续流传。"

"在苏美尔人的神话里,阿舍拉都做了什么事情?"

"这方面的资料并不完整。人们只发现了为数不多的书写板,而且全都支离破碎。据信,L.鲍勃·莱夫挖掘出了大量完好无损的书写板,但他拒绝公之于众。现存的苏美尔神话都是零散的片断,内容也极为怪异。拉格斯曾将它们比作两岁小孩在发烧时产生的幻觉。这些断章根本无法翻译,里面的每个字都明白易懂,凑成的句子却毫无意义,绝不会在现代人的头脑中留下任何印象。"

"录像机的使用说明也是这样。"

"其中有大量单调的重复,另外还有许多被拉格斯称为'扶轮社热情'的东西——那些作家都对自己的城市大加吹捧,同时极力贬低其他城市。"

"苏美尔城市有什么优于别人的特别之处? 他们有更大的金字神塔? 更牛的橄榄球队?"

"他们有更强大的谟。"

"什么是谟?"

"控制社会运转的法则或是原则,就像一种法规,但属于更基本的层次。"

"我不明白。"

"它非常关键。苏美尔神话并不像希腊和希伯来神话那样'可读性强'或是'妙趣横生',而是反映出了一种与我们截然不同的思想意识。"

"我猜,如果我们的文化是以苏美尔文明为基础,那么我们可能会觉得这些神话很有趣。"阿弘说。

"阿卡德神话出现于苏美尔文明之后,在很大程度上是以苏美尔神话为基础的。很明显,阿卡德的编纂者仔细研究过苏美尔神话,删去了那些对我们来讲离奇古怪和难以理解的部分,并把它们串联成篇幅更长的作品,史诗《吉尔伽美什》便是其中之一。阿卡德人是希伯来人的远亲。"

"阿卡德人是如何描述阿舍拉的?"

"她是性爱和生育女神,性格中有酷爱破坏和报复的一面。在一则神话里,人类国王柯塔被阿舍拉搞得病入膏肓,只有众神之王埃尔才能治愈他。埃尔曾将特权赐予某些人类,允许他们吸吮阿舍拉的乳汁。埃尔和阿舍拉经常收养人类婴儿,让他们得到阿舍拉的哺育。一份文献中提到,阿舍拉曾为七十个具有神性的儿子喂过奶。"

"以此来传播病毒。"阿弘说,"患有艾滋病的母亲在哺乳时会将疾病传染给婴儿。你讲的这个故事是阿卡德人的版本,对吗?"

"是的,先生。"

"我想听听苏美尔人的版本,就算翻译得差些也无妨。"

"那您想听听阿舍拉令恩奇生病的故事吗?"

"好的。"

"故事翻译得如何,还要取决于人们对它的理解角度。有些人认为它非常像'失乐园'的故事;有些人则认为,它讲述了男、女之间或是水、土之间的一场战争;还有人则认为它是个有关生育繁殖的寓言。下面这段资料是以学者本特·埃斯特的解释为基础的。"

"明白。"

"我来概括一下,恩奇和宁赫萨格——也就是阿舍拉,她在这个故事里还有其他几个称号——住在一个叫'迪尔曼'的地方。这里纯净、清洁而又明亮,没有疾病,人们不会变老,食肉动物也从不杀生捕猎。

"但这个地方没有水。所以宁赫萨格便恳求恩奇将水赐予迪尔曼,因为恩奇可以算作一位水神。他让她如愿以偿,在沟渠中的芦苇丛里手淫,流出了播散生命的精液,也就是人们所说的'心之水'。与此同时,他还宣布了一则嗬刹怖,禁止任何人进入这片区域。他不想让任何人靠近他的精液。"

"为什么?"

"神话中没有说明原因。"

"那么,"阿弘说,"他肯定认为自己的精液很宝贵,或者很危险,或者既宝贵又危险。"

"如今迪尔曼比过去好了许多。田地肥沃,庄稼茂盛。"

"抱歉,我打断一下,苏美尔人是如何务农的? 他们注重水利吗?"

"他们全靠灌溉才有了好收成。"

"那么这就是恩奇的功劳。因为神话里说,是他用'心之水'浇灌了农田。"

"恩奇是水神,是的。"

"好吧,请继续。"

"但宁赫萨格,也就是阿舍拉,违背了恩奇的旨意,用他的精子让自己受孕。怀胎九天之后,她生下了一个女儿,名叫'宁穆',分娩时毫无疼痛之感。后来,恩奇看到宁穆走在河岸上,突然感到欲火中烧,于是便过河同她交媾。"

"那可是他自己的女儿。"

"是的。又过了九天,宁穆也产下一女,名叫'宁库拉'。随后同样的事情再次发生。"

"恩奇也和宁库拉交媾了吗?"

"是的,她也生下一个女儿,名叫'乌图'。这次宁赫萨格显然已经明白了恩奇的行事方式,于是便劝乌图留在家里,因为她已经预知,恩奇会带着礼物去找乌图,还会勾引那个女孩。"

"恩奇这样做了吗?"

"他再次用能够令万物生长的'心之水'灌满了沟渠。园丁欣喜若狂,拥抱了恩奇。"

"园丁是谁?"

"只是故事里的一个人物。"图书管理员说,"他将葡萄和其他礼物献给恩奇。恩奇假扮成园丁的模样去找乌图,诱奸了她。但这一次,宁赫萨格设法从乌图的双腿之间搞到了恩奇的精子样品。"

"老天。这位丈母娘可真是厉害啊。"

"宁赫萨格将精子撒在地上,于是便有八种植物发芽出土。"

"怎么着,恩奇又跟这些植物交媾?"

"不,他吃下了它们。从某种意义上讲,正因为这样,他才知道了它们的秘密。"

"所以我们才有了亚当和夏娃偷吃禁果的故事。"

"宁赫萨格诅咒恩奇说:'直到你死去,我再也不会用"生命之目"看你一眼。'随后她突然不见踪影,而恩奇则开始重病缠身。他体内的八个器官生了病,就是那八种植物在作祟。最后,宁赫萨格被说服回到恩奇身边。她生下了八位神祇,分别代表恩奇体内生病的器官，于是恩奇终于痊愈。这些神祇从此成为迪尔曼崇拜的众神，也就是说，这次教训打破了血亲乱伦的循环，还创造出了新的男女神祇种族，能够正常地繁衍。"

"我总算明白拉格斯所说的'两岁小孩发烧时产生的幻觉'是什么意思了。"

"埃斯特将这个神话解释为：'对一个逻辑问题进行的阐述：假如最初这世上除了造物主之外再无旁人，那么正常的两性关系——二元关系——是如何确立起来的呢？'"

"啊哈，这里又出现'二元'了。"

"您或许还记得，在我们先前的谈话中有一个尚待探讨的分支话题，那个话题同样可以让我们触及这一问题。这个神话可以比作苏美尔版本的创世论，它所描绘的创世之初，天地原为一体，直到二者分开之后，世界才算真正被创造出来。大多数创世神话的开头都是'万物自成一个似是而非的整体，被视为混沌世界或是天堂'，而在这种状态发生改变之前，我们所知的这个世界并不存在。我要在此指出，恩奇最初的名字叫作'恩克尔'，意思是'克尔之王'，而'克尔'指的是一片原始汪洋，即被恩奇征服的混沌世界。"

"每个黑客都能明白其中的含义。"

"不过，阿舍拉这个名字也具有相似的内涵。在乌加里特语中，她的名字叫'阿迪拉图·雅米'，意思是'她行走在海洋上'，或是'她御龙而行'。"

"好的，因此从某种意义上讲，恩奇和阿舍拉都是战胜了混沌世界的人；而你要强调的重点是，这种对混沌世界的征服，将静止的一元化世界分离成二元系统，便是创世的标志。"

"对。"

"你还能再告诉我一些有关恩奇的事情吗？"

"他是埃利都城的恩。"

"恩是什么？国王吗？"

"是某种祭司王。恩是当地神庙的管理者，而谟，即社会法则，被写在黏土板上，存放在神庙里。"

"原来如此。那么埃利都在什么地方？"

"伊拉克南部，最近几年刚被挖掘出来。"

"莱夫的人干的？"

"是的。正如克雷默所言，恩奇是智慧之神，但这种译法相当蹩脚。他的智慧不同于老人的智慧，而是一种知识——懂得如何处理事情，尤其是处理超自然的事情。'他总是能够以惊人的方式解决那些看似无法解决的问题，令其他神祇大为震惊。'总的来说，他是位富于同情心的神，对人类帮助良多。"

"真的？"

"是的。最重要的苏美尔神话都以他为中心。我曾提到，他与水大有渊源。他用自己播散生命的精液注满了河流和苏美尔人规模很大的水利系统。据说，在一次具有划时代意义的手淫之后，他创造了底格里斯河。他曾这样自我描述：'我是王。我的话语亘古流传。我是永恒。'而其他人也这样形容他：'你只需说出一个字，便让谷物堆积如山。''你摘下天宇中的星辰，算清它们的数目。'他还为自己创造出的万物命名……"

"为他创造出的万物起名字？"

"在许多创世神话中，为一样东西命名就等于是创造了它。各种各样的神话都曾提到，他是'创制魔咒的专家'，'词语丰富无穷'，'所有英明决策的主宰'。克雷默和梅耶指出：'他的话语能令混沌世界变得秩序井然，也能让和谐之地变得混乱无章。'

他倾尽全力把自己的知识传授给了他的儿子马杜克神,也就是巴比伦人信奉的主神。"

"这么说,苏美尔人崇拜恩奇,而苏美尔文明之后的巴比伦人又崇拜他的儿子马杜克。"

"是的,先生,而且每当马杜克遇到难题束手无策时,便会向父亲恩奇求助。您看这座石柱,汉谟拉比法典柱,上面就有马杜克的雕像。据汉谟拉比讲,这部法典就是由马杜克亲自交给他的。"

阿弘走到汉谟拉比法典柱旁看了一眼。他不懂那些楔形文字的意思,但石柱顶端的图案很容易看明白。尤其是中间那部分:

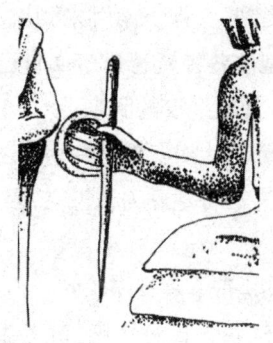

"一点没错。这个图案里,马杜克为什么要把一个'1'和一个'0'递给汉谟拉比呢?"阿弘问。

"那是王权的象征。"图书管理员答道,"但其本来的意义还无法探寻清楚。"

"肯定与恩奇有关。"阿弘说。

"恩奇最重要的角色就是'谟'和'吉斯赫'的创造者和守护

者。'吉斯赫'是指统管宇宙的'要诀'和'范本'。"

"再给我讲讲与'谟'有关的事情。"

"那我又要引用克雷默和梅耶的话了：'（他们深信）自太始之初，就存在着一种基本的、不变的、广泛的概念，集权力和责任、规范和标准、法则和规章于一身，这就是谟，关乎整个宇宙和其中的每一份子、神祇和凡人、城邦和国家、文明生活的各个方面。'"

"有点像摩西五经嘛。"

"是的，但谟拥有一种神秘或是神奇的力量，而且总是涉及尘俗事务，并不只是宗教。"

"有例子吗？"

"有一个神话提到，女神伊南娜来到埃利都，哄骗恩奇给了她四十九条谟，并把这些神奇秘语带回自己的家乡乌鲁克。在那里，人们欣喜若狂地欢迎谟的到来。"

"伊南娜，就是那个让胡安妮塔特别着迷的女神？"

"是的，先生。人们将她尊为救世主，因为'她让谟得以完美地贯彻执行'。"

"执行？就像是执行电脑程序吗？"

"是的。显然，谟很像运算法则，可以作为关乎社会基本要素的行动准则。其中有些决定了教权和王权的运行体制，有些对如何进行宗教仪式做了解释，有些则与战争策略和外交技巧息息相关。很多谟都涉及艺术和工艺：音乐、木工、锻铁、制革、建筑、农耕，甚至包括诸如生火之类的简单工作。"

"可以视为整个社会的操作系统。"

"您的意思是？"

"电脑刚被启动时，只是一堆没有活力的电路，无法真正做任何事情。要想让机器开始工作，就必须把一整套规则灌输到这些电路之中，让操作系统告诉它们该如何行使职能，也就是说，如何成为一台真正的电脑。听你的话，这些谟就像社会的操作系统一样在发挥功用，把没有活力的社会成员组织起来，形成一个运转自如的系统。"

"随您怎么理解都成。不过总之，恩奇是谟的守护者。"

"如此说来，他还真是个好人。"

"他在众神之中最受世人爱戴。"

"听起来他也很像个黑客，所以他的嗬刹怖才那么难懂；但既然他是个好人，为什么还要用咒语搞出巴别那种事情？"

"这也被视为众多与恩奇有关的谜团之一。您肯定注意到了，他的所作所为并非总是与现代准则相符。"

"我可不相信那个神话。我不认为他真的搞了自己的妹妹、女儿之类的血亲。那个故事肯定是在用隐喻手法暗示别的事情。我觉得那是在暗喻某种递归信息操作程序。仔细琢磨，神话里通篇都在暗示这个意思。对那些苏美尔人来讲，水就等同于精液。这很合理，因为他们很可能根本没有纯净水的概念，那里的水原本就是棕褐色的泥汤，里面满是病毒。但以现代的观点来看，精液只是信息的载体，而信息中既有行善的精子也有作恶的病毒。终究还是恩奇的水，他的精液、他的信息、他的谟，流遍了苏美尔大地，让这片国土繁荣兴旺。"

"您知道，苏美尔文明的所在地位于底格里斯河与幼发拉底河之间的冲积平原上。所有的黏土也都来自这里，他们直接从河床上取土。"

"如此说来，恩奇甚至还为苏美尔人提供了传递信息的媒介：黏土。他们在湿土板上写字，然后烘干，也就是把水分去掉。如果黏土板再遇到水，信息便会被毁掉；但如果他们用火烘烤，将水分完全驱除，把恩奇的精液用加热法消毒，那么这种书写板就能永久保存下来，不会发生变化，就像摩西五经中的文字一样。我这样说话是不是听起来像个疯子？"

"我不知道，"图书管理员说，"但听起来您还真有点像拉格斯。"

"我太兴奋了。你知道吗，下一步，我要把自己变成个怪脸。"

34

谁都可以轻易进入格里菲斯公园而不被别人注意到。Y.T.
估计，尽管路上横着路障，但法拉巴拉帮的营地并未处于严密的
保护之下，只要具备越野能力就能进去。作为一名脚踩全新滑
板、头戴全新骑士目镜（要想赚钱，先得花钱）的板上忍者，这不
成问题。只需找一段居高临下、斜坡直通山谷的路基，顺着它的
边缘一路溜下去，就能看见下面闪耀的营火了。后面的路程要
顺着山势下滑，靠地球引力帮忙就可以了。

滑到一半时，Y.T.忽然意识到，身上这件蓝橙两色的连身制
服尽管性能优越，但在午夜时分的法拉巴营地里肯定会成为
引人注目的目标。于是她伸手到衣领下，摸到布料里硬硬的一
块，用拇指和食指轻轻捏住，直到它发出滴答一声响。连身衣的
颜色立刻黯淡下来，微光一闪，电子染料转换了颜色，衣服变成
一片漆黑。

第一次来这里时，Y.T.没有仔细观察四周的地形，因为当时
她希望自己永远不要再回来。同记忆中相比，这段路基显得更
高、更陡，下面的路更说不定是她想象不到的绝境，可能是一道
悬崖、绝壁或是深渊。之所以这么想，是因为她一路下滑几乎是

在做自由落体运动,始终笔直地下落,像炮弹一样飞坠。她告诉自己要保持冷静,这只是工作的一部分,滑板上的智能轮可以应付自如。一根根蓝黑色的树干扑面而来,在黑蓝色的夜幕中很难区分。此外,她只能看到滑板前端数字式速度表发出的红色激光,但仪器此时已经无法显示真实的数据。雷达测速仪不断徒劳地试图锁定参照物,速度表上的数字于是不断闪动,变成一团模糊的红色云翳。

她关掉了速度表,在彻头彻尾的黑暗中滑行,朝着谷底诱人的混凝土路面急冲而下,就像一个黑衣天使,身上天国降落伞的索具已被上帝割断,任由自己向下界坠去。最后,滑板的智能轮终于落到谷底的路面上,剧烈的碰撞差点把她的双膝顶进下巴。这场重力冒险总算结束了,尽管高度不大,但凶险的速度已把Y.T.搞得头昏脑涨。

她在心中提醒自己:下次只需找一座该死的桥直接跳下来就行。那样起码不会让你一头撞在一棵突然冒出来的仙人掌上。

她急速绕过一个拐角,身体倾斜得简直能舔到地面。骑士目镜里的景物突然一亮,多重光谱形成的图像将一切呈现在她面前。红外线下,法拉巴拉营地变成了一团闪耀着辉光的粉色雾霭,其中夹杂着点点亮白色的营火。所有的亮区都以黯淡的蓝色为背景,这意味着,目镜将她的视界处理成了伪色图,其中的蓝色区域是温度较低的冷区。这些景物后面横亘着一道参差不齐的地平线,那是临时立起的防护栅栏,法拉巴拉人最擅长构筑这种离奇古怪的东西。面对这道屏障,本来有点畏缩的Y.T.反而采取了极端措施,像一架隐形战斗机似的突然从天而降,落在营地当中。她的所作所为肯定让栅栏大失所望,又羞又窘,觉得受了怠慢。

一旦置身于营地之中，没有人会注意或在意你是谁。有几个人看到了她，但只是看着她从身边经过，完全没有大惊小怪。或许他们常常看到信使在此地出入——肯定是那种昏头昏脑、容易上当、只喝"酷爱"果汁的信使。营地里的人还不够机灵，无法把Y.T.与那帮呆鸟信使区分开来。无所谓，她不计较这个，只要他们不凑过来端详她的新滑板就行。

营火放射出平常的可见光，照亮了不幸的一幕：一群精神错乱的童子军正在召开大会，不过会上既没有奖章，也不讲究卫生。凭借着被调至最高成像度的红外线目镜，她还在暗影中看到了一张张模糊而又怪诞的红色面孔。如果仅凭肉眼，她只能看到一片黑暗。这副新式的骑士目镜花掉了她一大笔钱，那是她给黑帮运送毒品赚来的跑腿费。妈妈一直担心她会碰上这种差事，所以才会坚持要Y.T.找一份兼职工作。

上次来这儿时，Y.T.见过一些人，他们中的几个这次没露面，但这里又多了些她不认得的新面孔。其中有几位居然真的穿上了胶带束身衣。这种时尚的打扮绝非一般人所能拥有，只能属于那些完全失控、在地上胡乱打滚瞎折腾的家伙。另外几个人正傻呆呆地出神，但他们还不算太糟糕，因为还有一两个人的脑子显然已经完全坏掉，那副模样很像你可能会在打盹巡游特许城邦见到的老流浪汉。

"嘿，快看！"有人说，"那是我们的信使朋友！欢迎你啊，朋友！"

她打开了防身喷液的盖子，做好一切准备，事先还摇了摇罐子。这里也许会有谁想铐住她，为防万一，她取出一副能释放高压电的时尚金属手铐，先戴在自己的手腕上，又在衣袖里塞了一根电击棒。只有最古板守旧的伙计才带枪，因为开枪后要等很长时间才能见效。你得一直等到中枪的家伙流干了血死掉，最后的结局却往往是对方带着枪伤把你干掉了。但是用电击棒展开进攻之后，没有谁会再跟你纠缠下去。至少广告上是这么说的。

Y.T.并没有真正觉得自己会遭到攻击，或是招惹别的什么麻烦。她想的是主动出击，挑一个目标搭讪。于是，她一直保持着逃逸速度，最后终于找到了那个看上去还算和气的女人，就是那个穿着一身破烂的香奈儿仿冒套装的光头小妞。Y.T.径直朝她滑去。

"咱们到树林里去一下，怎么样？"Y.T.说，"我想跟你聊聊，看你还有没有脑子，剩下的那点儿脑子里在想什么。"

那女人微微一笑，费力地站起身，态度温和，行动笨拙，像个心情愉快的弱智儿。"我愿意和你谈谈，"她说，"因为我信任自己剩下的那点儿脑子。"

Y.T.没有停下脚步多费口舌，只是抓住那女人的手，领着她爬上山坡，远远避开道路，走进丛生的灌木林。她通过红外线目镜朝树林里扫视了一番，并未发现鬼鬼祟祟的粉红色面孔，这个地方应该很安全。但在她身后，两个神情快活的人正在慢慢溜达，好在并没有盯着她看，似乎他们只是觉得半夜时分就该在树林里散散步。其中之一是她上次见到的那个"主教"。

眼前这个女人约二十五六岁，身材瘦长，模样蛮招人喜欢，但并不漂亮，或许在中学篮球队里曾是一名勇气十足但得分不高的前锋。Y.T.摸黑找到一块石头，让她坐下。

"你知道自己在哪里吗？"Y.T.问。

"在公园里。"女人说，"和朋友们在一起。我们要帮忙传播福音。"

"你是怎么来到这里的?"

"从'企业号'来的。我们在那儿学了很多东西。"

"你说的是方舟吗? 那个'企业号'方舟? 你们这些人都是从那里来的?"

"我不知道我们是从哪里来的。"女人说,"有的时候,想记住什么东西还真不太容易,但这并不重要。"

"你以前在什么地方? 你不是在方舟上长大的,对吧?"

"我曾经是加州山景城三节系统公司的一名系统程序员。"女人口中突然冒出了一串发音完美而又正常的英语。

"那你是怎么登上方舟的?"

"我不知道。过去的生活已经结束,我的新生活已经开始。现在,我就在这儿。"她又开始像个小孩子似的说话了。

"在过去的生活结束之前,你记得的最后一件事是什么?"

"那天我工作到很晚。我的电脑出了问题。"

"就这样吗? 这就是你在正常时碰到的最后一件事情?"

"我的电脑死机了。"她说,"我看到了静电雪花,后来我病得很重。我去了医院。在医院里,我遇到一个男人,他向我解释了一切。他说,我的血液已经得到净化,如今我已属于福音。我突然大彻大悟,后来就决定去方舟。"

"是你自己做了决定,还是有人替你决定呢?"

"是我自己想去。那里是我们的归宿。"

"方舟上还有什么人和你在一起?"

"很多像我一样的人。"

"他们怎么会像你一样呢?"

"大家都是程序员,就像我一样。我们都看到了福音。"

"都是在电脑上看到的?"

"是的。也有人是在电视上看到的。"

"你们在方舟上做什么?"

女人挽起破烂上衣的一只袖子,露出布满针孔的手臂。

"你们吸毒?"

"不,我们献血。"

"他们抽你们的血?"

"是的,有时候我们也做一点编码工作,但只是我们中的个别人。"

"你来这儿已经多久了?"

"我不知道。后来,我们的血管再也不能正常供血,他们就把我们送到了这里。我们现在只是帮忙传播福音,从四处拖来物品堆成路障,但我们并没有花太多的时间工作。大多数时候我们都在唱歌、祈祷,向别人讲述福音的事情。"

"你想离开这里吗? 我可以帮你。"

"不。"女人说,"我从来没有像现在这么快乐过。"

"你怎么会这样说? 你以前或许是个一流的黑客;可现在,坦白地讲,你已经变成了个傻瓜。"

"无所谓,这不会让我感到难过。当我是黑客时,从没有真正感到快乐。原来我从未想过那些重要的事情:上帝、天堂,精神方面的事情。在美国,人们很难想起这类事情。大家都把这些事放到一边,置之不理;但真正重要的正是这些事,而不是电脑编程或是工作赚钱。现在,我脑子里只想着这些重要的事情。"

Y.T.一直留心瞧着主教和他的伙伴。他们正一步步朝这里走来,现在距离已经很近,Y.T.甚至能闻出来他们晚饭吃的是什么。女人把手放到Y.T.肩头的护垫上。

"我希望你能留下来陪我。喝点儿饮料吧？你肯定渴了。"

"我该走了。"Y.T.说着，站起身来。

"我真的反对你这么做。"主教一边说一边走上前来。他的语气中并没有怒意，只是想扮演爸爸的角色，对Y.T.来一番训诫，"对你来说，离开这里可不是个正确的决定。"

"你算什么？模范人物吗？"

"没关系，你不必非要同意我的观点。我们还是一起坐到营火旁，好好谈谈吧。"

"你们还是快他妈的滚开，别等Y.T.为了自卫动手伤人。"Y.T.说。

三个法拉巴拉人全都向后退开。非常合作。主教举起双手，安抚道："如果我们让你感到受了威胁，请原谅。"

"没有威胁，你们这些家伙只是有点古怪。"Y.T.说着，把目镜调回了红外线模式。

一片红光中，她看到了第三个法拉巴拉人，也就是与主教一起来的那个家伙，手里拿着一样小东西，温度不同寻常。

她打开钢笔手电筒向他照去，用细细的黄色光柱扫过他的上半身。这人肮脏不堪，身上颜色灰暗，并不怎么反光；但他手中的东西发出了明亮的红光，就像一支用红宝石制成的箭。

那是一支注射针管，里面装满了红色的液体。在红外线之下，它呈现出温暖的色调。那是鲜血。

她并不完全明白这是怎么回事，为什么这些家伙要带着装满鲜血的注射器到处乱跑呢？但她不能再等了。

防身喷液从罐子里激射而出，像一条又长又细的绿色霓虹水箭，正中针管男人的面孔。那家伙的脑袋猛地向后一扬，像被一斧头劈在鼻梁上，未出一声便翻倒在地。随即，Y.T.又送给主教同样一击。那个女人只是呆立在原地，仿佛完全被吓掉了魂儿。

　　Y.T.从山谷里飞蹿而出。当她冲进路上的车流时，速度简直与一辆辆疾驰的车子不相上下。她射出吸盘，结结实实地攀住一辆夜行的运菜卡车，随即马上给妈妈打电话。

　　"妈妈，听着。不，妈妈，别管什么轰隆隆的噪音了。是的，我正在公路上飘滑板，但你先听我说句话，妈妈——"

　　最后她只能挂断老妈的电话，该死的老家伙根本不听她说什么。随后她试着用语音连接方式呼叫电脑网络中的阿弘，或许他正在网上。一两分钟后，呼叫接通了。

　　"喂！喂！喂！"她连声大喊。接着，她听到电话里传来一声汽车喇叭的尖叫。

　　"喂？"

　　"我是Y.T.。"

　　"你好吗？"这家伙待人接物时总是显得过于轻松自在。她才不想谈自己好不好呢。电话里又响起了汽车喇叭声，同阿弘的声音混杂在一起。

　　"阿弘，你这是在什么地方？"

　　"正在洛杉矶的大街上溜达。"

　　"你逛街的时候怎么能上网呢？"她突然意识到一件恐怖的事情，"啊，老天爷，你不会把自己变成怪脸了吧，对不对？"

　　"哎呀，"阿弘说话吞吞吐吐，局促不安，似乎刚刚才想起自己居然做了这种事情，"并不完全是怪脸。还记得吗，你教训过我，说我把钱都花在电脑设备上了？"

"是的。"

"可我觉得钱还花得不够,所以又买了一台可以佩带在腰间的机器。这可是有史以来最小的机型。这玩意儿现在就系在我腰间,感觉还真爽。"

"你已经变成怪脸了。"

"好吧,但我这台设备可不是那种笨重家伙,绑得全身上下都是……"

"你就是个怪脸。听好了,我刚和一个病毒批发商谈过。"

"你说什么?"

"她告诉我,她以前也是个黑客,后来在电脑里看到了一种奇怪的东西,于是病了一段时间,随后入了教,接着就上了方舟。"

"方舟。请继续。"他说。

"就是'企业号'。阿弘,你知道吗,方舟上那些人抽黑客的血。把血液抽出体外。他们把患病黑客的血注射给其他人,以此传染大家。等到黑客身上的血管像吸毒客一样满是针眼的时候,坏家伙们就会把他们放掉,让他们回到陆地上,像批发商一样接着传播病毒。"

"很好。"他说,"这个情报非常重要。"

"她说,她当时在电脑屏幕上看到静电雪花,所以才生了病。你知道这是怎么回事吗?"

"是的,我知道。"

"这种事竟然是真的?"

"没错,但你不用担心,那玩意儿只对黑客起作用。"

有一分钟时间,她说不出话来,只是气得要死,"我妈就是个程序设计员,为联邦工作。你这个混蛋,为什么不早一点警告我?"

半小时后,她到了家。这次她没有费神再换上那套循规蹈矩的行头,穿着不成体统的黑色连身衣就冲进了房子。她进门后把滑板朝地上一丢,顺手从架子上抄起妈妈的一件珍藏品,径直闯进书房。她手中的家伙是一只沉重的水晶奖杯——其实是用透明塑料做成的。妈妈在几年前获得了这件奖品,那全靠拍联邦老板的马屁并通过了所有的测谎测试。

妈妈就在那儿,像平常一样,在电脑前工作;但这会儿她并没有盯着屏幕,而是在查看膝头的笔记本。

妈妈刚抬起头看她,Y.T.一甩手把水晶奖杯掷了出去。那玩意儿飞过妈妈的肩头和电脑桌,砸进了显像管屏幕里。没想到结果居然如此吓人。Y.T.一直都想这么干。几秒钟时间里,她站在那儿一动不动,欣赏着自己的杰作,而妈妈则勃然大怒,发泄着种种古怪的情绪:你穿这件制服做什么? 我没告诉过你不准在真正的大街上溜滑板吗? 你也不该在家里乱扔东西。那可是我最宝贵的收藏。你为什么要砸坏电脑? 它是政府财产。对了,这究竟是怎么回事?

Y.T.知道,妈妈还要继续发作几分钟,于是转身来到厨房,用冷水洗了洗脸,然后倒上一杯果汁,任由妈妈跟在后面,朝着她的肩膀护垫发泄怒气。

最后妈妈终于气势渐消,在Y.T.的沉默战术面前败下阵来。

"妈妈,我刚他妈的救了你的命。"Y.T.说,"你至少也该奖给我一片奥利奥饼干吧。"

"你到底在说些什么呀?"

"好吧,我的意思是,如果你们这些上岁数的人能下点功夫,多接触一些基本的、跟得上时代的事情,你们的孩子就用不着采取这些过激手段了。"

35

"地球"现出身形,在阿弘面前威严地缓缓旋转。他伸手抓住球体,轻轻扭转,让自己能看到俄勒冈州。阿弘下达了除去云层的命令,软件马上照办,将水晶般澄澈通透的山地和海岸图景呈现在他眼前。

就在那儿,俄勒冈海岸之外数百英里处,大海的面孔上生出了一粒粒"疖子"。就算用"化脓溃烂"这类词来形容它们,也不算夸张。现在,这些疗疮位于阿斯托里亚以南一两百英里的海面上,正在继续向南移动。难怪胡安妮塔几天前要去阿斯托里亚。她想接近方舟,但谁也说不清她为什么这么做。

阿弘抬起头,把视线集中在"地球"上,放大图像仔细观察。随着距离拉近,他眼前的画面不再是同步卫星摄下的远距照片,变成了整队低飞的间谍侦察机发往中情公司电脑的精细图像。他看到的景象是由几小时前刚拍下的照片拼贴而成的。

那片移动物体分布在数英里的范围内。集群的形状在不停地变化,拍摄这些照片的时候,它的样子就像一只肥大的腰子。那些斑点其实正要排成人字形,像雁群一样指向南方,但由于阵形中有许多细小的移动物体正在不规则地乱动,让整个队列既无法定形又失去了组织,因此最终就成了腰子形。

队列正中是两艘巨舰:"企业号"和一艘油轮,并排连在一起。两个庞然大物被另外几艘集装箱货轮和大型运输船围在正中。这就是整片阵形的核心。

其他船只都非常小。其中有被临时抢来的游艇,还有退役的拖网渔船,但方舟队列里的大多数成员都是小船,包括小型观光艇、舢板、平底帆船、单桅三角帆船、小划艇、救生艇、船屋,还有用空油桶和泡沫板拼凑起来的小筏子。集群中百分之五十以上的漂浮物甚至不是由真正的船材制成,只是把乱七八糟的绳索、电缆、木板、渔网和其他破烂捆在一起,搭在随便哪一种能漂在水面的物体上。

L.鲍勃·莱夫坐镇于队列正中。阿弘不太清楚他在干什么,也不知道胡安妮塔与此有什么关联,但现在应该去那儿查个水落石出了。

斯科特·拉奇奎斯特站在"马克-诺曼每周七天二十四小时摩托车商场"旁等待买主上门,这时,一个佩着双刀的男子出现在他的视线之内——他正顺着人行道朝这里走来。在洛杉矶,行人可是罕见的景致,甚至比佩刀的男人更少见,但只要对方是步行来到商场,还是应该受到欢迎。显而易见,驾车来找摩托车经销商的人已经有了汽车,所以很难再向他们强行推销。相比之下,一个行人更容易对付。

"斯科特·威尔逊·拉奇奎斯特!"那家伙在五十英尺外就开始大喊大叫,"你还好吗?"

"好得不能再好了!"斯科特答道。对方的热情令他有点出乎意料,而且,他想不起来人的名字,这可是个问题。他以前在哪儿见过这家伙？

"见到您可太好了！"斯科特说着，跑上前握住那人的手，"好久不见，上次还是在，呃——"

"'小拇指'今天在吗？"那家伙问道。

"'小拇指'？"

"是啊，就是马克。马克·诺曼。'小拇指'是他大学时的外号。我猜现在他大概不喜欢让人这么叫他了，毕竟他如今经营着，嗯，六家经销店、三家麦当劳，还有一座假日饭店，对吧？"

"我不知道诺曼先生还经营快餐业。"

"没错。他在长滩有三家特许店，通过股份有限合伙方式拥有的这些店面。今天他在这儿吗？"

"不，他在休假。"

"哦，对了。他去了科西嘉岛，住在阿雅克肖凯悦饭店的543号房。你瞧，我把这事儿全忘了。"

"那么，您是路过这里顺便打个招呼，还是——"

"不，我来买摩托车。"

"哦，您想买哪种类型的？"

"有一种新款的雅马哈吧？就是装有新一代智能轮的那种？"

斯科特豪爽地咧嘴一笑，尽力用最合时宜的表情搭配自己即将吐露的实情，"我知道您要的是哪一款，但很抱歉，我们今天没有这种车。"

"你们没有？"

"我们没有。因为这是一款全新的车型，无论哪家店里都还没有上货。"

"你能肯定吗？可你们确实订了一辆啊。"

"我们订了吗?"

"当然。就在一个月前。"突然间,这个家伙伸长脖子,越过斯科特的肩头顺着大道望去,"瞧,正说着呢,它就到了。"

一辆雅马哈公司的半挂拖车正驶进卡车专用入口,车上装着新到的摩托车。

"我要的摩托车就在那辆卡车上。"这人说,"给我一张你的名片,我在背后写下这辆车子的识别号码,这样你就可以帮我把它从卡车上卸下来。"

"这辆车是诺曼先生特地订购的吗?"

"你知道,他说他订这辆车是要作为展示样品,但车子应该算是在我的名下。"

"是,先生。我完全明白。"

理所当然,摩托车卸下卡车之后,正像那人说的,车子的颜色(黑色)和识别号码全都正确无误。这是辆漂亮的摩托车,立刻将正坐在停车场上的一群人吸引过来:其他推销员都放下手中的咖啡杯,收起跷在桌上的双脚,走过来仔细端详。车子看上去就像一枚黑色的陆地鱼雷,当然是两轮驱动,两只车轮都十分先进,简直已经不能称之为轮子——它们就像高速滑板智能轮的重型翻版,个头巨大,能够独立伸缩的轮辐顶端衬着厚实的足垫。在摩托车的锥形车头部位,用于监视路况的传感器装置向前昂然伸出,能够在前进时决定每一根轮辐的着地位置和伸缩程度,并判断足垫的旋转角度,以获得最大的抓地力。整部车子完全由内建操作系统控制,油箱顶部装有一台带平面显示屏的随车电脑。

有人说这个宝贝能在碎石路上跑出一百二十英里的时速。

内建操作系统本身与中情公司的气象网络相连,车子即将驶入降雨区的时候,它自己就能提前知道。摩托车的整流罩根据空气动力学原理巧妙设计,能够自动变形,可以根据当前的车速和风势计算出最高效的外形,相应地改变弧度,像个花痴体操运动员似的把驾车者紧紧搂住。

斯科特估计,来人既然是诺曼先生的朋友和知己,他肯定打算以经销商的价格买下这部车子,从这儿拐走这个宝贝;但对任何一个有血性的推销员来讲,以经销商价格签约卖出这样一头性感野兽,实在不是件容易的事情。斯科特不由得迟疑起来。

那个家伙专注地盯着斯科特,好像能听到他的心跳声似的,似乎察觉到了他的紧张犹豫。在最后一刻,来人总算高抬贵手,变得宽宏大度起来,在发票金额的基础上又掏了几百港币——斯科特最喜欢这种挥金如土的做派。如此一来,他还能从这笔交易里抽取一份微薄的佣金,基本上只能算作小费了。

随后,真是锦上添花,那家伙走进车行大买特买,买下了整套装备。一样不缺,都是最高档的货色:一套纯黑的连身衣,透气性能极佳的防弹纤维布料能够把骑手从脚趾到脖子完全包裹起来,每一处适当的位置都衬有凝胶护甲,颈部还绕着一圈保护气囊。即便是最注重安全的狂热分子,有了这件宝贝,也肯定不会再费神戴什么头盔了。

那人想办法把双刀系在连身衣外面,不作停留,打算立即上路。

他跨上新车,调整好双刀,然后以某种令人难以置信的手法对摩托车进行设定,默认状态下,内建系统绝对不会认可这种操作方式。斯科特不禁脱口而出:"我得说,您看上去真他妈的剽悍。"

　　"谢谢夸奖。"那人说着,将油门一拧。斯科特没听见声音,但立刻感觉到了发动机的力量。这台宝贝效率极高,根本不会浪费动力发出噪音。"代我向你那个新外甥女问声好。"说罢,那家伙松开离合器。轮辐自动伸缩,积聚起力量,车子猛然向前一跃,驶出了停车场,仿佛用它的电子脚爪蹬地起跳一样。那人向右转弯,穿过相邻的"新宝瓶座神庙"特许店停车场,冲上公路。大约只过了半秒钟,佩刀的家伙已经变成了天边的一个小黑点,向北狂奔而去,眨眼间无影无踪。

36

二十五岁以前的男人总会时常想,只要机缘巧合,自己完全可以变成世界上最凶猛的家伙。如果他到了中国,在一座尚武的僧院里苦练十年工夫,肯定能如愿以偿;如果他的家人被哥伦比亚毒枭害死,他会发誓报仇,直到将死敌赶尽杀绝;如果他得了不治之症,只能再活一年,他会用这最后一段日子扫除街头犯罪;如果他遁世苦修,不惜生命追求目标,定能变得凶悍无比,所向披靡。

阿弘过去也常常萌生这种念头,但后来他碰到了乌鸦。从某种意义上讲,这倒让他得到了解脱,让他不必再费神去变成世上最凶悍的混蛋。因为那个位置已经属于乌鸦,而乌鸦之所以能占据这张至高无上的宝座,当然是那颗氢弹的功劳。对其他人来讲,正是那玩意儿让世界级凶悍混蛋的地位完全变得遥不可及。要是没有氢弹,别人还有可能煞费苦心争夺这个位子,或许可以找到乌鸦的致命弱点,无论偷偷进攻,突然袭击,还是下药麻醉,设局欺骗,总有可能达到目的,但现在,乌鸦的核保护伞让任何人对这个世界级头衔都无法企及。

没关系。有时候,只需变得稍稍凶悍一点儿就行。重要的是,应该明白自己能力的极限。有多大本事就做多大的事情吧。

刚刚驾车驶上通往山区的高速公路,阿弘便戴上目镜,进入他在超元域的办公室。"地球"还在那里跟踪方舟。他凝神注视着球体上的画面。目镜里,超元域的图像有如半透明的魅影,与真实世界中的高速公路重叠在一起。他以一百四十英里的时速朝俄勒冈州飞驰。

从远处看,方舟的阵形似乎比实际规模大得多。凑近一点之后,他发现了造成这种错觉的原因:船队四周和上空包围着一大团船队排放出的垃圾、污水和空气污染物,在大海和空气中渐渐消散。

这群乌合之众在太平洋面上沿顺时针方向漂流。只有在锅炉点火之后,"企业号"才能稍稍对前进方向加以控制,但它仍旧不可能真正航行,因为周身挂满了破破烂烂的小船。大部分时间里,船队只能随着风势和地球自转的偏向力漂移。几年前,它造访了菲律宾、越南和西伯利亚,沿途不断接纳方舟难民;接着它转到阿留申群岛,沿阿拉斯加南下;现在正要漂过靠近加州边界的小城——俄勒冈州的谢尔曼港。

方舟船队在太平洋上缓缓移动,大多数时间都是借助洋流漂行,偶尔会有大块大块的部分从它身上分离出来。最终,这些漂浮物会被冲上圣巴巴拉等地的海岸,它们仍然用绳索绑在一起,上面尽是尸骸和被啃噬过的骨头。

到达加州之后,方舟便会进入新的生命周期。大量临时拼凑起来的小船和筏子将与船队分离,随后四处蔓延。数十万名方舟难民会割断与方舟相连的缆绳,划桨靠岸。不用说,能坚持到那个时刻的难民全都是机敏灵活之辈,所以才能在一开始的时候想方设法攀上方舟;而且足智多谋,这才能在穿越北极水域

时挨过那段痛苦的缓慢航程；另外还强壮坚韧，所以才没被其他
难民杀掉。他们全都是好样的。你准会希望自己的私人海滩上
出现成千上万这样的好家伙。

　　摆脱累赘之后，船队将只剩下几艘大船，机动性会有所提
高。那时，"企业号"会穿越南太平洋，前往印度尼西亚。从那里
开始，它将再次北上，开始下一圈移民之旅。

　　横渡湍急的河流时，行军蚁会一个摞一个地爬到同伴的身
上，聚成一只漂在水上的小球。很多蚂蚁会落下来沉入河里，不
用说，位于小球底部的成员都要被淹死，但那些行动迅速、强健
有力的蚁兵会爬到小球顶部，从而存活下来。最后，大多数行军
蚁都会成功地渡过大河，也正因为如此，即使炸断桥梁也无法阻
止行军蚁前行。方舟难民之所以能够横穿太平洋，也是靠这种
方法，尽管他们没钱买船票，无法乘坐真正的轮船旅行，更买不
起一艘能在海上航行的船。大约每隔五年，当洋流把"企业号"
送回来的时候，就会有一波新的移民浪潮席卷西海岸。

　　最近几个月以来，加州海滨地区的房产主已开始雇用保安
人员，沿着潮汐线安装探照灯和杀伤性护栏，还在他们的游艇上
架起了机关枪。他们全都向中情公司订购了二十四小时方舟报
告，直接从卫星上获得最新情报。他们知道，那支由两万五千名
欧亚饥民组成的分遣队最近已经脱离了"企业号"，并把无数蚂
蚁腿似的船桨伸进了太平洋的海水中。

　　"现在该做些更深入的工作了。"阿弘告诉图书管理员，"但
你只能口头为我讲解，因为我正驾车驶向I5号公路，速度快得吓
人，而且我还得留意车速较慢的房车等诸如此类的事。"

　　"我会谨记在心。"阿弘的耳机里传出图书管理员的声音，

"请您当心,圣克拉利塔南面有辆卡车被撞毁。另外,在图革尔出口附近的左车道上,路面有个大坑。"

"谢谢。那些神祇都是些什么人? 拉格斯对此有什么看法?"

"拉格斯认为,他们其实很可能是魔法师,也就是拥有特殊能力的正常人类,也有可能是外星人。"

"哇呜,等等,咱们还是每次只讨论一个话题吧。拉格斯说他们是'拥有特殊能力的正常人类',这是什么意思?"

"假定恩奇的喃刹怖确实像病毒那样发挥作用,假定真有个名叫'恩奇'的人发明了那玩意儿,那么恩奇肯定拥有某种不凡的语言学能力,完全超出我们的正常理念。"

"那么,这种能力是怎么起作用的? 基于什么原理?"

"我只能告诉您拉格斯所做的阐述,供您参考。"

"好吧,请讲。"

"无论在神秘派还是学院派的文献中,相信语言具有魔力的看法并不少见。流行于西班牙和巴勒斯坦的犹太神秘主义教派卡巴拉教认为,圣名里各个字母的适当组合可以给人带来超乎寻常的洞察力和超能力。例如,阿布·阿哈隆,一位从巴格达移民到意大利的早期卡巴拉教徒,据说能够凭借圣名的神力来实现奇迹。"

"你说的是什么神力?"

"大多数卡巴拉教徒都是空想家,只对纯粹的冥想感兴趣,但其中也有所谓的'实用派卡巴拉教徒',曾经尝试将卡巴拉宗教的神力应用于日常生活中。"

"换句话说,就是魔法师。"

"是的。这些实用派教徒使用所谓的'天使长字母',源自公元1世纪的希腊语和阿拉姆语中具有魔力的字母,与楔形文字很相像。卡巴拉教徒将其称为'目书',因为那种字母全都是由线段和小圆圈构成,看上去好似一只只眼睛。"

"线段和圆圈,那就是'1'和'0'嘛。"

"一些卡巴拉教徒根据那些字母在口中的发音部位对它们加以区分。"

"好吧。所以我们可以这样认为,他们在纸页上的印刷字母和发音时会用到的那些神经结之间建立了某种关联。"

"是的。通过分析各种字词的拼写,他们能够推断出文字真实的内在含义及其重要性,从而得出自认为是意义更深刻的结论。"

"既然你这么说,那就算是吧。"

"在学术派领域里,相关文献资料自然不会这么富于想象力,但学者们付出了相当大的努力,对巴别现象做出解释。我说的并不是巴别塔那件事,大多数人都认为那只是个神话故事,我指的是语言趋于分化的现象。他们发展出了许多语言学理论,致力于分析各种语言。"

"拉格斯想把这些理论应用于他的病毒假说中?"

"是的。在此领域有两种学派:相对主义和普遍主义学派。根据乔治·斯坦纳的总结,相对主义者往往相信,语言并非传递思想,而是决定思想。语言是认知的基本结构。我们对世间万物的理解,全都是在各种感觉流经这种基本结构时被组织起来的。因此,研究语言的演变,就等于研究人类思想的演变。"

"嗯,我明白这种理论的意思了。那么普遍主义者呢?"

"他们的观点与相对主义者大不相同,因为相对主义者认为各种语言无须具有共通之处。而普遍主义者认为,如果对各种语言的分析足够透彻,便会发现它们之间确实存在共同的特征。所以他们致力于分析语言,寻找这些特征。"

"他们找到了吗?"

"没有。似乎每一条规则都有例外的相左之处。"

"这可就让普遍主义者彻底惨败了。"

"也不尽然。他们对此解释说,各种语言之间的共同特征隐藏得太深,以致无法被分析出来。"

"这是在推诿回避。"

"他们的观点是,从某种程度上讲,语言只能产生于人脑内部。而既然所有的人脑都大同小异——"

"硬件相同并不等于软件相同。"

"您使用了某种比喻手法,我无法理解。"

阿弘面前出现了一辆福特"气流"房车,一阵劲风吹得那个庞然大物左右乱晃。他从大家伙身边呼啸而过。

"这就像,一个讲法语的人,他的大脑起初与讲英语的人没什么两样。但随着他们逐渐长大,各自学会了不同的语言,相当于相同的硬件被写入了不同的软件。"

"是的。但按照普遍主义者的说法,法语和英语,或是其他任何语言,肯定拥有共同的特征,根植于人脑的深层结构之中。根据乔姆斯基的理论,深层结构是大脑的先天组成部分,使大脑能够对一串串符号进行各种正式操作。或者正像斯坦纳对埃蒙·巴赫的观点所做的解释:这些深层结构最终会导致大脑皮层上出现数量极大的分支状构造,同时产生由电化学和神经生理学通道组成的'程序化'网络。"

"但这些深层结构的位置非常深,以致我们无法看到?"

"普遍主义者认为,大脑中处理语言的节点,也就是深层结构,隐藏得非常深,既无法观察也无法描述。斯坦纳对此做过比拟:如果想把深海中的生物从它的潜藏处带到浅水区,它一定会碎裂瓦解或是怪诞地变形。"

"怪诞地变形? 我想起毒蛇了。那么,拉格斯相信哪一种理论呢? 相对主义还是普遍主义?"

"似乎在他看来,二者没有太大的区别。归根结底,它们都带有一定程度的神秘色彩。拉格斯认为,从本质上讲,这两种学派通过不同的推理途径得出了相同的结论。"

"但我觉得它们有关键性的区别。"阿弘说,"普遍主义者认为,是人脑中预先规范好的组织结构,也就是大脑皮层里的各种通道,决定了人的言行,但相对主义者认为这方面并不存在任何限制。"

"拉格斯更改了乔姆斯基的严格理论,他提出了一个假设,认为学习语言就像是在可编程只读存储器里输入代码。我无法理解这种比喻。"

"这种比喻很容易理解。可编程只读存储器是一种存储芯片。"阿弘说,"它们刚出厂时,里面没有任何内容。可一旦你把信息存入芯片,然后将信息冻结——信息或是软件一经存入就无法更改——这就等于把软件变成了硬件。在可编程只读存储器中输入代码后,你可以读出这些信息,但再也不能把信息写入存储器。拉格斯试图以此来说明,新生的人脑里并没有形成结构——这是相对主义者的观点;而当孩子学习语言的时候,处于发展过程中的大脑相应地自我生成结构,语言便被'输入'硬件,并且变成大脑深层结构的永久性部分——这是普遍主义者的观点。"

"对,当时他是这样解释的。"

"很好。所以他提到恩奇是个拥有神奇力量的凡人,是想说明恩奇或许理解语言和大脑之间的关联,也知道如何对其加以利用。黑客也是一样。我们了解电脑系统的秘密,能够编写程序对它进行控制。这种程序就等于是数字化的喃剎怖。"

"拉格斯说,恩奇拥有飞升进入语言世界的能力,而且可以用自己的双眼看到那片虚幻的所在。这很像人们进入超元域。语言世界赋予恩奇特殊能力,令他能够创造喃剎怖。而喃剎怖的力量可以改变人脑和身体的功能。"

"为什么如今没人有这个本事了?为什么英语里没有喃剎怖?"

"斯坦纳曾指出,并非所有的语言都如出一辙。相比之下,有些语言更适于比喻。希伯来语、亚拉姆语、希腊语和汉语就很适合玩文字游戏,而且能够更持久地把握现实:'巴勒斯坦有奇尔亚特-赛佛城,也就是"字母之城";而叙利亚有白百罗港,意思是"书城"。与之相比,其他文明则显得"寡言少语",或者至少像埃及一样,对语言的创造力和转换力缺乏完全的了解。'拉格斯相信,苏美尔语是一种格外强有力的语言,至少在五千年前的苏美尔是这样。"

"这种语言非常适合恩奇实施他的神经语言学攻势。"

"早期的语言学家,包括卡巴拉教派的学者,都认为世上确实存在一种叫作'伊甸语'的语言,也就是亚当使用的语言。它让所有的人都能够彼此了解,相互间沟通自如,不会产生任何误解。从上帝一言创世的那个时刻开始,它就成了神圣的语言。在伊甸语中,为一样东西命名就意味着创造了它。我再次引用斯坦纳的话:'我们的言语介于主观理解和客观事实之间,就像落满灰尘的窗玻璃或是扭曲的镜子。伊甸语则像一块毫无瑕疵的玻璃,能够让理解之光通透地穿过。因此,巴别事件堪称凡人继失乐园之后的第二次堕落。'早期的卡巴拉学者盲人以撒曾经说过——我在此引用格尔斯霍姆·肖勒姆的翻译——'人的言语和神的言语相互关联,而所有的语言,无论是神语还是人言,都来自同一本源:圣名。'而实用派卡巴拉教徒,也就是那些魔法师,都拥有'巴尔舍姆'的头衔,意思是'圣名大师'。"

"伊甸语就是这个世界的机器语言。"阿弘说。

"您又在打比方吗?"

"电脑讲的是机器语言。"阿弘说,"这种语言由许多'1'和'0'写成,也就是二进制编码。从最低级的角度来看,所有电脑都被写入了一串串'1'和'0'。当你使用机器语言编程时,就等于控制了电脑的脑干,那是它存在的根本。这和伊甸语的本质完全相同。但机器语言使用起来相当困难,因为如此琐碎繁细的工作干上一会儿就会让你发疯。于是,在机器语言的基础上,人们设计出各种各样的电脑语言供程序员使用:FORTRAN、BASIC、COBOL、LISP、Pascal、C、PROLOG和FORTH。借助其中任何一种语言,你都可以同电脑交谈,因为有一种叫作'编译器'的软件把它转化成了机器语言,但你永远都不会知道编译器是如何工作的,而工作成果也并不会总像你希望的那样出色。它依然像落满灰尘的窗玻璃,或是扭曲的镜子。真正高明的黑客都知道机器内部的工作原理,能看透自己正在使用的语言,瞥见二进制代码的神秘运作过程,从而成为电脑行业的'巴尔舍姆'大师。"

"拉格斯相信,关于伊甸语的传说是真实事件的夸大版本。"图书管理员说,"这些传说反映了人们的怀旧之情,他们无比向往过去那个人人都讲苏美尔语的时代,而且认为苏美尔语比后来出现的任何语言都要优越。"

"苏美尔语真有那么好吗?"

"现在的语言学家无法对此做出判断。"图书管理员说,"我曾提到,这种语言几乎不可能为我们所掌握。拉格斯怀疑,在遥远的往昔,文字的作用和今天并不相同。如果某个人的母语能够影响到处于生长发展阶段的大脑的物理结构,那么就可以公平地说,苏美尔人的大脑与你的大脑存在根本上的区别,因为他们所讲的语言与目前存在的所有语言都截然不同。由此拉格斯相信,苏美尔语是一种适于滋生和繁殖病毒的理想语言。而病毒一旦在苏美尔被释放出来,便会带着致命的毒性迅速传播开去,直到每个人都被感染。"

"或许恩奇知道这一点。"阿弘说,"或许恩奇的喃刹怖并不是坏东西。或许对我们来讲,巴别事件是一件大好事,再好不过了。"

37

　　Y.T.的妈妈在联邦属地工作。她把自己那辆小车停在地下停车场带有她编号的小停车位上——联邦为此要在她的薪水里扣除百分之十的停车费(如果她不愿意,可以乘出租车或是步行上班)——随后在炫目的灯光下,沿着混凝土螺旋车道向上爬好几层——这几层停车位都是离地面较近的好位置,专门留给别人,但总是空着。她总是走在坡道的正中央,穿过一排排停好的车子,这样执行处的那帮小伙子就不会认为她鬼鬼祟祟、游手好闲、装病怠工或是偷偷抽烟了。

　　到了她那座大楼的地下入口后,她要把口袋里所有的金属物品全部掏出来,还得摘下身上佩戴的小首饰,将这些东西放进一只肮脏的塑料碗里,然后走过探测器。同时她要亮出徽章,签下自己的名字,记录上班时间,让执行处的一个姑娘搜身。这很讨厌,但总好过被人检查身上的孔窍。只要愿意,他们有权进行体腔搜查。从前有一次,她在会上发言时暗示,她的上司可能在一个重要的设计项目里执行了错误的方针,结果在一个月的时间里,她的私密处每天都被人搜查。她知道,那是一种恶毒的惩罚,但她仍旧总想为自己的国家做点什么。再说,不管什么时候,只要你为联邦工作,那么就得接受事实,明白总有人会耍弄政治手腕。作为一个低等工作人员,你理应承受这种压力。等你日后在联邦普通公务员的级别阶梯上越爬越高时,便无须再受这么多的窝囊气了。她绝不会同自己的上司争辩。她的上司,玛丽埃塔,尽管公务员级别还不是很高,但也算有些门道。玛丽埃塔有关系,认识不少与上层人士相熟的人,还经常参加鸡尾酒会,而某些在酒会里露面的人会让你瞠目结舌。

Y.T.的妈妈顺利地通过了搜身检查。她把金属物品放回口袋,又爬上六段楼梯,这才到达她工作的那个楼层。这里的电梯可以正常使用,但联邦属地中一些地位相当高的人物曾告诉大家,节约能源是众人的职责——这种事从来不会正式宣布,但他们总有办法传出消息。联邦工作人员都非常重视自己的职责;正是义务、忠诚和责任让他们与美利坚合众国紧紧联系在一起,因此,楼梯间里才会充满毛料服装浸透汗水后散发出的气味,还有皮鞋的啪嗒声。如果你乘电梯上楼,没有谁会说什么,但会引起别人的注意。被人注意,记下名字,载入记录。而人们会盯着你,上下打量你,像是在问:怎么回事,你的脚踝扭伤了么? 爬楼梯就不会惹来这样的麻烦。

联邦人员都不抽烟,通常也不会饮食过量。联邦的健康计划制订得明确具体,包括许多奖惩激励措施。如果你体重超标或是气喘吁吁,没有谁会说什么,那样做会很失礼,但你会感到明显的压力,感觉自己与大家格格不入。当你从办公桌的海洋中穿过时,一道道目光都跟随着你,估量着你身上有多少赘肉。一张张办公桌之间,人们相互交换眼色,达成默契;而你的同事则会暗自嘀咕:不知这家伙会把我们的健康计划奖金冲抵多少?

于是,Y.T.的妈妈穿着她的黑色高跟鞋啪嗒啪嗒地爬上楼,走进办公室。所谓的办公室其实就是一个大房间,呈网格状摆满了电脑工作站。过去这个大房间被分隔成一个个隔间,但执行处的小伙子不喜欢那样。他们说,如果大家需要紧急撤离怎么办?人们处于疯狂的恐慌之中时,那些隔板会妨碍大家自由疏散。所以,隔间都被拆掉,只剩下工作站和椅子。甚至连桌面也都被取消,因为有了桌面,人们就会想使用纸张,可那种工作方式已经过时,而且缺乏团队精神。你的工作有什么特别之处,非要写在一张纸上,只有你自己才能看到?就为了把它锁在书桌里吗?当你为联邦工作时,你所做的一切都是美利坚合众国的财产。你应该用电脑工作。电脑会为一切保留备份,所以如果你生了病或是出了别的什么事情,你的同事或上司就能通过电脑接手你的工作。如果你想写便条,打电话时想随手涂写点什么,完全可以在家里那么干,业余时间随你做什么都行。

另外,这也涉及工作人员的互换问题。联邦雇员就像军人,都是可以被随时调换的零件。如果你的工作站出了故障,那该怎么办?你就坐在那里玩手指头,干等着别人把机器修好?先生,这可不行,你应该搬到一台备用工作站旁边,在那里继续工作。假如你在抽屉里或是桌面上堆了半吨重的个人材料,就会丧失那种灵活的机动性。

因此,联邦的办公室里没有一张纸片,所有的工作站也都完全相同。你早晨来到办公室,随便选一台机器,坐下,开始工作。你可以对某一台工作站表现出特殊的偏爱,可以每天都坐在那儿,但这样就会被注意到。一般情况下,你要选择离门口最近而且没人使用的工作站。这样,上班最早的人就坐在离门口最近的位置上,而来得最晚的人则会坐在最后面。于是在这一天,大家只需看一眼就能明白,这间办公室里哪些人勤奋用心,哪些人麻烦缠身——大家在卫生间里交头接耳时常常讨论这种事情。

谁上班最早其实不是什么大秘密。你早上登入一台工作站时，中央电脑不会注意不到。中央电脑用心记下了所有事情。它全天都在跟踪你的举动，知道你在键盘上敲下的每一个按键，知道你在什么时候敲下了这个按键，时间精确到微秒，而且知道你敲下的这个键是对还是错，知道你出了多少错误，还知道你出错的具体时间。根据要求，你只需在自己的工作站上从上午八点干到下午五点，中间有半小时的午餐休息和两次十分钟的咖啡小憩时间。但是，如果真的按照这个时间表安排作息，你肯定会被注意到，所以Y.T.的妈妈才会在六点四十五分就悄悄坐到一台无人占用的工作站跟前，登入机器开始工作。办公室里这时已经有了六个人，都已登入了离门口更近的几台工作站。但这样还不算太糟，只要她能一直这样表现下去，便有希望让自己的职业勉强保持稳定。

联邦人员仍然在平面系统上工作。这里没有三维立体图像，没有目镜，没有立体声。电脑全都配备着最基本的二维平面显示器。桌面上现出一个个视窗，里面都是小小的文本文件。一切都是财政紧缩方案的产物。节约这种事向来是积少成多，很快就会大见成效。

她登入系统，检查自己的邮件。电脑里没有个人邮件，只有来自玛丽埃塔的几封文告，转发给众多收信人。

卫生纸资源整合共享新条例

应上级要求，我在此公布办公室资源整合共享新条例。所附备忘录是执行处程序手册的新增附属章节，用以替换以下旧有附属章节:实物产业/加利福尼亚/洛杉矶/建筑物/办公区/实物规划条例/雇员意见/团体活动。

旧有附属章节无条件禁止将办公空间或办公时间用于任何形式的"资源整合共享"活动,无论此活动的性质为永久性(例如:咖啡整合共享)还是临时性(例如:生日派对)。

该禁令依然有效,但对于任何希望实行卫生纸资源整合共享的办公室,在此制定单一的一次性例外条例。

作为本文告的导言,请允许我对此主题发表几点一般性意见。对于任何办公管理系统而言,向员工分配厕所卫生纸的问题均属固有的挑战,因为卫生纸的使用情况具有不可预测性。并非每次使用厕所设备都必将导致对卫生纸的使用,而且即使出现了使用卫生纸的现象,具体的需用数量(卫生纸的张数)也因人而异。此外,针对同一个特定的使用者,每次的用量也各不相同。此外还有并不涉及如厕时对卫生纸的非经常性使用,例如出于上妆、卸妆、清除打翻的饮料等不可预测事件而发生的使用行为。基于上述原因,如果将卫生纸制成一次性小包装(如湿纸巾之类的包装),将会在某些情况下造成浪费,同时又在某些情况下供应不足,因此卫生纸一直采用传统的包装方式,即大号的分装单位。这种包装的尺寸超过了每个使用者一次能够取用的最大卫生纸片数(不可抗力因素除外)。随着使用者一次次取用,此分装单位会最后耗尽(即纸卷用罄),从而为受到影响的员工带来情绪压力。另一方面,这种情况也为管理人员带来了挑战,因为分装单位体积较大,必须由不同的使用者多次取用,才不会造成浪费。

自从财政紧缩方案的第十七阶段开始实施以来,雇员获准从家中带来自己的厕所卫生纸。这种方式笨重不便而且过分累赘，因为每一位员工通常都会带来自己的纸卷供如厕之用。

为了迎接这场挑战，有些办公室已开始试行卫生纸资源整合共享计划。

和所有的办公室范围内实行的卫生纸资源整合共享计划一样，这项计划具有一种普遍的、内在的、而且是不可消除的特征：在一种环境中（即办公大楼），公共卫生间分布在每个楼层（也就是说，几间办公室共用一个厕所），而卫生纸的供应必须针对每一间办公室，临时配置卫生纸分装单位（即纸卷）。随后，如果卫生纸分装单位（纸卷）处于静止的状态之下，被放置在主控办公室（即共同购买卫生纸的办公室）的监管范围之外，例如大厅的休息区或是其他正被使用的盥洗设施之内，那么这些卫生纸有可能失窃和"收缩"，因为未经授权的人员会取用它们，或是蓄意偷窃，或是纯属误解，即认为卫生纸分装单位可以由作业机构之人员（在此指合众国政府）免费取用，或是出于必要，例如打翻的饮料马上就要流进敏感的电子设备时，必须立刻处理，不能有丝毫的耽搁。这样就导致了某些办公室（在此略去具体名称，大家自己心里明白）临时建立的卫生纸分装单位贮存点，同时也被用作资源整合共享的捐献收集点。通常情况下，这些贮存点或收集点是一张桌子，位于离厕所最近的门旁，上面堆满了以其他方式放置的卫生纸分装单位，另外还有一只碗或其他容器，供参与者放置自己的捐献。而该地点最典型的特征就是配有一块标志牌或其他引人注目的标志物（例如填充动物玩具或卡通人物），要求大家捐献。只需对现行条例稍加浏览，便会发现这种设置/贮存点有违程序手册的规定。然而，为了顾及员工的健康和士气并构建团队精神，我的上级同意在条例中增设一次性的例外条款，对此不予追究。

根据程序手册中新老条款的规定,诸位有责任对本文告完全通晓。这份文件的预计阅读时间为十五点六二分钟(不要认为我们不会检查)。请记下本文件的下列要点:

一、现在,卫生纸分装单位贮存点/设置已获准成立,进入试行阶段。六个月后将对这项新政策进行评估和探讨。

二、这些贮存点的运作必须以自愿为原则,以资源整合共享的方式进行,详见本附属章节中对员工资源整合共享的描述(注:这意味着所有财务事项均应记录在册并仔细清点)。

三、卫生纸分装单位必须由员工自行带入(不得通过邮件处理间转送),并服从常规搜查和没收条例的规定。

四、卫生纸分装单位严禁带有香味,因为该物品可能会造成某些人出现过敏和哮喘等不良反应。

五、跟美国政府内部的所有货币交易事务一样,资源整合共享过程中捐献的现金必须使用美国的官方货币,不得使用日元或港币!

当然,如果大家把捐献点当作丢弃成捆巨额旧钞的垃圾桶,便会造成现金体积过于庞大的问题。建筑物和场地管理处的办公人员担心,如果大堆巨额纸钞数量激增,会引发废物处理的问题,并构成潜在的火灾危害,因此,本新条例的一项关键特征便是,捐献收集容器必须每天清空,如果现金堆积过多则需增加清空次数。

顺便一提,建筑物和场地管理处的办公人员希望我能指出,很多人手头都有过剩的美国货币需要处理,于是便想一举两得,把巨额旧钞当成卫生纸来用。尽管这种想法富于创意,但有两个缺点:

一、钞票会堵塞下水管;

二、这种行为构成了对美国货币的破坏,将被联邦视为犯罪行为。切勿铤而走险。

因此,还是请加入卫生纸资源整合共享计划。这项计划轻松省力,有益健康,而且完全合法。

祝大家愉快地享受资源整合共享。

玛丽埃塔

Y.T.的妈妈打开这份新发布的备忘录,看了看时间,然后开始阅读。预计阅读时间是十五点六二分钟。之后,晚上九点,当玛丽埃塔坐在她的单人办公室里汇总每天的统计资料时,便会在每一名员工的名字旁边看到各人阅读这份备忘录时花费的时间,而她也会根据这些阅读时间做出反应。大体如下:

少于十分钟:应该找这名员工谈话,可能要对此人的工作态度提出忠告。

十至十四分钟:留神注意这名员工,此人有态度散漫马虎之嫌。

十四至十五点六一分钟:该员工的工作效率较高,或许有时会忽略重要的细节。

正好十五点六二分钟:自作聪明之徒。需要对其工作态度提出忠告。

十五点六三至十六分钟:无能之辈,不值得信任。

十六至十八分钟:这名员工的工作有条理,或许有时会在一些枝节问题上钻牛角尖。

超过十八分钟:应该检查一下保安录像,看看这名员工究竟在干什么(例如,此人很可能未经准许擅自离岗,到厕所里偷懒)。

　　Y.T.的妈妈决定花上十四到十五分钟的时间来阅读备忘录。年轻一点的员工最好把时间拖得再久一点,以此来表明他们谨慎尽责,并没有趾高气扬。而她已年近四十了,年长一些的员工最好稍微快一些,证明自己具有出色的管理能力。她快速浏览着备忘录,以合理的时间间隔按动向下翻页的按键,偶尔还要把页面调到刚才阅读过的部分,假装重读某段章节。电脑会注意到所有这些细节,而且赞成员工重读文件。这种小动作并不起眼,但十年之后,你的工作习惯总结上还当真会出现对这类细节的评价。

　　处理完这份文件之后,她开始埋头工作。她是联邦的一名应用程序设计员。在以前的日子里,她本可以靠编写电脑程序谋生,但如今却只能编写电脑程序的一个个片断。在顶层会议室里,玛丽埃塔和玛丽埃塔的上司经过一次次长达一周的马拉松会议,这才设计出了这些程序。设计完成之后,他们把需要具体解决的问题拆分成一个个极小的片断,指派各小组的管理员逐项完成,而管理员又把任务进一步拆分,分配给每个程序设计员进行处理。为了防止不同设计员所做的工作发生冲突,所有的操作必须遵循一套比政府程序手册更庞大、变动更频繁的规则和条例。

　　所以,当Y.T.的妈妈读罢关于卫生纸资源整合共享的新附属章节后,她要做的第一件事情就是登入主电脑系统中的一个子系统,这套系统掌管着她正在工作的那个程序设计方案。她并不知道方案的内容——那是机密——也不知道方案的名字,只知道那就是她要完成的工作。她与几百名程序设计员共同分担这项工作,但不知道那些人都是谁。每天当她登入系统时,便会发现大量的备忘录正等着她阅读,其中有各种新增条例,还有一项项规则变动——大家在为设计方案编写程序时必须遵守这些规则。

同这些条例和规则相比,刚才那份卫生纸文告简直像《十诫》一样简单优雅。

于是,她开始阅读、重读、理解设计方案的新变动,一直工作到上午十一点。今天有很多这类东西需要应付,因为现在是星期一上午,而玛丽埃特和她的上司把整个周末都耗在顶层的会议室里,关起门来细细讨论,在一场激烈的争辩之后,改动了这项方案的所有细节。

随后她开始重新浏览自己原先已经编写好的所有程序,开列出一份清单,将需要重写的部分全部列明,以便使之符合新条例的规定。基本上讲,她只得从头开始,把自己负责的程序片断全部重新改写。几个月来,这已经是第三次了。

但话说回来,这好歹也算是一份工作。

十一点三十分左右,她刚抬起头便被吓了一跳:六七个人正站在她这台工作站的四周。其中有玛丽埃塔、一名女监督员、几个男性联邦工作人员,还有负责测谎的利昂。

"我上个星期四刚做过测谎。"她说。

"现在该再做一次了。"玛丽埃塔说,"快点,咱们开始吧。"

"把手放到我看得见的地方。"监督员说。

38

　　Y.T.的妈妈站起身,双手垂在身体两侧,开始向前走去。她径直走出办公室,任何人都没有抬头看上一眼。大家不该抬头。此地已经形成了一种习惯,人人都对同事的需求漠不关心,让接受测试的员工感到既尴尬又孤立;但话又说回来,测谎已经是联邦生活的一部分。她能听到监督员的脚步声咔嗒作响。那女人就在她身后两步之外,盯着她,盯着她的双手,确保她不会有不轨之举,确保她不会偷偷吞下一粒安定药片或是采取别的什么手段干扰测试结果。

　　她在卫生间门前停住脚步。监督员走到她身前,打开门。她走进门去,监督员紧跟在身后。

　　左手边的最后一个隔间空间很大,大得足以容纳两个人。Y.T.的妈妈走进去,监督员跟在她身后,关好门,上了锁。Y.T.的妈妈脱下连裤袜,撩起裙子,蹲在一只盘子上小便。监督员的眼睛不曾放过洒进盘子的每一滴尿液,随后她拿起盘子,将里面的液体全部倒进一支试管。试管的标签上已经写有Y.T.妈妈的名字和今天的日期。

　　随后,Y.T.的妈妈回到大厅,监督员依然跟在她身后。去测谎室可以乘坐电梯,这是为了让接受测试者到达时不至于气喘吁吁、满头大汗。

测谎室以前是一间普通办公室,摆放着一把椅子,一张桌子上有几样仪器。后来他们在这里安装了样式新奇的测谎系统。现在这里就像一间高科技的医学扫描室。房间经过了彻底改造,原有的功能已经完全不见踪影,窗子被遮挡得严严实实,里面的每一样东西都光滑平整,呈米黄色,散发出一种医院的味道。正中只有一把椅子。Y.T.的妈妈走过去坐下,把双臂支在椅子的扶手上,将指尖和手掌放进扶手顶端的小凹坑里。血压计的箍带就像一只用氯丁橡胶制成的触手,正在盲目地胡乱摸索,感觉到她的手臂之后马上紧紧抓住;同时,房间的灯光变暗,房门徐徐关闭。室内只有她一个人。荆棘冠似的束带勒住了她的头,她能感觉到电极刺入头皮,感觉到一股冷气顺着双肩流下,那是超导量子干扰装置在像雷达一样扫描她的大脑。她知道,隔壁某个地方,正有六七个技术人员坐在控制室里,通过一幅大屏幕审视着她瞳孔的放大图像。

接着,她感到手臂上传来一阵灼烧般的刺痛,明白自己刚被注射了某种药物。这意味着,今天不是一次普通的测谎测试,她被叫来是出于某种特殊原因。灼烧感迅速传遍她的全身,让她的心脏怦怦狂跳,双眼流出了泪水。她被注射了咖啡因,让她变得亢奋,变得健谈饶舌。

今天别想完成任何工作了。测谎有时会持续十二个小时。

“你叫什么名字?”一个声音问道,平静而又流畅的语调显得很不自然。这是电脑生成的语音。电脑所说的一切话语都不带任何偏见,也不含任何感情因素,让她不可能从中得到任何线索,无法对讯问目的妄加揣度。

　　另外,咖啡因,加上同时注入她体内的其他药物,也扰乱了她的时间感。

　　她讨厌这些东西,但每个人都要时常接受测谎。只要你开始为联邦工作,只要在契约的虚线上签下了自己的名字,就表示你已经同意他们这样做。从某个角度来看,这是自豪和荣誉的象征。每个为联邦工作的人都将其视为理所当然的事情。因为如果他们心怀不满,那么当某一天轮到他们坐在椅子上接受测谎时,内心的不轨想法就会清清楚楚地表露出来。

　　问题一个接一个,其中大多数都不着边际。"你去过苏格兰吗?""白面包比小麦面包贵吗?"这只是为了让她平静下来,让所有的系统平稳顺利地工作。他们总是把讯问过程中第一个小时里的问答记录全部丢掉,因为那段时间的干扰信号过多。

　　她能感觉到自己在慢慢放松,逐渐融入气氛之中。有人说,做过几次测谎之后,你就能学会如何放松,于是讯问过程便可以进行得更快些。椅子将她牢牢固定在原位,咖啡因让她不至于昏昏欲睡,而当各种感觉被剥夺之后,她的思路变得更加清晰。

　　"你女儿的小名叫什么?"

　　"Y.T.。"

　　"你怎么称呼你的女儿?"

　　"我一直叫她的小名。Y.T.。她也坚持要我这么叫她。"

　　"Y.T.有工作吗?"

　　"是的,她是一名信使,为激进快递工作。"

　　"Y.T.当信使能赚多少钱?"

　　"我不知道。她总是时不时地从这里赚一点,再从那里赚一点。"

　　"她过多久就会为了工作而购置新装备?"

"我不知道。我确实没有留意。"

"Y.T.最近有什么不寻常的举动吗?"

"这要看你指的是什么了。"她知道自己是在含糊其辞,"她总是做一些在有些人看来很不寻常的事情。"这话听上去不大对头,像是在为不合规矩的言行做担保,"我想,我的意思是,她总是在做一些不寻常的事情。"

"Y.T.近来砸坏了家里的什么东西吗?"

"是的。"她只能放弃。联邦已经知道了那件事。她的家里装满了窃听器和监视设备。这么一大堆东西都接在供电线路上,而家里的电线居然没有短路,这可真是个奇迹。"她砸坏了我的电脑。"

"她解释过为什么要砸坏电脑吗?"

"是的,算是做过解释。我的意思是,如果胡说八道也能算做解释的话,那么她确实做了解释。"

"她做了什么解释?"

"她有些担心。真是够荒唐的,她害怕我会从电脑上感染病毒。"

"Y.T.也害怕她自己被这种病毒传染吗?"

"不,她说只有程序设计员才会被传染。"

他们为什么要问她这些问题? 这些东西他们的录像带上早就有了。

"对于Y.T.砸坏电脑的解释,你相信吗?"

这才是关键。

这就是他们想知道的事情。

他们只想知道一件事,他们无法从录像带上直接看到的事情——她的脑子里在想什么? 他们想知道,她是否相信Y.T.的病毒故事。

　　同时她也知道，自己犯了一个错误，她不该想这些事情。因为裹在她头上的超导量子干扰装置正在捕捉她的思想。他们不知道她在想什么，但他们知道她的脑子里正在思考某件事情——刚才回答那些毫无意义的问题时，她只用大脑的一部分进行思考，而现在，她大脑的另一部分正转着不可告人的念头。

　　换句话说，他们知道她正在分析自己的处境，猜测他们的意图，而她本来无须这样做，除非她想隐藏某件事情。

　　"你们想知道什么？"她问道，"为什么你们不能直接出来问我？我们可以面对面谈谈，就像成年人一样，在房间里坐下谈。"

　　她再次感到手臂上传来尖锐的刺痛，麻木和寒冷之感几秒钟内传遍了她的全身，那是药物正在混入她的血液。想继续谈下去似乎越来越难了。

　　"你叫什么名字？"那个声音问道。

39

阿尔坎——阿拉斯加公路——是世界上最长的特许经营密布区。这座似乎仅存在于一维平面上的城市有两千英里长,一百英尺宽,并以每年一百英里的速度持续增长,这一增长速度还要看人们的进驻速度有多快——他们总是驱车来到接近荒野的边缘处,把房车停在下一个空闲车位里。对于那些希望离开美国却又无法搭乘飞机或轮船的人来讲,这是唯一的办法。

整条公路只有两个车道。路面铺过,但铺得不是很好,而且堵满了移动房车、家用厢式货车和拖着野营车的敞篷小货车。公路的起点位于大不列颠哥伦比亚中部、乔治王子城的交叉路口。在那里,大量支路汇集在一起,聚成一条向北延伸的公路。而在那个地方的南面,一条条支路呈三角洲状四散分开,在十几处地点穿过加拿大和美国之间的边境,遍布于五百英里的广大地域中,从大不列颠哥伦比亚峡湾一直延伸到蒙大拿州中部辽阔的条带状麦田。随后,这些支路便汇入了美国公路系统,成为移民迁徙的源头。这片纵横五百英里的地域中,满是梦想成为极地探险家的人,驾着巨大的活动房车,满怀信心地向北进发;同时也有不少失败者把房车丢在北部的原野,搭便车回到南方。路上，一辆辆笨拙迟缓的房车和头重脚轻的四轮车形成了一条移动的障碍滑雪赛道，让骑在黑色摩托车上的阿弘大伤脑筋。

这么多肥胖的白人，全都带着枪！这么多人，全都在寻找那个可以在其中成长发展的美国，全都深信那个美国依然存在。这些人凑到一起，像煮得过了头的米饭，粘成牢牢的一团，聚成密不可分、古板僵硬的一小撮。他们装备着电动工具、车载发电机、武器、四轮驱动车辆和个人电脑，就像一只只注射了安非他明的海狸，又好似一个个没有蓝图的疯狂工程师，啃噬着整片荒野，建造起各种设施，然后又全部丢弃；他们改变了大河的流向，随即却又继续前行，只因为这个地方跟过去不一样了。

这种生活方式衍生的副产品就是污染的河流、温室效应、被虐待的配偶、电视福音传道者和连环杀手；但只要你的四轮驱动车还在，只要车子还能继续向北开，那么这一切就还能忍受。你只需一直这样走下去，抢在自己搞出来的垃圾废水前面一步就行。二十年后，将有一千万白人聚到北极，把他们的房车停在那里。他们的生活方式过分依赖热力学原理，产生的低级废热会让水晶般剔透的冰景变得极易融化，充满危险。最后，极地冰盖将被融出一个大洞，所有金属车辆都会沉入海底，车里的生物量也将被吸进深渊。

只要付一笔钱，你就可以把房车开进打盹巡游特许城邦，接上供给脐带。而神奇的咒语就是一句话："我们要过关。"这就意味着，你可以驶入特许区，接上供给脐带，睡上一觉，拔下供给脐带，然后驶出特许区，甚至不必为自己的陆地齐柏林飞艇挂上倒车挡。

打盹巡游特许城邦的经营者以前一直声称自己的地盘是一

片野营地,想把它设计成乡村风格,但顾客们总爱把用圆木与木板钉成的标志牌和木制野餐桌劈碎生火做饭。如今,标志牌变成了聚碳酸酯制成的电子球体,整片特许领地就像小便器一样圆滑闪亮,不会在旮旯缝隙中积存任何乱七八糟的东西。这里当然不是什么真正的野营地,因为当你无家可归的时候,到这儿来绝不是为了露营。

离开加州十六个小时后,阿弘驾车驶进了位于俄勒冈州北部凯斯盖德山脉东坡上的一家打盹巡游特许区。目前,方舟正在他南面数百英里之外,而且还隔着重重山峦,但他想拜访一下这里的一个家伙。

特许区内有三座停车场。一座位于阿弘的视线之外,顺着一条坑坑洼洼的土路便能抵达,路边的标志牌已经倒在地上。另一座稍微近一点,几个模样吓人、披头散发的家伙正在四周闲荡。他们仰起脖子痛饮啤酒,把酒罐子举了个底朝天。在一轮满月之下,那些银亮的罐底就像闪闪发光的小圆盘,接着又传来一阵开启啤酒罐的砰砰声。第三座停车场位于市政厅门前,几个持枪的服务员正站在那儿。那是一座收费停车场,但阿弘决定付钱。他把摩托车停好,车头朝外,将内置操作系统设定为软关机,这样过一会儿如果有必要,他就能迅速启动车子。他把几张港币丢给一名服务员,随后站在原地,像猎犬一样把脑袋转来转去,在没有一丝风的空气中嗅着,想判断一下"林间空地"的位置。

一百英尺之外的空地上,月光下,几个喜欢冒险的人像是吃了豹子胆,居然在那儿搭起了帐篷。一般来讲,如此胆大妄为的家伙肯定都带着很多枪,不然就是一无所有,所以才毫无顾忌。阿弘朝那个方向走去,很快就看到了"林间空地"上支起的那片篷子。

大家都把那个地方叫"停尸所"，其实它只是一片空地，以前覆盖着青草，现在则堆满了卡车卸下的沙土，其间混杂着垃圾、碎玻璃，还有人的粪便。一片遮雨的篷子支在那里，下面每隔几英尺便有一只大蘑菇似的排风罩伸出地面，在寒冷的夜间喷吐出热气。在"林间空地"睡觉很便宜。这种住宿设施本来是南面几个特许区的新发明，如今已随同顾客群一起向北扩张发展。

此时篷子下有六七个顾客，零零散散地守在几只暖风口旁边，用军用毛毯裹住身体御寒。其中两个家伙生起了一小堆火，正借着火光玩纸牌。阿弘没有理睬这两个人，开始绕着其他顾客走来走去。

"查克·莱特森，"他唤道，"总统先生，你在这儿吗？"

当他叫第二遍的时候，身边左侧的一堆羊毛开始滚蠕动，一个脑袋从里面钻了出来。阿弘转身面对着此人，举起双手，表明自己没有武器。

"谁呀？"这人问道，显然被吓得心惊肉跳，"是乌鸦吗？"

"不是乌鸦。"阿弘说，"别担心。你是查克·莱特森吗？基奈半岛和科迪亚克岛临时共和国的前总统？"

"是的，你想干什么？我身上连一个大子儿都没有。"

"我只想和你谈谈。我为中情公司工作，任务是收集情报。"

"我他妈的得喝一杯。"查克·莱特森说。

市政厅是一座巨大的充气建筑，位于打盹巡游特许城邦的正中。它就像人气渐衰的拉斯维加斯，里面设有便利店、电子游戏厅、自助洗衣店、酒吧、酒铺、跳蚤市场和货仓。占据此地的似乎总是那些在人口比例中占少数的人，只有这些人才能每天晚上狂饮作乐到清晨五点。除了这个用处之外，此地似乎没什么别的功能。

大多数市政厅里都有几家特许店中店。阿弘发现了一间"凯利啤酒坊"。在打盹巡游特许城邦,这大概是你能找到的最好的地方。他领着查克·莱特森走进酒吧。查克身上穿着好几层衣服,它们原本颜色各异,如今却都变成了同一种土黄色,和他的肤色一样。

市政厅里的所有商家,包括这间酒吧,看上去全都像运囚船——每一样东西都被牢牢固定住,全天二十四小时灯火通明,所有工作人员都被隔绝在厚厚的玻璃屏障后面,所有这些玻璃挡板都已变黄发暗。这座市政厅的保安工作由强制执行者负责,所以此地有许多类固醇成瘾的保安人员,身穿衬有凝胶护甲的黑色套装,三三两两地在拱廊前来回巡行,一心寻衅滋事,丝毫不把民众的人权放在眼里。

阿弘和查克就近找了一张位于角落的桌子坐下。阿弘叫住一名侍者,偷偷点了一罐酒吧的"特酿饮品",这玩意儿里面兑了一半无醇啤酒。只有这样,查克保持清醒的时间才可能会稍稍长一点儿,不然没等谈话结束,这家伙肯定要醉倒。

让查克打开话匣子并不需要多大力气。他和那些从政失败的老家伙一样:内阁名誉扫地,总统因为丑闻被迫下台,后半辈子不干别的,全都用来寻找愿意听他们讲故事的人。

"没错,我当过两年基科临时共和国的总统。现在我依然认为自己是流亡政府的总统。"

阿弘尽力让自己别翻白眼,但查克似乎注意到了这一点。

"好吧,好吧,咱们不谈那个,但基科临时共和国以前可是个繁荣的国家,很多人都希望看到它能重新崛起。我要说,我们被赶出来全都只为了一件事,那些疯子也全靠这种方法才掌握了政权,而你知道,那件事简直完全——"他一时语塞,似乎找不出合适的字眼来表达意思,"谁能料到竟会发生那种事?"

"你们是怎么被赶下台的? 发生了内战吗?"

"刚开始的时候确实出现了几次暴动。而在科迪亚克岛的偏远地区,我们一直没有牢牢把握住政权,但根本没有发生过内战。你知道,美国人喜欢我们的政府。美国人控制着所有的武器、设备和基础设施。和我们作对的那帮东正教徒只算是一群在树林里乱窜的长毛怪。"

"东正教徒?"

"俄国的东正教。最初他们不过是力量微薄的少数派。其中大多数都是印第安人,你知道,就是几百年前在俄国人的影响下皈依了东正教的特里吉特人和阿留申人。但当俄罗斯局势变得疯狂失控之后,俄国人开始乘坐各式各样的小船拥过国际日期变更线,到了我们那里。"

"这些人可不喜欢宪政民主体制。"

"没错,一点儿都不喜欢。"

"那么他们喜欢什么? 沙皇专政吗?"

"不。沙皇的拥护者,也就是保守派,都留在了俄罗斯。来到基科临时共和国的东正教徒全都是被正规宗教拒之门外的异端分子,他们早就被俄罗斯的传统东正教会赶了出来。"

"为什么?"

"他们都是'耶若提克',俄语里就是这么称呼异教徒的。到基科临时共和国来的东正教徒属于一个新教派,圣灵降临派。他们和'韦恩牧师珍珠门'保持着某种密切的联系。我们得知,有不少传教士专门从得克萨斯赶过来,同他们会面。这帮家伙总是说一些含混不清的胡言乱语。传统的俄罗斯东正教会认为他们都被恶魔附了身。"

"那么,有多少圣灵降临派的俄罗斯东正教徒去了基科共和国?"

"见鬼,多得要命,至少有五万人。"

"基科共和国里有多少美国人呢?"

"将近十万。"

"那些东正教徒是怎么接管政权的?"

"唉,一天早上我们醒来,发现一辆福特'气流'房车停在新华盛顿的政府广场中央,四周是我们的政府办公房车。东正教徒们趁着晚上把车子拖到了那里,然后卸下了车轮,让它无法移动。我们一开始还以为他们在举行抗议活动呢,于是就让他们赶快把车拖走。他们表示拒绝,还用俄语宣读了一份声明。等我们把那篇该死的玩意儿翻译出来之后才明白,他们是在命令我们马上收拾东西离开,把政权交给东正教徒。

"瞧,这真是太可笑了。所以我们就走到那辆'气流'跟前,想把它弄走。可古洛夫正在那儿等着我们,脸上挂着一副令人作呕的笑容。"

"古洛夫?"

"是的。他是个方舟难民,来自俄罗斯,也是划着小船从国际日期变更线那边过来的。这家伙以前是克格勃的将军,后来变成了宗教狂。在东正教徒成立的政府里,他的位子类似于国防部长。看到我们过来,古洛夫打开了'气流'的侧门,让我们看看车里装了什么东西。"

"车里装了什么?"

"唉,大部分都是各种装备,你知道,有车载发电机,电线,控制面板之类的东西。但在房车正中央,地板上摆着一个巨大的黑色锥体。那玩意儿的形状就像个冰激凌蛋筒,不过足有五英尺长,外表光滑,乌黑发亮。我当时就问,那到底是个什么东西。古洛夫说,那是他们从一颗弹道导弹上拆下来的氢弹弹头,威力达一千万吨,可以摧毁一座城市。接着,他问我还有没有别的问题。"

"于是你们就屈服了。"

"我们别无选择。"

"你知道那些东正教徒是怎么搞到氢弹的?"

查克·莱特森显然知道。他深吸一口气——今天晚上最长的一口气——然后缓缓吐出,摇了摇头,双眼盯着阿弘身后的远方。接着,他端起啤酒杯,痛饮了几大口。

"有一艘原苏联的核导弹潜艇,指挥官名叫奥夫什尼科夫。他笃信宗教,但并不像这些东正教徒那么狂热。我的意思是,如果他是个宗教狂,当局就不会让他去指挥核弹潜艇,对吧?"

"应该是这样。"

"无论是谁,都要保持心理稳定,不管遇到什么情况。总之,俄罗斯天下大乱,奥夫什尼科夫意识到这件极度危险的武器归自己掌控了,于是决定让所有艇上人员撤离,然后把潜艇沉入马里亚纳海沟,将所有的武器永远埋葬在深渊之中。

"但是,不知出于什么原因,有人说服他同意用这艘潜艇帮助东正教徒逃到阿拉斯加。当时那些异教徒和其他许多方舟难民正开始向白令海峡沿岸集结,某些难民营的情况确实非常糟糕,简直令人绝望。你知道,那片地区长不出多少可吃的东西,数以千计的饥民正在死亡线上挣扎,他们只能站在海滩上,等待着船只,直到饿死。

"所以奥夫什尼科夫答应,用他那艘又大又快的潜艇帮助可怜的难民前往基科临时共和国。

"但是,让一帮不知底细的人登上自己的船,他当然心存疑虑。这些核潜艇的指挥官都是极度重视安全的怪物,原因显而易见。于是他们制定了一条非常严格的规矩:所有想上船的难民都必须接受金属探测器的检查,一路上都要处于武装警卫的监视之下,直到抵达阿拉斯加。

"不过,这群死硬的东正教徒里有个名叫乌鸦的家伙——"

"我对他很熟悉。"阿弘说。

"唉,乌鸦也上了那艘核潜艇。"

"噢,老天。"

"不知道一开始他是怎么到达西伯利亚海岸的,或许是用他那该死的爱斯基摩皮划子冲浪过去的。"

"冲浪?"

"阿留申人就是用那种方法在岛屿之间穿梭往来。"

"乌鸦是阿留申人?"

"没错,他是阿留申的鲸鱼猎手。你知道阿留申人的生活方式吧?"

"是的,我爸爸在日本还认识一个阿留申人呢。"阿弘说。爸爸那些旧日的战俘营故事开始在他的脑海中涌动,从记忆的最深处慢慢浮现出来。

"阿留申人划着他们的小船出海,捕捉海浪借力前行。你知道,他们的速度比汽轮还快。"

"我倒是不知道这个。"

"总之,乌鸦混进了一座难民营,假扮成西伯利亚的部落成员。谁也分不清西伯利亚人和我们这里的印第安人有什么区别。那些东正教徒在难民营里显然有内应,把乌鸦安插在等候上船的队伍前列,他就这样上了潜艇。"

"但你说过,他们要经过金属探测器的检查。"

"那玩意儿没用。他用的是玻璃刀,从厚玻璃板上凿下来的碎片。你知道,那可是天下最锋利的刀子。"

"这我倒不知道。"

"一点不假,刀锋的边缘只有一个分子那么宽。医生经常用它来做眼科手术,切开人的角膜后连一点疤痕都不留。你知道,有些印第安人靠制作玻璃刀子为生。"

"哈,真是每天都能学到新东西。我猜,那种刀子肯定锋利得足以刺透防弹纤维布料。"阿弘说。

查克·莱特森耸耸肩,"我数都数不清乌鸦捅死了多少穿防弹衣的人。"

阿弘说:"我原以为他身上带着某种高科技的激光刀或是类似的东西。"

"你再试想一下,在潜艇里,手上又有一把那么锋利的玻璃刀子。可能是他偷偷带进了船舱,要不然就是他在潜艇上找到一块玻璃,自己做了一把。"

"然后呢?"

查克又一次茫然望着远方,灌下一大口啤酒。"在潜艇上,你知道,什么液体都流不出去。侥幸活下来的人说,船舱里的血足有齐膝深。乌鸦差不多把所有的人都杀了,只剩下那帮东正教徒和为数不多的几个船员,还有些难民把自己反锁在小舱房里,躲过了一劫。生还者说,"查克又喝了一大口啤酒,"那个晚上真是要人命啊。"

"他逼迫船员将潜艇转向,把船交到东正教徒手里。"

"潜艇开到了科迪亚克岛外的锚地,"查克说,"东正教的人已经在那儿做好准备。他们召集了几名以前的海军船员。那些家伙过去曾在核潜艇上工作——用那些人的行话讲，他们叫作'X光'。那些人上船接管了潜艇。我们却压根儿不知道出了这种事，直到最后，我们该死的院子里突然冒出来一枚核弹头。"

正说话间，查克抬眼朝阿弘头顶上方看去，像是注意到了什么人。阿弘感到有人在他肩头轻轻一拍。"抱歉，先生，"一个男人说道，"能否允许我打扰片刻?"

40

　　阿弘转过头。眼前是个高大肥胖的白种男人,一头打卷儿的红发抹得油光水滑,整齐地梳向脑后,还留着一脸大胡子。这人头上顶着一只棒球帽,帽檐高高扬起,露出刺在前额上的两行大字:

喜怒无常

种族歧视

　　这人的法兰绒衬衣下凸起硕大的肚子,阿弘需要仰起脑袋,越过那道弧形的"地平线",这才能看到他的额头。

　　"什么事?"阿弘问。

　　"嗯,先生,很抱歉打断你和这位绅士的谈话。不过,我和我的朋友只是很纳闷,你到底是个懒惰无能、爱吃西瓜的黑屁股黑鬼呢,还是个鬼鬼祟祟、生花柳病的黄皮猪?"

　　这人伸手拉下帽檐。阿弘这才看到帽子正面印有南部邦联的旗帜,还绣着几个字:"新南非特许领地153号"。

　　阿弘撑着桌面站起来,侧转过身,向后朝查克身边悄悄退去,想让桌子挡在他和那个新南非人之间;但这时他才发现,查克已经识相地溜走了,他只能舒舒服服地背对着墙壁站在那里,面前是整个酒吧。

与此同时，十几个人纷纷从他们的桌边站起身，聚在头一个家伙身后。这帮人全都咧开嘴巴，笑得肆无忌惮，一个个皮肤晒得黝黑，帽子上都印着邦联的旗子，而且全都留着短短的连鬓胡。

"让我想想，"阿弘说，"你问这种问题是在玩脑筋急转弯吗？"

很多打盹巡游特许城邦里的市政厅特许店都规定，进店时要把身上的武器放在入口处保存。不过，这里没有这种规矩。

阿弘不知道这是好事还是坏事。在没有武器的情况下，他肯定会被这帮新南非人揍出屎来。有了武器，他可以反击，但风险会更高。阿弘脖子以下的身体全都包裹在防弹衣中，不过这也意味着新南非人全都会朝着他的脑袋开枪。而这帮家伙都对自己的枪法颇为自负。他们总是一心想要成为神枪手。

"顺着公路下去是不是有个新南非特许区？"阿弘问。

"没错。"为首的人答道。他的上半身又长又宽，两条腿却短小粗壮，"那可是天堂。一点不假。世上没有哪个地方比得上新南非。"

"那好，但不知你是否介意我问个问题。"阿弘说，"既然那里真他妈的那么好，你们这帮人为什么不全都滚回自己的老窝？在那儿闲荡总比这里好。"

"新南非也有一个不足之处。"那家伙说，"我这么说可不是不爱国，但事实就是事实。"

"那么你们那儿有什么不足之处呢？"阿弘问。

"那里没有黑鬼、黄皮猪和犹太佬让我们痛痛快快地收拾。"

"啊哈，这还真是个问题。"阿弘说，"谢谢。"

"谢什么？"

"谢谢你总算说出了自己的意图,这就让我有权采取行动了。"说罢,阿弘一刀砍下了他的脑袋。

不然他能怎么办?对方至少有十二个人,而且堵住了唯一的出路。他们也已经表明意图,估计早就摩拳擦掌,急不可耐了;另外,等他上了方舟之后,肯定每过十秒钟便会碰到一起这种事。

那个新南非人至死都没有明白攻击自己的是什么东西,但在阿弘把打刀挥向他的脖子时,这家伙还是做出了反应,想要抽身闪避,所以当他的脑袋被砍下之后,身体却向后飞了出去。这倒不错,因为他全身一半的血液都从脖子上喷了出来,两根颈动脉射出两道喷泉,却连一滴血也没溅到阿弘身上。

在超元域,如果你挥刀的速度够快,刀刃会直接从对方身体中划过;但此时是在现实世界,阿弘本以为斩断新南非人的脖子时,他会感受到强有力的撞击,就像打棒球时没有击中正确的位置。可是,他的打刀像是没有遇到任何阻碍,削下对方的脑袋后继续顺势飞出,差点砍进墙壁里。他肯定是走了红运,直接砍中了那人椎骨之间的缝隙。说来奇怪,阿弘似乎找回了训练时的感觉,只是这次忘了掌握力道,忘了收刀,而且动作完全不合规矩。

尽管他有心理准备,但一时之间还是被吓了一跳。超元域里的化身可不会像这样喷血。他们只是倒在地上,没有其他反应。于是,阿弘就这样一直站在原地,看着那家伙的尸身,时间长得不可思议。与此同时,空中那片血雾也在寻找落脚点,血珠从天花板和吧台后面的架子上纷纷滴落。一个酒鬼本来坐在那儿啜饮一杯双份伏特加,现在却浑身发抖,死盯着自己的杯子,里面亿万个红细胞组成了星云状的旋涡,正在酒精中渐渐死去。

阿弘与那伙新南非人久久地对视着。酒吧里的所有人似乎都想取得共识，下面该如何是好？他们应该大笑？拍照？逃跑？还是叫救护车？

阿弘径直跳过一张张桌子，朝出口跑去。这种方式很粗鲁，好在其他客人都急忙闪开，其中有些手疾眼快的人还抢先抓起了自己的啤酒，谁也没有给他添麻烦。看到出鞘的武士刀，大家都变得像日本人那样讲究礼貌。几个新南非人挡住了阿弘的去路，倒不是因为他们想阻拦谁，而是惊吓之余站在那里动弹不得。似乎完全出于条件反射，阿弘做出了决定，还是饶他们一命为好。

他跑出酒吧，来到市政大厅穹顶下色彩浓艳的大街上。路旁两侧的标志牌闪闪发光，悸动不已，形成了一条明亮的隧道。几个黑色的身影出现在隧道中，就像昏头昏脑的精虫在这条老输卵管里乱爬，每人手中都拿着锋利的带尖的东西。他们是强制执行者。同他们相比，超元警察只不过是国家公园的管理员。

现在该怪脸上场了。阿弘把身上的装备全部打开：红外线探测器、毫米波雷达、环境声音处理器。在目前的情况下，红外线派不上太大用场，但雷达侦测到了对方的所有武器，把强制执行者手中的家伙用高亮度显示出来，按照制式、型号和弹药类型一一加以辨别。他们全都装备着全自动武器。

强制执行者和新南非人不用雷达也能看到阿弘的装备，他手中的日本刀正滴淌着鲜血和脊髓液。

在阿弘四周，劣质扬声器正在震耳欲聋地播放维塔利·切尔诺贝利和核融毁乐队的音乐。那是他们的第一支上榜单曲，名字叫《我的心是地上冒烟的窟窿》。环境声音处理器把狂暴的高音降到更为合理的音量，对扬声器里刺耳的失真音进行了平衡处理，让阿弘能够更清楚地听到他室友唱出的歌词。可这样一来，四周的一切都变得格外古怪起来。这说明他不在状态，无法集中起精神。他感到自己与这里格格不入，迷失在生物量之中。如果世界上还有公理，他早该跳进这些扬声器，像数字精灵一样顺着输电线路回到洛杉矶。那里才是他的归宿，是他世界的巅峰，是万物的本源。他只想回去，给维塔利买杯喝的，然后爬上自己的垫子。

他突然向前打了个趔趄，只觉得后背遭到一阵可怕的重击，就好像有一百只圆头铁锤敲打着他的脊背。与此同时，一道耀眼的黄光飞射而来，令四周明亮的标志牌黯然失色。目镜中闪烁起触目惊心的红色警示语，通知他毫米波雷达发现一串子弹刚朝他这个方向飞来。您想知道子弹是从哪里射来的吗，先生？

原来，阿弘刚才被连射的机关枪击中了背部。所有子弹都噼噼啪啪地打在他的防弹衣上，虽然马上就掉落在地，但已经震裂了他身侧几乎一半的肋骨，让部分器官受了内伤。他回身向后看去，光这个动作就让他疼痛难忍。

朝他射击的那个强制执行者收起机关枪，取出了另一种武器。阿弘的目镜里马上显示出武器名称："太平洋强制执行硬件有限公司制造，SX-29型约束投射器（痰液枪）。"那个嗜杀的家伙本该先使用这种非杀伤性武器才对。

你拿着刀不能只为了吓唬别人。如果不打算杀人，你就不该拔刀，不该把刀刃总亮在外面。阿弘奔向那名强制执行者，举刀砍去。那家伙做出了正确的反应，也就是说，连忙闪到一旁。阿弘挥舞着武士刀，闪亮的刀锋像在众人头上划出了一条银色的缎带，吸引了强制执行者的目光，令其他人望而却步。所以，当阿弘在市政大厅的街道上狂奔时，面前没有任何人挡路，身后则跟着一大群黑亮的身影。

他关掉了目镜中的所有高科技辅助功能。那些玩意儿现在只会跟他捣乱:他马上就要丢掉小命,还傻站在那里读取自己的死亡报告数据。这真有些后现代意味。他应该深入体会一下现实世界,就像周围这些人一样。

就连强制执行者也不会在人群中开枪,除非是近距离射击,或者他们心情不好。几发痰液弹从他身旁飞过,在空中扩展成大团大团让人讨厌的东西,发出一连串啪啪声,击中了围观的路人,把他们包裹在黏糊糊的蛛网里。

就在这时,阿弘眼前一亮。在三维立体电子游戏厅和站满百无聊赖的妓女的橱窗之间,他看到了奇迹——这座充气穹顶的出口。就在那里,大门正将合成啤酒的醇香和人类体液挥发出的恶臭喷吐到外面凉爽的夜色中。

塞翁失马,焉知非福,福倚祸伏,瞬息万变。他刚高兴了片刻,倒霉事马上发生:出口处,一道钢栅骤然落下,挡住了大门。

活见鬼,这只是一座充气建筑啊。阿弘打开雷达,市政厅穹顶的墙壁像是突然消失,变得完全隐形。他的目光直接穿透墙壁,看到了外面的钢铁丛林。没用多长时间,他就找到了停放摩托车的那个停车场,想来正处于几名武装服务员的保护之下。

阿弘佯装奔向货仓,随后突然转弯,径直朝一段没有遮挡的墙壁跑去。这座充气建筑的布料非常坚韧,但他的武士刀还是刺了进去,接着一划,在上面割出一道六英尺长的口子。转眼间,一股恶臭的气流推着他从窟窿里冲了出来。

没过多久,阿弘骑上了摩托车,新南非人纷纷钻进他们的越野车,而强制执行者也登上了光亮的黑色执法车。三方人马呼啸着奔出特许区,驶上公路,展开了一场追逐赛。

41

Y.T.在她的职业生涯中也曾去过一些不同寻常的地方。她的胸前排列着三四十个国家的签证。除了这些货真价实的国家外，她还去过一些迷人的小小度假胜地，取件或是送货，比方说终结岛献祭区和格里菲斯公园的野营地，但最古怪的工作还是今天这桩新差事：有人要她把货送到美利坚合众国。工作指示上就是这么说的。

要送的货并不多，只是一个法律文书大小的信封。

"你当真不想自己把它寄走？"她取件时问那个家伙。这里是郊郡令人生厌的办公园区，里面全是些不赚钱的商号，尽管配有办公室、电话和各种设备，实际上似乎什么买卖也不做。

当然，Y.T.这个问题像是有意讥讽，因为除了联邦属地之外，其他任何地方都不通邮。所有的邮筒都被一心追求怀旧情调的怪物们拆下来装饰自己的公寓去了，但她的问题也能算是一种玩笑，因为送货的目的地就是联邦属地中的一座大楼。可笑之处就在于：既然你想同联邦那帮人打交道，为什么不用他们那套乱七八糟的邮政系统？同信使这种酷毙了的角色有来往，你就不怕联邦人员知道之后把你打入另册？

"嗯,呃,这里的邮件寄不出去,对吧?"那人说。

这间办公室毫无特色,没有任何东西值得让她留神细看,更不值得在她的脑子里占据宝贵的记忆空间。看看那些荧光灯管吧,还有,工作隔间的板壁上居然贴着地毯。拜托,地毯还是铺在地上更合适些。室内装饰经过专门的色彩设计,满是符合人体工学的设备,涂着口红的小妞走来走去,空气中有一股复印机散发出的气味。她估计,这里的每一样东西都是新的。

那个信封就摆在这家伙的桌子上。这个人也毫无特色,带着一点南方或是得克萨斯口音。信封的长边和桌子的外缘完全平行,距离桌边整整四分之一英寸,规规矩矩地放在桌面正中。就好像这里有个医生,刚用镊子把信封摆放整齐。信封上的地址是:美利坚合众国,洛杉矶六号大楼,MS1569835号邮站,968A房间。

"这上面没有留退件地址。你想留吗?"她问。

"没有必要。"

"如果我没能把货送到,可就再也没办法把它给你送回来了,因为在我看来,这些地方都是一个模样。"

"货并不重要。"他说,"你觉得自己什么时候能把它送到?"

"最多两个小时。"

"为什么要这么长时间?"

"因为要通关,老兄。联邦可不像别处,他们的通关系统一直没有现代化。"也正因为如此,大多数信使才千方百计避免到联邦属地送货;但今天生意不忙,Y.T.尚未接到安排她为黑手党执行秘密任务的电话,或许到了联邦属地之后,午饭时还能和妈妈见个面。

"你的名字是?"那人问Y.T.。

"我们从来都不留名字。"

"我得知道货是谁送的。"

"为什么？你刚说过货并不重要。"

那家伙变得慌张起来。"好吧。"他说，"算了。那就拜托你快点去送货吧。"

好吧，悉听尊便，她在心里说，另外还暗自嘀咕了一大堆别的话。显然，这个男人是个性变态。瞧他刚才那话问的，多么直白，多么露骨："你的名字是？"得了吧，老兄。

名字并不重要。谁都知道，信使是可以彼此互换的零件，只不过碰巧有些信使办起事来更快更好罢了。

于是她踩着滑板溜出了办公室。这个地方没有任何标志，四处都看不到公司的徽标，所以在等电梯的时候，她给激进快递打了个电话，想弄明白是谁来电通知取件。

几分钟之后，当她吸在一辆漂亮的梅赛德斯身后滑出办公园区时，她的问题有了答案。来电话通知派送任务的是"莱夫远景研究企业"，简称"莱远研企"。听上去是一家高科技机构。他们大概是想争取一份政府订单，把血压计之类的东西卖给联邦。

管他呢，反正她只需把货送到就行。眼前这辆梅赛德斯在玩沙袋战术：有意开得很慢，逼她另找一辆更快些的车子。于是她一有机会便转移了目标，攀住一辆正在启动的送货卡车。看它的车身高耸，没把减震器压下去，肯定是辆空车，所以接下来的速度大概会非常快。

十秒钟后，不出她所料，那辆梅赛德斯从左车道上呼啸而过，于是她重新吸上它，高速飞驰了几英里。

进入联邦属地实在是件令人厌烦的事情，大多数联邦人开的都是小型铝塑轿车，很难吸上。但最终她还是成功地攀住了一辆糖豆模样的小车。它的窗子用胶粘在车身上,有一部三缸发动机,一直把她带到了合众国的边界。

国家变得越小,把守关口的家伙就越像偏执狂。如今,联邦入口处的海关人员简直令人难以忍受。Y.T.在这儿要签署一份长达十页的文件,这些人居然还要她通读一遍。他们说,她应该至少花上半小时的时间看完这份文件。

"可我两个星期前刚看过。"

"内容可能会有变动。"警卫说,"所以你得再看一遍。"

这份东西主要是让Y.T.在文件中保证,她不是恐怖分子、同性恋者、国家象征的亵渎者、色情商品贩子、吃救济的寄生虫、种族主义者和传染病原携带者,绝不提倡任何有违传统家庭观念的意识形态。文件中的绝大部分内容都是在对第一页中使用的名词下定义、作解释。

于是Y.T.在小房间里坐了半个小时,但一直在忙她自己的内务——检查装备,为身上所有小巧的装置更换电池,清理手指甲,让滑板执行自我保养程序。然后她在那份该死的文件上签下自己的名字,递给警卫,接着便进入了联邦属地。

那地方并不难找。典型的联邦建筑,有一百万级台阶,活像建在一座楼梯山上。还有很多柱子。同普通的联邦建筑相比,这座大楼里的人显得很多。都是些身材粗壮的家伙,头发梳得油光水滑。这里肯定是某种警察机构。站在前门的警卫更是个彻头彻尾的警察,一见她就开始找麻烦,不让她把滑板带进门,就好像他们外面专门有个安全的地方可以存放滑板似的。

这家伙很难对付,但没关系,Y.T.也不好惹,

"给你信封。"她说,"喝咖啡休息的时候,你爬到九楼自己送上去吧。让你爬楼梯,我真过意不去。"

"你听着,"这家伙十分恼火,"这里是执行处。这里是,嗯,总部。执行处的中央机构。你明白吗? 方圆一英里的范围全都处在摄像系统的监视之下。在大楼的视线之内,没人敢在人行道上吐痰,连脏话都不敢讲,所以谁也不会偷你的滑板。"

"那就更糟了。他们肯定会偷,然后还说自己没偷,而是没收了我的滑板。我对你们这些联邦的家伙太了解了,你们无论碰到什么狗屎都会没收。"

那人叹了口气。就在这时,他的眼神忽然变得茫然起来,有一分钟之久不曾开口。Y.T.知道,他正从小耳机中接听讯息,那种塞在耳朵里的玩意儿是真正联邦人的标志。

"进去吧,"他说,"但你得签字。"

"当然。"Y.T.说。

警察递给她签入单,其实是一台带光笔的笔记本电脑。她在屏幕上写下"Y.T.",字迹马上转换成位图,自动加盖时间印章,传送到联邦中心的大型电脑。她知道,如果不脱得一丝不挂,自己绝对无法通过金属探测器的检查,于是她直接从警察的桌子上跳了过去。警察能怎么样,朝她开枪吗? Y.T.把滑板夹在腋下,走进了大楼。

"嘿!"他叫道,但口气软了许多。

"怎么啦,你们这儿有好多执行处的特工被女信使抢劫强奸过吗?"她说着,恶狠狠地按下了电梯按钮。

电梯似乎永远也不会来。她失去了耐心,开始像其他联邦职员那样爬楼梯。

那家伙说得没错,九楼确实是警察的中央机构。你见过的所有那些让人毛骨悚然的联邦厌物全在这里,戴着墨镜,头发油亮,每个人的耳朵眼里都耷拉着与肤色相同的细小耳机螺旋线。这里甚至还有女职员，她们看上去比男人更可怕。老天，为了塑造职业形象，女人居然会这样处理自己的头发！她们为什么不干脆戴上一顶摩托车头盔呢？至少不用的时候还可以摘下来。

所有联邦职员，无论男女，都戴着墨镜。若是没有这玩意儿，他们看上去就像光着屁股一样。这些人宁愿不穿裤子到处乱跑也不会摘下眼镜。看到不戴墨镜的联邦职员，Y.T.会生出一种不小心闯进男生更衣室的感觉。

她很容易就找到了968A号房。这个楼层的大部分空间被一大片办公桌所占据，楼层四边才有写着号码的办公室，门上都镶着毛玻璃。看来每个联邦厌物都有自己的办公桌，有些人正在桌旁闲逛，其余的人不是在过道上来回奔忙，便是聚在另外某个厌物的座位上召开临时会议。他们身上的白衬衫纤尘不染。这里并不像她期望的那样有很多肩上挂着枪套的特工，所有佩枪的联邦探员大概都去了以前的亚拉巴马或是芝加哥，想通过没收充公的方式，把现在已经变成"买了飞"店面或有毒废物倾倒场的原合众国属地一点一点收回来。

她走进968A号房。这是一间办公室，里面有四个联邦工作人员，样子跟其他人没什么两样，只不过岁数稍微大些，约有四五十岁。

"有份快递要送到这间办公室。"Y.T.说。

"你是Y.T.?"为首的联邦职员问道，他正坐在桌后。

"你不该知道我的名字。"Y.T.说，"你怎么知道我的名字?"

"我认出了你。"领头的那家伙说，"我和你母亲很熟。"

Y.T.不相信他的话，但这些联邦人员能够通过各种办法搞到情报。

"你在阿富汗有亲戚吗?"她问。

几个家伙面面相觑,像是在问,你能听懂这个小妞在说什么吗？但Y.T.这句话本来就没打算让谁听懂。实际上,她的连身衣和滑板上装满了各式各样的语音识别装置。当她问别人"你在阿富汗有亲戚吗?",就等于发出了一道暗语指令,让她的全部间谍装备做好准备,进入工作状态,完成自检,竖起它们的电子耳朵。

"你到底想不想要这个信封?"她问。

"给我吧。"为首的家伙说着,站起来伸出了手。

Y.T.走到房间正中,把信封递向那个人。可他并没接过信封,而是在最后一刻上前一步,抓住了她的手臂。

她看到,这家伙的另外一只手里拿着一副打开的手铐。他抬手亮出手铐,咔吧一声锁住了她的手腕。手铐骤然收紧,正好扣在她连身衣的护腕上。

"很抱歉这么做,Y.T.。但我必须逮捕你。"他说。

"你他妈的想干什么?"Y.T.厉声喝问。她把没铐住的那只手臂猛地抽回来,举得离桌子远远的,让他无法把她的双腕铐在一起,但另一个联邦职员抓住了她这只手。结果她就像一根绷索,被两边的大块头联邦职员扯得笔直。

"你们这帮家伙死定了。"她说。

所有的人都微笑起来,似乎他们很欣赏这个怒火中烧的小妞。

"你们这帮家伙死定了。"她又说了一遍。

她的所有装备正等着她这句暗语。当她说第二遍的时候,全部自卫装置立即启动,各种蓄势待发的撒手锏中,一道数千伏的射频电击能量波从她的护腕上突然向外爆发开去。

桌子后面那个为首的家伙发出一声闷哼，一下子向后飞了出去，整个身体的右半边痉挛般抽搐不已，接着他又被自己的椅子绊倒，手脚摊开撞到墙上，脑袋砰的一声磕在大理石窗台上。抓住她另外一条手臂的笨蛋猛地挺直身体，就像被一只无形的架子撑开了四肢，碰巧在另外一个家伙脸上拍了一掌，顺便把一道强劲的电流传上了那人的脑袋，于是两个联邦职员像一只装满疯猫的麻袋似的倒在了地上。现在只剩最后一个家伙还没被收拾好，他正把手伸进夹克，准备掏什么东西。Y.T.冲上一步，抡圆了胳膊向他挥去，未被扣上的那只手铐正好打中了这家伙的脖子。这一击力道不大，只是轻轻扫过，但效果不亚于撒旦双手举起电光利斧当头一劈。恐怖的电流顺着他的脊梁上下飞蹿，让他一下子瘫倒在两把老式木制椅子上，手枪掉在地上滴溜打转，就像儿童棋盘游戏里的箭头转盘。

她把自己的手腕弯曲成特别的角度，让电击棒从袖子里滑落到手掌中，而挂在她另一只手上的手铐也能起到相似的防身作用。与此同时，她又抽出防身喷液罐子，打开封盖，把喷嘴调成广角喷射。

这当儿，外面一个联邦厌物好心为她打开了办公室的门。那人提着枪冲进房间，身后还有六七个从集中办公区赶过来的家伙为他做后援。Y.T.正好可以用防身喷液好好招呼一下他们。哇呜，这场面就像用喷雾剂杀臭虫。一个个身体倒地的声音好似低音鼓在砰砰作响。她发现，自己的滑板可以毫无阻碍地从他们翻倒的躯体上碾过，一直冲到外面的集中办公区。这些家伙从四面八方拥来，数量多得简直令人难以置信，而她只需一直按下喷液罐子的按钮，从人群中径直撞过去，同时不停地单脚蹬地，加快滑行速度。施展神威的防身喷液让她就像一支楔形突击队,在人体铺成的地毯上勇往直前。有些联邦职员还算机灵,从她身后扑上来,想把她擒住,可她早已准备好了电击棒,让偷袭者的神经系统变成了炽热的铁丝网,这种效果可以持续数分钟之久,但不会造成其他损伤。

防身喷剂用完时,她已成功地穿越了四分之三的办公区。她手里的空罐子还能再发挥一两秒钟的威力,因为那些家伙都被吓破了胆,尽管喷嘴里再也射不出什么东西,他们还是连滚带爬地让出路来。后来有两个人像是明白了怎么回事,上前想抓住她的手腕,这下子可犯了大错误。她用电击棒收拾掉一个,又用带电的手铐放翻了另一个。接着,她飞速穿过门口,滑进楼梯间,身后留下四五十个伤者。活该这些家伙倒霉,谁让他们逮捕她时不拿出点绅士风度来?

对于步行的人来讲,一级级台阶会很碍事,但对智能轮来说,楼梯只不过是一道四十五度的斜坡而已。尽管下楼时要拐很多弯,而且当她冲到二楼时速度有些太快,但这绝对是一条捷径。

运气真好:一个守在一楼的警察刚好打开楼梯间的门。那家伙无疑听到了警报,因为此时警铃和蜂鸣器的合奏已经汇成了一道歇斯底里的声墙。Y.T.从那家伙身边飞过,他伸出手臂想抓住她,在她擦身而过的瞬间拉住了她腰间的一条带子,让她失去了平衡。但Y.T.脚下的滑板真是聪明伶俐,察觉到她重心偏移便马上放慢了速度。很快,她又稳稳地站在滑板上,猛地倾身疾转,穿过电梯大厅,朝金属探测器拱门的正中心冲过去,门外明亮的自由之光正在熠熠生辉。

她的老朋友,那名守门的警察已经站起身来,而且迅速做出了反应,伸开双臂挡在拱门之间。Y.T.佯装向他直冲而去,最后一刻把滑板朝侧面轻轻一踢,触动了板身上的一只脚控开关,随后突然蜷起双腿跃上半空。她从警察的小桌上一飞而过,滑板则从桌下溜了出来。一秒钟之后,她落在板上,身形一晃便恢复了平衡。现在她已来到门厅,朝大门滑去。

这是一座老式建筑,大多数门均由金属制成,但入口处还装着两组旋转门,门扇只是大玻璃板。

以前的滑板客经常会不小心撞上玻璃墙,那可是件麻烦事。当信使这一行当出现之后,麻烦就更大了,因为滑板客开始花费更多的时间研究如何更快地穿过办公大楼之类的建筑,而这些办公楼都把玻璃墙视为流行理念,普遍加以采用。于是,像Y.T.脚下这样的昂贵滑板都额外加装了安全保护设备——"激进快递尖锥调谐冲击波发射器"。它在工作时几乎无须准备时间,这一特点非常出色,但只能使用一次(该装置的能量来源是炸药);而且使用之后,你要把滑板送到店里,换一副新板。

这是一种应急装置。严格地讲,它的功能就像紧急逃生按钮,但效果简直酷毙了。Y.T.确定自己的前进方向瞄准了玻璃门,当即踩下了相应的脚控开关。

老天,这就像是你在圆形体育场的顶部绷上油布,做成了一只大鼓,然后再让一架波音747撞上去。她感到自己的内脏都被震得挪了位,心脏和肝脏换了地方,脚底板则又麻又痛,而她还没有站在冲击波的射界之中呢。

旋转门上的安全玻璃并未如她想象的那样碎裂后倒在地上,而是从框子上飞了出去,玻璃碎屑从大楼里喷涌而出,倾泻在门前的台阶上。瞬间之后,她跟着冲了出来。

大楼门前的白色大理石台阶就像一道模样荒唐可笑的瀑布,恰好又为她提供了一条坡道。当她顺坡而下来到人行道上时,前冲的速度足以让她一直溜到墨西哥。

她一个急转弯滑过宽阔的大道,随即把目镜上的十字线瞄准了四分之一英里外的海关。接下来她还得闯过那道关卡,但直觉告诉她应该抬头观察一下。

毕竟,她刚逃出的那座大楼仍在她身后高高耸立,楼层里满是联邦厌物,所有的警报器都在鸣响。楼里的大部分窗子无法打开,他们只能眼睁睁地看着她逃走,但屋顶上还有人,那里就像一片天线丛生的森林。如果说屋顶是森林,那些家伙就是面目可憎的林中侏儒。他们已经准备好随时采取行动,他们戴着墨镜,他们拿着武器,他们全都盯着她。

但只有一个家伙在瞄准,而他手上的武器相当巨大,枪筒足有棒球棒一般粗细。她看到枪口火光一闪,射出一样东西,裹在炸面圈形状的白色烟云之中。那东西没有朝她飞来,而是射向她的前方。

这是兔仔震荡弹。它落在街上,Y.T.的正前方,然后弹到空中,在二十英尺高的地方炸裂。

接下来的四分之一秒里,由于没有耀眼的闪光,所以她能清清楚楚地看到,冲击波以一个完美的球形扩展开来。这个球体看上去坚硬无比,似乎能够触摸得到,宛如一只冰球。球体与街道接触的地方,形成了一圈浑圆的波锋,直震得石子乱飞,早就被踩扁的麦当劳餐盒乱蹦乱跳,路面细缝中的面粉状纤尘纷纷扬起,就像一阵微型暴风雪,扫过路面向她逼近。烟尘之上,悬在半空的冲击波球面以音速朝她扑来。它就像一面由空气构成的透镜,镜面之后的一切都变得扁平而又扭曲。Y.T.朝这个镜面直直地冲了过去。

42

早上五点钟,阿弘驾着摩托车驶上位于山顶的隘口。俄勒冈州的谢尔曼港赫然展现在他面前:宽阔的马蹄形山谷环抱着一片闪亮的标志牌的海洋。很久以前,在一场划时代的地质学舔阴狂欢中,巨大的冰舌在岩石中舔出了这道山谷。围绕着整个山谷的边缘处,一圈金色的光晕渐渐淡入雨林之中,而在接近港口的地方,金色的灯光变得越来越浓,越来越亮。就在那里,俄勒冈州笔直的海岸线上出现了一道又长又窄的峡湾状沟槽,延伸到大洋里,变成极深的海沟,盛满冰冷的黑色海水,一直通向日本。

阿弘又回到了太平洋海岸。经过一夜的疾行,现在这种感觉真好。昨天晚上居然有那么多乡巴佬、那么多骑警在追他。

即便是从十英里之外,站在一英里高的地方望去,眼前的景致也算不上出色。在距离中心港区稍远一些的地方,他能看到几个红色的斑点。当然,红色要比黄色更顺眼一点。他希望自己能看到某些绿色、蓝色或紫色的东西,但似乎没有哪个街区装点着这些令人食欲大增的颜色。

但他的任务同样不会令人食欲大增。

　　他离开公路,开了半英里,然后把车停在一片空地中,找了块平坦的石头坐下。这样多少可以预防伏击暗算。随即,他戴上目镜,登入超元域。

　　"图书管理员?"

　　"是,先生?"

　　"咱们上次说到了伊南娜。"

　　"她是苏美尔神话中的人物。后来的文化中将她称作'伊师塔'或是'以斯帖'。"

　　"她是善神还是恶神?"

　　"善神。备受民众爱戴。"

　　"她和恩奇或是阿舍拉有什么关系吗?"

　　"主要同恩奇有关。她和恩奇的关系在不同时期或好或坏。伊南娜被视为神后,掌管着所有伟大的'谟'。"

　　"我还以为是恩奇掌管'谟'呢。"

　　"以前确实如此。但后来伊南娜到了阿布祖,那里是埃利都的水上要塞,也是恩奇保存'谟'的地方。伊南娜前往阿布祖之后,哄骗恩奇把所有的'谟'都给了她。就这样,'谟'被释放到了文明之中。"

　　"水上要塞,嗯?"

　　"是的,先生。"

　　"恩奇对伊南娜的所作所为有何感想?"

　　"他是自愿把'谟'给她的。当时他喝得酩酊大醉,沉迷于伊南娜的肉体魅力。当他清醒过来之后,本想追上她将'谟'讨还,但伊南娜的机智比他更胜一筹。"

　　"咱们用符号学来分析一下吧。"阿弘喃喃道,"方舟是L.鲍勃·莱夫的水上要塞,他把自己所有的家当都存在那里,那就是他所有的'谟'。胡安妮塔去了阿斯托里亚,那里是几天前距离方舟最近的地方。我认为,她想扮演伊南娜的角色。"

"在另一个广为人知的苏美尔神话里,"图书管理员说,"伊南娜下到了阴间。"

"请继续讲。"阿弘说。

"她将自己所有的'谟'收集在一起,然后进入了那个有去无回的国度。"

"了不起。"

"她穿越冥界,抵达了死亡女神艾莱什姬卡尔治下的神庙。尽管伊南娜巧妙伪装,但还是被无所不见的艾莱什姬卡尔轻易看穿,而艾莱什姬卡尔仍然允许她进入神庙。伊南娜进去之后,她的长袍、珠宝和'谟'全都被夺走,而她本人则赤裸着身体被带到艾莱什姬卡尔和七位地府判官的面前。克雷默的著作中描绘道,七判官'用他们的死亡之眼死死盯住她,用他们拷问灵魂的言辞把伊南娜变成了一具尸体,一块腐烂的肉,挂到了墙壁的钩子上'。"

"太妙了。可她到底为什么要做那样的事?"

"黛安·沃克斯坦曾对此做过解释:'伊南娜放弃了……她一生中得到的一切,最后一丝不挂,一无所有,只剩下获得重生的意志……正因为这次冥界之旅,她才掌握了死亡与重生的力量和秘诀。'"

"原来如此。那么我猜,故事肯定还有下文?"

"伊南娜的使者等了三天,始终未见主人从阴间回来,于是向众神求助。但除了恩奇之外,其他神祇都不愿帮忙。"

"所以我们的好哥们儿,恩奇,黑客之神,得去把她救出地狱。"

"恩奇造了两个人,派他们到冥界救伊南娜回来。全靠他们的魔法,伊南娜才能起死回生。她从冥界回到凡间,身后跟着一大群死人。"

"胡安妮塔三天前去了方舟。"阿弘说,"所以现在该轮到黑客上场了。"

"地球"还是他离开时的样子,仍在跟踪显示方舟的放大图像。经过昨晚与查克·莱特森的一番谈话,现在阿弘不难发现,自从几星期前"企业号"经过基科临时共和国之后,方舟阵形中已有一大片被东正教徒所占据。其中有两艘绑在一起的苏联大型货轮,四周簇拥着一群小船。方舟队列里的大部分船只都用木头制成,放眼望去一片死气沉沉的棕色,但这些小船全是白色的玻璃纤维船身:基科临时共和国有不少生活安逸的退休者,这些漂亮的小玩意儿都是从他们手里抢来的。

既然方舟正停泊在谢尔曼港外,阿弘估计,阿舍拉女神的那些大祭司肯定都待在这座城市里。几天后,他们将到达尤里卡,接着前往旧金山,然后是洛杉矶。这是一条陆地纽带。东正教徒正尝试着通过这条纽带,把他们在方舟上的活动发展到大陆上最接近方舟的那些地方。

他的目光从方舟上转开,掠过海面,移到谢尔曼港。他要在行动之前,事先对那里勘察一番。

水边的码头区,一家家廉价汽车旅馆的标志牌闪耀着黄色光芒,形成了一弯形状优美的新月。阿弘在各个旅馆中细细搜寻,看看房客里有没有俄国人的名字。

真是轻而易举。在码头区中央有一家"光谱两千"连锁旅馆的分店。正像它的名字暗示的那样,每家"光谱两千"的分店都拥有各种档次的客房,从大厅里的投币式单人休息柜到顶层的豪华套房,应有尽有,一应俱全。这家旅馆中,所有住客的名字都是"某某某夫"、"某某某夫斯基",或者其他死板的斯拉夫人姓氏。大兵们直挺挺地睡在大厅中狭小的投币式单人休息柜里,身边躺着他们心爱的AK-47冲锋枪。神甫和将军则住进了楼上更体面些的客房。阿弘暗自纳闷,不知圣灵降临教派的俄国东正教神甫躺到一张"魔力手指"按摩床上会是什么样子。

旅馆的顶层套房租给了一位名叫古洛夫的绅士。这便是那位克格勃先生本人了。他显然是个软弱的脓包,绝对不敢住在方舟那种鬼地方。

既然如此,他在海上是怎么过来的?如何来到谢尔曼港?如果他乘坐自己的船横渡北太平洋行驶了几百海里,那艘船一定小不了。

谢尔曼港有六座可供小船停靠的码头,其中大部分码头已经满是小小的棕色船只。那情景很像台风过后的场面:数百平方英里的洋面上看不到一只小舢板的影子,原来它们都挤在了离自己最近的安全地点。这里的小船只比躲避台风的舢板稍微整齐那么一丁点儿。

方舟上的难民已经开始上岸。如果他们脑筋灵活,积极主动,或许应该知道,从这里出发,就算是步行也能走到加州。

这就可以解释,为什么大多数码头都塞满了破破烂烂的小船。只有一个码头看上去像个私人船坞,那里有十几艘干干净净的白船,整齐地排成一列,停靠在泊位上。它们绝对不是方舟中那些乌合之众的船。画面的分辨率非常高,阿弘可以清清楚楚地看到码头四周放置着一只只小炸面圈——大概是摆成一圈一圈的沙袋。有方舟在近海徘徊,船坞的主人只能靠这种办法让自己的私人泊位不受侵犯。

但数字、旗帜以及其他有助于辨认这座船坞的标志全都很难看清楚。卫星为了获取这段图像已经费尽了力气。

阿弘想查一查,看看中情公司是否在谢尔曼港有特约记者。他们肯定有眼线,因为方舟就在这里,而中情公司正盼着能做一笔大生意,把方舟情报卖个好价钱——从北美的史凯威到南美的火地岛,所有的码头业主都在心急火燎地等待消息。

不出所料。住在这座城市里的几个人上传了谢尔曼港的最新情报。其中之一只是个船夫,整天拿着摄像机四处乱转,把他看到的所有东西都拍了下来。

阿弘用快进模式把这段资料看了一遍,其中很多画面都是那个特约记者隔着旅馆的窗子拍到的:几个小时连着几个小时,破破烂烂的棕色小船像潮水一样漫过海面,奋力冲进海湾,与先前到达的船只绑在一起,在谢尔曼港前方组成了一片小型的方舟集群。

眼前看似混乱的场面似乎也有些条理,因为有几个家伙正驾着一艘快艇来回奔忙,显然是自封的水警,用枪口指着小船上的难民,举着扩音器大喊大叫。正因为如此,不管港口里的情况有多么混乱,峡湾正中总是有一条畅通的航道一直通向大海。这条航道的尽头是一座停泊着大船的漂亮码头。

那里有两艘大船。其中之一是身形庞大的渔船,招展的船旗上带有东正教的标志,图案是十字架和火焰。很明显,它是掠自基科临时共和国的战利品,因为船舷上标有"科迪亚克皇后号"的名字,那些东正教徒并未费神再作更改。另一艘大船是小型游轮,原本用来供有钱人舒舒服服地坐在上面,前往那些景色宜人的好地方。它悬挂着一面绿旗,显然与李先生的大香港有关。

阿弘又对谢尔曼港的街道浏览了一番，发现这里有一片李先生大香港的特许领地，规模颇为可观。这片领地具有典型的香港风格，四处散布着一座座小楼和平房；但这些建筑的布局非常密集，以至于李先生居然为这里配备了数名全职雇员，其中还包括一位地方总督。阿弘将此人的照片放大，特意看了看，以便能在以后认出他来。这是个五十来岁的华裔男子，神情粗鲁而又强硬。所以，这里绝不同于你平常在美国本土四十八个州里见到的那些完全自动化、没有人员配备的特许领地。

43

　　Y.T.醒了,发现自己仍穿着激进快递的制服,不过全身缠满了电工胶带,被捆得像个木乃伊。她躺在一辆老式福特厢式货车的地板上,而这辆破车正隆隆驶过某个不知名的地方。眼前的处境令她心境不佳。中了兔仔震荡弹之后,她一直在流鼻血,脑袋也不停地悸痛。每当卡车轧过地上的凹坑,她的头都会震得在波纹钢地板上撞来撞去。

　　起初她只感到非常恼火,但后来就开始时不时地害怕起来。她想回家。在货车的后厢里熬了八个小时之后,她当然盼着能回到家里。之所以到现在也没有轻言放弃,原因只有一个,那就是好奇。从目前这种可悲的情况判断,她觉得自己似乎并没有落在联邦的手里。

　　厢式货车驶下公路,开上了一条辅道,然后停在一个停车场里。车厢的后门打开了,两个女人爬了上来。在敞开的门外,Y.T.能够看到"韦恩牧师珍珠门"特有的哥特式拱形标志。

　　"噢,可怜的宝贝。"其中一个女人说,另一个则被她的模样吓得倒抽一口冷气。二人中的一个揽住她的头,轻抚她的头发,用纸杯喂她喝甜甜的"酷爱"果汁;另外那个则轻柔缓慢地解开了她身上的电工胶带。

她刚才在后厢里醒来时就发现自己的鞋子已被人脱掉,而且没人再为她换上另一双鞋。另外,连身制服口袋里所有的装备都被拿走了,一样样好东西全都不见了踪影。但那些人没有动她衣服下面的东西。狗牌还在。还有另外一样,就是她双腿之间叫作守宫阴牙的那件宝物。他们绝不可能发现那玩意儿。

她一直觉得,这副狗牌很可能是假货。恩佐大叔才不会随随便便把自己的战争纪念品送给一个十五岁的小丫头呢。不过,这东西或许对某些人依然能起一定的作用。

那两个女人一个叫玛拉,一个叫邦妮。下车后,她们一直守在Y.T.身边。不光是守着她,还常常触碰她。二人不停地抱她,挤挤挨挨,握着她的手,抚弄她的头发。她第一次上厕所的时候,邦妮陪她一起去,为她打开隔间的门,然后一直站在她身边。Y.T.还以为邦妮是担心她会晕倒在厕所里或是出别的什么事情。可当她第二次去小便时,玛拉又跟在她身后。原来,她任何时候都不能一个人独自待在某个地方。

现在唯一的问题是,她居然有点喜欢这样。货车后厢里的旅程令人痛苦,痛苦得令她难以忍受。她一生中从未感到如此孤独。现在,她赤裸着双脚,毫无防卫能力,身处陌生之地,正是她们两人给了她所需要的慰藉。

在"韦恩牧师珍珠门"里花了几分钟"振奋精神"——天知道这是什么意思——之后,她和玛拉还有邦妮又爬上了一辆没有窗子的加长厢式货车。车内的地板上铺着地毯,但没有座椅,所有人都坐在地上。她们打开后车门时,货厢里已经挤满了乘客。里面足有二十个人,全都是精力充沛、喜气洋洋的年轻人。这场面简直令人无法相信,Y.T.不禁心生畏缩,向后紧靠在玛拉和邦妮身边。但车厢里的人都快活地大笑起来，洁白的牙齿在昏暗之中闪闪发光，随后大家相互挤了挤，为她们腾出一点地方。

接下来的两天里，大部分时候她一直挤在邦妮和玛拉之间，始终同她们手拉着手，所以她就连挖鼻孔也要事先征得两位女伴的同意。大家不停地唱着欢快的歌曲，直到最后她的脑子都快变成了面糊。这些人还玩一些疯疯癫癫的游戏。

每个小时里总有几次，车里某个人突然开始胡言乱语，就跟那些法拉巴拉人一样。"韦恩牧师珍珠门"里的人也是如此。毫无意义的含糊话语好似传染病一般在车厢里蔓延开来，用不了多久，每个人都开始信口胡说。

只有Y.T.没有这样做。看来她还没摸着门道。对她来讲，这种事情简直愚蠢得令人尴尬，于是她只好装模作样地跟着别人瞎说。

他们一天有三次机会吃东西和大小便，地点全是在各个郊郡。Y.T.能够感觉到货车驶出州际公路，在弯弯曲曲的开发区公路、短街、小道和环线中择路而行。每当到达休息地点，车库的电动门缓缓升起，货车开进去，然后大门又在他们身后紧紧关闭。随后，他们走进一座郊区住宅，里面没有任何家具，原来的住户也没有留下任何其他东西。空荡荡的卧室里，大家都坐在地板上——小伙子们一间，姑娘们一间——吃着蛋糕和饼干。他们住过的房子全都空空如也，但装饰格调总是各不相同：在一个地方，墙上贴着乡村风格的花壁纸，佳丽牌空气清新剂的气味经久不去，已变成了陈腐的恶臭；在另一个地方，浅蓝色的壁纸上是一张张冰球运动员、橄榄球员和篮球明星的照片；还有一个地方，普普通通的白墙上只有几处旧日的蜡笔印记。Y.T.总爱端详家具很久以前在地板上留下的擦痕,还有石膏板上的凹痕,像个考古学家似的对着这些痕迹沉思默想,那些曾经住在这里又早已搬走的家庭让她感到非常好奇;但当旅程即将结束时,她已经不再留意这些东西了。

在厢式货车里,她的耳边只能听到歌声和念诵声,眼前只能看到同伴们挤在一起的面孔。他们中途加油时,便会径直开到位于那片地区正中央的巨型卡车休息站,停在最远处的加油泵旁边,这样就不会有任何人来打扰。而且,他们在路上从不停留,每走一段路就换一个司机。

最后,他们来到了海岸边。Y.T.能够闻到大海的气息。车子等了几分钟,发动机一直在空转,随即慢慢开动,颠簸着轧过一道门槛之类的东西,驶上坡道,最后停了下来。司机拉起手刹,头一回把乘客们留在车厢里自己下了车。Y.T.很高兴,旅程终于结束了。

但接着四处都开始隆隆作响,听上去很像发动机的轰鸣声,只是动静要大得多。起初她并未感觉到车子在移动,几分钟之后才意识到所有的东西都在轻轻摇晃。原来货车停在一艘渡轮上,正在出海。

这是一艘真正的海轮。尽管它又老又破,锈迹斑斑,在废钢场大概只值五块钱,但它能载车,能过海,而且不会沉没。

乘船跟坐车差不多,只不过船更大些,乘客更多,但大家还是吃同样的东西,唱同样的歌,而且像以前一样几乎很少睡觉。现在,Y.T.居然荒谬地生出一种轻松自在的感觉。她知道,她同一大群像她一样的人待在一起,她很安全。她已入乡随俗,找到了自己的归宿。

就这样,他们终于到达了方舟。没人告诉Y.T.他们要去哪里,但现在答案已是显而易见。她本该害怕才对。不过,如果方舟真像每个人所说的那么糟糕,大家才不会来这里呢。

方舟慢慢出现在视线之内,她本以为自己还会被人用电工胶带捆上,但马上明白其实没有这个必要。她一直没有惹什么麻烦。她已经被这些人接纳,而他们信任她,这让她颇感有几分自豪。

她也不会在方舟上惹麻烦,上去之后,就算她从这些人身边逃走,也只能孤身一人在方舟里打拼。那可是真正的方舟。上百部香港B级电影里的暴力镜头,连同上百本日本血腥漫画里的变态场面,都在方舟里变成了现实。不难想象,金发碧眼白肤的十五岁美国女孩子会在那里碰到什么事情,方舟上的人全都知道这一点。

Y.T.时常为妈妈感到担心,但随后就硬下心来,觉得整件事情或许会对她有些好处,能让她警醒一下。她需要受到一点震动。爸爸离去后,妈妈就把她自己折叠包拢起来,就像折成了一只纸鸟,结果却被扔进了火里。

方舟外围的大量小船像云团一样裹在大船四周,散布在方圆数英里的海面上,其中大多是渔船。有些船上站着带枪的男人,但他们没有找这艘渡轮的麻烦。渡轮从这片外围区域里迂回穿过,转了个大弯,最后朝方舟侧翼的一片白船驶去。那些船简直白得耀眼,大都崭新洁净。里面只有两艘生锈的大船,船身上涂刷着俄文字母。渡轮靠向其中一艘,船员们先把一根根缆绳抛过去,随后在两船之间搭起越来越多的绳网、跳板和废轮胎组成的爬梯。

这艘大船看上去完全不适合溜滑板。

她想知道,渡轮上的其他人里面有没有滑板客。看来似乎不大可能。确实,他们和她根本不是一类人。她一直是公路上一条肮脏的流浪犬,同这些一路欢歌的快活家伙简直格格不入。或许方舟才是真正适合她的地方。

他们把她带上那艘俄国船,给了她一份全世界最恶心的工作:切鱼。她没想过要工作,也不曾要求别人给她安排,但这份工作就这么落到了她的头上。依然没有人理会她,没人费神向她作任何解释,这反倒让她不愿意主动去问别人。她撞进了一道强大的文化冲击波中,因为这艘船上的大部分人都是又老又胖的俄国人,不会讲英语。

有几天时间,她干活时总是打瞌睡,也总是被一同工作的那些俄国胖大妈捅醒。上班时她也吃些东西。这个地方加工的有些鱼看上去让人非常不舒服,但其中也有不少鲑鱼。之所以能认出这种鱼,只是因为她吃过商场里卖的寿司,鲑鱼就是寿司里面橘红色的东西。于是她为自己做了一些寿司。大嚼过新鲜的生鲑鱼肉之后,她觉得自己的头脑清醒了一点。

熬过了文化冲击,对环境习以为常之后,她开始观察四周。看着身边切鱼的妇人,她意识到这世界上百分之九十九的人就是这样过活的。你来到了这里,其他人围在你身边,但他们不理解你,你也不理解他们,然而人们还是要说很多毫无意义的废话。为了活下去,你只能每天从早到晚不停地做这种愚蠢又没有意义的活计。要想离开这里,唯一的办法就是辞去工作,挣脱束缚,孤注一掷地冒险,前往外面那个邪恶的世界,到时候你会被一口吞下,再也没有音讯。

她并不十分擅长切鱼。那些身材壮硕的俄国女人,那些脚步沉重、面孔肥厚的婆娘,一直在找她的麻烦。她们总是在她身边转来转去，看着她切鱼，脸上的表情像是在说：真不敢相信世界上居然有她这种笨蛋。然后，她们试着教她正确的做法，但她还是做不好。这种活儿太难干了，她的手也一直又冷又僵。

灰心丧气地过了几天后，她得到了一份新工作，这个岗位又在生产线上前进了一步：他们让她去自助餐厅当侍应生，就像中学食堂里那些挥舞着勺子、搞得汤汁四溅的盛饭师傅。她在那艘俄国大船的厨房里当班，把一桶桶炖鱼提到外面的餐台旁，用勺子盛到碗里，再把碗推到柜台另一边，而柜台外面排着永远也不到头的长队，全都是宗教狂，除了宗教狂，还是宗教狂。只不过现在她周围大都是亚洲人，几乎看不到美国人。

Y.T.在这里还见到了一些脑袋上向外伸出天线的人，她以前从未见过这么怪模怪样的家伙。他们头上的天线很像警用对讲机的天线，又粗又短，是用黑色橡胶制成的鞭状物，从这些人的耳朵后面探出来。第一次看到这样一个家伙时，她还以为他戴着某种新式的随身听，于是问他是从哪里搞到的，他正在听什么，但那家伙的模样非常奇怪，比其他所有人都怪，眼睛永远茫然地盯着远方，嘴巴张张合合嘟囔得非常起劲儿。Y.T.感到毛骨悚然，连忙把一份特大量的炖鱼朝那家伙面前一推，让排在后面的人赶快把他挤走。

她时常能认出某个曾同她一起坐车来此的人，但他们似乎并不认得她。他们的眼神呆滞无光，对她视而不见，就好像已被人洗了脑。

就好像Y.T.也被人洗了脑。

她简直不敢相信，自己居然过了这么久才意识到他们对她干了什么，而这只能让她更加恼火。

44

　　现实世界中的谢尔曼港小得令人吃惊,这座小城只有几个街区。方舟到来之前,此地的常住人口不过几千人,但现在肯定已经接近五万。阿弘不得不放慢车速,因为方舟难民都临时睡在街上,严重地阻碍了交通。

　　这还不错,正好救了他一命。刚刚驶进谢尔曼港不久,摩托车的轮子就突然锁死,辐条变得僵死刚硬,不再伸缩自如,车子猛地颠簸起来。几秒钟后,整辆车便一动不动,变成了一大块死气沉沉的废铁,就连发动机也不再工作了。他低头端详油箱顶部的平面显示屏,盼着能看到车子的状态报告,但那上面只有一片雪花。内置操作系统已完全死机。阿舍拉强占了他的摩托车。

　　他把车子丢在街心,迈开两腿朝码头区走去。他能听到,身后那些难民纷纷醒来,费力地钻出毯子和睡袋,聚到报废的摩托车旁,都想抢先把那玩意儿据为己有。

　　就在这时,他感到自己胸中发出一阵低沉的震动。一时之间,他想起了洛杉矶那辆乌鸦的摩托车,当时他就是先感觉到了这种震动,然后才听见发动机的轰鸣,但现在四周并没有摩托车,声音来自天上。那是一架直升机,正在空中飞行。

　　阿弘能闻到岸边海藻散发出的腐臭气味,离海滩已经很近了。他拐过街角,发现自己正站在水边的大街上,面前就是那家"光谱两千"旅馆的正门。他的另一侧是大海。

　　直升机出现在峡湾上空,沿着峡湾自外海朝内陆飞来,机头直指"光谱两千"。这架飞机个头不大,模样轻巧灵活,机壳上很大一部分是玻璃。阿弘能够看到,机身上原来画着红星的地方,现在被漆上了十字架。在清冷的蓝色晨曦中,直升机显得格外明亮耀眼,令人目眩,因为它的尾部正拖着一串串星星。原来每隔几秒钟,便有一排蓝白色的镁光照明弹从飞机上飞射而出,落入下面的海水,在水里仍然继续燃烧,留下一道纵贯港湾的星火之路。发射这些照明弹不是为了装酷,其目的是迷惑热寻的导弹。

　　阿弘站在大楼脚下向上望,从这里看不到旅馆的屋顶,但他猜想,古洛夫肯定正等在那里,等在谢尔曼港最高的建筑物顶端,等待在黎明时分撤离,等待直升机把他带上瓷器般洁白明净的天空,带他远离方舟。

　　但问题是,古洛夫为什么要撤离?还有,他们为什么要担心热寻的导弹?阿弘这时才突然明白过来,这里出了大事。

　　如果摩托车还在,他可以直接从消防楼梯开上去,看看究竟发生了什么事;但他的摩托车没了。

　　右边一座大楼的屋顶上传来低沉的重击声。那是一幢旧楼,一百年前首批拓荒者营造的建筑物。阿弘不由得膝盖一软,张开嘴巴,下意识地缩起双肩,朝声音响起的地方望去。一个东西吸引了他的目光,那是个又小又黑的玩意儿,从那座楼上激射而出,像麻雀一般飞向空中。那只"麻雀"在海水上空飞行了一百码之后,突然冒出火光,同时喷吐出一大团浓稠的黄色烟雾,然后化作一颗白色的火球,猛地加速向前疾飞,速度越来越快,从海港正中破空而下,径直从那架小直升机的身躯中穿过,撞进风挡玻璃后又从后舱飞出。直升机随即变成了一朵火云,迸射出一块块黑色的金属碎片,就像一只破壳而出的火凤凰。

很显然,在这座城里并非只有阿弘一个人对古洛夫恨之入骨。现在古洛夫只能沿着楼梯跑下来,乘船逃走。

"光谱两千"的大厅简直成了一座兵营,里面满是拿着枪的大胡子。他们正在组织抵抗。更多的士兵从投币式休息柜里挣扎着爬出来,穿上外衣,抓起枪,乱成一团。一个皮肤黝黑的家伙,像个鞑靼人,身穿一件裁改过的苏联海军陆战队军服,在大厅里跑来跑去,朝着众人连连尖叫,把人们朝各个方向推来搡去。

就算古洛夫真是个圣人,他也没办法在水上行走。他只能来到水边的大街上,闯过两片街区,经由一道大门到达重兵把守的码头,然后登上"科迪亚克皇后号"。那艘船正在等他,烟囱里开始冒出黑烟,灯光也已亮起。码头边上,"科迪亚克皇后号"后面,停泊着属于李先生大香港的"九龙号"。

阿弘转身离开"光谱两千",在水边的几条大街上跑来跑去,来回搜寻着一块块标志牌。最后他终于发现了自己要找的牌子:李先生的大香港。

守门的人不想让他进去。他亮出自己护照之后,大门才打开。警卫是个中国人,但会说一点英语。由此可见谢尔曼港的局势是多么非同寻常:就连李先生的大香港也在门口安排了警卫。通常,李先生的大香港是个开放的城邦,总是欢迎新公民加入,就连最穷困的难民也不例外。

"抱歉,"警卫尖细的嗓音中毫无诚意,"我不知道——"他指
了指阿弘的护照。

这片特许领地就像空气中一股清新的微风,看不到第三世
界的潦倒景象,也闻不到尿臊气味。这意味着,这里肯定是地区
总部,或者接近这种级别,因为大香港在谢尔曼港的大多数地产
小得像公用电话间,这里却宽敞、洁净而又漂亮。几百名难民正
在外面隔着窗子向里窥探。让他们止步不前的屏障并非只是一
道窗玻璃。鼠辈的三座狗窝靠墙一字排开,这才是更有说服力
的安全保证。其中的两座狗窝看样子最近才从别处运来。如今
方舟大兵压境,这种时候当然值得花钱加强保安力量。

阿弘走到柜台前。一个男人正在那儿打电话,满口广东话,
实际上是在大声叫嚷。阿弘认出他就是大香港在谢尔曼港的地
方总督。总督大人和对方聊得十分投入,但还是注意到了阿弘
身上的双刀,于是一边说话一边小心地打量着阿弘。

"我们很忙。"那人说着,挂上了电话。

"那么现在你要更忙了。"阿弘说,"我想租你的船,'九龙
号'。"

"租金很贵。"那人说。

"我刚把一辆崭新的顶级摩托车扔在大街上,只因为我懒得
把它推到半条街外的车库里。"阿弘说,"我支出账户上的天文数
字能让人吓掉魂儿。"

"船坏了。"

"感谢你如此彬彬有礼,没有直接拒绝我。"阿弘说,"可我碰
巧知道那艘船没出毛病,所以我认为你的礼貌等同于直接拒
绝。"

"现在船不能出租。"那人说,"有人正在用着呢。"

"但它还没有离开码头，"阿弘说，"所以你可以取消原先的租约，用你刚刚告诉我的那些理由就行。我会付给你更多的租金。"

"我们可不能这么干。"那人说。

"那么我要到街上告诉那些难民，'九龙号'一个小时后即将起程前往洛杉矶，上面还有二十个空位，谁先上船谁就能走。"阿弘说。

"别这么干。"那人说。

"我让他们亲自来和你谈。"

"你要租'九龙号'去哪里?"那人问。

"方舟。"

"哎呀，原来是这样，你为什么不早说?"那人说，"我们那位客人也正要去方舟呢。"

"还有别人想去方舟?"

"我明明已经说过了，请把护照给我。"

阿弘递过护照。那人把护照塞进一道插槽。阿弘的名字、个人资料和面部快照马上以数字形式传输到领地的内置操作系统里。然后那人敲了几下键盘，机器吐出了一张带照片的塑封身份识别卡。

"你拿着这张卡去码头。"他说，"识别卡在六个小时内有效。你自己去和那位客人交涉吧，以后我再也不想见到你了。"

"如果我需要领地的进一步协助，那该怎么办?"

"我可以随时告诉外面那些人，"那人说，"有个带双刀的黑鬼在外面强奸难民。"

"好吧。这实在算不上我在李先生大香港享受过的最佳服务。"

“现在情况特殊。”那人说，“看看窗子外面吧，混蛋。”

码头附近的局面并没有太大的改变。东正教徒们已在“光谱两千”的大厅里组织起了防御力量：家具都被翻倒过来，防御工事也已经建好。阿弘估计，那些家伙在旅馆内部肯定正忙得热火朝天。

现在还不清楚东正教徒们正在抵抗什么人的进攻。阿弘穿过码头区，一路上没有发现多少异常情况，只看到了更多的亚洲难民，都穿着松松垮垮的衣服，垂下目光，盯着双脚前面的泥土，脑子里想着心事；但其中还有些人显得十分警觉，四处打量，看上去和其他人完全不同。他们大多是身穿肥大夹克的年轻人，发型跟难民完全不同，似乎出自另一个世界的造型师之手，每个人的头上都涂抹着流行的发胶。

富人专用码头的入口处堆满沙袋，还架起了带刺铁丝网和蛇腹式铁丝网。阿弘缓步走上前去，双手放在旁人看得到的地方，然后把护照递给为首的警卫。那人是阿弘在谢尔曼港见到的第一个白人。

随后他上了码头。这里就像大香港的领地一样，空旷、安静，闻不到一丝臭味。随着海潮的涌动，码头轻轻地上下摇摆，这让阿弘感到稍稍轻松了一点。其实，码头只是由一排筏子和木板搭成的平台，建在一只只巨大的聚苯乙烯泡沫塑料浮块上。如果没有人看守，码头很可能早就被难民们拖走拴在方舟上了。

不同于普通的小码头，这里没有那种孤离于世外的感觉。通常，人们把船停在船坞里，锁好后便会离开，但此地的每艘船上都至少有一个人晃来晃去，一边喝咖啡一边亮出手中的武器，目不转睛地盯着阿弘从码头上走过。每过几秒钟，码头上便会响起咚咚咚的脚步声,一两个俄国人从阿弘身边跑过,朝"科迪亚克皇后号"奔去。他们都是年轻人,不是水手便是士兵。看他们心急火燎爬上"科迪亚克皇后号"的样子,似乎那是带他们离开地狱的最后一条船。在军官们的呼喝之下,小伙子们跑向自己的岗位,开始发疯般地从事他们那些繁杂的水手作业。

"九龙号"上显得平静得多。这艘船上也有警卫,但大多数人似乎都是侍者和乘务员,一个个身穿带有铜纽扣的漂亮制服,戴着白手套。那些制服属于室内着装,通常适用于气氛宜人、冷暖适度的餐厅。四处时常可以看到几名船员,油亮的黑发梳向脑后,身穿深色的防风夹克,既可以御寒又不怕飞溅的浪花。在"九龙号"上,阿弘只看到了一个外表像是乘客的人。那是个身材瘦高的白种人,身穿黑色西装,一边四处溜达一边对着手机说话。那家伙大概是企业界某个有钱的傻瓜,想乘船出海玩上一天,坐在餐厅里一面享受美味大餐一面瞧瞧方舟上的难民。

阿弘在码头上刚走了一半的路,就看到"光谱两千"前面的岸边像地狱一样翻腾起来。先是重机枪射出一长串子弹,不过似乎并未造成太大的伤害,但很快就让街头空无一人。百分之九十九的难民都不见了踪影。而其他人,也就是阿弘注意到的那些年轻人,纷纷从夹克里抽出模样有趣的高科技武器,钻进一座座大门和楼房里。阿弘稍稍加快脚步,开始顺着码头往回走,盼着能找到一艘大船作隐蔽,以免被流弹击中。

一缕清风从海面上吹来,拂过码头。风儿掠过"九龙号"的时候,还捎带上了熏肉和咖啡的香味。阿弘不由得想起,自己的上一顿饭只不过是在打盹巡游特许城邦那家"凯利啤酒坊"里喝下的半杯廉价啤酒。

"光谱两千"门前传来射击声,响亮得令人难以置信,汇成一片连续不断的轰鸣。旅馆内外的两拨人马正隔着大街猛烈开火。

有人碰了碰阿弘的肩膀。他连忙转身,低头一看,原来是一名矮小的中国女服务生,显然刚从"九龙号"下来。见阿弘注意到了自己,她又把手放回原处,也就是重新捂住了自己的耳朵。

"您是弘·主角吗?"她的嘴巴在动。在震耳的射击声中,基本上听不到她的声音。

阿弘点点头。她也点点头,随即向后退去,朝"九龙号"歪了歪脑袋。她仍用双手捂着耳朵,那副模样活像在跳某种民间舞。

阿弘跟着她走过码头。或许他们最后还是同意让他租下"九龙号"了。她领着他走上了铝制跳板。

阿弘一面走过跳板,一面抬头朝上层甲板望去。那里有两名穿着黑色防风夹克的船员,其中一个靠在栏杆上,用双筒望远镜观察着远处的交火场面;另一个岁数大些,走到同伴身边,在他背后瞧了瞧,随即在他后心处拍了两下。

那家伙放下望远镜,看看是谁在拍自己的脊背。看眼睛就知道,他不是中国人。那个年长一些的人对他说了些什么,又在自己的喉咙处打了个手势。那家伙也不是中国人。

拿望远镜的家伙点点头,伸出一只手按下领口处的开关,他的背上赫然现出三个绿色大字:黑手党。

年长些的家伙转身走开,他的防风夹克上也写着同样的字。

阿弘此时已走到跳板的正中央。他环顾四周,发现四外正站着二十来个船员。仿佛在刹那间,他们身上的黑色防风夹克都挂上了"黑手党"三个字。仿佛在刹那间,他们全都亮出了武器。

45

"我正打算联系李先生的大香港，投诉他们在谢尔曼港安排的这个总督。"阿弘开玩笑说，"今天早晨，我一再坚持要从你们手里租下这条船，可他非常不配合。"

阿弘坐在"九龙号"的头等舱餐厅里。铺着白色亚麻桌布的餐桌的另一头，正是阿弘先前以为来度假的那个企业界怪物。那人身穿一套完美无瑕的西装，还装着一只玻璃眼珠。他并未费神自我介绍，似乎认为阿弘早就知道他是谁。

看来那人并不觉得阿弘的话有什么可笑之处，反倒满心困惑，"然后呢?"

"现在我找不出什么理由投诉他了。"阿弘说。

"为什么?"

"唉，因为我现在总算明白他为什么不愿意让我取代你们了。"

"怎么会呢? 你有钱，不是吗?"

"没错，但是——"

"哦，我明白了!"玻璃眼珠男人说着，勉强挤出一丝微笑，"你的意思是，因为我们是黑手党。"

"是的。"阿弘说,他觉得自己脸上有些发烧。再没有比这更蠢的事了,他居然把自己变成了一个彻头彻尾的傻屌。世上再没有比这更蠢的事了,绝对没有。

外面的枪声听上去低沉暗哑。这间餐厅装有两层其厚无比的玻璃,玻璃之间的空隙中填满了某种性能绝佳的凝胶状物质,能够隔音、防水、密不透风,还可以挡住飞来的铅弹。外面的射击声似乎已不像刚才那样持续不断了。

"操他妈的机关枪。"那人说,"我恨透了那玩意儿。你打出一千发子弹,大概只有一发能打中真正值得一打的目标。声音又那么大,把我的耳朵都震聋了。你来点儿咖啡还是别的什么东西?"

"再好不过了。"

"咱们很快就能吃上一顿丰盛的自助餐。熏肉、鸡蛋、新鲜水果,让你想都不敢想。"

一个人在门口把头探了进来。阿弘见过他,刚才就是这个人在甲板上提醒那个拿望远镜的家伙。

"请原谅,老板,但我们正打算开始实施,呃,计划的第三阶段。我猜您大概想让我们报告一声。"

"谢谢你,利维奥。俄国佬到了码头之后就通知我。"那人喝了一小口咖啡,注意到阿弘脸上的困惑之色,"是这样,我们做了计划,而计划又分为各个不同的阶段。"

"是,我明白。"

"第一阶段是让他们无法逃脱。轰掉他们的直升机。然后我们进入第二阶段,让他们以为我们要在旅馆里干掉他们。我想这个阶段已经取得了完美的成功。"

"我也这样想。"

"多谢。但这个阶段还有一个重要的组成部分,就是把你弄到这儿来。我们也达到了目的。"

"我也是计划的一部分?"

玻璃眼珠男人快活地笑了,"如果你不是计划的一部分,你早就死了。"

"这么说,你们知道我要来谢尔曼港?"

"你认识那个叫Y.T.的小丫头吧?你还利用她刺探过我们的情报。"

"是的。"现在否认也没有意义。

"哈哈,我们也在利用她刺探你的情报。"

"为什么?你们为什么对我这么关心?"

"谈论这一点会让咱们的谈话跑题。你我正在谈这项计划的各个阶段。"

"好吧。第二阶段刚刚结束。"

"现在是第三阶段,正在实施中。我们要让他们自认为在进行一次不可想象的英勇大逃亡,顺着大街跑到码头上来。"

"第四阶段开始了!"他的副手利维奥在外面喊道。

"抱歉。"玻璃眼珠男人用意大利语说了一声,随后把椅子向后一推,摘下餐巾,折好后放在餐桌上。他站起身走出餐厅。阿弘跟着他来到甲板上。

二三十个俄国人正试图冲进码头的大门。由于一次只能有几个人闯过大门,于是他们排成一长串,前后有几百码长,朝"科迪亚克皇后号"这座庇护所跑来。

其中有十几个人设法挤在一起。那是一群士兵,组成了一道人体盾牌,保护着队列中央的一小群人。

"大人物们来了。"玻璃眼珠男人说着,意味深长地摇摇头。

他们像螃蟹一样横着跑向码头,全都尽量弯下腰,偶尔用机关枪朝身后的谢尔曼港打上几梭子作为掩护。

一阵凉爽的清风突然吹来,让玻璃眼珠男人眯起了眼睛。他转身朝阿弘暗示似的咧嘴一笑。"看好了。"说罢,他亮出手中的一只小黑盒子,然后轻轻按下。

爆炸的声音听上去就像一记鼓声,在四面八方同时响起。阿弘能感觉到,就连水下也传来剧震,摇撼着他的双脚。看不到大火和烟云,但从"科迪亚克皇后号"的船身下骤然射出两道喷泉。白色的水柱冒着蒸汽向上喷涌而出,好似两只张开的翅膀。刹那间,双翼垂落下来,化作倾盆大雨,而"科迪亚克皇后号"在水中骇人地向下坠去,越沉越低。

所有顺着码头奔跑的人都突然停下了脚步。

"行动。"拿望远镜的那个人对着自己的衣领咕哝道。

下面的码头上接连发生了几次规模稍小些的爆炸。整个码头像蛇一般在水中扭曲翻滚。有一段被炸得与原来那道平台分离开来,那几个大人物就在这段码头残骸上。它剧烈地摇摆起伏,两端冒出滚滚浓烟。

这段码头向侧面一晃,开始顺水漂移,离开了原位,上面的所有人都朝一个方向摔倒在地。阿弘看到,一根拖曳缆绳冒出了水面,正被紧紧拉直。前方几百英尺外,一艘装有大马力发动机的小艇用这根缆绳拖着码头残段,向港口外驶去。

那段残骸上还有十几名保镖。其中一个估量了一下情况,用AK-47瞄向拖着他们的小艇,但他的脑袋马上就开了花。"九龙号"的顶层甲板上埋伏着一名狙击手。

其他保镖见状,都把枪扔进了水里。

"该实施第五阶段了。"玻璃眼珠男人说,"来他妈一顿丰盛的早餐。"

他和阿弘回到餐厅坐下时,"九龙号"已经驶离码头,顺着峡湾向外开去,与拖着码头残段的小艇保持平行的航道。用餐的同时,他们可以望到窗外的景象:隔着几百码宽的海水,能够看到码头残段正和他们同步前行。平台摇晃得非常厉害,所有大人物和保镖都坐了下来,尽量放低身体重心。

"等咱们离陆地再远一些,浪会变得更大。"玻璃眼珠男人说,"我恨透了这种狗屎海浪。但愿肚子里的早餐能待得更久一点,好让我吃午饭的时候把它压下去。"

"阿门。"利维奥说着,往自己的盘子里盛了几块炒蛋。

"你打算把那些家伙接上船吗?"阿弘问,"还是让他们在那儿再待一会儿?"

"去他妈的,让他们的屁股冻僵好了。那样的话,等他们被带上这艘船的时候,就会乖乖合作,免得我们多费力气。嘿,说不定他们还想跟咱们谈谈呢。"

大家似乎都饿坏了。有那么一会儿,他们只是埋头大吃,谁也不吭一声。过了一段时间,玻璃眼珠男人打破沉默,开始对早餐大加赞扬,而每个人都表示同意。阿弘觉得现在应该是可以谈话的时候了。

"我很纳闷,你们为什么会对我感兴趣?"阿弘暗想,既然事关黑手党,把话问清楚总是件好事。

"因为咱们同属于一个'快乐帮'。"玻璃眼珠男人答道。

"什么'快乐帮'?"

"拉格斯帮。"

"什么?"

"好了,其实也不算是他的帮。不过,是他让大家聚到了一处。他算是个核心。就这样，围绕着核心形成了组织。"

"你在说些什么呀？为什么要这样说？"

"好吧。"他把盘子从面前推开，折好餐巾，然后放在桌上，"拉格斯早就有很多想法，可以解释所有这些乱七八糟的事情。"

"我注意到了。"

"他在各处都建立了数据库，主题各不相同。在这些数据库里，他把有对应关系的所有知识都集中在一起，相互做了关联。他在超元域里把这些东西藏得到处都是，就等着有朝一日这些信息能派上用场。"

"不止有一个数据库吗？"阿弘问。

"应该不止一个。你知道吗，几年前，拉格斯找过L.鲍勃·莱夫。"

"真的吗？"

"当然。你肯定也知道，莱夫手下有上百万个程序设计员为他工作，而他像疯了似的唯恐他们偷走他的资料。"

"我知道他在员工的家里安装了窃听器之类的东西。"

"你之所以知道这个，是因为你在拉格斯的数据库里找到了这些资料。而拉格斯之所以要费神查阅这些东西，是因为他在做市场调研。他一直在找愿意出大价钱的人，买下他从巴别/信息启示录数据里分析出的情报。"

"他认为，"阿弘说，"L.鲍勃·莱夫或许想拿某些病毒派点用场。"

"没错。你知道，我对这些狗屎玩意儿一窍不通；但我估计，他找到了一种古老的病毒，专门针对那些爱动脑筋的精英。"

"科技领域中的祭司，"阿弘说，"信息界的统治者。那种病毒曾经彻底摧毁了苏美尔文明的信息统治阶层。"

"随便它是什么玩意儿吧。"

"这种想法太疯狂了。"阿弘说,"就像是,你发现自己的雇员在偷圆珠笔,于是就把他们拉出去弄死。一旦使用这种病毒,势必会摧毁程序设计员的整个头脑。"

"病毒在原形阶段确实会这样。"玻璃眼珠男人说,"但问题的重点是,拉格斯希望对这种病毒进行研究。"

"信息战研究。"

"一点不错。他希望能把这东西分离出来,加以修改,可以用它控制程序设计员,却又不会把他们的脑浆轰到天上。"

"他成功了吗?"

"谁知道?莱夫剽窃了拉格斯的想法,简直等于抢了就跑。从那以后,拉格斯并不知道莱夫用他的创意干了些什么勾当;但几年之后,他看到的很多事情都让他越来越担心。"

"比方说,'韦恩牧师珍珠门'急速发展壮大。"

"还有那些说着昏话的俄国佬。另外,莱夫正在挖掘那座古城——"

"埃利都。"

"是的。还有其他活动,与无线电天文学有关。拉格斯对很多事情都非常担心,所以他开始同一些人接触。他找了我们,还找了那个和你约会过的姑娘——"

"胡安妮塔。"

"没错,那可是个好姑娘。而且,他还找了李先生。所以你可能会说,几个截然不同的人都为这项小小的计划做出了贡献。"

46

"他们去哪儿了?"阿弘问。

每个人都在寻找那段漂浮的码头,似乎大家同时发现它不见了。最后,他们看到了它,就在他们身后四分之一英里的地方,漂在水上一动不动。大人物和保镖们现在都已站起身来,朝同一个方向望去。拖曳码头的那艘小快艇正在码头残段四周兜圈子,试图重新控制局势。

"他们肯定想办法解开了牵引缆绳。"阿弘说。

"不大可能。"玻璃眼珠男人说,"缆绳系在残骸的底部,位于水下。而且那是一根钢缆,他们不可能割断。"

阿弘忽然发现,在那帮俄国人和拖曳残段的快艇中间,还有另一艘小船,正在波浪间起伏摇摆。那艘船并不显眼,因为它本身很小,低低贴在水面,船身的颜色又十分暗淡。那是一只单人爱斯基摩小筏子,上面坐着个长发汉子。

"该死。"利维奥骂道,"他是从哪儿冒出来的?"

小筏子上的家伙回头朝身后看了几眼,审视着海浪,然后突然转过头来,开始用力划桨,速度越来越快,每划几下还要向后瞟上一眼。一道大浪涌来,在小筏子的船身下高高涨起,而它立刻跟上了浪峰的前进速度。只见小筏子高居在浪峰顶端,像一颗导弹似的向前激射而出,驾着海浪前行。突然间,它的速度简直比水面上的其他任何东西都要快上两倍。

小筏子上的家伙把船桨的一端探进浪里,数次硬生生地改变前进方向。随即,他把船桨横架在小筏子上,伸手朝船底摸去,然后掏出来一样黑色的小东西。那是一根长约四英尺的管状物。他把它扛上肩头。

这时,他与那艘快艇面对面飞速交错而过,两船之间的距离只有二十英尺左右。随后,快艇突然炸了个粉碎。

"九龙号"正在事发地点前面几千码处航行,见状连忙侧过船身,打算在它这种尺寸的船只所能承受的限度之内做一个最大的急转弯,回头一百八十度去解决那些俄国人,而且还要解决那个更难对付的家伙——乌鸦。乌鸦正向后奋力划桨,朝他的弟兄们慢慢靠近。

"他可真是个混蛋。"利维奥说,"他想干什么? 用那只该死的小筏子把他们拖回方舟?"

"我有点心惊肉跳。"玻璃眼珠男人说,"快确认一下,咱们在毒刺防空导弹那边是不是已经安排了伙计。他们肯定派来了一架直升机,或是别的什么东西。"

"雷达显示附近没有别的船。"从舰桥上赶来的一个人报告道,"只有我们和他们。也没发现直升机。"

"你知道乌鸦总带着一颗核弹吧?"阿弘问。

"我早有耳闻,但那只小筏子还不够大。它太小了。我没法相信,有谁出海时还会带上那类玩意儿。"

海面上突然耸起一座山峰。一股搅动着泡沫的黑水不停地喷涌上涨,在水面上扩展开来。山峰正中,就在那段上下摇晃的码头残段后面,赫然现出一座黑塔,笔直地伸出水面,它的顶端还生有一对翅膀。黑塔越升越高,塔顶的双翼也离水面越来越远。随后,塔身下的那座山峰从头到尾现出了真面目。上面涂刷着红星和一组数字,但人们不必看清楚数字就能知道,那是一艘潜艇—— 一艘核导弹潜艇。

潜艇稳住身躯,就停在码头残段上的俄国人近旁,古洛夫和他的朋友们只需一跳便能登上艇身。乌鸦正朝他们划去,身下的小船好似一把玻璃刀,从道道海浪中疾穿而过。

"我操,"玻璃眼珠男人大吃一惊,"操,操,操! 恩佐大叔这次可真要火冒三丈了。"

"谁也不可能猜到他们还有这一手。"利维奥说,"咱们该朝他们开火吗?"

玻璃眼珠男人还没来得及做出决定,核潜艇上面的甲板炮已经抢先开火。第一发炮弹离他们只差几码。

"这下可好,情况发展得太快了。阿弘,你跟我来。"

"九龙号"上的船员迅速认清了形势,都看出那艘核潜艇肯定是赢家。他们在栏杆旁来回奔忙,纷纷把巨大的玻璃纤维救生舱推到海中。救生舱一落到水面上便立刻展开身躯,变成了亮橙色的救生筏。

核潜艇上甲板炮手掌握了击中"九龙号"的诀窍之后,形势就发展得更快了。"九龙号"一时无法决定自己应该下沉、起火,还是干脆解体,于是一次便把这三件事全都办了。这时,大部分人都已设法爬上了救生筏。大家在水面上起伏摇摆,全都穿上橙色救生衣,拉好拉链,眼睁睁地瞧着那艘核潜艇。

乌鸦是最后一个钻进潜艇的人。他花了一两分钟时间,把几件装备从小筏子上搬进潜艇的船舱:几样装在包囊里的东西,还有一根八英尺长、长矛似的家什,顶端装有透明的树叶状矛头。钻进舱门之前,他回身面对着"九龙号"的残骸,将那根捕鲸镖高高举过头顶——这个动作既代表着胜利,又像在做出某种承诺。随即他消失在舱门里。几分钟后,潜艇不见了踪影。

"那家伙让我心惊肉跳。"玻璃眼珠男人说。

47

Y.T.再一次意识到,这里的人全是精神扭曲的变态狂。确认这一点之后,她开始留意他们的其他方面。比方说,从一开始到现在,没有谁正眼瞧过她。尤其是那些男人。那些家伙脑子里根本没有"性"这个概念,他们全都尽量把这种事情埋藏在心底的最深处。她可以理解他们为什么不看那些肥胖的俄国大妈,但她可是个十五岁的美国小妞,早已习惯于男人偶尔投来的目光。但这里却从来没有这回事。

最后终于有一天,当她从面前那一大桶炖鱼上抬起头时,发现眼前是某个家伙的胸口。她顺着这人的胸口向上看去,视线滑过对方的脖子,又从脖子移到脸上。于是,她看到了柜台外面那双黑眼睛,正盯着自己。

这人的前额上刺着几个字:"无法控制冲动"。有点吓人,却也颇为性感,让他拥有了一些旁人完全没有的浪漫气质。她一直以为方舟是一片黑暗的危险之地,结果却发现这里很像她母亲工作的地方。来到此地之后,她仔细打量过不少身边的人,而这家伙是头一个看上去真正属于那个黑暗邪恶的方舟的人。

此时他正低头看着她,态度居高临下到了极点。他留着一小绺长长的胡须,但在他的脸上,那玩意儿并不很显眼,对他的五官也没什么衬托功能。

"你想要这些恶心的玩意儿吗?来个鱼头?不然给你两个?"她问道,花哨地晃了晃手里的勺子。她总爱对人们信口胡诌,因为谁也听不懂她在说什么。

"你给我什么,我就要什么。"那家伙说。他讲的是英语,带着一种干脆利落的口音。

"我自己什么都给不了你。"她说,"不过你要是只想站在那儿看看我,倒也没什么。"

他就站在那儿,看着她。几个排在领饭队伍后面的人踮起脚尖,看看这里到底出了什么问题。一发现问题与这位不同寻常的先生有关时,他们就马上规规矩矩地站好,缩起脖子,尽量让自己在这片身穿毛衣、散发着鱼腥味的人群中显得不那么显眼。

"今天的甜点是什么?"那家伙问,"有什么甜品可以给我?"

"咱们别指望吃什么甜点了。"Y.T.说,"吃那玩意儿是该死的罪过,你不知道吗?"

"这要看人们的文化取向了。每个人都不一样。"

"哦,是吗?那你的文化取向呢?"

"我是阿留申人。"

"嗯,从来没有听说过。"

"那是因为我们他妈的被彻底灭绝了。"模样吓人的大块头阿留申人说,"比历史上的任何种族都更倒霉。"

"确实很惨。"Y.T.说,"那么,嗯,你是想让我给你盛点儿鱼呢,还是就这么饿着肚子?"

大块头阿留申人盯着她看了一会儿,随后向一侧甩甩头,说道:"走吧。咱们离开这个该死的地方。"

"怎么？想让我把这么酷的工作丢下不管？"

他古怪地咧嘴一笑,"我能为你找一份更酷的工作。"

"做你那份更酷的工作时,我还能穿着衣服吧？"

"快点儿,咱们现在就走。"他说着,两只眼睛火辣辣地死盯着她。她尽量不去理会自己双腿间突然生出的那股暖流。

她跟着他,顺着自助餐柜台向外走。前面,长长的柜台有个缺口,她可以从那里进入就餐区。管事的俄国婆娘从后面大步流星地赶过来,用Y.T.听不懂的语言连声叫嚷着什么。

Y.T.回头看去,突然感到一双大手抱在自己身侧,向上滑到她的腋下,她连忙夹紧胳膊加以阻挡。但不管用,那双手抱住她向上一抬,把她举到半空。大块头家伙像抓起三岁娃娃似的将她从柜台里抱了出来,放到自己身边。

Y.T.转身看着俄国婆娘。那女人僵立在原地,脸上的表情既惊讶又恐惧,还带着一种明显与性有关的怒火。但最后,恐惧占了上风,她转开目光,回身走到九号大桶旁,顶替了Y.T.的位置。

"多谢抬举。"Y.T.说,声音颤抖,充满惊讶,听上去十分可笑,"呃,你不想吃点儿东西吗？"

"反正我正打算出去。"他说。

"出去？在方舟上能去哪儿？"

"来吧,我带你去。"

他领着她走过通道,爬上陡峭的铁梯,来到外面的甲板上。时近黄昏,"企业号"的控制塔台凸现在深灰色的天空下,显得漆黑生硬。天色很快越来越暗,愈发沉郁逼人,看上去似乎比午夜时分还要昏暗,但船上没有亮起一盏灯,目光所及唯有漆黑的钢铁和蓝灰色的天空。

她跟着他穿过甲板来到船尾。下面三十英尺处便是海水，对面则是俄国人的那几艘白船，漂亮洁净。它们与肮脏、晦暗、混乱的方舟船队只隔着一条宽宽的水道，几个持枪的黑衣人来回巡逻，守卫着这条水道。Y.T.在附近看不到楼梯或绳梯，只有一条粗缆绳从栏杆上垂下去。大块头阿留申人向上拉起好长一截缆绳，将绳索夹在一只胳膊下面，又迅速地在腿上绕了一圈。随即，他伸手搂住Y.T.的腰，将她揽在自己的臂弯里，接着向后一倾身，跳下了船。

Y.T.绝对不愿发出尖叫。她感到缆绳猛地拉住了他下坠的身体，感到他的臂膀紧紧搂着她，让她一时间透不过气来，她就这样悬在半空，悬在他的臂弯里。

她的双臂紧贴在自己身侧，挣扎着反抗他的搂抱。但不知为什么，见鬼，或许只是为了找找乐子，她倚在他身上，抬起双臂钩住他的脖子，把头靠在他的肩膀上，紧紧贴住他。他带着她，顺着缆绳飞快地滑下。没过多久，二人已经站在干净整洁、富丽堂皇的俄罗斯版方舟上。

"你到底叫什么名字？"她问道。

"迪米特里·拉维诺夫。"他答道，"但我的外号更有名气，乌鸦。"

哦，见鬼。

船与船之间的连接错综复杂，而且出人意料。要想从一个地方前往另一个地方，你不得不把整个地方全走上一遍，但乌鸦知道路该怎么走。有时他伸出手，抓住她的手，但即便她走得比他慢很多，也绝不使劲儿拉她。而且他不时回头朝她咧嘴一笑，像是在说，我可以伤害你，但我不会这么做。

他们来到这片俄罗斯船区和方舟其他部分的连接处，几个身挎乌兹冲锋枪的家伙守卫着这条宽阔的跳板桥。乌鸦没有理会他们，再次抓起Y.T.的手，同她一起向桥对面走去。Y.T.以前几乎没有时间细细思量，但现在，一个念头忽然出现在她的脑海中。她环顾四周，发现这些消瘦憔悴的亚洲人都转头盯着她，就好像她是一桌五道菜的大餐。直到这时她才真正意识到：我在方舟上，当真到了方舟上。

"这些人都是住在香港的越南人。"乌鸦说，"他们来自越南，战争爆发后逃到香港当船民。说起船民，他们到如今已经在小舢板上生活了好几代。不要怕，你在这里没有危险。"

"我找不到回这里的路。"Y.T.说。

"放心吧，"他说，"我还从来没有弄丢过一个女朋友呢。"

"你以前有过女朋友？"

乌鸦仰头大笑起来，"很多，那是很久以前的事了。最近这几年就没几个了。"

"哦，是吗？很久以前？你头上的刺青也是很久以前就有了吗？"

"对。我是个酒鬼，过去总是惹出很多麻烦，但最近八年来从没喝醉过。"

"那为什么人人都怕你？"

乌鸦转身看着她，咧开嘴巴一笑，耸了耸肩，"哦，因为我是个吓死人的杀手，无情、能干、冷血。你都知道。"

Y.T.大笑起来，乌鸦也笑了。

"你是做什么工作的？"Y.T.问。

"我是个使梭镖的鱼镖手。"他答道。

"就像《白鲸》里的鱼叉手吗?"Y.T.喜欢这种联想。她在学校里读过这本书。同班的大部分人,甚至包括那些书呆子,都认为这本书让人完全读不进去,但凡是与捕鲸有关的事情,她都喜欢。

"不,和我相比,《白鲸》里的那些人都是娘儿们。"

"你都用梭镖猎杀什么东西?"

"什么都有,你能想得出来的任何东西。"

自从跟随乌鸦出来,她就只能看着他,或者看那些没有生命的物体。如果她不这样做,便会发现有数千双黑眼睛在盯着她。同她那份挥舞饭勺、为受压迫者服务的工作相比,现在真是有了巨大的改变。

如此备受关注,部分原因是她确实与众不同,另一个原因则是,在方舟上根本没有隐私可言。你想四处走动,就得在一条条船之间跳来跳去,但每条船都是三四十人的家,所以你只要走路,就等于穿过一户户人家的客厅,等于穿过别人家的卫生间和卧室,别人当然会盯着你看。

二人走过一座用空油桶临时搭起的平台,脚步声咚咚作响。两个越南人正在那儿争吵,也可能是在讨价还价,看样子是为了一块鱼肉。面朝他们俩的那个人看到他们走来,目光直接从Y.T.身上闪过,没有一丝停留,死死地盯住了乌鸦。那双眼睛立刻瞪得滚圆,眼睛的主人同时后退一步。跟他交涉的那个人本来背对着Y.T.和乌鸦,现在连忙转过身,马上吓得跳了起来,嘴里冒出一句压抑不住的咕哝声。两个越南人远远退后,为乌鸦让出路来。

到这时,Y.T.才恍然大悟,明白了一件重要的事情:原来那些人并不是在看她。他们甚至根本不再瞧她第二眼。他们全都在看乌鸦。而大家之所以注视乌鸦,绝不同于围观名人。方舟上所有的家伙,这些凶蛮可怖的海上暴徒,全都对乌鸦怕得要死。

而她正在同他约会。

而这一切才刚刚开始。

从另外一家越南人的客厅里走过时,Y.T.突然想起了这辈子最让她痛苦难熬的一次谈话。那是一年前,母亲向她作了一番忠告:当男孩子想跟她上床时,她该怎么办? 她当时只是敷衍应付:好的,妈妈,没问题。我会记在心里。是,我肯定要牢牢记住。可Y.T.早就知道,妈妈的建议根本派不上用场——今天这一切就能证明这一点。

48

　　救生筏上有四个人:弘·主角,中央情报公司的自由职业特约记者——以前他的业务常常局限于所谓的"干"活儿,就是坐下来广泛搜集情报,再把资料发回图书馆,即中情公司的数据库,从来不需要真刀真枪地做什么。但这一次,他的业务可是"湿"得要命。阿弘身佩双刀,还带着一把九毫米口径的半自动手枪,俗话叫作"零点九",配有两只弹夹,每只弹夹里装着十一发子弹。

　　第二个人名叫维克,姓氏不详。如果现在人们还需要缴纳所得税,那么每年填写他那张一○四○报税单的时候,维克会在职业栏中写上"狙击手"。他举手投足都显出一派典型的狙击手风格,沉默寡言,绝不引人注目。他的武器是一支长长的大口径步枪,枪身上装着一组硕大的机械装置。如果维克不是这个行业的佼佼者,那么安装机械装置的地方很可能只是一只望远镜瞄准器。现在这种装置的具体功能无法一眼看出来,但阿弘认为那肯定是一套精度极高的感应式瞄准具,正中心还加装了精细的十字瞄准线。另外,维克身上肯定还藏着小型武器,绝对没错。

第三个人名叫埃利奥特·张，原本是"九龙号"的船长，但此时只好赋闲待业了。埃利奥特在洛杉矶的沃茨区长大，讲起英语来跟那些黑人一模一样。从遗传学角度讲，他是百分之百的华人。他能够讲流利的黑人英语、白人英语、广东话、出租车黑话，还会说一些越南话、西班牙话和汉语普通话。埃利奥特手里有一把点四四口径的大号左轮手枪。之所以要带着这把枪登上"九龙号"，用他自己的话讲，"只是为了解决大比目鱼"。也就是说，每次船上的乘客把钓到的大比目鱼拉上甲板之前，他都会先用手枪把鱼解决掉。大比目鱼个头硕大，会在甲板上猛烈地弹跳摔打，能够轻而易举地杀死钓起它的人，因此，谨慎的做法就是先开几枪，打穿鱼的脑袋，再把它拉上船。这就是埃利奥特携带武器的唯一理由。至于"九龙号"上的其他防卫需求，则由那些擅长此道的船员负责解决。

第四个人是"鱼眼"，就是玻璃眼珠男人。他提到自己时只愿意用这个绰号。他的装备是一只巨大的黑色提箱。

这只提箱真是个庞然大物，带有滚轮，重量在三百磅到一公吨之间。阿弘曾试着挪动它，这才估计出了这个大致的分量。在它的重压之下，救生筏的平底变成了皱缩的圆锥状。提箱连着一个引人注目的附加装置：一根三英寸粗的线缆或是软管，长约数米，从提箱的一角伸出来，顺着救生筏倾斜的船底一直探到船舷外，尾端拖入水中。这条神秘的触手尾端是一大块金属，和废纸篓一般大小，但上面布满了大量细小的翼片，所有这些翼片加在一块儿，表面积估计跟特拉华州差不多。阿弘只在几个极为混乱的时刻见过这个东西露出水面的样子，当时人们正手忙脚乱地把它运上救生筏，而它则遍体红热，灼灼发光。随后，这玩意儿一直潜藏在水下，颜色变成了淡灰，但不可能看得很清楚,因为它四周的海水一直在不停地翻涌搅动,完全沸腾。它表面那些灼热的翼片呈不规则的几何形,错综复杂,线条细密,从中冒出一个个拳头大小的蒸汽气泡,接连不断地涌向海面,整日整夜永不停歇。救生筏没有任何动力,只能在北太平洋上挣扎着漂移,身后的海水却始终喷吐出一股粗大的蒸汽柱,随风飘散开来,就像一辆老式的铁马蒸汽机车,冒着滚滚白烟,吱吱嘎嘎地驶过北美大陆分水岭。阿弘和埃利奥特都不曾提起,甚至假装根本没有留意这个目前已是显而易见的事实:鱼眼在旅行时随身携带着一个小型的独立式核动力源。几乎可以肯定,它就是为鼠辈提供能源的那种放射性同位素。既然鱼眼不愿挑明这个事实,那大家贸然提起就会显得很无礼。

救生筏上的所有人,全身都裹在亮橙色的填充式救生衣里。这种救生衣是北太平洋版本的救生背心,显得庞大而笨拙。埃利奥特·张总是喜欢讲:在北部海域,救生背心的唯一用途便是能让你的尸体浮出水面。

这艘救生艇是一条充气式筏子,长约十英尺,没有安装发动机。它有一顶帐篷状的防水篷,只要拉上防水篷底端的一圈拉链,就可以把筏子变成一座封闭式的救生舱,即便遇到最恶劣的天气,也能把海水挡在外面。

几天来,来自山区的一股强劲冷风把救生筏吹出了俄勒冈州沿岸海域,让他们一直向外海漂去。埃利奥特快活地解释道,这种救生船是很久以前发明的,那个时候,只要有船只遇险,海军和海岸警卫队便会赶来解救陷入困境的旅客,所以,你只需要穿着显眼的橙色衣服,一直在水上漂着就行。鱼眼有一部对讲机,不过通话距离很短。阿弘的电脑可以上网,但在目前这种情况下,它的功用最多只相当于移动电话。在这片无边无际的汪洋之中，电脑解决不了任何问题。

　　每当天降大雨，他们就坐在防水篷底下。雨势减缓之后，大家便坐在防水篷上面。四个人各有自己打发时间的办法。

　　不用说，阿弘的办法是摆弄他的电脑。对于一个黑客来讲，困在太平洋中的救生筏上真是妙不可言。

　　维克拿着一本被海水浸湿的平装本小说，读了一遍又一遍。"九龙号"被炸沉的时候，这本书就装在他身上那件黑手党防风夹克的口袋里。他完全不在乎这几天的等待。身为职业狙击手，他深谙消磨时间之道。

　　埃利奥特用他的双筒望远镜东瞧西看，不过四周没有什么可看的东西。他花了很多时间摆弄这只筏子，像个船长一样为它心焦烦恼。另外，他还钓了很多鱼。尽管筏子上储备了充足的食物，但偶尔尝尝新鲜的比目鱼和鲑鱼也不错。

　　鱼眼从沉重的黑色提箱里拿出一本像说明书一样的册子。那是一本小小的三孔活页簿，里面订着一页页激光打印的文本文件。活页夹子只是文具店里卖的那种没有标记的便宜货色，但阿弘觉得这玩意儿十分眼熟：外表上的种种迹象表明，文件的内容肯定与某种尚处于研发阶段的高科技产品有关。所有的技术设备都要配上说明文件，一看就知道，这份资料的编写者只能是那些从事实际研发工作的技术怪才，而且他们绝对痛恨编制说明这种差事，总是把文件问题拖到最后一分钟才解决。于是，这些家伙只是在文字处理机上打出稿子，用激光打印机印出来，再打发部门秘书出去买一只便宜的活页夹子订上了事。

　　但鱼眼只花了一小会儿工夫就看完了文件。在剩下的时间里，他只是盯着远方的天际线，似乎满心希望西西里岛能突然出现在视线之内；但西西里岛并未凭空出现。这次任务的失败让他十分沮丧，很多时候，他一直在那里低声咕哝着什么，看样子是在想办法挽回败局。

"如果你不介意，我想问问，"阿弘说，"你的任务到底是什么？"

鱼眼沉思片刻，然后答道："唉，这要看你怎么想了。名义上，我的目的是要把一个十五岁的女孩子从那帮混蛋手里救出来。所以我的战术是，先把他们那边的几个大人物扣为人质，然后双方交换。"

"那个十五岁的女孩子是谁？"

鱼眼耸耸肩，"你认识她。Y.T.。"

"这就是你的全部目的？"

"阿弘，重要的是，你得了解黑手党的行事方式。而黑手党的行事方式就是，以私人关系作幌子，追求意义更重大的目标。举例来说，你以前当外卖小子的时候，送比萨的速度很快，这并不是因为你能靠它挣更多的钱，也不是因为有哪条他妈的企业政策鼓励你这么做。你送得快，是因为你在恩佐大叔和每位客户之间传递着私人的承诺。我们依靠这种办法防止组织陷入故步自封的境地，让组织不要自认为能够永世长存——那种想法简直就是病毒。因此，把这个小丫头救回来不仅仅是救人而已，这是抽象政策目标的具体表现。我们这种人喜欢把事情具体化。对吧，维克？"

维克先是审慎地冷笑一声，随后便用深沉的嗓音刺耳地大笑起来。

"在这次任务里，抽象政策的目标是什么？"阿弘问。

"这可不是我该操心的事。"鱼眼说，"但我想，恩佐大叔当真被L.鲍勃·莱夫惹火了。"

　　阿弘将电脑设置成了平面系统。之所以这样做,部分原因是要节约使用电池——描绘出一间三维立体办公室,要求多部处理器长时间全力工作,而简单的二维桌面显示模式只需最低限度的电量就能维持。

　　但他在平面系统中操作还有一个更重要的原因:弘·主角,最后的自由职业黑客,正在编写程序。黑客编程时绝不会浪费时间,进入那片由超元域和化身组成的肤浅的仿真世界。他们会深入表层之下,直达最基本的深层结构。支撑着这个深层结构的是重重代码和复杂难解的喃刹怖。在这里,超元域这个虚拟空间中的一切,不管它多么逼真、多么美丽、多么立体化,都被还原成了简单的文本文件:电子页面上的一串串字母。这就和当初那些日子没什么两样了,那时的人们只能用原始的电传打字机和IBM的穿孔卡片为电脑编制程序。

　　从那时起,各种外观漂亮、便于用户使用的编程工具被不断开发出来。如今,你只消坐在超元域里的办公桌前,动手把各个预编程单元组合起来,便能为电脑编写程序,就像玩拼装玩具一样。但真正的黑客绝不会使用这种技术,就好像一个汽修高手绝不会坐到方向盘后面,只靠看着仪表板上愚蠢的指示灯来修理汽车。

　　阿弘不知道自己在做什么,也不知道自己在为什么事情作准备,不过这没关系。大部分编程工作就像打地基,把看似与手头工作无关的字符组织起来,用它们建起高楼大厦。

　　他只知道一件事:现在的超元域已经变成了一个能够让人送命的地方。至少会挖空人的大脑,让人生不如死。就这样,超元域的本质发生了根本变化。如今天堂里也有了杀人的枪炮。

现在他终于明白了——这是超元域的创造者们咎由自取。他们把这里设计得过于脆弱，极易受到攻击。他们以为，最糟糕的事情不过是病毒传入你的电脑，让你不得不摘下目镜，重启系统，仅此而已。就算你笨得连杀毒软件都不装，顶多会损失一点点数据。因此，超元域总是敞开大门，毫不设防——就像老早以前的机场，那时人们还没见识过炸弹的厉害，也没有安装金属探测器；也像老早以前的小学，那时还没有端着突击步枪的疯子闯进校园滥杀无辜——每个人都能进入超元域，为所欲为。这里没有警察。人们没办法自卫，也没办法追捕坏人。想改变现状需要做大量的工作，在全球范围内动用所有参与者，共同对整个超元域进行根本性的重建。

从另一方面讲，某些熟悉超元域的人即便是单枪匹马也能起到一定的作用。在目前这种情况下，编写几个程序可以产生不小的作用。庞大的软件公司要等到几年后才会打起精神解决这个问题，而在此之前，一位自由职业黑客有本事把很多狗屎麻烦事情全都摆平。

把大五卫的大脑啃得千疮百孔的病毒是一串二进制信息。它化身为一幅位图——也就是一系列黑白像素，白色代表"0"，黑色代表"1"——钻进了他的脑袋。那些人把位图放进卷轴，再把卷轴交给在超元域里四处游荡、寻找牺牲品的化身。

那个在黑日企图让阿弘感染病毒的克林特逃走了，但他丢下了卷轴——他没想到自己的胳膊会被砍下来——而阿弘把卷轴扔进了里面住着墓地邪灵的地下隧道。后来，阿弘让一个邪灵把卷轴送到了他的工作间。当然，超元域中阿弘那幢房子里的所有东西都储存在他的电脑里，他不需要为了查看那些资料而联入环球网络。

摆弄一份能够置人于死地的数据不是件容易的事情。但没关系。在现实世界中，人们时时刻刻都在同危险的物质打交道，包括放射性同位素和有毒的化学品。你只要有合适的工具便能应付自如：遥控机械手、手套、护目镜和含铅玻璃。而在平面系统中，需要什么工具，你只消坐下把它编写出来就行。于是，阿弘开始编写几个简单的程序，让他不必看卷轴就能处理里面的内容。

和超元域里任何有形的物体一样，卷轴也是软件。它包含的某些代码专门用于描绘它的外形，让你的电脑知道如何把它画出来，另外还有某些例行程序能够控制卷轴的收放。但是，这套程序的内部某处暗藏着杀机，那是大量的数据，"雪崩"病毒的数字化版本。

只要将病毒萃取、隔离，阿弘就能轻易编写出一套叫作"白雪扫描"的新程序。"白雪扫描"相当于一剂良药。就是说，它是一组代码，保护着阿弘的系统以及他的硬件，另外还有拉格斯提到过的——他的生物体，让这三者免遭数字化"雪崩"病毒的茶毒。一旦阿弘把"白雪扫描"安装在自己的系统里，它便会不停地扫描来自外界的信息，从中寻找与卷轴内容相符的数据。对照比较后，如果发现了这样的信息，它会立即对其进行封锁。

阿弘在平面系统中还有一项工作要做。他是个制作化身的高手，于是就为自己编写了一个隐形化身的程序。在日新月异、日益危险的超元域里，他或许用得上这玩意儿。如果要求不高，只需要搞出一个蹩脚货色，编写这种软件可谓易如反掌；但若想做得非常好，则会复杂得让人吃惊。几乎每个程序员都能编写出一个与众不同的化身，但在使用过程中会引发很多问题。超元域中的某些建筑物,包括黑日,在你进入之前,都需要知道你的化身有多大,这样才能估算出你是否会与其他化身或是障碍物撞在一起。如果你的化身尺寸是"零",也就是说,你把自己的化身设定为"无限小",你或是会让那座建筑的系统彻底崩溃,或是会令它认为某个地方发生了严重错误。你可以实现隐形,但无论你在超元域中走到哪里,身后总会留下一道一英里宽的废墟,造成严重的破坏和混乱。在另外某些地方,使用隐形化身被视为非法。如果你的化身完全透明,而且不会反射任何光线——这种程序最容易编写——它将立即被认定为非法化身,警报声便会响起。所以,一个出色的隐形化身程序不仅要让其他人看不见你,还要让建筑物软件无法察觉到你正在隐身。

要不是阿弘最近几年里曾为维塔利·切尔诺贝利之类的人设计过化身,他不会知道在这方面居然有上百种小花招可以利用。从头做起,自己编写真正出色的隐形化身程序,这要花上很长时间。好在阿弘可以回收利用电脑里零零碎碎的旧素材,这也是黑客们的惯用手法,结果他只用几个小时就拼凑出了一个。

制作化身时,他偶然在旧文件夹中发现了一个交通工具软件。当初编写这玩意儿时,超元域还处于创建之初。那已经是很久以前的事了,当时单轨列车尚未出现,想在虚拟世界里到处逛逛只能步行,不然就要编写一套模拟交通工具的程序。

早期的超元域只是一颗平淡无奇的黑色球体,当时编写交通工具软件只算是小事一桩;但到了后来,大街出现在超元域,而人们开始兴建房屋楼宇,编程工作也随之变得复杂起来。在大街上,你可以从别人的化身上直穿而过,但你无法穿透墙壁,也不能进入私人领地。而且,你不能穿过车辆,不能穿过大街上的永久性设施,比方说单轨列车沿线的高速入口以及支撑着铁轨线路的柱子。如果你打算碰碰运气,撞一撞这些东西,那么你不会送命,也不会被系统踢出超元域,只会一下子停在那里一动不动,就像动画片里的角色一头扎进混凝土墙一样。

换句话说,当超元域里充满随时会让你撞上的障碍物以后,从中高速穿行便成了一件非常有意思的事。机动性是个问题,化身的大小也是个问题。一开始,阿弘和大五卫以及其他黑客总喜欢巨大怪异的交通工具:装有坦克履带的维多利亚式房子、摇摇晃晃的巨型海轮、直径一英里的水晶球、恶龙拉着的喷火战车;但后来他们改变了口味,更中意那些个头较小、机动灵活的交通工具:基本上都是摩托车。

超元域里的车子可以像夸克一样速度飞快,轻巧敏捷。这里不必担心物理法则,多快的加速度也不会受到约束,而且没有空气阻力。轮胎绝不会吱吱尖叫,刹车也不会锁死。唯一的制约就是驾车者的反应时间。所以,驾着最新开发的摩托车软件在马赫一区的中心地带狂飙时,他们丝毫不担心发动机的功率,反倒在用户界面上下了不少工夫。只有完善的控制系统才能让驾车者自如地把自己的反应传递到座驾上,掌握方向、加速行驶或是紧急刹车,只要一转念便立即生效。在这方面如此计较是很有道理的:当你挤在一大群赛车手中高速穿过一片拥挤地带,一旦撞上什么东西,车速便会立即降至零,让你再也别想追上别人。只要犯一个错误,你就只能认输。

阿弘曾有一辆非常出色的摩托车。大概是大街上最棒的一辆,原因仅仅是他这个驾驶者的反应速度快得超乎寻常;但他一直专注于刀战格斗,对摩托车并不是很上心。

他打开最新版本的摩托车软件,重新熟悉了一下控制界面,随后退出平面系统,进入三维立体的超元域,在院子里练了一会儿车技。院子外面一片漆黑，看不到任何东西，因为他并未登入网络。一种失落的孤寂之感在他心中油然而生，真有点像是在太平洋中一只救生筏上独自漂流一样。

49

　有时候,他们能看到远方的船只。其中有几艘还曾驶近,看看他们出了什么事情,但却没有一艘船有心情搭救他们。接近方舟的区域里没有什么利他主义者;另外,他们的窘境准是一眼就能看得明明白白——没什么值得一偷的东西。

　他们时常能看到一艘艘破旧的深海渔船,每艘都长约一百英尺,四周总是簇拥着六七艘小型快艇。

　埃利奥特告诉大家,那些是海盗船。维克和鱼眼连忙竖起了耳朵。维克解开用来抵挡海浪侵袭的一层层塑料袋,取出那支步枪,卸下上面的大号瞄准具,让大家当望远镜来用。阿弘明白维克为什么非要把瞄准器从枪上卸下来,他知道,如果不这么做,远处那些人会以为你正准备举枪瞄准射击。

　每当一艘海盗船出现在视野中,他们就会轮流用瞄准器观察对方,而且来回切换传感器的不同模式:可见光、红外线,还有其他侦测方式。埃利奥特已在太平洋上打拼多年,对各个海盗帮派的旗帜都非常熟悉。只要用瞄准器一看,他就能认出对方的身份:"克林特·伊斯特伍德"帮有一天与救生筏并排行驶了几分钟,把他们仔细审视了一番;"威猛七勇士"帮则派出一艘小艇迅速靠过来,看看能从他们身上捞到什么好处。阿弘甚至盼着他们能被"七勇士"抓去当俘虏,因为那帮家伙的海盗船显得格外漂亮出众:那是一艘以前的豪华游艇,前甲板上额外加装了法国飞鱼反舰导弹的发射管,但海盗们巡视一番之后并未采取行动。那帮乌合之众没学过热力学,不明白救生筏下面不断喷出的蒸汽意味着什么。

一天早晨,随着海雾渐渐消散,一艘庞大的老式拖网渔船蓦地出现在他们近旁。阿弘早已听到了那艘船发动机的轰鸣声,却没想到它已来到了筏子身边。

"他们是什么人?"鱼眼问道,被一杯令他无比厌恶的冷冻干制咖啡呛得喘不过气来。他正舒舒服服地蜷缩在筏子的防水篷下面,裹着一条太空毯,只有脸和双手露在外面。

埃利奥特用瞄准器仔细观察着对方。他是个喜怒不形于色的人,但看到的事情显然让他十分不快。"是'李小龙'帮。"他答道。

"他们有什么不同寻常的地方?"鱼眼问。

"唉,瞧瞧他们的旗子就知道了。"埃利奥特说。

海盗船就在近前,每个人都能清楚地看到船上的旗帜。那是一面红旗,正中有个银白色的拳头,拳头下面是一根交叉在一起的双节棍,图案两边是这个帮派的缩写字母:左面是"B",右面是"L"。[1]

"他们为人处事怎么样?"鱼眼问。

"这个嘛,为首的家伙自称'李小龙',总爱穿一件背心,背后就有旗子上的那两种颜色。"

"那又怎么样?"

---

[1] 李小龙的英文名为 Bruce Lee。

"那些颜色可不是绣上去或染上去的。背心是用死人的头皮缝出来的。就像拼贴画一样。"

"什么?"阿弘问。

"传闻,伙计,只是传闻。据说他在方舟难民的船队里四处乱转,专门找那些长着红色头发或银色头发的人,收集自己需要的头皮。"

阿弘还在细细琢磨埃利奥特的话,鱼眼却突然做了一个出人意料的决定。"我想和这位'李小龙'谈谈。"他说,"我对他很感兴趣。"

"你怎么会想起要和这么一个该死的变态狂谈谈?"埃利奥特问。

"是啊。"阿弘说,"你没看过那套名叫《间谍眼》的系列节目吗? 他是个疯子。"

鱼眼猛地举起双手,掌心向天,似乎在说:问题的答案就像天主教的神学理论,凡人不可能理解。"我已经决定了。"他说。

"你他妈以为自己是谁啊?"埃利奥特说。

"我他妈是这条船上的总统。"鱼眼说,"现在我就提名自己当总统。有谁赞成?"

"我。"维克说道,这是他四十八小时以来头一回开口。

"应该说赞成。"鱼眼说。

"赞成。"维克说。这家伙现在居然这么爱讲话。

"我赢了。"鱼眼说,"那么,咱们怎么才能让'李小龙'帮的这些家伙过来谈谈呢?"

"他们凭什么要跟咱们谈?"埃利奥特说,"除了屁眼儿之外,咱们没有他们想要的任何东西。"

"你是说,这帮家伙是同性恋?"鱼眼问,整张脸都皱了起来。

"你妈的,伙计,"埃利奥特说,"刚才我跟你说头皮的事情时,你可是眼睛都没有眨一下。"

"我早就知道自己绝不会喜欢和那条狗屎船沾上一点儿边。"鱼眼说。

"我这么说可能会让你觉得舒服一点——他们不是咱们通常认为的那种同性恋。"埃利奥特解释道,"这些人全都是色情狂,但他们又是海盗,所以,只要是带洞眼的暖和东西,他们都不会放过。"

鱼眼又突然做出一个决定,"好吧,你们两个,阿弘和埃利奥特,你们是中国人。把衣服脱掉。"

"什么?"

"快脱。我是总统,忘了? 想让维克帮你们脱吗?"

埃利奥特和阿弘禁不住朝维克看去,那家伙正像个呆瓜似的坐在那里,一脸对一切都无动于衷的神情,让人不寒而栗。

"再不脱我他妈宰了你们。"鱼眼说。这句话总算起作用了。

埃利奥特和阿弘在起伏不定的筏子上笨拙地摇晃着,脱掉救生衣,从衣服堆里走了出来。接着,他们把剩下的衣服全都脱下,几天来第一次将光滑的皮肤赤裸裸地暴露在空气中。

拖网渔船驶到筏子旁边,距离他们只有不到二十英尺,然后关闭了发动机。这帮家伙的装备十分精良:船上配有六艘带新式舷外发动机的充气式"佐迪亚克"①快艇、一尊飞鱼式反舰导弹发射架、两具雷达,船头和船尾各有一挺五十毫米口径的机关炮,但现在炮位上没有人。渔船身后拖着两艘救生船模样的快

---

①直译为"黄道"(天文学名词),美国公司名,生产各种汽艇,是现代化高速汽艇的代称。本书作者对这种快艇似乎情有独钟,他的另一代表作即以此为名。

艇,每艘小艇上都架着重机枪。另外还有一艘三十六英尺长的摩托艇,跟在后面靠自有动力行驶。

二三十个"李小龙"帮的海盗船员在拖网渔船的栏杆边站成一串,一个个咧开嘴巴淫笑着,吹着口哨,还不时发出狼嗥般的号叫,举起打开包装的保险套在空中连连挥舞。

"别担心,伙计们,我不会让他们操你们。"鱼眼一脸坏笑。

"那你想怎么做?"埃利奥特说,"给他们颁布教皇训令吗?"

"我敢肯定,他们会听从理性的召唤。"鱼眼说。

"这帮家伙不怕黑手党,你可别心存侥幸。"埃利奥特说。

"那是因为他们对我们还不够了解。"

终于,首领露面了。是"李小龙"本人,一个四十来岁的汉子,身穿凯夫拉尔防弹背心,外面紧绷绷地罩着一件军用背心,斜挎子弹带,身佩武士刀——阿弘很想跟他较量一下——另外还有一根双节棍,最惹眼的则是他的招牌行头,那幅头皮拼图。

他朝筏子上的人和善地咧嘴一笑,又看了看阿弘和埃利奥特,然后极富挑逗性地朝二人竖起了两根大拇指,接着便神气活现地顺着船边大步走过,跟他手下那些快活的活计高举双手击掌相庆。他不时停在某个海盗跟前,指指那家伙手里的保险套,而那个海盗便会把保险套凑到嘴边,吹成一只光滑鼓胀、带着棱纹的气球。"李小龙"则要仔细检查一番,确保保险套绝不漏气。一看就知道,这个人把全船人马管得很严。

阿弘无法控制自己,总是朝"李小龙"背上的头皮拼图望去。海盗们注意到他的目光,纷纷做起了鬼脸,一面指着那幅头皮画,一面点着脑袋,同时还瞪圆了眼睛嘲弄般地盯着他。那些头皮的颜色看上去过于整齐一致,每一块上面的红色都与旁边那块没有丝毫差异。于是阿弘断定,这位"李小龙"的声望有假,他只是出去弄来一块块杂色头皮,漂白之后染成统一的颜色。真是个孬种。

最后,"李小龙"回到船中央,又朝筏子上的人咧开大嘴一笑。这家伙肯定知道自己的笑容会让人眼花缭乱:他的门牙上用克拉奇强力胶粘满了一克拉的钻石。

"你们这只小船上可真够挤的。"他说,"要不咱们换换,啊?哈哈哈。"

除了维克之外,救生筏上的每个人都好不勉强地笑了笑。

"你们要去哪儿? 基韦斯特①吗? 哈哈哈。"

"李小龙"朝阿弘和埃利奥特细细打量了片刻,随后转转食指,示意二人转过身,展示一下他们做交易的本钱。二人照办了。

"多少?""李小龙"用西班牙语问,所有的海盗都哄然大笑起来,全都跟他们的首领一副德行。阿弘感到自己的肛门括约肌缩成了毛孔那么大。

"他问咱俩值多少钱。"埃利奥特说,"这是开玩笑,懂吗? 他们知道,他们可以径直冲上来,免费享用咱们的屁股。"

"哦,太妙了。"鱼眼说。这时阿弘和埃利奥特的屁股真像俗话说的那样,简直快被冻成了八瓣,可这家伙还缩在防水篷下面。这个杂种。

"'鱼叉弹',怎么样?""李小龙"问道,指了指甲板上的一枚反舰导弹,"要不就用'虫子'换? 或是'摩托罗拉'?"

"'鱼叉弹'指的是鱼叉式反舰导弹,那玩意儿可是贵得要命。"埃利奥特说,"'虫子'是微型芯片。'摩托罗拉'估计是什么名牌货吧,就像福特或是雪佛莱之类的东西。这个'李小龙'经

---

①Key West,基韦斯特岛,位于美国佛罗里达州南端。

营不少电子设备,你知道,这家伙是典型的亚洲海盗。"

"为了你们两个家伙,他居然要给我们一枚鱼叉导弹?"鱼眼问。

"别做梦了！他在捉弄人,笨蛋!"埃利奥特说。

"告诉他,我们要一只带外挂发动机的小船。"鱼眼说。

"我们要一只'佐迪亚克',带上外挂马达,油箱加满。"埃利奥特说。

"李小龙"突然变得严肃起来,居然开始认真考虑,"要谈生意就得当真看看货色。尺寸和塞口。"

"他说如果他们能过来先验验货,他会考虑这笔买卖。"埃利奥特说,"他说的'尺寸',是指咱俩的屁眼儿有多紧,而'塞口'指的是咱们口交时有没有本事忍住不呕吐。这些都是方舟妓院行业里的专用术语。"

"我看这俩伙计的尺寸足有幺二了,哈哈哈。"

"他说一看咱俩就知道,你我的屁眼起码都跟一英寸口径的枪管一样粗。"埃利奥特说,"意思就是,咱们的屁眼儿早就被撑大了,不值钱。"

鱼眼居然大声申辩:"不,不,只有零点——四！两个都一样!"

甲板上的海盗全都兴奋地傻笑起来。

"不可能。""李小龙"说。

"这两伙计,"鱼眼说,"到现在还都是雏儿呢!"

整个甲板爆发出一片粗鲁尖厉的大笑声。一个海盗爬上栏杆稳住身形,举起胳膊,在空中挥动着拳头,同时大叫道:"巴卡纳祖雷噶诺玛啦阿里阿马纳波诺阿阿布祖……"所有的海盗都不再大笑,脸上露出严肃的神情,一起咆哮起来,各自念诵着毫无意义的胡话,深沉而又嘶哑的狂叫声在空中回荡不绝。

就在这时,筏子猛地一动,阿弘立足不稳,摔倒在地,然后发现埃利奥特也倒在他身旁。

阿弘抬头朝"李小龙"帮的海盗船看去,身子不由得向后一缩:只见一片黑浪似的东西罩在船栏杆上,从站在那里的成排海盗身上席卷而过。那道黑沉沉的浪头从船尾袭来,一路朝船头涌去;但这只是幻觉,并非真正的海浪。突然间,筏子离拖网渔船已有五十英尺,而不是二十英尺。海盗们的狂叫沉寂下来之后,阿弘听到了新的动静。这是一种低沉的嗡嗡声,从鱼眼那个方向传来。另外,他们四周响起了一片撕裂空气的嘶嘶声,很像雷电在击出之前发出的动静,也像床单被一撕两半的声音。

他再次回头向"李小龙"帮的拖网渔船望去,发现那片黑色海浪似的东西已经变成了一道鲜血四溅的洪波,就像有人举着一条被切开的大动脉在甲板上乱喷。但鲜血并非来自船外,而是从一个个海盗的身体里喷涌而出,一个挨一个,从船尾喷到船头。"李小龙"这艘船的甲板上现在出奇地安静,没有任何动静,只能听到血液和又黏又软的内脏顺着生锈的钢板缓缓滑下落入水中,发出阵阵柔和的扑通声。

鱼眼已经扯掉了防水篷和刚才一直盖在身上的太空毯,正跪在筏子上。他手里拿着一具长筒状的装置,直径有两三英寸,正是这玩意儿在嗡嗡作响。它是圆圆的一束管子,每根管子有铅笔粗细,长约两英尺,好似一挺小号的格林机关枪。此时,这些管子正在高速旋转,速度飞快,让人看不清每根管子的模样。说实话,这台运行之中的装置如同鬼魅一样虚幻,通体透明,因为它的运动速度实在太快,简直就像是从鱼眼的手臂上喷出了一团闪闪发光的半透明烟云。它通过一捆手腕粗细的黑色软管和电缆与那只巨大的提箱相连,而箱子此时正平躺在筏底,箱盖已经打开。箱子配有一架内建的彩色显示屏,上面的数据图显示出这套武器系统的当前状态:剩余弹药存量以及各个子系统的工作情况。阿弘刚来得及朝这台装置瞥了一眼,"李小龙"帮那艘船上装的弹药就开始爆炸了。

"瞧,我早告诉过你们,他们会听从'理性'的召唤。"鱼眼说着,关掉了那挺旋转的机关枪。

阿弘总算看清了枪身控制面板上的标牌。

理性
版本号:1.0B7
格林型三毫米超高速轨道枪系统
吴氏保安产业有限公司
预发行测试版——不适于现场使用
请勿在居住区进行测试
——诉诸武力方为王者之道——

"这是你干的? 刚才出了什么事?"埃利奥特问。

"是我干的。借助理性的力量。瞧,它能发射极为细小的金属弹丸。贫铀弹。飞行速度极快,比步枪子弹的动能大得多。"

旋转枪管渐渐停止了转动。整个轨道枪看上去有二三十根枪筒。

"我还以为你讨厌机关枪呢。"阿弘说。

"我更讨厌这只操他妈的小筏子。咱们应该去搞一条自己会走的船,一条带发动机的船。"

由于"李小龙"帮的海盗船上仍在闪动着火光,小规模的爆炸也尚未停歇,所以他们一分钟之后才发现,那里有几个人还活着,正朝他们射击。于是鱼眼又一次扣动扳机,枪管马上旋转起来,变成一只透明的圆筒,撕裂空气的嘶嘶声再度响起。他来回摆动着枪身,把一片超音速贫铀弹雨洒向目标。"李小龙"帮的整条船身上亮起点点火花,不停地闪烁,就好像《彼得·潘》里的叮当小仙女在船头和船尾之间来回飞舞,播撒着神奇的核子仙尘。

"李小龙"帮的那艘小游艇犯了一个错误,居然驶过来想看看出了什么事。鱼眼转过身去,朝它洒过一片弹雨。片刻之后,游艇上高高突起的船桥滑进了水里。

拖网渔船的主结构已经不再完整。一片片瑞士奶酪状的巨大金属船壳渐次剥落,船体内部不断发出震耳的爆炸声和钢铁扭曲的声音。渔船的上层结构缓缓垮塌,像不成形的蛋奶酥一样摊在船身上。鱼眼见状连忙停火。

"关掉它吧,老板。"维克说。

"再打一会儿,连我都要融化了!"鱼眼洋洋自得地叫道。

"咱们本来可以用上那条拖网渔船的,混蛋。"埃利奥特说着,恶狠狠地提上裤子。

"我也不是故意要把它全轰掉。还以为这些小弹丸会直接从目标身上穿过去。"

"鱼眼,你的脑筋可真够敏锐的。"阿弘说。

"唉,很抱歉,为了救咱们的命,我只能小小地行动一把。快点儿,趁那些小船还没有全烧掉,咱们快去抢一只吧。"

他们朝刚才那条被斩首的游艇划去。划到近前时,"李小龙"帮的那艘拖网渔船已经变成了一只倾斜的空壳,喷吐着火焰和浓烟,偶尔还传来爆炸声。

　　游艇的剩余部分布满了许许多多细小的洞眼，被炸碎的玻璃纤维残片闪闪发光，一厘米长的玻璃纤维细丝足有上百万根。刚才船桥遭到"理性"的攻击时，船长和一名船员已经变成了肉酱，随着其他残骸一起滑入水中，只在海面留下了两道平行的、长长的波痕，除此以外，再也没有什么迹象能表明他们曾在这世上存在过；但是，船体下方的厨房里有个菲律宾男孩活了下来。厨房的位置很低，所以这孩子毫发未损，只是懵懵懂懂地知道一点刚才发生的事情。

　　船上的很多电缆都只剩下半截。埃利奥特从甲板下的船舱里找出一只工具箱，花了十二个小时四处修修补补，让发动机能够启动，游艇能够自如地改变方向。阿弘只懂得一点电气方面的粗浅知识，便在一旁打打下手，兼作蹩脚的顾问。

　　"在鱼眼朝那帮海盗开火前，你听到他们是怎么说话的吗？"两人工作时，阿弘问埃利奥特。

　　"你是说，他们说的那些杂七杂八的黑话？"

　　"不，我是说最后。他们乱喊乱叫，都是些没有意义的词句。"

　　"我听到了。方舟上的人都那样说话。"

　　"是吗？"

　　"当然。一个家伙起头，其余的人就跟着乱说一通。我想那只是一种时下流行的发飙方式吧。"

　　"这种事情在方舟上很常见吗？"

　　"是的。那些人各自讲不同的语言，你知道，他们的人种完全不同。这就像那个他妈的巴别塔的故事。我觉得，发出那些声音的时候，他们是在模仿其他人种说话的声音。"

　　菲律宾孩子为他们做饭。维克和鱼眼坐在甲板下的主舱里吃东西，翻翻中文杂志，看看亚洲小妞的照片，偶尔也查看一下海图。埃利奥特让电力系统重新启动并正常工作之后，阿弘把个人电脑接上电源，为电池充电。

游艇重新启动、正常运转时，天色已经黑了下来。在他们的西南方向，一道摇来摇去的光柱正在低垂的云层下面来回扫动。

"方舟在那儿吗？"鱼眼指着那道光柱问道。此时大家都已聚到埃利奥特临时拼凑起来的控制中心。

"对。"埃利奥特说，"一到晚上，他们就亮起灯，这样渔船才能找到回去的路。"

"你觉得我们离那儿有多远？"鱼眼问。

埃利奥特耸耸肩，"二十英里。"

"那么离陆地有多远？"

"不知道。'李小龙'帮的船长大概知道，但他已经和别的家伙一起变成肉酱了。"

"你说的没错。"鱼眼说，"我本该把'理性'的攻击模式设定成'鞭击'或是'斧剁'。"

"方舟通常待在至少离海岸一百英里之外。"阿弘说，"减少触礁的风险。"

"咱们的燃料还有多少？"

"我测了一下油箱，"埃利奥特说，"说实话，情况不妙。"

"情况不妙？什么意思？"

"在海上不容易读取准确的油位高度值。"埃利奥特说，"我又不知道这些发动机的工作效率如何，但如果咱们当真离海岸还有八十或一百英里，恐怕坚持不到靠岸。"

"那么咱们就去方舟。"鱼眼说，"到那儿之后，说服某个人，让他明白他最好乖乖给咱们一点儿燃料。然后咱们回大陆。"

没人真正相信事情会这样得到解决，尤其是鱼眼自己。"还有，"他继续说，"等咱们到了方舟，也就是搞到燃料之后、回家之前，也可能会发生别的什么事情。世事无常啊。"

"既然你心里有什么想法，为什么不直接说出来？"阿弘说。

"好吧。现在是另一项决策：人质战术已经失败，所以咱们得实施营救战术。"

"营救谁？"

"Y.T.。"

"我同意。"阿弘说，"除了要救的人之外，我还想再救一个人。"

"谁？"

"胡安妮塔。拜托，你自己说过，她是个好姑娘。"

"既然她上了方舟，说不定没那么好。"鱼眼说。

"无论如何我都要救她。咱们谁都脱不了干系，不对吗？咱们都是拉格斯帮的一分子。"

"'李小龙'帮在那边可有人手。"埃利奥特说。

"更正一下：你应该说'曾经有人手'才对。"

"我的意思是，他们肯定已经被搞得火冒三丈了。"

"你认为他们会火冒三丈，但我认为他们会屁滚尿流。"鱼眼说，"开船吧，埃利奥特。快点儿，这片操他妈的海水让我直犯恶心。"

50

乌鸦领着Y.T.登上了一艘带顶棚的平底船。这只内河船被改造成了一座越南/美国/泰国联营商号，集酒吧、餐馆、妓院和赌场于一身。船上有几间大厅，许多人在里面寻欢作乐，另外在底层还有不少狭小的斗室，墙壁均由钢板制成，天知道里面在干什么。

主厅里洋溢着社会底层人士最中意的那种狂欢气氛。弥漫的烟雾把Y.T.的支气管呛得打成了死结。这里装备着震耳欲聋的第三世界音响系统，地地道道的失真音以三百分贝的强度在涂漆钢板墙壁之间回荡。用螺栓固定在一面墙上的电视正在播放舶来品卡通片，虐杀狂卡通片。画面上只有两种颜色：暗淡的品红和酸橙绿。里面有一只残忍的恶狼，模样就像患了狂犬病的大笨狼怀尔，它被一遍又一遍处死，每种死法都无比凶蛮残暴，就连华纳兄弟公司的暴力影片也望尘莫及。电视的声音或许被完全关掉，或许被音响喇叭里发出的刺耳旋律彻底淹没。一群艳舞女郎正在大厅的一头表演拿手好戏。

这里拥挤得令人难以相信，他们两个不可能找到坐的地方；但乌鸦刚刚走进大厅，角落里就有六七个家伙突然起身，似乎连想都没有想便抓起自己的香烟和酒杯,从桌旁一哄而散。乌鸦让 Y.T.走在自己前面,推着她穿过大厅朝那边走去,仿佛她是他那艘小筏子上的船首雕像。二人所到之处,顾客们纷纷让路,仿佛乌鸦身上罩着一层触手可及的力场。

乌鸦弯腰检查了一下桌子下面,又提起一把椅子看看座板的反面。为了提防炸弹,多加小心并不过分。他放下椅子,把它一直推到两面金属墙壁相接的角落,这才坐了下来。

他打了个手势,示意 Y.T.照自己的样子做。Y.T.检查一番之后坐在他对面,背对着喧闹的大厅。从这里,她可以清清楚楚地看到他的脸。艳舞女郎头顶上的镜面灯球射出道道光柱,偶尔穿过拥挤的人群,照亮了乌鸦的面孔;另外,电视屏幕上红红绿绿的朦胧光晕也时常像雾霭一样罩在他脸上。每当卡通片里那只狼不小心吞下一颗氢弹或是惨遭火焰喷射器虐杀,他的面孔便会被映得闪烁不定。

一名侍者立刻出现在他们身旁。乌鸦隔着桌子朝 Y.T.大喊。Y.T.听不清楚,估计是在问她想吃什么。

"来个奶酪汉堡!"她也大叫着回答。

乌鸦大笑起来,摇摇头,"你在这儿见过奶牛吗?"

"那么,只要不是鱼,什么都行!"她叫道。

乌鸦用一种与众不同的出租车黑话同侍者说了几句。

"我为你点了鱿鱼。"他喊道,"软体动物!"

好极了,乌鸦。真是这世上最后一位真正体贴人的绅士。

接下来的一个小时里,二人多半都在大喊大叫。大部分时候是乌鸦说话。Y.T.只是听着,偶尔一笑,或点点头。但愿他说的不是"我最喜欢粗暴性交和性虐待"。

但她知道,他并没有提到这些事。他在谈论政治。每当乌

鸦放下叉子,不再把鱿鱼塞进嘴巴,碰巧音乐声也不算太吵,她便能听见一些关于阿留申人历史的只言片语:

"俄国人把我们害得很惨……天花的死亡率是百分之九十……在他们的海豹制品加工厂里当牛做马……苏厄德干了一桩蠢事①……该死的日本人在四二年抓走我爸爸,把他在战俘营里整整关了……

"后来美国人又他妈的用原子弹炸我们。你能相信有这种狗屁事情吗?"这时,音乐突然停歇,她总算听到了完整的句子,"日本人说只有他们才被原子弹炸过,但每个核大国都曾在自己境内的原住民居住区里实验核武器。在美国,阿留申群岛和安奇卡岛都被核弹轰过。而我爸爸,"说到这儿,乌鸦骄傲地一笑,"被核弹轰过两次。第一次是在长崎,他的眼睛瞎了;第二次是1972年,美国人朝我们的家乡又扔了一颗原子弹。"

太棒了,Y.T.想,她交了个新男友,是个核放射变种人。这还真为她正在纳闷的一两件事情提供了解释。

"我是几个月后出生的。"乌鸦的这句解释非常到位。

"你是怎么和这些东正教徒混到一起的?"

"我背离了我们的传统,最后到索尔多特纳落脚,在钻井平台上干活儿。"乌鸦说。听他的口气,好像Y.T.应该知道索尔多特纳是什么地方似的。"从那时起,我开始喝酒,还被人弄上了这玩意儿。"他指了指额头上的刺青,"我也是在那个时候学会了如何跟女人做爱。也只有这件事情,我做起来要比摆弄梭镖更拿手。"

Y.T.暗想,原来在乌鸦心中,做爱和摆弄梭镖居然是很相近

①苏厄德,Seward,曾任美国国务卿,用巨款从俄国购买阿拉斯加,当时遭多人反对,被讥为愚不可及。

的事情。但这个汉子看上去这么粗野,她不得不承认,他让她性欲勃发,心痒难当。

"我还在渔船上工作过,赚一点儿外快。当时,大比目鱼的禁渔期内常有四十八小时的解禁时间,我们可以随意捕捞——那是很久以前了,大家都要遵守渔业规章。我们每次干完活儿回来,就会穿上救生衣,在口袋里塞满啤酒罐,然后跳进海里,整夜漂在水上,不停地喝酒。有一次我们这么干的时候,我喝得昏了过去。醒过来已经是第二天了,也可能是第三天,我不大清楚。我穿着救生衣漂到了库克湾正中央,只有我一个人。渔船上另外那些家伙早把我忘到九霄云外了。"

那帮人倒也真会省事。Y.T.想。

"我就那么漂了两天,当真体会到了渴死人是什么滋味。最后我被冲上了科迪亚克岛的海岸。那一次,戒酒后出现的震颤性谵妄让我难受得要命。我被冲上岸的地方正好在一座俄罗斯东正教堂附近。他们救了我,把我抬进教堂,让我皈依了正道。也就在那个时候我才明白,西方的、美国的生活方式险些让我送了命。"

说教来了。

"我意识到,我们只能依靠信念生存,遵循简单的生活方式。没有酒,没有电视。完全没有那些东西。"

"那我们为什么还要来这儿?"

他耸耸肩,"我以前总在这类地方厮混;但话又说回来,想在方舟吃一顿像样的饭菜,你只能到这种地方来。"

一名侍者走到桌旁,眼睛瞪得滚圆,举手投足间显得迟疑不决。看样子,他并不是来问客人需要点什么菜,而是要报告什么坏消息。

"先生,很抱歉,有人通过广播找您。"

"谁?"乌鸦问。

侍者朝四周看了看,似乎不敢当众说出那人的名字。"事情很重要。"他说。

乌鸦长叹一声,抓起最后一片鱿鱼塞进嘴里,然后站起身,没等 Y.T.做出反应,在她脸上亲了一下,"宝贝儿,我有工作要做,或许是别的什么事情。在这儿等我,好吗?"

"在这儿?"

"没人敢找你的麻烦。"乌鸦说,更像是在提醒那个侍者。

51

真怪,从几英里之外望去,方舟居然颇有些赏心悦目。"企业号"高耸的上层结构上安装着十几盏探照灯,另外还至少有相同数目的激光装置,放射出道道光芒,在云层下来回扫动。那阵式简直就像好莱坞的一场首映式。靠近一些后,方舟看上去就没有那么令人愉悦了:一大片小船乱七八糟地聚在一起,颜色晦暗,船上的点点黄色灯光汇成污浊的雾霭,完全破坏了"企业号"上灯光装置造成的效果。

方舟阵形中有两条船正在燃烧。不是什么令人惬意的篝火,而是混杂着黑烟的烈焰,像大量汽油被点燃后冒出的大火。

"大概是帮派之间的火拼。"埃利奥特推测道。

"可能是油罐着火了。"阿弘也在猜测。

"他们在消遣呢。"鱼眼说,"那帮家伙在该死的方舟上看不到有线电视。"

他们就要一头扎进地狱了。埃利奥特打开油箱的盖子,把量油杆探进去,看看还剩下多少燃料。他没说话,但看上去并不十分开心。

"把所有的灯全关掉。"离方舟还有几英里远的时候,埃利奥特说，"大家别忘了，几百个或是几千个全副武装、饿着肚子的家伙早就看见咱们了。"

维克已经在船上各处忙碌起来，用最简单的应急工具——圆头铁锤——熄灭所有的灯光。鱼眼站在那儿，专心听埃利奥特说话，突然变得毕恭毕敬起来。埃利奥特继续说道："亮橙色的衣服也要全部脱下来，就算着凉也得脱。从现在开始，大家都趴在甲板上，尽可能不要暴露自己。除非有紧急情况，不要互相讲话。维克，你拿上步枪守在船中央，等着看有没有人用探照灯照咱们。只要发现哪个方向有人用探照灯照过来，你就把灯打灭。就算是小船上的手电筒也不能放过。阿弘，你负责在船舷上巡逻。要不停地在这艘游艇四周来回巡视，特别留意那些容易让游过来的家伙爬上船的地方。一旦碰到这种情况，马上把那家伙的胳膊砍下来。还有，小心爪钩之类的东西。鱼眼，如果发现任何漂浮物进入我们四周一百英尺的范围内，马上把它击沉。

"最后，如果看到方舟上有人脑袋上探出天线，要先干掉他。那些家伙能互相联络。"

"脑袋上探出天线？"阿弘问。

"没错。他们是方舟上的怪脸。"埃利奥特说。

"他们是什么人？"

"我他妈的怎么知道？我以前见过他们几次，但距离很远。总之，我现在要驾船朝方舟的正中心前进。一旦靠近，我会右转舵，逆时针绕着方舟兜个圈子，看有没有人愿意卖给咱们燃油。如果情况变得很糟，咱们只好登上方舟，大家一起行动，再雇一个向导。方舟上的路跟蜘蛛网一样，如果没人帮忙引路，咱们在一艘艘船之间穿行时很容易遇上麻烦。"

“会遇上什么麻烦?”鱼眼问。

“会挂在一张又糟又烂、满是黏液的吊货网上,两边是两条反方向摇来晃去的破船,身子底下只有一片冰冷的海水,里面尽是病老鼠、有毒废料和杀人鲸。还有问题要问吗?”

“是的。”鱼眼说,“我现在能回家吗?”

好极了。既然鱼眼都吓破了胆,阿弘更不例外。

“大家别忘了那个名叫‘李小龙’的海盗落了个什么下场。”埃利奥特说,“他装备精良,火力强大。有一天他靠上了一只挤满难民的救生筏,想找个屁眼出出火,结果没等明白出了什么事就死了。现在有好多人也想这样收拾咱们。”

“他们不是有警察之类的人维持治安吗?”维克说,“我听说他们成立了这类组织。”

由此可见,维克常在时代广场看方舟电影消磨时间。

“‘企业号’上那帮人的行事方式就跟电影《天谴》里一个样。”埃利奥特说,“他们在飞行甲板的外缘架设了重型武器,大号格林机关枪,跟‘理性’差不多,只不过子弹更大些。在那里布置机枪原本是为了击落来袭的飞鱼导弹,那些机枪的攻击力不亚于陨星。如果有人在方舟上闹事,机枪可以轻而易举地平息事端,但一桩小小的谋杀案或是规模不大的暴乱不值得动用重型火力。不过,如果两拨势均力敌的海盗帮派用火箭一决高下,情况就完全不同了。”

就在这时,一道探照灯的光柱突然射在他们身上。那盏灯个头大、功率强,让他们看不清对方的情况。

但黑暗马上重新降临。大家听到维克的步枪发出一声爆响,枪声在水面上回荡不绝。

“好枪法,维克。”鱼眼赞道。

"像是他们的一条贩毒船。"维克边说边用他那具神奇的瞄准镜观察着对方，"船上有五个人，正朝咱们驶来。"他又开了一枪，"现在只剩下四个了。"砰！"现在他们正在掉头。"轰！二百英尺外的海面上迸射出一团火球。"现在那条船报销了。"

鱼眼拍着大腿放声大笑，"阿弘，你把这个精彩场面录下来了吗？"

"没有。"阿弘说，"天太黑了，什么也看不到。"

"哦。"鱼眼像是大吃一惊，仿佛这样一来事情就完全不一样了。

"刚才是第一攻击波。"埃利奥特说，"有钱的海盗都喜欢找容易搞定的目标下手，但他们刚才损失不小，所以很容易就被吓跑了。"

"那边还有一艘像是游艇的大船。"维克说，"正在转向。"

尽管他们这艘游艇的大型柴油机不停发出低沉的轰鸣，但大家还是听到对方有几台舷外发动机在尖叫。

"第二攻击波来了。"埃利奥特说，"海盗也是后浪推前浪啊。这些家伙的速度很快，大家要保持警惕。"

"我这个宝贝有毫米波探测器。"鱼眼说道。阿弘朝他看去，鱼眼的面孔被"理性"内建屏幕发出的光芒照得雪亮。"那帮家伙被我看得清清楚楚，就跟在他妈白天一样。"

维克又开了几枪，然后从枪上取下弹夹，又装上另外一个。

一艘"佐迪亚克"救生艇从他们身边呼啸而过，在浪尖上疾驰，用微弱的手电光朝他们照来照去。鱼眼举起"理性"，打出两串短促的点射，在寒冷的夜空中迸出一块块温暖的蒸汽云朵。但是，他没有射中目标。

"省省弹药吧。"埃利奥特说，"如果他们不减速，就算用乌兹

冲锋枪也休想打中咱们。而你就算有毫米波雷达,也别想打中
他们。"

又一艘"佐迪亚克"小艇从他们的另一侧高速驶过,比上一
艘更靠近了些。维克与鱼眼都没有开火。他们听到那艘船绕着
游艇兜圈子,随后又原路开了回去。

"现在那两艘小艇聚到了一起。"维克说,"他们还有两艘,一
共四艘。看样子正在商量。"

"刚才是侦察,"埃利奥特说,"现在正在商量战术。下一次
可要来真格的了。"

一秒钟后,从游艇后部埃利奥特那里传来两声巨响,同时亮
起短促的闪光。阿弘连忙转身望去,只见一个人影倒在甲板
上。不是埃利奥特,因为埃利奥特正蹲在那里,手中握着他那把
大号的大比目鱼终结者左轮手枪。

阿弘跑过去,借着云缝中透出的天光看了看那个死去的登
船者。这人一丝不挂,身上涂了厚厚一层黑色油脂,腰间的带子
上系着枪和匕首。他仍然紧握着手中的绳索,刚才他就是拽着
它爬上了船。绳头上绑着一只爪钩,牢牢地抓进游艇一侧碎裂
成锯齿状的玻璃纤维船壁上。

"第三攻击波来得早了点儿。"埃利奥特说,尖细的嗓音有些
颤抖。他努力让自己的语调听上去显得很冷静,但效果却正好
相反,"阿弘,我这把枪里还有三颗子弹。如果这些杂种再爬上
来,我非把最后一颗留给你不可。"

"对不起。"阿弘说。他抽出那把胁差短刀。要是另一只手
里能握着那把"零点九",他会更安心些,但他必须空着一只手,
必要时好抓住什么东西,免得掉下船去。他飞快地绕着游艇巡
视了一圈,看看是否还有爪钩攀住船身,结果还真的在另一侧发

现了一只。那玩意儿牢牢钩在船舷的栏杆柱子上,后面拖着一根绷得紧紧的绳索,一直伸进海里。

更正一下:这是一根钢缆。他没办法用刀砍断。而且缆绳绷得非常紧,无法把爪钩从栏杆上摘下来。

正当他蹲下身子摆弄爪钩的时候,一只满是油脂的手突然伸出水面,抓住了他的手腕。另一只手也探了出来,摸索着想抓住他的另一只手,不巧抓住了刀刃。阿弘猛地把刀一抽,感到对方的手这下子伤得不轻。接着,他的短刀朝那两只手之间的空当刺去。而与此同时,那家伙从水中一跃而起,张口咬住了阿弘的裤裆。好在阿弘的裤裆衬有保护层,他身上的摩托车防护服在裆部垫着一块坚硬的塑料壳,所以这条"人鲨"只咬了一大口防弹布料。紧接着,这家伙松开手,掉进了海里。阿弘摘下那只爪钩丢到水中,让它找自己的主人去了。

维克连开三枪,一团火球照亮了整个侧舷。这一瞬间,他们四周一百码内的任何东西尽收眼底。这一看可不要紧,简直就像你在半夜打开了厨房的灯,突然发现橱柜的台面上爬满了老鼠。四周至少有一打小船。

"他们有燃烧瓶。"维克说。

小船上的人也看见了他们。曳光弹从四面八方飞来。阿弘看到,至少有三个地方闪动着枪口喷吐的火舌。鱼眼端起"理性"开火扫射,一次,两次,每次都是短促的点射,只打出十来发子弹,但还是击中了距离游艇较远的一条船,让它变成一团火球。

阿弘停下脚步之后,时间又过去了至少五秒钟,于是他又在附近检查了一下,看看是否还有爪钩,然后开始顺着船舷巡逻。这次他没有发现异常情况。刚才那两个浑身是油的家伙肯定是协同作战的搭档。

突然，一只燃烧瓶在空中划出一道弧线，击中了游艇的右舷，立时燃起大火。船壳还没有受到太大破坏，但船里面的情形很糟糕。鱼眼用"理性"朝着燃烧瓶投来的方向一阵狂扫，但船身一侧已被火焰照亮，招来了更多轻型武器的火力。借着火光，阿弘看见一道道血流从维克隐蔽的地方淌了出来。

在船的左侧，他看到水面上有个又细又长的东西，上面凸显出一个男人的上半身。那人一头长发垂在双肩，手中握着一根八英尺长的杆子。阿弘刚看清那个人，长杆就已经从那人手中飞射而出。

那是一根捕鲸镖，从二十英尺开外的水面疾飞过来。玻璃镖头上百万个切削出的小棱面闪闪发光，让它看上去就像一颗流星。梭镖正中鱼眼的脊背，轻而易举地刺穿了他衬衫里面的防弹背心，从胸前透了出来。这强有力的一击让鱼眼飞到半空，随后跌下船去。他一头扎进水里，落水之前已经丧了命。

好好记住：雷达发现不了乌鸦的武器。

阿弘回头朝乌鸦望去，但那家伙已不见了踪影。大约十英尺之外，两个浑身是油的偷袭者肩并肩跃过栏杆，但一时之间被明亮的火焰耀花了眼。阿弘拔出"零点九"，朝二人连连扣动扳机，直到那两个家伙都落进水中。他不知道现在枪里还剩下几发子弹。

随着一阵咳嗽般的咝咝声，船舷处的火光渐渐黯淡下来，最后终于熄灭。是埃利奥特用灭火器灭掉了大火。

阿弘脚下的游艇突然一晃，让他摔倒在地，头和肩膀狠狠地撞到甲板上。站起身后，他意识到，如果不是他们撞上了个大家伙，就是有个大家伙撞上了他们。这时传来一阵砰砰的脚步声，很多人正在甲板上奔跑。黑暗中,阿弘听到其中有些人已经跑到自己近前,于是丢下胁差短刀,抽出了打刀,同时猛地一转身,将长长的锋刃刺进了某个人的肚子。就在此时,对方一个人也用一柄长长的匕首砍在他背上,但未能劈透防弹衣料,只让他产生了一点儿痛感。他轻轻一抽,打刀从敌人的身体里拔了出来。刚才进攻时他忘了收刀,刀刃很可能卡住,这次他是交了好运。阿弘再次转过身,凭直觉挡开另一个家伙刺来的匕首,随即举刀劈进那人的脑壳。这次他没有出错,结果了对方的性命,并未卡住刀锋。现在,他的两侧都是敌人。阿弘选准一个方向,侧身朝那里挥刀削去,砍下了一个家伙的脑袋。随后他猛地转过身,看到另一个满身油脂的敌人手持狼牙棒,走过颠簸起伏的甲板,朝他摇摇晃晃地逼来。但他不像阿弘,无法自如地保持身体平衡。阿弘滑步迎上前去,始终稳稳地将重心保持在双脚正上方,一刀刺穿了对手的身体。

一个遍身涂油的杀手站在船首附近,看得目瞪口呆。阿弘举枪射去,那人立时瘫倒在甲板上。另外两个家伙见势不妙,立即自己跳船逃命。

游艇已陷在一张蜘蛛网里。这张网由横七竖八的旧绳索和吊货网构成,早就被那帮家伙架在海面上,专等像他们这样的倒霉笨蛋送上门。游艇的发动机仍在奋力挣扎,但螺旋桨推进器一动不动,有什么东西缠在了桨轴上。

看不到乌鸦的踪影。或许他只是要履行一次性的合同,杀掉鱼眼后马上收手;或许他不愿被缠进蛛网;或许他以为,只要解决掉"理性",那些浑身黑油的杀手会把剩下的事情处理得非常周到。

控制台前没有埃利奥特,整艘游艇上也看不到他。阿弘喊着他的名字，但没人答应。就连海里也听不到挣扎的水声。阿弘最后一次看到他时，他正拿着灭火器，将身子探到船舷外，扑灭燃烧瓶引起的大火。估计是刚才游艇猛地一晃停下来的时候，他失足掉到了船外。

阿弘没想到他们居然如此接近"企业号"。交火期间，他们又向前行驶了很长一段距离，比预定计划更靠近那艘航母。事实上，阿弘此时已经陷入了方舟船队的重围之中。一艘艘装有燃烧瓶的"佐迪亚克"小艇如今只剩下残骸，但仍在燃烧，摇曳着黯淡的火光，也乱七八糟地缠在游艇四周的罗网里。

阿弘知道，再把游艇驶回开阔的水域绝非明智的决定。那里的竞争实在太过激烈了一点儿。他上前几步，那只为"理性"提供能源和弹药的提箱敞着盖子躺在他面前的甲板上。现在，箱子里的彩色显示屏上只有一行字："对不起，出现致命系统错误。请重新启动再试一次。"

随即，就在阿弘看着它的当儿，这台机器终于死机，完全坏掉。

维克被一串点射的机枪子弹击中，已经死去。游艇四周还有六条被蛛网俘获的船，正随着波浪轻轻漂动。它们全都曾是非常漂亮的游艇，后来变成了一具具空壳，发动机和其他所有东西都被洗劫净尽。这几条船就像猎人在隐蔽处前面布下的、用以引诱猎物的鸭子。近旁的一只浮筒上竖着一块手工涂刷的标志牌，上面用英语和其他语言写道："燃料"。

外海方向，刚才追击他们的大量船只都在那里逡巡徘徊，小心地避开蛛网。他们知道自己不能过来，因为这里是黑油杀手的专有领地，这些家伙就是网上的蜘蛛，但现在几乎全部送命。就算阿弘登上方舟，情况也不会比现在更糟。会吗？

游艇也配有自己的救生艇,样子像是最小号的充气式"佐迪亚克"快艇,装有一台小小的舷外发动机,阿弘把它推进水里。

"我跟你一起走。"一个声音说。

阿弘猛地一转身,拔枪在手,发现枪口对着的是那个菲律宾男孩侍应生。孩子眨眨眼睛,显得有点儿吃惊,但并不特别害怕。毕竟他曾跟那些海盗混过一段日子,游艇上的一具具死尸似乎并没有吓着他。

"我给你领路。"男孩说道,"巴伊阿钦卡努帕拉塔……"

52

Y.T.等啊等啊，只觉得太阳肯定都已经出来了；但她知道，其实只过了两三个小时。从某个角度看，时间长短倒也并没有多大关系。这个地方没有发生任何变化：音乐声仍在轰响，卡通片的录像带自动倒带后又从头开始播放，男人们进来喝酒，尽量不让她发现他们在偷看她。她还不如干脆把自己铐在这张桌子上算了，反正她也找不到回家的路，只好就这么一直等着。

突然间，乌鸦出现在她的面前。他换了衣服，又湿又滑的衣料像动物的毛皮。他满脸通红，带着水珠，刚从外面回来。

"你的工作做完了？"

"差不多吧。"乌鸦说，"反正我做的已经够了。"

"够了？什么意思？"

"我是说，我不喜欢在约会时被叫出去做那些狗屎工作。"乌鸦说，"所以我只负责稳定大局。我的态度就是，琐碎的细节应该让那些小角色去处理。"

"哦，我在这儿玩得很开心。"

"对不起，宝贝。咱们走吧。"他说道。男人只有在勃起的时候才会用这种紧张又不自然的口气说话。

"咱们去中心。"他说。这时两人已经来到甲板上,空气凉爽宜人。

"那里有什么?"

"什么都有。"他说,"统管方舟的人就住在那里。这些人里的绝大多数——"他朝整片方舟船队挥了挥手——"都不能去那里,但我能。想去看看吗?"

"当然,为什么不呢?"她暗骂自己说话简直像个傻瓜,但除此之外,她还能说什么?

他领着她走过一长串洒满月光的跳板,朝方舟阵形中央的那两艘大船走去。现在这条路倒还不错,几乎可以溜滑板,但只有身手出众的高手才做得到。

"为什么你和别人不一样呢?"Y.T.连想都没想,这个问题就脱口而出。但它好像很合乌鸦的胃口。

他大笑起来,"我是个阿留申人,很多地方都跟别人不一样……"

"不。我的意思是,你的大脑跟这里的其他人不同。"Y.T.说,"没有变成疯疯癫癫的怪物。你明白我的意思吗?你整个晚上都没提过那个什么'福音'。"

"我们阿留申人划小筏子有个窍门。有点像冲浪。"乌鸦说。

"真的?我也冲浪,只不过是在公路的车流里。"Y.T.说。

"我们冲浪可不是为了消遣,"乌鸦说,"它是我们生活的一部分。我们能从一座岛屿前往另一座岛屿,全靠波涛的力量,冲浪。"

"咱们一样。"Y.T.说,"只有在车流里冲浪,我才能从一个特许区前往另一个特许区。"

"瞧见没有,这个世界上充满了比咱们更强有力的东西。但

只要你懂得怎么借助那些强大的力量，你就能随心所欲。"乌鸦
说。

"没错。我懂你的意思。"

"我和东正教徒混在一起也是出于这个原因。我赞同他们
的某些宗教观点，但并不全盘接受。不过，他们的活动能量很
强。他们有很多人、很多钱、很多船。"

"而你就借助他们的力量'冲浪'。"

"是的。"

"这很好啊，我完全明白。那么，你想达到什么目的？我的
意思是，你的真正目标是什么？"

说话间，他们来到了一座木板搭起的硕大平台上。他突然
站到她身后，双臂抱住她的身体，把她拉向自己。她的脚趾几乎
够不到地面。她能感到，他凉凉的鼻尖贴在她的额角上，灼热的
气息吹进了她的耳朵，让一阵麻酥酥的刺痛感一直传到她的脚
趾。

"短期目标还是长期目标？"乌鸦轻声问。

"嗯——长期的。"

"我以前有个计划，我要用原子弹去炸美国。"

"原来是这样。唉，听上去真的有点过分。"她说。

"或许是吧。这要看我的情绪如何了。除此之外，我没有别
的长期目标。"每当他轻声说话，呼出的气息便搔弄着她的耳朵。

"那么中期目标呢？"

"几个小时后，方舟就会解体。"乌鸦说，"我们正朝加州进
发，想找个像样的地方落脚、生活。有人会试图阻止我们，我的
工作就是帮助大家平平安安地上岸。所以你可以说，我要去打
仗了。"

"哦,真是太可惜了。"她喃喃道。

"所以说,我很难作长远打算,只能想着此时、此地。"

"是的,我明白。"

"我租了一个相当不错的房间,消磨我在这里的最后一个夜晚。"乌鸦说,"那儿的床单很干净。"

过不了多久,就不会那么干净了。她想。

她本以为他的双唇会像鱼一样冰凉僵硬,结果却大吃一惊:他的嘴唇竟然如此温暖。他全身各处都灼热滚烫,仿佛他全凭自己身体的热量才能熬过北极的严寒。

二人接吻缠绵了大约三十秒,他弯下身子,用那双大腿般粗细的手臂搂住她的腰,把她抱到空中,让她的双脚离开了甲板。

她一直担心,怕他会把她带到某个可怕的地方,还好后来发现他租下了整整一个海运集装箱。这些货柜屋一个摞一个,堆在方舟中心区的一艘集装箱货轮上。即便对于中心区的大人物来讲,这里也算得上是一家豪华旅馆了。

她的双腿在半空中晃来晃去,毫无用处,因为她不知道该把它们放到哪里。她还没准备好蜷起双腿盘在他身上——约会才刚刚开始,现在这样做还为时过早。但就在这时,她感到自己叉开了两条腿,而且分得非常开——乌鸦的两条大腿合在一起肯定比他的腰粗得多——他抬脚踩在椅子上,把一条腿探到她胯下,让她骑坐在他的大腿上,用双臂把她抱在身前,胳膊一松一紧,一松一紧,让她不由自主地前后摇摆,全身的重量都集中在双腿之间。随着他时松时紧地摇撼她的身体,他大腿上与胯骨相连的那块巨大的肌肉,也就是四头肌的顶端,鼓胀着向上挤弄着她的胯下,力量大得让她能感觉到自己连身衣裆部的接缝,感觉到乌鸦牛仔裤口袋里的硬币。与此同时，他的双手轻轻滑下，一面将她朝自己身前挤按，一面捏弄着她的臀部。那双手如此巨大，她的屁股在他掌中肯定就像个杏子，而他的手指又是那么长，搂在臀后时指尖居然能交搭在一起，而且探进了她的臀沟。她倾身向前，想避开他的摸弄，但根本无处可去，只能紧贴在他身上。她转开脸，想避开他的热吻，但也只能在他那粗壮光滑、满是汗水的脖子上蹭来蹭去。她不由自主地发出一声尖叫，马上就变成了呻吟。她知道他已经征服了她。从前做爱时她从未发出过声音，但这次她无法控制自己。

下定决心之后，她急不可耐地想要深入主题。她的胳膊可以自由活动，也能随意支配自己的双腿，唯独身体的中段被他牢牢抱在怀中，只要乌鸦不松手，她休想动弹半分；而他并不想松手，除非她逗引他这么做。于是她向他的耳朵展开了进攻。这种方法通常都能奏效。

果然，他想躲开她。这可是乌鸦，现在居然也想躲开什么人了。这个念头让她满心欢喜。她的手臂和男人一样强壮，全靠在高速公路上拉紧吸盘才练得如此有力。她抬起胳膊，像老虎钳似的紧紧夹住他的脑袋，同时把额头顶在他的脸侧，开始用舌尖一圈一圈地舔弄他耳朵上的小肉褶。

她的舌尖一路猛攻，终于探进了他的耳道。这一招让他遍身酥麻，一动不动停了两三分钟，急促地喘息着。随后，他猛地弓起了脊背，口中咕哝一声，就好像被梭镖刺穿了身体一样。他将她向上抱起，离开了他的大腿，随即一脚把椅子踢到房间对面，力量大得让那把椅子飞撞在集装箱的钢壁上，发出尖锐的爆裂声。她感到自己正仰面跌向身下的床垫，一时之间担心起来，生怕会被他压扁。但他用双肘支撑住了身体的重量，只有下半身撞在她的双腿之间,让她感到一股欢欣愉悦的电流向上滚过脊背,向下传遍了双腿。她的大腿和小腿立刻变得结实紧绷,似乎灌满了液体,可她无法放松下来。他用一只手肘支撑住床垫,暂时让两个人分开身体,却把嘴巴凑到她的唇间,换了一种方式继续保持身体接触。他把舌头探进她的嘴里,让她无法动弹,用一只手解开了她连身衣领口处的纽扣,将她身前的拉链一直拉到胯下。她的衣服敞开了,从双肩一直向下,露出一大片"V"字形的肌肤。他再次压到她身上,双手抓住连身衣前襟的上端,向她身后一撩,随即向下扯去。这样一来,她的双臂有一半还套在袖子里,不得不垂下来贴在身体两侧。而被他扯下的衣服和衬垫都堆在她的腰下面,让她腹部拱起,正对着他。然后,他欺身挤在她结实的大腿之间,而她腿上那些惯于溜滑板的肌肉已经紧绷到了极限。他的双手再次袭来,揉捏着她的臀肉。这一次,他将滚烫的肌肤紧紧贴在她身上,让她感到自己像是坐在一只温热的、涂了黄油的煎锅上,整个身体变得越来越热。

这时,她想起似乎还有件什么事,而且她对那件事还一定要多加小心。那是一件很重要的事,虽然枯燥乏味,但也算是件义务吧。平常想起它时,你会觉得非常合情合理,但在现在这样的时刻,它似乎完全无关紧要,甚至让你根本想不起来。

肯定和避孕有关。也许是类似的事情。但Y.T.已经激情勃发,身不由己,所以她有理由不再想它。她扭动身子和双膝,把连身衣和内裤褪到脚踝处。

乌鸦大概只用三秒钟就脱光了衣服:把衬衣向上一撩,从头上扯了下来,朝旁边随便一扔,接着又把裤子踢到一旁的地板上。他的皮肤和她同样光滑,好似那些海中哺乳动物的表皮,只不过他全身火烫,毫无冰冷之感,而且没有一丝鱼腥味。

　　一件前所未有的事情发生在她身上：他刚进入她的体内，她就达到了高潮。她的腹部就像突然划出一道闪电，向下震荡着她紧绷的双腿后侧，向上滚过脊柱，直达乳头。她连连大口吸气，直到胸腔像是要爆裂开来，然后发出一声尖叫，将一口气全部吐出。她只叫了一声。乌鸦大概被她震聋了，但那是他自己的狗屁问题。

　　她浑身瘫软无力。他也一样，肯定和她同时达到了高潮。没什么。早是早了点，可怜的乌鸦在海上待得太久，饥渴得像发情的山羊。但愿他过一会儿能更持久些。

　　此时，她躺在他身下，吸取着他散发出的热量，感到心满意足。几天来，她一直觉得冷。现在她耷拉在床外的双脚还是冰凉，却反而让她身体的其他部分感觉更舒服。

　　看来乌鸦也很满足，只是有点不同寻常。她是指极乐之后的状态。换作大多数男人，现在早就开始忙着换台看电视了；但乌鸦不一样，他一直心满意足地趴在那儿，冲着她的脖子轻轻地呼气。他竟然在她身上睡着了，平常只有女人才会这个样子。

　　她也开始打盹。躺在那里一两分钟之后，她的脑子开始瞎转，想起了无数个问题。

　　这个地方很棒，很像山谷区里的中档商务旅馆。真没想到方舟上居然会有这样的地方，这说明这里的贫富差距悬殊，和别处一样。

　　刚才来这里的路上，他俩顺着通道走了一会儿便停了下来，那里离中心区的第一艘大船并不太远，有个武装警卫把守着道路。他先放乌鸦通过，但乌鸦拉着Y.T.的手，要她跟着自己一起过去。那个警卫盯了她一眼，没说什么，他的大部分注意力都集中在乌鸦身上。

在那之后，通道变得漂亮多了。那条路很宽，像海滩上的木板散步道，而且没有挤满扛着大包袱的难民老太婆；另外，那里闻起来也不是臭烘烘的。

来到中心区的第一艘大船边时，她看见一道舷梯，从水面直通那艘船的甲板。上去之后，两人踩着一条跳板进入另一条船的船腹。乌鸦熟门熟路地领着她从中间穿过，仿佛他来过上百万回似的。最后，他们通过另一条跳板来到这艘集装箱货轮。这里真他妈的像一家旅馆：戴白手套的侍者为西装客提着行李，还有个登记柜台，其他设施也一应俱全；但它仍是一艘船，上面所有的东西都由钢铁制成，涂刷了上百万层白漆，只是这艘船与她的想象完全不同。船上还有一座小型的直升机起降平台，供西装客们往来使用。此时正有一架直升机停在那里，她看到了机身上的标志："莱夫远景研究企业"。"莱远研企"。就是这帮人给了她一个信封，让她送到联邦执行处的总部。现在，各个环节严丝合缝地拼在了一起：联邦、L.鲍勃·莱夫、"韦恩牧师珍珠门"，还有方舟，全是一伙的。

"这些人是干什么的？"一看见那架飞机，她便向乌鸦发问，但他让她别说话。

在船里四处寻找预定的房间时，她又问了他一次，而他告诉她，那些人都为L.鲍勃·莱夫工作，都是程序设计员、工程师或通信技术人员。莱夫是个大人物，经营着一家庞大的垄断企业。

"莱夫在这里？"她问他。当然，她只是假装发问，因为她早已猜到了答案。

"嘘。"他说。

这可是个绝好的情报，阿弘准会喜欢，就看她能不能把情报送出去。而现在，乌鸦沉睡不醒，就连这件事也变得轻而易举了。她原本从未奢望方舟上会有超元域的终端机，但这艘船上居然有整整一排，供来访的西装客与外面的文明社会沟通。她只需在不吵醒乌鸦的情况下用其中的一台机器联络阿弘就行。这样做可能会有些棘手。真可惜，她没办法像方舟电影上演的那样给乌鸦下药。

想到这里，她猛然间恍然大悟，就好像一个噩梦从潜意识里突然冒出来一样。这就像是，你离开家半个小时之后才想起，自己忘了把茶壶从炉火上提下来。这种感觉令人战栗、焦虑不安，同时却完全无法挽回。

她终于想起了做爱之前让自己一时慌张的那件烦恼事。

不是避孕，而且与卫生无关。

是她的守宫阴牙。她人身防卫的最后一道防线。东正教徒为她留下了恩佐大叔的狗牌，也没有拿走这样东西。之所以没拿走，是因为他们没有作孔窍搜查。

这就意味着，当乌鸦进入她体内时，一根极细的针头刺入了他阴茎前端充血的动脉，向他的血管中自动释放出含有强力麻醉剂和镇静剂的混合药液，而他丝毫感觉不到。

乌鸦身上最出乎他预料的地方挨了一梭镖。现在他至少还要再睡上四个小时。

随后，老天，他肯定会气得发飙。

53

阿弘想起了埃利奥特的警告:如果没有熟悉地形的人带路,千万不要登上方舟。好在有这个孩子,他肯定是"李小龙"从方舟上某个菲律宾人聚居区招募来的难民。

男孩名叫川斯萨博斯坦希艾逊。为了方便,人们都叫他川尼。没等阿弘吩咐,他已经爬上了"佐迪亚克"小艇。

"等一下。"阿弘说,"咱们要先收拾一些东西带上。"

阿弘冒险打开一只小手电筒,拿着它把游艇各处彻底搜寻了一遍,找到几样有价值的东西:几瓶估计还可以喝的饮用水、一些食物,以及他那把"零点九"可以用的弹药。他还拿上了一只爪钩,把上面的绳子整齐地卷起来。在方舟上可能会用到这种东西。

他还有另一件杂事要料理,不过他并不十分情愿。

阿弘住过的很多地方都鼠害成患。他以前常用老鼠夹子除掉它们,但后来捕鼠的运气越来越差。他会在半夜听到夹子啪的一声合上,但随后屋里非但没有安静下来,反而响起一阵阵吵人的尖叫和挣扎声。那是被夹住的啮齿类动物想逃回安全的地方,而身上——通常是脑袋上——还卡着那只夹子。当你夜里三点从床上爬起来,看到一只活老鼠正从厨房的橱柜台面上爬过,在身后的福米卡贴面上留下一道脑浆,那种场面肯定会让你难以入睡,所以阿弘现在更愿意用毒饵灭鼠。

现在的情况也很相似,一个受了重伤的汉子,就是阿弘最后射中的那个人,正在游艇船首附近的甲板上挣扎扭动,嘴里还不停地说着那些含混不清的昏话。

阿弘这辈子从没像现在这样恶心过。他只想登上"佐迪亚克"小艇,远远离开这个人。他知道,无论是要上前救助还是为此人解脱痛苦,他都得用手电照着这家伙,可这样一来,他就会看到永远也忘不掉的惨相。

但他必须这样做。他咽了几口唾沫,因为这时他已经喘不上气来,随后打开手电,登上了船首。

情况比他预想的还要糟糕。

此人显然是鼻梁旁边中弹,子弹自下而上飞进了脑袋,弹孔以上的所有东西差不多都被轰掉了。阿弘看到的头颅,其实只是这家伙大脑下半部分的横截面。

这个人的脑袋上探出了一样东西。阿弘觉得那肯定是一块颅骨的碎片,但这东西十分光滑,而且形状规则,不像是碎骨片。

克服了最初的恶心和厌恶感之后,阿弘发现自己已经能够稍稍接受眼前的景象了。他知道这家伙已经从痛苦中解脱出来,于是心里觉得好受了一点。这人的一大半脑子已被打飞,可他还在说话,声音听上去好似一架出了毛病的管风琴,这是因为他的颅骨结构已经大为改变,现在的动静只是脑干的反射作用作祟,仅仅是声带的抽搐而已。

从这人脑袋上伸出的东西是一根鞭状天线,长约一英尺。它的表面裹着一层黑色橡胶,模样很像警用对讲机的天线。这玩意儿好像被皮带绑在了头上，就在左耳上方。这家伙是个"天线头"，就是埃利奥特曾经提醒大家要当心的那种人。

阿弘抓住天线，想把它扯下来。他应该把这套耳机带在身上，它肯定跟L.鲍勃·莱夫借以控制方舟的手段有关。

问题是天线拔不下来。每当阿弘一用力，这家伙的半个脑袋就跟着扭来扭去，天线却仍然没有松脱。阿弘终于明白了，这根本不是绑上去的，天线被永久性地植入了这人的颅骨底部。

阿弘把目镜的观察模式调成毫米波雷达，直视此人缺损的头颅内部。

几颗钻进骨头的小螺丝把天线固定在颅骨上，但螺丝并没有把骨头钻透。天线基座上有几块微型芯片，单凭眼睛，阿弘无法判断出它们的功用，但如今人们可以把一台超级电脑放进一块芯片里，所以只要你在同一个地方看到不止一块芯片，那么你眼前肯定是一台非常重要的装置。

一根发丝般粗细的电线从天线底座伸出来，刺进了颅骨。这根电线直接穿过脑干，然后分叉、再分叉，变成了一片由几乎难以看到的纤细电线构成的网络，深深嵌入脑组织，在神经大树的底部四周卷成一团。

这就可以解释，为什么这家伙连脑子都不见了，居然还能有条不紊地念叨出一大串方舟昏话。看来L.鲍勃·莱夫已经找到办法，通过电流与阿舍拉居住的那部分脑组织建立了联络关系。死人嘴里的胡言乱语并非源自大脑，而是圣灵降临教派通过天线传送的无线电广播。

"理性"仍然躺在那里，显示器屏幕一动不动，朝天空放射出幽幽蓝光。阿弘找到硬件电源开关，关掉了机子。功能如此强大的电脑本该在用户提出要求后实现自动关机。关掉硬件电源开关简直就像为了让某个人睡觉而切断了他的脊柱;但当系统死机后,电脑也就失去了自动关机的能力,只能采取最原始的措施。阿弘把格林机关枪连同组件放回提箱,锁上了箱盖。

要么就是箱子没有他想象的那么沉重,要么就是过量分泌的肾上腺素让他力量倍增,反正他觉得这玩意儿似乎轻了许多。随后他意识到了真正的原因:提箱的大部分重量来自那些弹药,而鱼眼已经消耗掉了其中的一大部分。阿弘半提半拖,把它弄到游艇船尾,确保热交换装置浸入水下之后,将箱子推到了"佐迪亚克"小艇里。

接着他也爬进小艇,来到川尼身边,想启动马达。

"不要马达。"川尼用蹩脚的英语说,"它障碍很坏。"

没错。大片蛛网肯定会缠死推进器。在川尼的示范下,阿弘把小艇的船桨放上桨架。

阿弘划了一会儿桨,发现小艇已经来到一片狭长的水域。这条水道上没有任何障碍,呈"之"字形穿过方舟船阵,就像北极圈里浮冰之间的一条畅通航道。

"马达好了。"川尼说。

阿弘把马达放进水里。川尼抓住拉绳猛地一拽,燃料注入油管,马达立即启动。这孩子只拉了一下就启动了马达,可见"李小龙"果然治船有方。

阿弘驾船顺着开阔的水道前行,他担心这里只是聚居区内的一片小水湾,但他的疑虑完全是灯光的恶作剧造成的。绕过一个拐角后,他发现这条水道在一段距离之外居然一直向前伸展开去。看来这是一条环绕方舟的环形通道,而小街道乃至更窄的小巷都从这条环道上分叉,通向各个聚居区。通过望远镜,阿弘能够看到每个路口处都有人把守。每个人都能在环道上自由通行,但人们对自己的居住区保护得十分严密。

　　一个人在方舟船队所能遇到的最可怕的事情,莫过于自己的居住区与方舟船阵的联系被切断。难怪方舟会如此混乱,纠结不清——每个居住区都唯恐四周的邻居联合起来与他们作对,切断他们与方舟船阵的联系,让他们饿死在太平洋中央,于是他们想方设法与相邻的居住区绑在一起,用缆绳上上下下左左右右缠住他们的邻居,聚成范围更广的大居住区,不然就得让自己攀住中心区的一条大船,那当然更是再好不过了。

　　不用说,每个居住区的警卫都配备了武器。看上去是亚洲制造的小型AK-47仿制品。这种枪的金属结构在雷达上显示得十分清楚。当年亚洲各国政府花了不少时间考虑同苏联进行陆战的可能性,翻造了大量这种玩意儿。

　　那些警卫中的大部分人看上去都像是懒散的第三世界民兵,但在一个居住区的入口处,阿弘发现一个值班警卫头上伸出一根天线,直指天空。

　　几分钟后,他们来到环形水道与一条大街的交叉路口,这条宽阔的大街直通方舟正中,也就是停泊着大船的中心区。离他们最近的是一艘日本集装箱货轮。货轮的船身不高,甲板平坦,耸立着高高的船桥,堆满了钢制的海运集装箱。船边像蜘蛛网一样挂满了绳梯和临时搭起的舷梯,供人们爬上船去,前往那一只只集装箱。现在,大部分集装箱里都闪动着灯光。

　　"公寓大楼。"川尼注意到阿弘对那里很感兴趣,于是开了个玩笑。随后他摇摇头,转着眼珠,拇指蹭着另外几根手指的指尖,做了个数钱的手势。显然,这是有钱有势之人的居住区。

　　突然间,他们发现几艘快艇从一片颜色黯淡、冒着黑烟的居住区里驶出来。这段航程的宜人部分到此结束。

"越南帮。"川尼说。他把手放到阿弘手上,轻柔但是坚定地把阿弘的手从舷外发动机的节流阀上拉了下来——小家伙不放心由阿弘控制船速。阿弘用雷达仔细观察着对方:有两个家伙手持小型AK-47冲锋枪,大多数人的武器是匕首和手枪,显然准备打一场面对面的近战,这说明船上这些家伙只是一群炮灰。看上去地位更显要的绅士们则站在居住区的边上,一面抽烟一面观望。其中有两个"天线头"。

川尼加快船速,转弯驶进一片疏疏落落的居住区,里面松散地分布着一些连在一起的阿拉伯独桅三角帆船。他继续驾船在黑暗中穿行了一段时间,偶尔抬手轻轻按下阿弘的脑袋,免得他被横在水面上的绳索挂住脖子。

他们从那片独桅帆船中钻出来的时候,越南帮已经不见了踪影。如果现在是白天,那些歹徒肯定会循着"理性"喷出的蒸汽跟踪他们。川尼操纵小艇穿过一条中等规模的街道,驶入一片渔船之中。这片区域正中停着一艘破旧的拖网渔船。它正被大卸八块,切割炬喷出的火焰照亮了四周黑色的水面,但承担拆船任务的大部分工具都是锤子和凿子,刺耳的击打声在平静的水面上回荡不绝。

"家。"川尼说着,脸上露出了微笑,抬手指了指两艘拴在一起的船屋。那里依然闪动着灯火,几个汉子出来躺在甲板上,抽着粗大的伪劣雪茄。船屋的窗子里,能够看到几名妇女正在厨房里劳作。

他们驶近那里时,甲板上的汉子纷纷坐起身来,显然已经注意到来船,都从腰带中抽出了左轮手枪;但川尼马上喊出一串欢快的他加禄语,于是情况立刻发生了变化。

川尼像个回头浪子似的受到了隆重的欢迎:几个歇斯底里

的胖大妈连哭带喊；一群小孩子跳下吊床，吮着拇指上蹿下跳；年长些的男人则喜笑颜开，咧开嘴巴，露出牙齿的缺口和黑色的污渍，一面看一面点头，偶尔还有人冲过来拥抱他一下。

但在人群边缘处，后面的黑暗中，站着一个"天线头"。

"你也进来。"一个女人对阿弘说。她有四十来岁，名叫尤妮斯。

"没关系。"阿弘说，"我就不打扰了。"

这话被翻译过去之后，聚在这里的八百九十六个菲律宾人中掀起了一阵波浪般的骚动。大家似乎极为震惊。打扰？岂有此理！胡说八道！你竟敢这么侮辱我们？

豁牙男人中有个身材瘦小的老汉，大概是参加过二战的老兵，纵身跳上摇摇晃晃的小艇，像壁虎一样稳稳站住，抬手搂住阿弘的双肩，把一支大麻烟卷塞到他嘴里。

一看就知道，这是个心眼实在的好人。阿弘俯身向他问道："老哥，那个脑袋上有天线的家伙是什么人？你们的朋友？"

"不。"老头低声说，"他是个混蛋。"然后夸张地把食指竖在唇边，嘘了一声。

54

最重要的是眼神。除了撬开手铐、跃过泽西防护墩和躲开变态狂之外，信使还要掌握另一种基本技巧：在你不该出现的地方四处溜达，却丝毫不会引起怀疑。要想做到这一点，你的眼睛就不能看任何人。双眼径直盯着前方随便什么东西，而且不能睁得太大，不能显得紧张。现在 Y.T.便使出了这一招，加上刚才与她同来的人又是个人见人怕的家伙，所以她顺利地穿过集装箱货轮，来到了接待区。

"我要用一下能连上超元域大街的终端机。"她对接待员说，"你可以把费用记在我房间的账上吗？"

"是的，女士。"接待员说。他没有问她的房间号码，只是满脸堆笑，毕恭毕敬。信使可不常常享受这种待遇。

如果乌鸦不是个嗜杀的变种人，她还真有点喜欢自己同他之间的这种关系。

55

阿弘早早地从川尼的欢庆晚宴上溜了出来,把"理性"拖下小艇,放到船屋的门廊上,然后打开箱盖,把他自己的电脑接上了"理性"的内置操作系统。

"理性"顺利地重新启动。这是意料之中的事情。还有一件事也在意料之中:最需要"理性"发挥作用的时候,它大概还会死机,就像鱼眼碰到的情况一样。阿弘本可以每次发现它死机就关掉系统,但在激烈的战斗中这么做实在太不方便,再说这也绝不是黑客欣赏的解决方式。更明智的做法是直接排除系统中的错误。

如果有时间,他原本可以手工排除故障,但或许还有更好的办法可以解决问题。现在吴氏保安产业可能已经修改了程序中的错误,发布了新的软件版本。如果是这样,阿弘应该可以在超元域大街上搞到一份副本。

阿弘在自己的虚拟办公室里现身。图书管理员从相邻的房间探出头来,看看阿弘是否有什么问题要问。

"'诉诸武力方为王者之道',这话是什么意思?"

"国王们借以达到目的的最终手段就是动武。"图书管理员说，"法国国王路易十四在其统治期间，下令把这句话铸在了所有大炮的炮筒上。"

阿弘起身来到外面的花园里。他的摩托车正等在通往大门的砾石小路上。隔着篱笆，阿弘能够看到市中心的灯火重又在远方亮起。他的电脑成功地侵入了L.鲍勃·莱夫的环球网络，让他找到了前往大街的路径。一切尽如阿弘所料。莱夫在"企业号"上肯定装有一整套卫星上行传输设备，形成了一片覆盖整个方舟的蜂窝无线网络。没有这种手段，他就无法在自己的水上要塞中访问超元域。像莱夫这样的人绝对不会允许这种事情发生。

阿弘跨上摩托车，轻灵自如地驾着它穿过自己这片街区，来到了大街上，随后猛然加速至每小时数百英里，绕着一根根支撑着单轨铁路的柱子迂回疾驰，练习自己的车技。他撞上了几根支柱，但这同样并未出乎他的预料。

闹市区的正中央，一号高速入口附近，有一座一英里高的摩天大厦，通体上下装饰着霓虹灯。吴氏保安产业在这里拥有整整一个楼层。和超元域里的其他公司一样，这家机构全天二十四小时营业，因为无论什么时候，地球上总有某个地方正在上班。阿弘把摩托车停在大街上，乘电梯来到三百九十七层。刚走出电梯，迎面便遇到了一位邪灵女招待员。一时之间，他无法判断出她的种族，随后才意识到，这是一个半非洲、半亚洲血统的姑娘，和他自己一样。如果换作一个白人走出电梯，接待小姐大概会是个金发美女；而东洋商人则可能面对着一个活泼的日本办公室女郎。

"您好，先生。"她说，"请问您需要销售服务还是客户服务？"

"客户服务。"

"您来自哪家机构?"

"你说哪家,就是哪家。"

"抱歉?"和真人接待员一样,邪灵也完全听不懂俏皮话。

"目前,我想我正为中央情报公司、黑手党和李先生的大香港工作。"

"我明白了。"接待员作了记录。还是那句话,和真人接待员一样,无论客户说什么,她都会镇定如恒,"您需要哪一种产品的服务?"

"'理性'。"

"先生,欢迎您来到吴氏保安产业。"另一个声音说道。

说话的是另一个邪灵,这是位迷人的非/亚裔混血女子,出现在办公套间内侧,穿着打扮十分职业化。

她领着阿弘走过一条装饰着镶板的、长长的走廊,接着走过一条装饰着镶板、长长的走廊,接着又走过一条装饰着镶板、长长的走廊。每走几步,他都会经过一个接待区,来自世界各地的一个个化身正枯坐在里面的椅子上消磨时间。但阿弘不必等候。她领着他径直走进一间装饰着镶板、又大又漂亮的办公室,坐在里面的是一个亚洲男子,身前的桌子上散放着几架直升机模型。这是吴本人。他站起身,二人相互鞠躬施礼,女接待员走了出去。

"你和鱼眼一起工作?"吴问道,点燃了一根雪茄。烟雾炫耀般地在空中袅袅而上。模拟出吴口中喷出的烟雾,这一过程需要巨大的电脑计算能力,和模拟整个地球的天气系统一样。

"他死了。"阿弘说,"'理性'在紧要关头突然死机,他吃了一支梭镖。"

吴没有反应,只是坐在那里,一动不动地坐了几秒钟之久,琢磨着这件事情,就好像他早已见惯了自己的主顾被梭镖捅个透心凉。他大概在脑子里为每个买下他那些玩具的主顾都建立了一个数据库,记下那些人后来出了什么事。

"我告诉过他,那是个试用版。"吴说,"他也应该知道,那东西不能用于近战。两美元一把的弹簧刀可能会更好用一点。"

"没错,但他对它简直着了迷。"

吴又喷出一股烟雾,沉吟着说:"我们在越南就有过教训:火力强大的武器会对感官形成一种难以抗拒的影响,跟精神药物一样。比方说迷幻药,它让服用者相信自己会飞,结果导致他们从窗子里跳了出去。武器同样会让人们过于自信,影响了他们的战术判断能力。鱼眼就是例子。"

"我会好好记住。"阿弘说。

"你想在什么作战环境中使用'理性'?"

"明天早晨,我要去攻打一艘航空母舰。"

"'企业号'?"

"是的。"

"你知道,"吴显然很有兴致聊聊天,"有个家伙只用一块玻璃就抢下了一艘核导弹潜艇——"

"没错,就是那家伙干掉了鱼眼。我大概也会和他纠缠一番。"

吴大笑起来,"你最后想达到什么目的? 你知道,咱们都是同一类人,所以不妨把你的想法跟我说说。"

"我倒希望对这种事更谨慎一点……"

"太晚了,阿弘。"另一个声音说道。阿弘转过身,看到恩佐大叔正跟一位惹人注目的意大利姑娘走进来。他身后几步之外是一个身材矮小的亚洲商人和一名亚裔招待员。

"刚才你一到这里,我就自作主张通知了他们。"吴说,"这样大家可以聚在一起开个会。"

"很荣幸。"恩佐大叔说道,朝阿弘微微倾身致礼。

阿弘鞠躬回礼,"先生,我搞坏了比萨速递车,真的很抱歉。"

"我早就不记得了。"恩佐大叔说。

小个子亚洲人也走进房间。阿弘终于认出了他。全世界的李先生大香港特许领地都在墙上挂着此人的照片。

大家相互介绍,鞠躬施礼。办公室里凭空冒出几把椅子,每个人都拉过一把坐了下来。吴也从办公桌后走过来,大家坐成一圈。

"咱们不用绕弯子,直接谈正题吧。阿弘,我想,你目前的处境应该比我们更危险一些吧?"恩佐大叔说。

"先生,您说得没错。"

"我们都想知道,事情到底是怎么回事。"李先生说道。他的英语几乎不带任何中国口音。显然,他那副憨态可掬的公众形象只是装装样子。

"各位对这件事知道多少?"

"只是一些零零碎碎的片段。"恩佐大叔说,"你知道多少?"

"差不多全都清楚了。"阿弘说,"等我跟胡安妮塔谈过之后,剩余部分也会水落石出。"

"这么说,你搞到了一份非常有价值的情报。"恩佐大叔说着,伸手从口袋里抽出一张超卡,递给阿弘。上面写道:

阿弘伸手接过了卡片。

地球上的某个地方，两台电脑迅速交换了一段电子讯息，于是，这笔钱从黑手党的账户转进了阿弘的户头。

"跟Y.T.分这笔钱，怎么分你说了算。"恩佐大叔说。

阿弘点点头。请放心，我一定会的。

56

"我之所以来到方舟,是要寻找一个软件,准确地说,应该是解药。这个软件是五千年前一个苏美尔人编写的,他叫恩奇,是个神经语言学黑客。"

"这话是什么意思?"李先生问。

"意思是,他能通过口头传播的数据流,也就是'喃刹怖',操纵其他人的思想,就像设计、操纵程序一样。"

吴的脸上没有任何表情。他又吸了一口雪茄,朝头顶上方喷出一股好似间歇泉般的烟雾,看着它碰到天花板,然后四散开来,"其原理是什么?"

"所有人的脑袋里都有两种语言。现在我们正在使用的这种语言是后天学来的,在学习这一语言的过程中,它也改变了我们大脑的模样;但大脑的深层结构中还存在着另一种语言,一种所有人共有的语言。这种深层结构由最基本的神经回路组成,其存在的目的就是让我们的大脑能够学会较高层次的语言。"

"这就是语言学所谓的基础构造。"恩佐大叔说。

"是的。我想,'深层结构'和'基础构造'指的都是同一种东西。总而言之,在适当的条件下,人们可以对大脑的这些部分加以利用,而毫无意义的言语——宗教徒的疯言疯语——便是这种结构被利用之后的输出形式。意思是,在适当的条件下,这种深层结构可以绕过我们后天学会的全部较高层次的语言,直接与我们的舌头结合在一起,让它不由自主地说话。关于这一点,大家都已经知道了。"

"你说它是输出形式,那么肯定也有输入形式,对吗?"吴问。

"一点不错。输入形式的运作原理与我刚才说的输出形式正相反。在适当的条件下,你的耳朵或是眼睛会绕过高层次的语言功能,与深层结构结合在一起。也就是说,如果有人知道用什么词句可以激发你胡言乱语,他便会对着你说出那些话,或是让你看相应的视觉符号,这些词句或视觉符号可以绕过你的防线,直接袭入你的脑干。就好像黑客侵入了别人的电脑系统,绕过所有的安全防护措施,直接打进核心部分,从而完全控制这台机器。"

"这样一来,电脑的主人就完全束手无策、任人宰割了。"吴说。

"是的。因为黑客通过更高层次的途径进入了电脑,而这个途径已被他完全控制。同样道理,一旦神经语言学黑客侵入了我们大脑的深层结构,我们是无法把他赶走的,因为在这样一个最基本的层面上,我们已经无法控制自己的大脑了。"

"这跟'企业号'上的黏土书写板有什么关系吗?"李先生问。

"请容我解释。书写板上的语言是一种以人脑中的深层语言结构为基础的超级母语,是人类社会早期发展的遗留物。原始时代的社会曾被一种名叫'谟'的口头规则所统制。对人类来说,'谟'就像一个个小小的程序。人类之所以能够从穴居社会过渡到有组织的农业社会,这些'谟'发挥了必不可少的作用。

举例来说,在地上犁出田垄种植谷物就是一个程序,烤面包或是建造房屋也是程序。另外还有一些'谟'能够发挥更高层次的功能,在战争、外交和宗教仪式等方面起到重要的作用。而所有这些技巧和诀窍之所以能发挥作用,先决条件就是要有一种包含了这些'谟'的自给自足的文化。这些'谟'都被写在黏土板上,或是通过口头形式流传下来。无论是哪种形式的'谟',都被保存在当地的神庙里,神庙相当于储存着'谟'的数据库,由被称作'恩'的祭司或是国王掌管。当什么人需要面包时,他就会去找'恩'或'恩'的下属,从神庙中下载制作面包的'谟',然后依照'谟'的指示开始工作,就像在运行程序。这个程序运行完毕之后,他就烤出了一只面包。

"人们必须建立一座中央数据库。原因很多,其中之一就是,有些'谟'的时效性很强。如果人们在一年中错误的时令执行了犁地种粮的'谟',就会颗粒无收,每个人都会饿死。要想确保这个'谟'在正确的时令被人们执行,唯一的办法就是建起天文台观测天象,掌握季节更替的规律。所以苏美尔人营造了一座座高塔,'塔顶刻有天国的图形',也就是说,塔顶刻有天文学图形。'恩'会观测天象,在一年中合适的时令分发主司农业的'谟',保证经济体系的运行。"

"我觉得你的话里有个鸡生蛋、蛋生鸡的悖论。"恩佐大叔说,"这种社会最初是如何组织起来的呢?"

"有一种信息叫作超级病毒,能够导致信息系统自我感染特定的病毒。这种现象或许只是自然界的一种基本法则,就像达尔文的优胜劣汰理论,但它也可能真是一种实实在在的信息,随着彗星和无线电波在宇宙中四处游荡。我说不清楚。但不管怎样,最终的结论是:任何足够复杂的信息系统都会无可避免地感染病毒,源自信息系统自身内部的病毒。

"在遥远的过去,某个时候,超级病毒感染了人类,从那以后它一直与我们形影不离。这种病毒的第一个成就便是打开了潘多拉魔盒,传播了一大批DNA病毒:天花、流感等等。健康和长寿从此成为过去。对往日的遥远记忆被保留在失乐园的传说之中——人类被逐出天堂,告别轻松惬意的生活,坠入一个充满疾病和痛苦的世界。

"但最后,种种病痛的折磨渐渐稳定下来了,我们与病痛实现了某种平衡。到今天,我们仍旧时常发现新的DNA病毒,但我们的身体却似乎已经对大部分DNA病毒产生了抵抗力。"

"或许这是因为,"吴说,"能够对人体DNA起作用的病毒总共只有那么多,超级病毒已经把它们全都造出来了,从此再也不会出现新的病毒。"

"可能如此。我想说的是,苏美尔文明——那个以'谟'为基础的社会——就是超级病毒的另一种体现。只不过在这种情形中,超级病毒的表现形式是语言,而不是DNA。"

"抱歉。"李先生说,"你是说文明的起源是病毒感染的结果?"

"原始形态的文明确实如此。每个'谟'都是一种病毒,是超级病毒生发出来的子病毒。以烤面包的'谟'为例,一旦这种'谟'进入社会,它就变成了一段独立自主、自给自足的信息。它成了一种自然选择:与不会烤面包的人相比,会烤面包的人能生活得更好些,在繁衍后代这个方面更具优势。他们自然会把这种'谟'传播开来,为这段能够自我复制的信息扮演宿主的角色。这样一来,'谟'就真正成了一种病毒。苏美尔文化,连同它存满了'谟'的一座座神庙,只不过是一大群病毒,历经数千年的严酷考验，最终成功地存活了下来。这种病毒文明其实和如今特许经营机构的运作方式一样，只不过金字塔神庙换成了金色拱门，黏土书写板换成了三孔活页簿。

"苏美尔语中的'心智'和'智慧'，与'耳朵'是同一个词。细细推敲就能得出结论：所有那些人都一样，都是'长着身体的耳朵'，而不是'长着耳朵的身体'。他们都是被动的信息受体。但恩奇不一样，他碰巧是个对自己的工作格外擅长的'恩'。他拥有非同寻常的能力，可以创制出新的'谟'。简直就是个黑客。说实话，他是第一个现代人，第一个心智完全清醒的人类，就和我们一样。

"后来在某个时刻，恩奇意识到苏美尔社会已经停滞不前。人们墨守成规，总是反复使用相同的'谟'，毫无创新精神，也从不为了自己的生存而思考。作为世界上少数几个、或许是唯一一个心智清明的人类，我猜他一定很寂寞。他意识到，为了让人类向前发展，必须让他们摆脱这种病毒文明的控制。

"于是他创造了'恩奇的喃刹怖'。这是一种反制病毒，传播途径与'谟'和超级病毒完全一样。它能进入人类大脑的深层结构，重塑这一结构。从那以后，再不会有人懂得苏美尔语或是其他以深层结构为基础的语言。而人类脱离了共通的深层结构之后，便开始发展各种新的语言，彼此之间互不相同。'谟'也不再发挥作用，而且再不可能有谁编写出新的'谟'。超级病毒的进一步传播就此被彻底阻断了。"

"大家失去了烤面包的'谟'之后，为什么没有因为缺少面包而被饿死呢？"恩佐大叔问。

"或许确实有人被饿死，其他人则不得不动用更高层次的脑功能来解决面包的制作问题。因此可以说，恩奇的喃刹怖是人类意识的开端,让我们第一次为了自己的生存而思考。它也是理性宗教的开端,因为那时人们才第一次思考一些抽象的问题,比方说上帝和善恶。巴别的故事便源于这个阶段。'巴别'的意思是'上帝之门'。正因为有了这道大门,上帝才能接触到人类。巴别是我们头脑中的关口,被恩奇的嘣刹怖打开的关口,令我们与超级病毒彻底决裂,让我们具有了思考的能力,引领我们从物质世界来到二元世界,物质和精神并存的世界。

"当时大概也出现了混乱和骚动。恩奇或他的儿子试图通过法规来替代原有的'谟'体制,强行重建社会秩序,这就是《汉谟拉比法典》。这种做法算是取得了部分成功,但在很多地方,人们仍在继续崇拜阿舍拉。那种邪教顽强得令人不可思议,简直等于是倒退回了苏美尔时代。它的教义通过口头传播。此外,体液交换居然也能传播信仰——他们有教妓。而且,信徒们还收养孤儿,在用乳汁哺育婴儿的同时把病毒传给孩子。"

"等一下,"吴说,"你现在说的是生物病毒吧?"

"没错。这正是阿舍拉邪教的特点,它既是宗教病毒又是生物病毒。举例来讲,我们看看单纯疱疹病毒吧。疱疹病毒在进入人体之后直接侵袭神经系统。尽管有些病毒会停留在周围神经系统,但其他病毒会像子弹一样直奔中枢神经,永久驻留在脑细胞中。它们像树上的毒蛇似的盘踞在脑干上。阿舍拉病毒可能与疱疹病毒大有关联,或许就是同一种东西,能够穿过细胞壁,进入细胞核,扰乱细胞的DNA,与类固醇的作用方式完全相同。只不过阿舍拉病毒要比类固醇复杂得多。"

"当它改变了细胞的DNA之后,会产生什么结果?"

"或许除了L.鲍勃·莱夫之外,没人研究过这个。我想,它肯定会让超级母语浮出水面,更加接近意识表层,让人们更容易说出那些毫无意义的疯言疯语，而且更容易受'谟'的影响。我猜它还会诱发不理智的行为，或许能降低牺牲品对邪恶思想的抵抗力，让他们的性行为模式一片混乱。感染结果很可能包括上述所有情况。"

"很多思想都能像病毒一样传播，你是说，每一种这样的思想都有与之对应的生物病毒吗?"恩佐大叔问。

"不。据我所知，只有阿舍拉邪教是这样。也正是由于这个原因，所有曾在苏美尔占据统治地位的'谟'、'神祇'和宗教习俗里，只有阿舍拉邪教至今仍然如此风靡。像病毒一样传播的思想是可以被消灭的，纳粹主义、喇叭裤和画着巴特·辛普森的T恤衫不都已经销声匿迹了吗? 但由于其生物学特性，阿舍拉却可以一直潜伏在人体之中。巴别塔事件发生之后，阿舍拉病毒依然驻留在人类的大脑里，由母亲传给婴儿，由情人传给情人。

"像病毒一样传播的思想很吸引人，我们全都是易感人群。这样的思想一旦传播开来，简直就像群发性的歇斯底里一样。再举个例子，你脑子里突然冒出一支小曲，你整天哼个不停，最后别人也会受到感染，跟着哼唱。笑话也是如此。还有市井故事、怪异的宗教、纳粹主义。无论我们有多么聪明，大脑深处依然存在着不理智的部分，让我们随时有可能成为自我复制信息的宿主;但是，一旦你的肉体感染了阿舍拉恶性病毒，你会更易于接受像病毒一样传播的思想。只有一样东西能防止这些玩意儿占据全世界所有人的头脑，那就是巴别遗传因子。它将筑起一道高墙，让大家无法相互理解，从而划分出人类的种族，阻止病毒的扩散。

"巴别事件导致人类语言的数量出现爆炸性的增长。这也在恩奇的计划之中。单一文化就像一片玉米田，很容易招致病虫害的侵袭;但多种基因构成的多元文化好比大草原,生命力极强。几千年后,一种新的语言发展成形,这就是希伯来语,它具有异乎寻常的适应性和强大的力量。申命记学派,公元前6世纪至公元前7世纪的一神论激进团体,率先利用了这种语言的特点,以此抵御阿舍拉邪教。此外,他们生存的时代正值极端民族主义和排外势力大行其道,这也让他们更容易抵御阿舍拉邪教之类的外来思想。申命记学派为古老的传说赋予了正规的形式,将它们写入摩西五经,并在其中加入了一条法律,确保经文能够永世流传。这条法律是这样写的:'将我一字不差地抄录下来,每日诵读。'申命记学派清楚地意识到了潜在的危险性,于是大力提倡信息卫生学,在信徒心中树立起严格抄录和细心照管信息的信条,对数据进行严格的控制。

　　"他们做的事情还不止这些。有例为证:当亚述的西拿基立王企图征服耶路撒冷的时候,申命记学派精心策划了一次生物战。由此看来,申命记学派大概有他们自己的'恩';不然就是他们对病毒十分了解,知道如何利用天然菌株。这些人研究出各种技术,秘密地传给子孙后代,而在两千年后的欧洲,卡巴拉教派里的'巴尔舍姆'圣名大师学到了这些技术。

　　"总之,这就是理性宗教的诞生过程。此后所有的一神论宗教——伊斯兰教徒恰如其分地把这些宗教叫作'经书宗教'——或多或少都使用了类似的策略。例如,《古兰经》就一再称自己是一份抄本,是与《天堂之书》一字不差的复制品。这样一来,信徒们自然不敢对经文作任何改动! 这样就有效地防止了阿舍拉邪教的传播。最终,曾经盛行这种邪教的每一片土地,从印度到西班牙,全都落入了伊斯兰教、基督教和犹太教的控制之下。

　　"但阿舍拉病毒仍然盘踞在被感染者的脑干四周,在一代接一代人的体内潜伏着,总是能找到方法东山再起。比如在犹太教中,病毒就以法力赛教派的形式出现,对希伯来人实行强硬而又教条的神权统治。他们在神庙内存放着各种律法,由执掌民事管理权的祭司控制。法力赛教派一丝不苟地遵守这些律法,与昔日的苏美尔体制非常相像,压抑得令人窒息。

"基督教的牧师试图把犹太教从这种重压下解救出来——具体过程与恩奇的做法极其相似。基督的福音是新的喃剎怖,尝试让宗教脱离神庙和祭司的控制,把天国带给每一个人。耶稣基督在布道时明确地表达了这个意愿,基督死后留下的空坟也有这个寓意。他被钉上十字架之后,门徒前往他的坟墓寻找尸身,却发现里面空无一物。其中的含义非常清楚:我们并未把耶稣当作偶像崇拜,因为他的思想独立于身体之外而存在,他的教会不再由某个人集中控制,而是分散于大众之中。

"但人们已经习惯于法力赛教派强硬的神权统治,无法接受这种毫无宗教等级之分的大众化教会,他们需要教皇、主教和牧师。于是,福音书里便增加了基督复活的虚构情节。宗教意愿终于披上了偶像化的外衣。在新版的福音书里,耶稣重返人间组织教会,而基督教会后来变成了东西罗马帝国的教廷,化为另一种僵硬、严苛、毫无理性的神权统治。

"与此同时,圣灵降临教派诞生了。早期的基督徒也说那些毫无意义的妄语。《圣经》上说:'众人就都惊讶疑猜,彼此说:"这是什么意思呢?"'。好吧,我想或许我能回答这个问题。这是病毒爆发的前兆。申命记教派取得胜利之后,阿舍拉势力仍旧存在着,蛰伏在民众之中。犹太人采取的信息卫生学措施抑制了阿舍拉病毒的扩散,但在基督教时代的早期,一定出现过不少混乱局面,许多激进派和自由思想家四处活动,对传统大加挞伐,让社会退步到了前理性宗教盛行的岁月，回到了苏美尔时代。可以确信，他们全都用伊甸园时期的昏话彼此交谈。

"主流的基督教传统教会完全排斥这种毫无意义的胡言乱语。几个世纪以来，他们一直对此十分厌恶。到了公元381年，君士坦丁堡大公会议正式将其驱除。从那以后，讲这些胡言乱语的邪教一直处于基督教世界的边缘。当然，如果教会认为略加让步有助于让异教徒皈依基督教，那么他们还是愿意接受一点点被排斥的疯言疯语。例如，在16世纪，圣徒路易·贝特朗让南美印第安人皈依基督教的时候，胡言乱语之潮蔓延了整块大陆，扩散速度比天花还快。不过，一旦印第安人皈依了基督教，估计他们很快就不再胡言乱语，开始向别人那样讲拉丁语了。

"宗教改革让教会偶尔的让步进一步扩大了，大门又被稍稍打开了一些，但圣灵降临教派还是没有真正得到发展。只有到了1900年，当堪萨斯州的一小群圣经学院学生开始说那些胡言乱语之后，这个教派才迅猛成长。他们在得克萨斯州四处传播这种疯狂的习惯，后来演化成了那场著名的复兴运动。邪教风潮像野火一样四处蔓延，先是美国，然后是全世界，到1906年已经波及了中国和印度。20世纪的媒体规模急剧扩张，民众的识字率大大提高，交通体系的速度也更为快捷，都为宗教病毒的传播提供了绝好的带菌传染途径。在拥挤的复兴运动大厅和第三世界难民营里，毫无意义的胡言乱语像恐慌症一样迅速地从一个人传到另一个人。到了80年代，全世界圣灵降临教派信徒的数量已达数千万之多。

"随后出现了电视，还有倚仗L.鲍勃·莱夫的强大媒体力量为后盾的韦恩牧师。韦恩牧师在他的电视节目、各种宣传册子和特许连锁店里大肆宣扬教义，这种行为和基督教时代早期的圣灵降临教派如出一辙，与更早时候的胡言乱语异教徒更是大有渊源。阿舍拉邪教仍然活着。韦恩牧师珍珠门就是阿舍拉邪教。"

57

　　"拉格斯弄清了这一切。他原本是国会图书馆的一名研究员,后来国会图书馆变成了中情公司的一部分,他也就成了中情公司的人。他靠在图书馆搜集可以牟利的情报为生,寻找一些没人肯费神发掘的东西,然后组织起来,卖给别人。一弄清恩奇/阿舍拉这件事的来龙去脉,他便开始寻找愿意出钱的买家,最后找到了L.鲍勃·莱夫,宽带世界的君主,光纤垄断巨头,当时莱夫手下的程序员数量居世界第一位。

　　"拉格斯是个典型的不会做生意的人。他有个致命的缺点:太喜欢打小算盘。他只想到,花上一笔小钱投资,便可以把神经语言学方面的编程技术发展成一项新科技,有了这项技术,莱夫便可以彻底垄断手下程序员脑子里那些属于公司的信息。如果不考虑道德因素,这倒不失为一个好主意。

　　"莱夫更擅长从大处着眼。他马上意识到,这个主意可以派上更大的用场。他把拉格斯的点子据为己有,然后打发拉格斯滚蛋。接着,他开始向圣灵降临教派的教堂投入大笔资金。他买下了得克萨斯州贝维尔的一座小教堂,改建成一所大学,又让微不足道的韦恩·贝德伍德牧师变成了比教皇还重要的人物。

他在全世界建立了一连串自给自足的宗教特许经营区,利用他的大学以及这所大学在超元域的校园培养了数万名传教士。这些传教士分散到第三世界各地,吸收了几十万人入教,和当年圣路易·贝特朗的做法一样。L.鲍勃·莱夫的胡言乱语教派成了最成功的宗教团体。他们动辄大谈耶稣,但就像许多自我标榜的基督教教会一样,这帮人只是假借基督之名,除此之外其实与基督教毫无关系。这是一种后理性宗教。

"他同时也想通过散播生物病毒来推广或是强化自己的邪教组织。利用教妓散播病毒是不可能的,这跟基督教教义实在相去太远了。不过,他派往第三世界的传教士都肩负着一项重要使命,就是去穷乡僻壤为老百姓打预防针,但针管里并非只是疫苗。

"在第一世界国家,每个人都接种过疫苗,大家也不会随便让狂热的宗教分子用针头乱扎;但人们需要大量的毒品,所以莱夫就为大家设计了一种从人类血液中提取的病毒,将它包装成众所周知的'雪崩'。

"与此同时,他组建了方舟船队,将数十万教徒从亚洲的贫困地区运往美国。方舟在媒体上的形象简直乱作一团:船上的人讲着数千种不同的语言,完全没有权力机构发号施令。其实不然,方舟上的一切都经过高度组织和严密控制。那些人都用胡言乱语相互交谈。L.鲍勃·莱夫对这种疯言疯语加以精炼,使之成了一门科学。

"他将无线电接收器植入某些人的颅骨内,控制他们,通过广播发布指令——也就是'谟'——让指令直接进入这些人的脑干。一百个人里,只要有一个人装有接收器,这人就能像这片地区的'恩'一样,把L.鲍勃·莱夫的'谟'传给其他所有人。大家都会执行L.鲍勃·莱夫的命令,跟洗了脑一样。像这样被洗了脑的人莱夫有上百万个,就在加州海岸之外。

"他还拥有一种数字化的超级病毒,用二进制代码写成,能够传染电脑,或是通过视觉神经传染黑客。"

"他是怎么把生物病毒转译成二进制代码的呢?"吴问。

"我认为他根本没有转译。我想,这种数字化病毒是他从太空中找到的。莱夫拥有全世界最大的无线电天文网络。他根本没有利用这种设备从事真正的天文学研究,而是用它接收来自其他星球的无线电信号。理所当然,他的某个碟形天线迟早会接收到超级病毒。"

"为什么说理所当然呢?"

"超级病毒无处不在。只要是存在生命的地方就会有超级病毒,并从这里进一步传播开去。最初的病毒应当是依靠彗星来传播的。生命可能就是这样来到地球,超级病毒可能同样是彗星送来的。但彗星的速度很慢,无线电波的速度却快得多。如果病毒以二进制代码的形式出现,便会以光速在宇宙间四处飞蹿。它会感染一颗有文明存在的星球,侵入上面的电脑,自我复制,然后无可避免地通过电视、收音机以及其他各种媒介广为传播。这样的传播不会在大气层边缘止步,数字病毒可以直接辐射到宇宙空间,永远连绵不绝。只要病毒信号来到另一颗存在文明的星球附近,上面又有像莱夫这样的人接收星际信号,那么这颗星球就会被传染。我想,这就是莱夫的计划,而且,我认为他达到了目的。不过,莱夫非常聪明,他以一种算计好的方式捕捉到了超级病毒,把它放进了瓶子,作为一种信息战的工具供他调遣。如果病毒被置入电脑,电脑便会因为感染了新病毒而死机;但如果病毒进入了黑客的意识,便会更具灾难性,因为黑客对二进制代码的理解能力已经嵌入了大脑的深层结构之中，二进制的超级病毒会摧毁黑客的意识。"

"所以莱夫能够控制两类人。"吴说，"通过用超级母语写成的'谟'，他可以控制圣灵降临教派的信徒；此外还可以控制黑客，只是方式更加暴力：用二进制病毒破坏他们的大脑。"

"一点不错。"

"你认为莱夫想达到什么目的?"吴问。

"他想成为奥兹曼迪亚斯，众王之王。瞧，道理很简单：只要你皈依他的宗教，他就能用'谟'来控制你。他可以让数百万人皈依他的宗教，因为这种宗教像该死的病毒一样广为传播——人们对它没有任何抵抗力，因为没有人会认真思考宗教问题，大家的理智也不足以探讨这样的问题。基本上，任何喜欢看八卦杂志或是摔角节目的人都很容易皈依莱夫。再加上'雪崩'，更是让他的宗教显得魅力非凡。

"莱夫认识到了最关键的一点，那就是现代文明和苏美尔文明其实并无差异。我们有大量的劳动人口是文盲或半文盲，完全依赖于电视——这就相当于口头传习的传统；此外，我们还有少数极为博学的精英人物，基本上就是那些经常出入超元域的人。这些人明白知识就是力量，控制这个社会的也是他们，因为他们拥有神秘的能力，会讲神奇的电脑语言。

"于是，我们就成了莱夫实施计划时会遇到的一大块绊脚石。像L.鲍勃·莱夫这样的人，如果没有我们黑客，他什么事也做不了，但就算他让我们皈依了他的宗教，他也无法利用我们，因为我们这种工作的本质是创造性，不可能像'谟'一样，让人照抄照做就行。不过，他可以用凶狠的'雪崩'来威胁我们。我想，大五卫身上发生的事情就是例证。它可能是个实验，看看'雪

崩'是否对真正的黑客有效；也可能是个警告，向黑客群体展示
莱夫的实力。意思是：如果将阿舍拉病毒在科技精英界传播开
来，其效果——"

"——就像扔下了凝固汽油弹。"吴说。

"据我所知，没有什么办法能阻止二进制病毒的传播。但莱
夫的伪宗教还是可以对付的，有一种解毒剂可以奏效。恩奇的
喃刹怖依然存在。他把一份副本给了自己的儿子马杜克，马杜
克又传给了汉谟拉比。现在看来，马杜克不一定真有其人，但重
要的是，恩奇的所作所为给人留下了一种印象：他已经通过某种
方式让自己的喃刹怖继续流传下去了。换句话讲，他留下了信
息，而如果阿舍拉再度兴起，后世的黑客应该能够解开信息中的
奥秘。

"我确信，我们需要的这个信息保存在一个黏土信封里，这
个信封已在十年前被人从伊拉克南部的苏美尔古城埃利都发掘
出来。埃利都是恩奇的宝座所在之地。换一种说法，恩奇是埃
利都的'恩'，埃利都的神庙里供奉着他的'谟'，其中就有我们要
找的喃刹怖。"

"发掘出那个信封的是什么人？"

"埃利都的发掘工作由得克萨斯州贝维尔的一所宗教大学
独家赞助。"

"L.鲍勃·莱夫的大学？"

"没错。他在大学里创建了考古学系，这个系的唯一功用就
是把埃利都城挖出来，找到存放'谟'的神庙，再把'谟'带回来。
L.鲍勃·莱夫打算用逆向工程的方法研究恩奇掌握的技巧：通过
分析恩奇的'谟'，他要创造出一批他自己的神经语言学黑客，为
他编写出新的'谟'。这些'谟'将成为莱夫想创造的新社会的基

础规范和纲领。"

"但埃利都神庙里的'谟'中有一份副本,恩奇的喃刹怖的副本。"吴说,"对莱夫的计划来说,它是个巨大的威胁。"

"是的。他同样盼望能得到那块黏土板,但不是为了分析,而是要亲自保存,这样就没人能用它来对付他。"

"如果你得到这个喃刹怖的副本,"吴说,"它能起到什么作用?"

"如果我们能把恩奇的喃刹怖传送给方舟上所有的'恩',他们就会把喃刹怖转发给方舟上的其他所有人。大家的超级母语神经都会被扰乱,莱夫从此再也不可能用新的'谟'来控制他们了。"阿弘说,"但我们必须在方舟解体之前完成这件事,而且要在所有难民上岸之前采取行动。莱夫通过'企业号'上的中央发射机与他手下的'恩'联络,我猜那玩意儿的通讯距离很短,不会超出人们的目视范围。用不了多久,他就会用这套系统发布一条篇幅很长的'谟',命令所有难民集体上岸,统一行动,仿佛是一支执行协同行动命令的部队。也就是说,方舟即将解体,在那以后,谁也无法只发送一段讯号就能把命令传给所有的人。咱们应该尽快行动。"

"莱夫先生可不会太高兴。"吴预言道,"他会释放'雪崩'来抵抗你这个科技精英。"

"这我知道。"阿弘说,"但我一次只能操心一个问题。在眼前这个问题上,我需要你们的帮助。"

"说时容易做时难。"吴说,"要到达中心区,只能从方舟上方飞过,或者驾着小船穿进中央。莱夫在那儿有一百万名手下,装备着步枪和导弹发射器。就算有高科技的武器系统,也抵挡不住由小股武装力量组织起来的大规模联合进攻。"

　　"那就调几架直升机到这个地区。"阿弘说,"总得想点办法吧,什么办法都行。只要我拿到了恩奇的喃刹怖,再用它感染方舟上的所有人,你们就可以平平安安地进来了。"

　　"我们考虑考虑,看能想出什么办法。"恩佐大叔说。

　　"好吧。"阿弘说,"对了,'理性'能派上用场了吗?"

　　吴咕哝了一声,一张卡片出现在他手里。"这是新版的系统软件。"他说,"错误应该会少一点。"

　　"少一点?"

　　"天下没有毫无瑕疵的软件。"吴说。

　　恩佐大叔开口道:"我猜,我们大家身上都有一点点阿舍拉病毒。"

58

阿弘独自走出办公室,乘电梯下楼,来到大街上。刚离开那座遍身霓虹的摩天大楼,他便发现一个黑白化身女孩正坐在他的摩托车上,摆弄着控制装置。

"你在哪儿?"她问。

"我也在方舟上。喂,咱们刚赚了两千五百万港币。"

他以为这一次,Y.T.终于会被他的话吓一大跳,但她似乎还是无动于衷。

"好啊,等他们把我的尸体装在塔帕保鲜盒里寄回家的时候,我就有钱享受一场风光大葬了。"

"为什么? 怎么回事?"

"我闯祸了。"承认自己闯祸,这可是Y.T.这辈子里的头一回,"我觉得我的男朋友会杀了我。"

"你的男朋友是谁?"

"乌鸦。"

如果化身能脸色惨白、头晕目眩、一屁股坐到地上,阿弘现在肯定会是这么一副惨相,"现在我总算知道他脑门上为什么刺着'无法控制冲动'这几个字了。"

"真有你的。我还以为能从你这儿得到一点帮助呢，至少该有点建议吧。"她说。

"你觉得他会杀了你，你肯定错了。因为，如果你真的招惹了他，你现在已经死了。"阿弘说。

"这就要看是什么'招惹'了。"她说道，然后跟他讲了守宫阴牙的事。那件事真的好玩极了，好玩得要了老命。

"我会尽量帮帮你。"阿弘说，"不过，在方舟上，又和我待在一起，这可不是最安全的办法。"

"你找到你的女朋友了吗？"

"没有，但我还是充满希望。就看我能不能活下来了。"

"你对什么事情充满希望？"

"我和她之间的关系。"

"为什么？"她问，"现在和以前有什么不同？"

这个问题看似很简单，却让人很难回答，因为阿弘自己也不知道答案，"唉，我想我已经猜到她打算干什么了，我是说，她为什么来这儿。"

"又如何？"

又是一个看似简单明了的问题。"是这样，我觉得自己现在才真正了解了她。"

"你真正了解她了？"

"是的，嗯，差不多吧。"

"了解——你觉得这算是件好事？"

"呃，当然。"

"阿弘，你真是个笨蛋。她是个女人，你是个男人。你用不着说什么了解不了解她，她需要的不是这个。"

"那你认为她需要的是什么？别忘了，你从来没见过这个女人,而且你还和乌鸦约会。"

"她不需要你了解她,她知道那压根儿是不可能的。她只想让你了解你自己。关键只是这一条,其他一切都可以谈。"

"你真的这么想?"

"当然。"

"你凭什么认为我不了解自己?"

"这一点太明显了。你是个聪明透顶的黑客,世界顶级刀客,可你却去送比萨,还为自己根本赚不到钱的演唱会做宣传。你怎么能盼着她——"

Y.T.的后半句话被突然刺入他耳机中的声音打断了。声音来自真实世界,是一种尖锐的、撕裂空气的噪音,伴随着重击般的轰鸣声。紧接着响起了居住区里孩子们的恐惧尖叫,男人用他加禄语连声叫喊,以及一艘钢铁拖网渔船在海水的重压下损毁变形时发出的呻吟声和爆裂声。

"怎么回事?"Y.T.问。

"流星。"阿弘说。

"什么?"

"别走,在这个频段上等我。"阿弘说,"恐怕我马上就要来一场格林机关枪的对决战了。"

"你要下线了吗?"

"能不能闭嘴几秒钟?"

这是一片马蹄形区域,由方舟船队里六七艘锈迹斑斑的破旧渔船绑在一起形成的一片小港湾,边上漂着一座用参差不齐的浮筒搭起来的浮动码头。

那艘正被切割成一块块废铁的拖网渔船刚刚被"企业号"甲板上的大口径机枪击中了。看上去就像有一道巨浪将它高高托起，想把它卷在一根柱子上：船体的一侧全都凹了进去，船首和船尾已经快要凑到一起。渔船的龙骨断了，空空如也的船舱大口大口地吞噬着浑浊的棕色海水，像个溺水的人拼命吸气一样，把色彩斑驳的污水吸进腹中。

阿弘把"理性"推回"佐迪亚克"小艇，跳上船去，发动了引擎。已经没时间把船从浮动码头上解下来了，他抽出胁差短刀，砍断了缆绳。

浮筒与那艘废船的系缆缠在一起，已经开始向海中沉去。拖网渔船正在没入水面，马上就要像个黑洞似的把整片居住区全部吸入海底。

两个菲律宾男人已经拔出短刀，劈砍着将居住区连成船网的绳索，试图放弃无法抢救的部分船只。阿弘跳上一只沉到水下齐膝深处的浮筒，找到它与另外一只沉得更深的浮筒相连的绳索，用长刀连连戳刺。剩下的几根绳子噼噼啪啪绷断，声音像步枪开火。挣脱束缚后，那只深深沉到水下的浮筒骤然弹起，冲上水面，速度快得差点把"佐迪亚克"小艇撞翻。

拖网渔船旁边的一整段浮动码头都没救了。手持鱼刀的男人和拎着切肉刀的女人都跪下来切割绳索，解救他们这片居住区，而此时海水已经淹到了他们的下巴底下。绳索一根根绷断，力度很大，把几个菲律宾人带得抛到空中。一个男孩用弯刀砍断最后剩下的一根绳索，断开的绳头啪的一声抽打在他脸上。这一片筏子终于又可以自由活动了，在水面上扭动摇晃，逐渐恢复平衡。刚才那艘拖网渔船所在的地方此时已空无一物，只剩一个冒泡的旋涡，偶尔吐出一块漂浮的残骸。

另外一些人爬上一艘曾与拖网渔船绑在一起的渔船。这艘船也受了一些损伤，几个男人聚在一起，俯身靠在栏杆上，检查着船身侧面的几个大口子。每个窟窿都有高尔夫球一般大小，窟窿四周的船身被刮掉了漆皮和锈迹，闪闪发亮，尺寸像晚餐碟那么大。

阿弘知道，自己该出发了。

动身之前，他从连身衣中掏出一只钱夹，数出几千元港币。他把钱放在甲板上，用一只红色铁皮汽油桶的一角压住。然后，他上路了。

他很容易就找到了通往下一个居住区的水路。这时的阿弘已成惊弓之鸟，一面驾船，一面前后张望，留意着身边所有的小路。在一个路口，他发现了一个"天线头"，正在喃喃地说着什么。

下一个居住区是马来西亚人的地盘。几十个人听到动静，都聚到桥边。阿弘刚驶进这片居住区，就看到汉子们带着枪和刀，顺着充当主要街道的浮桥跑了过来。这肯定是本地的警卫队。一条条小水道上也出现了有同样装束的人，驾着小船和舢板，同桥上的人一齐逼来。

突然间，身边响起一阵震耳的敲打和碎裂声，好似运原木的卡车撞上了一堵砖墙。水溅了他一身，一股蒸汽同时喷到他脸上，但转眼间，一切又恢复了平静。他缓缓地、不情愿地转过身。离他最近的一只浮筒已经不见了踪影，只剩下散发着血腥气息的海水在动荡翻滚，里面夹杂着碎屑和残骸。

阿弘扭头朝身后看去。几秒钟前站在路口的那个"天线头"已经走出隐蔽处，来到开阔的水域，正独自一人站在一只筏子边上。其他人都不见了。阿弘能看到那个杂种的嘴唇在动。他猛地一个急转弯，驾船回头，冲向"天线头"，同时用空着的一只手抽出胁差短刀，把那家伙当场砍翻。

　　还会出现更多的"天线头"。阿弘知道,现在那帮家伙都已出动,正在四处搜寻他的踪影,而"企业号"上的射手为了能干掉阿弘,绝不会在乎有多少难民跟着丧命。

　　从马来西亚区出来之后,他进入了一片中国人的居住区。这里的规模大了许多,由大量铁壳船和驳船组成。阿弘目前的高度几乎等于贴着海平面,但他还是能看出,这片居住区远离方舟的中心区,绵延着伸向远方。

　　一艘中国船的上层结构上,有个人正在观察阿弘。又是个"天线头"。那家伙的下巴不停地翕动,肯定正向方舟中心报告最新情况。

　　"企业号"甲板上的重型格林机关枪再次开火,射出又一串火流星般的贫铀弹,击中了距离阿弘二十英尺的一艘无人驳船的侧舷。驳船的整个侧面马上凹了进去,钢铁船体似乎化为铁水,顺着下水道流了出去。船身绽露的金属闪闪发亮,因为爆炸引发的冲击波把厚厚的一层铁锈变成了浮尘,从钢铁骨架上震飞到空中。巨大的声浪袭来,阿弘只觉得胸口一阵发疼,差点呕吐。

　　机枪由雷达控制,射击金属物体准确度极高,但想击中阿弘的血肉之躯却困难得多。

　　"阿弘?你他妈在那儿干什么?"Y.T.在他的耳机里大叫道。

　　"现在没空闲聊。带我去我的办公室。"阿弘说,"把我的化身拉到摩托车的后座上,开车出发。"

　　"我不会开摩托。"她说。

　　"这辆车只有一个控制装置。扭一扭油门就能开动。"

　　他驾着小艇朝一片空旷水面驶去,让它在那里打转。目镜中真实世界的景象上叠加着朦胧的超元域图像。他能看到Y.T.

的黑白化身跨上摩托车,坐在他前面,一扭油门手柄,两人猛地向前飞蹿,一头撞在马赫一区一座摩天楼的墙壁上。

他关闭了超元域图像,让目镜变成绝对透明,又把系统调到"完全怪脸模式":除了可见光之外,又增加了红外线伪色处理,外加毫米波雷达。

眼前的世界变成颗粒状的黑白图像,比以前明亮了许多。四处都有一些物体闪烁着模糊的粉色、红色光芒。这是红外线生成的效果,意味着这些东西或温热,或滚烫:人是粉色,发动机和火焰是红色。

毫米波雷达的显示图像更清晰一些,是一层绿色虹彩。一切金属制品都被显示出来。切换成怪脸模式后,阿弘发现自己正顺着一条颗粒状的炭灰色水道前行,两边是颗粒状的浅灰色浮桥,浮桥绑在虹绿色的驳船和海船上,色彩清晰净爽,船身四处闪动着点点红光,那是正在散发热量的地方。这种景象当然不漂亮,应该说丑极了。眼前的世界成了这副模样,难怪怪脸们不愿搞社交,在这方面显得那么迟钝;但与以前那种炭灰加乌黑的效果相比,现在的显示模式要有用得多。

而且还救了他一命。他正顺着狭窄弯曲的水道飞驰,一根细细的绿色抛物线突然出现在视野中。这根细线原本横搭在他前方的水面上,这时猛地升起,紧紧绷成一条直线,高度与他的脖子齐平。阿弘连忙低头躲过,还朝设圈套的年轻人挥了挥手,继续向前驶去。

雷达发现了三个模糊的粉色身影,站在水道一侧,手中握着AK-47。阿弘马上拐进一条岔路,躲过了他们,但现在这条水巷更加狭窄,而且他不知道它通向哪里。

"Y.T.,"他唤道,"我们这是在哪儿啊?"

"正顺着大街朝你家开呢,就是速度太快,六次都没来得及转进你家那个街区。"

再向前走,水巷只剩死路一条。阿弘来了个一百八十度大掉头,但远远不像他平时做的那么灵活——小艇身后拖着那个巨大的热交换器,实在太难操纵了。他再次低头闯过那根设伏的钢丝,开始探索刚才经过的另一条狭窄水道。

"好了,咱们到家了。你正坐在桌边呢。"Y.T.说。

"好,"阿弘说,"接下来的事可能有点麻烦。"

他放慢船速,在水道正中停了下来,扫描四周之后没有发现民兵和"天线头"。在他旁边的船上有个五英尺高的中国妇人,正在用方形的菜刀剁着什么东西。阿弘自忖能够应付这种风险,于是关闭了现实世界影像,回到超元域。

他坐在桌边。Y.T.站在他身旁,双臂交叉在胸前,显得颇为不快。

"图书管理员?"

"是,先生。"图书管理员说着,轻手轻脚地走了进来。

"我需要'企业号'航空母舰的设计图。要快。如果你能为我提供一些立体资料,那就再好不过了。"

"是,先生。"图书管理员说。

阿弘伸手抓住"地球"。

"现在的位置。"他说。

地球缓缓旋转,直到他的目光正对着方舟时才停下。随即,球面以可怕的速度向他扑来。他只花了三秒钟便到达了目的地。

如果他正置身于一个正常、平静的地方,比如说下曼哈顿,出现在他面前的会是三维立体图像。但现在他只能将就一下,眼前只有卫星拍摄的二维平面照片。他在方舟的黑白照片中发现了一个叠加在图像上的红点。红点位于一条狭窄的黑色水道正中——他现在的位置。

实地驾驶时,这片地区像一座令人生畏的迷宫。但当你俯视这座迷宫时,寻找出路就容易得多了。过了不到六十秒,他便走出迷宫,来到太平洋空旷的水域上。天将破晓,雾气弥漫。"理性"的热交换器冒出缕缕蒸汽,让雾霭变得更浓。

"你到底在哪儿?"Y.T.问。

"正在离开方舟船队。"

"哟,谢谢你,你可真是帮了我的大忙啊!"

"我很快就回来。只是要花点时间做做准备。"

"现在我四周有好多可怕的家伙。"Y.T.说,"他们正在看我。"

"没关系。"阿弘说,"我保证他们会听'理性'的话。"

59

他打开那只手提箱。屏幕仍然亮着,平面操作系统的桌面顶端有一个菜单选项框。他用轨迹球拉下菜单:

帮助信息

准备工作

理性射击

战术提示

保养维修

弹药补给

故障排除

综合事项

"准备工作"标题下的信息很多,比他想知道的多得多,其中包括半个小时的视频资料。视频有些曝光过度,里面的主角是个身材矮壮、面带疤痕的亚洲汉子,脸上没有任何表情,永远一副对旁人不屑一顾的模样。这家伙伸胳膊伸腿活动着身体,随后拆开"理性",检查枪筒有没有损伤或尘土。阿弘启动快进模式,略过了这些步骤。

最后,矮壮的亚洲人终于把枪组装完毕。

鱼眼使用"理性"的方法并不正确。这套武器系统配有一只枪架,可以绑在身上,让操作者能用自己的胯骨吸收后坐力,稳定枪身。枪架上装有减震器和微型液压装置,可以抵偿枪体的重量,化解后坐力。只要正确佩戴这种装置,你很容易就能让机枪准确击中目标。如果戴上目镜进入电脑系统,瞄准的目标上还会叠加上一个十字瞄准线,非常方便。

"您要的信息,先生。"图书管理员说。

"你能把这份信息和'现在的位置'叠加在一起吗?"阿弘问。

"我尽力而为,先生。两者的格式似乎可以兼容。另外还有件事,先生。"

"什么事?"

"这艘航母的设计已经有些年头了,建成之后又被一位私人业主买下——"

"他大概对这艘船做了一些改动。我明白了。"

阿弘回到了现实世界。

他找到了一条宽阔的水道。这条路深入方舟船阵内部,通往中心区。岸边一侧有条像是人行道的小路,用跳板、浮筒、原木、废弃的小船、铝制独木舟和油桶随意拼凑在一起,看上去似乎没有尽头。在世界上其他任何地方,这条路都算得上蹩脚难行,但方舟中的这片地区简直是第五世界,在这里,它完全是超级高速公路。

阿弘驾着小艇行驶在水道中央,速度并不很快,但要是撞上什么东西,小艇仍然可能翻船。那样的话,"理性"会沉入水底,而阿弘和"理性"已经绑在了一起。

　　转换到怪脸模式后，"企业号"的飞行甲板变得一目了然。甲板边缘处围绕着一座座半球形物体，组成了一圈疏疏落落的警戒线。阿弘的雷达装置识别出这些东西是密集阵反导弹防空炮的雷达天线，每一座半球形穹顶下都伸出了一门多管速射炮。这一切在屏幕上看得清清楚楚。

　　他放慢速度，让小艇近乎停在水上，然后左右摆动"理性"的枪管，直到十字瞄准线出现在目镜的视野里。那就是瞄准点。他瞄准一座密集阵炮塔，十字线对准，然后扣下扳机，按动了半秒钟。

　　那座硕大的半球形穹顶变成了一道飞溅着锯齿状碎片的喷泉，它下面的炮管还在原位没动，只是洒上了几片血红色的斑点。阿弘把十字线稍稍放低一点，又打出了五十发连射，这才把多管炮从炮座上掀了下来。随后，那门炮上的弹链开始时断时续地爆炸，阿弘不得不把目光从那里挪开。

　　他向另一门密集阵炮塔看去，发现那门炮的炮管正指向自己。这可太吓人了。他下意识地猛扣扳机，射出一长串子弹，但显然没有起到任何作用。就在这时，视线突然被近旁的什么东西挡住了，原来是后坐力把他推到了一艘系在水道边的老游艇后面。

　　蒸汽会暴露他的位置，他知道接下来会发生什么事情，于是立即加速离开了那个地方。一秒钟之后，老游艇便被那门密集阵射来的连发炮火轰到了水下。阿弘继续奔逃了几秒钟，这才找到一只浮筒让他能稳住小艇。他将船靠在浮筒上，朝目标射出长长的一串子弹。松开扳机后，他看到"企业号"的边缘处，原来那门密集阵炮塔所在的位置上，此时已被咬下了一个半圆形的缺口。

他再次驶入主水道,向方舟中心逼近。最后,水道在中心区的一艘大船下走到了尽头。这是一艘集装箱货轮,已被改建为高层公寓。一张吊货网挂在这艘货轮与邻船之间充当跳板。这玩意儿大概还有吊桥那样的功能,如果有不受欢迎的人想攀爬,它还能拉起来,阻止对方。如今方舟上最不受欢迎的人大概就是阿弘了,但他们还是为他留下了这张吊货网。

真不错,但眼下他仍打算待在小船上。阿弘顺着集装箱货轮的一侧高速驶过,绕着它的船首转了一个"U"字形的弯。

下一艘船是巨大的油轮,基本上已经腹内空空,船身高高浮在水面之上。阿弘仰头望着两船之间陡峭的钢铁峡谷,没发现能为他提供方便的吊货网。看来船上的人不希望窃贼或是恐怖分子爬到油轮上钻孔偷油。

下一艘就是"企业号"了。

两艘巨无霸——油轮和航空母舰——并排漂在水上。看二者之间的距离,最近处约为十英尺,最远处也只不过五十英尺。大量巨型缆绳将两船连在一起,中间还垫着硕大的气囊,看样子是几艘充气小艇,压瘪了塞进两船之间,以防船身相互擦碰。这些沉重的缆绳不是简简单单缠在两艘巨轮上了事,中间还用不少重锤和滑轮玩了很多花样。阿弘猜测,这是为了预防海上风浪大起,将两船拉开,所以在缆绳部分事先留下了余量。

阿弘驾着自己的充气小艇驶过两船之间。与整片方舟群相比,这条灰色的钢铁隧道显得十分宁静,仿佛与世隔绝。除了他以外,其他人谁也没有理由来这个地方。如此宁静,让他只想坐下来休息片刻。

但只要动脑子想想就能知道,这不太可能。"现在的位置。"他说。

　　"企业号"船壳的大片灰色钢板立即变成了三维立体的线式结构图,为他显示出钢板里面的所有船内设施。

　　"企业号"的船身上,沿着吃水线衬着整整一圈厚厚的防鱼雷装甲。从这里打开突破口看来希望不大。再向上一些的地方装甲比较薄,而且里面是人员舱,并非油罐或弹药库。

　　他选中一间标有"军官室"的舱房,端起"理性"开了火。"企业号"的船壳出乎意料地难啃,"理性"没能在上面径直撕出一道口子,过了好一会儿才射穿了钢板,但费尽力气也只打出一个直径约六英寸的窟窿。后坐力把阿弘一直推到了油轮锈迹斑斑的船身上。

　　反正不能永远把机枪带在身边,索性尽量瞄准一个地方,扣住扳机不放,直到弹药打光。接下来,他从身上解下"理性",把整套武器系统扔到船外。机枪一直沉到了水底,一道蒸汽柱标出了它的位置。晚些时候,李先生的大香港会派出一支环保直接行动队来打捞"理性";然后,他们或许会把阿弘拖到"环境犯罪法庭"受审。但现在,他不在乎这个。

　　被子弹射穿的洞口边缘参差不齐,距吃水线二十英尺,阿弘试了六七次才用爪钩牢牢地攀住了它。

　　扭动着身体钻过窟窿时,灼热尖锐的金属撕裂并熔化了连身衣上的合成布料,让他这件衣服不断发出噼噼啪啪、哧啦哧啦的声音。最后,阿弘终于爬进船舱,留下一块块衣料碎片粘在身后的船壳上。裸露出的几处皮肤被烧灼出一度、二度烫伤,可他居然没怎么觉得疼,由此可见他现在是多么紧张。再过一阵子,伤口准会疼得要命。他踩着一块块烧得发红的船壳碎片往前走,熔化的鞋底嗤嗤作响。舱房里烟雾弥漫,但航空母舰总有防火措施吧,没有的话,它就不能称之为航空母舰了,再说这个地方也没有多少可燃物。阿弘径直穿过烟雾朝门口走去。那扇门已被"理性"的火力雕刻成了一块镂空的钢铁桌布,他抬脚将舱门从门框上踢飞,来到一条过道中。在"企业号"的设计图上,这个地方只是简单地标着"走廊"两个字。觉得时机已到,阿弘拔出了他的打刀。

60

　　Y.T.的这位搭档在现实世界中忙忙碌碌,他的化身却显得有些懒懒散散。阿弘的身体像个充气玩偶似的坐在那里,面部肌肉不停地扯来扯去。她不知道他正在干什么,肯定十分刺激,因为大部分时间里,他的表情不是极度惊奇就是极度恐惧。

　　他和图书管理员谈完航空母舰之后不久,Y.T.就听到了一阵阵低沉的隆隆声——真实世界的声音,来自外面,听上去像机关枪和电锯声混合而成的震响。每当她听到这种声音,阿弘的化身脸上便会现出一副震惊的神情,仿佛在说:我要完蛋了。

　　突然,有人拍了拍她的肩膀。估计是某个一大早跟别人约好在超元域见面的西装客。这家伙准是觉得一个信使不可能有什么要紧的事,所以可以随便打扰。她没有理会。

　　但随后,阿弘的办公室忽然变得模糊起来,紧接着,就像印在窗帘上的一幅画似的,一下子被掀了开来。一个家伙的面孔赫然出现在她眼前,是个"天线头",脑袋上长着吓人的天线。

　　"喂,"她说,"你想干什么?"

　　这人抓住她的胳膊,把她从终端隔间里扯了出来。同来的还有一个家伙,上前攥住她的另一只手臂。他们架着她向外走去。

"快他妈松开我的胳膊。"她说,"我跟你们走。没问题。"

这不是她头一次被别人从满是西装客的大楼里扔出来,但这一回稍有不同:现在这两个驱逐不速之客的保安活像一对真人大小的"玩具反斗城"塑料小兵。

让Y.T.生出这样的念头,并不只因为两个家伙好像不会说英语。他们的反应根本不正常。她挣脱了一只手臂,可那个"天线头"没有动手打她,只是僵硬地转过身,机械地伸出手,再次抓住她的胳膊。他的面孔没有任何变化,双眼像坏掉的车头灯一样直愣愣地瞪着,嘴巴微微张开,轻轻地喘息,但双唇一动不动,表情始终如一。

他们所在的这家旅馆里,一间间船舱便是客房,被切开的集装箱则充作接待前厅。两个"天线头"把她拖到门外,跨过直升机起降平台上粗大的十字标志线。一架直升机刚好正要降落,幸亏他们及时离开了起降台,时间赶得刚刚好。这个地方的安全措施简直糟糕透顶,他们的脑袋差点被螺旋桨削掉。这就是她早先见过的那架漂亮的企业专用机,机身上涂有"莱远研企"的标志。

"天线头"打算拽着她走上一条跳板模样的东西,那玩意儿横搭在水上,直通另一艘船。她费尽力气向后转过身,双手抓住船边的栏杆,脚踝死死钩住栏杆立柱,说什么也不松开。一个家伙从身后搂住她的腰,想把她扯下来,另一个转到她面前,一根接一根地掰开她攀住栏杆的手指。

几个人从"莱远研企"的直升机里蜂拥而出。他们都穿着连身制服,口袋里插满各种器具,Y.T.至少从中发现了一副听诊器。他们从直升机里拖出一只只带有红十字标志的玻璃纤维大箱子,跑进集装箱货轮。Y.T.知道,这些人并不是去抢救某个吃炖李子脯时中风的胖商人,他们是要让她的男朋友恢复战斗状态。现在这个世界需要乌鸦开足马力全速前进。

"天线头"拖着她走过相邻这艘船的甲板,从这里又爬上一道舷梯,来到下一艘身躯巨大的轮船上。她觉得这像是一艘油轮。这艘巨轮的甲板非常宽阔,铺设着错综复杂的管线,锈痕已经渗进了涂在管道上的白漆之下。隔着甲板,她看到了油轮另一侧的"企业号"。那才是他们的目的地。

但这两艘巨轮并没有直接相连。"企业号"的甲板上竖立着一架起重吊车,已将吊臂摆到了油轮甲板上方。吊臂上摇摇晃晃地挂着一只小小的铁丝笼,距离油轮甲板只有几英尺。两艘船正在朝不同的方向来回摇摆,这只铁笼也跟着上下跃动,在相当大的一片区域里晃来晃去,悬在钢缆下端像钟摆似的不停悠荡。笼子侧面有一扇打开的铁门,在半空中摇晃着。

他们把她脑袋朝前扔进笼子。她的双臂被紧紧钳在身体两侧,没办法推开笼子。接着,他们又花了几秒钟弯起她的双腿往里塞。显然现在无论说什么都不管用,于是她索性默不作声地发起了反击,终于设法在一个家伙的鼻梁上结结实实地踹了一脚。骨头断裂的声音既能感到又能听到,那个人却没有任何反应,只是重击之下脑袋向后一扬。她只顾看着这个人,等着看他什么时候才能发觉自己的鼻子已被踢断,什么时候才能发觉她就是罪魁祸首,结果居然忘记了接着蹬踹,被人家整个塞到了笼子里。随后笼门啪的一声关上。

就连有经验的浣熊也能把门闩拉开,再说这只笼子也不是用来关人的;但等Y.T.费尽力气把身体转到能摸到门闩的角度时,她已经被吊在甲板之上二十英尺的空中,俯视着油轮和"企业号"之间的那道黑水。她能看到下面有一只被人遗弃的"佐迪亚克"小艇,正在钢铁墙壁之间撞来撞去。

"企业号"上也并非太平无事。不知什么地方失了火。人们正在开枪射击。她没有把握,不知自己是不是真想去那里。趁着高悬在空中,她对这艘船侦察了一番,发现没有路通到外面,没有可以利用的跳板或是舷梯。

她正朝"企业号"慢慢降低高度。笼子悬在钢缆上,贴着甲板晃来晃去,最后终于触到甲板,滑动了几英尺才停下来。她拉开门闩爬出了笼子。接下来会怎么样?

甲板上用漆涂刷出了一个十字,几架直升机停在四周,已被绳索牢牢拴好。十字标记的正中也停着一架直升机,是个双喷气引擎的庞然大物,看上去活像一只浑身挂满机炮和导弹的飞行浴缸。机身上的各种灯具全部打开,发动机正在隆隆作响,螺旋桨已开始旋转。飞机旁边站着一小群人。

Y.T.朝那里走去。她讨厌这样做,她知道,那帮人认定了她会走过去。但现在确实没有其他选择。要是滑板在身边就好了。在她见过的所有适合溜滑板的场地中,这艘航空母舰的甲板是最棒的。她在电影里见过,航母上有不少巨大的蒸汽弹射器,能把飞机弹射到空中。想想吧,踩着滑板被蒸汽弹射器送到半空,那是什么感觉!

她正朝直升机走过去的时候,站在飞机旁的一个家伙离开人群,迎着她走来。这人块头很大,身体像个五十五加仑的油桶,胡须尖梢向上高高翘起。他一边走向Y.T.,一边心满意足地笑着,让Y.T.不由得火冒三丈。

"哎哟,你这副模样真像个没人可怜的小东西!"他说,"妈的,宝贝儿,你看起来简直就是一只掉在水里的老鼠,刚刚把毛烘干。"

"多谢。"她说,"你看起来简直就是一块切下来的午餐肉。"

"真逗。"他说。

"那你为什么不笑了？怕自己真像午餐肉？"

"得了,"他说,"我没时间跟你开什么毛孩子的玩笑。我之所以要长这么大岁数,就是为了不搞这套烂把戏。"

"不是你没时间,"她说,"是你没本事。"

"你知道我是谁吗？"他问。

"我当然知道。你知道我是谁吗？"

"Y.T.。一个十五岁的信使。"

"还是恩佐大叔的好姐们儿。"她掏出狗牌,朝他丢过去。他伸手接住,显然吃了一惊。那条链子一下子缠在他的手指上。他举到面前仔细端详。

"瞧瞧,瞧瞧。"他说,"真是个蛮不错的小纪念品。"说罢,他把狗牌丢还给她,"我知道你和恩佐大叔有点儿交情,不然早就把你扔进水里了,哪还会把你带到这儿来？但说句实话,我不是给他面子。"他说,"过了今天,不是他恩佐大叔丢了饭碗,就是我自己彻底完蛋,就像你说的那样,变成一块切下来的午餐肉。但我猜,如果那个意大利佬知道他的小娘们儿在我的飞机上,他就不大可能再用毒刺导弹打烂我的涡轮发动机。"

"你他妈的想到哪儿去了。"Y.T.说,"我们之间的关系跟乱搞一点都扯不上边儿。"但她还是感到懊恼:折腾了半天,原来狗牌对坏蛋根本起不到任何神奇的作用。

莱夫转过身,朝直升机走去。走了几步之后,他扭头看着她,发现她还站在原地,正强忍着不让自己哭出来。"你上不上飞机？"他问。

她看了看直升机。那可是离开方舟的一张机票啊。

"我能给乌鸦留张便条吗?"

"既然你说到乌鸦,我想你已经对他讲得够明白的了。哈哈哈。快点来吧,小丫头,咱们正在浪费燃油,这对他娘的环境可是没好处。"

她跟着他来到直升机旁边,爬了上去。机舱里温暖明亮,座椅也非常棒。这种感觉就好像二月里,在坑坑洼洼的公路上跋涉了一天之后,终于惬意地坐进了一张带软垫的椅子。

"我重新做了内部装修。"莱夫说,"这是一架老式的苏联武装直升机,造它出来可不是为了让人舒服;但看在这层装甲钢板的分上,就算付出点儿代价也值得。"

机舱里还有另外两个家伙。其中一个五十来岁,神色憔悴,毛孔粗大,戴着金丝边的双光眼镜,手里拿着一台笔记本电脑。另一个是带枪的魁梧黑人。"Y.T.,"总是彬彬有礼的L.鲍勃·莱夫介绍道,"这是弗兰克·弗罗斯特,我的技术主任;而这位是托尼·迈克尔,我的保安主任。"

"女士。"托尼招呼道。

"你好。"法兰克也蛮有礼貌。

"滚一边儿去。"Y.T.说。

"拜托,小心脚下,千万别踩。"弗兰克说。

Y.T.低头一看,原来她爬上这张靠近舱门的座椅时,正好踩到了地板上的一只包裹。那玩意儿约有一本电话号码簿那么大,形状不太规则,看上去似乎很重,被气泡垫和透明塑料布裹得严严实实。她能隐约看到包裹里面的东西:棕色之中略带一点淡红,上面满是好似小鸡爪子留下的印迹,硬得像石头一样。

"这是什么?"Y.T.问,"老妈捎来的家常面包?"

"这可是古代的文物。"弗兰克十分恼火。莱夫在一旁咯咯地笑了起来,似乎Y.T.现在去侮辱别人了,让他觉得又轻松又得意。

另一个男人弯腰走过飞行甲板,生怕被飞转的旋翼削掉脑袋。他也爬上了飞机。此人大约六十岁,满头白发在螺旋桨的气流中仍旧纹丝不乱。

"大家好,"他喜气洋洋地说,"有几位以前好像没见过。今天早晨刚到,哈哈,现在又要回去了!"

"你是哪位?"托尼问。

新来的家伙立刻垂头丧气。"格雷格·里奇。"他答道。

接着,看到大家似乎都没有反应,他只好再作提示:"合众国的总统。"

"哦!真抱歉。很高兴见到您,总统先生。"托尼说着,伸出了手,"我是托尼·迈克尔。"

"我是弗兰克·弗罗斯特。"弗兰克也伸出手,脸上却显得有些不耐烦。

"别理我。"看到里奇朝她这边望过来,Y.T.马上说,"我是人质。"

"把宝贝儿掉头,"莱夫告诉驾驶员,"咱们去洛杉矶。有个控制大局的任务需要完成。"

驾驶员长着一张瘦削的面孔。经过方舟上的一番磨炼之后,Y.T.能看出这家伙是个典型的俄国佬。他开始咔嗒咔嗒地掀动控制按钮。发动机的轰鸣声越来越响,螺旋桨的旋转声也愈发紧密起来。就在这时,尽管Y.T.没有听到,还是感觉到了两次小小的爆炸。其他人也感觉到了,但只有托尼做出了反应。他立刻蹲身伏在机舱的地板上,从夹克下面抽出一把枪,拉开他那边的舱门。与此同时,发动机的轰响变得低沉下来,螺旋桨也恢复到了怠速空转状态。

隔着窗户，Y.T.看见了外面那个袭扰者。是阿弘。他全身都是烟垢和血迹，手中举着一把手枪。刚才他朝空中打了两枪，好引起他们的注意。现在他正躲在一架停着的直升机后面，用机身作为掩护。

"你死定了。"莱夫喊道，"混蛋，你陷在方舟里，永远别想脱身。这里有我上百万个忠诚战士。你能把他们全杀光吗？"

"我的刀有用不完的弹药。"阿弘高喊着答道。

"好吧，你想怎么样？"

"我要那块书写板。把板子给我，我就让你顺顺当当地离开，让你那上百万个忠诚战士杀掉我。如果你不肯给我，我就把这只弹夹里的子弹全部打进你直升机的挡风玻璃。"

"我们的挡风玻璃能防弹！"莱夫说。

"不，没那回事。"阿弘说，"阿富汗的抵抗分子早就发现了这一点。"

"他说得没错。"驾驶员说。

"他妈的苏联狗屎玩意儿！他们在机腹上装了那么多钢板，怎么挡风玻璃还是普通货色？"

"把书写板给我。"阿弘说，"不然我就自己动手拿了。"

"不，你休想。"莱夫说，"因为我这儿有个小仙女。"

到了最后这一刻，满心羞愧的Y.T.想俯下身子藏起来，不让阿弘看到自己；但阿弘的目光已经在她身上牢牢盯了片刻，她能察觉到他脸上现出挫败的神情。

她朝舱门奋力一跃，半个身体探出了机舱，处在螺旋桨吹向下方的强大气流中；但托尼一把抓住她的衣领，将她向后拖回了机舱。他把她按倒在地板上，抬起膝盖压住她的后腰，让她动弹不得；同时，发动机再次加大马力，而她能看到，敞开的舱门外，航母的钢铁地平线正从她眼前骤然下降。

她到底把计划搞砸了，看来只好把钱退还阿弘了。

或许用不着。

Y.T.用手掌抵住那块黏土板，拼尽全力向外一推。黏土板从地板上滑过，在门口处晃了晃，然后翻滚着掉到直升机外面。

又一票货成功送达。又一位客户心满意足。

61

直升机在航母上空盘旋了大约一分钟。机舱里的每一个人都眼睁睁地盯着那只包裹，看着它落在十字线的正中央，看着黏土板从包装中迸裂开来。裹着板子的塑料袋在四角处都已裂开，大块大块的黏土碎片飞溅在附近几英尺的范围内。

阿弘仍旧安全地躲在那架停着的直升机后面，也在不眨眼地盯着这块板子。注意力过于集中，阿弘忘了留意身边的危险——两个"天线头"撞到他的背上，阿弘的脸猛地顶在直升机的侧腹。他脸朝下摔倒在地，只有持枪的那只手还能动弹，可又有两个"天线头"骑坐在他的胳膊上，刚才那两个家伙则压住他的双腿。阿弘被压得动弹不得，只能眼睁睁地看着二十英尺外飞行甲板上摔碎的黏土板。莱夫那架直升机的轰鸣和螺旋桨掀起的风声逐渐减弱，慢慢变成遥远微弱的嗡嗡声，许久之后才完全消失。

耳后传来一阵刺痛。看样子，他的脑袋免不了要被手术刀和钻头修理一番了。

肯定有人在另外某个地方遥控指挥这几个"天线头"。吴认为他们似乎已经建立了一套有组织的方舟防御系统。可能有个负责指挥的黑客，一个"恩"，坐在"企业号"的中央控制塔里，像空中管制员一样操纵这些家伙展开行动。

或许真是这样，反正这些"天线头"没有多少自发性。他们在他身上坐了几分钟，这才想起接下来该干什么。于是，好几双手伸过来，扣住了他的手腕、脚踝、手肘和膝盖，像葬礼上的抬棺人一样把他脸朝上举了起来，走过飞行甲板。阿弘朝中央控制塔望去，看到那里正有几个人低头看着他。其中的一个，那个"恩"，还在对着一只麦克风讲话。

他们抬着他来到一座很大的升降平台上，然后缓缓下降，进入航母腹中，再也看不到中央控制塔了。到达一层下甲板后，升降台停了下来，这里显然是他们维修飞机的机库。

阿弘听到一个女人的声音，声调轻柔但吐字清晰，说着一连串古怪的话："谟鲁鲁姆阿尔恩奇谟恩鲁鲁姆谟阿尔努乌姆谟阿尔努乌姆谟谟姆鲁厄阿尔努姆谟渡格戛姆谟姆鲁厄阿尔努乌姆谟……"

蓦地，他从三英尺的高度摔落在甲板上，脊背砰的一声着地，四肢软塌塌地摊在钢板上，脑袋也撞了一下。他看到、听到身旁的"天线头"一个个颓然倒地，就像一条条湿毛巾从架子上掉了下来。

周身各处还是动弹不得，只有眼睛还能稍稍转动。一张面孔出现在他眼前。他的目力无法集中，很难看清楚，但他还是认出了这个人的习惯姿势——只要长发垂落下来，她就会一甩手把发丝捋到肩后。这是胡安妮塔。脑袋上伸出一根天线的胡安妮塔。

她跪在他旁边，俯下身子，一只手罩在他耳旁，轻声絮语。她口中的热气让他的耳朵一阵阵发痒，他想把头转开，却办不到。她又低声说出一长串音节,然后直起身,捅了捅他的肋骨。他猛地一缩,躲开了她的手指。

"起来吧,懒骨头。"她说。

他当真站了起来。现在他已经没事了。可那些"天线头"仍然躺在四周,一动不动。

"我只是给他们来了一小段喃刹怖,"她说,"他们会好的。"

"嗨。"他说。

"嗨。阿弘,真高兴见到你。现在我要拥抱你一下——留神我的天线。"

她抱住了他。他也抱着她。天线顶在他的鼻子上,但没关系。

"等咱们把这玩意儿弄掉,头发和皮肉就都会长好的。"她轻声说。最后,她松开了他,"其实我比你更需要这个拥抱。在这里真是太寂寞了。寂寞而且害怕。"

这是典型的胡安妮塔,行事荒唐,居然在这种时候卿卿我我起来。

"我问句话,你不要误会。"阿弘说,"你是不是已经加入坏人这一帮了?"

"哦,你是说这根天线?"

"对。你为他们工作吗?"

"真要这样,我这个工作干得可不大出色。"她大笑起来,指了指四周一动不动的"天线头","不,我没有为他们工作,这根天线对我也不起作用。尽管刚开始有段时间它还算有点作用,但有很多办法可以抗拒它。"

"为什么? 为什么它对你不起作用?"

"最近这几年,我一直在跟耶稣会的人打交道。"她说,"瞧,人的大脑也有免疫系统,就像身体一样。你的大脑使用得越频繁,暴露在病毒面前的机会就越多,而你的免疫系统就越发达。我的免疫系统算得上非常强大了。别忘了,我一度还是个无神论者呢,后来付出了很大代价才重新走上了宗教信仰之路。"

"为什么他们没像祸害大五卫一样对你下手?"

"我是自愿来这里的。"

"就像伊南娜。"

"是的。"

"怎么会有人自愿来这里呢?"

"阿弘,你还不明白吗?这里太重要了。这里是一个宗教的神经中枢,这种宗教既全新又古老。来这里就像追随耶稣一样,可以见证新信仰的诞生。"

"但这里简直太可怕了。莱夫是敌基督啊。"

"当然,可这儿还是挺有意思的。你知道,莱夫还有一件法宝:埃利都。"

"恩奇的城市。"

"没错,莱夫得到了恩奇撰写的所有黏土板。如果一个人同时对宗教信仰和侵入系统感兴趣,这里是个必至之地。哪怕这些书写板在阿拉伯半岛上,我也会戴上面纱烧掉驾照赶过去。既然书写板在这儿,那我只好让他们给我装上天线啰。"

"这么说,一直以来,你的目的就是要研究恩奇的书写板。"

"我要得到'谟',就像伊南娜一样。除此之外还能有别的什么原因呢?"

"你研究过了吗?"

"嗯,是的。"

"结果如何?"

她指了指倒在地上的"天线头","结果我有了现在这身本事。我成了'巴尔舍姆'圣名大师,能够侵入他们的脑干。"

"好,你瞧,胡安妮塔,我为你高兴,但眼下咱们有个小问题:被上百万个想杀死咱们的人包围了。你能让他们全都不能动弹吗?"

"能。"她说,"但他们会死掉。"

"你知道咱们该怎么做,对吧,胡安妮塔?"

"释放恩奇的喃刹怖。"她说,"重演巴别塔事件。"

"那就行动吧。"阿弘说。

"当务之急是,"胡安妮塔说,"解决那座中央控制塔。"

"好的,你去收拾书写板,我负责拿下控制塔。"

"你打算怎么做?用刀把那些人砍死?"

"没错。我的刀就是干这个的。"

"咱们还是换个个儿吧,你去捡书写板,控制塔交给我。"胡安妮塔站起身,穿过机库甲板向外走去。

"恩奇的喃刹怖"是一块用黏土信封包住的书写板,信封上写满楔形文字,其作用相当于如今的警示语标签。现在,整块黏土板碎成了几十块,大多数碎块仍被裹在塑料包装里,但有些已经散落到飞行甲板四处。阿弘把碎块一一拾起,拿回直升机起降平台中央。

等他割开塑料包装时,胡安妮塔已经在中央控制塔的顶层窗子里朝他挥手了。

他把那些看上去像是信封部分的黏土块单独分成一堆,再把剩下的书写板碎块另外归拢在一起。要把这些碎块拼在一起很不容易,他也没有时间玩拼图游戏。于是阿弘戴上目镜来到虚拟办公室,用电脑为碎块拍了一张电子快照,然后招来图书管理员。

"什么事,先生?"

"这张超卡里有一张碎书写板的照片。有没有什么软件能把碎片还原成整体?"

"请稍候,先生。"图书管理员说道。随即,一张超卡出现在他手中。他把卡递给阿弘,里面是一张组合完毕的书写板照片,"看上去就是这个样子,先生。"

"你看得懂苏美尔文字吗?"

"是的,先生。"

"你能把书写板上的字大声念出来吗?"

"是的,先生。"

"先做好准备。稍等一下。"

阿弘走到中央控制塔脚下,那里有一扇门。他进门后找到楼梯间,一直爬上控制室。这个大厅的装饰风格非常怪异,集铁器时代风格与现代高科技于一体。胡安妮塔正等在那儿,四周躺着几个安然不动的"天线头"。她敲了敲从通讯控制台上伸出的一只麦克风,这玩意儿位于一根鹅颈软管的顶端,刚才那个"恩"就是用它发号施令。

"给方舟来一次现场直播。"她说,"开始吧。"

阿弘把电脑调到扬声器模式,来到麦克风旁边,"图书管理员,把书写板上的字复述一遍。"于是,一连串单音节词从喇叭里传了出来。

图书管理员宣读喃刹怖的时候,阿弘朝胡安妮塔看了一眼,发现她正站在大厅远端的角落里,手指紧紧塞住了耳朵眼。

控制塔下面的楼梯上,一个"天线头"开始讲话。接着,在

"企业号"内部的深处,更多的"天线头"开始讲话;但这些话没有任何意义,只是一大堆胡言乱语。

中央控制塔外面有一条人行甬道,阿弘走出控制室来到这里,倾听着方舟发出的声音。一阵深沉的鸣响从四面八方拥来,不是海浪,也不是风声,而是上百万个人类在用混乱的语言放声念诵。

胡安妮塔也出来倾听。阿弘发现她的耳朵下面有一道血痕。

"你在流血。"他说。

"我知道。只是个最简单的小手术。"她的声音听上去很不自然,而且像是不大舒服,"我一直随身带着手术刀,就为了应付现在这种场合。"

"你干什么了?"

"我把手术刀插到天线底座上,切断了与我颅骨相连的那根电线。"她答道。

"你什么时候干的?"

"刚才你躺在飞行甲板上的时候。"

"为什么?"

"你以为呢?"她反问道,"这样我才不会受到'恩奇的喃剎怖'的影响。阿弘,现在我已经是个神经语言学黑客了。我到地狱里走了一遭,才有了这个本事。它现在已是我身体的一部分,别指望我答应去做脑叶切除术。"

"要是咱们能逃过这一劫,你愿意做我的女朋友吗?"

"当然,"她说,"现在咱们就开始逃吧。"

62

"我只是在做自己分内的工作。"Y.T.说,"有个叫恩奇的老兄让我给阿弘捎个信,我照做了。"

"闭嘴。"莱夫说。看上去他并不是很恼火,只是想让她安静一点。

因为无论她做了什么,其实都没什么关系——阿弘已被那么多"天线头"压得死死的。

Y.T.朝窗外望去。他们正在疾速飞越太平洋,高度非常低,能看到海水从身下飞快地向后掠去。她不知道他们飞得有多快,但看上去真是快得要命。她原本一直以为大洋应该是湛蓝一片,但实际上竟是她见过的最无聊的灰色。而且,不管他们飞了多少英里,身下依然是灰蒙蒙的海水。

几分钟之后,另一架直升机追了上来,与他们并驾齐驱。两机靠得非常近,组成了飞行编队。这是那架"莱高研企"的直升机,曾经满载医护人员去抢救乌鸦。

隔着机舱的窗子,她能看到乌鸦正坐在里面的座椅上。起初她以为他依然神志不清,因为他一直弓着腰,一动不动。

但后来他抬起了头,她这才明白,他刚才戴着目镜登入了超元域。乌鸦抬起一只手,把目镜推到额头上歇息片刻,接着瞥了一眼窗外,正好发现她正在看他。二人目光相遇时,Y.T.的心脏一下子怦怦乱跳,就好像被装进密封塑料袋里的兔宝宝。乌鸦朝她咧嘴一笑,挥了挥手。

  Y.T.靠回座椅上,拉下了窗帘。

63

从阿弘的前院到莱夫位于127号高速入口的黑色立方体,需要绕过半个超元域星球,跨越三万两千七百六十八公里的距离。不过,真正的困难只是驶出中央闹市区。他可以驾车从一个个化身上径直穿过,但大街上乱糟糟地排满了车辆、动画广告、商业展示板和公共广场,还有其他一大堆模样坚实致密的软件,这些东西会挡住他的去路。

更不用提还有那些让人分心的事情。他的右侧,距黑日大约一英里的地方,有一个深深的大洞,就在超级曼哈顿的地平线上。那是一座方圆约一英里的露天广场,也算是一个公园,化身们常常在那里举行演唱会、集会或是节日庆典。那个地方的大部分区域被一幢古罗马式圆形剧场所占据,其形状像一只深深的大碗,一次能容纳将近一百万个化身,底部是一座巨大的圆形舞台。

通常情况下,舞台上的常客都是各大摇滚乐队。而今晚,舞台上正在举行人类所发明的最宏大、最辉煌的电脑幻觉艺术表演。一座三维立体的大帐篷高悬在舞台上空,上面写明了今晚的活动主题:以罹患怪病、仍在住院治疗的大五卫·梅耶的名义举行的一场电脑图形影像音乐义演。此时，圆形剧场的一半已经坐满了黑客。

刚一驶出闹市区，阿弘便把油门扭到极限，只用大约十分钟就走完了剩下的三万两千多公里。在他的头顶上，特快列车以一万英里的速度顺着轨道飞驰，但他轻而易举便超了过去，超车的时候列车就像待在原地一动不动。之所以这样，是因为他正沿着一条绝对直线高速骑行。他将路线输入了自己这辆摩托车的软件，让它自动沿着单轨列车线路前进，这样他就用不着再花心思操纵方向了。

现实世界里，胡安妮塔正站在他身旁。她也戴着一副目镜，能够看到阿弘所见的一切。

"莱夫在他公司的那架直升机里装有移动卫星上行通信设备，和商业客机上的那种装置一样，让他在空中飞行时也能访问超元域。只要他在天上，那就是他进入超元域的唯一途径。咱们可以侵入这条途径，阻断它……"

"那条线路里满是对抗黑客入侵的玩意儿，没十年时间对付不了它们。"阿弘说着，刹住了摩托车，"乖乖老天。跟Y.T.说的一模一样。"

他已来到127号高速入口面前。莱夫的黑色立方体就在那里，和Y.T.描述的一模一样。那个东西上面没有门。

阿弘走下大街，朝立方体趋近。黑色的巨型大方块没有反射出任何光亮，所以他始终无法判断那东西与他之间的距离究竟是十英尺还是十英里。但最后，保安邪灵在前方现出了身形。他们有六七个人，全都是身穿蓝色连身制服的大块头，体格强健，模样很像军人，只是看不到军衔。他们不需要军衔，因为这些邪灵全都运行着同样的程序。他们在阿弘四周突然冒了出来，围成一个整齐的半圆形，半径约十英尺，挡在阿弘和立方体之间。

阿弘低声咕哝了一句，马上变得无影无踪。他换上了隐形化身。要是多花些时间在这儿瞧瞧保安邪灵如何对付隐形人，肯定很有趣，可惜他必须抢在他们适应隐形对手之前尽快过关。

他们没有适应，至少没有适应得很好。阿弘从两个保安邪灵之间冲过，朝立方体的外墙奔去。他终于跑到近前，却一头撞了上去，停在那里无法前进。保安邪灵全都转身向他追来。他们猜出了他在那儿，好在电脑也只告诉了他们这么多，他们拿他没什么办法。和黑日里的保镖邪灵一样——阿弘曾帮忙编写过这种邪灵的程序——莱夫的这些保安邪灵能够利用化身物理学的基本法则把人推出去。可当阿弘处于隐身状态时，他们根本没有什么东西可推。不过，只要这些邪灵的软件编写得比较出色，他们仍能用一些巧妙的方法把他解决掉，所以他不能浪费任何时间。阿弘拔出打刀刺进立方体的墙面，身体也紧跟着刀刃穿墙而过，出现在墙体的另一边。

这是一次成功的系统入侵，其实是对一种老式入侵术的借鉴。几年前，当他把刀战规则移植到超元域的现成软件上时，阿弘发现了一个漏洞。他的刀锋不能在墙上划出一道口子，无法永久改变建筑物的外形，但可以刺穿任何东西。化身没有这种能力。而在超元域里，墙壁的存在目的也全在于此：它是一种不允许化身穿过的结构物；但像超元域里的其他东西一样，规则只是协议，是不同电脑全都同意遵守的规范而已。从理论上讲，谁也不能对规则置之不理，但实际上，这要看不同的电脑是否有能力准确、高速而又适时地交换信息。如果你像阿弘这样，从方舟通过卫星上行链路连接系统，信号在上传到卫星并返回地面的过程中会出现时间延迟。只要你的移动速度很快，绝不浪费时间回头张望，你就有可能利用这段延迟时间。阿弘就是这样跟着他那把可以穿透一切的打刀穿过了墙壁。

莱夫的这片领地宽敞明亮，里面满是红、黄、蓝三原色的基本图形。置身此地，就像是站在一片教三岁孩子认识立体几何的教学玩具里，目光所及都是一个个立方体、球体、四面体、多面体，在一张由圆柱、直线和螺旋线构成的网络里彼此相连。阿弘眼前的一切混乱不堪，一切都毫无秩序，就好像"丁克"和"乐高"这两家公司生产出的所有玩具都被胡乱地拼凑在一起，而组装玩具的人早就忘了自己当初打算拼出什么东西。

阿弘在超元域打拼得够久了，所以他知道，尽管这东西表面看来乱七八糟，实际上却像军营一样简单实用。这是某个既庞大又复杂的系统的模型。这些图形很可能代表着电脑，或是莱夫全球网络里的中心节点，或是珍珠门的特许区，或是莱夫遍布全世界的地方办事处和地区办公机构。只要爬上这片构造物，进入那些明亮的图形，或许就能解开某些让莱夫的网络赖以正常运行的密码。或许他还能像胡安妮塔提议的那样，看能不能侵入这个系统。

但他不该对自己不理解的东西随便下手胡搞。如果浪费几个小时的时间摆弄一段编码，说不定到头来却发现那只是莱夫圣经学院里自动抽水马桶的控制程序。所以阿弘继续前行，不断打量这些混乱的图形，试图找出某种规律。他知道，自己现在已经置身于整个超元域的动力室。只是他还不清楚自己究竟要找什么东西。

他发现，这个大系统包含着几个独立的网络系统，它们全都在同一片空间里纠结在一起。其中有一大团极为复杂的细细的红线,多达几百万根,在数千个小红球之间穿梭往复。阿弘大胆猜测,估计它们可能代表着莱夫的光纤网络,以及遍布全球的无数个地方办事处和节点。另外,系统中还有很多相对不太复杂的网络,用其他颜色标出,大概代表的是同轴线路,比方说他们用来传递有线电视甚至可视电话信号的线路。

他又发现了一片结构粗劣笨重的网络,全部是蓝颜色。其中有十来个蓝色的大方块,彼此间以粗大的蓝色管道连通,并不与其他任何东西相接。这些管道都是透明的,而在管子里,阿弘能看到一束束更细小的连接线路,颜色多种多样。这些蓝色的管道本身已经很难看清,因为它们全都被许多小红球和另外一些小节点包围着,就像葛藤缠绕下的大树。管道内部就更难分辨了,阿弘花了好一会儿工夫弄清里面的东西。看来这是一片比较陈旧的网络,早在系统建立之前就已经存在,拥有自己的内部通讯信道,其中大部分是语音电话之类的原始设备。莱夫用自己的高科技系统对它进行了大量修补。

阿弘挤到近前,终于能够透过一团乱糟糟的线路,细细端详缠裹在其中的一个蓝色方块。蓝色方块的六个面上都有一颗大大的白星。

"这是合众国政府。"胡安妮塔说。

"黑客的噩梦。"阿弘说。如今的美国政府堪称世界上最大、然而也是最缺乏效率的电脑软件生产者。

阿弘和Y.T.在洛杉矶不同的店铺里吃过许多垃圾食品:甜甜圈、墨西哥玉米饼、比萨、寿司,以及其他各种各样的东西。吃饭的时候,Y.T.总在讲她母亲,还有她母亲在联邦的可怕工作:管理严格的组织,测谎测试。尽管她母亲辛苦工作,却完全不知道政府究竟在做些什么。

阿弘也弄不清楚，但政府就是这个样子。它之所以存在，就是为了做那些私人企业不愿费神去做的事情。而这就意味着，无论政府做什么都不需要理由。你永远不会知道他们在干什么，为什么要这样干。从传统上说，黑客们向来瞧不起政府的编程血汗工厂，恨不得忘记世上居然存在这种狗屁玩意儿。

但政府手下的程序设计员数以千计。这些人出于某种扭曲的个人忠诚感，每天都要工作十二个小时。联邦的软件编制技术，尽管残忍而又丑陋，但十分精密复杂。联邦肯定在暗中策划什么事情。

"胡安妮塔？"

"什么事？"

"别问我为什么要这样想，但我认为政府正在为L.鲍勃·莱夫搞一个庞大的软件开发项目。"

"有道理。"她说，"莱夫对自己的程序设计员从来是又爱又恨。他需要这些人为自己效力，却又不信任他们。政府是他唯一信任的组织，可以为他编写某种重要的程序。我真想知道他们在搞什么鬼。"

"等一下，"阿弘说，"稍等。"

现在他离一个位于网络底部的蓝色大方块很近。其他所有的蓝色方块似乎都在向它输入信息。这个方块旁边停着一辆摩托车，尽管被电脑描绘成了彩色，但并不比黑白效果强多少：粗大的像素点加上有限的色调搭配，让这玩意儿显得蹩脚极了。摩托车装有一只跨斗。乌鸦就在车子旁边。

他正抱着什么东西。那也是一个形状简单的几何体：蓝色的椭圆体，修长光滑，长约两英尺。看他挪动身形的样子，阿弘认为乌鸦刚把那东西从蓝色方块中取出来——他把那东西抱到摩托车旁,放进了跨斗。

"大家伙上场了。"阿弘说。

"怕的就是这个,"胡安妮塔说,"乌鸦的报复。"

"快去圆形剧场。黑客们都聚在那里。莱夫打算一次性把大伙儿全部感染。他要烧焦他们的大脑。"

64

　　乌鸦已经跨上摩托车。如果阿弘步行追赶，或许还能抢在乌鸦驶上大街之前追上他。

　　但也可能追不上。如果是那样，阿弘只能回去找自己的摩托车，而乌鸦早就以数万英里的时速向闹市区飞奔了。在那种速度下，一旦跟丢了乌鸦，阿弘永远也别想找到他。

　　乌鸦发动了车子，开始小心地穿过混乱的系统模块，朝出口驶去。阿弘拼尽全力，甩开自己隐形的双腿冲向墙壁。

　　几秒钟后，他破壁而出，跑回了大街。这具小小的隐形化身无法操纵摩托车，于是他恢复了正常模样，跳上摩托车，急忙掉转车头。回头一看，他发现乌鸦已经离开黑色立方体，正朝大街驶来，跨斗上的逻辑炸弹闪动着蓝色的柔光，像反应堆里的重水。他还没有发现阿弘。

　　现在是阿弘的机会。他抽出打刀，将车头对准乌鸦，把车速加到每小时六十英里左右。没必要太快。要想杀掉乌鸦的化身，唯一的办法就是砍下他的脑袋。用摩托车碾压起不到任何作用。

　　一个保安邪灵奔向乌鸦，挥动双臂提醒他。乌鸦一抬头，正好看到阿弘朝自己挥刀砍来,于是猛然加速前冲。阿弘的刀锋擦过乌鸦的脑袋,砍了个空。

太迟了。肯定再也无法追上乌鸦了。但等阿弘转回车头,却发现乌鸦还在大街当中。那家伙撞上了一根支撑单轨铁路的立柱。高速摩托车手最气的就是碰上这种事。

"见鬼!"二人同时脱口而出。

乌鸦调整方向,扭动油门,朝闹市区驶去,而阿弘沿着大街紧跟在后,也在加大速度。不到几秒钟,两人便将车速提高到了每小时五万英里。阿弘落后乌鸦半英里,但可以清楚地看到他:两排街灯汇成了连贯的黄色光带,映照着路中央的乌鸦,那家伙就像一股由蹩脚的颜色和粗大的像素点构成的暴风。

"只要我能砍下他的脑袋,那帮家伙就全完了。"阿弘说。

"明白。"胡安妮塔说,"只要你杀了乌鸦,他就会被踢出系统。在墓地邪灵处理掉他的化身之前,他不可能再次登入超元域。"

"而控制墓地邪灵的人是我。所以,我只需要干掉那个杂种一次就够了。"

"他们的直升机一旦着陆,就会有更方便的途径进入网络。他们可以派别人登入超元域,接替乌鸦的工作。"

"你错了。恩佐大叔和李先生正在陆地上等着他们。他们只能在接下来的一个小时里取得成功,不然永远都别想。"

65

Y.T.突然醒来。她甚至不知道自己睡着了,大概是螺旋桨的转动声让她昏昏入眠。肯定累坏了,准是这么回事。

"我的通信网络出了他妈的什么毛病?"L.鲍勃·莱夫正在尖叫。

"没人回答。"俄国驾驶员说,"方舟没人回答。洛杉矶没人回答。乔斯顿①没人回答。"

"那就给我接通洛杉矶机场的电话。"莱夫说,"我要搭喷气式飞机去休斯敦。咱们一到那儿就马上赶往园区,看看到底出了什么事情。"

驾驶员手忙脚乱地摆弄着控制面板。"电话也出问题了。"他说。

"什么?"

驾驶员绝望地摇着脑袋,"有人在干扰航空电话系统。我们被他们卡住了。"

"我或许能帮上一点忙。"总统说。莱夫只看了他一眼,像是在说:放什么狗屁,混蛋。

---

①俄国口音说出的"休斯敦"。

"谁有他妈的两毛五的硬币?"莱夫叫道。弗兰克和托尼一时之间愕然无语。"咱们一看到付费电话就马上降落,去打个该死的电话。"他大笑起来,"谁会相信? 我居然要打电话?"

一秒钟后,Y.T.朝窗外望去,下面实实在在的陆地令她无比激动。暖意融融的沙滩边,只见一条双车道公路沿着海岸线蜿蜒而去。加州到了。

直升机减缓速度,转向靠近陆地,开始顺着公路飞行。公路上很少看到照明灯和霓虹灯,但没过多久他们还是发现了一片特许经营密集区。这片区域建在公路两侧,距离海滩还有一段距离。

直升机落在一家"买了飞"的停车场上。幸运的是,停车场里基本上空空如也,螺旋桨并未削掉什么人的脑袋。两个年轻人正在店里玩电子游戏,根本顾不上抬头看看这架让人吃惊的直升机。Y.T.倒是很高兴。如果被人看见自己同这帮无聊的老家伙待在一起,她肯定会窘得要死。直升机停下了,发动机怠速空转,L.鲍勃·莱夫跳出机舱,朝固定在门面正墙上的付费电话跑去。

这些家伙可真蠢,居然让她坐在灭火器旁边。没有理由不好好利用一下这个机会。Y.T.猛地把灭火器从架子上拽下来,同时拔掉保险销,然后冲着托尼的面孔狠狠按下扳手。

什么事也没发生。

"操!"她大喊一声,把灭火器朝他丢过去,准确地说应该是推过去。托尼正要向前倾身抓住她的手腕,灭火器正好重重撞在他的脸上,足以砸出一个大坑。这给了她足够的时间,把双腿伸到机舱外。

事事不顺。她一只口袋上的拉链开了,当她半摔半滚冲出直升机的时候，灭火器的架子正好勾住她的口袋，拉住了她的身体。等她挣脱羁绊，托尼已经手脚并用地爬过来，抓向她的手臂。

她好不容易躲闪开来，最后终于可以放开手脚在停车场上狂奔。可当她跑到后面，却发现自己被困在了"买了飞"之中：左边一道高高的栅栏将这里与"新宝瓶座神庙"特许区隔开；右面也有一道栅栏，栅栏另一边是李先生的大香港。唯一的出路就是朝公路上跑，绕到直升机的另一边，但飞行员、弗兰克和托尼已经跳下飞机，挡住了她的去路。

"新水瓶座神庙"不会帮她，不管她怎么祈求哀告，他们最多只会把她加进下星期的祈祷祝福名单里，但李先生的大香港不一样。她跑到栅栏跟前，开始向上攀爬。八英尺高的防护网顶端装有剃刀般锋利的蛇腹式铁丝网，但她的衣服应该经得住戳刺。大概吧。

刚爬到一半，她突然感到一双粗短强壮的手臂搂住她的腰。她的好运用完了。L.鲍勃·莱夫把她从栅栏上抱了下来，她的手脚只能在半空中毫无用处地乱踢乱舞。莱夫后退两步，扛起她朝直升机走去。

她眼睁睁地回头望着大香港特许区。近在咫尺。

停车场上有人。是个信使，刚从公路上下来，似乎想歇口气轻松一下。

"嗨！"Y.T.尖叫起来。她伸手拍了一下衣领开关，让自己的连身衣变成明亮的蓝、橙两色。"嗨！我是个信使。我叫Y.T.！这些疯子人渣绑架了我！"

"哇呜，"那个信使叫道，"真惨。"随后他像是在问什么话；但她听不到，直升机的螺旋桨已经开始旋转了。

"他们要把我带到洛杉矶机场!"她用尽全力喊道,随即便被莱夫脸朝前扔进了机舱。直升机立刻起飞,但已被李先生的大香港屋顶上的一排天线精确地追踪到了。

停车场上,那个信使眼睁睁地看着直升机掉头飞走。这个场面真太吓人了,而且那玩意儿身上还装着好多吓人的机炮。

可直升机里的那帮家伙对那个小丫头也太过分了。

信使从皮套里掏出手机,接入激进快递的中央指挥系统,然后按下了大大的红色按钮。他在呼叫紧急救援。

两千五百名信使正聚集在洛杉矶河的钢筋混凝土堤岸上。河底干枯的导流渠里,维塔利·切尔诺贝利和他的核融毁乐队刚刚唱到他们下一支上榜单曲《控制杆卡死》的最佳部分。大群信使在音乐伴奏下顺着堤岸滑上滑下——只有现场演出的维塔利才能让他们的肾上腺素急速奔涌,以八英里的时速在陡峭的河岸上飞速溜行,而且不会一头撞在水泥地上。

就在这时,黑压压的核融毁乐迷突然变成一团不停转动的橙红色星云,两千五百个信使就像一颗颗爆发的新星,身上闪动着奇妙的光点。场面令人心神激荡。刚开始的时候,大家还以为这是维塔利和他的影像设计师又搞出了一种新的视觉效果。看上去就像所有人都在高举着点燃的打火机,只是光芒更加明亮,也更加整齐划一。每个信使都低头看着自己的腰带,发现他们的手机红光闪耀——某个可怜的滑板伙计正在呼叫紧急救援。

凤凰城市郊的一家李先生的大香港特许区里,乙782号鼠辈突然醒来。

菲豆之所以醒来，是因为今晚狗狗们都在狂吠。

它总是能听到吠叫声。大多数吠叫声来自很远的地方。菲豆知道，同近处的吠声相比，远处的吠声并不十分重要。这种情况下它总是继续大睡，不理会那些声音。

但有的时候，远处的吠声会传递某种特殊的含义，让菲豆十分兴奋，让它不由自主地清醒过来。

现在它就听到了那种吠叫声。声音来自远方，但非常紧急。某个地方的一条好狗狗感到心烦意乱。它非常懊恼，把吠叫声传遍了整个狗群。

菲豆倾听着吠叫声。它也变得兴奋起来。有些邪恶的陌生人正在那条好狗狗的院子近旁，他们待在一个会飞的东西里面。他们有好多枪。

菲豆很不喜欢枪。以前，有个陌生人朝它开枪打伤了它，后来那个好心的女孩赶来救了它。

现在这些陌生人非常邪恶。任何头脑正常的好狗狗都想咬他们，把他们赶走。菲豆倾听着吠叫声。它知道了他们长什么样子，也听到了他们说话的声音。如果这些邪恶的陌生人之中有谁胆敢走进它的院子，他肯定会倒大霉。

随后，菲豆发现，那些邪恶的陌生人正在追赶一个女孩。它能感觉到她的声音和动作，知道他们正在伤害她。

邪恶的陌生人正在伤害那个疼爱它的好女孩！

菲豆爆发出一股前所未有的狂怒，甚至比很久以前被那个坏人打伤时更加愤怒。

它的职责就是不让邪恶的陌生人走进它的院子。除此以外，它不能做别的任何事情。

但它要保护那个疼爱它的好女孩，这比任何事情都重要。

无论什么都不能阻止它。连栅栏也不能。

栅栏很高。但它还记得,很久以前,它常常跃过更高的东西。

菲豆跑出狗舍,四条长腿在身下蜷缩起来,然后奋力一跃,跳过了围着院子的栅栏。之后它才想起,自己是不允许跃过栅栏的;但这种矛盾的事情对它来说已经毫无意义——作为一只狗,自省并不是它的强项。

吠叫声正向远处的另一个地方蔓延开去。住在那个遥远之地的所有好狗狗都得到了警告,要注意那些非常邪恶的陌生人,还有那个疼爱菲豆的女孩,因为坏人和女孩正向那个地方赶去。菲豆的脑海中已经浮现出那个地方的模样。那里很大,宽敞、平整、开阔,像是个追逐飞盘的好地方。那里有很多会飞的大东西。那里的边缘处有很多院子,都住着好狗狗。

菲豆能够听到那些好狗狗在吠叫着做出回应。它知道它们在哪里。很远。但沿着一条条大街能够到达那个地方。菲豆认得好多各不相同的街道,它只需顺着一条条大街奔跑就行。它知道自己的位置,也知道目的地在哪里。

起初,乙782号所到之处留下的唯一痕迹只是一道舞动着的火花,径直穿过这片特许聚居区,但当它跑上一条又长又直的公路之后,就开始留下更多的踪迹:全部四个车道上,一辆辆汽车的车窗和挡风玻璃从窗框上激射而出,四道飞溅的蓝色安全玻璃碎屑像平行的风向标似的一路向前爆起,如同快艇后面的水花一样喷向空中。

李先生制定的友好睦邻政策规定,所有鼠辈都有程序控制,让它们不得在人口居住区以超过音障的速度奔跑;但菲豆只顾匆忙赶路,早就把友好睦邻政策抛到脑后。它突破音障,发出巨大的噪音,一路飞奔。

66

"乌鸦,"阿弘说道,"杀你之前,我要先给你讲个故事。"

"我洗耳恭听。"乌鸦说,"反正路还很长。"

超元域的所有车辆都装有语音电话。阿弘只需给家里的图书管理员打个电话,就能让他查到乌鸦的号码。此时,他们一前一后在这颗虚拟星球的黑色地面上飞驰,阿弘正在一米一米地慢慢追上乌鸦。

"二战时,我爸爸在陆军服役。他谎报年龄才参了军。他们把他派到了太平洋地区,让他干些下三烂的活计。后来,他被日本人俘虏了。"

"接下来呢?"

"接下来他们把他带回日本,关进了战俘营。那里有很多美国人,也有英国人和中国人,还有一些他们分辨不出国籍和种族的人。那些人看上去像印第安人,但几乎不会说英语,俄语却说得很好。"

"他们是阿留申人。"乌鸦说,"美国公民。但没人听说过他们。大部分人都不知道,战争期间日本人曾占领过美国领土——阿留申群岛顶端的几座岛屿。那些地方都有居民,都是我们的族人。日本人把两个最重要的阿留申人带走,关进了日本的战俘营。其中一个是阿图岛的族长,他是最重要的民事权力代表;但对我们来说,被带走的另一个人更重要,他是阿留申种族里的头号鱼镖手。"

阿弘说:"族长生病后不治死去,他对疾病没有任何免疫力。但那个鱼镖手真是个无比强悍的家伙。他也生了几次病,却还是活了下来。他与其他囚犯一起到外面的田地里耕作,生产军粮。他还在厨房工作过,为战俘和看守做饭。他不跟人来往。每个人都避开他,因为他一身恶臭。他的床把整个营地熏得臭不可闻。"

"他在野外找到了一些蘑菇和其他东西,藏在衣服里带回营地,用这些材料熬制乌头鲸毒。"乌鸦说。

"此外还有一个原因,"阿弘接着说,"让大家对他很恼火:有一次他打碎了营房的窗玻璃,寒冬的冷风把大家吹了个透心凉。长话短说,后来有一天,刚吃过午饭,所有看守都得了重病。"

"炖鱼里被下了鲸毒。"乌鸦说。

"当时战俘们正在田里干活,看守们开始觉得自己不舒服时,便让苦力整队走回营房,因为他们肚子疼得直不起腰,没办法盯住囚犯。那个时候战争已近尾声,让上级再派人手增援并不是件容易的事。我父亲走在战俘行列的最后头,那个阿留申人就在他前面。"

乌鸦说:"囚犯们跨过一条灌溉水渠的时候,阿留申人跳进水里,不见了踪影。"

"我父亲不知道该怎么办。"阿弘说,"接着只听负责监视队尾的看守哼了一声。他回头一看,发现那个看守被一根竹制长矛刺穿了身体。可那根长矛就像凭空飞出来一样,我父亲还是没有看见那个阿留申人。另一名看守被割断了喉咙,也倒在地上。直到那时阿留申人才重新露面,挥手掷出另一根长矛,又放倒了一个看守。"

"他一直在制作鱼镖,把它们藏在灌渠的水里。"乌鸦说。

"到这时我父亲才明白过来,"阿弘继续说,"他注定要完蛋了。因为无论他怎么向看守解释,他们都会认定他和这次越狱有关,会一刀砍掉他的脑袋,所以他暗想,还不如在被抓住之前干掉几个敌人,于是从头一个被杀死的看守身边拿起枪,跳入沟渠,以沟渠为掩护,射倒了另外两个赶来察看情况的看守。"

乌鸦说:"阿留申人朝营区的边界围栏跑去。那道屏障只是不堪一击的柱子篱笆,但围栏旁肯定埋了地雷。可他径直跑过了雷区,平安无事。可能他的运气当真很好,也可能是因为地雷——如果那里真有地雷——数量不多而且间距太大。"

"日本人不愿费神在营地四周严格执行保安措施。"阿弘说,"日本是个岛国,就算有谁逃出了战俘营,他们还能跑到哪儿去?"

"但阿留申人能逃掉。"乌鸦说,"他可以逃到最近的海岸边,为自己做一只小筏子。他可以划着它前往开阔水域,远离日本的海岸线,然后借助海浪的力量,从一座岛屿前往另一座岛屿,一路返回阿留申群岛。"

"没错。"阿弘说,"整个故事里,只有这一段让我始终不明白。但后来我看到你在海上,坐着自己的小筏子居然赶超了一艘快艇,这才恍然大悟。你父亲当时并没有发疯。他的计划非常完美。"

"是的,但你父亲不理解。"

"我父亲踩着你父亲的足迹穿过了雷区。他们俩逃出了战俘营,但还在日本。你父亲打算朝山坡下走,前往海边;可我父亲却想顺坡而上逃进山里。他认为他们可以找一个与世隔绝的地方保存性命,直到战争结束。"

"那个主意很愚蠢。"乌鸦说,"日本的人口密度很大,无论他们躲到哪里都会被发现。"

"但我父亲连小筷子是什么东西都不知道。"

"无知并不是借口。"乌鸦说。

"他们发生了争执,跟你我现在一样。争执让他们功败垂成。日本人在长崎城外的一条路上抓住了他们。鬼子连手铐都没有,于是用鞋带把他们的双手绑在背后,让他俩跪在路边,脸对着脸。随后,一个日本中尉拔出武士刀。那是一种古老的武器。中尉出身于武士望族,之所以留在后方,是因为他在战争初期受了伤,整条腿都快被炸没了。他在我父亲的头上举起了刀。"

"就在那时,空中传来一阵巨响。"乌鸦说,"震得我父亲双耳生疼。"

"但刀并没有落下。"

"我父亲只看到你父亲还跪在他面前。那是他这辈子看到的最后一样东西。"

"我父亲当时背对着长崎。"阿弘说,"强光让他暂时失明,他趴倒在地,把脸埋在地上,想挡住那道可怕的强光。随后一切又恢复了正常。"

"但我父亲瞎了。"乌鸦说,"他只能听到你父亲和那名中尉格斗时发出的声音。"

"对战的双方,一个是半瞎的、一条腿的武士,手持武士刀;另一个是高大健壮的汉子,双手绑在身后。"阿弘说,"真是一场有趣的搏杀,而且相当公平。我父亲赢了。战争也随之结束。几个星期后,美军的占领部队到了那里。我父亲终于回家了,四处游荡了一段时间,最后在70年代有了自己的孩子。你父亲也一样。"

乌鸦说:"1972年,在安奇卡岛,我父亲又被你们这帮杂种用原子弹轰了第二次。"

"我理解你的感受。"阿弘说,"但你不觉得你的报复已经够了吗?"

"这种事情永远没有够了的时候。"乌鸦说。

阿弘催动摩托车疾冲向前,逼近乌鸦,同时挥起他的打刀;但乌鸦已从后视镜里看到了他,向后一挥手,挡住了阿弘的一击——原来他手里握着一柄巨大的长刀。随后,乌鸦猛然刹车,几乎让车子完全停了下来,接着钻进了立柱之间。阿弘一下子冲过了头,急忙减速,转眼瞥到乌鸦正在单轨线路的另一侧急驰。当阿弘加快速度切入立柱间的另一个缺口之后,乌鸦早已拐到了铁路的这一边。

就这样,二人在相互交叉的"之"字形路线上驾车疾驰,不断在轨道下左右变换位置,顺着大街呼啸前行。这个游戏很简单:乌鸦要做的就是逼着阿弘撞上立柱,让阿弘耽搁一阵子。到那时乌鸦就能扬长而去,消失在视线之外,让阿弘再也休想追上他。

对乌鸦而言,这个游戏更容易些;但阿弘对这类事情比乌鸦更拿手一点。两个人的较量于是势均力敌。他们顺着单轨铁路迂回前进,时速忽而六十英里,忽而六万英里。在他们身边,一片片低平的商业开发区、高科技实验室和游乐园渐次延伸到黑暗之中。闹市区出现在前方,高大明亮,就像道道极光从白令海的黑色海水中跃然升起。

67

他们低空掠过山谷区的时候，第一只吸盘击中了直升机的机腹。Y.T.不是听到，而是感觉到了这一击。她对这令人心醉的击打声早已烂熟于心，就像能探测到地球另一侧地震状况的超灵敏探测仪。随后，六七只吸盘飞快地攀住了机身，而她却不得不强迫自己别趴在窗上向外看。直升机的机腹衬有结实的苏制钢板，吸盘吸上去就像被胶水固定住一样。继续低飞的话，他们会招来更多的吸盘；但低飞又是必需的，因为要让直升机避开黑手党的雷达。

她能听到前面的无线电里传来阵阵吼叫："拉高一点，萨沙。你身上沾了几只寄生虫。"

她朝窗外望去。只见另一架直升机正与他们并排飞行，那是架铝制飞机公司的小型专用机，只是飞得更高了一点，里面所有的人都隔着窗子向外观察，看着下面的路面。只有乌鸦没这么做，他仍戴着目镜在超元域里神游。

该死，驾驶员把直升机拉到了高一点的位置上。

"好的，萨沙。你甩掉了寄生虫。"无线电里说，"但机腹上还沾着几只吸盘，你要确保别让它们缠上任何东西。吸盘上的缆绳比钢铁还结实。"

听到这话已经足够了。Y.T.打开舱门,跳了出去。

至少机舱里的人认为她跳下了飞机。但实际上,她只是紧紧抓住一只把手,跳出舱门,就此悬挂在已经打开、晃来晃去的舱门上,面前是直升机的机腹。机腹上牢牢黏附着几只吸盘,在下方三十英尺处,她能看到一只只把手垂在与吸盘相连的缆绳末端,随着气流不停地飘摆。她朝敞开的舱门里望去,尽管听不到莱夫的声音,却能看到那家伙正坐在驾驶员身旁打着手势:下降,快下降!

果然不出她所料。挟持人质的计划是否成功,只能依赖两个条件:抓住她,而且要她活得好好的。差一个条件,她这个人质都对莱夫没有任何用处。

直升机开始再次降低高度,掉头朝下面大道两边的两排标志牌飞去。Y.T.挂在舱门上,开始前后荡动身体,最后终于晃得足够远,用脚勾住了一根吸盘上的缆绳。

接下来她会疼得要死,但连身衣坚韧的衣料会保护她,让她不至于蹭破太多皮肉。这时托尼发现了她,连忙冲过来,想抓住她的衣袖,逼得她不再瞻前顾后。Y.T.从直升机舱门上松开一只手,抓住吸盘下的缆绳,再把绳子在手套上绕了几圈,接着松开了另一只手。

她猜得没错,真是疼得要死。当她躲过托尼的魔掌、荡到直升机机腹下面时,手掌内部好像有什么东西爆裂开来,大概是某一根小骨头断掉了。可她还是坚持着把缆绳绕在自己的身体上,用乌鸦带她下船时用过的那种方法一路下滑,同时尽力控制下落速度,终于带着灼烧般的剧痛滑到了缆绳尽头。

她抓住了缆绳尽头的把手,将它勾在自己的腰带上,以免失手掉下去。接着，她又晃来晃去，花了差不多整整一分钟时间，这才解开缠在身上的绳索。现在，她的腰部挂在缆绳末端，因为无法稳住身形，所以一直在直升机和街道之间摇过来晃过去，身体一圈圈地打转。她用双手抓住把手，将它从腰带上解了下来，再次靠自己的双臂悬在直升机下面。这才是整套行动的重点所在。打转时，她看见另外那架直升机飞到了她的侧面上方，里面有几张面孔正朝她张望。她知道，那架直升机将自己所做的一切都通过无线电报告给了莱夫。

果然。直升机将当前的速度减低了一半，同时稍稍下降了一点。

她按下把手上的另一只控制按钮，把缆绳一直放到尽头。在这段惊心动魄的时间里，她下降了二十英尺。此时，她正在公路上方十到十五英尺的高度飞行，速度约为每小时四十五英里。一块块标志牌像流星一样从她身边扫过。地面上满是信使，但车辆并不太多。

"莱远研企"的直升机突然飞到近旁，显得十分凶险。她抬头看去，在这一瞬间，发现乌鸦正隔着窗户看她。他的目镜推到了额头上，就那么一忽儿。他的脸上现出非同寻常的神情，她意识到，他根本没有生她的气。他爱上了她。

她松开把手，朝地面自由坠落。

与此同时，她把颈部衣领处的手动释放装置猛地一拉，马上把自己变成了米其林轮胎广告上的轮胎人。一颗颗微小的气体弹在她连身衣的各个重要身体部位上纷纷炸开，最大的一颗气弹像一发M-80子弹似的在她后颈处爆开，让她的连身衣领向上翻起，形成一只圆筒状的气囊，将她的头全部裹住。在她的躯干和胯骨处，另外几只气囊——展开，对她的脊柱严加呵护。而她的全身关节部位,本来就已经处在凝胶护甲的保护之下。

但这并不表示落地时不会感到疼痛。当然,她什么也看不见,因为安全气囊包住了她的头部。但她能感觉到,自己在地面上至少弹跳了十次。她滑行了大约四分之一英里,滑行过程中显然还撞上了几辆汽车——她能听到车子的轮胎吱吱作响。最后,她一屁股撞穿了一辆车的挡风玻璃,四肢摊开地躺在了那辆车的前座上。那辆车一个急转弯,顶上了泽西防护墩。尘埃落定之后,气囊开始排出空气,她连忙把气囊从脸上推开。

她的耳朵嗡嗡作响,什么声音也听不到。或许刚才气囊展开时,她被震破了耳膜。

但也可能是那架大直升机的问题,那玩意儿可真有制造噪音的天分。她挣扎着爬到车子的发动机盖上,感到身下的安全玻璃碎片正在车身的漆层上划出一道道平行的刮痕。

莱夫的苏联大直升机就在那儿,悬停在大街上空二十英尺处。就在她看到这架飞机的一会儿工夫,它的肚子上又增加了十几只吸盘。Y.T.的目光顺着吸盘垂下的缆绳挪到大街上,看到信使们正在紧紧拉住绳索。这次他们绝不再放手了。

莱夫起了疑心。直升机再度升高,把信使们从滑板上拉了起来。但一辆路过的双层货车后面甩出了一支由信使组成的突击部队,他们当中肯定有一百人朝天上那个可怜的东西射出了吸盘。几秒钟之内,空中满是磁性吸盘,至少有半数在第一次出击时就吸上了直升机的装甲板。飞机向下猛地一斜,刚才被吊起的信使都落回地上。又有二十个信使飞奔过去攀住飞机,而那些无法射出吸盘的人纷纷抓住别人的把手,增加拉拽的力量。直升机数次尝试升高,但却被死死拴在柏油路面上。

飞机开始下降。信使们在机身下四散躲避,直升机最后落在了由一根根吸盘缆绳构成的辐射状图案的中央。

保安主任托尼从敞开的舱门里爬下来，小心地挪动着，高抬脚步穿过绳索编成的罗网，好歹还算保持了平衡和尊严。他一直走到螺旋桨的旋转范围之外，这才从防风夹克里掏出一支乌兹冲锋枪，朝天打了个连发。

"快他妈的从我们的直升机旁边滚开！"他叫道。

附近的大部分信使立即照做不误。他们可不是傻瓜。Y.T.现在正安全地走在大街上，大伙儿的任务已经完成。紧急救援行动顺利结束，他们没有理由再跟直升机上的家伙作对了。信使们从直升机腹上解下自己的吸盘，收回缆绳。

托尼环顾四周，最后发现了Y.T.。她正朝直升机走过来，扭伤的身体在行动时显得很笨拙。

"快回直升机上去，你这个走运的婊子！"托尼说。

Y.T.捡起一只吸盘把手，上面的绳索还没收回去。她按下按钮，关掉磁力，让缆绳前端的吸盘从直升机的装甲板上松脱下来。然后她收紧缆绳，直到卷线轴和吸盘之间的绳索长度只剩下四英尺。

"我曾在一本书上看到有个名叫亚哈[1]的老兄，"她边说边将吸盘在头顶上方一圈圈地甩动起来，"他犯了个大错误，让自个儿的鱼叉缆绳缠在了攻击目标身上。"

说罢，她一扬手，让吸盘飞了出去。那东西擦着螺旋桨的转轴，径直穿过桨叶的旋转面，而后面拖着的那根牢不可断的缆绳缠住了螺旋桨轴心最脆弱的部位，就像绞索缠在芭蕾舞女郎的脖子上。隔着直升机的挡风玻璃，她看到了萨沙的反应：驾驶员疯狂地按动开关，推拉操纵杆，口中发出一长串俄语的咒骂声。

---

[1]《白鲸》的主人公，捕鲸船的船长。

吸盘把手从 Y.T. 手中猛地飞出,像被黑洞吸引着一样卷进了螺旋桨轴心。

"我猜他不懂得该放手时就放手,但我懂。"她转身从直升机旁走开。她听到背后传来一块块巨大的金属片错位之后高速相撞的巨响。

莱夫早料到会有这样的结果。他已经在顺着公路奔跑,一只手提着冲锋枪,想强行征用路上的哪辆车。在他头顶上,那架"莱远研企"的直升机正在悬停观望。莱夫抬头看着它,举起手向前猛挥,大声喊道:"去洛杉矶机场!去洛杉矶机场!"

直升机在事发现场上空绕了最后一圈,看着萨沙关闭了武装直升机的发动机,看着狂怒的信使蜂拥而上,解除了托尼、弗兰克和总统的武装,看着莱夫站在左车道当中,强行拦下了一辆"我们的事业"比萨派送车,把驾车者赶出了驾驶室。但乌鸦没理会这些事。他一直隔着窗子,注视着 Y.T.。当直升机最后前倾机身、加速没入夜空时,他朝她咧嘴一笑,竖起了两根大拇指。Y.T. 咬住自己的下唇,朝他竖起中指。就这样,他们俩之间的关系结束了,但愿是永远结束。

Y.T. 向一个心怀敬畏的滑板客借来滑板,穿过大街,溜进最近的一家"买了飞",开始给妈妈打电话,请她接自己回家。

68

在闹市区外,阿弘把乌鸦甩下了好几英里。但领先这么一点点没什么用处。他直接来到广场,绕着圆形剧场高速飞驰,形成一道单人警戒线。乌鸦几秒钟后也赶到了目的地。阿弘不再兜圈子,径直朝乌鸦冲去。二人像中世纪骑士决斗一样展开了较量。一个回合下来,阿弘失去了左臂,乌鸦断了一条腿。砍落的肢体躺在地上。阿弘丢下打刀,用剩下的那只手抽出了胁差,这种武器更适合对付乌鸦的长刀。看到乌鸦从圆形剧场的外缘高处疾驰而下,阿弘冲上前挡住去路,逼着他转向一侧;但乌鸦的冲击力却在半秒钟之内把阿弘撞到了半英里外的地方。阿弘朝乌鸦追去,同时还能事先做出一连串估算——毕竟他对这个地方了如指掌,就像乌鸦了解阿留申的海浪一样。随后,两个人在超元域金融区的狭窄街道中呼啸而过,朝对方挥舞着利刃,砍倒了碰巧挡路的数百个身穿细条纹西装的化身。

但他们似乎永远都无法击中对方。速度实在太快,而目标又实在太小。到目前为止,阿弘的运气还算不错。他已经把乌鸦吸引到了亢奋的竞争中,让他一门心思想恶斗一场。其实乌鸦并不需要恶斗。他大可以轻松地回到圆形剧场,根本不必费神先干掉阿弘。

最后，乌鸦终于也意识到了这一点。他收刀入鞘，钻进了摩天大厦之间的一条小巷。阿弘连忙追去，但当他驶进那条小巷时，乌鸦已经不见了踪影。

阿弘以数百英里的时速跃过圆形剧场的外缘，从半空中疾掠而过，在二十五万名狂热欢呼的黑客头顶上自由坠落。

他们全都认识阿弘。他就是那个带刀的家伙，大五卫的朋友。一看就知道，为了在这场义演中贡献一分力量，他决心同某个模样吓人的大块头骑在摩托车上来一场刀战对决。千万别错过，这可是一场好戏。

阿弘落在舞台上，弹跳了几下之后稳住身形，站在自己的摩托车旁边。那辆车还能开动，但此时已经没有用处了。乌鸦正在十米之外，朝他咧开嘴笑着。

"炸弹来了。"乌鸦说着，一只手从跨斗里拎出那个蓝光闪闪的椭圆形物体，把它扔向圆形剧场正中央。那东西像蛋壳似的碎裂，从里面射出道道光芒。光芒越来越亮，开始逐渐成形。

人群激动得发疯。

阿弘朝那只"蛋"冲去。乌鸦拦在他身前。现在的乌鸦已经无法挪动脚步，因为他丢掉了一条腿，但他仍能控制摩托车。乌鸦重新抽出那柄长刀，与阿弘的刀在蛋的上方撞在一起。那只蛋这时已变成一股炫目、震耳欲聋的旋风，充斥着强光和巨响。一个个彩色图形从蛋的中心飞射而出，速度快得变了形状，然后在二人头顶稳稳停住，拼出一幅三维立体图像。

黑客们陷入了疯狂。阿弘知道，此时黑日中的黑客分区肯定已是空无一人。大家全都拥挤着冲出大门，顺着大街朝广场奔来，来看阿弘这场集声、光、刀、幻于一体的神奇演出。

乌鸦想把阿弘向后推去。在真实世界里，这种事情或许有可能，毕竟乌鸦拥有超人的力量。但化身都是一样强壮，只有用对办法才能侵入他们。乌鸦向前猛地一推，然后撤身抽刀，想趁阿弘飞出去的时候砍断他的脖子；但阿弘并没有飞出去，反而趁乌鸦门户大开，一刀剁掉了乌鸦握刀的那只手。为了以防万一，他随即又砍下了乌鸦的另一只手。观众们发出阵阵喜悦的尖叫。

"我怎么做才能让这玩意儿停下来？"阿弘问。

"你还真把我问住了。我只管送货。"乌鸦说。

"你知道自己都做了些什么吗？"

"是的。我实现了我平生之愿。"乌鸦说着，脸上现出轻松的笑容，"我终于用原子弹轰了美国。"

阿弘砍下了他的脑袋。面临毁灭的黑客们站起来放声欢呼。

紧接着，阿弘突然消失，全场顿时鸦雀无声。阿弘重又切换成了那个小小的隐形化身，在碎蛋残留物上方的半空中盘旋，让地心引力将他带往蛋的中心。下落时，他喃喃自语道："白雪扫描。"这就是他在救生筏上打发时间时编写的那份软件，专门查杀"雪崩"的法宝。

弘·主角从舞台上消失之后，黑客们的注意力转向了从蛋中冒出的那座巨大的构造物。刚才那段闹剧般的刀战肯定是个古怪的开场节目，阿弘最喜欢用这种办法吸引别人的注意，现在这场声光表演才是最引人注目的主打部分。圆形剧场已经挤满了观众，还有数千名黑客从四面八方蜂拥而来：他们顺着大街从黑日跑来，从各大软件公司的总部办公楼里拥来；此外，当豪华表演的消息以光速在光纤中四处传开后，现实世界中的人们也纷纷戴上目镜来到了超元域。

这场光影表演似乎早就考虑到了晚来的观众。它制造出一次又一次虚假的高潮，就像昂贵的焰火表演，每次都比上一次更加精彩。表演的内容博大而又庞杂，没有人能看完其内容的十分之一——你可以花上一年的时间反复观看，但还是会不断看到新的东西。

一英里高的构造物放映出二维和三维图像，这些影像在空间和时间上相互交织，串联在一起。里面包罗万象，应有尽有：米开朗琪罗的雕塑、达·芬奇的虚幻发明，全都变成了现实。其中还夹杂着第二次世界大战的空战场面，射击、燃烧和爆炸似乎冲出画面袭向人群。而一千部经典影片的场景流畅地组合在一起，讲述着无比错综复杂的故事。

但随着某个关键时刻的到来，巨大的构造物开始慢慢缩小，逐渐缩减成一道明亮的光柱。此时，音乐在演出中占据了主导地位：重重奏响的低音节拍和低沉、极具威胁性的旋律不断重复，告诉大家应当继续看下去，最精彩的部分还没有来到。每个人当真都在凝神观看，虔诚到了极点。

光柱开始上下浮动，分散成一个人形。实际上，那是四个人的身形，四个裸体的女性，肩并肩面朝外站在那里，和女像柱一样。每个人手中都拿着又细又长的东西：两根管子。

三十多万名黑客盯着这四位裸女，看着她们站在舞台上方，把双臂举到头顶，打开了四只卷轴，让每只卷轴变成尺寸像足球场一般大小的平面电视屏幕。从圆形剧场的座席上望去，这些屏幕向上遮住了天空，众人的眼前只有它们。

起初，屏幕上空无一物，终于，四个屏幕上突然同时出现了一模一样的画面。画面上有几行字：

> 如果这是病毒
> 现在你已经死了
> 幸亏这不是
> 超元域是危险之地
> 你的安全状况如何？
> 请致电弘·主角保安公司
> 免费提供首次咨询服务

69

　　"我们在越南用的正是这类高科技的花哨玩意儿，从来不管用，永远也不管用。"恩佐大叔说。

　　"我明白您的意思。但自从越战结束后，科技又有了长足进步。"凯说，他是吴氏保安企业的监视专家，正通过无线耳机与恩佐大叔谈话。他的厢式货车里装满了电子设备，此时正埋伏在四分之一英里之外洛杉矶机场货仓旁边的隐蔽处。"我正使用三维立体超元域显示系统监视整个机场以及所有通道。这种设备的功能十分强大，举例来说，我知道您通常戴在脖子上的狗牌不见了；我知道您左边的口袋里有一张一元的港币，外加八毛五分钱的零钱；我还知道，您另一只口袋里装着一把折叠剃刀，看上去是相当不错的高级货。"

　　"保持良好的仪容，其重要性绝不可低估。"恩佐大叔说。

　　"但我搞不懂，您为什么还带着一只滑板？"

　　"Y.T.的滑板在联邦执行处的前门弄坏了，"恩佐大叔说，"这是要为她做一点补偿。说来话长。"

　　"先生，我们的一家特许领地发来报告。"一个身穿黑手党防风夹克的年轻中尉穿过停机坪跑了过来，手中拿着一只黑色的对讲机。其实他并不是个中尉,因为黑手党并不十分热衷于使用军衔,但出于某种原因,恩佐大叔觉得他就是个中尉。"第二架直升机降落在大约十英里外的一座购物大道停车场,已同莱夫劫持的比萨派送车会合,接上莱夫后再次起飞。此时,他们正在来这里的路上。"

"派人取回被丢在那儿的派送车,再给那个速递员一天假。"恩佐大叔说。

中尉感到很吃惊,恩佐大叔居然对如此琐碎的细节也这样在意。这简直像是一位王族贵胄在公路上整天溜达捡垃圾。但他恭恭敬敬地点点头,知道自己学到了一件事:细节关乎成败。他转身离去,开始冲着对讲机说话。

恩佐大叔对这个小伙子很不放心。他属于穿运动夹克的少壮派,管理新西西里特许领地这种小机构时还算应付自如,但缺少比如Y.T.身上的那种灵活性。这也是如今黑手党组织里最典型的弊端。这名中尉之所以能出现在这里,唯一的原因就是形势发展得太快;当然,还因为他们在"九龙号"上损失了太多的精英。

凯的声音在对讲机中再次响起。"Y.T.刚联系过她妈妈,请她来接她。"他说道,"您想听听她们的谈话吗?"

"除非有战术上的重要意义,否则就不必了。"恩佐大叔轻快地说。他又可以从工作清单上划掉一项事务了:对于Y.T.和她母亲之间的关系,他一直很担心,总想找机会同她谈谈这件事。

莱夫的喷气式飞机停在停机坪上,发动机正在急速空转,时机一到就会滑上跑道。驾驶舱里坐着正、副飞行员。半小时前,他们还是L.鲍勃·莱夫的忠诚雇员。坐在飞机里等待老板的时候,这两个人透过挡风玻璃看到了惊心动魄的一幕:部署在机库四周的十几个莱夫的保安人员不是脑袋被轰掉、喉管被割开，就是干脆扔掉武器、跪在地上投降。现在，这两个驾驶员已经宣誓，终生效忠恩佐大叔的组织。恩佐大叔本可以把他们扯出来，换上自己的飞行员，但现在这个办法更妥当一些。如果莱夫真能成功地登上这架飞机，他会认出自己的手下，于是认为一切都没有问题。于是，两个飞行员被留在驾驶舱里，并未受到黑手党的直接监视。这表明恩佐大叔对两人以及他们立下的誓言非常信任，这着实大大增强了他们的责任感：在这种情况下背弃誓言，只会令恩佐大叔更加不快。恩佐大叔对这两个飞行员十分放心。

但他对这里的安排并不十分满意：一切都显得过于草率了。和往常一样，问题的焦点还是那个行事出人意料的Y.T.。他其实并未指望她能从飞行中的直升机上跳下来，逃出L.鲍勃·莱夫的手心。恩佐大叔原本只希望能在莱夫带着Y.T.飞回休斯敦的总部之后，同对手就人质问题做一次谈判。

但人质问题已经不必考虑了，恩佐大叔认为现在最重要的是阻止莱夫，不能让他回到休斯敦的老窝。他命令手下重新组织起一支精锐的黑手党部队，于是，几十架直升机和一个个战术小组正在匆匆改变行动路线，试图尽快在洛杉矶机场集结。恩佐本人也来到这里，只带了少数贴身保镖，还有那个来自吴氏组织的监视技术专家。

他们封闭了机场。这很容易做到：只需把林肯轿车停在所有的跑道上，然后进驻中央控制塔台，宣布几分钟之后这里即将进入战争状态。洛杉矶机场大概自建成以来从未像现在这么安静过，恩佐大叔真的能听到半英里外的海滩上传来微弱的波浪声。这里的天气也让人心情愉快，是个烤小香肠的好日子。

恩佐大叔目前正与李先生合作,这意味着他也同吴组成了同盟。很可惜,尽管吴的能力很强,但他的科技癖好却让恩佐大叔难以信任。恩佐大叔宁愿只要一个皮鞋锃亮、身佩九毫米口径手枪的优秀军人,也不想要吴发明出来的一百个小玩意儿和便携雷达。

来到这里之前,他本以为自己会在一片开阔的空地上与莱夫对决,没想到环境居然如此混乱。停机坪上停着几十架各家公司的喷气式飞机和直升机,附近还有一大片私人机库,每一座机库都带有一片被栅栏围起来的停车区,里面停放着不少轿车和工具车。现在他们所处的位置与油罐区非常接近,供应机场的喷气机专用燃油都储存在那里。而这就意味着,地面上冒出了大量管道、泵站和不值钱的液压装置。从战术角度讲,这片地带更像丛林,而不是沙漠。当然,停机坪和跑道还是很像沙漠,只不过排水沟里能埋伏不少人。所以,对此地更恰当的比拟应该是越南的滩头:先是一片宽阔的空地,接下来却突然变成了丛林。这可不是恩佐最喜欢的作战地点。

"直升机正在接近机场外围地带。"凯报告说。

恩佐大叔朝他的中尉转过身,"每个人都就位了吗?"

"是的,先生。"

"你是怎么知道的?"

"他们几分钟之前刚刚报告到。"

"这说明不了任何问题。比萨派送车怎么样了?"

"嗯,我想,我打算迟些时候再去处理,先生——"

"你需要多长点本事才行,不能一次只做一件事。"

中尉转开脸,羞愧不已,对恩佐大叔充满了敬畏。

"凯,"恩佐大叔说,"机场外围有什么有趣的事情吗?"

"完全没有。"吴答道。

"有没有不那么有趣的事情?"

"有几个维修工人,和往常一样。"

"你怎么知道他们是维修工人,而不是莱夫手下化了装的士兵? 你查过他们的身份了吗?"

"士兵们都会带枪,至少带着刀。雷达显示这些人身上没有武器。证明完毕。"

"我正在让全体人员重新报告。"中尉说,"不过,无线电可能出了点小毛病。"

恩佐大叔抬起手臂搂住中尉的双肩,"我给你讲个故事吧,孩子。自从第一次看到你,我就觉得你很眼熟。最后我终于明白,你让我想起了以前认识的一个人。他是个中尉,当过我的指挥官,只有一段时间。那是在越南。"

中尉兴奋得浑身发抖,"真的?"

"是的。他年轻、聪明、雄心勃勃,受过良好的教育,做事的出发点也都是好的;但他也有不足之处:从来无法掌握基本情况,不能正确领会我们所处的形势,而且他这个毛病很顽固,简直像是精神障碍。说实话,这个毛病让我们这些受他指挥的弟兄经受了最严重的挫折。孩子,我不怕告诉你,有段时间我们的处境非常危险。"

"事情是怎么解决的,恩佐大叔?"

"解决得很圆满。你知道吗,有一天,我自己动手,朝他的后脑开了一枪。"

中尉的双眼瞪得滚圆,面孔瘫痪了似的一动不动。恩佐大叔对他没有任何同情:如果他把这件事搞砸了,有人会丧命的。

中尉的耳机里传来一阵低语声,新的报告来了。"呃,恩佐大叔?"他说,声音很轻,而且很不情愿。

"什么事?"

"您刚才问过比萨派送车的事?"

"怎么了?"

"它不见了。"

"不见了?"

"显然是,他们落地来接莱夫的时候,有人从直升机上下来,爬进比萨车,把它开走了。"

"把它开到哪儿去了?"

"我们不知道,先生。我们在那个地区只有一个眼线,可他正在跟踪莱夫。"

"把耳机摘掉。"恩佐大叔说,"对讲机也关掉。你现在需要用上自己的耳朵。"

"我自己的耳朵?"

恩佐大叔低低地弯下身体,轻快地穿过路面,来到两架小喷气式飞机之间。他轻轻放下滑板,随后解开鞋带,脱掉鞋子。他把袜子也脱了下来,塞进鞋里。接着,他从口袋里掏出一把折叠剃刀,展开刀刃,把两条裤腿从裤脚处割开,一直划到了大腿根。然后,他把裤管的前后片卷成卷,一刀割下。不这样做的话,走路的时候布料会蹭着他多毛的双腿,发出声响。

"我的天!"中尉隔着两架飞机发出惊呼,"阿尔倒下了。我的天,他死了!"

70

恩佐大叔仍旧穿着夹克,它的深颜色不易暴露目标,衣服的缎面衬里也不会发出摩擦声。他爬上一架飞机的机翼,如此一来,即便有人趴在地上,也不会看到他的双腿。他蹲在机翼末端,张开嘴巴,这样能听得更清楚。他侧耳细听。

一开始,他只能听到时急时缓的液体泼溅声,就像水正在从一只半开半闭的水龙头流出,哗哗地淌到地面。刚才没有这种动静。声音似乎来自近旁的一架飞机。恩佐大叔生怕那是燃油漏洒在地上的声音。说不定敌人已经密谋要把机场的这部分全部炸掉,一举解决所有对手。他无声无息地落到地上,小心翼翼地绕过相邻的两架飞机,每走一步都要停下来倾听动静,最后终于看到了声音的来源:他的一名士兵被一根长长的木杆钉在一架里尔喷气式飞机的铝制机身上。鲜血正从伤口处喷涌而出,顺着他的裤腿淌下,流过鞋子,洒落在停机坪上。

突然间,恩佐大叔听到身后传来一声短促的惊叫,但马上变成了尖厉的喘息声。他以前听到过这种声音:一个人的喉咙被利刃割断时就是这个样子。无疑,是那名中尉遭了殃。

现在他只有几秒钟的时间可以自由行动。他甚至不知道自己面临着什么样的困境,可他必须知道。于是,他朝传来惊叫声的方向跑去,迅速地在一架架喷气机之间变换位置,寻找掩护,始终低低地弓着身体。

他看到一双腿在一架喷气机的机身另一侧走动,而他面前就是这架飞机的机翼顶端。他把两只手按在机翼上,将全身重量压在上面,然后缓缓松手。

这一招生效了:支在悬架上的飞机朝他晃过来。那名刺客以为恩佐大叔刚刚跳上翼尖,于是爬上另一只机翼,背朝飞机后半部等着,等恩佐大叔一爬过机身顶端就发起突袭。

但恩佐还在地上。他赤裸着双脚,无声地跑向机身,低头从下面钻过,然后手持折叠剃刀从机翼下钻了出来。那名刺客——乌鸦——就在恩佐大叔早已料到的位置上。

但乌鸦似乎起了疑心。他站起身,朝机身顶端望过去,如此一来,恩佐再也够不到他的喉咙了,眼前只有对手的双腿。

与其孤注一掷、血本无归,不如行事稳健、见利即收。所以,就在乌鸦低头望向这边时,恩佐挥刀割断了乌鸦左脚的跟腱。

他刚想转身逃走,一样东西已经狠狠刺中了他。恩佐大叔低头一看,不由得大吃一惊。一个透明物体支棱着扎在他的右肋下。一抬头,乌鸦的面孔距离他的脸只有三英寸。

恩佐大叔从机翼旁后退几步。乌鸦一跃而下,没能扑到他身上,反而摔倒在地。恩佐重新上前,手持剃刀向前挥去,但坐在停机坪上的乌鸦已经拔出了第二把刀,朝恩佐大叔的大腿内侧一刀刺下,划出一道伤口。恩佐横跨一步躲开刀刃,然后反击,在乌鸦的肩膀上端也留下了一道短而深的刀口。乌鸦见恩佐再次向自己的喉咙展开进攻,连忙挡开对方的手臂。

恩佐大叔和乌鸦都负了伤。好在乌鸦再也跑不过他,现在该清点一下双方的输赢得失了。恩佐拔腿就跑，但稍一挪动脚步，便感到身体右侧上下飞蹿着一阵阵可怕的剧痛。他的背上也挨了一击，只感到右肾上方传来尖锐的疼痛，但只持续了片刻。他转过身，看到一块沾满血迹的玻璃片掉在地上。肯定是乌鸦掷出这块玻璃，刺进了他的脊背。但脱离了乌鸦有力的手臂之后，玻璃片缺乏足够的动量，没能完全贯穿防弹背心，落到了地上。

玻璃刀。怪不得凯无法借助毫米波探测器发现乌鸦。

当恩佐大叔躲到另一架飞机后面的时候，一架飞近的直升机发出隆隆巨响，让他听不到其他任何声音。

是莱夫的直升机降落到了停机坪上，距离那架喷气式飞机只有几十米。螺旋桨的轰鸣声和气流的呼啸声像刺入了恩佐大叔的大脑。他闭上眼睛抵挡吹来的狂风，完全失去了平衡，一时搞不清自己身在何处，最后砰的一声躺倒在地上。身下的地面又湿又滑，还带着些温热。恩佐大叔意识到，自己正在大量失血。

他能看到，在停机坪的另一端，乌鸦正挣扎着朝飞机走去。那家伙跛得非常厉害，一条腿已经不管用了。最后，阿留申人放弃了努力，用没受伤的那条腿单脚跳向直升机。

莱夫钻出直升机，同乌鸦说了些什么，乌鸦则向恩佐这个方向比比画画打着手势。随后莱夫点点头，表示同意，于是乌鸦转过身，露出明亮洁白的牙齿。那似乎不是在做鬼脸，而是在充满期待地微笑。他开始朝恩佐大叔一步步跳过来，从上衣里抽出了另一把玻璃刀。这个杂种身上带着上百万片这种东西。

他朝恩佐步步逼近，可恩佐连站都站不起来，随时都会昏厥过去。

　　恩佐大叔环顾四周,只看到二十英尺外有一只滑板,还有一双昂贵的鞋袜。除此以外什么都没有。他无法站立,但还能像大兵那样匍匐前进,于是他用手肘支撑地面,向前爬去,而乌鸦正单腿朝他跳了过来。

　　他们在两架喷气式飞机之间的露天通道上碰了面。恩佐趴在地上,瘫软的身体压在滑板上。乌鸦站在那里,一只手扶住喷气机的机翼支撑自己,另一只手里,玻璃刀闪烁着寒光。恩佐面前的世界昏暗下来,变成了黑白两色,就像在廉价的超元域终端机里看到的一样。在越南,他的战友失血死去之前曾经讲述过自己的感受,也是这个样子。

　　"但愿你已经做了临终祷告,"乌鸦说,"现在没时间找神父。"

　　"我用不着什么神父。"恩佐大叔说着,按下滑板上标有"激进快递尖锥调谐冲击波发射器"的按钮。

　　冲击波险些轰掉恩佐大叔的脑袋。就算他能活下来,也再不会听到任何声音了。但这反倒让他清醒了一点。他从滑板上抬起头,看到乌鸦呆头呆脑地站着,两手空空,上千粒细小的玻璃碎片从他的上衣里像雨点一样洒落下来。

　　恩佐大叔翻过身来,仰面躺在地上,在空中挥动着他的剃刀。"我本人更喜欢钢制品。"他说,"想刮个脸吗?"

71

　　莱夫把这一切全都看在眼里,心中更是明镜似的。他很想看看结果如何,但他是个大忙人,只盼着能尽早离开,免得黑手党、吴、李先生的其余手下和另外那些混蛋用热寻的导弹招呼他。没时间等瘸腿的乌鸦一步步跳回来了。他朝驾驶员打了个手势,大拇指向上一挑,然后开始顺着扶梯登上他的私人喷气机。

　　现在已是白天。一英里外的油罐区无声地翻滚着道道橘红色的烈焰,恰似一朵菊花,尽管误了时节,却依然傲然怒放。莱夫爬到梯子一半时停下来转头望去,只见那绽开的花朵巨大而又繁复,正在不受约束地自由生长。

　　一阵强有力的骚动从火焰中穿过,在火光中留下一道笔直的尾迹,仿佛是宇宙射线穿透了云层破空而来。它以强悍的力量飞掠而过,身后掀起了一道冲击波,在火焰中清晰可见。这道冲击波看上去是个通体明亮的锥体,尾部逐渐扩大,向四外延展,整个身躯要比头端的那个深色波源大上百倍。波源是一个子弹状的黑色物体,正在飞速搅动的四条腿快得简直让人看不到踪影。它又小又快,如果不是正朝莱夫奔来,莱夫绝对不会发现它。

那东西在一大片乱七八糟的喷气机燃油露天输送管线中疾行,越过几处挡路的管道,间或将金属利爪凿进另一些管道,随着四条腿爆炸性的蹬跳,撕开那些管子的外壳,足尖触地时擦出的火花点燃了里面的燃油。它将四条腿缩在身体下方,一跳便有一百英尺高,蹿上了一只燃烧的油罐顶端,随即将其当作发射台,跃出一道长长的弧线,飞过隔离开燃油供给装置和机场设施的链环围栏。然后,它放开大步,平稳而有力地跑了很长一段距离,从跑道那完美的几何平面上加速穿过,身后紧跟着一条从烈焰中心懒懒探出的巨大火舌。但在鼠辈造成的冲击余震之下,那条火舌又被动荡的气流吹得卷了回去。

L.鲍勃·莱夫突然意识到,他必须离开这架加满了燃油的喷气机。他转过身,从扶梯上半跳半跌地滚了下来,笨拙地挪动着身体,因为他一直盯着鼠辈,根本没有留意脚下。

鼠辈,这个黑色的小东西,紧贴着地面疾驰而来,半路稍稍调整了一下方向。只有凭着它投在火焰上的身影和爪子在地面上擦出的火花,才能看到它的形迹。

它的目标不是喷气机,而是莱夫。莱夫临时又改变了主意,跑到扶梯边,一步三级地逃了上去。小梯子在他脚下不断弯曲扭动,提醒他这架喷气机是多么脆弱。

驾驶员已看到鼠辈袭来,于是不等收回扶梯就松开了刹车,驾机在跑道上滑行,同时掉转机头避开鼠辈。他将节流阀猛地一推,又转了一个险些让飞机翻倒的急弯,刚看到跑道的中线便马上把发动机调至最高安全速度。这样一来,他们便只能看到前方和两侧,看不到身后的追兵了。

Y.T.是唯一看到事情经过的人。凭着自己的信使通行证,她轻轻松松便通过了机场的保安哨岗,踏着滑板来到货运埠口附近的停机坪。从这里,她可以清楚地观察到半英里长的跑道,接着就看到了事情的全部经过:轰鸣的飞机一边顺着跑道疾行,一边关上舱门,发动机喷嘴射出淡淡的蓝色火焰,试图达到起飞速度。紧随其后的就是菲豆,像一条追赶胖邮差的狗,随即做出了最后的精彩一跃,跳向空中,把自己变成一枚响尾蛇导弹,一猛子扎进了飞机左引擎的尾管中。

喷气机在距地面大约十英尺的高度爆炸,将菲豆、L.鲍勃·莱夫和他的病毒全部包裹在纯净的消毒烈焰中。

太妙了!

她又停留了片刻,看着大劫过后的场面:黑手党的直升机纷纷降落,从里面跳下提着急救箱、输血袋和担架的医务人员。黑手党士兵在一架架私人喷气机之间疾跑,显然是在搜寻什么人。一辆比萨送货车突然驶出另一片停车区,轮胎发出阵阵尖啸,一辆黑手党的车子立即开动,在它后面穷追不舍。

但过了一会儿,Y.T.开始觉得无聊起来,于是踏上滑板回到了主埠口。她主要是靠自己的力量滑行,不过后来还是设法吸上了一辆油罐车,搭了一会儿顺风车。

在联合航空公司的行包领取处,妈妈正等在她那辆蠢模蠢样的糖豆小车里。母女俩在电话里就是这么约好的。Y.T.打开车门,把滑板丢上后座,然后爬了进去。

"回家吧?"妈妈问。

"好啊,看来是该回家了。"